丝路密码

上

任见 著

河南文艺出版社

· 郑州 ·

图书在版编目（CIP）数据

丝路密码/任见著. —郑州:河南文艺出版社,
2018.12

ISBN 978-7-5559-0768-8

Ⅰ.①丝… Ⅱ.①任… Ⅲ.①长篇小说-中国-当代 Ⅳ.①I247.5

中国版本图书馆 CIP 数据核字（2018）第 257608 号

出版发行　河南文艺出版社
本社地址　郑州市郑东新区祥盛街 27 号 C 座 5 楼
邮政编码　450018
承印单位　河南瑞之光印刷股份有限公司
经销单位　新华书店
开　　本　700 毫米×1000 毫米　1/16
总 印 张　30.75
总 字 数　453 000
版　　次　2018 年 12 月第 1 版
印　　次　2018 年 12 月第 1 次印刷
总 定 价　80.00 元（上下册）

印厂地址　河南省武陟县产业集聚区东区（詹店镇）泰安路
邮政编码　454950　　电话　0391-2527860

作者
简介

任见，作家，学者。著有《封建西欧》（2卷）、《刘禹锡传》、《白居易传》、《刘秀传》、《曹操传》、《帝都传奇》（10卷）等，河南文艺出版社出版的长篇历史小说《一个很有本事的人：曹操》，由台湾晶冠出版社推出其繁体版《曹操：三国一个很有本事的人》。

白马寺

东汉洛阳至长安的古道

汉函谷关

西行的隘口

纺轮

平凉

武威雷台汉墓

织梭

《蚕种西传》图

嘉峪关

古敦煌

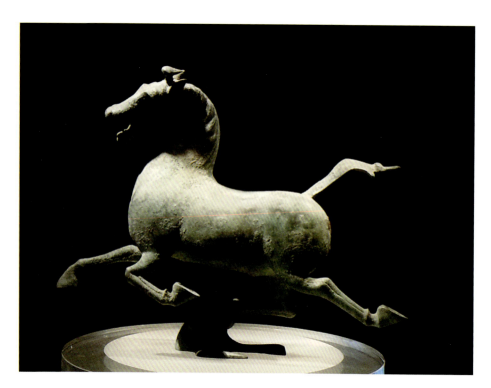

马踏飞燕

敦煌壁画

龟兹遗迹

古阳关遗址

月牙泉

丹丹乌里克遗址

古楼兰遗迹

龟兹古城

尼雅遗址

目　录

序曲　在千载万里尘封之下

20世纪，斯坦因的考古发现令世界震惊。

21世纪的一天，中国洛阳青年李由、意大利考古学专家博努瓦、法国历史学家罗伯特和西班牙姑娘卡米尔，揭开了丝路传奇的面纱。

01

《大唐西域记》第十二卷记述了瞿萨旦那国的一个故事。

王城东南五六里有麻射僧伽蓝。此国先王妃所立也。昔者此国未知桑蚕，闻东国有也，命使以求。时东国君秘而不赐，严敕关防，无令桑蚕种出也。瞿萨旦那王乃卑辞下礼，求婚东国。国君有怀远之志，遂允其请。

西藏大藏经《丹珠尔》也记载了类似的故事。

从1900至1931年，考古学家奥莱尔·斯坦因进行了著名的四次中亚考察，有了一系列发现。

在塔克拉玛干沙漠深处，当地人称作丹丹乌里克的地方，斯坦因发现了一大片古代民居的遗址。

其中最引人注意的，是斯坦因和他的考古团队发掘出的古老的木板画《蚕种西传》。

木板画《蚕种西传》出自一处佛寺遗址，画面上有四位人物，三位是女子，一位看起来像男子。

左数第二位女子在画面上最为显著。她戴一顶大头冠，头冠上满缀珠宝，身份似乎非同一般。

左边第一位女子，手臂高举，指着身份显贵的第二位女子头上的宝冠，似乎在说：宝冠，秘密。

画面右边一位女子，手执纺织工具。在她与头戴宝冠的女子之间，则坐着一位男子模样的人，头有光环。奇特的是，男子有四只手臂。他跏趺而坐，四只手中，一只手平置，三只手各执一件器物，看起来像剪刀、纺锤和锥子。

斯坦因判断，画的内容，讲的就是东国公主与蚕种西传的故事。

木板画的出土，以实物证明《大唐西域记》中所讲的内容确实是当年一个广泛流传的故事，时间肯定早于中国的唐朝。

在另外一处古庙遗址，斯坦因还发现过与《蚕种西传》画中的那位四臂男子类似的壁画，画面上也是一位四臂男子，手中所执的器物也有锥子和剪刀。

斯坦因认为，这个男子是西域神话中的纺织之神。

在玛亚克里克附近的佛殿遗址回廊的墙面上，斯坦因又发现了一块壁画，画面上是一个站立的四臂女像，她右手里拿着的东西，从形状上看，可能是蚕，几片绿叶出现在她的右肩上……显然是西域人为感谢这位公主引进桑蚕和丝绸的恩德而供奉的造像。

20世纪，斯坦因的考古发现令世界震惊。

21世纪的一天，中国洛阳青年李由、意大利考古学专家博努瓦、法国历史学家罗伯特和西班牙姑娘卡米尔，揭开了丝路传奇的面纱。

意大利波河平原发现了古罗马时期的遗址。在挖掘中出土的牌匾上，有古意大利文和古中文的"东方天使城"字样。

专家们认为，古老的东方天使城是一座巨大的城堡——古代西罗马风格的建筑群落。

东方天使城最重要的出土文物是三件无价之宝：两枚纺轮和一枚织梭。

两枚纺轮的底部有斑斑点点的神秘图案，织梭上则雕着奇特的树枝。

木板画上所画的，只是一个故事的点滴和表象。

博努瓦、罗伯特、李由和卡米尔，则撬起了一个盖板，打开了一个有关东西方丝路爱情的神秘入口。

第一章　西欧的使者启程啦

"丝绸这种精美的纺织品，它出自哪里呢？"罗伯特继续说道，"对于古代丝绸的产地，博物学家老普林尼带头放纵想象了。"

"老普林尼。"卡米尔说，"我知道，老普林尼留下的有《自然史》。老头儿怎么说的，丝绸的产地？"

"老头儿说，丝绸啊，这种妙物，来自遥远的东方的一个国度，姑且叫东国吧，但更应该叫赛尔丝。""

02

有一个美丽的姑娘，一直深居在父亲的宫殿里。一天半夜，她做了一个奇怪的梦，梦见一位陌生的女人对她说："你已经长大了，我带你去见宙斯，命运女神指定你做他的情人。"

这个姑娘叫欧罗巴。欧罗巴醒来，小心脏慌乱地跳个不停。她从床上坐起来，刚才的梦境清晰地浮现在眼前，跟白天的真事一样分明。她呆呆地坐了很久，一动也不动，想：是哪一位神祇给我这样一个梦呢？梦中陌生的女人是谁呢？她温柔地向我微笑着，报告给我那个重要的消息。我是多么渴望能够遇上她啊，但愿我能重新返回梦境中去。

天气很好，阳光明媚。欧罗巴和许多年岁相仿的姑娘在海边草地上游戏玩耍。鲜花遍地，美不胜收。姑娘们穿着鲜艳的衣服，上面绣着美丽的花卉。欧罗巴穿着一袭薄裙，光彩照人。

天神宙斯变成一头大公牛，混迹于皇家的牛群中，也来到了海滨草地上。

牛群在草地上慢慢散开，只有宙斯化身的大公牛来到了姑娘们身边。它好像很温驯、很可爱。欧罗巴和姑娘们都夸赞公牛那高贵的气质和安静的姿态。她们兴致勃勃地走近公牛，看着它，还伸出手，抚摸它油光闪闪的脊背。公牛通人性啊，它越来越靠近姑娘，最后，依偎在欧罗巴的身旁。

欧罗巴把手里的花束送到公牛的嘴边。公牛撒娇地舔着鲜花和姑娘的手。姑娘温柔地用手抚摸着牛身，越来越喜欢这头漂亮的大公牛，最后壮着胆子在牛的前额上轻轻地吻了一下。

公牛发出一声欢叫，这叫声不是普通的牛叫，听起来如同悠扬的牧笛声。公牛温驯地躺倒在姑娘的脚旁，无限爱恋地瞅着她，摆着头，向她示意：爬上我宽阔的牛背吧。

欧罗巴呼唤女伴们快过来："我们可以坐在这牛的背上。我想，牛背上坐得下四个人。这头公牛既温驯又友好，它大概有灵性，像人一样，只不过不会说话。"欧罗巴一边说，一边从女伴们的手上接过花环，挂在牛角上，壮着胆子骑上牛背。她的女伴们却犹豫着不敢骑。

公牛宙斯达到目的，便从地上起身，轻松缓慢地走着。欧罗巴的女伴们却没赶上来。它走出草地，加快了速度，像奔马一样前进了。欧罗巴还不知道发生了什么事，公牛已经纵身跳进了大海。欧罗巴非常害怕，紧紧地抓着牛角。海风吹动着她的衣服，好像张开的船帆。

公牛像一艘海船一样，平稳地向大海的深处游去。不久，海岸消失了，太阳沉入了水面。朦胧的夜色降临了，公牛驮着姑娘一直往前，在游泳中又迎来了黎明。到了又一天的傍晚时分，终于来到了远方的海岸。公牛爬上陆地，来到一棵大树旁，让姑娘从背上轻轻滑下来，自己却突然消失了。

欧罗巴正在惊异，却看到面前站着一个俊逸如天神的男子——公牛变成的宙斯。男子告诉她，他是克里特岛的主人，如果姑娘愿意嫁给他，他可以保护她。欧罗巴绝望之余便朝他伸出一只手去，表示答应他的要求。可是，宙斯又像神秘地出现一样神秘地消失了。

待到一轮红日冉冉升起，欧罗巴从恍惚中醒了过来。她惊慌失措地望着四周，呼喊着父亲的名字。"我从哪儿来？这是在哪儿？我是醒着，还是在梦中？也许是一场梦幻在困扰着我？"

欧罗巴用手揉了揉双眼，好像想驱除梦魇似的，可是陌生的环境、陌生的景物没有改变。不知名的草地包围着她，大海的波涛汹涌澎湃。绝望之中，她高声地呼喊起来："天哪，要是那该死的公牛再出现在我的面前，我一定折断它的牛角。"

忽然，欧罗巴的背后传来一阵低低的笑声。她惊讶地回过头去，看到维纳斯女神站在面前，浑身闪耀着美丽的光彩。女神旁边是她的小儿子丘比特，小天使弯弓搭箭，跃跃欲射。

女神微笑着说："美丽的姑娘，赶快息怒吧！你所诅咒的公牛马上就来，它会把牛角送来给你，让你折断。我就是给你托梦的那位女子。欧罗巴，把你带过来的正是宙斯本人。你现在成了地上的女神，你的名字将与世长存。从此，收容你的这块大陆就按你的名字称作欧罗巴了。"

欧罗巴恍然大悟，最后默认了自己的命运，跟宙斯生活在一起，还生了三个强大而睿智的儿子。她生活的这片美丽的大地，就是欧罗巴洲——欧洲。

欧洲的西边是烟波浩渺的大西洋，东边是无穷无尽的陆地。像东方人对西方的探索一样，欧洲人对东方曾经有过奇妙的猜测，也有过奋勇的开拓。

03

塞纳河是欧洲一条风景优美的河流。清澈、妩媚的塞纳河承载着西欧璀璨的历史和深厚的文化。尤其是，塞纳河见证了西欧名城巴黎的成长。

逶迤的塞纳河如同一位翩跹的舞女，展示着自己曼妙的舞蹈。由于法兰西地势平坦，塞纳河流经巴黎的河段，柔软而又平缓。流水好似一首悠长舒缓的进行曲，城市在为它伴奏。埃菲尔铁塔的倒影在拨弄它的弦丝，塔身、塔尖、蓝天和白云都是活泼的音符。在河段水面静谧的地方，倒映出岸边绰绰约约的人影。

卡米尔是个年轻美丽的姑娘，肩上挎着一个素雅的包包，从横跨塞纳河的桥上经过。水面微波中是她的侧影、半长的裙裾和轻快的步履。

宽阔的埃菲尔铁塔广场，草地如毯，广场上消闲的人们或坐或躺，或歌或舞，一派春色初现的欢乐。

卡米尔没有心思欣赏美景。"这将是轰动世界的一个事件，是的，肯定是的。作为一家新媒体，我们太期待这种轰动了。跟你这样一位新手签约，为你提供支持，我们在激动之余也是不安的，也非常操心，问我们自己：卡米尔，她成吗？能做得好吗？"

卡米尔自己的声音说："没问题。我觉得没问题，我太感兴趣了，我能做得好。"

卡米尔是个西班牙姑娘，在塔霍河边长大，西班牙温热的山村风情滋养了她。但现在，她更感兴趣的是波河。对，意大利北部的波河，地中海北缘伦巴第平原的波河，跟塔霍河遥相对望的波河。

波河发源于意大利与法国交界处的科蒂安山脉，注入亚得里亚海，是意大利最大的河流。更为奇特的是，波河的中下游，被人们戏称为地上河。从山上流下来的河水到了广袤的平原，流速减缓，泥沙下沉，垫高了河床。据说可以媲美中国的黄河。黄河很长，中下游也高出附近两岸的地面。黄河是中华民族的文明摇篮。卡米尔，就要从欧洲走向亚洲，去看黄河了。

卡米尔热心于意大利伦巴第平原的波河，不是因为波河可以跟塔霍河隔着地中海媲美，不是因为波河跟黄河相像，而是波河平原发掘出了一座沉埋数千年的古堡。古堡遗址里有块门楣石，苍老斑驳的石块上面凿刻着五个中国文字"东方天使城"。东方天使城遗址出土了不少来自古代中国的离奇物件。

卡米尔是学新闻的，读研究生时学的是新媒体传播，正在开始记者生涯。恰好一家新媒体愿意与她合作，支持她采写这个古罗马与古中国的"离奇缘分"的项目。

所以，现在的卡米尔是位高兴而激动的姑娘了。

坐巴黎地铁很方便，卡米尔乘坐地铁来到了美妙的左岸南部。她看到了前来接她的罗伯特博士，一位年轻的法国历史学家。

罗伯特问候了卡米尔后说："走吧，不太远。"

卡米尔跟着罗伯特走了一会儿，说："嗨，我想来个小小的预习，请教一个问题。古代西方人称中国为丝绸之国。那么，西方人是什么时候知道中国丝绸的？"

罗伯特笑道："这就开始采访了？我们将带你了解帕提亚帝国，你还会和我们一起走到那里，实地考察。我现在可以预告一点必要的信息。历史上有一场出名的战役，叫卡尔雷之战，是罗马人和帕提亚人打的一场战争。大决战到来的时候，古帕提亚人忽然展开无数面鲜艳夺目的战旗，在阳光下令人眼花缭乱。罗马兵团不知是什么新式武器，惊慌失措，全线惨败。那些令人炫目的帕提亚军旗，让罗马军队的伤员当作绷带布带回了罗马。那种神奇的物品，就是中国的丝绸。可是，当时的罗马人不知道，不知道丝绸产自何处。"

"天哪，绷带，战争。"卡米尔说。

罗伯特说："丝绸轻柔细软，华丽多彩，质地优良，把罗马人自己出产的棉毛织品远远地抛在后面，看不到了，看不到踪影了。"

卡米尔道："据历史记载，恺撒大帝曾经在庆典仪式上穿着神奇的丝绸长袍，向臣民们展示他的光耀不凡，令所有人赞叹不已。"

罗伯特道："是的。恺撒穿着丝绸长袍到罗马大剧场观看表演，华丽而闪光的丝绸胜过了所有的表演，让贵族们尤其是贵妇们不胜艳羡。很快，穿着丝绸服装在罗马成为一种时尚。能出售丝绸服装的商人，比皇帝还要受人尊崇。丝绸这种精美的纺织品，它出自哪里呢？"罗伯特继续说道，"对于古代丝绸的产地，博物学家老普林尼带头放纵想象了。"

"老普林尼。"卡米尔说，"我知道，老普林尼留下的有《自然史》。老头儿怎么说的，丝绸的产地？"

"老头儿说，丝绸啊，这种妙物，来自遥远的东方的一个国度，姑且叫东国吧，但更应该叫赛尔丝。"

"赛尔丝？"卡米尔笑了，"丝绸的国度。"

"是啊。老普林尼把丝绸叫赛尔丝的细纱。赛尔丝，这个名字，是老普林尼根据道听途说再加上美丽的猜想创造出来的，他创造的。"

老普林尼说，过去，马其顿国王亚历山大不是征服了遥远的东方吗，在亚历山大新领地的东方，几乎是边缘的地方，再向东走，走到世界的尽头，西方任何人都未曾走到的地方，就是赛尔丝。

赛尔丝人不是凡人，住在森林里。他们的森林里盛产细丝，叫白绒丝。赛尔丝的男人们从树叶上揪下白绒丝，运回去，在水里浸泡，浸泡，浸泡，再浸泡，然后，由妇女们从水里捞出来，络丝，纺织。工序好复杂，好复杂。

老普林尼告诉古罗马人，正是由于生产技术和生产工艺的复杂，丝绸才琳琅满目、绚丽多彩，以其出乎意料的柔软和细腻让人震惊。罗马贵妇们才有运气穿着近乎透明的赛尔丝丝绸，在社交场合抛头露面，把她们的性感身材展示给男士们。

赛尔丝丝绸的珍贵，在于生产的艰难，也在于赛尔丝人的天生异禀。

罗伯特说："老普林尼告诉罗马人，赛尔丝人具有高度的文明，但又与野蛮人很近似。他们不与其他民族交往，仅仅坐等买卖上门。这是老普林尼告诉古罗马人的。"

卡米尔说："是的，老普林尼可以这样想象，可以这样说。但是，那时候的古罗马，已经有了高度发达的文明，政治家、哲学家、文学家和艺术家很多，强大的军队称雄欧亚。他们既然狂热地喜爱丝绸，为什么不向东方去，直接走到赛尔丝采购丝绸呢？"

"卡米尔，你真聪明，你的话也正是古罗马商人的雄心壮志。"罗伯特说。

帕提亚，问题在帕提亚。至少，古代的罗马人认为问题在帕提亚。帕提亚这个中转国，在军事上，与古罗马处于敌对状态。帕提亚不愿意让罗马越过它去遥远的东方做丝绸贸易，而失去转手利润。

事实上，和帕提亚类似的横亘在商道上的一个个国家都是这样，不愿意让分居于东西方的国家自由贸易，而他们什么也做不成。他们只愿意做一个个中转的驿站，进货，加价，出货，坐收金钱。

卡米尔说："所以，没有一个古代罗马人向东，或者，古代中国人向西，穿过几万里漫漫长途……"

罗伯特说："哦，不，不不。我们大家现在忙忙碌碌，精神振奋，就是发现了一个古罗马商人。他从波河平原出发，带着他的商队，向东，向东，走啊走，走啊走……"

卡米尔说："我猜到啦，他就是伦巴第平原东方天使城的建造者，让古罗马皇帝和贵妇们穿上中国透亮丝绸的那个古罗马青年。"

罗伯特说："商业豪杰，爱情英雄。"

"商业豪杰，爱情英雄，太吸引人了。我期望看到东方天使城出土的爱情信物。"卡米尔说，"然后，全面、细致地还原他们的故事。"

"你喜欢证据。你的性格非常可爱。我是说，作为一个记者，你喜欢爱情信物，就是喜欢证据。博努瓦，考古学家博努瓦，他更喜欢证据，或者说他更喜欢寻找证据。现在他有证据了，就装在他的箱子里。"

"博努瓦是你的朋友，你有历史，他有证据，很是般配，也是我这个采访者的幸运。"

罗伯特说："博努瓦是波河平原东方天使城考古工作队的队长。好啦，我们到啦。李由住在这里。李由的家乡叫洛阳，中国洛阳，一个历史极为丰富的城市。我们关于中国的古代神秘历史，多半来自李由。李由整理得很好，存在电脑里。我们大家将一起向东走，向东走，沿着古代的丝绸之路，走到遥远的东方。这是一个伟大的行程。"

"哦，李由，洛阳，中国。"卡米尔说，"伦巴第平原的发现，东方天使城，东方天使城遗址出土的奇妙无比的宝贝，帕提亚故地，这些内容，由古人走过的那条了不得的商道连成一串，再走一遍，我们要再走一遍。博努瓦，考古学家，他也一起去吗？"

"当然。"罗伯特说，"博努瓦是罗马和波河的新使者。"

"你也是，罗伯特。李由也是，我也是。"卡米尔说，"博努瓦从东方天使城走来，鞋子上应该还粘着那处伟大遗址的泥土呢。"

作为媒体人，卡米尔知道自己需要的是什么，知道什么最有价值和分量。

04

罗伯特撳按门铃。李由为他们打开了门。

罗伯特向李由引荐卡米尔。李由高兴地说："我们在等候着记者朋友呢，请进。"

卡米尔说："你好，李由，很高兴结识你，我想了解古代那个神秘的中国，请慢慢告诉我。"

在李由的寓所里，最引人注意的是张大图片，是一座古老的庄园，古代西罗马风格的巨大建筑群落，东方天使城的遗址复原图。

图片下，考古学家博努瓦坐在一个古董收藏盒前面，盒子里是三件出土的物品：两枚纺轮和一枚织梭。他正在将盒子里的绒布和盒子的内衬盖起来。

罗伯特相互介绍博努瓦和卡米尔。考古学者和媒体记者相互问好。

卡米尔说："很高兴加入你们的团队，跟着你们，解开一连串历史的谜题。

盒子里的是什么宝贝呢？我猜想，它们来自波河岸边的东方天使城，是不是？"

博努瓦点点头，静默地看着卡米尔。

罗伯特说："那是纺轮和织梭，远古时期的手工业工具。它们到了古罗马，到了波河平原的东方天使城，就不当工具用了，它们是被敬奉起来的信物、圣物。猜想当年它们的收藏者，是把它们装在紧贴胸口的内衣袋子里带回罗马的。"

"纺轮？它是石质的，还是玉质的？织梭，它是骨质的，还是牙质的？"卡米尔伸过脑袋，想看清楚古董收藏盒里的物件。

博努瓦缓缓地盖上了盒子的外盖。他说："走吧，我们这就要开始了，我们将搞清楚一切。"

罗伯特和李由已经在清点他们各种各样的拍摄设备了。罗伯特快乐地说着设备的名字。

窗下一张《蚕种西传》的木板画影印件，引起了卡米尔的注意，她拿起来仔细地审视，见上面的人物是东方人模样。

罗伯特说："那是一件极为重要的丝路证物，画在木板上的画，考古学家斯坦因先生在中国新疆发掘出来的。我们此行会见到它的出土地的，请期待吧。"

《蚕种西传》是一幅横式的木板画，中间一个女性，戴顶大头冠，头冠上满缀珠宝，身份似乎非同一般。左边一个女子，以高举的手臂指着身份显贵的女子头上的宝冠，似乎在说：秘密。画的右边是手执纺织工具的女子和头有光环、四只手臂的男子，男子一只手平置，三只手各执一件器物，看起来像剪刀、纺锤和锥子。

电话响起来。李由接电话，说："好啦伙计，我们马上出发啦。"

李由、罗伯特、博努瓦和卡米尔，携带着他们的物品走出来，上了两辆越野车。他们已经对车辆搞过了喷绘，车头上有喷涂的字样，权且译作中文的"德默"和"爱福"吧。

德默号和爱福号的车顶上，各有一个拍摄机位。车身上，从一侧开始，经过车前盖，到另一侧结束，喷绘了一道彩色的飘逸灵动的丝绸之路。

丝绸之路上，绘有三十多个节点，大略是巴黎、慕尼黑、格拉茨、马里博尔、萨格勒布、萨拉热窝、贝拉内、普里什蒂纳、内戈蒂诺、塞萨洛基、伊斯坦布尔、阿达纳、大不里士。

大不里士所在的帕提亚古国位于车头位置上，它的中文名字曾经译作安息。

帕提亚之后是德黑兰、喀布尔、杜尚别、喀什、莎车，瞿萨旦那之后是敦煌、张掖、武威、平凉、西安、洛阳。

每个节点上，都绘着有关国家的国旗，或者是著名城市的标志性图画。

每辆车上都有一面丝绸的旗帜，旗帜上分别由意大利文、英文、法文、中文写着"丝绸之路"四字，所有的字迹也排成了一条线路。

车头位置上的丝绸绾成了一朵硕大的鲜艳的牡丹花。两辆车，车上丝绸之路和牡丹花的格局相同，色彩有所区别，显得般配而又丰富。

卡米尔说："真漂亮，我猜这是李由的创意。"

李由笑道："是的，我的家乡，到处都是美丽的牡丹，花瓣像丝绸一样。"

李由和卡米尔坐在德默号车上，罗伯特和博努瓦坐在爱福号车上。巴黎的街景，传统与现代相辉映。两辆奇特的丝绸之路越野车，戴着牡丹花在巴黎的街道上穿行。

两辆越野车驶到埃菲尔铁塔广场，这里已经聚集的青年人欢呼起来。他们在这里举行丝路考察启动仪式。

在乐队的演奏声中，人们争相欣赏越野车身上的丝绸之路，拍照，录像。博努瓦、罗伯特、卡米尔和李由跟许多巴黎人站在一起。人们把许多彩旗分别插到德默号和爱福号越野车上。

在人们的欢呼声中，两辆丝绸之路越野车驶出埃菲尔铁塔广场。两辆车也载着满身的色彩，载着巴黎人的探索精神，驶上了征程。

卡米尔说："我有点儿迫不及待了。李由，我现在可以打开你的电脑吗？"

"可以啦，当然。"李由说，"桌面上名字为C的那个文件夹，你可以打开它，一个一个的文件，按次序播放吧。"

"啊，这就是那个古老的、神秘的东方国家？遥远得仿佛位于天之尽头的古老的中国？"卡米尔惊叹，"古罗马人认为，那里的人能把普通的泥巴烧成精美的陶瓷，那里遍地都有一种奇特的虫子，虫子不断吐出彩色的丝线……"

第二章　担当大任的汉家公主

从古代起，中原就不断地向西北各地输出丝织品。西域人一开始跟远在地中海的罗马人一样，对丝织品的来源有各种各样的误解。

当西域人得知，要收获贵如黄金的丝绸，只需栽桑、养蚕即可时，便千方百计地想把桑籽、蚕种和养蚕、缫丝的技术搞到手。

中原的皇家有个规定，那就是严保有关丝绸的机密。当然，桑籽和蚕种更属于机密中的机密。谁将桑籽、蚕种和养蚕、缫丝技术传出中土，是要被判处极刑的。

05

在中国的版图上，南方大地，长江在山中奔腾，出山后蜿蜒东去。

中国的中部，流淌着黄河——炎黄子民的母亲河。黄河之南，上溯至陕西南部山区，诞生于斯的，是一条并不太大的河流——洛河。洛河曲折、隐现，几乎与黄河平行地蜿蜒东下，在洛阳东边百里处扎进黄河的怀抱。

黄河和洛河，是中国的两条名河。黄河与洛河并行的地段，可以称作两河流域。在遥远的古代，这里诞生了华夏大地上最重要的文明——炎黄文明。黄河与洛河见证了中华民族的成长。洛阳，是黄河之南、洛河之滨的一颗历史明珠。

今天的洛阳市区，宽阔平展，楼厦栉比。

由于气候和人为的缘故，今天的洛河比古时候纤细，也没有古时候透亮。今天的洛阳人有今天的办法，修了不少橡胶坝，一节一节地蓄积洛河水，终于也将洛河做成了一条玉带，飘逸于市区之中。

洛河流出洛阳东区，接纳南来东去的伊河之后，继续向东北行进，汇入黄河。

在遥远的古代，洛阳中通洛河，北有黄河，南有伊河。河水滋养着大地，黎民勤劳耕作，五谷丰稔，桑麻满园。在许多宁静的年头，翠绿的桑叶，在春风中婆娑起舞。一片一片桑园，藏不住妇女们的笑语与歌声。

将视线扩大到黄河两岸更加广袤的原野吧。山峦，平川，到处都有桑田。

在百姓家中，大量的蚕笸，层层叠架，铺满桑叶，连房间都变得翠绿晃眼了。无数的蚕儿在享用阳春的盛宴。蚕儿大军沙沙沙地咏唱，像连绵动听的雨声。桑蚕结茧时，满屋满笸，长满了雪白的丝球。蚕农舞之蹈之，庆祝桑蚕带来的丰年。不久，缫丝季节来临，无数蚕茧在热水中滚动，银丝闪闪，抽出来，并起来，绕上框架，盘成丝团。然后是经丝、纺织、染色，最后，一匹匹艳丽的丝绸装上吱吱呀呀的木轮车，络绎在小路上、大道上，从各个方向进入洛阳。

古代的都城洛阳，是最有吸引力的地方。洛阳的里坊、市井，熙熙攘攘。皇城，宫殿，人影绰约。

洛阳是丝绸的汇聚之地。各色丝绸不断地被人从小车上卸下来，扛进豪华的宫廷库房，堆积如山。

大殿之内，汉明帝刘庄与大将军窦固、耿秉在讨论西部边境之事。他们两个都是开国元勋的后代，窦固是窦融的侄子，耿秉是耿弇的侄子。

窦融曾经是王莽新朝的将军，奉王莽之命讨伐刘秀所在的汉军，大败于昆阳，逃回长安。王莽的新朝灭亡后，窦融投汉军，先当校尉，后出任巨鹿太守。

刘秀称帝后，窦融协助刘秀征伐陇西军阀隗嚣有功，得到封赏，领河西五郡，苦心经营，治下社会稳定，"仓库有蓄，民庶殷富，兵马精强，百姓蒙福"。

耿弇呢，自幼喜好兵事，年轻的时候就劝父亲耿况投奔刘秀。耿弇被任命为偏将军，跟随刘秀平定河北。刘秀称帝后，封耿弇为建威大将军、好畤侯，败延岑、平齐鲁、攻陇右，为东汉的统一立下赫赫战功。

窦固和耿秉在席前坐定。明帝刘庄道："先帝对西域无为而治，周边平静安宁，近来允许西域与我互市，商务日渐繁盛。朕前日接见的罗马商人昆塔，来自数万里之外，足见我大汉国威。东西互市，诚为美举，允许丝绸等货物西行，既宣圣德于远方，亦换取财物以为国用。商道畅达，朕所愿也。却不意财物盈路，滋长北匈奴寇掠之性，甚至早已归服的南匈奴也渐生离异之心，不知两位爱卿有何建议？"

窦固说："圣上所言，亦臣等所思也。西域自古百蛮之地，如北匈奴者，逐水草而居，随放牧而迁移。其性犷悍，其心叵测，危害边境，实为大患。必欲彻底制服，以收永逸之效。"

"卿言甚是。"明帝说，"西域商路，艰难险阻，尚可克服，惟北匈奴等沿途蕞尔蛮夷，寇边掠财，侵犯不休，朝廷之患，朕之忧也。"

耿秉说："西域沙漠强梁，皆属马前悬人头、马后载妇女之野蛮游寇。我大国天朝，断无畏其强悍、惧其残暴之理。"

窦固说："先帝之时，内地初定，息兵养民，本为上策。现今我朝政权巩固，实力增强，经营西域，安定汉边，正得其时。臣早年曾随伯父用兵河西，略知西域边疆事务。此时天气渐热，塞外水草初生，出征数月后，正值丰美，可以节省战马的草料。"

明帝说："匈奴之西的瞿萨旦那国派遣使团前来洛阳，有和亲之请，朕意尚未决断。不知与北匈奴交战及与瞿萨旦那国和亲，孰可孰不可，或者互有冲突否？"

耿秉说："以和亲之许可，结好匈奴西部更远处之瞿萨旦那国，纵其向东进击，我朝以多路大兵西进，廓清西域，安稳疆土，畅通商道，正合远交近攻之计。"

明帝道："远交近攻，自是兵家上选。和亲大事，却是知易行难。送一小公主远去番邦，从此不能相见，朕也是于心不忍啊。"

窦固说："自古邦国之间远途交好，莫若和亲最为有效。陛下选一小公主，赐予西夷之邦，骨肉血亲，传延不息，万里之外，向心朝廷。长远看来，实为上策。"

明帝微微颔首，又沉默有顷，道："如此，则朕拟答应瞿萨旦那国和亲之请了。末河王之幼女小丝，由朕接入洛阳宫中抚养之后，与其姐姐们续排为十三。十三小公主恰已成人，性格甚为活泼，堪可当此外交大任。不过现今西域不靖，必先有大军前行，和亲随后，方可确保无虞。两位爱卿于此有何妙计，请讲来听听。"

窦固、耿秉建议：和亲西域，关涉外交大事，鉴于西域目前之军事形势，不可公开，宜在大军开路之后秘密行之，或可与护送兵马一起佯装为商队，以策安全。至于征西军务，请皇上召集太仆祭肜、虎贲中郎将马廖、下博侯刘张、好畤侯耿忠等共同商议。

于是，明帝宣祭肜、马廖、刘张、耿忠上殿，与窦固、耿秉共议征西军事。

祭肜是开国元勋祭遵的堂弟，而马廖则是明德皇后的兄长。

祭遵年轻时喜爱读书，家里富裕，却十分俭朴，不爱穿华丽衣服。母亲去世，自己背土起坟。及长，做了县吏，刘秀率领部队经过，跟着刘秀征战河北，当了军市令。

刘秀的家仆犯了法，祭遵把他杀了。刘秀发怒，抓了祭遵。主簿陈副劝谏说："明公常想要众军整齐，现在祭遵奉行法令不避权势，正是教化法令所需要的哩。"刘秀赦免了祭遵，令他为刺奸将军，对诸将说："你们要多加小心。我舍中儿犯法祭遵照样杀了，他对你们是绝不会徇私的。"

后来祭遵被拜为征虏将军，与建威大将军耿弇等六员大将西征陇蜀，屡立战功，一生受光武帝器重。

明德皇后是马援的小女儿。马援为东汉一统天下立有不世之功，年迈之时仍请缨出战，西破羌人，南征交趾，得封伏波将军、新息侯，以老当益壮、马革裹尸的英雄气概被人尊称为"马伏波"。

可惜，马援因驸马梁松等人的陷害，南征而死之后长久蒙冤，未能进入朝廷英雄纪念馆。迨至明帝即位，纳其小女儿入宫，做了贵人，继而做了皇后，才开始漫长的平反路程。

刘张是明帝伯父的孙子，耿忠是耿弇的儿子。

窦固对大家道："从前，匈奴有游猎部落的援助，并有其他蛮族的依附、支持，所以不能将它制服。孝武皇帝得到武威、酒泉、张掖、敦煌等河西四郡及居延、朔方以后，匈奴失去富饶的养兵之地，断绝了与羌人和胡人的友好关系，势力范围只剩下西域，而西域不久也依附了大汉。因而呼韩邪单于向大汉请求归属，乃大势所趋。"

窦固继续进一步分析说："如今的南匈奴单于，情形与当年的呼韩邪单于相似。不同的是，南北匈奴尚在分裂状态，北匈奴侵略汉地，劫取商道财物，得不到惩罚，反而使得南匈奴也心生犹疑，此种状态必须改观，方可安定西域，畅通商道。"

耿秉说："目前，西域尚未完全依附汉朝，北匈奴祸患不止，究其原因，在于威慑不够。以战息战，本是具有盛德的君王常用的方法。"

窦固说："刀兵之下出稳定。先进攻伊吾，打败车师，派使者联合乌孙各国，以切断北匈奴的右臂。在伊吾，还有一支匈奴南呼衍的驻军，如果将他们打败，便又折断了北匈奴的左角，此后就可以对其本土发动进攻了。"

汉明帝对窦固的战略分析和用兵规划表示赞许。

祭肜分析说："进攻伊吾，北匈奴必定集合部队，快速救援，我们还应当有其他部队分头进攻，以牵制敌人，使其难以分兵。"

汉明帝说："太仆所言有理，不惟分头进击，往来接应之兵也当部署。"

会商之后，汉明帝下诏，组织三路大军围剿北匈奴。

汉明帝命窦固为奉车都尉，耿忠为从事，班超为假司马——代理司马，率领酒泉、敦煌、张掖三郡郡兵和卢水的羌人胡人部队，共一万二千骑兵，出禄福酒泉塞；派耿秉为驸马都尉，秦彭为骑都尉，率领武威、陇西、天水等三郡募士和羌人部队，共一万骑兵，出张掖居延塞；遣太仆祭肜与度辽将军吴棠率河东、河西的羌人胡人部队和南匈奴单于的部队，共一万一千骑兵，出阴山高阙塞。

窦固，字孟孙，好读书，喜兵法，曾为黄门郎和中郎将。他娶了光武帝刘秀的女儿，因而是一位驸马。

窦固的堂兄窦穆也是光武帝的女婿，因干扰政事，受到制裁，窦固常跟他来往，也受到牵连，十年没有职位。明帝继位，用兵西域，起用窦固为奉车都尉，统率大军。窦固因而壮志满怀，必欲建功边关，报效朝廷。

班超，字仲升，跟窦固是扶风郡老乡。班超的父亲做过县令，他也算个官宦人家子弟。班超为人不拘小节，很有志向，也有文武之才。

班超的哥哥班固受朝廷征召，到洛阳任校书郎，即图书馆的编辑，班超和母亲一起随哥哥入居洛阳。

班固做个公务员，收入不高，家中贫寒。班超便也出门打工——受官府所雇，抄写文书来谋生，天长日久，非常辛苦。腰痛手酸的时候，班超将笔扔置一旁，叹息道："身为大丈夫，应该立功异域，封侯晋爵，怎能老干这笔墨营生呢！"

周围的同事们嘲笑班超，他不在乎，说："凡夫俗子怎能理解志士仁人的襟怀呢！"

他跑去相面，相面的人说："不要忧虑，你这个人当会封侯万里之外的。"

班超心想，希望的正是如此啊！但究竟他又是如何掐算出来的呢？

算命先生说："你有燕一般的额头，老虎一样的头颈，前者能高飞，后者能吃肉，飞翔食肉，这些都正是万里封侯的相貌啊。"

求解之后，班超更自信了。

有一天，汉明帝问班固："你弟弟现在做什么呢？"

班固说："替个小单位抄抄写写，挣钱奉养老母，心里不安分，怀有大志向呢。"

汉明帝就给班超安排了个宫内文书的差事。宫内文书，叫兰台令史，管理奏章和机要文件。工资高了，但离万里封侯仍然很远。

恰逢窦固奉君命出兵西域，班超这个老乡得以随军征战，立功异域的机会来了。

班超做了窦固部队的假司马，官职很小，但只要能随军北征，搏击沙场，必能实现建功封侯的伟大理想。他递交了请战书，窦固很赏识，派他为统领，郭恂为副，率领三十六名勇士提前向西域进发了。

各路大军集结之时，东汉王朝与西域瞿萨旦那国和亲之事则秘密进行。

07

在洛阳皇宫的内殿，汉明帝召见了收养有年的未河王的女儿小丝，明德皇后和小丝的生身母亲陪坐在侧。刘母是个三十多岁的美丽夫人。

汉明帝对小丝道："十三女儿，按照人伦常理，不该送你远去番邦，然社稷重任在肩，想你是能够理解的。此去路途遥远，水土差异，父皇必会不断遣派使者往来，关心你的生活。"

明德皇后揽着十三公主，说："你十一姐小迎、十二姐小民，均已许人，其余王侯女儿，察其性情、智慧，还是不如小丝你能胜任。女儿此去，但有不适不快，即遣使者相报，朝廷会关照的，因为女儿你永远是我们汉家的骨肉啊。"

小丝的生身母亲也揽起女儿的秀肩，说道："深深感谢皇恩，感谢皇后的关怀、嘱咐。女儿此去，担负社稷大任，务必牢记皇上的教诲，为稳定汉家边地、拓通西域商道尽心尽责。"

刘小丝起身向明帝款款施礼，说："女儿感激父皇降此大任，必将不负父皇深情厚望。女儿身在远方，心在朝廷，会时时向着东方，为父皇请安，愿父皇多多珍重，以使社稷福分绵长，恩德永享。"

聪明而礼貌的十三公主，转而俯身于明德皇后，道："母亲的叮咛，小丝铭记在心，恭请母亲大安。今后身在西域，心系母亲，日月流水，永不改易。"继而，小丝俯身于生母膝上，深深埋头，久久不动。

明帝命皇后和小丝的生身母亲秘密准备十三女儿的嫁妆，不日当抽调护送兵马，组成名义商队，秘密送女儿往瞿萨旦那国和亲。

瞿萨旦那国请求和亲的团队得到汉明帝允准的诏命，高兴得乱叫乱跳，但明帝不准声张，要他们严守机密，他们只好在驿馆内室之中吃肉喝酒，疯狂庆贺。

瞿萨旦那国前来洛阳请求和亲的团队中有个女性统领祖赫热，还有几个女队员，是该国预备来服侍汉家公主一路上衣食住行的。

祖赫热是个稳重的女人，因而被瞿萨旦那国王委以和亲之外的秘密重任——携带桑籽和蚕种，回去种植和饲养，以发展自己国家的丝绸业，以逐步摆脱转手贸易的被动地位。

从古代起，中原就不断地向西北各地输出丝织品。西域人一开始跟远在地中海的罗马人一样，对丝织品的来源有各种各样的误解。

当西域人得知，要收获贵如黄金的丝绸，只需栽桑、养蚕即可时，便千方百计地想把桑籽、蚕种和养蚕、缫丝的技术搞到手。

中原的皇家有个规定，那就是严保有关丝绸的机密。当然，桑籽和蚕种更属于机密中的机密。谁将桑籽、蚕种和养蚕、缫丝技术传出中土，是要被判处极刑的。

此后的历朝历代，严设关防。西域人一代一代想方设法，除了丝绸成品之外，什么都没有得到。

瞿萨旦那国的年轻国王于是想出了派使节到中原求婚的妙计。

祖赫热是个能干的瞿萨旦那女人，阿依慕和艾米拉，也都很机灵，是祖赫热的左膀右臂。现在，使团请婚成功，不日将护送汉家公主回瞿国，国王的吩咐该付诸实施了。

瞿国使团的每一个人都是无法携带桑籽、蚕种这些违禁品的，因为从洛阳到瞿萨旦那，中间要通过的每一处关塞，他们都要接受严格检查。一旦被发现，即构成罪行，后果不堪设想。

祖赫热将走私的事情告诉了阿依慕和艾米拉。三人碰头密谋的结论是，以贿赂开路，用珍宝买通汉宫的宦官和侍女，设法接近公主，请公主完成这个任务。

她们想得很美，假设公主同意随身携带违禁品，哪一处关塞还敢搜查呢？

祖赫热说："我已经秘密接触了两个宦官，许以好处，他们愿意帮忙。其中一个今晚值班。事不宜迟，说做就做。"

天黑下来，祖赫热预备了一些玛瑙做成的西域珠宝佩件，领着阿依慕和艾米拉走出了驿馆。

接近宫城的时候，卫戍部队的巡逻小组经过，祖赫热她们赶紧躲避。在下一个巡逻小组可能出现之前，她们飞快地奔跑，又隐身道侧，再经过漫长的回环、潜行，终于见到了接应的宦官。

宦官收了礼物，验看了，收藏了，说："跟着我走吧。"

她们跟着宦官，悄悄地来到十三公主刘小丝的住处。门口的侍女也得到了来自西域的珠宝，祖赫热得以走到公主的屏风前。

"尊敬的公主，我们未来的王后，您将要离开洛阳，成为瞿萨旦那的第一夫人，请不要惆怅，我们的国王年轻又英俊，可以说，不但勇武异常，而且敬重佛法。我们的国家，辽阔而富有。国王承诺，您到我们国家后，我们会为您创造条件，让您的衣食住行完全遵从中原的生活方式，没有任何问题。"

刘小丝原本对远嫁不无担忧，一听祖赫热这番话，心情真的好起来，让贴身侍女传话说："感谢你，感谢你告诉的一切。"

祖赫热说："唯一的遗憾是，瞿萨旦那国不能出产丝绸，恐怕百年之后，公主的子孙没有美丽的锦绣可穿。我们想购买桑籽和蚕种，但料想难以通过大汉边关的严格检查。为公主的未来着想，特冒昧恳请聪明的公主设法携带桑籽和蚕种，也实现瞿萨旦那国王和全国百姓的美好心愿，大恩大德，永远流芳。"

小丝公主确实是聪明的，沉默了一阵，传出话来说："夜深了，请你们回驿馆去，安心歇息吧。"

第三章　望女儿常有锦书来

大汉与西域，且战且和。西域佛僧东来，中土信徒西往，皆为增进友谊之举。先帝初年，匈奴分裂，其中南部，接受册封，依附汉朝；北匈奴者，继续对抗，劫掠骚扰，长久为患。北匈奴骑兵焚烧城邑，杀戮百姓，竟致边境白天也紧闭城门，黎民受害甚重。今者我朝已经派遣大军数路，清剿西域。而瞿萨旦那国恰派使团前来求亲，朕已允准十三公主远嫁，不日成行。和亲队伍虽说位于大军之后，相对安全，然毕竟长驱险境，情形莫测。朕特请卿为汉家和亲大臣，率队西行。为保万无一失，和亲队伍扮作丝绸商队。以卿之学问智谋，必不负朕此番重托。

08

东汉洛阳城，已是繁华热闹的大都会。

官家的车仗人马，在宫城或王府间游动，或者迤逦赶往郊外，或者从郊外回来。行商贩夫，在洛阳城的大街小巷进行农产品、畜产品交易。

餐馆酒舍是汉洛阳城一大特色。人们把酒坛放在店前高台上，由姿色艳丽的促销小姐当垆揽客。她们站在酒坛边，巧笑着把人们请进自家的店堂。侍酒女郎都是挑出来的交际花，既陪酒，又赔笑，叫好妇。有位貌相西域化的女孩就正在一家大的酒肆门前高台上，向客人拜平安。

走来的客人更加西域化。前面的是青年商人、罗马男爵安德鲁·昆塔，他会说一些汉话，但他还有一个语言翻译普拉斯，一个希腊人。跟随昆塔的是他的从人菲利普和迈克尔，他们均来自遥远的罗马波河岸边，比瞿萨旦那不知要往西多远了。

有趣的是，菲利普和迈克尔的衣服后背上有字和画组成的广告。字是一个大大的"购"字，字之下是画出来的丝绸，好几匹叠在一起的样子。正因为这个有趣的广告设计，一路上不停地有人上来跟他们对话、谈生意。

有官吏模样的认出他们，则说："哦，我知道，你们是皇上接见过的，赏赐过的，来路最远的客人，祝你们好！"

昆塔就说："是啊，大汉皇上是个十分温和的人，对我们很好，祝福我们发财。我们转致了罗马皇帝陛下对东国的问候，大汉皇上给我们题了四个字：使通万里。"

官吏即刻行礼，念叨说："使通万里，使通万里，我们伟大而圣明的皇上。"

来到酒馆门首，昆塔说："你好，美丽的女士！"

普拉斯翻译道："上午好，你这位美丽动人的妇女！"

漂亮又热情的酒肆女招待员被逗笑了，弯腰祝福，说道："客官的汉话很好听啊。本店温暖如家，服务周详，诸位请进！"

几个人进店，选了个几案，坐下。这时候有另一位服务女子过来接应。

昆塔吩咐接应服务的好妇："好妇，好酒。"

普拉斯进一步强调："我们的主人要好的酒。美酒，香酒，请尽管端出来吧。美丽可爱的人儿！"

昆塔坐了，说菲利普和迈克尔："你们心存疑惑，这是难免的。前几天，我也在担忧，我真的在担忧。从罗马来到东国，路上经历的一连串艰险，还让人心怀余悸啊。"

是啊，漫长的路途，叵测的行程，干旱，饥饿，凶恶歹毒的劫匪，挡道的国家，不讲理的军队……这一切一切，组成巨大的障碍和担忧，让来自遥远西方的客商不敢放手采购货物，怕辎重拖累了西归的脚步，怕财物成为商路上的灾难，担心走不回罗马。

"走到中原，我们明显感觉到国泰民安的美好。"

"汉家皇上接见了我们，把远道而来的客商当作贵客，爱好和平、珍重友谊的中原汉家……"他们伸出了拇指。

"现在，大汉朝廷又动用了武力。"安德鲁·昆塔说，"向西域派遣大军，开拓通道，这是我们远途商人的福音。"

菲利普说："汉家的大部队开路，后面跟着皇家的商队。我们抓住机遇，跟进，跟进，最难通行的地段就走过去了。"

迈克尔说："我们幸运。前几天，还在发愁，不敢多购货物呢。"

"无法充分使用我们这次卖货挣到的钱，心里一直觉得不好。感谢大汉皇上，接见我们之后，为我们送来了财运，财富来敲我们的门了。"

这时酒肆好妇送上了美酒和牛肉，恭请昆塔他们慢慢享用。

09

在昆塔一拨人豪饮美酒的时候，邻席有两个汉人在注意他们。看到他们背上采购丝绸的广告，凑过来相问："我们有上好的丝绸，客官可乐意采购？"

"当然，当然。"昆塔说。

菲利普说："你们若有上好的丝绸，我们会出个你们乐意的价钱。"

迈克尔道："有好多人都回家搬丝绸去了。你们若有，可快快拿来。"

普拉斯把地中海客商的话翻译给洛阳人听。

洛阳人说："说上好的就是上好的，很快就让你们看到好货了。"

对方去取货，昆塔他们继续喝酒吃肉聊天。其间又有几拨想出售丝绸的前来咨询，昆塔高兴地拂一拂座席，请他们坐下喝一杯。

昆塔他们的酒肉用得差不多了，销售丝绸的洛阳人陆陆续续来了。

菲利普和迈克尔在酒肆外面的街头收购货物。

没多大工夫，几匹上好的丝绸就来了。

丝绸被放到席子上。啊呀，确实是优质货，色泽亮丽，光滑细腻，像流水一般，没有一点儿瑕疵，而且布幅比他们曾经收购到的都要宽。

昆塔查看丝绸的平滑度和色彩，然后用掌尺和腕尺大致测量丝绸的宽度。掌尺是他的四个手指，腕尺是中指尖到肘跟。他最后拿出了一个有刻度的金属棒——罗马尺，具体地测量。

昆塔非常高兴，用纯粹的罗马语对普拉斯说："我们又遇到好货了。"

作为聪明的商人，昆塔并不向人表现出自己的态度，他不卑不亢地问："这个是哪儿出产的？"

"哪儿出产的说不清楚，是我家主人得到的赏赐，是皇上赏赐给我家主人的。我家主人勤俭惯了，不愿裁剪了做衣服，吩咐出售了，换成钱贴补家用。从太阳升起到太阳落下，家用还是很大的。"

"我们已经收购不少了，只是想适当增加一点。你们有多少匹这样的丝绸？"

"现有六十匹可以卖给你们，先生。"

菲利普和迈克尔在验看纷至沓来的货品。

昆塔把跟他对话的人请到一边，让普拉斯告诉那人说："我们想帮你家主人的忙，把六十匹全买了。如果真心实意要成交的话，你想要多少钱一匹？"

"我家主人是一位大夫，这些丝绸是因进谏有功受皇上赏赐的，为了物尽其用才忍痛销售。至于价钱嘛，你想想，来自宫中……"

菲利普和迈克尔背上的广告在刚才招摇过市的路上确实起了作用，加上人们的奔走相告，又有不少人来出售丝绸。

洛阳人在相互议论："金币，他们是有金币的。老远老远来的，你看他们长的模样，比西域胡人还要高大。"

"金币跟咱们的五铢钱大小差不离，兑换五铢，那可兑换得多啦。"

菲利普说："我好像看到，春天的农家，到处都是肥滚滚的蚕，它们在吃桑叶，在忙碌地吐丝。"

菲利普说着，逗趣地做出蚕吃桑叶和吐丝绕茧的模样。

周围的人都笑了。

"是啊。"迈克尔说，"卖家这么踊跃，该是个多大的丰收年啊。"

小酒馆前面本是个集市，罗马客商收购丝绸，引来大量卖家和看客，愈显热闹。时光过午的时候，昆塔他们已经收购了很多丝绸。几个遥远的西方客商和他们的翻译高兴得手舞足蹈。

菲利普说："感谢中国朝廷，为我们题词'使通万里'。在我们要走的时候，决定派大军开路、护航，让我们敢于放开手收购，把我们回欧洲的货车装得足足的，足足的。"

普拉斯说："明帝，明白的皇帝，大汉明帝，一位明白的皇帝。"

迈克尔激动地接着说："是啊，好好干吧！"转身招呼等在周围预备给他们运货的独轮车夫，"来啊来啊，你，你，装车，装车。"

安德鲁·昆塔，他在微笑。

最后，装满了十二辆中式独轮推车，由十二个中国汉子驾着，送昆塔他们回驿馆。

十二个驾车汉子，屁股扭得十二分欢快。

10

此时，在深深的大汉后宫，安静的一处院落里，刘小丝和生身母亲正坐在水边的花亭下。

花坛中，珍贵的牡丹在春风中含苞欲放。

母亲说："生在王侯之家，肩挑社稷重任，母亲难以像百姓家的母亲一样自由，女儿也难以像平民家的女儿一样自由啊。"

小丝公主说："女儿知道。"

母亲说："话说回来，平民百姓之家的女儿，也没有这个荣耀。"

刘小丝说："因此，母亲不要过于担心女儿。倒是女儿舍不得母亲，女儿因为路途遥远不能回来看望母亲的时候，请母亲万万保重。"

母亲说："女儿如此知礼，母亲自是欣慰。泱泱大汉，慈悲皇上，女儿勿要担忧。西域偏远之地，万里之遥，天地不同，习俗有异。女儿担当大任，母亲自豪，可这心怀深处，难免疼痛不已啊。"

小丝说："瞿萨旦那国的祖赫热暗地里见女儿的时候，介绍了瞿萨旦那王的详细情况，听起来他也是个颇有作为的君主。女儿将来会做应该做的，请母亲宽怀。只是她们提出秘密携带桑籽和蚕种的事情，恳请母亲帮助女儿。"

母亲说："母亲支持，支持。关乎爱女的未来，必会安排知心人办好的。"

小丝说："女儿知道母亲是多么喜爱丝绸这种美好的物品。"

女儿知道，素色的丝绸是母亲的最爱。

"是的。女儿，华夏古国，从古至今，有两种宝贝：陶瓷和丝绸。外夷番邦的人不远万里来到中原，驼载车装，运输这两种宝贝，历尽艰难险阻，到他们那里卖大价钱。"

"女儿知道这些。还有，母亲的内心女儿是知道的。女儿喜爱母亲之所喜爱。"

母亲说："陶瓷，浑厚，沉着，粗犷，甚至笨拙，满身都是艺术的美质；丝绸呢，光洁，顺滑，飘逸，软细如水，又有珍珠样的光洁、月光般的清丽。陶瓷是男人，丝绸是女人。"

小丝公主说："陶瓷，是好男人；丝绸，是好女人。"

母亲激动地拥着女儿："女儿这么多年春秋苦读，学识一点也不弱于须眉男儿。母亲相信女儿远去西域，必能做一个聪明贤惠的内助，恩遇一方，造福一方。"

女儿道："听说西域之地，非常干旱，但也有不少河湖，涵养水分，形成绿洲，人们世代安居。女儿到了西域，将教其国人植桑养蚕、缫丝织绸，弘扬中原美好风习，也不辜负了父皇和慈母的期望。"

母亲似乎看到了远方和远期的美景，拥起女儿，连连夸赞："好女儿，好女儿！望女儿常有锦书来，让母亲放心、高兴。"

"女儿记在心里啦。"小丝亲昵地说。

11

西宫之外，一所神秘的大院，工夫们在整顿车马，张设帷帐。

这是皇家和亲的车队。为了保障长途行动的安全，按照皇上的旨意，和亲的车队伪装成商贸车队。

监工的两个责任官吏大鸿胪卿走过来，将一些写着商号名称的菱形布块交给工夫，命他们张挂在车帷上。菱形布块，粗麻质地，上面画有一个圆圈，圆圈内四个字，构成货币格局的组合："东城贩营"。

老成持重的卿正说："如此加以装扮，看起来是个真正的商队了。"

年轻的卿副说："沿途不会有人看出破绽的，前边有皇上派遣的大军廓通西域，后面，行商走贾看到经营赚钱的机会来了，收购丝绸和陶瓷向西域贩卖，顺理成章。"

"公主此去随行人员众多，生活所需自然不少，车队庞大，事务繁多，后勤配备，万万不可掉以轻心。"

"在下已经通知沿途亭传、邮驿，对'东城贩营'商队特殊照顾，优等支应。"

"此番皇上决心打开西域商路，远在大漠之外的富庶之国必将携带珍异，露顶肘行，次第东向，来朝天子。商胡贩客，运输宛马、奴婢、金银、香料之属，亦必将络绎于路途，不绝于塞下了。"

"某常甚为奇怪，据说西域番邦，终年不雨，莫论稻麦五谷，就连荒草林木也难长成个模样，然其富庶前古未闻，金银珍宝多不胜数。凡长途往来与其做生意的，只要路上不为迷途所困，不为强盗所伤，均能发上大财，诱惑得众位亲朋好友不思守土，皆欲西去做一贩夫，奇怪。"

"糊涂，糊涂。遥远的流沙之外，大片土地，不能生长，五谷既缺，桑麻也无。只是其地下有所埋藏，即吾中原所称金银珠宝。偶尔上天垂顾，也落下一两坨金石。然而，此类物属，当不得吃喝，做不成穿戴，吾中土缺乏，方才视其为宝物。若论富裕，西域哪里及得上我中土啊。"

"若是如此，皇上为啥要拓开商道、沟通贸易？"

"若东西方不能互通，西域之人守着金银珠宝挨饿受寒，吾中土之民粮草过多，丝绸、陶瓷等物涌流，也是终日发愁啊。"

"有所明白，仍存糊涂。吾大中原之丝绸、陶瓷畅达西行，西域之金银珠宝顺利东来，此本属于多方获利之好事。远途贸易，荒凉之处有强盗剪径，尚可理解，为何流沙之外，匈奴之辈，以大量兵马虎踞狼盘，不许畅通呢？"

"看你，明白是假，糊涂是真啊。你以为西域到处都是金银，铸成金币银锭，即可换取吾天朝的丝绸和陶瓷吗？你错了。"

卿正为自己的副手上起课来："西域很多地方是贫瘠无比的。譬如匈奴，譬如同类其他蕞尔小邦，习惯于骑马放牧，食肉饮奶，草地虽然宽阔，却没有金银出产。他们看到吾中原天朝与西域诸国甚至与更加遥远的帕提亚、罗马商务繁荣，心生嫉恨，屡屡阻断，或想转手牟利，或想剥一层皮。商家以利润为上，不顺其意，自然出现屡屡阻断，甚至杀人越货之事了。"

"哦，原来如此。皇上送十三公主去瞿萨旦那国和亲，原来即是收复西域之地，巩固西域之治，怀远致久之略，令人敬服。"

"想一想吧，和亲西域，威服番邦，吾中原丝绸陶瓷，负载皇恩，迤逦西去，遥远异国之金银珠宝，次第东来。一路一带，歌舞升平，黎民百姓，长远受益，岂非大圣大德之举吗？"

"感谢悉心指教，现已真正明白。督建和亲车队，自必更加尽心尽力。"

大鸿胪卿副提高了思想认识，志气顿时也上升了，大声呼喊工夫们："大家加油，保质保量，提前完工，便可领赏啦！"

工夫们回应："噢，好啊，加油干，领赏啊……"

汉明帝刘庄是个为政勤奋、很有作为的皇帝，廓通西域的大军进发后，即命和亲使团快速准备，尽快跟着瞿萨旦那国的求亲者西行。

为了保障西域开拓万无一失，汉明帝又下诏书，命来苗为骑都尉，文穆为校尉，率太原、雁门、代郡、上谷、渔阳、右北平、定襄等七郡的郡兵和乌桓、鲜卑部队，共一万一千骑兵，出山西平城塞，向西进击，作为前三路征西大军的接应。

这日早朝过后，汉明帝宣博士郑众上殿，拜为给事中，托以和亲大事。

郑众是开封人，十二岁跟着父亲学习典籍，广泛研读，学识渊博，无所不晓。

刘庄谆谆说道："大汉与西域，且战且和。西域佛僧东来，中土信徒西往，皆为增进友谊之举。先帝初年，匈奴分裂，其中南部，接受册封，依附汉朝；北匈奴者，继续对抗，劫掠骚扰，长久为患。北匈奴骑兵焚烧城邑，杀戮百姓，竟致边境白天也紧闭城门，黎民受害甚重。今者我朝已经派遣大军数路，清剿西域。而瞿萨旦那国恰派使团前来求亲，朕已允准十三公主远嫁，不日成行。和亲队伍虽说位于大军之后，相对安全，然毕竟长驱险境，情形莫测。朕特请卿为汉家和亲大臣，率队西行。为保万无一失，和亲队伍扮作丝绸商队。以卿之学问智谋，必不负朕此番重托。"

郑众连忙倒身下拜："谢主隆恩。臣本一介儒生，承蒙陛下厚爱，以和亲大事重托。微臣祈请陛下放心，为大汉，为社稷，必圆满完成使命，万难不辞。"

第四章　让克拉苏心动的人儿

克拉苏经常找个由头，在家中摆设盛宴，款待平民百姓。平民百姓走在街上，不论他的地位多么低贱，只要向克拉苏打招呼，克拉苏都能叫出对方的名字。

克拉苏不是一个忠实坚定的朋友，也不是一个冤仇难解的敌人，一旦涉及他的切身利益，他可以毫不迟疑地摆脱个人恩怨。他是个执政官，但从某种意义上来说，他更像一个商人，善于收买一切有价值的东西，尤其是人心。上自元老院，下到最底层，他都拥有无数的债务人与支持者。

12

慕尼黑，德国南部巴伐利亚重镇到了。

慕尼黑是巴伐利亚州的首府，阿尔卑斯山在它的南边，伊萨尔河在这里拐弯。慕尼黑是欧洲最繁荣的城市之一，人口众多，风情古朴。

据说这个地方最早的居民点可以追溯到罗马帝国时期。这里有个修道院，叫本笃会修道院，因此慕尼黑这个地名在德语中的含义是"僧侣之地"。

慕尼黑的夜色最浪漫，绰约的灯光，行人的笑语，无不荡漾着啤酒的芬芳。李由他们的西欧丝绸之路团队到达慕尼黑，受到慕尼黑旅游业和德国媒体代表的热烈欢迎。

米勒是慕尼黑旅游业协会的，爱玛是个记者，他们和一些伙伴承担了迎送任务。

他们穿过市政广场的时候，罗伯特问："慕尼黑人认为，这座城市的历史，可以追溯到什么时候呢？"

爱玛说："西罗马时期的记载是有的，那时候应该就是交通要道了。"

罗伯特笑着说："我相信博努瓦先生是有根据的。西罗马时期的慕尼黑，应该就是一个很大的村庄，很大的驿站了。那就是昆塔的远途商队，那些载着中国丝绸的商车一辆跟着一辆经过的时候。"

博努瓦耸耸肩，笑一笑。

卡米尔说："严谨的考古学家是要证据的。米勒先生，你们旅游业协会找到了相关的证据吗？"

米勒说："在细心地找。慕尼黑确实是西罗马时期的通道。西罗马的商队是会经过慕尼黑的，老慕尼黑乡亲纯朴又好客，所以我们需要知道的是西罗马商队的具体情况。"

米勒和爱玛将李由他们领进了一家著名的啤酒馆。这家啤酒馆有着宽厚的墙体，无梁柱的圆拱，构成一个可容数百人的连贯式厅堂。

啤酒馆里，人头攒动。很多旅游业和媒体界的人在等候，一排排长条原木桌椅座无虚席。看到来自大西洋岸边的"重走丝绸之路团队"，人们欢呼起来，音乐也热烈起来。

李由和博努瓦他们坐了下来。金发碧眼、身着皮围裙装、顶着玲珑花帽的侍应小姐立刻端来了啤酒，送来了香酥的面包圈。

米勒、爱玛和他们的同伴们格外轻松、兴奋，与西欧重走丝路团队边喝边聊。

博努瓦说："慕尼黑啤酒是我的最爱。慕尼黑的啤酒厂、啤酒馆、啤酒大学都是世界一流的。哦，当然，还有人均饮酒量。"

卡米尔说："慕尼黑啤酒节最是热闹非凡。我在啤酒节来过慕尼黑。置身节日，突出感受到的，是这个城市的豪爽、粗犷和无边的欢乐。"

在缥缈的美妙乐曲声中，他们碰杯，欢笑，相互祝福。

罗伯特制造了一个惊喜。他突然转着圈向人群撒出了许多小小的丝绢，丝绢上印有与他们这次东行丝绸之路相关的图画和文字，譬如很多图片介绍，那是他们选出来将会停留和考察的三十多个节点，等等，引起一片骚动和欢呼。

爱玛待大家欢呼过后，开启了投影仪，雪白的幕墙上，出现了博努瓦、李由、罗伯特和卡米尔的德文的介绍文字。

米勒说："欢迎西欧东行丝路考察团队的罗伯特先生为我们讲个故事。罗伯特先生是考察团队的历史顾问，他是个最有故事的人。欢迎！"

整个啤酒馆响起掌声。

罗伯特手执电光棒，说："非常有幸跟大家见面，很高兴跟慕尼黑的朋友们欢聚一堂。

"朋友们，我们正在用行动发现一个故事，复述一个故事。这个故事，就发生在漫长的东西方古代通道——欧亚丝绸之路上。丝绸之路，这条古老而漫长的贸易通道，这条藏着无数奇迹和奥秘的贸易通道，连通了古代的欧洲和亚洲。

"在我们的故事发生的年代，古代罗马帝国已经占领了希腊一带地方。也就是说，那时候的希腊，是罗马帝国东部的领土。

"从今天的意大利，经过今天的希腊，到遥远的东边的伊朗、印度和中国，一路上有很多城市都参与了东西方的贸易交往，包括慕尼黑。为什么要走慕尼黑呢？慕尼黑人好客。你看，我们还没到，啤酒已备好。

"哈哈，开个玩笑。古时候啊，奥地利南部的山太大了，不好走，非常不好走。走山脉南边的威尼斯吧，海盗太多，他们猫在那里，专门抢劫过路的商人。于是，西罗马的商队就走慕尼黑了。

"慕尼黑，是这条漫漫长路上的一个重要节点，重要驿站。

"我们的主角叫安德鲁·昆塔，西罗马时期波河平原的商业英雄。

"安德鲁·昆塔先生说，我的车上的丝绸来自遥远的东国，我们历尽艰险，不惜抛头颅洒热血，运输它到西方来，运输它到罗马去。假若慕尼黑的美丽小姐、漂亮贵妇们喜欢我远道运来的丝绸，愿意出个好价钱，让她们显示出性感动人的线条，让慕尼黑的男人，让到慕尼黑旅行的男人都兴奋到发狂，我何乐而不卖呢！

"好吧，古代的慕尼黑，一个喜欢东方丝绸的城市，一个喜欢古代中国产品的大村庄，由于昆塔丝绸商队的出现，沸腾了。"

罗伯特一边讲，一边播放画面。银幕上，是古代的慕尼黑，是安德鲁·昆塔男爵的商队，是一块块数米长的色彩斑斓的丝绸，是美丽小姐、漂亮贵妇们激情奔放的笑脸。

昆塔展开了一幅精美的金黄色丝帛，上面写着四个红色大字"使通万里"。

昆塔兴奋地向人们介绍："'使通万里'，这是汉字，是东方汉国的皇帝写的，意思是说，你们经商的罗马朋友是友谊的使者，让远在万里的两端连了起来。东方汉国，在遥远的遥远的东方，就是人们所说的，天之尽头。我们走到了那里，我们走了好多个月，购买了这些丝绸，我们付出了金钱，付出了血汗，付出了好兄弟的性命……"

"嗨，罗伯特！"有人高声说，"这边有位女士，提出一个问题，也是我的问题，西罗马最初是如何知道东方的丝绸并喜欢上这种美丽的织物的？"

"问题来啦。"罗伯特说，"朋友们，我正要向大家介绍一个人，克拉苏，马库斯·克拉苏。现在，请克拉苏出场啦。"

13

要认识克拉苏，得先认识斯巴达克斯。

斯巴达克斯是色雷斯人，巴尔干半岛上的古国色雷斯，色雷斯人曾创造了高度发达的文明，但不幸的是，罗马帝国毁灭了他们的一切。

斯巴达克斯呢，他在反抗罗马征服的战争中受伤，成了罗马人的俘虏。斯巴达克斯的战伤痊愈后，沦为卡普阿角斗士训练营的角斗奴。跟其他奴隶决斗，跟凶猛的狮子决斗，供罗马的贵族们观赏。

罗马，包含七座山的大都市，其中卡比托利欧山下的巨型广场是竞技表演的地方。决斗表演的日期到了，竞技场观众席上人山人海。罗马独裁官宣布竞技开始。

手持火棍的裁判打开斯巴达克斯和另一名角斗奴的镣铐，将他们推进场内。两个角斗奴，头戴盔甲、护面罩，身披护肩，手持盾牌。每人手中一柄锋利的长剑。

贵族观众们一见角斗奴出场，立即兴奋得骚动起来，叫喊起来。

角斗场里的两个角斗奴在场内对峙了一两分钟以后，就开始了残酷的格斗。格斗十几分钟的时候，其中一个角斗奴被刺中一剑，鲜血从他肩部涌了出来。但他们的表演不准停下，鲜血洒得到处都是。不一会儿，受伤者又被刺一剑。他倒在地上。在观众们的欢呼声中，这个角斗奴最后死在他自己鲜血浸湿的场地上。

胜者是斯巴达克斯。他虽然取得了胜利，但内心却又一次被利剑深深地刺中。当对手的尸体拖过他脚前的时候，同伴血肉模糊的躯体，让他悲痛欲绝。

这还远远不是结束。接下来是十几个角斗奴、几十个角斗奴的集体格斗，最后是三百对角斗奴的大决斗。场地上的鲜血早已流成了河……

贵族们看人与人的决斗不够过瘾，放大狮子进场与奴隶格斗。

斯巴达克斯他们是受迫害最深重、处境最悲惨的奴隶，时刻都会丧命。斯巴达克斯和同伴们忍无可忍，他和同伴克雷诺夫、埃诺玛依以及甘尼克斯挺身而出，领导了反抗罗马寡头统治的暴动，史学界称之为斯巴达克斯起义。

罗伯特用电光棒指向大屏幕上的英雄斯巴达克斯给大家介绍："斯巴达克斯建立营寨，四处袭击奴隶主庄园，各地奴隶和贫民纷纷投奔而来，迅速扩大到一万多人。"

罗马军队自然要镇压。斯巴达克斯率领起义军队，沿着亚得里海岸，穿过整个意大利，在摩提那会战中击溃了卡西乌斯总督的部队，然后又挥师南下。

当时罗马的实际执政机构是元老院，元老院宣布国家进入紧急状态，授予将军马库斯·克拉苏相当于独裁官的权力，令其统率大兵前往剿灭义军。

在布鲁提亚战役中，克拉苏打败了斯巴达克斯。遭受重大损失的起义军试图突袭意大利南部港口布林迪西，渡海前往希腊，遭到截击，只好逃往附近的维苏威山。

维苏威山的道路被克拉苏的罗马军队死死堵住，斯巴达克斯和副手克雷诺夫和埃诺玛依，在夜色掩护下，率部顺着野葡萄藤编成的梯子滑下悬崖，绕到罗马军营寨侧后方，突然发起进攻，出其不意地击溃了罗马军队。

经过这一大捷，斯巴达克斯义军名声大振，迅速扩大到七万多人。起义军斗志昂扬，开始向北意大利进军，想击溃罗马军队的主力。他们转战在波河流域，击败了山南高卢总督的军队，队伍扩大到十二万人。

斯巴达克斯把义军编成步兵、投枪兵、骑兵、侦察兵、通信兵和辎重队，进行严格训练。

罗马又给了克拉苏两个军团约一万两千人的正规部队，命他继续围剿义军。斯巴达克斯避强击弱、各个击破，接着以佯攻法迷惑敌人，率领主力沿着狭窄的山路突出包围圈，占领有利地形，设伏打败了追击的官军。

公元前72年秋天，起义军集结在布鲁提翁半岛，计划乘基利基海盗船，渡过墨西拿海峡，前往希腊或西西里。海盗不守信用，没有提供船只，斯巴达克斯计划自造木筏渡海，未能实现。

克拉苏为提高战斗力，在罗马军队中恢复了古老的"什一格杀律"——每十个作战不力的士兵，通过抽签决定其中一个被杀死。罗马军队又在起义军身后、陆地最狭窄的地方，挖掘了一道两端通海的大壕沟，切断他们撤回意大利的退路。

经过激战，斯巴达克斯突破了克拉苏的防线。在激战中，斯巴达克斯的起义军损失了三分之二。

在紧要关头，义军内部发生了分裂，一支一万多人的队伍脱离主力，私自行动，被克拉苏吃掉。

公元前71年，斯巴达克斯与克拉苏激战于阿普利亚境内。义军将士英勇不屈，打了将近一年，终因师旅疲惫，后勤缺乏，又是以少敌多，最后遭到惨败，约六万名起义者战死，斯巴达克斯壮烈牺牲，约五千人逃往北意大利，被另一寡头庞培消灭，约六千名义军成了俘虏，被钉死在从罗马城到加普亚一路的十字架上。

马库斯·克拉苏彻底胜利了，头顶上闪耀起英雄的光环。

克拉苏出生在一个富有的罗马人家。他的父亲是元老院议员，曾因军功在罗马城举行过凯旋欢迎大典。

马库斯·克拉苏是克拉苏家的第二个孩子。在罗马执政官马略和苏拉的权力争夺中，克拉苏为苏拉出了大力，跟着苏拉，从苏拉的大本营阿非利加打到罗马，取得了统治权。

克拉苏是个军事将领，也是个持家和增加财富的高手。

14

当时的罗马城，物资丰富，商贸发达。走在街头，单看房屋，鳞次栉比，一家更比一家堂皇。更有意思的是，罗马城的房屋全是木结构的，木房子最怕失火。

具体地说吧，木房子总是失火，尤其是老房子失火，非常厉害。

克拉苏站在豪华的庭院里，仰头看着西方的天空。彩霞在遥远的天边燃烧。

忽然一个心腹跑来报告："尊敬的克拉苏先生，莎贡街101号失火了！"

克拉苏说："哦，失火了，带我的消防队，去现场。"

马库斯·克拉苏出资，组建了罗马第一支消防队，哪里失火，克拉苏和他的消防队就出现在哪里。失火了。大火噼里啪啦烧得房主心疼啊，快点扑救吧！不救。先说事情。

"来来来。"克拉苏的心腹们跟房主谈判，"贵房屋眼看要化成灰烬了，劝你赶紧卖掉它，还能有所获得，否则一会儿就烧完了。"

另一拨心腹找来失火人家周边的邻居，邻居们也着急得跳脚呢，心腹们也劝他们卖掉处于火灾危险中的房屋。

于是，失火房屋的房主，即将失火的房屋的房主，都在恐惧不安中急急忙忙地以极低的价格将房屋出售了。买者是谁？马库斯·克拉苏先生。

房屋易主之后，克拉苏的消防队开始扑火，一会儿就扑灭了。就这样，克拉苏获得了数以千计的房子。

克拉苏坐在自己宏伟的官邸里，听手下干将汇报现已有三千八百座房屋了，说："出租，继续出租嘛。"

罗马近郊有座别墅，正位于克拉苏常常经过的道路边。除了到罗马元老院开会，除了领兵打仗，克拉苏还常常去哪里？矿山。他还拥有很多银矿，他不断地去视察那些企业。马车走在路上，他就看见了那座别墅。

美丽的别墅属于一个美丽的女人，而且没有失火，也总不失火。克拉苏难以找到扑火的机会，但是，别墅太诱人了，不失火也要想方设法将它买下来。

"停车，停车。"克拉苏让停车。下了车，让随从去远处折一捧野花来，克拉苏手执野花去敲别墅的门。

美丽的女人开了门。

克拉苏说："你好，凯瑟琳！你瞧，路边的鲜花开了，请允许我送给你一束花。多么鲜艳啊，太般配你了，美丽的凯瑟琳。"

美丽的女人凯瑟琳说："感谢你，收下你的心意。你看看我的院子里有多少这种小花。"

克拉苏说："是的，你的院子里很多花，可是也有乱草，看上去缺少人手啊，我派人来给你做园丁好啦。"

"谢谢，不用。"凯瑟琳说，"每个月整一次，我会找到人的，不麻烦你。"

"哦。好热的天，好热的春天的上午，你能请我喝点什么吗？"

凯瑟琳说："好的，请进，克拉苏先生。"

克拉苏的马车停在路边的大橡树下，马车夫和随从人员靠着橡树休息，等候主人。阳光下有点热，但在树下，春天的风为他们送来的是舒适和愉快。

慕尼黑酒馆。罗伯特操作投影仪，继续为大家放映和解说。

在古代罗马，马库斯·克拉苏是个绝对的富翁，他有无数的金币，无数。这个人吝啬，但有时候也极其慷慨、极其和蔼。他经常借钱给朋友而不收利息。当然借期一满，若未归还，他是要逼债的。

克拉苏经常找个由头，在家中摆设盛宴，款待平民百姓。平民百姓走在街上，不论他的地位多么低贱，只要向克拉苏打招呼，克拉苏都能叫出对方的名字。

克拉苏不是一个忠实坚定的朋友，也不是一个冤仇难解的敌人，一旦涉及他的切身利益，他可以毫不迟疑地摆脱个人恩怨。他是个执政官，但从某种意义上来说，他更像一个商人，善于收买一切有价值的东西，尤其是人心。上自元老院，下到最底层，他都拥有无数的债务人与支持者。

克拉苏是罗马权贵，另外两位权贵是庞培和恺撒。他们结成了同盟。庞培年老，恺撒比克拉苏年轻。克拉苏将赌注押在恺撒身上。

15

在疯狂享乐的罗马，夜的大幕降下来。在摇曳的烛光下，奴隶主狂欢晚会开始了。贵族们、政要们、富商们都来了，进入他们喜欢的洗浴城、按摩屋。

客人们在门口脱掉鞋子，在大槽里洗脚。漂亮的女奴隶过来了，端来了香水。奴隶主先愉快地闻香水，然后在香水里洗手。洗手之后，女奴隶领着他们走进去，为他们安排座位。

座位非常豪华，柔软质地的羊毛织物全包。前面是案子，案子上早就摆好了菜肴。奴隶主们坐下，斜倚着靠垫，调整到舒适的姿势，拿手抓取前面案子上的菜肴吃。

葡萄酒是宴会中不可缺少的饮品。他们一边吃，一边跟附近的坐客相互示意，饮下美味的葡萄酒。

女奴隶们的歌舞开始了。有个身姿姣好的女奴隶出场歌唱，随即有若干同样身姿姣好的女奴隶从各个方向的座席间走出来，在歌唱的女奴隶附近翩翩伴舞。奴隶主们欣赏着舞蹈，高高地举起圆柱状的雕花酒杯，互相招呼着，一饮而尽。

服务的女奴隶马上给奴隶主们的杯子再度斟满美酒。

克拉苏和恺撒分别坐在两处超级豪华的座位上，周围簇拥着男男女女。

调酒师以细颈双耳罐调酒，他们不停地更换葡萄酒的添加物，蜂蜜、松脂、石膏粉、石灰等，匪夷所思。往葡萄酒里加入一些奇奇怪怪的东西，不单单是为了改善口感，酒浑浊了，变色了，饮酒的人会感觉入口味道特殊，别具风情。

奴隶主们大声地打饱嗝，以示对宴会菜肴的喜爱。

"太好吃了，太好喝了！噢耶，噢耶，小美人儿，你太美丽了，太漂亮了！现在，酒里边要加什么了？大理石粉？大理石粉加胡椒粉？太刺激了，快来呀……"

奴隶们各自发挥，表演节目，说学逗唱，令人捧腹，还有朗诵、演唱、乐器表演或杂技展示。若有贵客点了某首歌曲，或点了某个节目，奴隶们就照办，尽其所能愉悦客人。

贵族们、政要们、富商们也渐渐地举着酒杯，在晚会现场走动起来，气氛热烈而混乱。

有人聚在一起游戏，抓阄，抓骨片，上面有数字，抓到几就喝几杯。

克芮亚是克拉苏的小情人，美丽而风骚。她看到克拉苏半醉的模样，起身去伏在克拉苏的身上，给克拉苏一个吻，然后，端着精致的小酒杯到另一个区域，走进了上流阶层女性的游戏圈子。

那是谁？恺撒。没错，政治家、大元帅恺撒。恺撒历任罗马财务官、祭司长、大法官、执政官，如今是元老院正式授权的独裁官，万人之上，关键是，他比克拉苏年轻。

恺撒醉得满脸通红。看到克芮亚的美艳与风流，他说："克芮亚，美丽的克芮亚，让我心动的克芮亚，来，碰一杯。"

克芮亚靠近恺撒，与恺撒碰杯。在混乱的人影中，恺撒趁机搂住克芮亚纤细的腰肢，低沉而热烈地说："走吧，我们走吧，克芮亚，跟我，到楼上去，再喝几杯……"

克芮亚依偎进恺撒的臂弯，微笑着。很快，她跟随恺撒转出人群，从一个小楼梯登了上去。

远处的克拉苏看到了恺撒与克芮亚的动静，他震动了一下，势欲起身，但很快抑制了自己，恢复了原有的姿态。他紧握拳头，心里盘算："未来，长远的未来是最重要的。"

当时，罗马帝国的疆域极其广大。

西边，今天的西班牙、法国以及不列颠都纳入了帝国版图。北边，打到了莱茵河、多瑙河一线，莱茵河以北、多瑙河以东的广大领域，是蛮荒的草原，生活着四处游牧的日耳曼人，没有什么利益可图。南边呢，罗马帝国已经占领了埃及，占领了地中海南岸的整个北非地区，直布罗陀海峡也拥有了。再往南，是撒哈拉大沙漠，没有价值了。

只有东边，帕提亚，帕提亚帝国，再往东，遥远、广大无比。向东，在世界的尽头，有个海边东国，他们自称东方汉国，神秘极了。

征服帕提亚，越过帕提亚，是罗马帝国的神圣使命。传说，帕提亚帝国富甲天下，皇宫中藏金不计其数，比之我克拉苏地窖中的黄金不知多多少倍。而且，征服帕提亚，还可以带来显赫的战功和无尽的荣耀。

截至此时，马库斯·克拉苏累计积攒的财富已经多不胜数，他狂妄地声称，凡不能自费组建一个军团的都是穷人。越想，越迫切。克拉苏已经年届六十，再不取得战功和荣耀，恐怕此生就没机会了。

在克拉苏的心中，帕提亚不过是早晚会被他征服的蛮族异邦而已，经不得一击，几个月，战争就能结束，即可得胜回朝，接受欢呼。

不久后，罗马元老院任命克拉苏为叙利亚行省的总督，批准了克拉苏推动帝国东扩的军事战略。

克拉苏忘乎所以，他计划攻取美索不达米亚平原，深入伊朗高原，荡平帕提亚之后，乘势一路远征，打到巴克特里亚与印度。叙利亚位于罗马和帕提亚接壤的地方，这里还有巴勒斯坦。

罗马帝国的东部边疆，地中海沿岸的狭窄平原，气候温暖湿润。紧邻沿海平原的是一组南北向的山系，其中的黎巴嫩山脉高达两千五百米。越过山脉，便看到幼发拉底河和底格里斯河的上游了，广袤平坦，但是荒漠连片，仅有少数绿洲点缀其间。

渡过幼发拉底河，向东跋涉五十公里，便是世界闻名的卡尔雷古城。

第五章　无数生命的代价

罗马军向来使用号角与喇叭，未曾经历如此规模的擂鼓场景。他们尚未从鼓声中回过神来，帕提亚军已遍地展开鲜艳夺目的巨大战旗。

在隆隆的战鼓声中，鲜艳夺目的各色战旗如水一般疯狂卷动，气势恢宏而又诡异可怕，让从未经历过这等阵势的罗马士兵深感恐怖。

罗马军队中的轻伤员捡到了许多帕提亚彩色丝绸旗帜用来包扎伤口，他们第一次见到丝绸这种神奇的织物，像女性皮肤般光滑，像清水、像月光一样透亮，像彩虹似的艳丽夺目。

16

公元前 54 年，11 月，天气开始变冷。在苏拉的支持下，马库斯·克拉苏组织远征军了。

四万大军，由七个军团组成。克拉苏的兵素质相对较差，许多来自罗马占领不久的区域，如卢卡尼亚、阿普利亚等地，这些地方几十年前还高举着反对罗马的战旗。动员起来之后，连整训都没有来得及做。

克拉苏求胜心切，不顾天气越来越寒冷，不顾冬季危险的海上情况，强行驱军渡海，抵达希腊，而后自赫拉斯滂进入小亚细亚，抵达叙利亚行省。

抵达叙利亚行省之后，克拉苏带领尖头部队去帕提亚骚扰了一圈，占领了一两个小城镇。

克拉苏扫荡了帕提亚的若干地方，取得了一系列小胜利，留下八千人的守备部队，驻扎在刚刚攻取的城镇，将大军带回叙利亚行省越冬，等待他的儿子小克拉苏的到来。

小克拉苏是一员年轻而勇猛的战将，率领一千精锐骑兵，作为后续兵力，前来增援。

在叙利亚休整期间，克拉苏一如既往地大肆聚敛金银财宝。士兵呢，也很快放松了军事操练，全军上下一派凯旋的做派，似乎轻松攻取几座附属于帕提亚的小城镇就意味着必然击败帕提亚帝国一般。

罗马帝国曾经占领了亚美尼亚和卡帕多西亚。在他们眼中，帕提亚人会和亚美尼亚人、卡帕多西亚人一样，早晚要跪拜在罗马人的脚前。

留在美索不达米亚的守军对敌人的看法却迥然不同。

随着天气回暖，帕提亚人逐渐休养过来，开始反击。惊恐万状的前线守军派情报人员冒死突围，向克拉苏禀报了可怖的帕提亚袭击。

情报说，帕提亚人追击的时候，没有人可以逃脱；帕提亚人逃跑的时候，谁也无法捕获。你尚未发觉敌军的踪影，奇怪的兵器便射到面前；你未曾看清谁在射击，那兵器便洞穿了所有障碍。他们的重装骑兵，有的坚不可摧，有的无人可挡。

克拉苏看过军情汇报，不以为意，随手扔到一边。夸大之词，败兵借口。我克拉苏又不是没跟帕提亚人打过交道，刚刚还占领了他们那么些城镇呢。

亚美尼亚国王阿尔塔瓦兹德二世来到马库斯·克拉苏的营中拜见。亚美尼亚希望借助罗马力量削弱帕提亚，减轻东方威胁，所以，这个小国已经是罗马的忠诚盟友了。

阿尔塔瓦兹德二世带来了六千骑兵，并表示，他愿意再派出一万铁甲骑兵和三万步兵，参与向帕提亚的作战。

阿尔塔瓦兹德二世明显过于夸张了，但他鼓励克拉苏出征的心情是可以理解的。阿尔塔瓦兹德二世同时还给克拉苏提出了一个建议，希望克拉苏率领大军北上，取道亚美尼亚境内的山地，然后南下，直接进攻帕提亚帝国的冬都泰西封。

阿尔塔瓦兹德二世说：“尊敬的克拉苏将军，帕提亚的骑兵非常厉害，直接打过去，势必遭到他们的迎战，损失难料。走亚美尼亚，军队所过之处全是山地，帕提亚骑兵即使骚扰，优势也难以施展。”

老克拉苏对亚美尼亚国王颇为热情，但他傲慢地眯着眼，仰着脸，半天才说：“绕什么道啊，依我看，没有必要。那些山路，崎岖难行，我的补给车队、攻城器械和大量辎重都没法通过，你那里的河流，多为咸水，无法饮用。这么多人马，你能调动你的军民，供应吃喝吗？再遇上帕提亚主力部队抵抗，那就更被动了。不走亚美尼亚，我要横穿美索不达米亚，长驱直进。”

17

帕提亚的皇帝是奥罗德斯二世，他获悉克拉苏入侵的情报，立即召见年轻的军事统帅苏莱那斯，商议御敌之策。

奥罗德斯二世和苏莱那斯定下了一个方案：奥罗德斯二世亲率大军北上，收拾敌对的亚美尼亚，阻止阿尔塔瓦兹德二世驰援克拉苏。他留给苏莱那斯不足二万的精骑，命苏莱那斯尽可能地拖住克拉苏，直至自己解决了亚美尼亚人，再赶回来与他会合，与克拉苏决战。

苏莱那斯出身名门贵族，受过良好的军事教育，时年三十岁，已经是帕提亚最杰出的军事将领。苏莱那斯一头卷曲的辫发，容貌英俊宛若女子，在才干、勇气、体魄上都堪称草原翘楚。苏莱那斯战功显赫，威望极高。他擅长利用地形，作战计划缜密，指挥部队得心应手。

苏莱那斯仔细研究过罗马军队的战术，有针对性地训练了他的骑兵，使他们知道在与罗马交战的时候，何时进，何时退，何时集结，以及何时分散。

苏莱那斯未打算按照奥罗德斯二世的设想行事，他决定以自己手中的这支精锐的骑兵部队直接和克拉苏的主力决战，在奥罗德斯二世回还之前消灭他们。

面对来势汹汹的罗马军团，苏莱那斯定下了诱敌深入的策略，命令西部地方军队，一旦遭遇克拉苏的主力，便佯装向内地逃逸。

春天，老克拉苏指挥大军前进。罗马远征军发现，连续几个月，帕提亚军队一触即败，不断逃跑。罗马军队便咬住不放，紧追不舍。

罗马远征军长驱直进，如入无人之境，数月都没有见到过帕提亚的主力。克拉苏总觉得没有看到敌军主力，是罗马军队速度慢，不断催促自己的军团急行军，终于在盛夏之际渡过幼发拉底河，冲入一望无垠的荒漠之中。

在高温干燥的环境下，大部队长时间急行军，战士干渴难耐，疲惫不堪。

罗马军队实在缺乏荒漠行军经验，而庞大的人员总数也令原本足够使用的水源迅速消耗一空。于是，他们发出抱怨和指责。他们原先误以为行军路上到处是奔流的泉水、阴凉的树丛、休憩的浴场和客栈，而现实是极为残酷的。更重要的问题是，攒足了劲，不见敌手，眼看士气在一天天地泄下来，让人恼火至极。

罗马军队费尽千辛万苦走出荒漠后，来到平原和山地间的过渡地段巴利索斯河谷。巴利索斯河自亚美尼亚山地奔腾而下，河谷地带肥沃富饶，产生了不少名城大邑，位于东岸的卡尔雷便是其中之一。

公元前 53 年，6 月 9 日，罗马大军的侦察部队在卡尔雷附近遭到帕提亚游骑的突然袭击，败逃回营，向老克拉苏汇报："前方出现大量帕提亚军队。"

老克拉苏欣喜无比，终于找到敌人的主力了，吃掉它。他立即下令大军在正午时分迅速渡河，顺着帕提亚人的踪迹继续追击。

克拉苏的大军最终来到卡尔雷城以东一块凹凸不平、植被葱郁、利于部队隐蔽的地方。

克拉苏按照步兵野战惯例，展开战斗队形。七个军团的步兵一字排开，骑兵部署于两翼，以防帕提亚人迂回攻击，跑到他的阵线之后。

但是，克拉苏很快便发现，帕提亚军队未在他的正面，而是自四面八方涌现出来，很多帕提亚骑兵一出现就在他的大军的后方。而且，帕提亚骑兵根本没有固定的阵形，令人眼花缭乱。

克拉苏意识到自己中了诡计。不过，他并不慌张，他自知在兵力上具有优势。

克拉苏重新部署，将四万大军组成一个庞大的空心方阵——罗马方阵，又叫乌龟阵或鱼鳞阵，密匝匝的，每一侧的防线由十二个营的重步兵组成，中央包裹的为轻步兵、骑兵和辎重。

克拉苏的骑兵尽管少，也还是可以用来冲击敌人的，他将自己的骑兵藏起来显然是个错误。

老克拉苏方阵的两翼，分别由小克拉苏和副官卡西乌斯指挥。

帕提亚军队鼓舞士气的办法是巨响的战鼓。苏莱那斯发出开战的命令，数千面皮鼓被帕提亚军队猛烈擂响。鼓声似野兽咆哮，又似闷雷轰鸣，摄人心魄。

罗马军向来使用号角与喇叭，未曾经历如此规模的擂鼓场景。他们尚未从鼓声中回过神来，帕提亚军已遍地展开鲜艳夺目的巨大战旗。

在隆隆的战鼓声中，鲜艳夺目的各色战旗如水一般疯狂卷动，气势恢宏而又诡异可怕，让从未经历过这等阵势的罗马士兵深感恐怖。

此时此刻，帕提亚重装骑兵忽然脱下拉风的罩袍，露出鱼鳞般的甲胄，发出如火焰般耀眼的光辉。罗马人这时才意识到对手的骑兵装备竟然是出乎意料的精良。

苏莱那斯精心策划的开战鼓和开战旗，有效地挫伤了罗马军队的士气。老克拉苏观察到帕提亚骑兵后，命重装步兵收缩防御，盾牌连环重叠掩护。苏莱那斯见罗马人并未望风溃逃，立刻下令重装骑兵后撤，已经迅速展开的骑射手当即前进，将大方阵包围起来。

老克拉苏命令本来数量不多的罗马轻装步兵走出方阵反击骑射手，却遭到帕提亚军猛烈的箭雨狙击，被迫放弃冲锋，退回方阵。

帕提亚弓箭射速奇快，杀伤力极强。第一回合，罗马军队损失惨重。骑兵的惨状，让盾牌和甲胄保护下的重装步兵更感惊恐，他们意识到面对的是前所未见的劲敌，即将应对的将是少有的恶战。

苏莱那斯也发现罗马方阵相当厚实和稳固，于是下令回兵。

老克拉苏再次命令轻骑兵和轻步兵一齐追击。他们没走多远便被苏莱那斯骑兵的乱箭射了回来。

数以万计的帕提亚轻骑兵几乎已经将罗马军团的大方阵团团围住了，他们无论进退还是横向运动，始终跟罗马军团的方阵保持三十到五十米的距离。帕提亚轻骑兵飞快地放箭，努力将箭镞以最大的力量射向罗马士兵。密如飞蝗的箭雨从四面八方倾泻到罗马人的防线上。

号称重装厚甲的罗马士兵很快便领教了东方弓箭的威力，木制盾牌在强大的箭雨攻势面前如同纸糊的一般，被利箭嗖嗖地穿透了。很多利箭穿透盾牌，将罗马步兵执盾的手钉在了盾牌上。

18

帕提亚人是马背上的民族，他们培育出了非常优良的马种。

帕提亚马不如欧洲马高大，但是强健有力，速度快，耐力好。帕提亚马从小就接受小步快跑的训练，跑起来又快又稳，所以帕提亚人策马疾驰的时候仍然能够非常准确地开弓射箭。

帕提亚的"回马箭"非常厉害，帕提亚人快速退却时可以在马上回身射箭，其准确度丝毫不受影响。

欧洲的弓是一根直木棍做成，取材通常用弹性好的紫杉木或柳木。他们不用的时候不上弦，以防止材料过度疲劳。帕提亚弓则是老榆木、牛角和牛筋等用鱼鳔胶紧密黏合做成的。帕提亚弓，从弓背到两端弧度渐缓，最后再将弓反向弯曲，装上弓弦，是为反曲弓。

帕提亚反曲弓的形状和欧洲弓截然不同。前者是一个完整的弧形，后者则有两个弧形，在中央握把处内凹，整个弓的形状宛如双峰骆驼背部的轮廓。反曲弓力道异常强劲，射程可达三百米之远，在五十米距离内能够射穿铠甲，欧洲弓箭无论在射程还是穿透力上都望尘莫及。

帕提亚兵士全在马背上，主要武器自然是弓箭，其次是一柄长刀。

帕提亚轻骑兵只着轻便的革胄，以保证其高度的机动性。轻骑兵采用游击战术，通常不和敌人短兵相接，而是保持一定距离，以飞蝗般的箭雨削弱敌人的战斗力。

帕提亚重装骑兵称为铁甲部队，身穿鱼鳞般的甲胄，其中头盔和胸甲为整块精钢打造，其他部位是鳞片甲或锁子甲，一个造型凶恶的金属面具将脸部遮掩，坐骑的铠甲多为青铜质地的鳞片铠甲，覆盖全身，长及马膝。

老克拉苏的罗马军团，以步兵为主，重装厚甲，有青铜或铁制头盔，虽然防护到位了，但他们在沙漠地区烈日的烘烤下不得不忍受军装之内可怕的高温。他们太难受了，称自己为火炉兵。

罗马军团的基本组织单位是百夫队，士兵的标准装备是三支标枪和一支短剑。标枪长约两米，距敌阵二十米可以投掷；短剑半米长，用于近身作战。

常常是，罗马士兵投出标枪后，就手持短剑冲向敌阵，和敌人格斗。格斗动作简练有效，通常是左手执盾抵住敌人，右手持短剑从盾牌下面猛刺敌人的腹部，比挥剑砍杀致命得多。

罗马步军和帕提亚骑兵作战，优劣情形稍加分析便可知晓。

罗马军队最想和敌人近身格斗，但帕提亚骑兵根本不给他们格斗的机会。

如果罗马步兵攻击，帕提亚骑兵会立刻退却，同时以回马箭继续杀伤罗马士兵。罗马步兵后退时，根本无法抵挡帕提亚骑兵的箭雨。如果罗马士兵坚守不出，也只能被动挨打，越来越多的士兵被穿透盾牌的利箭射伤，失去战斗能力。

老克拉苏终于按捺不住，命令儿子小克拉苏率领五千轻装步兵和一千轻装骑兵出击，不惜一切代价突破帕提亚人的围困。

看到小克拉苏的部队冲出来以后，帕提亚骑兵停止射箭，全线退却。小克拉苏军大受鼓舞，紧追不放，渐渐远离了后面的大部队。这时，帕提亚铁甲骑兵突然出现在周围，将小克拉苏军团团围住。

罗马士兵本能地聚拢在一起。帕提亚轻骑兵开始向罗马的人堆倾泻箭雨。罗马步兵纷纷中箭，翻倒在地。在帕提亚箭雨强大的攻势下，还能勉强站立的步兵则是双脚都被利箭钉在地上，动弹不得。

帕提亚铁甲骑兵开始冲锋。他们排成紧密的行列，横扫罗马军的阵地。

罗马军中的轻骑兵都是高卢人，悍勇异常，在坐骑几乎都被射死的情况下依然徒步迎上，有的抓住帕提亚人的长矛，生生将其拖下马来，用短剑刺死。有的则窜到帕提亚人的马下，猛刺其马腹。然而英雄的高卢人终究不能挽回败局，罗马军很快便覆没了，小克拉苏也英勇战死。

老克拉苏这时虽然焦虑，却也并不慌张。他注意到帕提亚人放箭的速度，以为他们的箭过不了多久便会用尽。

老克拉苏随即意识到事情的严重性，他看到远处有数千头骆驼，满载着帕提亚人的箭镞，源源不断地走来。

胜利的帕提亚人将小克拉苏的头砍下来，挑在长矛尖上，向老克拉苏示威。

老克拉苏心如刀割，痛不欲生。但是，战斗吃紧，老克拉苏必须强自镇定。他下令罗马士兵一齐怒吼，以壮声势。罗马军团士气低落，吼声有气无力，如同哀鸣一般。

接下来的战斗还是先前模式的重复。帕提亚轻骑兵用弓箭削弱罗马人的防线，然后铁甲骑兵冲上来扩大战果。那些身中数箭、痛苦不堪的罗马士兵扔掉盾牌，迎着波斯人的长矛而去，以求速死。

在罗马方阵中，盛夏的高温令罗马人倍感难受，毫无间隙的激战更让他们饱受饥渴之苦，许多人甚至活活渴死。

所幸夜幕渐渐降临，暂时拯救了残存的罗马军队。

19

激战导致帕提亚军的长矛折断不少，许多弓弦也因反复拉伸变得松弛起来，连庞大的弓箭储备都被消耗到危险水平。

苏莱那斯命令部队择地露营，与罗马军队保持一定距离，以防夜袭。撤退之前，帕提亚人大声宣称，给老克拉苏一个夜晚的时间去哀悼战死的儿子，并建议罗马统帅主动去面见帕提亚国王求和，省得到时候被生俘押解过去。

夜晚来临，克拉苏明白胜负已定，是赶紧撤退的时候了。为了保证撤退速度，他不得不下令将无法走动的五千多重伤员遗弃。

罗马部队打算趁夜悄悄离去，但是重伤员们得知被抛弃，顿时哭喊，怒骂，哀声大作，让撤退的罗马人胆战心惊，几乎是一步三回头，生怕帕提亚人追上来。所幸帕提亚人不习惯夜战，没有追赶，罗马人得以安全撤退到卡尔雷城。

罗马军队中的轻伤员捡到了许多帕提亚彩色丝绸旗帜用来包扎伤口，他们第一次见到丝绸这种神奇的织物，像女性皮肤般光滑，像清水、像月光一样透亮，像彩虹似的艳丽夺目。

天亮以后，帕提亚人来到罗马军队的营地，将留下的五千多伤员全部杀掉。

这时有谣言传来，说老克拉苏在轻骑护送下，已经逃回叙利亚，卡尔雷城里只有他的几个将领和余下的步兵。

苏莱那斯担心自己最大的猎物跑掉，立刻派人赶到卡尔雷城，要求面见克拉苏，诈称苏莱那斯有意和谈，要求约定时间和地点。

老克拉苏不知是计，亲自接见了他们。这几个人立刻回报苏莱那斯，克拉苏仍然在卡尔雷城。苏莱那斯马上领军赶来，将卡尔雷城围得水泄不通。

缺水少粮的罗马人不得不强行突围，结果老克拉苏在突围中被俘。罗马人的四万大军只有大约一万人逃走。

慕尼黑啤酒馆。

罗伯特说："老克拉苏在被俘后，被帕提亚人用熔化的黄金灌入嘴中后惨死。"

帕提亚皇帝奥罗德斯二世去进攻亚美尼亚，恐惧的亚美尼亚又回身和帕提亚结成了盟邦，亚美尼亚国王阿尔塔瓦兹德二世听说罗马人失败于苏莱那斯，进一步与帕提亚结好，将妹妹嫁给了奥罗德斯二世的儿子。

苏莱那斯的信使抵达亚美尼亚的时候，亚美尼亚皇帝阿尔塔瓦兹德二世正在请帕提亚皇帝奥罗德斯二世观赏希腊悲剧，剧情是一个英勇的战士被蛮族杀害后，战士的母亲抱着他的头颅走上舞台。

演员上台后，大家发现她怀中抱的是罗马军团总司令老克拉苏的头颅……

罗伯特说："苏莱那斯用一千铁甲骑兵和近一万轻骑兵，消灭了罗马七个军团和数千骑兵，杀死两万，俘虏一万，逃走的约一万人分作两部分，一部分逃往东部，后来成为东部乃至大月氏和大月氏一带小国的雇佣军，一部分带着捡来包扎伤口的丝绸，逃回叙利亚，最后回到罗马，让罗马人见识了丝绸。"

丝绸，这种魅力无限的东方织物轰动了罗马。

罗伯特继续道："丝绸，是帕提亚人织造的吗？不是。它来自哪里？现在，请考古学家博努瓦先生来告诉大家，当时的罗马人是如何理解丝绸这种神秘的纺织品的。"

第六章　丝绸中鲜活的情愫

　　"夫人，它太精美了，它来得太艰难了。为了它的运输，多少人付出了眼泪和血汗，付出了生命的代价。赛尔丝的丝绸来了，来到了罗马，可多少人在沿途倒下，多少人被风沙吞没，多少人再也难以重返罗马了。"昆塔说着说着，话音变得悲哀起来，"有个希腊朋友，为了采购和运输这些丝绸，长眠在路上了，他的躯体被渐渐地风干了，被黄沙和灰尘慢慢地掩埋了。是的，这些丝绸，它的价位很高，它不仅精美，它不仅走过了万里长途，还让许多人付出鲜活的生命……"

20

"朋友们好，很高兴在慕尼黑，在啤酒的香味里，跟大家相会，跟大家一起回顾历史深处的罗马帝国的故事。"博努瓦说。

是的，公元前 1 世纪的罗马人，对丝绸怀着奇妙的猜测。

博物学家老普林尼告诉罗马人，丝绸这种妙物出产的东方太远太远了，在天边一样的东方，这个东方国家叫赛尔丝。赛尔丝，就是丝绸，丝绸之国。

老普林尼说赛尔丝人很神秘，红头发，蓝眼睛，嗓门很大，却没有语言，不爱跟其他民族交往。赛尔丝的男人们住在森林里，从树叶上揪下白绒丝，运回家，泡在水里，让女人们捞出来，晾干，络成团子，再织成丝绸。

丝绸经历了极端复杂的生产技术和生产工艺，所以才出乎意料地柔软和细腻，绚丽多彩，琳琅满目。

西方人对古代中国的概念相当模糊。尽管西方人非常渴望了解东方和丝绸，但在相当长的一段时间内，他们的知识却始终停留在传说和神话的水平上。

希腊人说，老普林尼不对，赛尔丝人用来纺织丝绸的丝，不是从树上扯下来的。赛尔丝人的国家，有一种小动物，叫赛尔，赛尔比金龟子大两倍多，很像在树下结网的蜘蛛，它们跟蜘蛛一样，也有八只脚。

赛尔丝人把赛尔饲养在一个个特别的地方，防风又防寒。赛尔这些小动物的产品，就是异常纤细的丝。它们吐出丝后就绕着脚缠卷，卷成一盘一盘的，供人们使用。

卡米尔忍不住笑了："太不可思议了。赛尔用自己的脚把自己的丝卷成一盘一盘的，供人们使用，简直是神灵了啊。"

"山水阻隔造成了种种误解，没有交流就不可能有正确的认识。"博努瓦说。

慕尼黑的啤酒馆里，回荡着博努瓦与罗伯特不同的稳健而沉静的声音……

曙光照亮了慕尼黑最高建筑的尖顶，照亮了慕尼黑的街道和广场。在欢送人群摇动的手势下，德默号和爱福号越野车一前一后驶出慕尼黑。

车上，博努瓦在继续讲解，听众变成了卡米尔。

古代罗马人和古代希腊人关于赛尔丝国和丝绸的认识和说法，今天看来简直是天方夜谭。来自帕提亚的东国丝绸，确实风靡罗马，让古代罗马人如痴如狂，希腊人也一样。

罗马妇女爱穿丝绸衣服，呈现她们的身体曲线，以致败坏了社会风气。元老院发出命令，禁止在社交场合穿丝绸服装，但无济于事。

古罗马城内，出现了专售东国丝绸的市场。罗马市场中的丝绸都来自帕提亚，价格为帕提亚所控制，胜过同等重量的黄金。

"那时候，罗马文明已经高度发达，希腊文明也很发达，产生了许多伟大的政治家、哲学家、文学家和艺术家。罗马帝国的军事实力也很强大，老克拉苏之后，罗马出了很多优秀的军事将领，还有一流的航海技术。罗马人既然如痴如狂地喜爱丝绸，为什么不向东方去探索一条直达中国的通道呢？"卡米尔问。

"探索。"博努瓦说，"尽管艰难连连，险阻重重，古代罗马人仍为开拓欧亚商道做出了不懈的努力。今天的考古发现证实，他们也获得了令人惊讶的成功。"

当时，阻挡古罗马商人的主要障碍有两个：一个是地中海的海盗，多如牛毛，他们专门袭击来往于罗马与希腊之间的商船；另一个是中途国家，如帕提亚等，眼盯着转手的利润，故意断绝商路。

古罗马曾经出动军队围捕地中海的海盗，六个星期收拾了上千艘海盗船，把上万名海盗投进大海，俘虏海盗多达两万人。海盗之害不可能毕于一役，罗马与希腊之间的商船战战兢兢，更谈不上去印度乃至中国进行远途贸易了。

中东的帕提亚直到东边的匈奴，每个中途政权都对东国汉朝源源不断到来的丝绸、陶瓷进行垄断收购，再转卖给西方人，获取巨大利润，他们因此成了丝绸之路上的巨大障碍。

21

有障碍，就有力量克服障碍。

恺撒，是罗马的执政官、独裁官。恺撒等人，在老克拉苏失败于帕提亚之后，并没有屈服和退缩，而是继续以军事和外交手段打通中东商道，勇敢的商人也在行动。

伟大的希腊商人马埃斯·蒂蒂亚诺斯，组织考察团队，历时七个月，从地中海到赛尔丝进行了一次商路考察和少量贸易，运回的古代中国丝绸震动了罗马。这是有确凿的历史记载的。

罗马人得到了马埃斯·蒂蒂亚诺斯直接从东国购买的丝绸，轻柔细软，华丽多彩，其优良质地远远超过了罗马人的棉毛纺织品。

卡米尔说："这个，我看到的资料说，在隆重的庆典仪式上，罗马大帝恺撒向罗马臣民展示了他得到的东国丝绸。庆典之后，恺撒穿着丝绸长袍到罗马剧场观看表演，华丽的丝绸，让在场的贵族和贵妇人们不胜艳羡。"

博努瓦说："是啊。很快，丝绸服装刮起罗马社会的服装流行风，东国丝绸的价格扶摇直上。"

青年商人安德鲁·昆塔男爵，从波河边到罗马闯世界，做生意。

昆塔召集朋友菲利普和迈克尔喝酒，对他们说："伙计们，看到了吗，以前厌恶经商的罗马人开始热心做生意这个行当了！我们有经验的商人岂能坐视不动！马埃斯·蒂蒂亚诺斯从希腊走到了东国赛尔丝，那个出产丝绸的地方，真正的出产丝绸的地方，购买丝绸回来销售发了大财。我们为什么走不到呢？我们也可以走到。"

菲利普和迈克尔说："是的，我们也可以走到啊。不管多远，有人走到过，我们更应该能走到。"

昆塔说："他用七个月，我们说不定六个月就走到了。我的朋友，希腊人普拉斯，会赛尔丝语言，人很聪明，又年轻，加入我们的团队，采购东国人的丝绸没有问题了。"

至于资金，昆塔说："罗马很多有钱的人，希望他们的钱变得更多。买来赛尔丝人的丝绸销售是个好主意，但他们无法直接经商，也没有本领走到赛尔丝。可以劝他们的夫人为我们做风险投资，拿着他们的金币，登上征程，前往东方，大展宏图。"

卡米尔问博努瓦："曾经看不起商业活动的罗马人，开始风靡学着希腊人做生意赚钱了。为什么罗马富翁的金钱归夫人管呢？"

博努瓦道："不能简单地说罗马富翁的金钱归夫人管，只能说安德鲁·昆塔这个人比较刁钻，他看到了罗马金钱的暗流是如何涌动的。"

罗马帝国的城镇、街道上，弹奏着日复一日的优裕生活的旋律。

无论昼与夜，熙熙攘攘的人流和车辆拥挤在街道上。车辆由驴子和骡子驾驶前行，人则有的步行，有的骑马。有各种档次的轿子。上面架有华盖，窗上有布帘遮光，内部有松软适度的睡榻。这是高级的。低级的呢，仅可称作简易的肩舆。

有人从轿子和肩舆看到商机，组织奴隶们进行服务。

在轿子和肩舆旁边，运输货物的马车来来往往。它们装载着谷物、香料、香水，也装载着宝石、陶瓷和丝绸等奢侈品。装着许多细颈双耳罐的马车，是载酒的。那些双耳罐，曾经拥挤在船舱里，在普提欧利或者奥斯蒂亚被卸下船，被装上了马车，运往那些遍布罗马的欢宴场所。

博努瓦说："普提欧利，是古罗马时期一个重要的商务港口，位于今天那不勒斯湾的波佐利镇，后来，奥斯蒂亚也慢慢地崛起了。"

除了双耳罐，还有占满了整个车厢的巨大酒囊，后面有管子。在一家酿酒企业门口，奴隶们正通过那根管子往酒囊里装酒。

马车，罗马人的马车也用来运输油料、鱼酱、橄榄和来自高卢地区的陶器。公元前1世纪和公元1世纪，罗马帝国的新领土高卢以生产优质陶器而闻名，这种陶器压印有各种装饰图案，表面为闪亮的珊瑚红，上面常有制陶工人的私人戳记。

22

在一家临街的店铺，青年商人安德鲁·昆塔正在向一位漂亮的贵妇人讲解高卢红陶："这种暗红的光亮是高卢红陶独有的。夫人，您看，它可以跟昂贵的金属器皿媲美，金、银、铜，都没有它光润、晶亮。"

贵妇人说："是的。谢谢你告诉我这些。我想看一看你那边的货品，丝绸。"

昆塔跟着贵妇人来到商铺的另一边，高高的货架上，三种丝绸有意地垂下来，像美丽动人的瀑布，只可惜不多，种类较少，色彩单调。

昆塔不失时机地说："夫人太有眼力了，我正要向您介绍呢。这是来自东国赛尔丝的丝绸，是希腊人马埃斯·蒂蒂亚诺斯刚从赛尔丝运来的。赛尔丝又叫东汉国，就是那个世界尽头的国家。太精美了，夫人，特别适合您这样有身份的人穿。您摸摸看，摸摸看。"

夫人说："啊，这可比羊毛光滑得太多太多了，像水一样光滑呀。做一身长裙，需要多少钱的丝绸呢？"

昆塔说："仅仅需要三十枚金币，夫人，或者三百枚银币。"

"天哪，差不多要我家先生一年的收入了。男爵先生，你要得太贵了。"

"夫人，它太精美了，它来得太艰难了。为了它的运输，多少人付出了眼泪和血汗，付出了生命的代价。赛尔丝的丝绸来了，来到了罗马，可多少人在沿途倒下，多少人被风沙吞没，多少人再也难以重返罗马了。"昆塔说着说着，话音变得悲哀起来，"有个希腊朋友，为了采购和运输这些丝绸，长眠在路上了，他的躯体被渐渐地风干了，被黄沙和灰尘慢慢地掩埋了。是的，这些丝绸，它的价位很高，它不仅精美，它不仅走过了万里长途，还让许多人付出鲜活的生命……"

在贵妇人犹疑不定的当儿，安德鲁·昆塔说："波河边，我在那里有个仓库，丝绸的颜色更多。夫人若想挑选的话，且待几日，就运来了。"

贵妇人眼中忽然放出光辉："波河，男爵先生，我以前也在伦巴第平原。"

"夫人，太好了，认识你太幸运了。"昆塔说，"阿尔卑斯山遮挡了寒风，伦巴第平原土地肥沃，植物茂盛，景色优美，冬季温和多雨，夏季炎热干燥，夜间甚至会感到有些凉呢。"

贵夫人笑道："即使在最热的天气，阴凉处和室内都很凉爽，最适宜谈情说爱了。"

昆塔也笑说："想必夫人在那里留下了浪漫的记忆。夫人这么美丽，追求的人不知有多少呢。"

"米兰的服装，我非常喜欢。"

"波河边的城市，孕育服装设计师。就说米兰吧，罗马半数以上的服装在那里制作。我这边有上好的葡萄酒，可以请夫人赏光喝一杯，我们来谈谈服装和丝绸吗？"

贵妇人盯着昆塔看了，笑道："好主意。"

昆塔请贵妇人走进内室，拿出酒来与夫人共饮，并开始了投机的交谈。

昆塔说："我组织了一个商队，万事俱备，不日启程。我们的目的地就是赛尔丝，那个遥远的遥远的……远在天之尽头的地方。"

贵妇人说："赛尔丝，那个神秘的出产丝绸的地方，你们真的能走得到？"

昆塔说："当然，有志何惧路远。夫人若愿意向我们的商队追加点投资，一年后就成了拥有很多东国丝绸的货主，千百倍的利润回报，自己穿用就更不在话下了。"

贵妇人说："你怎么有这么多的好主意啊？"

菲利普说："直接去赛尔丝采购丝绸来罗马销售，利润多少，你可以设想了。"

意欲投资的罗马人说："我的钱给你们，确实太冒险了。"

"要不怎么叫风险投资、风险合作呢？你不需要拿出全部的财富，不需要，你只拿出十分之一就好了。"

迈克尔说："夫人，我们冒着生命危险到遥远的东国赛尔丝购买丝绸，实际上是为您这样的投资人赚取财富的呀！"

"谢谢你们，至少，你们回来以后我就有最好的丝绸衣服穿了。"

男男女女的罗马富人，大都愿意支持昆塔丝绸商队的超远距离贸易，他们对精美的东国丝绸充满想象与期待。

第七章　丛聚而茂盛的绿叶

　　红衣侍女——小丝公主走在稀疏的树林里，不断地向驿道上张望。初次放飞的青春靓丽的东方公主，她也没有防备，自己心里怎么忽然有个人了呢！

　　小丝一边胡乱地行走，一边瞭望和寻觅，忽然想到自己在车上让彩帕转圈的场景，脸蛋儿又热热地红了。

　　红着脸蛋儿，去旁边植物中采撷了一把枝叶，举起来，绕着细白的手腕儿，在空中转起圈来。

23

在东汉洛阳专供番邦夷人住宿的驿馆里，安德鲁·昆塔、菲利普和迈克尔、普拉斯，最后检查一遍装满中原丝绸的临时库房，锁上了门。

他们在客房里坐下来歇息，已经将广告服装换了下来。

"不错，很好。"昆塔说，"丝绸搞足了，全力以赴考虑回家的行程。东汉皇家的大商队就要动身了，我们得准备车马，结伴行走，做到万无一失。"

菲利普说："这个事情十分重要。皇家行动是不会让无关人员靠近的，何况我们这么大一个商队。怎么才能接近有关人士，让他同意让我们结伴？"

迈克尔说："大汉皇上给我们题字'使通万里'不是个通行证吗？"

昆塔道："我们得去联络，人家不会主动为我们提供支持，需要我们主动。拿着大汉皇上题字的丝帛，恐怕也进不了宫中。皇家禁卫森严，如何才能获得我们所需要的情报呢？普拉斯，你是我们中最聪明的人，你懂汉话，这个任务非你不能圆满完成。"

普拉斯说："我一般化，但我的师父是个绝顶智慧的人，他曾经告诉我，赛尔丝这个国家，就是一根一根的丝织成的网。所有的丝织成了网，叫关系网。我们外国人来到赛尔丝，像进了迷宫，办事情不知道从哪里下手。其实很简单，在这个国度，你随便找到个丝的头，进入他们的关系网，一步一步地探索，最终总能达到你的目的。"

昆塔说："我们有大汉皇上的题字，必要的时候亮出来作为法宝就成了。"

"是这样吗？"迈克尔说，"太好了。我真愿意现在就出去试试。我们出去试试？"

"关系网？这个国家是一根一根的丝织成的关系网？"安德鲁·昆塔说，"进入他们的关系网，一步一步地探索，最终总能达到你的目的？如果是这样的话，我坚决支持。菲利普，你在这里坚守后方吧。我们出去，见识见识普拉斯所说的丝和网。"

普拉斯说："安德鲁，这样支持是不够的，需要珠子，需要我们从罗马带来的珠子，需要一些小的，也需要大的。被汉人称作大秦珠的宝贝，当作礼物送出去，才有效果。我们送礼，对方收礼，就好合作啦。"

昆塔说："小珠子都快用完了，大的更少，你要干的是大事情，当然可以用的。菲利普，拿珠子来，把小珠子给迈克尔，把那个蓝色包装盒的大珠子给普拉斯先生。对，包装盒上是一位罗马美人儿。美人儿，帮助我们吧。"

迈克尔将小珠子揣了起来，普拉斯将大秦珠揣了起来。

普拉斯和迈克尔走到大街上。昆塔跟在后面。

他们看到一个背着柴捆的穷人走过。迈克尔问："普拉斯，你说随便找根丝线的头就可以了，这位樵夫，他怎么样？"

普拉斯说："他不是不行，问题是麻烦。你去结识他，顺着他的关系走，得绕很多冤枉路。最好一上来就找到一个当官的，大夫或者小将军，至少他不是个出力的人，而是个出卖智慧的人，出卖心计的人。"

"哦，我知道了，穷人不行。这个国家的人在织关系网的时候，优先织进去的是有权有势的人。"

"对啦。最好找到个人，他有亲戚在大汉皇宫里边当差，我们就可以走捷径了。等等，你看，这个挑着货物的人，招呼他，应该有戏。亲爱的汉家朋友，你好！"

这个汉人挑着货架，然而并不沉重。货架干净整洁，蒙着一层粗布。他驻足回了头笑："你们的汉话说得很好。"

"请恕冒昧，你是在为自己家运东西吗？"

"不是，为我的东家。"

"你有东家，对我们来说太好啦。我们想通过你跟你的东家见见面，聊聊天，长长知识，交交朋友，也可以购买你们的货物。你们大汉人都太有知识了，你看好不好？"

"这个没有问题。我们东家老爷是个好人，有人缘，有家产。夏天和秋天收购生丝，冬天和春天纺织和印染。"

"好极了。我们就是从遥远的西域来购买丝绸的。现在就可以跟着你前往拜访吗？"

"可以啊。我这就要到了，跟着我走。"

挑货人走在前面，三个西方人跟着后头。昆塔想帮助挑货人挑担子，一番交涉和谦让之后，接过来，居然歪歪扭扭走了起来，引得路人频频驻足观赏。

24

洛阳挑夫的东家并不是豪门大户，只是在扛活者的眼中比较殷实罢了。在城墙脚下，有院落两所，其中一所住人，另一所是作坊。

罗马客商拜见了东家。东家与他们坐在廊庑下，请他们吃瓜子、喝水，和他们聊天。

普拉斯向洛阳东家介绍说："这位是昆塔男爵，昆塔先生。"

东家说："哦。昆塔先生，非常欢迎你们，大驾光临，蓬荜生辉。"

昆塔赞美东家："你的作坊很不错，每天都有丝绸生产出来。丝绸是美好的纺织品，我们西方人非常喜欢。"

"耕田，纺织，两大要事。我们汉人有句俗话，耕读传家。意思是，一个好人家，法宝有两个，老辈人要子子孙孙记住：耕田，纺织。书上说，一夫不耕或受之饥，一女不织或受之寒。一个男人，不爱耕田，他的一家人会挨饿；一个女子，不爱纺织，她的一家人会受冻。这是老辈人传下来的大道理。"

普拉斯翻译道："一个男人不耕田，他一家人要饿肚子，很难受的；一个女人不纺织，她一家人要露屁股，很羞耻的。"

昆塔问："请教一下：现今，中原的丝绸有多少种？"

"我可以告诉你，多了。"东家扳着手指头，说，"纱、绢、锦、绣、绫、罗、缣、绮、缟、绦、缎、练、素、纺，多了，合起来都叫帛。帛，就是丝绸。"

"太丰富了，名字这么多。我们只知道丝绸这一个叫法。"

"不只是叫法，它们是不一样的。纱是最细最薄的，用平织法织出来的。

精细的素纱，薄如蝉翼，做成衣服，轻薄透明，衣服攥在一起，不过鸡蛋大小一团儿，重量不到一两。"

"最薄的丝绸叫纱，像蝉的翅膀。" 普拉斯翻译着，并使劲学了一声长长的蝉鸣，"就是这个虫子的翅膀，透亮的。美丽的女子穿在身上，妙不可言。"

东家接着说："锦，也很轻薄，俗话叫轻锦。锦上有直行排列的花纹，花纹分一色、双色和三色。花纹轻易看不见，要在太阳下面斜着看才能看到。罗，是透亮的。罗的经纱相互交缠，放大，放大，会看到胡椒孔。粗细花纹，相扣相叠。绮，平纹底上起斜纹花样，美不胜收。绦，织出来就是带子。"

罗马客商感谢东家，送给东家两颗鲜亮的珠子，请东家介绍更有身份的新的朋友。东家介绍了个亲戚，乃是一位读经的学究。

学究说，他在洛阳太学亲自聆听过当今皇上讲课。

东汉时期的学究不简单，常常因为学生高就而扬名。这位学究的徒弟是新近走上主要工作岗位的，乐意把徒弟请了来，跟昆塔他们相见。

到底是读经出身的，徒弟极其有礼貌，一揖又一揖。普拉斯转达昆塔的意思说："我们想知道一些消息，好跟大汉皇家商队结伴西行。"

学究和徒弟分别接受了罗马明珠。

徒弟说："有位在宫中走动多年的朋友，可以介绍给你们认识。"

这个在宫中走动多年的朋友确实了得，职级虽然低，却是皇家的侍者。侍者的好友中竟有黄门侍郎抗桂。抗桂将作为此次皇家商队的监事使，随从给事中郑众一起西行。

普拉斯兴奋地对昆塔说："关系被我们找出来了，我们的大珠子有对象了，找到了姓抗的，送给他大珠子，给他看一看他们皇上的题字，估计一切都不在话下了。"

当晚，昆塔、普拉斯和迈克尔见到了抗桂。抗桂是个胖子，操着女人腔，当然是身体被改造的原因。他的行政级别甚高，因而气度甚为不凡。

普拉斯说："这位是罗马来的客人，购买汉家丝绸的商人，安德鲁·昆塔男爵，他非常敬仰您。"

抗桂说："哦，你们就是皇上召见过的罗马商客？"

"正是。"昆塔从袋子里抽出一幅金黄色的丝帛，缓缓展开，上面正是汉明帝的题字"使通万里"。

抗桂赶紧起身，扭转屁股，朝着题字下拜。

普拉斯说："昆塔男爵的商队想跟大汉皇家的商队结伴西行，特来请求将军给予照应。"

抗桂说："这个……这个……这个……"

普拉斯说："昆塔先生专程给您送来一颗巨大的罗马明珠，大秦珠，请笑纳。"

抗桂接过高档礼盒，拿起里面的大秦珠掂量了掂量，说："这个……事情，本官当然可以帮忙。皇上为你们题的有字，作为下官，理应遵从皇上的旨意行事。只是，这颗珠子，受之有愧。"

普拉斯说："无愧，无愧，请您收下。"

抗桂唤来站在门口的小心腹，将大秦珠交给他："收着吧。"接着，他说："虽然并无圣旨，本官领会皇上呵护东西通商的美意，西行一路上，可以照应你们，但你们不要乱找我，不要乱找皇家的'东城贩营'商队，你们指定个联络的人，必要的时候，听我的招呼就是了。"

普拉斯翻译了抗桂的话，给昆塔听。

"普拉斯，当然是你了，联络官就是你。"昆塔转而对抗桂介绍道，"抗官长，普拉斯，联络官普拉斯先生。"

"嗯。"抗桂眯着眼道，"你们算来得及时，回去就可以做启程的准备了。我们明天启程。我会报知郑将军，走出京畿地界之后，允许你们随行。约莫三天以后，你们有事情就可以找我了。"

昆塔说："听官人先生的。"

普拉斯对抗桂转译道："遵命，我们会照你说的办。"

昆塔他们一行人走出来，走在东汉皇宫旁边的小街上，为打通了关系而高兴。

普拉斯说："你们看，我们找到了一根丝线，顺着它找，就找到了关系网上的一个结，恰是我们想找到的一个结，是这样吧？"

25

星转月移，曙色渐现。东汉洛阳皇宫的轮廓愈来愈清晰。文武百官迤逦上朝。早朝结束了，众人鱼贯走出。

没多久，许多豪华的车辇来在了宫门前。这是为皇上、皇后和公主预备的。汉明帝刘庄、明德皇后、十三公主和她的母亲先后登上了车辇。

他们前往孟津谒灵。

汉光武帝长眠在洛阳城北四十里外的孟津，有较长一程距离。中途休息的时候，皇上刘庄对十三公主讲述先帝生前的辛劳。

公元57年，先帝已是六十多岁的老人了，但还是像以前那样，天一亮就上朝，直到天黑了才休息。一旦有点空闲时光，先帝会把一些有文化的人或懂谶纬的人叫到身边，跟他们讨论经书中的文章，切磋纬书中的词语，直到深夜才睡觉。

作为太子的刘庄，心疼父皇的身体，说："父皇的圣明比得上唐尧、虞舜，但是不大符合黄老清静无为的要求，未免有点太累了吧！我想您还是从现在开始多养养精神，过一过优哉游哉的日子。"

先帝摇摇头说："我喜欢这些事情，并不感到疲劳。"

话虽然这样说，但是终究年纪不饶人，春季的一天，鸡鸣时分，先帝上早朝，只觉得眼皮沉，身体倦怠，跌倒在洛阳南宫前殿上，再也没能够站起来。

先帝的遗诏是："朕无益百姓，皆如孝文皇帝制度，务从约省。刺史、二千石长吏皆无离城郭，无遣吏及因邮奏。"

汉明帝叹息道："先帝不让百官离开所执之事为他吊孝，他做到了让人最后的感动。"

刘庄说："先帝生逢乱世，王莽政令朝出暮改，生灵转徙沟壑，饥民揭竿造反。昆阳之战，先帝雄武初显，以少胜多，后来，杀王莽，灭新朝，攻邯郸，诛王郎，波澜壮阔。高邑登基，延揽英雄，削平天下，定都洛阳，偃武崇文，以柔道治国，终使社稷安宁，百姓乐业。"

遥遥望见先帝的原陵了。

汉明帝道："先帝的寿陵是窦融将军负责建造的。当时他上奏说，洛北大原，十分广袤，不用考虑面积，应该壮观威严，彰显帝王气派。先帝看了窦融的表奏，批曰，古者帝王之葬，皆陶人瓦器，木车茅马，使后世之人不知其处。文帝能明终始之义，景帝能守遵孝道，遭天下反复，而霸陵独完受其福，岂不美哉！今所制地不过二三顷，无为山陵，陂池裁令流水而已。"

刘庄说："先帝反对奢华，力行节俭薄葬，革除厚葬为德、薄终为鄙的陋习，自己是身体力行的。先帝治天下，轻徭薄赋，使黎民安居乐业，百事繁荣兴旺，可他登基直至驾崩，未曾片时不在简朴。先帝的寿陵，选择黄河一侧清静之地，不与历代帝王争邙山，也是他一生宽厚容让的写照……"

午时，皇家谒灵车马到了光武帝原陵。

原陵由神道、陵园和祠院构成。整个陵园南倚邙山，北临黄河，近山傍水，庄严肃穆。壮观巍峨的阙门，前面是宽阔的神道，直达陵前的祭祠。

在司礼官员的引导下，汉明帝刘庄在前，明德皇后和十三公主的母亲及十三公主在后，缓步走到祀坛前。明帝施大礼，上高香，缓缓地说道：

孩儿在下，禀告父皇：

若论亲情温暖，皇家应该领所有黎民百姓之先，成为他们的表率。然而，正如父王一再强调，我大汉刘家，所负社稷重任，又须臾不可忘怀。

汉家为天下苍生，历来不惜自我。过去二百七十年间，十五度和亲，刘家大汉公主、宗女，远嫁匈奴、乌孙番邦，担承和亲大命者，已有十五人之多。她们为社稷，为西域平安，为百姓福祉，立下了不磨的功勋。

今派小丝女儿远去，肩挑重任，和亲西域。女儿所在彼方，促使瞿萨旦那成为汉家属国，今后，通行汉话，阅读汉典，聆听汉乐，推广汉舞，报效父皇，立功社稷。

祭祀毕，一家人又默默地守候一阵，等待高香燃得差不多，方才离开。

明德皇后对刘小丝说："皇上方才所言极是。瞿萨旦那往后成了汉家属国，女儿虽处遥远，也宛然汉家门前。"

小丝说："女儿记下了。"

十三公主的母亲对女儿说："有先帝保佑，皇上放心，母亲也便放心了。"

刘小丝说："女儿不会辜负先帝和父皇，牢记拳拳嘱托和谆谆教诲，将大汉责任深藏内心，为西域福祉躬身亲行。"

天将黑时，回到宫中。

次日早上，汉明帝、明德皇后和小丝的母亲送女儿远嫁。

在钟、磬、鼓、笛等乐器联合演奏的宏大雅乐声中，小丝公主拜完明帝，再拜皇后和母亲，在侍女们的搀扶中，泪水涟涟，一步三回头地走向车马。

明帝、皇后和小丝的母亲也在流泪。

瞿萨旦那国的迎亲人士祖赫热等，大汉将军郑众、监事官抗桂等受命西行和亲的汉家大臣，列队在车边迎候，东汉刘家王朝的公侯贵戚、皇帝的近身重臣等，缓步相送。

公主上了车。祖赫热等上了车。郑众、抗桂等拜别皇上汉明帝，上了车。

车队在大院里排成多层环形状，车篷上"东城贩营"字样的菱形招贴十分显眼。

马蹄踏响，车轮转动。簇新的高头车马，鱼贯而行。

车轮，越转越快……

庞大商队的车轮在转动，转动，转动，转动……

26

出了洛阳城，一路向西走，车队到了崤函道上的一处关隘——函谷关。

安德鲁·昆塔的罗马车队停在一边。骑马的昆塔让马躲到一边，礼貌地让"东城贩营"商队走过。

"东城贩营"商队车辆很多，其中一辆豪华的商车撩开了帘子。活泼可爱的十三公主刘小丝探头观察，发现一只蝴蝶随车飞行。她回身拿起一片彩帕，一转一转地逗弄蝴蝶。

这辆豪华商车恰好走过昆塔面前，昆塔忽然看到车上的刘小丝在不停地让手中的彩帕转圈。美丽的人儿在向他转弄彩帕？昆塔受宠若惊，急忙摘下头上的帽子回应地转动起来。

刘小丝的视线与昆塔的眼光交会，惊讶，慌乱，吐一下舌头，赶紧缩回，拉下车帘。

在刘小丝捂着胸口无法平静的当儿，侍女织云和绣雨一齐关切地围拢来询问她："怎么了？"

小丝强自镇定，说："没有，没有什么。这是到哪儿了？"

织云说："我刚才悄悄打开这边窗子一条缝，看到过了个大关，问他们，说是东函谷。"

绣雨说："禀告公主，我们走到新安的函谷关了。"

"哦，知道了，没事了，你们过去吧。"刘小丝说，看织云和绣雨猫到对面窗口去了，她再次试探着撩开窗帘一角望出去。

呀，那骑马的人跟上来了！刘小丝紧张得心跳起来，再度慌乱。她不知道下一步会发生什么，心里还想再看一眼他，手却不由自主地缩回来。

车外，昆塔随着走了一阵，正在惶惑车里面的女孩儿是怎么回事，为何跟我打招呼，我回应她时，她却退回去了，但见严密的车帘忽又撩开一角，刚才那个女孩的大眼睛又闪了出来。

昆塔惊喜地拍马跟上这辆车。

可是，车帘犹犹豫豫地又放下了，遮蔽了那双美丽的大眼睛。

车队到了函谷关。关驿的长官迎接和慰问"东城贩营"商队。力夫们抬着大量的酒食，送给商队。

公主和侍女们，郑众、抗桂等上等人物，祖赫热等贵客被迎进驿馆的高级房舍吃酒、歇息……

在新安函谷关巨大的车马场，驿丁正在给"东城贩营"商队换马。

很多兵丁也被调来帮忙。驿丁感谢地对兵丁说："幸亏你们来相帮，这个把月，关驿太忙太忙了，过不完的大队兵马，刚刚送兵马送了十几天，大商队这就随着来了，好多年没有这样忙过了。"

兵丁说："你们还好啊，我们几个月一直在大马场驯马，供应西征的军队，累得要命。看样子西域大通道真的要打开了，听说这个'东城贩营'是皇家的。"

"声势和派头这么大，指定是了。"

在驿站的客馆里，郑众、抗桂等官人，祖赫热等贵客受到酒肉招待。十三公主也在一间安静的客房里吃喝，由织云、绣雨等四位侍女陪着。

驿站雇来的侍者小心翼翼地上菜，每上一菜，即退到一边侍立。

从驿站停车场望出去，是一片稀疏的树林。树林外面，是绿色的草地。草地上，昆塔和他的人架着石头和铁片在做烧烤。树林里，附近的枝梢间，鸟儿叫喳喳；树林外，远方的天际，夕阳红彤彤。

酒饭过后，东国公主被安排进驿站最高级的房间。

公主一次次地想起车窗外那个棱角分明的西方人的面孔，那个西方人惊喜无措赶紧揪下帽子向她转动的呼应画面，脸蛋儿发热，心儿怦怦乱跳，万千想法，不能自已。

于是，她说："坐了一天多的车，好闷人，我想出去，我要出去，散散步，散散心。"

织云说："公主莫要着急，我去向郑将军报告一下，很快回来。将军若准了，我们便陪公主出去。"说完就去了。

小丝急着出去，说："到驿站背后走走，不需要报告了。走，绣雨。"

绣雨急了，不晓得如何劝阻公主，一连声地说："公主莫急，等织云回来咱就出去。公主莫急，等织云回来咱就出去。"

"等什么呀，天越来越晚，我还想多走一会儿，走远一点儿呢。"

"不敢啊，公主。怎么敢这样出去？公主现在虽然没有穿戴皇上所赐的凤冠霞帔，身上服饰在这山野荒僻之地也是光彩耀眼。这样出去，有人认出眉目，安全保障受到威胁，我们从人怎么是好啊！"

小丝公主眼珠快速地转了一圈，快速脱下冠和帔，不由分说，塞给绣雨："我们俩换一换，快，你脱下外衣给我，换一换好了。快呀，快呀。"

"哎哟，你呀！"绣雨无奈，只好脱掉自己的水红色粗服给小丝。小丝飞快地穿在身上，夸张地向绣雨做了个鬼脸，嬉笑着跑了出来。

绣雨穿戴了公主的丝绸服装，和另两位侍女跟出来，小丝已经走远。

在附近执勤的官兵看见绣雨装扮的公主走出客房，立即主动地跟随在她身后远处及两侧，进行保护。

红衣侍女——小丝公主走在稀疏的树林里，不断地向驿道上张望。初次放飞的青春靓丽的大汉公主，她也没有防备，自己心里怎么忽然有个人了呢！

小丝一边胡乱地行走，一边瞭望和寻觅，似乎忽然想到自己在车上让彩帕转圈的场景，脸蛋儿又热热地红了。公主在旁边植物中采撷了一把枝叶，举起来，绕着细白的手腕儿，在空中转起圈来。

织云请示完郑将军回来，不见小丝公主和绣雨，急忙找出来。看到公主，织云问："公主，你们怎么这就跑出来了？"定睛一看，哪里是刘小丝啊，是绣雨换了小丝的穿戴。"你们搞什么鬼呀？公主呢？"

靠近驿馆的疏林边恰好有几株大树是密集的，安德鲁·昆塔男爵从树后转了出来。

刘小丝扭头的当儿看到了昆塔，快步从一大片高可过人的灌木林后绕了过去。

织云、绣雨和另外两个小侍女朝小丝原先走去的方向寻找，眨眼间不见了小丝，慌乱起来，相互询问，向四外观望。

习习晚风中，小丝和昆塔走近了。

小丝非常惊讶自己的大胆，手抚胸口，低头又抬头，抬头又低头。在昆塔伸展双手欲来迎接的当儿，她忽而调皮地一笑，把手中采撷的枝叶分给了昆塔一枝。

昆塔惊喜而恭敬地接过，小丝已转身跑了。

留在昆塔手中的，是一枝茂盛的绿叶，绿叶正中，有两朵艳丽的小红花……

第八章　中原人民也等不及啦

　　秦穆公怀有雄心壮志，意欲吞并关东整个江山，称霸一世。想占有天下之地，他却违背远交近攻的兵法上策，协助晋国，跑老远去打洛阳东边的郑国。近交远攻，为人作嫁，这很危险啊。

　　郑国有个老饲养员叫烛武，危急之际，自告奋勇去前线退敌 。这位老烛武跑到秦国军队那里，向秦穆公批讲了一番大道理：邻强我弱，邻厚我薄。秦穆公茅塞顿开，终于明白几十年帮助晋国全是白痴干的活，应该打晋国才对啊，就退兵了。

27

在通往塞萨洛尼基的公路上，行进中的德默号和爱福号越野车，把一个个里程预告牌推向身后。

车身上喷绘的彩色飘带——绕着车身的丝绸之路和众多地名上的签字，引起路人向德默号和爱福号摇手，也引起个别汽车司机的注意，偶尔鸣笛打过来招呼。

德默号和爱福号车身上，巴黎、慕尼黑、格拉茨、马里博尔、萨格勒布、萨拉热窝、贝拉内、普里什蒂纳、内戈蒂诺，这些地名周围，密密麻麻地签满了人名。他们已经走过了这些重要的节点。

卡米尔问："李由，算算时差，你的家乡现在是什么时候？"

李由说："我算一下。已经是美丽的傍晚了。"

卡米尔说："小丝公主和昆塔男爵擦出爱情的火花了。在古老的驿道上，东西方爱情发芽了，李由，请介绍一下这条古代驿道吧。"

李由说："说起这条古代驿道，崤函古道，它可太有名了。它是古代中国的两个都城洛阳与长安之间的交通要道，又叫两京古道。它是丝绸之路东段的重要部分，全长约有四百公里。"

"崤函古道，两京古道。"卡米尔沉吟一下，"两座首都之间的通道。这条古道成为丝绸之路东段的重要部分，原因是它比较近，是捷径？是大道？"

李由说："哈，卡米尔，你这个理解倒是个捷径呢。"

古时候的两京古道，是洛阳和长安之间的必经之路和唯一通道，从其他地方是走不通的。但是，要说它是大道，看怎么理解，古时候的这条路，非常崎岖难行。实地考察就知道，有的路段，古人的铁轮车在石头路面上砸下的车辙竟有二十厘米深，行起来如何，牛马走在上面如何，想象一下吧。

两京古道非常重要，在于"唯一"，换个方向，地势更险。

李由进一步向卡米尔介绍崤函古道的地理地貌。

"黄河，你知道，是中国从西向东的长河，是中国重要的承载历史文明的河流。到了中游，黄河向南拐了个大弯，又向东弯下去。原因是它从北方流过来，向南撞上了巨大的秦岭山脉，不得不拐弯向东，在两山之间滔滔东去。滔滔东去的黄河成了崤函古道北边的一条天然屏障。

"崤函古道南边就是秦岭，自西向东，崇高峻险，不可逾越。

"黄河与秦岭之间，有三四级台地，平均海拔五百到七百米，常年的雨水冲蚀，形成了一道道很深的沟壑。只有黄河南岸的一级台地，狭窄修长，地势相对平缓。"

卡米尔说："是这样啊，我猜一猜，这一级台地可以修路，供人行走。"

"是的。聪明。"李由说，"崤函古道的东端是河洛平原，西端是关中平原，北边是晋南平原，这个地区，是中华文明发源的核心地区，从新石器文化中期一直到中世纪，都是中国的政治、经济和文化中心。"

"哦，三大平原，它连起了三大平原，河洛平原、关中平原、晋南平原，三大文明区域。古人选择在河边台地上生活。在世界上很多河边台地上留下了文明遗址，是他们要取水，水是生活的第一要素。"

"正确。崤函古道连起了中国古代的三大文明核心区，而且，承载着洛阳与长安两京之间的一切交流和沟通。可以这样说，在很长的历史时期，崤函古道是一条名副其实的京畿大道。"

"崤函古道，好让人振奋哟，今天应该是高速铁路和高速公路了。"

"中国中部东西交通的集束，正在这里。"

"集束，集成了一束，是这样吗？"

"崤函古道，说是在第一级台地上，实际呢，到处都非常险要。中国古籍上记载，崤函古道，两京锁钥，车不并辕，马不并列，别说会车，纵使骑马也无法并辔而行。

"最早的函谷关叫秦函谷关，是周代秦国的防御工事。西汉的时候，都城是长安，长安是西部的京城嘛，选择叫西安。函谷关西的长安地区叫关中，又叫关内，是皇上的贴身地盘，天子脚下，非常高贵。

"有个楼船将军叫杨仆，他的老家，在秦函谷关东三百里，今天的新安附近。他在西汉首都长安工作，自己竟然是关东人，或者称关外人，觉得比较羞耻，于是给皇上打报告，提出了自筹资金迁徙关隘的要求，将函谷关东移三百里。"

"关塞搬家？将函谷关换个地方？"

"说是迁徙，并不是拆除原先的关隘，挪到另一个地方。所谓东移，就是去东边再建一个关隘。

"杨仆的报告有点搞笑，谁知皇帝批准了。杨仆很是高兴，率领家仆七百人，苦干一年，硬是完成了移关大业。这处函谷关叫汉函谷关，或者叫东函谷关。这是公元前114年的事情。

"东函谷关仿照西边的秦函谷关的样式，中间是高耸的关楼，两侧有两座瞭望台，分别叫'鸡鸣台'和'望气台'。两台相对而立，左右关塞横亘，南接洛水，连接秦岭余脉，北越丘陵，直抵滔滔黄河，规模气势，甚为壮观。

"刘秀建立了东汉王朝，史称光武皇帝，说西汉皇族是自己的本家，他往长安拜庙、谒灵，在东函谷关内建有大驾宫，以为歇脚之地。"

卡米尔说："哦，函谷关有两个，汉函谷关和秦函谷关，我知道了。"

"是的。"李由说，"古代洛阳与长安之间的两京古道，有三处重要的关隘，自东向西分别是汉函谷关、秦函谷关、潼关。潼关作为军事要塞，出现得比较晚，窦固、班超的征西大军经过的时候，汉家小公主刘小丝和亲西域经过的时候，还没有潼关，潼关所在的地方是荒山野谷。想象一下，东汉皇家的'东城贩营'车队，在这条狭窄的古道上要排多长。"

卡米尔说："昆塔他们的商队还跟在'东城贩营'大队人马的后面呢，昆塔男爵和小丝公主要相会一次，得克服多少困难呢？"

"你们女性的思维，总是倾向于温馨，让人充满期待。"李由笑说。

"就是啊，我期待啊。"卡米尔笑自己。

李由说："崤函古道，字面意思是崤山函谷里的古道。道路多在涧谷之中，深险如函，故而称作函谷。自古函谷一战场。"

卡米尔说："一函之中，盛满了古代战争的故事？"

"陕西渭河两岸，土地肥沃，良田千顷，是中国历史上最早的农耕文化发祥地之一。在周朝时期，秦人就在这里生活。"

"很安静，很安全。"

"东部很安全，刚才我告诉你了，险关重重，万夫莫开。西部不安全，西部的犬戎族，非常厉害，非常残暴，进攻周朝，烧杀抢掠。周朝政府向东逃跑，逃跑到了洛阳。"

"西部没有大山，没有关隘。"

"周朝的平王向洛阳逃窜的时候，秦部落首领秦襄子带兵送行有功，穷得响叮当的周平王，给秦襄子一个空头委任状，让他回到关中后，坚持留守西部打游击，任凭他开拓，打出多少地盘就全部封赏给他。秦襄子回到西部后，在关西招兵买马，扩张军备，攻打西戎。父死子继，慢慢壮大，将秦都雍城建成了西部的政治、经济中心。"

"那时候不是长安，不是西安。"

北方的晋国为了讨好秦国，晋献公于公元前655年，吹吹打打把闺女嫁给了秦穆公。秦晋结好，秦穆公一直帮助岳父家，前后扶立了三个晋君。

秦穆公怀有雄心壮志，意欲吞并关东整个江山，称霸一世。想占有天下之地，他却违背远交近攻的兵法上策，协助晋国，跑老远去打洛阳东边的郑国。近交远攻，为人作嫁，这很危险啊。

郑国有个老饲养员叫烛武，危急之际，自告奋勇去前线退敌。这位老烛武跑到秦国军队那里，向秦穆公批讲了一番大道理：邻强我弱，邻厚我薄。秦穆公茅塞顿开，终于明白几十年帮助晋国全是白痴干的活，应该打晋国才对啊，就退兵了。

秦穆公总惦记着图谋中原的大业，眼看年岁大了，再不动手，这辈子只在西部这么个小地方太窝囊。于是，秦穆公决定纠正路线错误，抛开晋国羁绊，自家冲击中原，先把郑国拿下。

幸亏上次在秦晋郑混战中，秦国在郑国留下了兵马使，建立了兵马使馆，也算是个大使馆吧，可做接应。

秦穆公最大的问题是手下无人，数得着的只有一个名叫孟明视的弱将军和老得不像话的代总理蹇叔。

秦穆公跟蹇叔商量东征大事，说："想派孟明带兵去中原争霸，实现最高理想，您老高兴吧？"

蹇叔哼哼唧唧地说："高高兴啊，我，但但是啊，您，您，您这么做，晋，晋国人，不，不高兴吧？"

秦穆公说："晋国如今无力经营中原，我去攻打中原诸侯，他，他管不了。"

蹇叔说："从，从此，两国恐怕，就，就翻脸啦。"

"是啊，该翻就要翻。一直帮晋国，永远也成不了霸主。我就是要甩开晋国，直接去打郑国，打下来，中原就是我的啦。"

蹇叔说："劳，劳师袭远，必，必定泄密，千，千里袭人，未有不亡者也！"

秦穆公说："我已经老啦，等不及啦，中原人民也等不及啦。这兵非出不可，我已经决定了。"

蹇叔说："那，是不是差人去观察观察，郑国，可以攻打否？"

秦穆公说："那样来来回回，恐怕一年工夫搭进去了。用兵之道，贵在神速，迅雷不及掩耳，即可获胜。您老了，终日疲惫，不理解我的。"

公元前627年新春，料峭寒风之中，兵车齐整，旌旗飘扬，孟明视、白乙丙和西乞术统率三万军马，剑指中原。白乙丙和西乞术是老蹇叔的儿子。

蹇叔拄着拐杖，蹒跚地来到阵前，哭着说："儿啊，儿啊，崤，崤山的深谷，阴，阴风很重，你，你们的尸骨，大约，大约我要到那里，去，去收了。"

蹇叔哭师，扰乱军心，秦穆公气急了，斥骂道："死有什么可怕！你活得还不够长吗？秦国多少人才活你一半岁数，坟上的柳树都有合抱粗啦。"

蹇叔不敢甩鼻涕眼泪了："吾见师之出，不见师之入。吾只怕，匹马只轮无还者也！"

秦穆公一声令下,三万秦国子弟兵在隆隆鼓声中出发了,背影越来越远,越来越远,看不见了。

29

秦军一路东下,晋国自然知道了,就如何对应展开了激烈辩论。

元帅先轸说:"秦军劳师袭远,实为天赐良机,机不可失。敌不可纵,一朝纵敌,数世之患啊。"

将军栾枝不同意,说:"秦穆公对我们有恩。攻打恩人,天理不顺。"

先轸说:"本系多世盟友,今却独自行动,闯过晋国辖区,安有恩德可言?崤山地区,峻岭绝壁,马不能并行,车不能转身,却是秦军回国的必经之路。我们应该在此设伏,灭掉秦军,绝除后患。"

最后,晋国决定袭击秦国军队。

按照先轸的计策,晋军在崤山部署,以逸待劳,只待秦军归来,便将口袋两端扎起,囫囵吃掉。

公元前627年春天,秦国三万兵马,出函谷,进中原。秦军全套盔甲,肩扛武器、粮米,千里奔袭,疲惫不堪。更要命的是,他们根本不知道,后路正在被晋国切断。

每走三十里,到达一处传舍,首长们睡房子,排长睡帐篷,士兵们露宿道旁,数天上的星星,抓身上的虱子。下雨时,士兵们就更遭罪了,泥里水里,脏得要死。

给养运输,根本没指望。三春季节,田野光秃秃的,什么可吃的也不见,饥一顿饱一顿。

秦军进入洛阳。按照周朝的规定,携带武器的诸侯部落的部队不能穿行首都,否则等同谋反。如果必须穿行,要脱掉军装,卷起皮甲,向周天子的洛阳城敬礼,然后通过。可这帮陕西娃,不懂大礼,经过周天子的洛阳城门,只是乱糟糟地跳下战车,脱去青铜头盔,点一下脑袋,然后跳上车,奔驰而去。

前后三百辆兵车，多是如此表演。

周襄王的孙子姬满从城门缝里观看了秦军的动静，对爷爷发表了一番观秦师的感想，说："秦师轻而无礼，必败。"

周襄王问其详细，早熟少年姬满说："过天子门头，摘一下头盔，急着跳上车，轻慢无礼。轻慢的人没脑子，无礼的人少戒备。这样的军队，能不败吗？"

周襄王目送着远去的秦国兵马，搂着孙子，说："对啊，对。你说得对，也许它就要败了。世道已经如此，顺乎者为上策。谁胜出，天子慰问谁。即此而已，岂有他哉！"

秦军过了洛阳，继续东行，郑都到了。

秦军偃旗息鼓，不露声色。不料在洛阳以东的山路上，一队商人的骡子迎面拦住了他们。

政客对金钱感兴趣，富商对政治感兴趣。迎面而来的郑国商人弦高，就是个热衷于政治的暴发户。弦高去洛阳跟政府签合同，遭遇了秦军。

听说秦军是来攻打自己祖国的，爱国商人弦高先送上四张熟牛皮，又拿十二条牛犒劳秦军，假冒郑国君主郑穆公的名义说："鄙国作为东道主，已经给你们预备好了洗澡的热水、丰盛的酒食，一直在候着你们呢。"

秦军总司令孟明和两个军长面面相觑："嗯？敢情消息有这么灵便吗？"

孟明元帅惊诧地想，郑国人已经知道我们的偷袭计划了，已经有准备了，如此，怎么是好？他犯难了。

孟明想了三圈，就对弦高说："我们是来修理滑国的，走不到郑国。"

孟明便真的命令军队偷袭滑国。一袭还真的灭了小小的滑国，得到大批妇女和给养。

弦高赢得了时间，派人把告急情报送回郑国。郑穆公惶恐不安，赶紧派人侦察秦国驻郑兵马大使馆的动静。

哇，不看不知道，一看吓一跳。秦国大使馆里的人正在磨砺兵器，收拾辔头，甲胄都已上身了，人人精神，个个抖擞，随时准备武装接应，献出城门，大开杀戒。

郑穆公立即抄了大使馆，将秦国人驱逐出去，锁死了城门大锁。

秦国司令孟明听到这个消息，望着郑国的方向，喃喃地说："卧底的事穿帮了。我宣布，偷袭计划作废。还是按蹇大叔的意思，回家吧。而且越快越好，避免在中原暴露太久，反为失计。"

军长白乙丙和军长西乞术都是蹇叔的儿子，他们巴不得撤兵，赶快说："是啊，还是被我们老爹说中了，千里袭人不好办。"

古时候打仗，一般是武器自己制造，粮草在路上抢夺。秦军原计划抢夺郑国的东西，现在，郑国去不了啦，滑国人更倒霉，让秦军疯狂筹办军需。

滑国复被抢劫一遍，子女、玉帛、珍宝、粮草，又获得不少，装载了。秦军日夜不停地向西疾遁，走近崤山，才放下一颗心。

走过洛阳，走过黄河岸，走过函谷，就是秦国了。

四月初，秦军返回崤山地区，老头子蹇叔预言的鬼门关到了。

30

白乙丙对孟明说："此去正是崤山险峻之路，我老爹谆谆叮嘱谨慎，主帅不可轻忽。"

孟明说："我驱驰千里，尚且不惧。过了崤山便是老家秦国之地，家乡门口，有何虑哉！"

西乞术说："主帅，您虽然虎威远扬，但还是谨慎为好。恐怕晋国有埋伏。他若猝然攻击，我们紧急中如何防御？"

孟明说："你俩竟然怕成这样，好可笑。我走前边，如有伏兵，我抵挡。"

孟明派遣大将褒蛮子，打着元帅旗号前往开路，自己紧随其后，西乞术第三队，白乙丙第四队。

千里奔袭的军队，到了崤山山谷最险的路段，再也走不快了。而在他们的头顶上方，晋国埋伏军已经急坏了。

进入函谷关最险段，抬头望天，只看见两侧黑色峭壁与一条纤细蓝线。上天梯，堕马崖，绝命岩，落魂涧，鬼愁窟，听这些地名吧，全是奇险之处。

车马过函谷险段，要大声吆喝，让远在十里外的对面来车听到，别进来，否则狭路相逢，只好彼此商量，让一方退回原处。

将士们过函谷险段，解了辔索，卸了甲胄，或牵马而行，或扶车而过，一步两跌，十分艰难。

当初秦兵东行之日，乘着一股锐气，轻车快马，缓步徐行，任意经过，不觉其苦。今日往来千里之后，人马无不疲困。又掳掠得滑国许多子女金帛，全部重装，实在难行。

四月十三日，轻率的秦军在孟明、白乙丙和西乞术的带领下，缓缓地全部走进了函谷深处。

晋国伏兵，趴在两边山头，蓄势待发。为了避免激动得忍不住叫出声来，人人嘴里都含着一枚竹片，两端以小绳扎在脖子后头。

惨剧开演！

晋军元帅先轸卡住时机，传令击鼓滚石。瀑布般的巨石雨从函谷两侧滂沱而下。秦军三万多兵马，三百辆战车，相当于今天五个师的兵力，包括他们掠来的大批俘虏和滑国女子，在巨石瀑布的轰击下，就像三万多只弱不禁风的小虫子，化为满沟的劈柴和肉酱。

在暗无天日的函谷狭沟里，秦国子弟兵发出短暂的鬼哭狼嚎。血污溪流，尸横山径。

一切都被石头掩埋，化作山脉的一部分。

秦国折损了东向争霸的锋头。

卡米尔说："哦，我还说，一函之中，盛满了古代战争的故事。实际情况是，一函之中，盛满了古代战争的罪恶。战争，真的是罪恶啊。"

李由说："函谷自古为兵家恐怖之地。南边的楚国，也曾组织多国部队图谋秦国，却被函谷险关吓退了。"

楚怀王熊槐当任的时候，联合魏、韩、赵、齐、燕五个国家，组建了联合军团，要解除秦国这个西部的隐患。他率领六国军队，直扑函谷，西向伐秦，在即将剪除心头之患的当儿，六国联军看到天险函谷，心生胆怯，裹足不前。

秦国面对联军威慑，在出兵防御的同时积极进行外交斡旋，派使者联络东方的宋国，以率先承认宋国称王为条件，叫宋国从后方侵扰六国联军。宋国吞吃诱饵，按照秦国人的要求，投入战争。

六国联军后方受敌，不战自退，联合伐秦，草率收场。

卡米尔说："天哪，崤函古道，比帕提亚平原可怕多了。"

崤函古道现存遗迹，车轮辙痕，深刻清晰，虽经风雨剥蚀，依然如初。除辙痕外，局部还有人工敲砸、凿刻过的痕迹。

周边，自然环境风貌原始，古道符合世界遗产对文物的要求，因而已经入选丝绸之路世界遗产名录，是名录中唯一的道路遗产。

卡米尔说："我在你的电脑上看到，唐代诗人杜甫住在崤函古道上的石壕村，夜里遇到抓人的？"

"是。杜甫所在的唐朝比汉朝晚很多了。唐朝后期出现内乱，起来反政府的是安禄山和史思明两个军阀，叫安史之乱。在安史之乱中，杜先生经过崤函古道去追随皇帝，夜里投宿石壕村，遇上差役强征兵丁。他用诗歌《石壕吏》记载了这件事情。老翁跳墙跑了，老婆婆走出来应付差役。差役吼得凶狠，老妇人啼哭得可怜。杜先生听到老婆婆对差役说，我的三个儿子去邺城服役。其中一个捎信回来，说两个刚刚战死。活着的人姑且过一天算一天，死去的人永远不会复生了。差役大人，我家里再也没有其他的人了，只有个正在吃奶的孙子。因为有孙子在，他母亲还没有改嫁。可怜我的寡居的儿媳妇，进进出出都没有一件完整的衣服。婆婆我虽然年老力衰，但请让我跟从你们，连夜赶回营去，你们的差事完成了，我还能够为官兵准备早餐。夜深了，说话的声音消失了，隐隐约约听到低微断续的哭声。天亮临走的时候，杜先生只同这家的老翁告别，老婆婆已经被抓去服役了。"

"唉，好可怜！"卡米尔叹息道。

第九章　爱琴海的璀璨明珠

　　古希腊的每个城邦都有自己的保护神。雅典娜，让光秃的岩石长出象征和平的橄榄树，还为雅典人做过许多好事，雅典人就敬奉雅典娜为城市保护神。各个城邦选择保护神不是即兴的，是出于利益需要的。

　　希腊文明是海洋文明，不同于世界上其他古文明，它们一般是大河文明。庇护海洋的神是波塞冬。伯罗奔尼撒半岛上的城邦，它们的保护神都是波塞冬。

31

塞萨洛尼基，到了。

两个美丽动人的希腊女记者，菲勒米娜和斯蒂芬妮，迎接来自西欧的丝绸之路越野车：德默号和爱福号。

菲勒米娜张开双臂拥抱卡米尔："卡米尔，老同学，我们又见面了。你们的车真漂亮。"

卡米尔说："是啊，菲勒米娜。这位是斯蒂芬妮吗？"

菲勒米娜说："斯蒂芬妮，也是我们的同行，美丽的女记者，斯蒂芬妮。"

卡米尔拥抱斯蒂芬妮，道："斯蒂芬妮，见到你真高兴！我开始介绍我们的团队。李由，读过清华大学，读过巴黎高等商学院，在塞纳河左岸工作，出生在中国中部地区的洛阳，那是个美丽的城市。洛阳，古代出丝绸，现在有牡丹。"

李由与菲勒米娜和斯蒂芬妮相见，介绍罗伯特说："罗伯特，法国兄弟，古代历史学博士，专门发掘掩埋在历史尘土深处的真相。具体地说，他有一双奇特的眼睛，能看到古代亚欧丝绸之路上的故事，爱情故事。"

菲勒米娜说："太好了，谁不喜欢爱情呢。"

斯蒂芬妮说："是的，世上最美好不过爱情了。"

罗伯特说："菲勒米娜，斯蒂芬妮，你们太美丽了，我愿意告诉你们，我们发现了古代欧亚丝绸之路上的一个爱情故事，它非常非常的美丽。但是，菲勒米娜，斯蒂芬妮，你们太纯真了，我不想告诉你们，这个爱情故事又非常非常的苍凉。"

菲勒米娜和斯蒂芬妮由惊喜而惊讶。

"我们有足够的证据。一部分证据来自著名探险家和考古学家奥莱尔·斯坦因，那位英国籍的犹太人斯坦因，他出生于匈牙利；一部分证据来自这位博努瓦先生，意大利人，考古学博士。"

博努瓦说："你们好！斯坦因的中亚探险，有一系列发现。本人博努瓦，在波河流域发掘出了来自古代中国的几件东西。"

菲勒米娜问："是东方和西方的爱情故事？东方人和西方人？"

斯蒂芬妮说："我猜想是古代中国人和古代罗马人的爱情。"

罗伯特走过来，送给菲勒米娜和斯蒂芬妮每人一条靓丽的丝巾，丝巾上印着他们丝绸之路团队的行进路线。两位姑娘高兴得跳起来。

菲勒米娜和斯蒂芬妮开车领着西欧朋友游赏塞萨洛尼基。

德默号和爱福号所经之处，因其车身上的喷绘受到人们的特别关注，人们用各种颜色的笔在车身上签字。

希腊北部，由三个省份组成，西马其顿、中马其顿和东马其顿，后者又叫色雷斯。在历史上，这三个省的地盘就是举世闻名的亚历山大大帝发祥之地——马其顿公国。

古代马其顿人也是雅利安人种的多利克人的一大部族，与到达南方、后被称作希腊人的部族建立了友好的平等关系。

随着时间的流逝，马其顿人和希腊人在语言文化上有了很大的差异。在当年以雅典、斯巴达等城邦为中心的希腊人眼里，马其顿人根本就是异族。

马其顿人的头领，亚历山大的父亲菲利普二世，眼光锐利，窥测到了希腊主要城邦雅典与斯巴达之间的矛盾，他很有远见地聘请了大哲学家亚里士多德做了太子亚历山大的家庭教师。

菲利普二世还强化军事，无坚不摧的马其顿方阵就是他搞出来的。

菲利普二世在迎娶自己的第二任新娘的婚礼上遇刺身亡。当时，马其顿的对头希腊，各城邦欢呼雀跃，兴奋异常。

谁也没想到，古希腊人却不是当年仅仅二十岁的亚历山大的对手。亚历山大胸怀大志，好学上进，铁血无情，继承祖业后励精图治，终于在其有生之年将希腊统一成了一个横跨欧、亚、非三大洲的庞大帝国，在世界历史上留下了极其精彩的一笔，也因此将灿烂辉煌的古希腊文明推向了世界。

亚历山大带领马其顿融入了希腊，马其顿人被希腊化了，古希腊历史上称这一时期为希腊化时代。

在亚历山大骑马雕像前，当地人骄傲地介绍："对，这就是亚历山大，一位伟大的希腊人。"

希腊北部是整个巴尔干半岛的中心，而希腊第二大城市塞萨洛尼基又是希腊北部的中心。塞萨洛尼基是亚历山大帝国时期建立的城市。

亚历山大称帝的时候，首都是佩拉。

32

亚历山大死后，希腊帝国分成了三个王国，马其顿王国的首领是亚历山大同父异母妹妹的丈夫卡桑德拉，哈尔基季基半岛的一部分就是以他的名字命名的。

卡桑德拉在塞尔马古城遗址以及周围二十六个村庄的基础上建成都城，以自己的妻子、亚历山大妹妹的名字塞萨洛尼基命名。

马其顿王国衰落以后，塞萨洛尼基成为罗马帝国的一个城市，那是公元前2世纪，它已经是一个重要的欧洲和亚洲贸易的交汇点了。

塞萨洛尼基的商业地位极其重要，罗马人在塞萨洛尼基建造了巨大的港口，就是著名的洞穴港，来支持塞萨洛尼基的贸易。洞穴港红火了许多世纪，后来被泥沙淤塞，人们把这个地方开垦成了田地，到远处另建港口。

过了安吉欧迪米奇欧街，李由他们来到了塞萨洛尼基的朝拜神殿，古代拜占庭人的朝拜神社。

菲勒米娜介绍说："保护塞萨洛尼基人民不受野蛮人侵略的守护神。"

斯蒂芬妮说："我念大学的时候，教授告诉我们，它保佑了东罗马的和平时期。"

博努瓦提议去拜访历史学家，斯蒂芬妮便推荐亚里士多德大学的历史学教授科利美诺斯先生。

他们驱车前往亚里士多德大学，科利美诺斯先生热情地接待了他们。

罗伯特架设好了拍摄设备，说："我们自西向东，重走古代欧亚贸易通道丝绸之路，到了塞萨洛尼基。塞萨洛尼基是如此重要的一个节点，我们必须听一听您的见解。"

"你们在做一件伟大的事情。"科利美诺斯教授说，"是的，爱琴文明一直以来，是世界古代史上一颗璀璨的明珠。古希腊爱琴文明，是古欧洲文明的源头。"

罗伯特说："古希腊神话，提到希腊，无法越过神话这座令后人仰止的高山。"

科利美诺斯教授说："当然，古希腊神话是窥探希腊文明的一个窗口。"

古希腊的每个城邦都有自己的保护神。雅典娜，让光秃的岩石长出象征和平的橄榄树，还为雅典人做过许多好事，雅典人就敬奉雅典娜为城市保护神。各个城邦选择保护神不是即兴的，是出于利益需要的。

希腊文明是海洋文明，不同于世界上其他古文明，它们一般是大河文明。庇护海洋的神是波塞冬。伯罗奔尼撒半岛上的城邦，它们的保护神都是波塞冬。

博努瓦道："古代希腊的商业贸易非常活跃，主要贸易伙伴遍布爱琴海周围各地和西方诸海岸。"

科利美诺斯教授说："博努瓦先生的见解是正确的。由于古希腊有活跃的商业贸易，它被认为是极其富裕的。古希腊的海港，向西到达意大利，向东可以到达亚细亚，使彼此相距较远的两个地区很容易地交换物品。"

博努瓦说："最近的考古发现，证实整个古代希腊都有发达的冶金业。"

科利美诺斯教授说："发现了一系列用于金属加工的建筑物，还有铁渣。经分析，铁好像是来自厄尔巴岛。还发现了一些墓葬，出土了精致的、数量众多的东方商品。"

"东方商品，它们是什么呢？"博努瓦问。

科利美诺斯教授说："具体的我不清楚，大概有陶瓷和丝绸。墓葬的发现地是埃维亚岛，雅典人最早殖民的地方。"

古代希腊人的海外殖民，公元前735年就开始了。公元前735年，希腊的卡尔克斯在西西里岛建立了一个最早的殖民地纳克索斯，这只是一个暂停港，附近只有很少可耕的土地。

公元前 6 世纪左右，博凯亚人在地中海边建立殖民地马西利亚。

罗伯特说："马西利亚就是今天的法国马赛，后来成为地中海西部希腊商业活动和文化传播的中心，而且以输入希腊的橄榄油、葡萄酒而著名。"

科利美诺斯教授颔首道："是的。公元前 630 年，塞拉的多里安人在埃及以西的非洲海岸建立了殖民地施勒尼。之后，施勒尼的花瓶闻名于世。"

还有著名的埃及海港纳乌克拉提斯。

黑海地区也是古代希腊人频繁进行贸易活动的区域。

根据统计，希腊人在地中海和黑海区域的殖民城邦达四百个左右，这些城邦对希腊工商业的发展、贸易的扩大起了很大的促进作用。殖民地的海外经济发展大大促进了希腊本土经济的发展，将希腊诸城邦引向辉煌。

海外贸易在古希腊经济中占据重要位置，对古希腊经济、社会的发展发挥了不容忽视的作用。

卡米尔插话道："古希腊历史悠久，漫长而灿烂，分析起来，它的海外贸易，它的向外殖民，一是独有的地理环境决定的，二是希腊人祖先特有的海洋民族性格，还有经济发展的需要，诸多方面合并，产生了力量。"

33

李由道："与古老的东方文明相比，希腊文明的突出特征是海洋性质的。但是，古希腊文明和古老的东方文明一样，重视土地，以土地为根本。

"但是，随着历史的发展，希腊位于欧亚中途要点这个地理特征逐渐显现出威力来。美国历史学家斯塔夫里阿诺斯认为，公元前 8 世纪到 6 世纪，希腊世界发生的结构性转变，地理条件是重要推动力。"

科利美诺斯教授说："李由先生说得对。古老的农业经济曾经是古希腊的支柱产业，古希腊人将大麦和小麦视为基本粮食作物。农民耕种自己有限的土地，在闲暇饲养家畜家禽，如猪和鸡等。粮食是人类生存必需的，对于古希腊人也不例外。"

古希腊的农业领域是复杂的，在地中海，存在着不一样的农业经济。

平原，种植谷物和豆类；平整过的山坡地上，有葡萄和橄榄；山地上还有季节性的放牧。

琳琅满目的手工业的兴起和发展，必然要求交换。手工业的发展依托海洋航道的贸易，两者相辅相成，促进了古希腊经济模式的变化。

罗伯特说："在古希腊，农耕文明是逐步萎缩的。阿提卡，被称为希腊的希腊，雅典所在地，环境却相当恶劣。柏拉图在《克里底亚篇》中描写这个地方，所有肥沃松软的土壤都流失了，留给一个国家的只是皮肤和骨头。"

科利美诺斯教授说："古希腊的农耕文明有逐步萎缩的现象，贸易和殖民，推动力还有另一个客观因素，就是希腊的岛屿星罗棋布，为当地居民的海洋航行提供了天然的优越条件。"

菲勒米娜说："希腊的岛屿，大体可分成四组，爱奥尼亚群岛、北爱琴海诸岛、南爱琴海诸岛、小亚细亚西部沿岸各岛。"

斯蒂芬妮说："整个希腊半岛东部，海浪长期冲刷，形成了一条弯弯曲曲像锯齿一样的海岸线，有利于开展大范围经常性的商业贸易，促进了古希腊的繁荣昌盛。"

科利美诺斯教授说："最后，希腊形成了网络状的殖民地，到处都是隶属于古希腊的贸易海港、贸易城市。譬如埃及的纳乌克拉提斯，主要的贸易伙伴就是希腊。古希腊的商贸活动，得益于四通八达的水路。"

古希腊的经济，并未脱离古代经济中农业为本的范畴，但是随着农业的萎缩，多种多样的手工业的兴起，造成了贸易的繁盛和殖民的产生。

古希腊经济中的非农业成分越来越多，交换的物品有皮毛、葡萄酒、橄榄油，还有木材、陶器等。

博努瓦说："这个有希腊地区出土的大量陶片可以做证，在埃及海港纳乌克拉提斯，也出土有来自别处的陶器。"

科利美诺斯教授说："是的，古希腊文明先是以农业为主要特征的，后来变化了，掺进了游牧文明，最后，是海洋文明。"

室内交流之后，他们在景色优美的亚里士多德大学校园里散步。

李由说："古希腊文化作为西方文明的摇篮，在世界文化发展中有着极其重要的地位。古希腊历史上有个东方化时代，教授先生怎么看待？"

"所谓古希腊的东方化时代，是指古希腊古风时期中深受东方文化影响的一个时期。时间在公元前700年前后一个世纪。最早提出东方化时期这个概念的是英国的奥斯温·默里，在他的著作《早期希腊》中，东方化时期是第六章的标题。古希腊的东方化，首先出现在艺术领域，以后涉及文字、神话、宗教等许多方面。默里称他借用了艺术史的概念并且将其应用到作为整体的古希腊社会。后来默里的概念得到了学界的认可。"

34

卡米尔问："古希腊的东方化时代是怎么形成的呢？"

"我们讨论过希腊的地理情况，地理因素决定了古希腊的贸易发展和殖民扩张。"

古希腊人有海洋民族和商业民族的复合性格，勇敢、进取、不惧挑战，对于新鲜的事物充满了好奇和兴趣。在用他们种植出来的葡萄和橄榄向东方换取生活所需的过程中，古希腊人能以宽广的胸怀接纳来自异族世界的先进文化。

这个时期，希腊大量海外移民，在小亚细亚、埃及等许多地方建立了殖民城市。

这些殖民城市有许多位于重要的商业位置，因此成了重要的商贸中心。这些商业城市加快和加强了希腊与东方的文化交流。

"还有非常重要的一个方面，就是当时战争频繁。"

战争很残酷，却是文明交融最快的也是最直接的手段。

整个中东地区，战乱不断，社会动荡。许多东方人到希腊讨生活，他们用自己的手艺和技术谋生，渐渐融入了希腊社会。希腊人有先进的重装步兵战术，成为雇佣兵市场的抢手货，因而很多希腊人去东方当雇佣兵，长期住在东方，有许多人在东方娶妻生子。

"战争导致了人口的交流，人口的交流促进了文化的交流。"

罗伯特说："教授先生告诉我们，商贸、移民、战争这些因素促成了希腊与东方的密切交流，产生了古希腊文化东方化时代。"

菲勒米娜说："希腊文字的根源在东方，来自腓尼基人的字母。荷马时代没有文字。当普罗图斯将伯勒罗芬打发到吕底亚国王那里时，他用恶毒的符号在一个密封的蜡版上刻有许多致命的东西。"

斯蒂芬妮说："东方工匠大规模进入希腊，也就等于东方工艺品大量涌入希腊世界。荷马时代，陶器的装饰纹样是规则的几何的，东方化风格使它自然生动了，有了漩涡、百合花，还有豹子、狮子。"

李由说："希罗多德先生在他的书里告诉人们，东方是文化和智慧的摇篮。黑格尔也说，东方世界是希腊世界的基础。他们所说的东方，限于小亚细亚，还是黑海南岸、里海南岸、乃至更远的东方呢？"

科利美诺斯教授道："随着历史研究的深入，这个所谓东方是在延伸的，至于延伸到哪里，有待于博努瓦先生和他的同行们的进一步发现，说不定这一次博努瓦和中国朋友合作创造奇迹呢。"

大家都笑起来。

罗伯特说："我们这一次穿越古代欧亚丝绸之路的行动，师出有名，底气十足，就仗着博努瓦先生最新的考古发现，在他的密码箱里呢。"

菲勒米娜和斯蒂芬妮说："被掩埋的历史真相将由于你们的行动而展示出来，支持你们！"

第十章　红衣女儿，她在哪里啊

　　普拉斯炫耀道："在汉语里，转和赚是一样的，转圈，从出发点出去，再回到出发点。赚钱，是转一圈把钱弄回来。我们从罗马到洛阳转一圈，金币就有了。我俩刚才去前边转了一圈，喏，你瞧，现在有了她们。"

　　昆塔笑道："希腊人的智慧，总是令人愉快的，解释中国话也一样，像喝到了美酒。普拉斯，今天宿营，我可要敬你一杯。"

35

浩大的"东城贩营"商队，一辆接一辆的商车，在丝绸古道上西行。

秦函谷关，山陡洞深，险暗如函，称之函谷，名副其实。卡米尔翻阅着李由的电脑资料，放映着李由做出来的惟妙惟肖的动态图。

卡米尔问："中国历史上老子出关的故事就发生在这里吧？"

"发生在这里。因为老子是周朝人，周朝的时候只有这一处函谷关，东边的汉函谷关还没有呢。"李由答。

"老子为什么要出关呢？"

李由笑了："你和所有的人一样，提出这样的问题。人们问了无数次，无数个年头，可称千年一问了。"

周朝以洛阳为首都的时候，聘请老子做朝廷图书馆的馆长。老子，姓李名耳，是李馆长了。朝廷发生了内乱，朝廷图书馆的藏书被抢夺一空，抢夺图书的人都跑到南方的楚国去了。李馆长害怕被追究，骑着青牛向西逃跑避祸，一直跑到了函谷关。

把守函谷关的长官尹总兵在关楼上望东方，远见紫气东来，浩荡八千里余，知道有大人物来了。

老子骑着大青牛，到了函谷关。尹总兵高兴至极，把自己的名字也改为一个喜欢的"喜"字，来纪念与这位大人物的相会。

尹喜想让老子住进函谷关内的别墅里，好天天相会，日日论道。当他知道老子要继续西去时，很是可惜，就想设法留住老子。

留不住。

尹喜对老子说："先生实在要走可以，但是得留下一部著作，让学生拜读、研习。"

老子听后，就在别墅住了几天。几天后，老子交给尹喜一篇五千字左右的文章，然后骑着大青牛走了。据说，老子留给尹喜的文章就是后来传世的《道德经》。

卡米尔说："哦，我的教授告诉我，中国是一个以说道讲德为乐事的国家，擅长说道讲德，原来根源在这里。"

李由笑了："以说道讲德为乐事，你的教授总结得很好。只是李耳的道德并不是后来被热炒的那种东西。"

潼关，南踞山腰，北临黄河。大河南流，潼激关山，因谓之潼关。潼关雄踞关中东门，历来兵家必争。

不过，出发于洛阳的"东城贩营"商队和安德鲁·昆塔的罗马商队经过的时候，潼关还没有什么规模和气象，只是一处简易的兵站。

在人马歇息的当儿，安德鲁·昆塔和普拉斯去拜见抗桂。

抗桂跟着郑众在路边走动，带着两个小太监。见过昆塔和普拉斯，抗桂说："你们跟着大队好了。"随后让他们拜见了郑将军，说："这是皇上接见过的罗马客人，皇上还为他们题了词'使通万里'。"

郑众说："你们好！你们是远道而来的行商，也是东西方友谊的使者，结伴同行，当然很好，可随在'东城贩营'商队的后面，相互照应。"

昆塔高兴地还礼道："非常荣幸，两位大将军若有吩咐，定当尽心。"

车队继续前进。

昆塔和普拉斯跨马离开，缓步走在"东城贩营"商队一侧。每过一辆商车，昆塔都要仔细地看。他希望看到那位可爱的东国女孩的车驾。然而，"东城贩营"车队的车辆太多，模样也都相似，篷布没有区别，连驾马和梢马的毛色与肥瘦也没有太大差异，不能为昆塔提供任何有效的信息。

好在路途漫长，昆塔有的是时间，也有的是耐心。

他骑着马，一辆车一辆车地搜索，一旦看见车帘略有撩开的，就弯下腰，侧转头，向车中窥视。

偶尔有驿马驰过，役使高举简牍文书，高呼"让道让道"，眨眼去了。

车内的风景，昆塔一点也看不到，不时还有汉朝的卫兵快步追上来，提醒他们离车远一点。这时候，普拉斯就得费口舌向中国巡骑解释："抗大人，我们是抗大人的朋友。"

普拉斯解释了，卫兵才走过去，但还是要交代："不要靠近车队，出了什么问题，我们担当不起。"

昆塔说："当然，当然。我们既然结伴同行，路途安全保障就是共有的。我们往来巡逻，也是加强你们的力量。"

昆塔和普拉斯最后走到了"东城贩营"商队的前端，没有收获。打马快速前行，走到远远的前方，转到古道的另一侧，放缓速度，让"东城贩营"的商车一辆辆地超过。

商车一辆辆超过的时候，昆塔仍然在用心窥视。"东城贩营"商队渐渐地超过了他们，昆塔一无所获。

36

昆塔让过自己的车队，绕到了原来所行的一侧。普拉斯忽然叫道："安德鲁，你看！"

昆塔顺着普拉斯手指的方向朝前方看，远处隐隐约约出现了几匹马，骑马的人穿着彩色的衣服，有个人的衣服是红的。

"哦！"昆塔说，"她们终于出来放风了。伙计，我要去跟她打个招呼，最好是一边走一边聊一聊，我觉得需要。"

"去吧，安德鲁，我们理解你。"菲利普和迈克尔笑说。

"走吧，安德鲁，我也理解你。"普拉斯也笑道，"太理解了，因此我们已经转了一圈了。"

昆塔说："理解万岁，没错，我们已经转了一圈了。"

普拉斯炫耀道："在汉语里，转和赚是一样的，转圈，从出发点出去，再回到出发点。赚钱，是转一圈把钱弄回来。我们从罗马到洛阳转一圈，金币就有了。我俩刚才去前边转了一圈，喏，你瞧，现在有了她们。"

昆塔笑道："希腊人的智慧，总是令人愉快的，解释中国话也一样，像喝到了美酒。普拉斯，今天宿营，我可要敬你一杯。"

昆塔和普拉斯驱马加速前进，不一会儿追上了那些马背上的巾帼女侠。走近了，细一看，不对啊，不是东国女孩。中间，是瞿萨旦那国阿姨祖赫热，随在祖赫热两边的是她的两位女助手。一位女助手穿的是红衣服。

"你们好，有缘同行的女士们！"普拉斯招呼道。

昆塔说："你们好，很高兴看到你们，你们是去东国中原经商的吗？"

"我们……"

有个女子欲回答他们的话，被祖赫热拦过去了："是的，我们是去东国中原做买卖的。你们也是吗？"

普拉斯说："是啊。我们比你们大概要远得多。无论多远，也是有缘。我们有缘分，所以在万里长路上相会了。"

昆塔说："好吧，我们的车队在后面呢。你们走吧，我们慢慢走，等我们的车队走上来。"

女士们走了，漫长的车队从昆塔和普拉斯身边走过。

昆塔仍然在用心地窥看。渭水流淌，烟柳连绵。到了灞桥，长安地方长官迎接"东城贩营"商队。他们将车马停在桥西，列队步行到桥东。

昆塔对普拉斯说："睁大眼睛，会看到我们想看到的。"

然而没有。

郑众、抗桂及其随行与迎接者以礼相见，拱手问好，继而车马隆隆过桥西行，直入长安去了。

"嘿！我这个糊涂人，那个红衣女孩她……她不在商队里？不在吗？她原本就在这个商队的某一辆车上啊，是这样吗，普拉斯？"

普拉斯说："我认为她在某一辆车上，她睡觉了，休息了，所以……"普拉斯猛地一耸肩说，"安德鲁，赶快招呼我们的车队吧，长安到了。长安是个重要的大站，要宿营、休整、换马，补充给养，不能大意啦。"

东汉立国，以洛阳为都，长安仍是东汉时期除洛阳外最重要的都市。

先帝光武曾多次到长安祭祖，明帝也多次到长安祭祖。长安城内的宫室已经做过修复，供皇家车马停留、住宿。因此，十三公主被安置在未央宫，郑众、抗桂等各住在六王邸中的一座，瞿萨旦那国的客人居于京兆府舍。

昆塔商队也找家旅馆住下了。在旅馆后院的空地上，经馆主同意，昆塔他们燃起篝火烤制牛肉，坐在周围喝酒。

普拉斯说："我们的男爵有行动目标了，是个美丽的东国女孩。"

迈克尔说："真的吗？来，为男爵的行动目标干杯！"

菲利普说："安德鲁想把她带回罗马吗？我们除了满载的丝绸，还有陪同丝绸的东国模特儿，想一想回到罗马的轰动吧。"

昆塔说："她是个美丽的姑娘。我在困惑，不知道长安是不是她的目的地。若她到这里就不再西行，那就完了，期望她继续和我们同路，但谁知道呢！"

"谁知道呢？"普拉斯问，"迈克尔，你知道吗？"

"我非常非常想知道。"迈克尔说，"我请教昆塔先生。"

昆塔说："你们把我的心思撩动起来了。别推辞，明天都要帮我去侦察。菲利普，你跟我组成一支分队。普拉斯带着迈克尔，普拉斯智慧，迈克尔聪明，搞到真实的情报，靠你们啦。"

迈克尔说："好啊，先饱一饱眼福，眼睛有福气了。"

37

次日天亮，罗马商队的侦察兵分头行动。昆塔和菲利普去六王邸探听，普拉斯和迈克尔去未央宫侦察。

两班人马都难以进入目的区。

昆塔向门房说："我们是罗马的客商，在洛阳受到了大汉皇上的接见，皇上还为我们题了词。"

门房说："纵然你们说的全是真的，我们长安兵士没有接到任何告知。你们想干什么？"

"想干什么？是啊，我们想干什么？"西罗马人说不出道道了。

昆塔说："菲利普，这样不行，我们得正大光明地进去，拜访抗桂官人，说是安排宴会，请他前往赏光，你说好不好？"

菲利普说："如此甚好。我们这样非但没有收获，还会被他们怀疑。怀疑我们有什么不良企图，就坏大事了。"

昆塔说："你去把他们两个喊过来。没有普拉斯的汉话，我还真有点底气不足。"

菲利普把普拉斯和迈克尔喊了来。昆塔讲出自己的设计，普拉斯就去王府门房那里请求拜见抗桂大人。

门房摆手，让他们走开。

普拉斯说："我们和抗大人有约的，在洛阳约好了，我们是请他赴宴，出席宴会的。"

门房说："这是郑将军行府，找抗大人，从那里走到南边，朝东的行府。"

门房指给他们方向。

普拉斯连连道谢，之后汇报给昆塔说："抗桂住那边，这里住的是郑将军。"

他们转过西边的小街，走到南头，朱门王府赫然在目。普拉斯对守门人说："我们求见抗桂大人，在洛阳的时候，跟抗大人约好的。"

守门兵士通报进去，一会儿传出话来，大人请客人进去。当他们朝里走时，守门兵士只允许一个人进入。昆塔只好让普拉斯去了。

普拉斯很快出来，说："官人要出门去祭庙，我赶紧说晚餐请赏光，同意了。"

"好，好。"昆塔说，"祭庙？"

庙，是皇家祖宗灵牌所在的地方，皇家人员前去祭祀，他要陪同。

"那我们去参观参观，可以吗？"

有车马驶过来。抗桂出门登车的时候，昆塔上前相见，说："官人去祭祀皇家祖庙，我们此番东来经商，有幸承蒙皇恩，也想跟着去表示表示。"

抗桂思忖了一下，说："准了，跟着走吧。"

抗桂的车马先驶向未央宫门，跟已经到来的给事中郑众将军说了昆塔商团也想参与祭祀的事情。郑众同意了，说："让他们在瞿萨旦那国使团后面，作为最后一批吧。"

说话的时候，瞿萨旦那国使团的车马也到了。

未央宫与汉廷祖庙之间的道路两边，有司已布置大量兵丁护卫。不一会儿，未央宫有豪华车仗出来。郑众、抗桂以及瞿萨旦那国使者有序地随在后面，典礼负责人员指使昆塔他们跟在最后。三步一丁，五步一兵。长长的车马人员队伍在兵丁护卫的道路上走到了汉廷祖庙，皇家车仗、郑众和抗桂先进去了。

迈克尔说："哎呀，现在不让我们进去，什么也看不到了。"

普拉斯说："不一定，他们祭祀完了，坐在旁边喝茶，让我们进去祭祀也不一定。"

菲利普说："我有预感，今天来祭祀祖庙的是大汉皇家的女人，安德鲁会看到他想看到的人儿。"

昆塔说："但愿如此，那样我们的一切都不会白费了。"

谁知道人家祭祀完了，车队走出来的时候，有关人员让瞿萨旦那国使者和罗马使者进去。昆塔、普拉斯、菲利普、迈克尔，相视，耸肩。没办法，还得按程序进去行礼。

在安置西汉皇帝灵牌的殿堂里，汉家领祀官字正腔圆地领祀，辅助人员指导外籍祭祀者煞有介事地叩首，作揖。

迈克尔悄悄地说："他们的祖宗好赚，我们多么无辜啊，没病吃服药，白白地赔上了一场祭祀。"

菲利普说："别唠叨不吉利的话，祭祀完了出去就有收获，汉家这么多祖先都会保佑的。"

第十一章　该不是另有图谋吧

"我们家乡的美酒是葡萄酒。"昆塔说，"地中海的风把葡萄吹得又大又甜，酿出的酒非常醇美。最好的酒是头榨酒，二榨酒是休闲级的，然后是渣酒，价格便宜，作为饮料，可以放开了喝。下次再来中土，我们要多多地为大人带来最好的罗马美酒。今天只有一瓶请大人品尝。抗大人，请！"

38

车载导航系统显示,前方即将进入伊斯坦布尔。

德默号和爱福号越野车减速,停下,停在一个道旁休息区。旁边,是同样在此休息的一些远行的车辆。大家下了车,就近坐在休息椅上。博努瓦买来了水果和饮料。

卡米尔向罗伯特和博努瓦说:"大哥,大哥,介绍下伊斯坦布尔。"

"欧洲和亚洲的界珠——交界线上的明珠。"罗伯特说,他在用拍摄设备录周围的景色。

伊斯坦布尔曾经拥有过很多个不同的名字,拜占庭、君士坦丁堡。公元前658年,希腊人在此建都,时称拜占庭。公元324年,罗马帝国的君士坦丁大帝从罗马迁都于此,改名君士坦丁堡。

博努瓦说:"二罗马,或后罗马,是它的绰号,因为它是罗马帝国分裂后的东部罗马首都。"

伊斯坦布尔的老城,也建在七座山丘上。

"我让李由解释伊斯坦布尔这个名字的意思。"卡米尔说。

李由笑说:"这个难不倒,希腊语中'城堡'的意思,但伊斯坦布尔这个读音呢,是突厥语和阿拉伯语转化为土耳其语的结果。"

卡米尔跑去打开车门,取出电脑,开机,坐在罗伯特和李由两人的中间。"抓紧时间接着欣赏西罗马商队的故事了。不对,爱情,现在是爱情了。爱情!"

"好吧,我们得关注长安,昆塔男爵和小丝公主到了长安了,爱情早已登场了,接下来如何呢?"

"长安,古代伊斯坦布尔人叫它胡穆丹,或者库穆丹。"李由说,"为什么是这样一个发音的名字呢,我相信它来源于一个翻译错误。"

李由接过罗伯特的摄录设备,示意他休息,说道:"罗伯特是个懒汉历史学家，喜欢用最简单的方式解决复杂的问题。胡穆丹和库穆丹的读音，在很多阿拉伯文献里出现过。作为一个热爱汉语的中国人，我认为胡穆丹或库穆丹是中文'宫殿'一词的音译。阿拉伯人到了长安，印象最深的东西是皇家的大屋，长安人叫它宫殿，他们听不清楚，也学不准确，但是记住了主要的音节。"

博努瓦说："李由说得对。公元1623年出土的大秦景教流行中国碑，2003年出土的北周史君墓志铭，均有'库姆丹'一词。本人支持李由的见解。"

由于历史原因，长安的位置有变化，但大致都位于现在关中平原的西安和咸阳附近。

西汉时期的长安是一座国际大都会，很多中东人和中国西域人到长安经商和生活，当地人称他们为胡人。

李由说："西汉长安是在秦朝咸阳遗址基础上建立起来的。"

卡米尔说："我听李由讲过秦部落首领送周平王逃往洛阳的故事。"

罗伯特说："我也听李由讲过，西北的强盗打进了长安，秦部落首领秦襄子带着少量人马，把周朝皇帝周平王送到洛阳，继续他的所谓统治，很仗义的。"

周朝是靠分封给子女和亲信土地来构建社会的。秦襄子立了大功，本应受到加封，但周平王把西部土地弄丢了，没有什么答谢秦襄子，于是给他开了个空头支票，你回去一边开拓，一边防卫，一边建设吧，得到的地盘都是你的。

秦襄子回到西部，驱除贼寇，重建秩序，慢慢形成了强大的秦国。

从秦惠文王以后，秦国扩张了。它向南发展，在渭河以南修建了章台、兴乐宫、甘泉宫、信宫、阿房宫及七庙等建筑。

秦国多位君王死于讨伐西戎的战争。秦人与戎人常年交战，造就了秦人的能征善战。

周王室越来越衰败，不得不依靠秦人来稳定西部疆域的和平。到了秦穆公的时候，秦先后灭掉了西方戎族所建立的十二个国家，开辟国土千余里，稳定了西部，奠定了作为强国的基础。

当然秦穆公做国君时，也是有兴衰变迁的，向东扩张，也遭遇了秦晋交恶导致的函谷军事悲剧。

秦孝公时，任用商鞅做卿相，进行变法改制，秦国的国力与日俱增。

39

秦王嬴政即位后，从公元前 230 年至公元前 221 年灭掉中国大地上的所有其他国家，建立了大一统的秦朝。嬴政的大一统建立在暴政之上，一开始就坐在了火山口，民众反抗的声浪一波高于一波。

起来反抗暴秦统治的人很多，其中势力较大的是西楚霸王项羽。公元前 206 年，项羽将巴蜀汉中四十一县封给刘邦，治所在汉中，故而刘邦为汉王。

刘邦跟项羽打了四年内战，取胜后，于公元前 202 年建立了政权。刘邦建立政权后，以他的封号为王朝之名，汉朝。

刘邦本来决定立都洛阳，在一些为防御观念所左右的胆小鬼的竭力忽悠下，选择了长安。那时候的长安，是秦始皇的兄弟长安君的封地，因此被称为长安。

汉朝修缮了秦朝的兴乐宫，改名为长乐宫；在秦朝章台宫的基础上建设了未央宫。后来筑了城墙，建了东市和西市，修建了光明宫、桂宫、北宫、建章宫。数代帝王连续建设，长安方具规模。

所以说，汉代长安城是在秦都咸阳基础上建立的，在都城选址上，史家称之为汉承秦制。

西汉经历了二百多年，加上东汉到了明帝时期，又过去了五十多年，长安宫室破旧自是必然。

刘秀出于统治需求，不断到长安祭祀西汉宗族庙堂和墓地，他的儿子刘庄也如法炮制。为了实现高规格的接待，礼宾和建设部门修葺了未央宫，建设了六王邸，也将京兆府等重要场馆整饬一新。

十三公主的驻跸之处即是未央宫，属于朝廷级机密之地。昆塔他们不知情，但已经隐隐约约感到"东城贩营"商队来头不凡。

昆塔说："这支皇家商队恐怕还承担着做生意之外的大任务。"

菲利普说："做生意之外的大任务？莫非是庞大的外交使团？男男女女，人数众多，去西域做什么外交呢？"

迈克尔说："西域那么大，皇帝有指派，很正常的。不管做什么外交，穿红衣服的东国女孩应该就在其中。"

普拉斯道："给事中郑众、黄门官抗桂，官职都不算低，外出打仗，家眷随行解闷儿的情况是可以理解的。"

迈克尔坏笑道："郑将军带女眷再多也可以理解，抗大人带女眷能解闷儿吗？普拉斯你是个通才，你说一说其间的奥妙，让我们见识见识。"

普拉斯笑对道："你小子年轻啊，年轻就要长进，多跟着昆塔男爵，行商走贾，莫畏辛苦，三年五载，必成大才，必发大财。学会了经营之道，想不发财也难。财富来敲门的时候，挡也挡不住啊。"

迈克尔说："希腊哲学家先生，转移方向的好手，恰恰漏掉了一个长进：情场的收成。男爵目前施肥浇水，劲头十足，只是找不到庄稼。运用你的智慧，拨开迷雾，让我们看清楚吧！"

普拉斯说："男爵今天有意请客吃酒，抗侍郎是手握机密的重要人物，把他搞到半醉，你说效果如何？"

40

月亮升起来的时候，昆塔在一家豪华酒馆摆开宴席。

抗桂，坐于上席。抗桂还带着四个美艳的侍女和两个小太监。四个侍女眼明手柔，服务主人十分到位。抗桂身体肥胖，酒家拿来了几个大枕头，放在席子上，让他靠着。

"我们家乡的美酒是葡萄酒。"昆塔说，"地中海的风把葡萄吹得又大又甜，酿出的酒非常醇美。最好的酒是头榨酒，二榨酒是休闲级的，然后是渣酒，价格便宜，作为饮料可以放开了喝。下次再来中土，我们要多多地为大人带来最好的罗马美酒。今天只有一瓶请大人品尝。抗大人，请！"

抗桂拿过酒爵，饮了，说："嗯，好酒，珍品，不愧为西土琼浆。"

放下酒爵，抗桂接着道："吾国中土已经有葡萄生长，不仅是大宛才有，不过尚没有用来酿酒，因为中土风调雨顺，用粮食酿酒是千古百代的传统，粮食酿出的酒也更绵更香。"

普拉斯说："确实如此，确实如此。店家预备的有粮食美酒，待一会儿请大人品尝。"

"听说你们西土的人，饮用葡萄酒的时候，除了加水，还放纵想象，肆意添加乱七八糟的东西，是不是这样？"抗桂问道。

"这个，是的。加水是为了淡化酒浆，加冰是为了别具风情，加作料是为了改善口感。常见的，加蜂蜜或者松脂，味道很美的。加入石灰、石膏粉、大理石粉，让酒浑浊变色，当然是夸张的，愚蠢的。呵呵。"

抗桂说："你们，愚蠢、落后的社会，真是没治。看看汉朝，多么先进。你们往后啊，跟我们学着点儿啊。"

抗桂的随身侍女悄没声儿地为抗桂捏肩揉腿，酒馆的侍女好妇端上来精美的肉丁和菜肴，普拉斯、菲利普和迈克尔依次为抗桂敬酒，不停地说着顺耳的话、好听的话。

抗桂说："依照中土的风俗，别人敬酒，一是要让斟满，二是要一饮而尽，这才是对友情的尊重。若拒绝斟满，或只饮其半，就是无礼。"

"感谢大人赏光，每一饮都是那么尊重我们。"昆塔说，"中土的酒馆氛围美好，让我们倾心交谈。罗马人家很多没有炉灶，不在家里开伙，到廉价的小酒馆去吃饭，偶尔来点加糖的葡萄酒。酒馆还免费为客人烹调自带的肉类和蔬菜，因而，罗马的很多小酒馆是大家的厨房，不是会客的地方。"

葡萄酒饮过三巡，迈克尔招呼酒保好妇上粮食美酒。

两个好妇抬上了酒樽，轻轻揭开扎着蓝布的樽盖，醇美的香味飘散开来。随后一个好妇端着大漆盘，送上四个釉陶酒卮，为客人分酒。

菜肴也顺序送上来，摆在每个人的面前。

在身后的座席上，酒馆给抗桂的小太监们、侍女们也安排了酒食。

昆塔端起酒卮，敬抗桂："大人今日赏光，十二万分荣幸。借大汉美酒，祝大人身体健康，心情愉快，请满饮此卮。"

抗桂非常得意，执起酒卮，一饮而尽。

昆塔道："太感谢了，非常感谢，请大人用菜。"

菲利普敬抗桂："抗大人，此番我们千辛万苦来到东土，购买丝绸之后，非常忧虑返程的安全。有了大人的声威，让我们确实非常幸运，请接受菲利普的祝福。"

抗桂饮下菲利普的敬酒，说："同路也是缘分，缘分。"

迈克尔盛满酒卮说："轮到我了，向大人表示敬意，请！"

抗桂又饮一卮。普拉斯出阵了："抗大人，我们商队受到大汉皇上的接见，皇上给我们题词'使通万里'，但是不能解除我们回程的安全担忧，是大人的关照，让我们不再惧怕，变得快乐了。祝福大人，请！"

抗桂又饮一卮，靠在枕头堆上。两个侍女赶忙过来扶着他，他说："没事，你们过去吧。"转头接着道："跟你们会饮，本官高兴，一卮连一卮，不能胜任了，现在回请你们，大家都执起来饮了，好不好！"

"好，好，好。"罗马客人响应着，举起酒卮，相互碰响，饮了。

昆塔看到抗桂酒已半醺，试探地说道："大汉皇家派遣大人做监督大臣，想必是重要事务，我们能借光同行到西域，还要请大人宴饮同乐。"

"好。"抗桂说，"本官尚未到过西域，此番旅行，也很新鲜。"

普拉斯说："我们看到'东城贩营'商队里边有美丽的女子，好生奇怪东土中原的风俗，因为不论是罗马还是希腊，没有年轻的美女经商。"

迈克尔说："没有，女性不经商，她们是花钱的，至多管理一下花不完的钱，寻找机会进行投资。懂得投资的女人也很少，在富人家眷中只占很小的比例，很难遇上她们。"

抗桂说："不不不，大汉的女人不经商，女人岂能经商？她们是皇上的嫡亲，'东城贩营'办的是朝廷大事。"

昆塔说："哦，'东城贩营'不是个真正的商队，远途跋涉不是做生意的，执行的是皇家的重要任务，否则不会拜请抗大人这么高级别的官员率领。"

抗桂听着，悠然自得，忽然坐起身来，严肃地说："外面全是本官的人，你们该不是探听消息另有图谋吧？"

昆塔说："怎么会呢，岂敢。我们是本分的生意人，大汉皇上赐有题词，置酒相请是对抗大人表达谢意，真诚的谢意。"

"想也不是有其他情况，本官相信你们是大汉的朋友。"抗桂说。

昆塔说："朋友无隙，酒话无忌。看到贵商队中有美丽的女子，心向往之，没有别的意思，没有别的意思。"

普拉斯翻译道："昆塔先生很是实诚，他说，朋友之间太亲近了，酒后说话就没有顾忌了。看到美人儿，却没得好事儿，胸腔里着火，嘴巴无遮拦，大人多宽容，他们多谢了。"

第十二章　请吧，土耳其狮子奶

从古代中国的西汉、东汉到隋唐时期，都城洛阳的外贸商业非常热闹。在流经洛阳市区的洛河南岸，有外国人的市场、居住区和教堂。当时，大量的西域使者、商人，被称为胡人。洛阳出土过很多陶俑，其中胡俑的数量非常多。胡人，他们深目高鼻，络腮胡子，头戴尖顶毡帽，脚穿长筒靴，或怀抱西域乐器，或手牵骆驼，造型非常独特。

41

德默号和爱福号越野车进入伊斯坦布尔，受到隆重的欢迎。

欢迎的是伊斯坦布尔大学商贸学院对外贸易研究会的年轻人，这个研究会是近年成立的。

"我是埃姆雷，伊斯坦布尔大学商贸学院对外贸易研究会研究员，欢迎你们，你们辛苦啦！"

卡米尔说："我是卡米尔，随队新闻官。我来介绍一下我的伙伴们：博努瓦，意大利考古学家；罗伯特，法国历史学家；李由，中国文化学者。"

埃姆雷与诸位相见，介绍随他前来欢迎的土方人士。

"巴易哈坎，伊大商贸学院东西方贸易专业教授。阿达莱提，来自土耳其出口银行。出口银行是外贸研究会的成员机构。哈米特，来自土耳其出口商协会，我们的又一个成员机构。樊东，来自中国驻土耳其大使馆。我们正在搞一个丝绸之路经贸论坛，樊先生是重要的发言人。隆重推出新闻界的代表，《时代报》记者阿曼古丽。还有，伊大商贸学院学生会文化部部长，美丽的姑娘阿依达娜……"

西欧重行丝绸之路团队和土耳其庞大的欢迎团队相见后，主宾上车，驶往伊斯坦布尔大学。

卡米尔说："伊斯坦布尔大学的商贸教育应该非常著名。"

"是啊。"阿曼古丽说，"我就是伊斯坦布尔大学商贸学院毕业的，伊大是我的母校。"

今天的伊斯坦布尔大学，在市内共有九个校区，三十四个学院，数十个研究所和研究中心。

李由说："伊斯坦布尔大学和中国浙江大学是友好大学。"

卡米尔说："浙江大学，我知道的，在中国也很著名，曾被英国著名学者李约瑟称誉为'东方剑桥'。"

卡米尔帮着李由和罗伯特摄录环境资料。

伊斯坦布尔大学本部的校门好像凯旋门，门前广场上，鸽子悠闲地飞翔。走入校门内，则像进入了巨大的花园。到处都是学生，氛围宁静祥和。校园内有很多石柱，零散地堆放在各处，那是君士坦丁大帝时期的证物。

埃姆雷介绍高处的消防塔说："那是伊斯坦布尔大学的标志性建筑。校园本来就在高地上，在奥斯曼帝国统治时期，在伊斯坦布尔最高的地方建筑了消防塔，方便向下面的市区供水。"

大家在外面拍了照片，进入商贸学院外贸研究会的大会客室，坐下来。

服务人士已经提前预备好了土耳其茶。

埃姆雷说："朋友们，请品鉴土耳其茶，它是一种红茶，出产于黑海东岸肥沃的土地上和温和的气候中。你可以配小碟子里预备的方糖，也可以配柠檬片，随你的喜好。让我们一边品鉴土耳其红茶的香醇味道，一边欣赏千年亚欧商道上的动人传奇。

"请伊斯坦布尔大学商贸学院对外贸易研究会主席巴易哈坎教授讲话，讲一讲丝绸之路和伊斯坦布尔的重要关系。"

在李由和罗伯特他们架设好的摄录机前，巴易哈坎教授说：

"千年丝绸之路上重要的节点，伊斯坦布尔，今天迎来了重要的朋友——西欧东行使团，外贸研究会非常荣幸，能为朋友们奉上一杯饮品。

"丝绸之路，作为欧洲和亚洲之间主要的贸易路线，在整个历史长河中，已经成为各种文化相互融合的纽带。

"土耳其共和国独立之后，丝绸之路的复兴就成为一个项目被提上了日程。项目的实施，是重振丝绸之路贸易文化，使之重新成为一条肩负历史使命的商道，使伊斯坦布尔，使土耳其重新成为贸易大道上的商业和文化焦点。

"随着全球化的日益加深，丝绸之路在土耳其外贸中具有重大的意义，可以使国家的对外贸易更可持续发展，可以有效提高人民的收入和社会福利水平。

"随着土耳其在世界贸易中地位的加强，在对本地和全球趋势进行深度分析之后制定政策，对于土耳其来说至关重要，有利于帮助土耳其在全球竞争中取得领先地位。

"以前，史学界大多认为，古时候的丝绸之路，东起中国的中原，西端到土耳其的伊斯坦布尔。现在，认识要改变了。自由新闻人卡米尔小姐告诉我们：意大利考古学家博努瓦先生，法国历史学家罗伯特先生，致力于古代丝绸之路研究的中国青年学者李由先生，他们以确切的考古证据和缜密的历史研判证实，在公元初年，丝绸之路已经从洛阳出发，经过伊斯坦布尔，到达了罗马。"

大家热烈地鼓起掌来。

埃姆雷说："为了祝贺这个伟大的成果，我提议，我们现在开始品鉴麝香一般摄人心魄的土耳其咖啡！"

一杯杯温热的土耳其咖啡送到了各人的面前。

阿曼古丽对西欧使团的朋友们说："阿拉伯咖啡的香味来自豆蔻、肉桂、丁香等，在土耳其饮用，比在西欧喝到的要浓郁得多。"

卡米尔说："难怪现在已经满室飘香了，料想伊斯坦布尔咖啡有另外一些神秘的添加物。"

埃姆雷打开了大屏幕投影，请博努瓦介绍他的考古发现，让大家开眼。

42

博努瓦说："大家好！很高兴跟大家分享我们的最新考古发现。这是个革命性的发现，发现地是意大利北部的波河平原。

"起初，我们发掘了一处西罗马时期的建筑遗址。确切地说，这处遗址出土的一条门楣石，让我们十分惊奇，那上面有五个中国字'东方天使城'。这一石条，是西罗马与东方中国关系的有力证据。"

博努瓦以红外光线笔指着屏幕上的物件，说："大家请看，就是这一条石头，就是这五个汉字。虽然当时的书法家把'东'字下面写成了三个不规则的点，但整个汉字无疑是个东方的'东'字。

"其后，进一步发掘，我们有了更多的收获。请看，这是两枚美石纺轮，上面雕凿的有些奇妙的斑点。这是一枚象牙织梭，上面雕刻的有根奇妙的树枝。

　　"奇妙的斑点，感谢李由先生给了我们诠释，那是古时候的黄河和洛河赐给人们的两幅数字组合，分别叫河图和洛书。至于织梭上的树枝，我们倾向于跟桑树相关。在古代中国，这样的美石叫玉，这样的象牙制品是高官显贵才能拥有的。

　　"根据罗伯特先生的考证，那时候的蚕丝，是不适宜用这样重的纺轮的，丝绸也不需要用这样的象牙织梭来编织的。那么，如此高规格的纺轮和织梭是做什么用的呢？

　　"我们认为，象征大于实用。就是说，它并不实用，它的意义是重要的。

　　"什么意义呢？情感意义。关于它们的意义，请罗伯特先生与大家分享。"

　　罗伯特接过话题说："女士们，先生们，在公元初年，有一位中国公主从当时的东汉首都洛阳远嫁到了他们所谓的西域——西部的外邦瞿萨旦那国，她的使命是以亲情来软化外交关系，化解军事冲突，中国说法叫'和亲'。

　　"公元 25 年，开始中国的东汉时期。此前有几百年，是西汉时期。汉代的主要国际矛盾在西部。为了缓和矛盾，这个王朝曾经先后派出十几个公主和亲。当然，名义是公主，实际是皇家宗族之女。

　　"东汉时期，又一个公主走上了和亲之路，这个公主是东汉明帝的养女。

　　"这次和亲在中国历史上没有记载，因为它是秘密的。

　　"英国探险家、考古学家斯坦因先生公元 1900 年在塔克拉玛干沙漠深处丹丹乌里克的一处佛寺遗址发掘出这块木板画。大家请看《蚕种西传》。

　　"这位女子在画面上最为显著，缀满珠宝的头冠，在表明她的身份。是的，她就是奉命和亲经过西域边关的汉家公主。

　　"木板画是个可靠的实物证据。

　　"在瞿萨旦那国一带，这个跨国婚姻形成了流传数百年的传说，中国唐朝的僧人玄奘所著《大唐西域记》比较完善地记载了这个东国公主的故事。

　　"在玛亚克里克附近，有一处佛殿遗址。在它的回廊的墙面上，斯坦因还发现了一块壁画。画面上是一个站立的四臂女像，她右手里拿着的东西，从形状上看，可能是蚕，几片绿叶出现在她的右肩上……

"显然，这位公主引进桑蚕业和丝绸业，西域人感谢她的恩德而供奉了这幅造像。"

罗伯特说："出土文物，加上典籍资料，相互佐证，我们渐渐看到了历史原来的模样。在中国洛阳，多样的出土文物印证着罗马商人的活动。这些考古成果，博努瓦先生能为我们说清楚。"

博努瓦说："从古代中国的西汉、东汉到隋唐时期，首都洛阳的外贸商业非常热闹。在流经洛阳市区的洛河南岸，有外国人的市场、居住区和教堂。当时，大量的西域使者、商人，被称为胡人。洛阳出土过很多陶俑，其中胡俑的数量非常多。胡人，他们深目高鼻，络腮胡子，头戴尖顶毡帽，脚穿长筒靴，或怀抱西域乐器，或手牵骆驼，形象非常独特。

"在洛阳出土的陶俑中，背驮丝绸、绸布的彩色骆驼数以百计，它们真实反映了当时丝绸之路的繁荣景象。

"2007 年，洛阳发掘出了一段九十米宽的古代地面，清理出了密集的车辙、动物蹄印、人的脚印。其中有直径二十厘米的骆驼蹄印。骆驼显然是来自西域的。

"还有金币。金币肯定是贸易的佐证。在中国的中原，先后出土过大约五十枚古罗马金币。我们认为，这些金币，有的是古人的仿制品，有的确实是罗马皇家铸币厂的产品。

"具体地讲，真的古罗马金币，最近三十年来，洛阳考古界不断发现。1955 年，洛阳北郊曾经发现古波斯银币。1981 年，洛阳龙门出土第一枚罗马金币。洛阳最近出土的罗马金币是在 2013 年，地点在市区内衡山路的古墓。有意思的是，这枚金币就铸造于我们伊斯坦布尔，古时候的拜占庭。所以，我，我们，向伊斯坦布尔致敬。"

大会客室里响起热烈的掌声。

43

博努瓦示意罗伯特接着讲述。罗伯特接过激光笔，大屏幕放映出安德鲁·昆塔和他的商队的影像。

"女士们，先生们，古代罗马和古代洛阳的商贸交流被大量的考古发现所证实。那么，长途跋涉，由古罗马到古洛阳的商业英雄是谁呢？安德鲁·昆塔，就是这位男爵。昆塔男爵走通了万里丝绸之路。

"昆塔的胜利，有许多原因。其中最重要的有这么几个：其一，他和他的商队成员年轻力壮，勇气和智慧突出；其二，昆塔的古罗马商队在古代的伊斯坦布尔这个途中驿站受到了良好的支持，比如，补充给养，购置刀剑；其三，走运的昆塔受到了古代中国皇家的支持。

"刚才博努瓦先生介绍，公元初年，东汉为了柔化西域的外交关系，明帝派遣养女、十三公主刘小丝到瞿萨旦那国和亲。由于西域的北匈奴并未驯服，明帝先行部署四路大军西征，继而将和亲团队伪装成'东城贩营'商队。

"昆塔男爵在洛阳受到了汉明帝的接见，汉明帝还为他们题了词'使通万里'。再加上昆塔有个希腊翻译普拉斯是个中国通，普拉斯协助昆塔结识了宦官、和亲团队监事使抗桂，昆塔丝绸商队得以和大汉皇家的'东城贩营'商队同行。

"四路大军开道，洛阳皇家和罗马昆塔联合商队的行进安全有了保障。

"在路途上，昆塔男爵和小丝公主由相遇、相识、相爱、相恋，到如胶似漆，生死相许，演绎了一连串动人心魄的丝路传奇。

"朋友们，这场万里丝路上的爱情传奇，在不久的将来，会被整理出来，表演出来，届时请大家关注、观赏。现在，请允许我把会议进程交还给埃姆雷先生。"

又一阵热烈的掌声在大会客室里响起来。大家难掩惊喜。

埃姆雷说："丝绸，贸易，古罗马，古洛阳，古拜占庭——伊斯坦布尔，公主，男爵，爱情，生死……天哪，我无法表达心中的激动，请大家开怀畅饮吧。请，女士们，阿伊兰酸奶！先生们，土耳其狮子奶！"

服务人员端出了阿伊兰酸奶和土耳其狮子奶。

阿伊兰酸奶是由水和一定量的盐及其他原料制成的土耳其饮品。土耳其人喜爱它的原因，在于它有丰富的营养，对健康十分有利。

土耳其狮子奶是由榨出葡萄汁后的葡萄皮再蒸馏得出的高酒精度饮品，是酒。

土耳其狮子奶，初看透明，因为酒精度数高，饮用的时候要加水，一加水就变浑浊，像奶汁一样，还有一点甘甜。

"来，大家举杯，碰响了，干杯！请中国驻土大使馆的樊东先生发言。"

"诸位好！"樊东说，"近十年来，中国和土耳其两国经贸合作发展迅速，双边贸易额稳步增长。相信在未来世界经济的发展中，中土双边合作会发挥更重要的作用，希望中土两国未来经贸发展能够成为双方紧密联系的纽带。

"中国政府提出的丝绸之路经济带构想，正在进入从倡议到行动、从蓝图到现实、从理念沟通到务实合作的新阶段，中国政府希望未来各国以促进地区共同发展繁荣为首要目标，加快合作平台建设。

"丝绸之路经济带贯穿亚欧大陆，东联亚太经济圈，西接欧洲经济圈。在全球化趋势不断发展、命运共同体理念深入人心的今天，用创新方式推动沿线各国经济合作，是顺应时代潮流的宏大谋略，将为沿线国家带来发展新契机，为促进世界繁荣进步注入正能量。

"中国不仅是人口大国，也是经贸大国，中国愿意并且正在出资出力，与沿线各国一起，共绘新丝路的美好蓝图。"

埃姆雷说："感谢樊东先生的发言。今天要求发言的朋友很多，由于时间关系，不再安排，朋友们可以私下交流。

"请西欧丝绸之路团队进行午餐。午餐后，我们作为地主，安排西欧丝绸之路团队参观游览伊斯坦布尔。

"导游呢，是美丽的伊斯坦布尔记者阿曼古丽，美丽的伊斯坦布尔大学商贸学院学生会文化部部长阿依达娜！"

第十三章　衫袖背后美丽的眼睛

郑众说："这些是我们商队的随行女宾，学识渊博的乐舞女官，很爱听讲经典，今天来参与我等的论说。按照某些规矩，男女不宜如此混坐，然今日到场人士以学问为上，乐舞女官亦皆知识之辈，平凉高会又是这般难得，本官准了。"

众人本来都是踞坐的，听得郑将军介绍，纷纷抬起臀部，直起上身，表示欢迎。也是没有见过美人儿，想偷窥新鲜。

44

"东城贩营"商队宿营在素有陇上旱码头之称的西出长安第一重镇平凉。平凉是安定郡的郡治所在地。

在郑众的客房里，郑众写好书信，交给下人，说："禀报皇上的函件，交给驿站，送回洛阳。"

在会客的席子上，平凉郡守恭敬地向郑众道："能够迎送将军，这是平凉地方有幸。"

郑众说："此番领受重托，出行西域，得有机会见识平凉，于我也是幸事。"

郡守道："说心里话，下官更愿意敬称将军为先生。不惟下官本人，平凉地方生员，也早就在翘首盼望先生大驾。先生是举国闻名的经学大家，文章造诣令人高山仰止。有一请求，不知当不当提？"

郑众道："但说无妨。"

郡守说："郡中要员和平凉地方若干比较著名的文人想聆听先生讲学。若能于在此休整期间安排讲学一二时辰，则陇上文化之大幸也。"

郑众说："此事可以商量。朝廷一再提倡文教，我等臣子肩负责任，能有机会为之尽力，自是欣喜，不应推却。"

郡守说："先生和蔼平易，如此亲近地方，下官太高兴了，这就着手安排，期待聆听教谕。"

郡守府邸的办公人员，兴奋地在帛上写出"奉知事宜"云：千载难逢，大好机遇。大将军、经学家、给事中郑众先生讲学……

平凉官府和文化人等相互转告，纷纷到郡府听讲。

十三公主刘小丝的客房里。

小丝叫道："这几天可把人闷坏了，平凉，好听的名字，我要出去走走！"

织云说："郑将军已经命令宿营休整，会停个一两天，我们找机会出去看看陇上风光。"

绣雨说："公主不是说了要去听郑将军讲学嘛，今天是出去走动呢，还是听讲呢？"

刘小丝说："听讲，我爱听学问家讲书。听郑将军这样出名的大家一席话，胜过读多少本书呢，听完了再出去无妨。去禀告郑将军，我们大家扮作一般姐妹前往，不会怎么引人注意的。"

昆塔商队也听闻了消息，赶忙找抗桂要求旁听、学习。

抗桂说："这个准了。"

郡守把府邸内的会议间布置成了临时大讲堂。给事中郑众先生的文化讲座即将开始，人们陆陆续续、越来越多地走进来，各择位置坐下。

主席位上坐着郑众将军，他的两边，是抗桂和安定郡郡守。

郡守说："平凉的官吏和生员，为所在古城而自豪，却对古城之古缺乏了解。在正式开讲前，请先生就平凉之由来赐教一二。"

郑众说："以此作为开篇甚好。平凉历史悠久，轩辕黄帝曾驾临平凉。夏朝的时候，平凉这个地方是戎狄和昆夷的居所。商朝的时候，平凉境内，有密、阮、共这些方国先后存在。西周初年，密、阮、共全都归顺了周朝，周文王在阮地筑了一座灵台。"

郡守道："《诗》曰：经始灵台，经之营之。庶民攻之，不日成之。"

郑众说："是的，灵台之用，观察天文星象，避除妖孽灾异。"

郑众接着讲："春秋之时，这里是乌氏与义渠戎国的属地。秦穆公三十七年，秦国攻伐戎人，益国十二，开地千里，境内始归于秦治下。其后，秦惠文王，攻打义渠，取得二十五座城池，秦国的势力日益强大，为管理这片新土地，设置了陇西郡，平凉隶属于陇西郡。再后来，秦国改置北地郡，平凉又隶属于北地郡。"

这时候，一些兵丁出现在大讲堂的门口。接着，身着平常服饰的十三公主刘小丝和四位贴身侍女出现了。出于安全考虑，她们以薄薄的细纱遮着面孔。

郑众起身迎接。抗桂和郡守跟着郑众走到门口，将公主迎进来。

郑众说："这些是我们商队的随行女宾，学识渊博的乐舞女官，很爱听讲经典，今天来参与我等的论说。按照某些规矩，男女不宜如此混坐，然今日到场人士以学问为上，乐舞女官亦皆知识之辈，平凉高会又是这般难得，本官准了。"

众人本来都是跽坐的，听得郑将军介绍，纷纷抬起臀部，直起上身，表示欢迎。也是没有见过美人儿，想偷窥新鲜。

刘小丝她们矜持地低头施礼，与人们示意。之后，在专人的引领下，坐在一个专门的区域。

45

郡守接着说："秦皇一统后，推行郡县制。平凉地方，南部华亭、崇信划归内史，其余分属于陇西和北地两郡。"

郑众说："其后平凉的变迁，诸位应当清楚了。"

郡守道："我朝高祖登基，承秦之制，地方行政区划仍为郡、县两级。武帝年间，从北地郡分出安定郡，领二十一县，从陇西郡分出天水郡，领十县。设十三刺史部以辖各郡。此为天水郡产生的渊源。"

郑众说："我朝先帝年间，政区略有调整，将原北地郡十一县划归安定郡，废安定、爰得二县，其地设临泾县。"

这时候，昆塔、普拉斯和迈克尔来了。

抗桂向大家说："欢迎这几位远道而来的客人参加我等学问集会。他们不是胡人，他们来自西天边的大秦。他们喜欢我大汉家的丝绸，喜欢我大汉家的文字和说话，也来求郑先生的学问。昆塔，昆塔男爵。"

昆塔施礼道："拜见郑先生，拜见抗大人，拜见各位官长。这是我们商队的伙伴，普拉斯，迈克尔，他们跟我一样，爱大汉朝廷，爱大汉的知识。"

普拉斯说："皇上接见了我们，给我们商队题词，夸奖我们，远行万里的商客，是大汉的友好使者。"

抗桂请昆塔他们坐在空着的座席上。

罗马人显然没有受过跽坐听讲的培训，他们自然地盘腿坐下了。

昆塔坐的时候，小丝公主正在把遮面的细纱撩开一些。昆塔看到了小丝公主，不由得眼睛一亮，惊喜得伸长了脖子，但他很快抑制了自己的心情，不使周围的人有所疑惑。

刘小丝当然看到了昆塔，她羞羞地低下头，旋即又抬起来，将细纱拉了拉，遮住自己的鼻子和嘴巴，将大眼睛闪了出来。

昆塔不敢暴露自己的心思，但又确实忍耐不住，佯装整饬肩头的衣服，用眼偷看小丝那里。

郡守说："我们盼望的时刻来临了，千载难逢的学问机会来临了，请郑先生为我们讲经。郑大人十二岁即随父研习《左氏春秋》，广泛涉猎，学识渊博，各种经典，无所不晓。入仕后，除忙于公务和讲学授徒外，仍致力于经学研究。

"郑先生是博古通今的学者，更是值得我们敬仰的英雄。永平七年，北匈奴骑兵再犯我大汉边境，焚烧城邑，杀掠百姓，以致多处城镇白天都要紧闭城门，百姓受害甚重。皇上派郑先生为使节，出使北匈奴。

"郑先生到北匈奴后，北匈奴单于狂傲凶蛮，竟然命郑先生行跪拜之礼。郑先生极力维护大汉使者的尊严，据理力争，拒不叩拜。单于因而大怒，将郑先生软禁，不给食物，意图这样逼迫郑先生屈服。

"郑先生拔剑自誓，宁死不屈，丝毫不做让步。单于恐惧，才不再威逼，更派使者随同郑先生赴洛阳……"

昆塔佯装听讲，眼睛的余光望着刘小丝的方向，但又怕他们之间的不少听客看出端倪，因而不断地将头转向别的方向。

刘小丝用宽袖遮了面孔，却以另一只手撩起袖子，偷偷地看着英俊的昆塔。

昆塔看到了屋角的一块瓦片。

外面，郡府背后平凉郡的官家驿站，驿夫和兵丁们在忙碌。

这里显然是个大的迎送机构，有人在洒扫驿庭，饮马梳毛，有人在统计马匹的饲养情况，有人在检查修理官家的车辆或给车轴加油，更不断地有东来西去的邮卒，身背文书布袋，匆匆地奔进来，或匆匆地奔出去。

驿长和驿站所有丁夫，皆负有责任。若有差错，会受到严厉处置的。

每一档驿马、驿车到站，必须双人记录驿马的健康状况，驿车的新旧残损，列出明细，分别用于驿站自己存档和报上级备案。

"东城贩营"商队级别高，规模大，这些任务更重更细，驿站和当地军事部门都要提供地接服务，忙碌可想而知。

昆塔听不懂中国经义，他也无心听讲。他捡过屋角那块小小的瓦片，在普拉斯的指导下，用尖刀在上面刻出了六个汉字："后半天，郊外见。"

郑众讲经完毕，大家出门的时候，昆塔故意落在后面，找机会把瓦片递给了刘小丝，刘小丝不动声色地接在手里，紧紧握住……

第十四章　大月氏帝国的身影

　　罗马军团步兵的重装厚甲有一定的防护作用，但也有严重的问题，沙漠烈日毫不留情，军装之内可怕的高温几乎要烤干了他们，使他们完全失去了战斗能力。

　　卡尔雷战役后，帕提亚在亚欧贸易格局中愈来愈充分地扮演起中转商和垄断商的角色。帕提亚不断利用地理优势，极力巩固它的垄断地位。当然，垄断的目的，是从中牟利，并非阻碍流通。

46

西欧重走丝绸之路团队，走到了幼发拉底河与底格里斯河上游一带地方。

德默号和爱福号的车身上，飘逸灵动的丝绸彩带上，伊斯坦布尔、阿达纳、大不里士等地名周围，也签满了人名。

他们刚刚走过的这些地方，跟巴黎、慕尼黑、格拉茨、马里博尔、萨格勒布、萨拉热窝、贝拉内、普里什蒂纳、内戈蒂诺、塞萨洛尼基等地方一样，地名被人名簇拥着。也就是说，两辆越野车的一侧和前脸上已经变得热闹非凡了。

车的另一侧，从中东到中国中原的漫长道路上的那些已经预定的地名，在期待着他们。现在他们走到了帕提亚古国的地面，西罗马帝国官僚巨头克拉苏当年折戟沉沙之处。

古帕提亚，汉语曾经译作安息。安息这个译名清闲无比，却是古代丝绸之路上热闹至极的中东关键险阻。

大不里士接应他们的朋友是麦哈迪·巴尼萨德尔。麦哈迪开车带着李由他们走了较远的路程，前来凭吊当年的古战场。

"那是公元前53年，西罗马的远征军打到了这里。"麦哈迪说。

罗伯特道："是的，公元前54年冬天，马库斯·克拉苏的军队就从西欧出发了。冬季大军渡海并不好，但克拉苏急于打个大胜仗。"

麦哈迪说："他们轻敌，他们觉得自己强大，他们认为帕提亚人应该屈服于他们。他们到帕提亚的时候，春季降临，天气回暖，帕提亚的战马发威风了。"

李由道："历史上的帕提亚与西罗马多次交战，面对强大的罗马，帕提亚没有胆怯过，屡败屡战。一次次地失败，一次次地再战。"

卡米尔拍过了一些照片，说："正是有帕提亚在这里，罗马的军事脚步总是跨不过去，跨不到东方去。"

麦哈迪说："奴隶制的罗马在扩张，东边的邻居，奴隶制的帕提亚也在扩张。"

帕提亚帝国的建立者是弥特拉达特一世，他先后开拓了大片领土，北抵高加索，西至幼发拉底河，南达阿拉伯沙漠，东临阿富汗高原，一度都属于帕提亚的。

本来，美索不达米亚地区有个商业城邦——希腊的殖民城塞琉西亚，控制着两伊地区的大部分商业贸易。帕提亚占领塞琉西亚后，当地的希腊商业寡头们与帕提亚人达成协议，塞琉西亚维持自治，上缴税金，换取了城内不驻扎军队的待遇。

帕提亚人在塞琉西亚东边，底格里斯河的对岸，建立了一个巨大的军事营地，叫泰西封。泰西封的军事和塞琉西亚的商业联合构成帕提亚人的冬季享乐之地，称为冬都。

美索不达米亚平原的夏季气温很高，帕提亚的贵族们受不了冬都进入夏季后的炎热，就跑到东边几百公里的伊朗高原，建了个夏都。

哈马丹当地人对入侵的帕提亚人进行了顽强的抵抗。

弥特拉达特一世在长久的冲突之后变得聪明了，自命为哈马丹人所隶属的前波斯帝国皇帝的追随者，表示自己愿意融入当地的文化。即便如此，哈马丹人也没有完全接受帕提亚人的统治。

47

罗伯特说："可以看出，希腊人、波斯人，都讨厌帕提亚人。"

帕提亚的新领土，东边的塞琉古帝国残余之一，原来的塞琉古帝国德米特里厄斯二世企图恢复塞琉古帝国，率领军队进攻帕提亚，附近原属塞琉古的地盘纷纷响应，但帕提亚人击败了他们。

帕提亚国王弥特拉达特一世为了收买德米特里厄斯二世，把女儿嫁给了他。

德米特里厄斯二世是个政治家，不喜欢儿女情长，仍然在做复兴故国的努力。

弥特拉达特一世把德米特里厄斯二世软禁在里海边一处堡垒里，德米特里厄斯二世两次逃跑，都被追了回来，受到惩罚。

后来弥特拉达特一世死了，弗拉特二世做了帕提亚国王。

德米特里厄斯二世的兄弟安条克七世继承了哥哥的王位，同时也继承了哥哥的老婆。

安条克七世统率大军攻入美索不达米亚，在连续三次激战中击败了帕提亚国王弗拉特二世。

失败的弗拉特二世释放了软禁的德米特里厄斯二世，希望他们两兄弟间爆发争夺权位的内战。

麦哈迪说："弗拉特二世的计策尚未生效，安条克七世就失败了。"

卡米尔问："安条克七世为什么失败呢？"

"他统率的塞琉古军队太残暴了，激怒了当地民众。民众起来反抗，帕提亚人趁机突袭，击溃了塞琉古军队，杀掉了安条克七世。"

战争之后，帕提亚人借鉴塞琉古军队的教训，改掉了一些游牧军队的缺点。

德米特里厄斯二世呢，乘机回到叙利亚一带，夺回了失去八年的王位和王后。但塞琉古在西亚的影响力减弱了，帕提亚则在边境线幼发拉底河上驻满了重兵。

这个时候的帕提亚可以杀入叙利亚，但是帕提亚人不得不把注意力转向东部，因为东部的匈奴游牧民族击破了大月氏帝国，逼迫大月氏人向西迁移，匈奴的势力也向西泛滥了。

帕提亚招募西边各民族的部队到东部与游牧民族作战，却遇到了来自西部的军队的倒戈。

帕提亚人不得不陷入了与东部民族的长期拉锯战争。到了公元前 100 年前后，局势才相对稳定，各游牧民族分别在各自的区域定居下来。

帕提亚帝国的国王已经是弥特拉达特二世了。

这个时期，弥特拉达特二世接待了从遥远的东方中国来的使节，谈判后达成了贸易协定，帕提亚成为东西方贸易的中转站。

卡米尔说："哦，中国的丝绸就是这个时期到达帕提亚的。"

李由说："这个时期，应当是中国汉朝的宣帝时期。"

罗伯特道："古代亚欧丝绸之路的关键节点是这样产生的。"

博努瓦说："随着中国汉朝与古代帕提亚外交关系的确立，中国的丝绸通过帕提亚帝国的转手贸易，逐步为西方人所知。"

公元前65年，罗马元老院派庞培率军进入西亚，对亚美尼亚作战，占领亚美尼亚后，又侵犯帕提亚的几个附庸小国，并与幼发拉底河流域的总督们密谋，干预帕提亚内政。

这时候，帕提亚国王佛拉特三世被他的两个儿子弥特拉达特三世和奥罗德斯二世谋杀了。

弥特拉达特三世作战失利，向罗马的叙利亚总督盖比尼乌斯求援，盖比尼乌斯借机出兵，但刚走到边境，元老院的命令也到了——保持中立，立刻撤军。

弥特拉达特三世得知罗马人撤军的消息后，向奥罗德斯二世投降，后来被处死了。

奥罗德斯二世的主要支持者是其社会中七大家族中最强大的苏伦家族。据说苏伦家族的家臣和部属有一万骑兵，家族的首领之一苏莱那斯在这场王位争夺战里，为奥罗德斯二世立下了汗马功劳。

公元前54年，老克拉苏成为叙利亚行省的总督。

克拉苏雄心勃勃，决心东征帕提亚，获取期望中的财富和荣誉，像亚历山大大帝那样名留青史。

麦哈迪说："克拉苏的名字确实被牢牢地记在历史书上，只是与他自己设计的方式大相径庭。"

罗伯特说："起初，罗马元老院强烈反对克拉苏的开战计划，但在另两个巨头特别是恺撒的支持下，克拉苏还是带着军团出发了。"

48

"帕提亚人其实完全掌握克拉苏的行踪，但是，他们给克拉苏的感觉是：

糊里糊涂，不明敌情。"麦哈迪说。

克拉苏跨过帕提亚的边境线，帕提亚国王奥罗德斯二世就得知了情报。他故意撤退边境一带的防御骑兵，给克拉苏错觉。于是，克拉苏没怎么费周折就渡过了幼发拉底河。

奥罗德斯二世继续放弃抵抗，让罗马军队占领了几座城镇。

城镇要驻军，会分散克拉苏的军力。奥罗德斯二世本来打算等克拉苏主力退走之后，吃掉罗马在他的城镇的驻军，但是后来改变了主意，他想拖住克拉苏，到了条件完全成熟，把克拉苏的罗马军队全部吃掉。

有军事情报说，克拉苏带来的军队要返回叙利亚过冬，忘乎所以，纪律弛懈，士兵们不进行军事操练，全军上下一派凯旋的做派，倒是他的儿子小克拉苏从恺撒那里带来的一千高卢骑兵骁勇善战。

克拉苏名义上在叙利亚休整，暗地里大肆聚敛金银财宝。

奥罗德斯二世说："攻取了我们几座小城镇，就狂妄如此，好像必然会击败帕提亚帝国一般，太可笑了。"

罗马帝国曾经占领了邻国亚美尼亚和卡帕多西亚，因此罗马人断定帕提亚人会和亚美尼亚人、卡帕多西亚人一样，早晚要匍匐在罗马人的脚前，他不知道，他遇上刺儿头了。

麦哈迪说："克拉苏放松了军事警惕。美索不达米亚的气候回暖之后，走出冬季的帕提亚人也已经休养过来，他们的反击开始了。"

亚美尼亚国王阿尔塔瓦兹德二世曾经给克拉苏建议，让克拉苏率部队走山路，他送给克拉苏六千骑兵，而且还愿意提供后续支持的兵力。克拉苏只接受军事支持，没有接受绕道行军的建议，他要快速挺进，直接进攻帕提亚帝国的冬都泰西封。

克拉苏的罗马军团行动了。帕提亚的侦察骑兵发现他们行进在荒漠中，不时地把他们的位置汇报给奥罗德斯二世。

亚美尼亚被罗马占领过，是亲罗马的。亚美尼亚阿尔塔瓦兹德二世驰援克拉苏的事情，奥罗德斯二世也获知了，若亚美尼亚继续支持罗马，对帕提亚就太不利了，亚美尼亚军队善骑善射，终究是帕提亚的真正的威胁。他决定亲率大军北上收拾亚美尼亚，让年轻的军事统帅苏莱那斯在帕提亚当地拖住克拉苏，拖到对手筋疲力尽，他也从亚美尼亚回军，干掉克拉苏。

苏莱那斯在才干、勇气、体魄和容貌上都堪称翘楚。

苏莱那斯出身于七大家族之一的苏伦家族，受过良好的军事教育，时年三十岁，已经是帕提亚最杰出的军事将领，曾在奥罗德斯二世争夺王位的战争中立过大功。

苏莱那斯擅长利用地形，作战计划缜密，指挥合成部队得心应手。关键的是，苏莱那斯仔细研究过罗马军队的战术，有针对性地训练了他的骑兵，使他们知道在与罗马交战的时候能够灵活掌握战局。

奥罗德斯二世率军走后，苏莱那斯决定以自己手中的精锐骑兵直接和克拉苏的主力决战。

克拉苏的罗马军团来势汹汹，苏莱那斯决定诱敌深入，消灭他们。

苏莱那斯派了个草原部落的酋长佯装去向克拉苏投降，这人作为奸细，蒙骗了克拉苏，他的罗马话说得很好，因为他曾经在罗马生活过。

克拉苏觉得有帕提亚人投降，是帕提亚人恐惧了，听到草原酋长说他跟庞培还有过交情，一调查，有曾跟随过庞培的老兵还真的认识这个酋长，克拉苏的必胜信念更加坚定。

克拉苏信任了草原酋长，采纳了酋长的建议，并让酋长当向导，领着罗马军队还有阿尔塔瓦兹德二世送来的六千亚美尼亚骑兵，毫无顾忌地进入沙漠，同帕提亚军队作战。

帕提亚的军队，一旦遭遇克拉苏的主力，便会战败，然后逃逸。帕提亚的军队连连败退，不堪一击。老克拉苏指挥大军，紧追不舍，咬住不放。远征军团长驱直进，如入无人之境。

在沙漠中追赶了数月时间，克拉苏都没有发现帕提亚的主力部队。

49

草原部落酋长带着克拉苏的罗马军团，离开幼发拉底河流域，渐渐深入一望无垠、无树无水的荒漠腹地，行军越来越困难。

春天过去了，盛夏来临了。天气越来越热，气温越来越高。克拉苏的军队在燠热干燥的环境下长时间急行军，干渴难耐，疲惫不堪。没有受过干旱教训的人缺乏储水意识，罗马军队携带的水迅速消耗，眼看着空了。

高温，荒漠，而且没有敌手，士气也在一天天地下降，克拉苏恼火至极。就在这个时候，亚美尼亚国王送来消息，为了抵抗帕提亚人的入侵，他曾经许诺过参与作战的亚美尼亚一万铁甲骑兵和三万步兵不来了。他建议克拉苏北上，向亚美尼亚靠拢，共同对付帕提亚奥罗德斯二世。

亚美尼亚国王的建议是正确的，但心情败坏到极点的克拉苏对亚美尼亚国王的建议不屑一顾，他告诉信使："好吧，阿尔塔瓦兹德二世答应过的军队不来了，他将来必须为他的失信付出代价。"

克拉苏只好继续辗转在荒漠中。投降的帕提亚酋长借口去骚扰帕提亚人，带着他的部下跑掉了，回归帕提亚部队了。

克拉苏的大军来到平原和山地间的过渡地段巴利索斯河谷的时候，大出一口长气，总算有水，部队能喝上了。巴利索斯河自亚美尼亚山地奔腾而下，河谷地带肥沃富饶。

巴利索斯河谷产生了不少名城大邑，卡尔雷便是其中之一，它位于河的东岸。而且好消息更多，克拉苏的先锋骑兵报告，他们发现大队帕提亚骑兵在卡尔雷附近出没。

实际上，苏莱那斯已经在这里为老克拉苏预备好了绞刑的套索，他指挥军队在卡尔雷城以东布置好了包围圈。藏在指挥所里，他看着老克拉苏的军队在正午时分渡河，追击他派出的诱敌深入的帕提亚骑兵的身影，来到一块凹凸不平、植被葱郁、利于部队隐蔽的土地上。

罗马远征军团全部进入了帕提亚人的包围圈。帕提亚人施展"法术"的时候到了。

罗马军队按照步兵野战惯例，展开战斗队形。克拉苏将七个军团的步兵一字排开，骑兵部署在步兵的两翼。

时机成熟了，帕提亚人不再隐藏，他们的骑兵从四面八方涌现出来，很多骑兵一露头就在克拉苏大军的后方。而且，帕提亚的骑兵不停地出来又走掉，走掉又出来，左冲右突，令罗马人眼花缭乱，摸不清底细。

罗马骑兵数量不多，但是用来冲击敌阵还是可以的。克拉苏为了防御，将四万大军组成一个庞大的空心方阵，中央是辎重，小克拉苏和副官卡西乌斯的骑兵用于两翼守卫，不敢轻易去冲锋陷阵。

帕提亚军队鼓舞士气的办法，除了巨响的战鼓，还有遍地鲜艳夺目的巨大战旗。

隆隆战鼓震人心魄，鲜艳夺目的各色战旗疯狂卷动，气势恢宏而又诡异可怕，让从未经历过这等阵势的罗马士兵倍感恐怖。

数量不知多少的帕提亚轻骑兵已经将罗马军团的大方阵团团围住，你来我往，飞快地放箭，密如飞蝗的箭雨从四面八方倾泻到罗马人的头上，使其损失惨重。

罗马军团步兵的重装厚甲，对战士有一定的防护作用，但也有严重的问题。沙漠烈日毫不留情，军装之内可怕的高温几乎要烤干了他们，战士们完全失去了战斗能力。

老克拉苏命令儿子小克拉苏率领五千轻装步兵、一千轻装骑兵出击，却被帕提亚人诱至远处团团围住，全部歼灭了。

克拉苏最终战败，退至卡尔雷城，惶惶不安地度过一夜。

苏莱那斯指挥他的军队起五更，将卡尔雷城围得水泄不通。罗马人在卡尔雷城中困守了一夜，早上缺水少粮，不得不强行突围，结果老克拉苏在突围中被俘。

老克拉苏被俘后，帕提亚人恨他掠夺草原的财富，用熔化的黄金灌入他的口中，处死了他。

麦哈迪道："苏莱那斯用一千铁甲骑兵和近一万轻骑兵，消灭了罗马七个军团和数千骑兵，杀死两万，俘虏一万。不过，后来苏莱那斯的下场也不好，奥罗德斯二世担忧他有野心，把他杀了。"

罗伯特道："传说逃走的约一万罗马兵士分作两部分：一部分逃往东部，后来成为大月氏一带小国的雇佣军；一部分带着捡来包扎伤口的丝绸逃回叙利亚，最后回到罗马，让罗马人见识了丝绸。"

丝绸，这种魅力无比的东方织物轰动了罗马。

卡尔雷战役后，帕提亚在亚欧贸易格局中愈来愈充分地扮演起中转商和垄断商的角色。帕提亚不断利用地理优势，极力巩固它的垄断地位。当然，垄断的目的，是从中牟利，并非阻碍流通。

李由道："在这一时期，帕提亚贸易的开展也伴随着文化的交流。希腊文化和佛教文化先后不同程度地存在于帕提亚帝国内部。帕提亚也是佛教传入中国中原内地的重要途径之一，帕提亚王子安世高就曾经在洛阳翻译佛教经文。"

卡米尔说："这个好重要啊，我要知道这个佛教和古代中国的关系，李由请给我们介绍一下。"

第十五章　春日的桑园最多情

昆塔把自己的下巴轻轻地抵在小丝的额头上，良久，歪过脑袋凝视着她："美丽的小姑娘，我叫安德鲁，安德鲁·昆塔。安德鲁结识了一位好姑娘，她是商路上的天使，丝绸之路上的天使。小姑娘你的皮肤真好，像最高级的丝绸一样光滑，头发也又软又细，还有点淡淡地发黄，像丝，像上等的丝。"

刘小丝轻声地说："安德鲁，安得如此鲁莽的洋人……"还没说完，自己忍不住先笑了。

50

李由说："佛教进入中国，源于一个奇怪的梦。"

汉明帝刘庄在寝殿春困，梦中看见一位金人，头上有道白光，在大殿内来回飘游。待要相问，金人却又飞升空中，径直往西去了。

刘庄惊醒过来，知是一梦。上朝后，汉明帝讲给群臣听，命他们解释。群臣甚感奇异，但都不敢盲目判断吉凶。

博士傅毅博学多闻，挺身奏答："臣听说西方天竺有位得道的神，号称佛，全身放射着光芒，能够飞身于虚幻之中。先帝元狩年间，骠骑将军霍去病出击匈奴，曾缴获休屠王供奉的金人十二座，安置在甘泉宫中，焚香致礼。久经战乱，那十二座金人早已不知去向。陛下所梦金人，也许就是佛的幻影吧！"

刘庄对此甚感兴趣，自己竟能梦到金佛，这是不凡的机缘，于是欣喜不已，拨出专款，派遣郎中蔡愔和博士秦景，带着博士弟子王遵等十三人，向西往天竺，访求佛道。

东汉王朝访佛使团浩浩荡荡，越过旷无人烟、寸草不生的八百里流沙，攀上寒风驱雁、飞雪千里的茫茫葱岭，继续前行，到了大月氏国。

在大月氏，汉朝访佛代表团遇到正在那里宣教的印度高僧摄摩腾和竺法兰，看到了佛经和释迦牟尼像。

蔡愔和秦景喜出望外，用白马驮着求到的经卷，并邀请摄摩腾和竺法兰一起回到了汉朝洛阳。这是公元 67 年的事情。

汉明帝对来自西域的摄摩腾、竺法兰二位梵僧甚为重视，将他们安置在当时的外交部官署——鸿胪寺暂住。

随后，明帝刘庄诏命，在洛阳城西雍门外三里处，御道北侧，立塔建寺，次年建成，名曰白马塔寺，或曰白马寺，以安置印度僧人，储藏他们带来的经像等物品。

佛教崇尚白色，驮运佛经、佛像，在印度多用白象，在中国多用白马。故而位于东汉洛阳城西的中国佛教第一古刹以白马寺名之。

白马寺的样式，按照摄摩腾和竺法兰两位僧人的意见，中心是座四方楼阁式佛塔，塔顶上具九重相轮，周围建有围廊百间，信徒们绕塔起居或进行礼佛活动。

从此，摄摩腾和竺法兰两位高僧就在白马寺里做住持，学汉语，译佛经。

摄摩腾和竺法兰在白马寺翻译了《佛说四十二章经》，此为现存中国第一部汉译佛典。

两位客僧，此后一直在洛阳从事佛教传播，圆寂后，就葬在白马寺。

白马寺是佛教传入中国后建造的第一座官办寺院，有中国佛教祖庭、释源之说。

李由说："东汉的白马寺，今天早已不存。岁转月移，白马寺代有毁建，今天的白马寺位于洛阳市城东十公里处，五重大殿，四个大院。山门外，一对石马，分立左右；山门内，东西两侧有摄摩腾和竺法兰二僧墓。"

卡米尔说："哦，白马寺搬到城东了。"

李由笑道："不不不，聪明的卡米尔，是洛阳城移到寺西了。"

"我说嘛，古今怎么不一个地方呢。"

"今天的白马寺，有五重殿堂，由南向北，依次是天王殿、大佛殿、大雄殿、接引殿和毗卢殿。毗卢殿在清凉台上，清凉台为摄摩腾、竺法兰翻译佛经之处。左右对称分布着多宝阁和藏经阁，以及东、西厢房。整个建筑群落布局严整，俨然一座中国传统的四合院。"

现今中国大多寺院形制莫不如是，殿堂层次清楚，等级元素明显，早已丧尽佛教以塔为中心，廊房平等环绕的寺院风格了。

51

在佛教方面，帕提亚与古代中国也是有渊源的。印度次大陆西北部的佛教僧侣很早就到帕提亚传教了。

后期帕提亚，佛教甚为流行。帕提亚国王满屈之子安世高为王嫡后之子，安贫乐道，捐王位之荣，让权与其叔，离开本土，远赴东国。

安世高曾于公元147年到达洛阳，不久即学会了汉语，先后翻译佛经三十五种四十一卷。现存二十二部，二十六卷。

安世高的译文条理清楚，措辞恰当，但偏于直译。

李由说："就帕提亚与亚欧丝绸之路的流动关系而言，它不仅是希腊文化的传递者，也是佛教文化的输出者。"

不论是从丝路交通的开辟、丝路贸易的开展，还是丝路文化的交流来看，帕提亚与丝绸之路之间事实上形成了一种多层面、全方位的互动关系。

麦哈迪·巴尼萨德尔说："从中国到地中海的东西丝路大动脉，帕提亚所起到的堪称中枢作用。"

罗伯特说："亲身到卡尔雷凭吊古战场，感慨良多。克拉苏盲目轻敌，下场悲哀。"

卡尔雷战役后，帕提亚国王奥罗德斯二世猜忌苏莱那斯对王位有野心，于是将他处死。

受到卡尔雷大胜的刺激，帕提亚人试图征服罗马控制的西亚地区，与罗马人亦战亦和、亦和亦战数十年。

公元前28年，屋大维被元老院取名为奥古斯都，成为第一位罗马皇帝。

大约在同一时期，帕提亚国王是弗拉特斯四世。

出于政治需要，奥古斯都向弗拉特斯四世赠送了一名亚平宁半岛女奴，女奴在后来成了穆萨皇后。

穆萨皇后为了确保她的儿子弗拉塔西斯能够顺利继位，说服弗拉特斯四世将其他王子送到奥古斯都那里做人质。奥古斯都以此来宣扬帕提亚向罗马俯首，将此列作重大功业之一。

弗拉塔西斯继位为弗拉特斯五世，奇妙无比的穆萨嫁给了自己的儿子，并与他一起分享统治权力。

帕提亚贵族反对王宫里的乱伦关系，也反对由外族血统来继承帕提亚的王位，于是结盟将他们流放到罗马控制的地区。

帕提亚国王此后几易其人，表面上与罗马是和好的，暗地里两国却较劲不休。

52

陇上，是万里丝绸之路由东向西进入西域荒沙之前最后的连续绿地。

黄色的土地，绿色的植物，与东部阔大的中原没有太大的差异，只是平凉城外，地形高低错落。

安德鲁·昆塔在城北门外稀疏的灌木林间走动，等待他的心上人。

十三公主向郑众将军告假外出游春。侍女织云归来汇报："将军不支持公主午后外出，说明日尚有工夫，可以明日上午安排兵士陪护公主外出。"

刘小丝说："绣雨，你再去禀告将军，今日下午是合适的，不需要多少兵丁护卫，他们守在城门口，我们出去在城门附近走动，不走很远，也不走很久，至多一个时辰就回来了。去吧，绣雨，快去。"

绣雨应了一声，快步走出去。

织云说："怎么他们做了将军的都这么古板啊！"

刘小丝道："郑将军毕竟是个读书出身的人，想来他会准许的。你帮我琢磨个招数，万一他不允，怎的才能出去？"

"这有什么难的，他若不允，换上我们下人的衣服走出去不就是了。公主在函谷关驿不是拿起绣雨的衣服，穿上就出去了吗，也没有人发觉。"

小丝公主笑说："亏你还记得。"

织云说："车队走过汉函谷关之前，公主撩开车帘，探头观望，恰好有一只蝴蝶，在随车飞行。公主拿起彩帕，转着逗弄那只微小的精灵，看到了那个骑马的人。绣雨指给我看，我们都在笑呢。"

小丝说："是吗？你俩给我小心了。"

织云说："公主无心，是那人有意。他以为公主是跟他打招呼的，赶忙摘下帽子回应，在那里转动。我们笑那人呢。"

实际上，那一天刘小丝的心已经被扰动了。在函谷驿站，身为汉家公主的她老是不安，脑子里不停地出现昆塔那个棱角分明的西方人的面孔，还有他惊喜无措地揪下帽子跟她转动呼应的滑稽模样。

函谷驿站的高级接待房间留不住小丝，烦闷的她想出去散步，要出去散心。织云和绣雨劝阻不了，小丝换上绣雨的水红色衣服就跑了出去。她一边瞭望，一边寻觅，采撷了一把枝叶，举起来在空中转动。

习习晚风也无法吹凉她的脸蛋儿，居然撞上了他——那个跟汉家人脸孔大相径庭的人，她也不知自己哪来的那么大的勇气，将手中的绿叶分给了他一枝。

织云和另两个小侍女姝儿、妍儿在做准备。趁这当儿，小丝独自拿出昆塔刻了约会文字的瓦片来看。

字迹笨拙，达意不明。他不会汉家文字，用剑尖划着写，非常笨拙，难为他了。但是六个汉字的意思，说明白很明白，说糊涂也真糊涂。

后半天，郊外见。显而易见，后半天是下午，可郊外是哪里？唉！

昆塔不知道自己"后半天，郊外见"的约会有问题，午餐后早早地来到自己认为的郊外了，就是北城门外，等候小丝来应约。左等不来，右等没人，才转过来心思，"郊外见"的郊外是哪里？若去了南城门外，岂不是害苦了她？想到这里，赶紧上马，驰往南门外。

绕过东城门，到了南郊，遍寻远近，没有刘小丝的人影儿，转身又返回北门外。一来一回，时间也逝去不少。她到底应约不？出来相会不？

刘小丝得到郑将军的答复，果然是不许远去。

绣雨转告郑将军的话说："明日上午出去不好吗？随行兵士多数到马场接收新马去了，戍卫不足，明日上午便好派遣。今日若实在想走动，春日府邸后园不也甚好吗？"

小丝沉吟片刻，道："织云拿衣服来，还要那件水红色的，我要换上了。"

织云和绣雨交换眼色，相互偷笑，很快应道："好的，下人的粗服来了。"

小丝换好了服饰，向织云和绣雨说："我们出去。妍儿，姝儿，你俩在这儿好好地守家。有人探问，就说公主休息。"

织云和绣雨陪着刘小丝走出来，迤逦走向北城门。

刘小丝没有刻意地去解读昆塔刻写在瓦片上的句子的含义，出门即选择了向北的方向。这也许只有上天知道其中的奥妙吧。

绣雨上前告诉城门守卒说，三人是"东城贩营"商队的，奉郑将军之命去外面采集一点草药。平凉的门房并不严密，听绣雨说清了理由，就让她们出了城。

刚出城是大路，走了一会儿，走到了小路上，又走了一会儿，稀疏的灌木林出现了。

织云悄悄地对小丝公主说："他怎么还没来呢？说的是不是北门外啊？"

绣雨说："洋人说话不清爽。若他指的不是这里，今日又不来相会，往后给他点颜色，看他还敢不敢戏弄我家小公主！"

小丝说："别笑话他了。让你们说说洋话，跟他们中的哪一个有约，你们说得成吗？刻出来，刻在瓦片上，你们刻得成吗？"

"哟，这八字刚写出一撇，就替人家包揽起来了！"织云取笑。

绣雨说："就是啊，太有福气了他。"

"乱说，再乱说……"刘小丝作势要打，但在小丝动作之前，织云和绣雨嘻嘻哈哈地跑开了。

53

骑着马的昆塔自远处奔驰过来，激动得不得了。他看到了应约而来的小美人儿，立即滚鞍下马，学着汉人见面拱手道："在下非常荣幸，邀请小姐各位，到郊外来欣赏，郊外很美丽，春天的风景。"

刘小丝微微低首还礼，言道："客官的汉话说得很好。"

"谢谢夸奖。我的汉话不好。汉话很好，我要学习，好好学习。那里，上面，风景很好。"昆塔说，指着一条小路通上去的附近塬上。

小丝又微笑了："好啊，我们上去看看。"

织云和绣雨知趣地在灌木林里玩耍，走到一边去了。小丝跟着昆塔，沿小路走上就近的高处。果然风光又是不同，树木比较大，也比较多，视野呢，更比下面开阔不少。

"你像一朵花，一朵大的花。"昆塔说。

小丝挥挥袖子，道："你的意思是说，我全身的颜色是红的？"

"颜色很好。树叶，周围全是树叶，绿色，很多。你是红花，大红花，美丽的大红花。"

"谢谢你的夸奖，你很会夸奖人，你在哪儿学会的夸奖女孩子的方法呀？"

"美丽的姑娘，你在夸奖我。我在罗马学习的，罗马。罗马女孩子，男人夸奖，她很高兴，笑了，啊，就是开花了，更加美丽，更加美丽。"

"你真有趣。你的那个地方，那个国家，叫罗马，是罗马吗？罗马，怎么好像动物啊，巨大的动物。"小丝指指下边灌木林地，隐约可见昆塔的坐骑。

"马？哈哈哈。"昆塔大笑起来，"不是马，是狼，一匹狼。嗷唔——嗷唔——"他模仿狼的叫声，并吃力地模仿狼的模样。又逗笑了小丝。

昆塔也不知道罗马城是什么时候建立的，他用半生不熟的汉话，夹杂着他的母语，费力地向刘小丝介绍。

有好几百年了，在罗马称为城市之前，已经有人居住在那里了。可能，他们已经居住了好多代了。

很早的时候，有个国王，他有两个儿子，长子名叫努米托雷，次子名叫阿穆里奥。国王去世后，长子努米托雷继承了王位。但不久，阿穆里奥篡夺了王位，并且放逐了哥哥。

为了消除后患，阿穆里奥命令哥哥的女儿、自己的侄女赛尔维娅去做贞女，终身不得嫁人，以免她的后代复仇。

但是，阿穆里奥的阴谋未能得逞，伟大的爱情召唤赛尔维娅秘密地和一位战神结合，生下一对双胞胎男孩，大的叫罗慕洛，小的叫雷穆斯。

阿穆里奥闻知侄女偷地恋爱生子，大惊失色，下令害死了赛尔维娅，把她的两个婴孩放进一个筐子，扔进了河里。

"天哪！"刘小丝害怕地说，"这个做叔父的为什么那样坏呢！"

"嗯。那条河，叫台伯河。台伯河不坏，台伯河把筐子送到了岸边。"

婴儿在筐子里啼哭，引来了一只狼，是一只母狼。

"啊！怎么办？"小丝担忧，"狼来了要吃掉两个婴儿，怎么办？"

"善良的姑娘，我来告诉你。母狼不仅没有伤害两个婴儿，反而像母亲一样给他们哺乳。哺乳，就是喂奶，是的，喂他们吃奶，喂两个小小的人儿吃奶。"

母狼用它的乳汁救活了罗慕洛和雷穆斯这对双胞胎男孩。

后来，一个牧羊人把两个孩子救走，牧羊人的妻子把他们抚养成人。兄弟俩长大后知道了自己的身世，成了绿林首领，为母亲报了仇。

罗慕洛成了英雄，后来成了国王，他在母狼哺育过他们的台伯河畔选择地点，在附近的巴拉丁山上，建起了一座城，方形的城。

罗慕洛把母狼的形象做成了城市的雕塑和城市的徽章。

这座城就叫罗慕洛。母狼是罗慕洛城的乳娘！母狼是黄铜铸成的，它的乳头也是黄铜铸成的。

"罗慕洛，就是罗马。罗马，就是罗慕洛。不是马，是狼。"

"哦。"刘小丝说，"你们的罗马是个母狼之城，跟洛阳不一样，洛阳名字的意思，是它在洛水的阳坡，没有狼。狼好可怕，可是罗马的狼，善良。"

他们聊着天，走着路，树荫和阳光相继相替地映在他们身上。

昆塔说："非常荣幸，跟你们商队，同路，同行。非常走运，结识你，美丽的姑娘。"

刘小丝微微笑了："你，也是狼，开始有点怕，后来觉得善良。"

昆塔说："我们和汉人长得不一样，样子不一样，心一样，人的心要好。"

刘小丝问："你们罗马人家，平日生活是怎么样的？嗯，就是说，一家人住在一个大院吗？"

"是的，有家庭啊。父亲，是家长，是家庭的主人，有很高的权威。房子呢，四方的房间，叫庭，用来会客。周围有很多小的房屋，居住。全部的家人，还有奴隶们，都住在一起，很热闹。罗马城里，有一层的房屋，有两层的房屋，也有三层的。乡间，有豪华的别墅，有树木，有花园。"

刘小丝说："温馨，宁静。"

"不，也有血。血，流血的血。罗马有竞技场，巨大，巨大。罗马人喜欢看竞技。奴隶和奴隶，奴隶和野兽。刺杀，死亡，大叫。不好，很不好。"

"哦。"刘小丝说，"不好，这个真的不好。我们说别的吧，你们吃几餐饭呢？"

"三餐。早餐和中餐很简单，晚餐最丰盛，要喝酒，葡萄做的酒。葡萄是一种水果，圆圆的，红红的，甜甜的，啊，一大串，一大串。"

"你们的衣服，跟胡服有点像，显得人精干利落。"小丝说。

"这个是走远路，做生意的。罗马人穿外袍，宽大的外袍。富人喜欢丝绸，你们汉家的丝绸，贵重，非常贵重。我们做生意，就是买丝绸，卖丝绸。"

"我知道了。"刘小丝说，"我知道你是干什么的了，你是做生意赚钱的。"

"赚钱不好吗？赚钱好不好？不，我不要你回答这个。我是爱丝绸的，爱丝绸才跑这么远来的。我们太远了，即使很顺利，也要走六个月以上。如果不是爱丝绸，会来吗？"

刘小丝高兴了："丝绸好，我母亲，我，都爱丝绸。"

"女性，爱丝绸，是的，丝绸光滑，丝绸鲜艳。罗马人第一次看到丝绸，都惊呆了。是帕提亚人让罗马人看到的。"

"帕提亚？"刘小丝问。

"在洛阳和罗马中间，是帕提亚。帕提亚是个骑马射箭的国家。他们有很多你们汉家的丝绸。我可以肯定，他们积累了很多年。"

"他们有很多丝绸？"

"他们不会让罗马人知道他们有多少丝绸，他们只是提高价格，换取更多的罗马金币。所以我们愿意跑得更远，到你们这里来购买。啊，我爱丝绸，不是为了赚更多的金币。我甚至爱桑树，桑树在风中忽悠，我爱蚕，那种做细丝的虫子。"

昆塔说着，比画桑树在风中忽悠的景象，模仿肥硕的桑蚕一拱一拱缓慢爬行的样子，惹得刘小丝忍俊不禁。

54

刘小丝说："我的母亲告诉我，她小时候最喜欢去桑园玩耍。桑树是我们汉家人最亲的树。美丽的女子背着竹篓去采集桑叶，桑林青翠，春风吹拂，人好欢喜，就像现在。"

"哦。"昆塔说，"可以想象，那确实好，非常好。"

"桑叶繁茂，遮挡了外面的人，谁也看不到。心上人来幽会，在春天的桑园最相宜，最好。"

"幽会，最好。"昆塔瞪大了眼睛，看一遍周围，歪头说，"像我们现在这样？"

小丝的脸蛋儿腾地红了，握起小拳头朝昆塔的臂上打了一下："你好坏呀！"

昆塔揽住仰着脸的小丝，就势将她拉进自己怀里："好坏？是好，还是坏？"

小丝故意娇滴滴地道："好坏，又好又坏。"

昆塔把自己的下巴轻轻地抵在小丝的额头上，良久，歪过脑袋凝视着她："美丽的小姑娘，我叫安德鲁，安德鲁·昆塔。安德鲁结识了一位好姑娘，她是商路上的天使，丝绸之路上的天使。小姑娘你的皮肤真好，像最高级的丝绸一样光滑，头发也又软又细，还有点淡淡地发黄，像丝，像上等的丝。"

刘小丝轻声地说："安德鲁，安得如此鲁莽的洋人……"还没说完，自己忍不住先笑了。

昆塔揽着小丝，缓慢地走向树林的深处，说："我这一趟，做丝绸生意，处处都是丝绸的感觉，真是一段奇妙的经历。"

身边有微小的树枝扫到他们的身子。小丝说："你看到桑树了吗？这些树，没有桑树柔软，桑树又绿又软，桑园的春天最有意思啦。"

"是吗？可惜我这一次没有机会去参观桑园，下一次一定去。你告诉我，桑园的春天吧，我想知道桑树林中的'意思'，那一定是……爱情吧？"

"有这么一首歌：哦，美丽的汾水，长长的岸上，姑娘我来采桑，心里好欢畅。我的……我的意中人，英俊潇洒，俊美无双。英俊潇洒，俊美无双。那个叫公路的，比呀比不上。

"哦，美丽的汾水，轻快地流淌，姑娘我来采桑，心里好欢畅。我的……我的意中人，貌若鲜花，朝我绽放。貌若鲜花，朝我绽放。那个叫公行的，比呀比不上。

"哦，美丽的汾水，拐弯的地方，姑娘我来采桑，心里好欢畅。我的……我的意中人，仪表堂堂，美如玉璜。仪表堂堂，美如玉璜。那个叫公族的，比呀比不上。

"啊，太优美了，太动人了！"昆塔惊叹，"我没有喝酒，我已经醉了。美丽的人儿，你的声音太美了，像丝一样美啊。"

刘小丝难掩羞赧地说："谢谢你夸奖我。我的名字就叫'丝'，小丝。"

昆塔惊讶地说："丝？丝绸？赛尔？你看我只顾心里激动，忘了问你的名字。你的名字就是丝绸啊？赛尔，赛尔，我叫你赛尔好了，好姑娘，好名字。"

刘小丝羞红着脸儿微微颔首。恰好这时候他们走到了一个林中陡坡前，要登上更高的地方，她很自然地把小手给了昆塔，让昆塔牵着她。

"罗马人和帕提亚人打仗，得到了帕提亚人的旗帜，那些旗帜是丝绸做的，才知道丝绸，这种美丽的纺织物。"昆塔说。

"以前，罗马人不知道？"小丝问。

"不知道。穿的衣服，是羊毛纺织之后织成的布做的。老普林尼，博物学家，他说，丝绸啊，太美妙了，比羊毛和其他动物的毛光滑一万倍，而且轻、亮。它不是帕提亚人生产的。帕提亚人愚蠢、笨拙，不会，不会的。罗马人问博物学家，丝绸从哪里来？老普林尼说，来自遥远的东方，遥远遥远的东方。天之尽头，那里有一个国家，它叫东国，又叫赛尔丝。"

"东国？赛尔丝？"刘小丝说。

"东国，是东方的国家；赛尔丝，是丝绸的国度。老普林尼说的，就是你们汉家。现在我知道，这个名字是他靠猜想编出来的。不过，罗马人知道了赛尔丝很美，赛尔丝，丝绸的国度，丝绸，赛尔丝纺织物。

"我来了，我带着我的生意伙伴，来到遥远的东国，我知道了丝绸。老普林尼没有来，老普林尼没有来过。他猜测，他说，走过马其顿王亚历山大新领地，再走，再走，走到世界的尽头，几乎是边缘的地方，西方任何人都未曾走到的地方，就是赛尔丝。

"老普林尼告诉罗马人，赛尔丝人红头发，蓝眼睛，嗓门粗糙，没有语言，靠打手势过日子。哈哈，老普林尼真傻，真愚蠢。"

小丝笑了，说："也怪不得他，他没有见过呀。"

昆塔接着说："我来了，知道了，你们是黑眼睛，黑头发，说汉话，汉话很好听。尤其是你说话，赛尔，好听，像丝一样柔软，美好。

"老普林尼说，赛尔丝的树林里盛产细丝，男人们从树叶上把它揪下来，运回家，在水里浸泡，浸泡很多天，由妇女们从水里捞出来，织成丝绸。实际上，丝是蚕吐出来的，蚕是吃桑树叶的。

"希腊人也不知道，他们说，赛尔丝国有一种虫子，长着八只脚，叫赛尔。赛尔会扯下树上的细丝，绕在自己脚上。人们捉到赛尔，把丝取下来。"

刘小丝说："希腊人也猜错了。"

昆塔说："也是错的，他们说赛尔是虫子，会吐丝，可能是帕提亚人告诉他们的。"

小丝说："我小时候听母亲讲桑园和蚕茧的故事，就忍不住想象，很久很久以前，某个阳光灿烂的日子，一个女人在树下，无意中捡到一个椭圆形的果子，她试图用手把这个果子剥开……"

"哦！她剥不开！"昆塔叫道，"那个果子的外皮被丝包着呢。"

"你真聪明！"小丝说，"那个人剥果子的时候，她的手指甲挂出了一根细丝。"

昆塔说："细丝闪闪发亮，在阳光下，像我的剑发出的亮光。"说着，他把佩剑挂在旁边的树干上。

小丝说："那个女人，她很奇怪，手里的丝越牵越长，越牵越长，绵绵不断，绵绵不断……"

"赛尔，你讲了一个最古老最美好的故事。美丽的姑娘，"昆塔不由得将小丝揽进怀里，"小丝，赛尔，你就是那只美丽的小虫子，小虫子。小虫子叫什么？"

刘小丝说："蚕，它叫'蚕'。在我们的汉字里，'蚕'是由天和虫两个字合起来的，它是天的虫子，天之虫，是美的化身。你用蚕来称呼我，我非常感谢你。"

昆塔说："你不但是赛尔，还是美丽的丝绸，又是天上来的虫子。我是皮肤，你是丝绸，皮肤和丝绸相遇了，见面了，皮肤被唤醒了，想象一下吧。"

"嗯。"小丝柔柔地说，"丝绸是美好的，是女性的，细软得像水，光洁得像珍珠，清亮得像月光，婉约得像春日的梦，飘逸得像神仙，高立云头，御风而行……"

这时候，隐隐约约地，树林外有呼唤声传来："妹妹——妹妹——"

刘小丝忽然醒来，紧张地推开昆塔说："时辰到了，两位姐姐找来了，我得走了。"

"这么快就要分开？我还没有问你，是去哪里的，我们同路，还能多久，我想和你会面，说话……"

小丝说："还有很长的路呢，再找机会，我也想呢。"

"这样就好，来，我扶你下去。"

昆塔取过自己的佩剑，扶着刘小丝，慢慢走下来。他看着小丝向两位姐姐走去，继而，看着她们走向城门、走进城里，才绕道去骑自己的马。

他自言自语："还有很长的路呢，再找机会……只能这样了，只能这样。一个美的姑娘，好的姑娘，美好的姑娘。丝，赛尔，蚕，天的虫子。我爱你。

"小丝,赛尔,美好的东方天使,你愿意跟我走吗? 愿意跟我到罗马去吗?"

第十六章　我也要搞个小妖精

难道流传在中土的关于丝的起源的故事，真的找到了最早的第一根丝，丝就是这样被人发现的？然后，慢慢地有了丝绸？

丝绸这种纺织物，大多数工序出自女人。从远古的时候起，女人的手，就饱含着爱，饱含着情。织造丝绸，在缫丝的时候，梳纱的时候，设计的时候……她们把自己的生命，把自己的流年，全都珍藏了进去。

丝绸的穿着，更是魅力无比。穿丝绸的女人，香肩纱罗，薄如蝉翼，香风四散，最为自信。

55

德默号和爱福号越野车身前脸上，大不里士这个地名周围被签上了很多人的名字。

就是说，这两辆车，走过了大不里士，走过了德黑兰，也就走过了古代帕提亚——古代安息的地盘。

西欧重走丝绸之路团队，李由他们现在到了阿富汗境内靠近喀布尔的地方，查看了车顶的拍摄机器之后，在路旁的一处营地休息。

卡米尔说："大不里士和德黑兰，在古代都归帕提亚管，都是帕提亚的军事重镇吗？"

罗伯特说："大不里士是，德黑兰不是。因为前者古老，后者年轻。"

卡米尔问："帕提亚衰败后，取代帕提亚的是谁呢？"

博努瓦道："是萨珊王朝。萨珊王朝领土范围很大，包括今天的伊朗、阿富汗、伊拉克、叙利亚、高加索地区、中亚西南部、土耳其部分地区、阿拉伯半岛海岸部分地区、波斯湾地区、巴基斯坦西南部，控制范围甚至延伸到印度。"

萨珊王朝在当地被称为埃兰沙赫尔，在中古波斯语里指雅利安帝国。

罗伯特说："萨珊王朝被认为是最后一个伊朗大帝国，在伊斯兰对波斯的征服以及伊斯兰教流行之前。"

李由说："萨珊王朝的文化影响力超出了它的边界，影响力遍及西欧、非洲、印度和中国，对欧洲及亚洲中世纪艺术的形成起到了很大作用，或者可以说，很显著。"

罗伯特说："萨珊王朝统治时期，是古波斯文化发展的巅峰状态。"

他们走过的德黑兰，是伊朗最大的城市，也是西亚最大的城市，但它是现代的，不是古老的。

德黑兰到处可见的鲜花和喷泉，把整个城市装扮得清新、秀丽。德黑兰北面是巍峨的厄尔布尔士山脉，翻过山脉就是里海。整个城市建在山坡上，全城北高南低，两条宽阔笔直的林荫大道贯穿市区的南北和东西。

德黑兰南部多是老式的建筑，有些甚至比较简陋，城北则多为现代化建筑，有高级饭店和各种商店。山坡上建有重重叠叠的别墅，那是发了石油大财的富人们的。

德黑兰到处都是清真寺，到处都是桃子顶的宗教场所。

波斯纪念塔附近有个公园，叫中心公园。中心公园里面，有高大沧桑的树木、曲折幽幽的小径，还有供游人休息的长椅。每个季节的景色，各有千秋。春天白雪部分融化后，露出青青的绿草，一边是洁白晶莹，一边是翠绿欲滴；秋天枝头是累累的果实，地上是飞卷的落叶。

徘徊在公园的小径，向上看，是蓝天上高洁的云絮；往下看，是小草上挂着的泪珠。

罗伯特说："那一带广大的地方，早在五千年前就创建了灿烂的文明，然而，德黑兰是个年轻的城市，它的年龄才一百多岁。"

热情好客的德黑兰人，也在德默号和爱福号越野车上的德黑兰地名周围签满了他们的名字。

越野车向东飞驰，从德黑兰到喀布尔，他们走了三天。

卡米尔念着李由电脑上的介绍文字说："喀布尔，位于阿富汗东部，喀布尔河谷，兴都库什山南麓，是阿富汗的首都，也是该国最大的城市。"

罗伯特道："喀布尔在古波斯方言中的意思是贸易中枢，它确实是亚欧通商要道丝绸之路上的重要城镇，拥有三千五百多年历史。古代很多帝国为了争夺这块战略要地长时间地争战不休。"

李由说："阿富汗历史悠久，喀布尔也是。中国的历史典籍《汉书》中记载有一个叫'高附尔'的地方，也是今天的喀布尔。"

卡米尔说："看地图，古代丝绸之路走喀布尔，朝南边绕路不少啊。"

博努瓦说："喀布尔东北，中国的喀什西北，山川险恶，不绕路不成啊。"

李由说："古代亚欧丝绸之路，有走塔吉克斯坦杜尚别的，也有绕白沙瓦之后走喀布尔的。

"古代亚欧丝绸之路不是单一的一条道路，它是许多商道的统称。草原的，海上的，北方的，南方的。新的研究证实，南路丝绸商道是经过中国的四川出西域，过中亚，而后进抵罗马帝国的。"

博努瓦说："近年在东南亚、南亚、中亚等区域，发现了中国西南文化因素，表明古代中国西南地区同外部世界的经济文化交流是存在的。"

李由说："中国历史典籍《史记》记载有'蜀身毒道'。'身毒'是古代中国人对印度的称谓。蜀身毒道，显然是蜀地和印度之间的通道。"

博努瓦说："蜀地文化非常奇特，我一直在关注四川广汉三星堆遗址的考古发掘和文化研究。1986年，我的同行们在三星堆遗址发掘出了四千多枚海贝。"

56

三星堆遗址的海贝出土于两个祭祀坑，大多是齿贝。齿贝的产地是哪里呢？是印度洋的深海水域。

据历史记载，齿贝是印度地区古代居民的交易货币。三星堆出土的齿贝，打磨过，中间有孔，是为了穿起来做货币进行交易。

实际上，在中国西南广大的地区，云南多个县份，四川的凉山，多处出土有海贝货币。中国西南并不出产海贝，它们是从哪里来的？它们是从印度来的。

三星堆遗址还出土不少青铜的海洋生物雕像，全部用平雕方法制成。年代太久，多已锈蚀，但还能分辨出来形状。

假如古代蜀人没有亲临印度洋地区，或者没有印度洋地区的工匠参与，众多栩栩如生的海洋生物雕像不可能制作出来。

这些考古证据，意味着三星堆时期的古蜀人已经走出内陆，见识海洋了。

三星堆雕塑人像的面部神态缺乏变化，双眉入鬓，眼睛大睁，庄严肃穆，没有动感，同西亚雕像艺术的风格十分接近。

三星堆出土的，还有青铜人物雕像的金面罩、金杖等，在文化形式和风格上不是本土的，它源于古代的近东文明。

最迟在公元前三千多年，美索不达米亚地区就形成了青铜雕像文化传统。在乌尔，发现的有青铜人头像。在尼尼微，发现了大型青铜人头雕像、小型人全身雕像。在埃及，1896 年发现了古王国第六王朝法老佩比一世及其儿子的大小两件一组的全身青铜雕像。

权杖起源于西亚，在以色列的比尔谢巴，在死海西岸以南的恩格迪，发现有大量的铜权杖首。青铜时代，美索不达米亚平原的权杖石刻、雕塑和绘画等艺术品到处可见。

古埃及也有权杖传统，埃及考古中出现过大量各式权杖，有青铜的，也有黄金的。

黄金面罩呢，西亚乌鲁克文化时期，娜娜女神庙出土的大理石头像即有金面，叙利亚毕布勒神庙地下发现的一尊青铜雕像，也覆盖着金箔。在埃及，屡有黄金面罩被发掘出来。

中国古代蜀地文明中的金面罩和金杖，上源既不在古蜀本土，也不在中国其他地区，却同西亚的文化相契合。

罗伯特说："古代中国蜀地的织锦，自古出色，大约在中国的商周时代就比较成熟了。"

李由说："是的，蜀锦鲜艳华丽，品种繁多。"

卡米尔说："由此看来，古代中国丝绸的西行，喀布尔作为一条要道是没有疑问的。"

博努瓦说："喀布尔郊外发掘的亚历山大城堡，曾出土大量丝绸，就是证物。"

李由说："在中国的汉代，西罗马昆塔商队探险欧亚万里丝路商道的时候，匈奴和西羌一直在封锁河西走廊和北方草原，致使中国北方和西北的丝绸之路受到阻隔，通行困难，这也是东汉明帝要发四路大军西征的原因。

"若没有东汉朝廷的大军开道，皇家的'东城贩营'商队西行受阻，昆塔他们的路程也必然会更加艰险。"

卡米尔说："要不然，那个走了桃花运的家伙……嗨，博努瓦，你的同乡昆塔，安德鲁·昆塔，也不可能约会小美人儿刘小丝，不可能那么诗情画意，让人羡慕，让人向往了。"

　　罗伯特道："那当然了，昆塔他们商队走了大财运，昆塔本人走了桃花运。"

　　卡米尔说："爱情滋润着年轻的心，好像花儿怒放。昆塔高兴坏了耶！"

　　博努瓦说："有个中国汉语成语，就是这个意思，叫什么来着，李由？"

　　李由笑道："心花怒放。意思正是罗伯特的诠释：年轻的心好像鲜花怒放。"

57

　　东汉朝廷的和亲车队——"东城贩营" 商队和罗马昆塔商队在风尘仆仆地艰难前进。

　　大队伍的前边，有兵卒驰马开道。其他往西或者往东的小型商队，结伴同行的商旅，亦有这样那样的行人，纷纷避于路边。

　　离驿道不太远的地方，有座烽火台雄赳赳气昂昂地矗立着。前边传来话说，悬泉置——悬泉驿到了。

　　"东城贩营"大队人马和昆塔的西罗马商队经过的时候，悬泉驿已经存在一百多年了，也就是说它设置在一百多年前。尽管不算大，但在越往西走越是干旱的陇上，它很是奇特地在背后山崖上有一线清泉流下来，水流走到平地，漾开来，滋润出不大不小的一片绿洲。

　　悬泉绿洲，平日可以满足当地人和商道上的行客需要，忽然涌来"东城贩营"和西罗马商队大量的人马，就不够了，以至于他们觉得无法驻留，好在前边不远即是敦煌，遂越过悬泉驿，继续前进了。

　　十三公主的车内，刘小丝和侍女们其乐融融，全然感觉不到外面马匹和丁夫行路的艰辛。

　　织云说："祖赫热妈妈来看公主，嘘寒问暖，好是恭敬，想来那瞿萨旦那国也是个礼仪之邦。我们跟着公主，享福是一定了。"

　　绣雨说："那还用说！到了瞿萨旦那，公主当家，我们要开一处园子，植桑，养蚕，春日游赏，夏日乘凉，秋日吟唱，冬日怀想……"

刘小丝道："不要乱说！现今车马行在何处？"

织云道："禀公主，河西四郡，武威、张掖、酒泉都走过了，现今正往敦煌。"

小丝说："哦，知道了。你俩小的过去猫在后厢歇息吧，我们三人拉拉话。"两个小侍女去后厢歇息了。

小丝道："武威、张掖、酒泉三郡，都走过了。为什么不像以前，过两三天扎营休息一天，这么不停不息地赶路呢？"

绣雨道："或是郑将军掐算的有日子，以前走得慢了，现在要把路程赶出来？"

小丝沉吟一会儿，拿出昆塔刀刻的邀约瓦片："后半天，郊外见。瞧他刻的汉字，'半'字中间的这一竖，多直。"

"是啊，这一竖长，很难刻直的。"织云说。

"'外'字的这一竖也挺直呢。"绣雨说。

"那天，真的有神灵相助啊。郊外，不知道是哪里。谁知道他说的是哪里呢？出了城门，到了郊外，他也就骑马到了。"小丝说，"他不知道我们是做什么的。"

"他没有问吗？"绣雨道。

织云道："哪里顾得上问呢！你看我，我看你，亲热得紧，其他事情都顾不上。"

小丝朝织云肩上拍一巴掌，道："贫嘴！我也没问他，可他告诉我了。"

织云问："是吗，他怎么告诉的？"

"他是罗马人，出大秦珠的地方，远啊，太远了。为了到洛阳买丝绸，到罗马去卖，他说不停不歇得走六个月，真难为他们！"刘小丝说，"我告诉你们，罗马国的国王，是狼的奶喂出来的。"

"天哪！"绣雨说，"吃狼的奶？"

"国王很小的时候，被坏人扔到河里了。哦，台伯河。台伯河是一条善良的河，不舍得淹死小孩，把他推到了河边。这时候，狼来了，是一头母狼，母狼非但没有吃小孩，反而喂奶给小孩。小孩长大后，得了天下，建了王城，叫罗马。

"哦，我想起来了，国王叫罗慕洛，他的城和他的国都叫罗慕洛，罗慕洛有点拗口，人们就称罗马了。"

"罗马。"绣雨说，"我知道了。"

织云问："他会说汉话，说得很好吗？"

小丝说："哪里说得很好了，一半说汉家话，一半说罗马话，一半在那里着急，一半还得比画。可是，他的意思，我都猜出来了。"

织云和绣雨都忍不住笑起来："怎么比画呀？比如说，喜欢，喜爱，怎么比画？抱，还是亲？"

"按年龄，你们是做姐姐的，乱问！"

织云和绣雨抱住小丝公主，说："是当亲姐妹的才这样嘛，有福同享。听一听，参谋参谋，才好嘛。"

小丝说："我告诉你们，他叫安德鲁·昆塔。我原以为他是个商人嘛，肯定满脑子是赚钱的，原来不是，他爱丝绸，他是爱丝绸才跑这么远到汉家中土来的。

"他知道丝绸的美，丝绸的好。他跟我一起讲故事，讲桑园和蚕茧的故事。"

"他跟你一起讲？"

"是啊。故事是母后讲给我的。很久很久以前，有个好日子，阳光好，风儿好，一个女人在树下，她无意中捡到一个椭圆形的果子。果子圆圆的，长长的，在阳光下一闪一闪的，好奇妙。她想用手把那个果子剥开……

"我讲到这里，昆塔接着讲，那个女人，她剥不开，那个果子的外皮被丝包着呢。"

"他真聪明。"织云说，"那个人剥果子的时候，她的手指甲挂出了一根细丝。"

"我也喜欢这个故事。"绣雨说，"那个人很奇怪，手里的丝越牵越长，越牵越长，绵绵不断，绵绵不断……"

难道流传在中土的关于丝的起源的故事，真的找到了最早的第一根丝，丝就是这样被人发现的？然后，慢慢地有了丝绸？

丝绸这种纺织物，大多数工序出自女人。从远古的时候起，女人的手，就饱含着爱，饱含着情。织造丝绸，在缫丝的时候，梳纱的时候，设计的时候……她们把自己的生命，把自己的流年，全都珍藏了进去。

丝绸的穿着，更是魅力无比。穿丝绸的女人，香肩纱罗，薄如蝉翼，香风四散，最为自信。

丝绸之美，在于视觉，在于人的视觉。

丝绸穿在女人身上，空灵，虚幻，像拂过去的风，像捉摸不定的忧伤，像一闪即逝的记忆，让女人的心发痒。

丝绸穿在女人身上，迷醉了男人。把玩丝绸的欢娱，足以让男人迷恋不已。

如果丝绸里面没有其他的内衣，细腻、光滑、流动，哪个男人不为之陶醉呢。

丝绸之美，在于感觉，在于人的感觉。

丝绸，穿在身上的感觉确实美好，光滑的皮肤，光滑的丝绸，在一起，好像一个人的皮肤和另一个人的皮肤贴在一起。

"两个人的皮肤贴在一起是什么感觉？"

"哎哟！别闹啊。贴在一起呀，就像是，睡着的人醒了，睡着的心醒了，衣服让人醒了，丝绸让人醒了。"

"那种惊喜，那种快乐，难以表说，难以言喻。真的是心里最隐秘的东西随着晃动，抚摸丝绸，就像摸着自己的皮肤一样。"

"男人穿上铠甲好看，女人穿上丝绸好看。这是上天的意思。"

铠甲的美，在于壮烈。壮烈，是英雄的本色。丝绸的美，在于飘逸。飘逸，是神仙的姿态。

小丝说："这两天夜里，睡不着，想东想西的。想到蚕的时候，觉得蚕是神仙。蚕吐完了丝，并没有死去，形成了另一个生命——蛹。蛹在封闭中，在黑暗里打坐，在沉默中圆寂，复活，成了蛾子。新生蛾子是蛹的羽化，蛹的升仙。"

"啊！真是的，公主。"

小丝接着说："想到丝绸的时候，觉得丝绸不光是美，它还是善良的。"

织云和绣雨不解，期望小丝公主进一步讲解。

刘小丝说："人要穿衣保暖，若用皮革、兽毛，想想看，得有血腥和杀戮，一点都不善良。选择麻和丝绸，是自然的，善良的。种桑、采桑、养蚕、缫丝、纺织，一步一步，一道一道，全都是善良的，妇女、儿童皆可参与。桑叶养育了蚕，蚕留下了丝，人把丝织成帛，没有任何厮杀，没有任何伤害。"

"是啊，这样看来，果真一切都是善良的。"

女人是蚕，是天的虫子；蚕也是女人，因柔而娇，因丽而贵，无奈常常伴着劫难，随着薄命……

唉！有时候读书，读到那些红颜美人，幽思深沉，欲说还休，比不过那些轻薄石榴裙，灯昏酒半醺……

三个女子叹起气来。

她们如丝的叹息，融化在车马行进的轰隆声与咣当声里。

58

安德鲁·昆塔在车队一侧，时而冲到"东城贩营"商队的前边，时而故意落在后边，有时候随着队伍前进，有时候遇上狭路，勒马让在一旁。

无论何种状态，昆塔男爵总在用心观察哪一辆是刘小丝所乘的车。小丝，赛尔。

平凉郊外的约会，两个不同国家的人，磕磕绊绊的语言交流，没有影响他们的轻松愉悦。可是分手后才发现他们没有商定再见面的时间和方式，甚至没有询问，小丝也没有留下所乘车马的标志。

昆塔再次陷入苦苦寻找的困境。

车队在前进，向着西方前进。不知不觉，昆塔又落在了后面，跟自己的商队走齐了。

菲利普说："我已经安排好了打猎的事情。等会儿宿营，迈克尔负责所有的车夫马夫，检测车辆货物，购粮装水。我带三个马夫去打猎，他们常走这一带，熟悉地形。"

"很好，你安排得非常好。"昆塔说，"一定保障安全，期望你们搞到好的猎物，不光我们有吃的，还要烤好了送给他们。"

"快要宿营了，今天上午这一程走得不少。"

"是的，快要宿营了。"昆塔说，"我到前面去，跟郑将军、抗官人他们问声好。"

他们说话的当儿，恰好通过一段宽敞的驿道，昆塔打马加速，超过一辆一辆的车马。

忽然，他看到了远方有一点悠然闪动的红色，在并不鲜艳的车马队伍中像火苗一样惹眼。可是，车马队伍是在前进的，那点火红闪动了两下消失了。

稍微停留一会儿，又出现了。

跟某一辆车马有关。昆塔判断，连忙驱马加速。

哦，在行进中的"东城贩营"商队前三分之一的位置，有一辆车。红色就在它的一侧，随着它的行进，忽而让昆塔看见了，忽而又捉迷藏似的消失一下。

昆塔走近它，越来越近，越来越近，啊，是一方丝绸的红帕子。

是赛尔小精灵给我报行踪的吗？

是啊，是！天啊，我的爱，我的亲爱的，我看见了，看见了！

黄灰色的车篷布上，垂挂着的车帘一侧，是鲜红耀眼的丝巾，丝巾的中间位置，悬挂着一个小小的物件——昆塔刻了汉字送给小丝的约会瓦片。

聪明智慧的东方天使，她以柔软透亮的丝线，编织了一个网——一个爱情的丝网，里面就是那个"约"，他昆塔和小丝的"爱之约"。

昆塔在马背上疯狂地跳跃起来。

他的疯狂跳跃让马匹受惊了，马匹以为主人疯狂了，在驱使它疯狂地加速前进，于是，腾起四蹄，撅起长尾，仿佛飓风突起，箭一般射向前方。昆塔赶紧拉起缰绳，已是迟了。背后，刘小丝的车窗口，丝线网着的瓦片适时地被收了进去，红色的丝绸仍然在那里飘动。

片刻之间，昆塔已经越过所有的车辆，冲到了郑众和抗桂身边。

"很美好啊！"昆塔大声地说，"将军，大人，一切都很美好啊！"

郑众和抗桂在马上聊天，忽然有罗马路伴冲上来，没头没脑地大声招呼，一时未回过神，愣了一下，疑惑地看过来。

"哦，抱歉。大汉美好，朝廷美好，风景也很美好。"

"做好准备吧，过不了几天，我们将走进沙碛，考验你的美好。"郑众道。

抗桂问："你们来大汉的时候，没有经过这一带沙漠吗？"

昆塔说："我们来的时候，应该是走了很远的另外一条路。向导告诉我们，沙漠里的近路不好走。我们花了很多钱，雇用的向导是六个军人。我想说，我们前几天购买了一批很好的弓箭，等一会儿宿营了，要去打猎，打到好的猎物，烤好了，会送来给将军和大人。"

抗桂说："那好，跟着'东城贩营'，你们比别的商人运气。"

昆塔说："抗大官人说得对，我这就去安排打猎的事情。"

说完，昆塔勒马停下，让车队经过他的身边。看到刘小丝的乘车飘动着红绸驶过来，他忽然想到了什么，策马向一侧的小路跑过去。

小路弯弯曲曲地通向远处。昆塔走着，瞭望着，寻找着。

终于，他发现了一片色彩斑斓的花草。"太好了，太好了。"他自语着跳下马，冲过去采摘了一大捧，扎起来，骑上马顺原路返回。

车队已经走过去了。昆塔策马越过几个零散的行商，追上了车队。

普拉斯看到了昆塔怀中的鲜花，嬉笑道："昆塔，刚才还在发愁找不到想找的车和人，这是找到了，还是拿一把鲜花去发信号？"

"找到了，聪明智慧的小天使，她用你想破脑袋都想不到的办法跟我联络了。"

迈克尔插话道："是吗？快分享给我们，让我们知道那个小妖精……哦不，对不起，小天使，让我们知道那个小天使她是何等的聪慧。"

"哈！她在窗外挂起了一面小旗帜，红的，火红的，给我看到了，我看到了，自然知道她坐的是哪一辆车，在哪一辆车上了。"

迈克尔说："那不一定，怎么知道是她挂出来的呢，你们预先约好了吗？"

"没有约，伙计。若是预先约好了，我还会那样发愁吗？"

"就是啊，没有预先约好，你怎么知道是她挂出来的？怎么知道是她在跟你联络呢？"

"嘿，迈克尔，你跟我一样愚蠢，东方天使聪明，智慧。告诉你吧，小旗帜，是一方丝绸的红帕子。在黄灰色的车篷布上，鲜红耀眼。我走上前，看，看到丝巾的中间还有个重要的东西。那个东西用丝线网着，丝线柔软透亮，是小瓦片，普拉斯帮我刻了汉字的那一方小瓦片。"

"天啊！"迈克尔叫起来，"她真是个小妖精啊。我们支持你，昆塔，我们支持你，比以前更加支持你，一定要把这个小妖精带回罗马去！"

昆塔哈哈笑起来："打猎！等一会儿宿营，勇敢地去打猎，我要送最好的烤肉给她。"

"快献花去！"普拉斯说，"安德鲁！"

迈克尔说："有趣，有趣。大汉家的小妖精，我也想搞一个，搞回罗马去。"

昆塔打马飞奔，超过自己的商队，超过"东城贩营"商队的大多车辆，看到了刘小丝的车。

车窗外微微晃动着红色的丝巾。

他观察着"东城贩营"的巡视人员，等他们超越了，再靠近刘小丝的车走，撩开车帘，将一抱鲜花送进去。

然后，他自然地退开一些，看到车内人把鲜花举在窗口，缓缓地摇动。

鲜花在缓缓地摇动。

庞大的车队缓缓地停了下来。

前方传话曰："敦煌到了，敦煌到了，河西重郡敦煌到了，马匹要换骆驼了……"

第十七章　班司马借风举火

部下一致称是，说："那我等就先做壮士，奋勇杀敌吧！可是，我等不过三十六人，北匈奴有一百多人，至少一对三，如何取胜？"

班超说："我已谋划。鄯善此地，终年无雨，木草房屋，遇火即燃，而且几乎每日夜晚有风。今晚我等分组配合，杀敌立功。夜深之时，我带五个人，去其住屋周围放火，其余三十人分作两组，一组十人，擂鼓呐喊，一组二十人。我等放完火，与第二组会合为二十五人，奋勇杀敌，不许漏网一个。"

59

停在喀布尔郊外的德默号和爱福号越野车很显眼。经过的路人不禁好奇地观察这两辆车，跟车主人点头招呼。

从喀布尔开出的一辆工具车，开到了西欧重走万里丝绸之路团队休息的地方，停了下来，走出来两个当地人。

稍微年轻点的说："你们好，远道而来的客人，我叫赫瓦贾·得兹勒，这位是我尊敬的穆罕默德·普诺图先生。"

李由、博努瓦、罗伯特和卡米尔跟两位阿富汗人相见，依次做了自我介绍，然后，他们跟着得兹勒的车，一路前行。

得兹勒的工具车进入喀布尔绕了一下，即朝另一个方向驶出了市区，驶进近郊的一个很大的院场，停了下来。

得兹勒请客人进入客厅。

得兹勒帮助李由和罗伯特立好三脚架，架设好摄录机，卡米尔过来操作。

大家坐了。得兹勒说："在巴黎留学的是我的侄子，感谢他把你们的消息告知我，让我有幸为你们服务。"

罗伯特说："我们也觉得非常荣幸。"

得兹勒说："只是由我来为你们服务，级别可能低了一些。这里是我的牧场，我有很多羊，绵羊。"

得兹勒留着小胡须，穿着轻皮鞋，头上戴的正是一顶羊羔皮的船形帽。

大家说："很好啊，很好了。一路上从欧洲走过来，到这里觉得最亲切。"

得兹勒笑道："但是，我邀请到了最尊贵的客人，我敬仰的朋友，阿富汗历史学家穆罕默德·普诺图先生。"

普诺图先生头缠粗布大头巾，留着浓密的大胡子，身穿竖条花纹的大裤和厚牛皮的大鞋，一看便知是阿富汗传统的保持者。

普诺图说："很荣幸见到你们，我已经知道你们是优秀的历史学家和考古学家。还有，你们身体力行，重新探索行走古代的欧亚贸易长途，令人敬佩。"

博努瓦说："荣幸相识。我们在意大利波河岸边的考古，获得了一些重大的发现，出土的有汉字的匾额、玉石的纺轮和象牙的织梭，它们的原籍都在中国。在巴黎，请罗伯特先生和李由先生合作研究，我们有了越来越多的发现。我们的发现，是关于这条伟大道路的，前人没有发现过的。"

普诺图先生用心地倾听。

博努瓦继续说："越来越多的发现，令我们吃惊和感动。为了切实地搞清楚发生在这条欧亚长途上的历史传奇，我们决定走一趟。就是这样。美丽的卡米尔，她将为这趟行程做证。"

得兹勒在中间的茶炊台上煮茶。他说："萨玛瓦勒，这是萨玛瓦勒。"

茶炊是黄铜制作的，圆形，宽顶，上方有个盖子，窄底，装有出茶水的龙头。下面是个空腔，得兹勒在那里燃烧木炭。中间有道烟囱，青烟袅袅地冒出，上升，消散。

"夏季喝绿茶，冬季喝红茶。现在是春季，红茶与绿茶混合。"得兹勒说，"大家聚在一起，围着茶炊，烹煮，说话，饮茶，富有情趣。每一次请普诺图先生来，我们都要这样喝茶。"

普诺图说："按阿富汗人的旧习惯，凡有亲朋进门，是要煮奶茶的。"

煮奶茶的时候，先用茶饮煮，煮好了滤去渣子，浓度视各人需要而定。

用另外的火，熬牛奶，火不能大，将牛奶熬得又稠又厚，再调进茶汤里，用奶量一般是茶汤的四分之一至五分之一。

最后，重新煮开，加上适量盐巴，就可以待客了。

"这种饮茶习惯，阿富汗个别的牧区还有，有的乡村也有保留，喀布尔没有了。因为奶茶味道特殊，不一定适合所有的人。"普诺图先生说。

李由说："它的风味，有点像中国蒙古族的奶茶。"

得兹勒说："是的，咸奶茶，以前牧民的专利。我虽然是个牧场主，毕竟是用新方法养殖的。来，请喝喀布尔茶！"

得兹勒给客人面前的小茶杯斟上了热茶。

罗伯特说："请教普诺图先生，罗马巨头，老克拉苏在帕提亚战败，有人说，他的军队中一些逃兵最终流落到了这一带地方，这一代的历史怎么解读这个？"

普诺图说："有这样的说法，不过好像其他地方的人，比如中国香港的人，更热衷于演绎此类故事。华人关注此类传说，是有道理的。这里是古代的大月氏国，大月氏人是从今天中国的大西北迁徙而来的。"

60

起初，大月氏人在中国的河西走廊西部生活，张掖、敦煌，都是他们的游牧区。他们的势力很强大，是匈奴的劲敌。

西汉皇帝派遣使者张骞访问大月氏，以后中原和大月氏之间往来渐渐多了。

敦煌附近有个叫乌孙的游牧部落，大月氏击破了它。乌孙人逃到匈奴，说动匈奴攻打大月氏。

匈奴单于是冒顿。冒顿派遣大将军右贤王出兵，打败了大月氏，杀了大月氏王，用他的头颅盛酒来喝。

部分月氏人逃到祁连山间，融入羌族，称为小月氏，后来他们被匈奴人征服了。更多的月氏人则向西迁徙得更远。

乌孙王猎骄靡长大了，亲自领兵报仇，向西攻击大月氏，大月氏再次被迫南迁，定居于阿姆河北岸，随后大月氏人征服了阿姆河南岸的大夏国。

大月氏中的贵霜部族发展壮大，建立了贵霜帝国。

公元前138年，汉武帝意欲联络远在西方的大月氏，传旨招募能出使西域的人，张骞前来应募，获得准许和支持。

张骞带了一百多人出使西域大月氏。经过匈奴的地盘，遇到匈奴骑兵，张骞一行全被活捉，带到了匈奴单于面前。

匈奴单于得知张骞要出使大月氏，恼怒地说："大月氏在我的另一边，你们汉朝想从我头上过？我想出使南越，经过汉朝头上，汉天子答应吗？"

于是，匈奴单于扣留张骞十年，逼他娶妻生子，希望消磨他的意志。张骞始终不忘他的使命。终于有一天，张骞趁看守打盹儿逃了出来，翻山越岭，向西走了几十天，到了大宛国。

大宛国王听说了张骞的遭遇和中原的丰美富庶，非常高兴，想和汉朝通好，就派向导把张骞领到康居，再转程到大月氏。

可是，此时的大月氏国已经新立了一位女王，他们臣服于大夏国，得到了一块水草肥美的土地安居乐业，已经没有向匈奴报仇的雄心。

更何况，大月氏觉得汉朝离他们太远，更难帮助他们。

张骞在大月氏停留了一年，始终不能说服大月氏人，不能圆满完成使命，只好回国了。

张骞归国后，汉家皇帝没有难为他，还封他为博望侯。

罗伯特说："感谢普诺图先生为我们介绍大月氏王国。大月氏王国位于历史上的丝绸之路中段，是西方和东方商贸交流和文化交流的重要桥梁之一。"

博努瓦道："铁尔梅兹，在乌兹别克斯坦东南部，阿姆河边，邻近阿富汗边境。铁尔梅兹古城遗址就属于贵霜王国。"

罗伯特说："法国考古学家莱里希发现了它。莱里希领导的小组经过几年努力，把铁尔梅兹古城遗址发掘了出来。"

博努瓦说："他们在阿姆河河谷沿岸地区发掘出的古代铁尔梅兹城墙遗址有五百米长，城墙周围还发现了至少十五座方形的塔。考古资料显示，铁尔梅兹兴起于公元前3世纪左右。公元前1世纪，贵霜王国建立并逐渐强盛。"

李由说："古代中国人搞不清楚大月氏和贵霜的关系，笼统地称谓他们，很多资料上，大月氏王国和贵霜王国不分。"

得兹勒笑道："请喝茶。大月氏王国也好，贵霜王国也好，反正是丝绸之路的必经之地。"

"对。"李由说，"是沟通欧亚经济文化联系的咽喉要道和中转驿站。"

卡米尔说："我对中国古代出使西域的人一直混淆不清，今天大致搞清楚了。这个比较窝囊的张骞，他是西汉皇帝派遣的。他从长安出发，用了十多年的光阴来完成自己的使命。班超，李由曾经告诉我，他是东汉皇帝派遣的，他是从洛阳出发的。"

李由说："是啊，在'东城贩营'商队的前方，也是西罗马昆塔商队的前方，是东汉王朝庞大的西征军，班超是西征军中的一员中将。"

穆罕默德·普诺图先生说："这个班超是位英雄，他的事迹我倒是很喜欢了解得多一点。"

李由说："先生谦虚了，不过，罗伯特和我收集了不少翔实的资料，可以还原东汉王朝那场打通西域的壮举。"

赫瓦贾·得兹勒说："我把茶水给烧足了，向各位学知识。"

卡米尔忙去汽车里取来电脑，打开，请罗伯特和李由介绍："我关注的是小丝公主和昆塔男爵的恋爱，欧洲，亚洲，浪漫，传奇，无所顾忌。"

61

看起来，郑众将军是个官僚，公主红杏出墙，他竟然不知道。

"东城贩营"车队太大了，刘小丝把侍女招安了，领队难以发现。再说，郑众这样的军事领队，他的重点关注方向在外部，是整个队伍的行进安全。

走过敦煌，真正的艰险就要降临了。离敦煌十余里，郑将军即派遣使者去与大汉西征元帅窦固将军沟通了。

匈奴分裂为南北两部后，一直相互攻伐不断。南匈奴归服了汉朝，派遣使者称臣，永为藩蔽，捍御北虏。东汉朝廷对南匈奴倍加优待，不但以诸侯王的礼仪颁给金玺，还另赐财物、谷米、牛羊，意欲使其成为阻挡北匈奴南下掠夺的屏障。

北匈奴则继续不断胁迫西域诸国，屡次犯掠汉朝的河西诸郡。

奉车都尉窦固和从事耿忠、假司马班超所部，作为汉明帝所派西征大军的一支，出酒泉塞后，分兵进击北匈奴，大获全胜。

窦固和耿忠分别挥戈击败北匈奴呼衍王和左鹿蠡王，斩首千余级，留吏士屯守各处，设置了都尉等地方官吏。然后，合兵驻扎于大沙漠东缘的蒲类海畔，一边遣使向朝廷报捷，一边谋划给北匈奴以毁灭性的打击。

窦固、耿忠和班超在军帐之内商议军务，他们刚刚获得另外几路大军的最新情报。

窦固道："驸马都尉耿秉、骑都尉秦彭所部，出居延塞，击北匈奴，横越沙碛六百里，直抵三木楼山，北匈奴南逃。耿秉、秦彭已班师。"

骑都尉来苗、校尉文穆是最后出兵的，他们踏破匈河水畔，北匈奴部众全都溃散逃逸，也已得胜班师。

祭肜太仆与度辽将军吴棠所部，合并有河东、河西的羌人胡人部众和南匈奴单于部众，南匈奴左贤王合作不力，出高阙塞九百里后，只占领一座小山，便谎称取胜退兵，实乃畏缩怯战，壮士不齿。

班超说："朝廷总共派遣四路大军，征平西域。至今或胜或退，仅剩我部，整装待进。北匈奴受到耿秉部、来苗部打击南逃，现全部压入我部战区。平定西域之重任，全在我等肩上了。"

窦固道："此言极是。建功边关，镇抚西域，报效朝廷，赖于我等。"

班超说："当此之际，大军应尽量减少运动：一则方便顺利接纳东方所来粮草，保障需用；二可构成对西部广大区域的军事高压，随时行动，进退自如。"

耿忠说："北匈奴主力南逃进入我部作战区域，立足未稳，正当战机，却按兵不动，是否不当？"

班超说："北匈奴南逃过来，集结于关西以北区域，立足未稳，战机正好。然而，匈奴这带地方，多为流沙，绿洲甚少，大军行动，难以奏效。某以为，对付此时之北匈奴，只需少量精兵插入，直中要害，即可获胜。"

窦固道："假司马言之有理。我等前有朝廷平定西域之重托，后有'东城贩营'和亲大队之依赖，只要出战，必欲全胜，倘有闪失，后果不堪。不知谁可以担当大任？"

班超说："得随将军征战，班某深感荣幸，愿率尖兵，搏击沙场，抛头颅，洒热血，在所不辞！"

窦固说："有此英雄，汉家之幸。我等在英雄之后，随时随刻上前支援。

摆酒，为英雄饯行！"

将军大帐内，摆开数桌酒宴。

窦固举杯道："北匈奴蓲尔部落，屡为祸患，使交易商道不能西通，大汉福祉无法西达。我等领命前来，镇抚一方。朝廷在考验我等，社稷在考验我等。立功异域，以取封侯，方为大丈夫。

"班司马的军事才干，出类拔萃。今派其为统领，郭恂为副，选拔壮士，随其出征，诸位请干此杯，踊跃报名，先行立功。"

大家干杯后纷纷报名请战。

郭恂当即取帛研墨，记取三十六人姓名，组成勇士团队。

窦固命令："明日选取优良战马七十二匹，每位勇士两匹，一匹作为坐骑，一匹驮载给养。勇士们出征后，立即组建第二第三勇士梯队，时刻准备拉上前线。"

翌日，朝阳初升。班超和郭恂率领三十六名勇士披挂长刀短剑，上马出发。

经过远程跋涉，班超一行到了鄯善国。

62

班超说："郭统领，你知识渊博，想必知晓鄯善的来历，说来听听，我等与鄯善人交往，也好知己知彼。"

郭恂说："这个鄯善乃是西域一古国，国都扜泥城，土地缺少，荒沙甚多，国民随畜牧逐水草而居，有水的地方多葭苇、柽柳、胡桐、白草，有驴马，多橐驼。近年鄯善之水愈来愈少。其国出产美玉，是为最有价值之物。

"鄯善东当白龙堆，通敦煌，西南通且末、精绝、拘弥、于阗，东北通我军刚刚拿下的车师，西北则通焉耆、龟兹等，在西域诸国中，据要路，扼要冲，不可等闲视之。"

鄯善本名楼兰，通行汉语和吐火罗语。

楼兰人最初建立的国家，受大月氏统治。匈奴打败大月氏后，楼兰成为匈奴的附庸。

西汉初通西域的时候，使者往来，皆要经过楼兰。

汉武帝曾欲打通前往大宛等国的路径，楼兰和车师两国正好挡在其中。汉使王恢等人经过，楼兰和车师奉匈奴之命，攻击劫掠，并向匈奴密报汉使动向，让匈奴出兵拦截汉使，大汉与西域诸国的交通受到很大阻碍。

元封三年（前112年），汉武帝派赵破奴和王恢率兵数万，进攻楼兰和车师。赵破奴领七百轻骑率先进军，攻破楼兰，俘获楼兰王。

楼兰降服。西汉释放了楼兰王。

匈奴听闻楼兰降汉，遂发兵出击楼兰。楼兰不敢抵敌，只好分别派遣王子入质西汉与匈奴，向两面称臣。

此一时期的楼兰国，有时成为匈奴的耳目，有时归服于汉，生存于汉和匈奴两大势力之间。

后来，汉朝派大将军李广利对大宛作战，楼兰受匈奴指使，欲发兵袭取汉军后队，被汉军发觉。大汉将军任文领兵从小道袭取楼兰，再度擒获楼兰王。

楼兰王回答说："小国夹在大国之间，不两面称臣就无法自安。现在，我愿意举国迁徙入居汉朝，以保国民安全。"

任文体谅其处境，放楼兰王回国。以后，楼兰不甚亲近匈奴了。

征和元年，楼兰王子在汉朝触犯刑律，被处以刑罚。恰巧楼兰王逝世，汉朝不便送其王子回国，匈奴则将楼兰王子送回国即位。

汉朝派遣使臣，诏令楼兰新王入朝觐见，天子将加以厚赏。

楼兰王后，即新王的继母劝说新楼兰王道："汉人不可轻信，先王遣了两个质子入汉，都不见回来，你怎么能去呢？"

楼兰王听从了母后的话，谢绝汉朝使者说："某新立为王，形势尚未稳定，愿待后年入朝拜见天子。"

楼兰国的东陲紧挨汉朝边境，有一片沙碛，名为白龙堆，水草匮乏，行旅不便。汉朝便命楼兰负责汉使和途经汉朝商队的粮食和饮水供给，楼兰却仰仗匈奴支持，数次出兵袭击汉使。

楼兰王的弟弟尉屠耆投降了汉朝，将这些情况报告给了汉朝。

元凤四年（前83年），汉大将军霍光派遣平乐监傅介子前往刺杀楼兰王。

傅介子到了楼兰，骗楼兰王说，汉廷对他有赏赐。于是，楼兰王毫无警惕地与介子饮酒。酒醉后，介子和两名壮士便杀了他，显贵侍从皆四散逃走了。

傅介子向众人宣读汉皇的谕令说："楼兰王负罪于朝廷，天子遣我来诛杀他，现在当立在汉朝的王弟尉屠耆为新王。汉朝的军队马上就能赶到，你们如果轻举妄动，不过是自己招来灭国之灾罢了！"

傅介子斩下楼兰王的首级，归汉复命，被封为义阳侯。

尉屠耆被立为楼兰新王。汉朝赐宫女为其夫人，也应新王的请求，派遣司马一人、吏士四十人，在这个地方屯田镇抚。

自此时起，楼兰更其国名为鄯善，迁都于扜泥城。

此后，汉朝不间断地派遣吏卒，在楼兰屯田、镇抚，也在玉门关至楼兰沿途设置烽燧亭障若干。

今日鄯善，国王单名一个"广"字，已经统治其国三十七年矣。

班超说："鄯善其国，原来如此左右摇摆，某已知晓。"

鄯善王广，领着部下，出城接到了班超的队伍，不停地施礼，说："鄯善迎到贵客，非常荣幸！"

班超说："大汉和鄯善是和睦邻邦，大汉不以大而自傲，鄯善不以小而无为。某等此来，希望加强合作，共谋西域平安。"

鄯善王说："与大汉结好是鄯善的一贯政策，西域长久平安是鄯善的美好愿望。"

班超、郭恂和三十六名军士被鄯善王安置居住在驿馆。鄯善王和部下安排高规格酒食招待，不停地举杯表示友好。

鄯善王说："敝国出产有限，不知合贵客口味否？"

班超说："非常好，非常好。"

郭恂说："很多菜肴是我等在中原不曾品尝过的美味。"

餐后，请班超他们进入驿馆客房歇息，鄯善王说："条件有限，不知贵客能适应否。有任何寒暖问题，尽管说出来，都会最快最好地解决。"

班超说："非常感谢。我等远行千里，也不是为了享乐的。国家大事至上。

大王忙碌，不必过分照应了。"

鄯善王说："不，其他事情都不足道。"

晚餐，鄯善王果然又带着部下来到驿馆，照应汉家客人，嘘寒问暖。

餐后，又特意关照道："鄯善地方，白天温暖，夜间偏寒，请贵客关好门窗，掩好衣被。服务使者若有不周，尽请告知。"

班超和郭恂送鄯善王离开的时候，宾主双方还礼貌了一遍又一遍。

谁知第二天情况变了，鄯善王仅派礼宾官吏来问候了一下，中午没有人来了，耐心地等到下午，仍然没有人来招呼。

班超敏锐地感觉到了鄯善人态度的变化，对部下说："发现鄯善王对待我等的态度变化了吗？"

部下说："变化了，昨日殷勤备至，今日不管不问。"

有的人说："胡人行事无常性，不一定有别的情况吧？"

班超说："鄯善多年来做墙头草，汉家和匈奴，哪家强势他归附哪家。对待我等的态度如此变化，一定是北匈奴的原因。"

部下说："如此看来，司马分析得对，否则不会如此冷热两样。"

班超说："一定是北匈奴有人来了，我估计来人不会太少。鄯善王不知道该归附谁，无法做出反应，正在犹豫不决。"

部下说："不知道实际情况是不是这样？"

班超说："实际情况就是这样，一定是这样。聪明人能够预见未发生的事，何况现在迹象已很明显，还有什么好糊涂的？"

63

晚餐的时辰到了，鄯善国派礼宾司的一个小官来应付。班超拧着眉毛，极其严肃地盯着他，出其不意地质问道："匈奴使者来了这些天，他们住在哪里？"

鄯善礼宾官员很感意外，仓促间找不到转弯抹角的余地，只好说："他们不是来了好几天了，是今天来的。"

班超厉声问："他们住在哪里？"

官员把情况照实说了："我国大王安排你们住在城南官驿。他们来了，不好安置，只得让他们住在城北。"

班超问："他们来了多少人？"

官员说："也就一百多人。"

"把他们住宿的具体地点给我说清楚！"

鄯善礼宾官员惯常接待宾客，没有见过如此严厉无情的，惊恐之下，巨细无遗，照实说了。

班超说："委屈你，不要走，我给你找个地方待着。"

班超让人把鄯善礼宾官员扣起来。然后，他立即召集部下三十六人饮酒晚餐，只是没有告知郭恂。

大家开怀畅饮时，班超说："弟兄们与我抛家弃乡，置身死地，皆是为了立大功、博富贵。现在我告诉诸位，一百多匈奴人到了鄯善，鄯善王也不招待我等了。假若鄯善人抓住我等，送给匈奴，那我等就成豺狼的口中食了。弟兄们说，怎么办？"

众人齐声说："如是这样，无论生死，听从司马的！"

班超说："不入虎穴，焉得虎子？当下之计，只有连夜进击匈奴人了。以火攻之，他不知我们虚实，必然惧怕，可望一举全歼匈奴人，到时鄯善人肯定吓破胆，就万事大吉。"

有部下说："这么大的军事行动，应当预先跟郭统领沟通一下吧？"

班超大怒道："什么时候，还沟通呢！郭统领一介文吏，听说此计必然害怕，害怕就会成为障碍。我等如果玩完了，英雄当不上，还会死无葬身之地。"

部下一致称是，说："那我等就先做壮士，奋勇杀敌吧！可是，我等不过三十六人，北匈奴有一百多人，至少一对三，如何取胜？"

班超说："我已谋划。鄯善此地，终年无雨，木草房屋，遇火即燃。而且几乎每日夜晚有风。今晚我等分组配合，杀敌立功。夜深之时，我带五个人，去其住屋周围放火。其余三十人分作两组，第一组十人，擂鼓呐喊，第二组二十人。我等放完火，与第二组会合为二十五人，奋勇杀敌，不许漏网一个。"

夜深了。班超带领三十五名壮士直奔匈奴使者驻地。

这时正好夜风吹起。班超安置十个人带着战鼓藏在上风之地，告诉他们，一见火起，就拼命擂鼓大喊。其余二十人，携带刀枪弓箭埋伏在大门两侧。

班超带着五个人在匈奴人驻地顺风纵火。火随风势，风助火威。三十多人眼见大火燃起，前后配合，但听鼓噪如雷，杀声喧天，好似天降雄兵。

睡得稀里糊涂的匈奴人乱作一团，惊慌外逃。班超奋勇上前，连续格杀三名匈奴人，其他勇士手举弓弩刀枪，不甘落后，合计杀掉三十多个匈奴人，剩下的百余匈奴人被大火烧死。

汉军大获全胜，整个匈奴使团葬身火海，灰飞烟灭。班超和勇士们找到匈奴使团团长的尸体，割下了他的头颅。

第二天，班超将前夜的战事告诉了郭恂。郭恂先是吃惊，接着脸上出现了不平之色。

班超猜知郭恂的内心，忙解释说："时间急迫，未能预先跟你商议。你虽没去，功劳也有你一半。"

郭恂这才放下了脸色，说："如此大捷，震惊西域，要记述战绩，向窦将军报功。"

班超请来了鄯善王，咚的一声将匈奴使团团长的脑袋扔到他脚下。

鄯善王大惊失色，无比震恐。

班超说："汉家知道你蕞尔部落，居大国之间，难以自处。今已替你除掉北匈奴使团，纵然北匈奴凶恶，谅也不敢轻易来犯。虽说经此一战，北匈奴威胁未必全部解除，但我大汉决心昭然，你说你怎么办吧？"

班超好言劝抚，绵里藏针，晓之以理，施之以威。

鄯善王表示愿意归服汉朝，说："此次归服，不再动摇，从今以后，视北匈奴如敌人。为表坚定意志，愿派遣一王子随将军去汉朝做质子。"

班超说："如此甚好，知你忠诚，汉家会进一步与鄯善结好。"

班超完成使命，率众而回。郭恂主动把班超英勇杀敌的情况向窦固做了详细汇报。

窦固大喜，上表奏明班超出使经过和所取得的成就，并请汉明帝部署西域战略，同时派人将班超带回来的鄯善王子送往汉朝洛阳做人质。

东汉明帝十分欣赏班超的勇敢和韬略，认为他是难得的人才，发诏书给窦固说，班超勇谋兼备，擢为司马，另加赏赐，令其继续建功，打通道路直至瞿萨旦那国，使"东城贩营"长驱无阻。

窦固接到诏书，更加高看班超。

恰好郑众派遣的使者来见窦固，报知"东城贩营"商队的行程。窦固愈觉前方险阻重重，轻视不得，说："班司马，你的人太少，要给你增加一些。"

班超却说："够了够了，遇上大国，带几百人也显示不出强大；一旦有什么不测之事发生，人多反而成为累赘。西域小国之间，外交关系错综复杂，勇毅智谋之士，四两拨千斤，以少胜多，完全可能。若胆怯如鼠，环顾踌躇，再多的兵马也会丢光，遑论建业立功！环绕塔克拉玛干沙地，分布有西域数十个国家。假使单靠打仗征服，莫说三十六人，三百六十人，三千六百人，纵是三万六千人，也不见得真正获得大胜。班超身为大汉军人，为大汉皇上所重，为奉车将军所遣，实施的不应是逞勇斗狠的方式，而应该是多方运筹、收复其心的外交战略。"

窦固听得班超一席话，激动得起身执其手道："大汉有班司马如此明白的前线军人、外交谋士，实乃朝廷之荣耀，社稷之骄傲，某必将司马之语报知洛阳，上达圣听，也必将部署后援兵士，时刻准备上前支持。"

班超带着他的三十六勇士继续西行……

第十八章　东国天使的傻哥哥

昆塔说："只有你聪明的小天使想得出来，用谁都想不到的方法跟我联络。确实，假若只是一片红绸、一面火红的小旗帜，判断不了，莽撞地去联络，万一错了，岂不要出问题。若让你们领队的将军知道了底细，同样糟糕。赛尔，聪明的小天使，在红绸上加了个丝网，装着那个小瓦片。丝线网着的小瓦片，让我一下子就全明白了，实实在在地确定小天使就在那辆车里。我看到了你的车，认出了你的车，我才去采花给你送去，跟你说话。"

64

敦煌郡城周围，绿洲连绵，野兽出没。

昆塔、迈克尔和另外几个随从驱马出猎，看见几只麋鹿，不断地回还追赶，使其疲敝，然后从两边围剿上去。

有只麋鹿猛然回头，想从昆塔的马后逃窜，被昆塔一箭击中。随从中有个从人下马去收拾猎物，他们则驰马奔向另一片猎场。

"东城贩营"大队的随队兵士也在远处狩猎。这些随队兵士都是从皇家禁军中挑选出来的，一路上穿着便装，真的出马打猎还是非常厉害的。

没过多久，迈克尔又射得一只麋鹿。

菲利普和普拉斯及一班随从早已烧旺了篝火。猎物被宰杀后，大块大块的鹿肉被架在火上烧烤，浓烈的香味随风飘散。

肉烤好后，挑了几大块。昆塔、普拉斯和迈克尔，用长枪挑着烤肉，送给"东城贩营"大队。

敦煌郡城较小，给事中郑众、监事使抗桂和小丝公主以及祖赫热他们都住在郡府官邸的后院。门人进去禀报，抗桂说："让他们进来吧。"

昆塔说："我们看到贵队的猎手非常出色，猎到很多野味。我们还是请两位将军尝尝罗马风味的烤肉，因为调味料是独特的。我来示范一下怎样切来吃。这样，这样切下一条，一条一条地切，就可以了。"

昆塔示范了，说："入口有点辛辣，越嚼越香。"

郑众说："谢谢了。"

抗桂也说："谢谢了。"

昆塔说："另有两串罗马烤肉是送给女官们的，请允许我们送给她们并向她们祝福。"

抗桂说："去吧，她们就在旁边。两个小厮陪着过去。"

旁边两个小太监听得抗桂吩咐，立马走过来为昆塔他们领路。在两个小太监的引领下，昆塔他们转到旁边的住所——公主临时行在。

祖赫热等瞿萨旦那国人士也在慰问公主。

昆塔说："你们好啊，有幸同路的女官，请尝尝风味独特的罗马烤肉吧。"

女官们被吸引了，聚拢来，纷纷说："已经嗅到香味了。"

迈克尔为她们表演如何切来吃："真正的罗马风味！独特的调料，鲜美极了，遥远的罗马的味道。"

昆塔和小丝在人群之外。

昆塔说："下午，外面，这个官邸，背后，等你。"

小丝说："嗯，好，好的。"

昆塔只跟小丝说了一句话，就转过身来，高声对大家说："太好了，朋友们，能把美味的烤肉送给尊贵的朋友，我们感到非常幸运。再见，祝愿我们今后的行程平安、顺利！"

昆塔他们告辞出了敦煌郡府邸后院，继而，出了前院。

昆塔说："我们顺便到这座府邸后面看看。近日赶路非常艰辛，绿洲越来越少，沙碛越来越多，绿洲和沙漠交替的风光，也就是这里了，不妨忙里偷闲欣赏一下。"

迈克尔说："主要是踩踩点，知道哪里树好，哪里草密。"

昆塔说："你这家伙聪明，说到点子上了。我要带着你来，小天使总是带着几个女友，她们也寂寞呢，女孩子们都寂寞呢。"

普拉斯笑道："昆塔最近汉话进步飞快啊。有天夜里，我们的帐篷里，大家都入了梦乡，我听到有人在练习汉话，爱，爱，爱，一看是昆塔，做着梦还在学说汉话，学习如此刻苦。"

大家一起欢笑起来。

昆塔说："做这一趟远程生意，还真长进了，觉得知识不够，以后要学习。"

普拉斯说："老普林尼认为赛尔丝人红头发，蓝眼睛，嗓门粗糙，没有语言，靠打手势相互交流。希腊人说老普林尼不对，赛尔丝人饲养八只脚的赛尔，让赛尔吐出丝后卷成一盘一盘的，供人们使用。他们没有到东方来过，闹笑话了。我们来了，发现东方人、汉朝人是十分智慧的。"

昆塔说："确实，确实。单是关于丝绸的知识，就非常丰富。小天使叫小丝，细细的丝。细细的丝，这个赛尔小精灵，不是一般人，是天上的虫子的化身。"

迈克尔说："当然，小天使嘛，小妖精嘛，神灵嘛！说定了啊，想办法把小天使带回罗马，让罗马人见识见识东方的美丽和智慧。"

普拉斯说："走吧，别陷入情网，忘了生意正事。吃完饭，还得检查车辆，换租骆驼，车夫驼夫新旧更替，菲利普忙不过来。"

菲利普非常忙。昆塔他们返回营地的时候，菲利普领着助手在算账付款，打发上一程雇用的人工，有一些当地的驼夫牵着骆驼在等待下一程的雇用。

菲利普说："你们吃吧，吃完再来帮我们。"

昆塔说："好的，我们抓紧。"

烤肉，奶，酒，还有拌好的蔬菜丁。昆塔、普拉斯和迈克尔抓紧时间吃喝。

65

在敦煌郡府邸后院，十三公主刘小丝穿着父皇赏赐的凤冠霞帔公主服，带着织云、绣雨等几个侍女，在侧门之内招摇。走到门卒身边，她们故意说话给门卒听。

织云说："很是少见，据说只有敦煌一带才有这种花，而且花期很短，近日正在开放。"

刘小丝说："等会儿，你们几个出去采一把回来。"

绣雨答说："公主请放心，不论跑多远，花多少工夫，也要采到。"

她们转过身来，回到房间。

刘小丝交代小侍女，无论谁问，就说公主休息。刘小丝说着把身上的凤冠霞帔脱下来，然后换上了侍女服饰，带织云和绣雨外出。

织云对门口的守卒说："奉命采花去，请哥哥放行。"

守卒方才听到公主的话语，还在为知道自己在替谁守门而惊讶呢。郡守一再强调，保卫工作必须确保万无一失，原来贵客是公主啊。这会儿三个侍女请求出门，是公主指派的，自然就放过了她们。

三人出得门来，就往郡府后面走。所幸后面是连片的草地和树林，没有岗哨，也没有闲人。阳光温暖，风儿吹拂，心情大好，不由得轻轻唱起曲儿来：

溱与洧，方涣涣兮。士与女，方秉蕑兮。女曰："观乎？"士曰："既且。""且往观乎！"洧之外，洵訏且乐。维士与女，伊其相谑，赠之以勺药。

溱与洧，浏其清矣。士与女，殷其盈兮。女曰："观乎？"士曰："既且。""且往观乎！"洧之外，洵訏且乐。维士与女，伊其将谑，赠之以勺药。

唱了一曲儿又一曲儿。

彼采葛兮，一日不见，如三月兮。
彼采萧兮，一日不见，如三秋兮。
彼采艾兮，一日不见，如三岁兮。

昆塔、普拉斯和迈克尔出现了。

昆塔说："我们听到你们唱歌，天使很美，歌曲很美。"

刘小丝说："是啊，歌曲很美，是我们汉家女儿喜欢的地方风情歌曲。"

"三个整月啊，三个秋季啊，三个年岁啊，是什么意思？"昆塔问。

刘小丝说："有个女孩儿在树林的边缘，怀念上次看到的一个男孩儿，男孩儿是割草的。唱的是，那个割草的人儿啊，一天不见他，好像过了三个月；一天不见他，好像过了三个季节；一天不见他，好像过了三个年头啊。"

昆塔说："诗歌真好，能听出来，他们的感情越来越深。"

刘小丝问："你们家乡有诗歌吗？"

"有啊。"昆塔说。

"唱来我们听听，好吗？"

"好啊。来，我和迈克尔对唱，维吉尔的《牧歌》。普拉斯做指导。维吉尔，是伟大的诗人，非常伟大的诗人。"

昆塔和迈克尔简单商议了一下，请普拉斯帮助选择。

普拉斯选择了《牧歌》中的一折，说："唱吧，唱一段，我翻译一段。"

昆塔唱道："美丽的神女们，我们的爱宠，你们让我歌唱，希望我有最美的歌声，如果我们不能胜过考德鲁的歌唱，就把我的牧笛挂在圣洁的松树上。"

迈克尔唱道："请给新的诗人戴上藤萝，让妒忌把考德鲁的肚皮气破，他要夸奖若不适当，就把鲜花顶在头上，以免将来的诗圣为坏话所中伤。"

昆塔和迈克尔唱完一段，普拉斯用汉语把意思翻译出来给姑娘们听。

昆塔唱："伽拉蝶雅，海神的女儿，比茴香还要优雅，比大雁还要纯洁，比浅色的藤萝还要美艳。当公牛开始从草地回到牛栏，天色向晚，你若有点喜欢他，就不要迟延。"

迈克尔唱："你可以认为我比药草还苦，比岸边的石头还贱，比屠夫的刷子还粗糙，跟着我你感觉度日如年，回家去吧，你吃够了，不害羞的牛羊。"

"长着青苔的清泉，温柔如梦的水草，绿色的杨梅树织出了碎影斑斑，请保护暑天的羊群，季节已是炎夏，轻柔的枝条上业已长满了新芽。"昆塔唱。

"这里有灶台和干柴，永远生着旺盛的火，连门楣也被经常的烟熏成了黑色，我们不怕北风的寒冷，就像狼不管羊数目多少，急流不管河岸一样。"迈克尔唱。

"这里有多毛的栗子和杜松树，落下的果实在树下散布，万物皆在欢笑，但若漂亮的天使离开了，这些山林将会枯萎，河水也要干涸起来。"

"田都干了，草也渴得要死。由于酷暑，酒神连葡萄叶的阴凉也不给那些山谷，但只要我们的菲莉丝一来，整个山林就恢复青翠，就连苍天，也要普遍地降下甘露。"

昆塔唱道："赫库雷最爱白杨，巴库斯以葡萄为贵，美貌的维纳斯爱番石榴，阿波罗他爱月桂，菲莉丝爱榛子，只要菲莉丝爱它，番石榴和月桂就都比不上榛子的身价。"

迈克尔接道："花园里青松最美，林中最美是黄槐，水边白杨最美，高山上最美是苍柏，但是漂亮的吕吉达呀，你若多多来看我，林中的黄槐和山上的青松就都比你不过。"

两个罗马汉子唱了，普拉斯都翻译了，三个汉家女儿兴奋得鼓起掌来。

刘小丝说："你们唱得真好，虽然不是汉话，我们还是听出了很多滋味。这位大师的翻译，让我们知道了其中的意思。"

昆塔说："你们唱的，是夸奖男孩的；我们的歌，是夸奖女孩的。"

普拉斯、迈克尔和织云、绣雨在原地聊天，迈克尔眉飞色舞地向织云、绣雨讲述他们商队自欧洲至东国一路上的奇闻逸事，必要时，普拉斯为他翻译。

昆塔和刘小丝自然而然地走到了一边。

66

昆塔说："赛尔，真高兴我们又在一起了。"

小丝说："嗯。你们来之前，我们刚才还唱了一支小曲儿呢，你听不懂的。是两个人，一对情人，春天在河边游玩。洛阳东边的郑地，有两条河，溱水和洧水。春天，溱水和洧水都涨了，姑娘和小伙儿来春游。"

"啊，春游，姑娘和小伙儿，就是说，像我们现在一样。"昆塔说。

"姑娘说，一起逛逛去？小伙儿回说，看过了。姑娘说，傻哥哥，再去看看嘛！"

昆塔和刘小丝已经走到了别人看不到的地方，昆塔迫不及待地揽起小丝的腰，说："我懂的，我懂的。"

刘小丝说："傻哥哥，汉家女儿喜欢的人是傻哥哥，你就是傻哥哥。"

他们来到了林间一片茂盛的草地。昆塔将自己的外衣脱下铺在草地上，成了一片小小的毯子。"小小的毯子。请！"昆塔说。

他们在临时的衣毯上坐下来。

昆塔说："赛尔，我让你看一样东西。"说着，他拿出来一个长长的大致三角状的黄色丝绸包，慢慢打开来，是一束风干了的花。

昆塔将花枝拿起来，丝绸自然垂落，盖住了他的手，却使整束花的造型更美了。

陇上的风独特不凡，做成的干花保持了最初的一切，色彩和形状一点也没有丢失。

小丝愣了片刻，认出来这是自己最初随手送给昆塔的那枝花。

那是在汉函谷关驿站，冥冥之中有命运之神的眷顾和帮助，在小丝寻觅的当儿，在驿馆外，疏林边，那里正是昆塔。昆塔站在一大片高可过人的灌木旁。小丝手抚胸口，犹豫片时，莽撞地跑了上去，将枝叶送给他。看到昆塔惊喜而恭敬地接过，小丝转身跑了。

就是这一枝，丛聚而茂盛的绿叶。绿叶正中，两朵小红花。

昆塔至今珍藏着啊！这一枝花，是一个大胆的开端，是一个郑重的接受，更是一个深情的珍藏。

小丝的心跳加速了，她仰起头，动情地攀住昆塔的脖颈。昆塔借势紧紧地拥抱起小丝，将心爱的东国女孩拥进宽大的胸怀里。

小丝说："这一枝花，换得了你一大抱的花。"

昆塔说："只有你聪明的小天使想得出来，用谁都想不到的方法跟我联络。确实，假若只是一片红绸、一面火红的小旗帜，判断不了，莽撞地去联络，万一错了，岂不要出问题。若让你们领队的将军知道了底细，同样糟糕。赛尔，聪明的小天使，在红绸上加了个丝网，装着那个小瓦片。丝线网着的小瓦片，让我一下子就全明白了，实实在在地确定小天使就在那辆车里。我看到了你的车，认出了你的车，我才去采花给你送去，跟你说话。"

刘小丝娇柔地笑了。

树林屏蔽了外面草地上的人和事，小丝和昆塔走进了一个诗意浓郁的世界，二人的世界。

刘小丝拿出了一个红色丝绸的小包裹。随着她的一双素手将红绸掀开，昆塔看见了那块刻了字的瓦片。不规则的瓦片上，是他在普拉斯的帮助下用剑尖刻划的汉字："后半天，郊外见。"

昆塔说："那天，在平凉郡，郑将军的讲经会，我看到赛尔，脑子就在想，急躁地想，我的小天使，我怎么联络她？怎么联络她？虽然很近，但是人多眼杂，过一会儿讲经会散场了，机会就失掉了。也是急中生智，看到了一小片瓦砾，做了这个约会的书信。"

可爱的赛尔，不但把这个标志物挂在车窗外，而且一直珍藏着，也就是把我昆塔的情感珍藏着，多么令人感动啊，美丽的天使。

激动的昆塔再次紧紧地拥抱起小丝，小丝也甘愿地幸福地躺进昆塔的怀里。

阳光和煦，风拂草舞……

"赛尔！"昆塔深情地道，俯首亲吻怀中的人儿。

"昆塔！"小丝喃喃地唤，仰脸承接男爵的爱。

昆塔说："赛尔，叫我安德鲁，安德鲁。"

刘小丝说："安德鲁，亲爱的安德鲁，你看，白云，蓝天上悠闲的白云，多么让人向往。你看那朵白云，平平的，高高的，柔软的，洁净的。我们如果就在它的上面，跟这个大地没有关系，该多好啊！"

"是啊，亲爱的赛尔，真愿我们就在那朵白云上面。我们会上去的，我们总会上去的，我们为什么不可以上去呢……"

太阳在渐渐地西移，风在缓缓地吹拂，树在吟咏，草在舞蹈。

刘小丝在昆塔的怀里感觉到今生从未有过的火热和战栗。整个世界都隐退了，自然的风声鸟语，林上枝头的光斑云影，全都飘悠不定。

昆塔慢慢揭开小丝裙衫的时候，她甚至在奇妙地期待，期待自己火热的身子去贴近、贴紧昆塔的皮肤。她恍惚的内心觉得昆塔的皮肤一定是凉爽的，一定能不让自己这么火热，这么战栗，这么缺乏踏实和平衡……

两个人的身子终于贴合在一起，可是小丝还是想更近一些，更紧一些。

有一刹那，她的头脑里出现了一个判官，严厉地呵斥：你是个汉家女儿，洛阳大汉皇宫里的公主，你身负重大使命，岂能如此不管不顾，跟着自己心里的魔鬼，朝不知名的深渊堕落！

她想推开昆塔，她想离开昆塔。她扭动自己的身子，用自己细嫩的胳臂，让上面的罗马男人离开。

她用力了，她尽力了，但是怎么没有一点效果呢？怎么没有一点作用呢？

昆塔是小心的，昆塔是细腻的，昆塔按部就班，对怀中的她，对身下的她，呵护得无微不至。

她感觉到一种融化，一种消失，融化与消失中又有一种痛苦的快乐，快乐的痛苦。继而，是一种启动的酸楚，一种缓慢的充实，一种舒心的接纳，一种动作的渴望……

她想无限制地开放自己，跟安德鲁完完全全地成为一体。

人身，真是太奇妙了，越是成为一体，越是觉得不够，越是想进一步地迎合对方，紧紧地合二为一，在虚幻中飞升，飞升，或者，沉没，沉没。

昆塔让小丝感到了一轮一轮的强化，直到她自己期望把自己悬挂起来，由他掌握着，携带着，在无边无际的太空飞翔，飞翔，飞到了白云之上。

67

"你们罗马，前几天听小太监说，你们罗马时兴疯狂的格斗，有钱的人喜欢看人与兽格斗，人与人格斗。

"格斗的人拿着戟或者短剑，他们大部分是奴隶和犯人，也有为了挣钱自愿格斗的。

"人与人格斗的时候，一方持着三叉戟和网，对手带着剑和盾。一方要用网缠住对手，再用三叉戟把对手杀死，另一方手持短剑和盾牌，想战胜他的对手。

"最后，失败的一方要恳求观看者大发慈悲，观众们决定着他的命运。假如观众挥舞着手巾，他就能免死；假如观众们做出手掌向下的动作，那就意味着要他死。

"我不知道，你们罗马的人为什么那样残酷，那样残忍？"

昆塔说："是的，我也想说，罪恶的罗马！我们去年离开罗马的时候，罗马刚刚建起一个巨大的角斗场，他们疯了，疯了。那是一群得不到好下场的疯子！

"赛尔，大多数罗马人是不喜欢血腥屠杀的，喜欢血腥屠杀的是那些手中握有太多太多金币的人，他们正在寻找自我毁灭的方式，他们正在为自己掘墓。

"大多数罗马人想过平静的日子。我的故乡在波河岸边，波河岸边就像你们汉家的中原一样，安居乐业，田园牧歌。"

"你从小就在罗马，你是在罗马长大的吗？"

"不是，我的故乡不是罗马，是意大利北部的平原伦巴第。伦巴第古国就是古老的意大利。伦巴第有一条河，叫波河，跟你们的黄河一样。我做生意，以前做其他生意，现在做丝绸生意，是为了赚钱，赚罗马人的钱。他们的钱太多了，多到用残酷、残忍的格斗娱乐来消耗，为什么不赚他们的钱呢？赚了钱，我要在波河岸边的故乡，购买田园，建设城堡，让你，让我可爱的东方天使，唱着歌过日子。"

刘小丝忽然坐起来："说，安德鲁，你说，你带我回去，回到波河岸边你的故乡去？"

"是啊！"昆塔说，"我从西到东，跑了数万里，才有幸获得上天赐给我的赛尔。这位可爱的人儿，赛尔，是上天的虫子，是上天赐给我的。我为自己骄傲，自然要带你回去。"

刘小丝问："那……我问你，如果想带我走……有你想象不到的艰难险阻，怎么办？"

"艰难险阻，可以克服呀。我从罗马到洛阳，已经克服了无数的艰难险阻。现在是返程，走的是来时走过的路。我只要收拾好一辆乘坐舒适的车，让你坐上，我们就会走回意大利，走回罗马的。"

刘小丝的大眼睛里亮起一朵火花，但倏忽又熄灭了。

见小天使欲言又止，昆塔又紧紧地抱住了她："赛尔，是不是这样，没有任何艰难险阻可以阻挡我们？"

刘小丝幽幽地回道："安德鲁，赛尔谢谢你，谢谢你的决心和意志。但是，请你……也不要太当一回事，也许，其他的艰难险阻太大太多，我们的愿望实现不了。"

昆塔说："实现得了！请告诉我，'东城贩营'是到哪里去的，到了目的地，我就去向你的家长，向你的父母求婚，请求他们将你嫁给我，我向他们保证……嗯……保证一切！"

刘小丝不作声。

"难道你不是跟着家人远行的？"

刘小丝沉默不语，半天，忽然又问："假若我上了你的车，你的车队能飞快地跑走，让他们追不上吗？"

"傻瓜，亲爱的天使，我有那么大一个商队，车上装载了那么多的丝绸，还有吃的用的……而且，我是正正经经做生意的，虽说有随队武装人员，但是，跑？逃跑？怎么可以想象？我为什么需要逃跑？我们为什么需要逃跑？爱是美好的，是最美好的啊。"

刘小丝的眼神又黯淡下来。

"赛尔！"昆塔说，"艰难险阻，再大再多，我都要克服！我们一起克服！"

"安德鲁，有了你这样的话，赛尔就觉得满足，赛尔感谢你。"

太阳在渐渐地西移，风在缓缓地吹拂，树在吟咏，草在舞蹈……

第十九章　维纳斯花，汉家牡丹

维纳斯的魅力无处不在。她出现在大海上，海面上的惊涛骇浪就会消失而恢复平静；她出现在大地上，大地就会欣欣向荣。维纳斯最喜欢的植物是玫瑰，人们就拿玫瑰来表达爱意。

不过，维纳斯自己的爱情却不如意。她美貌无比，众天神都追求她，宙斯却把她嫁给了既丑陋又瘸腿且找不到妻子的火神伏尔甘。

维纳斯有着最完美的身段和容貌，又怀着无限的爱情，是女性美的最高象征，丑陋的丈夫怎么能满足呢？因此在丈夫之外，她多次与别人相好。

68

"在我们的家乡，有一座圣山，叫作奥林匹斯。"普拉斯说。

织云和绣雨在询问他的家乡。

在混沌不清的年代，没有天，没有地，没有日月，没有空气，只有漆黑一团，叫厄瑞布斯。

厄瑞布斯生了两个美丽漂亮的孩子，光明和白昼。光明叫菲比，白昼叫墨洛斯。光明和白昼推倒了厄瑞布斯，创造了海洋和大地。大地叫盖亚。

大地盖亚从自身生了天神乌拉诺斯。乌拉诺斯和盖亚结合，生了六个男孩、六个女孩。这十二个儿女都如高山一样巨大，总称为泰坦神。

天神乌拉诺斯惧怕他的儿女们，把他们关到地狱里。地母盖亚见儿女们受到如此虐待，极为愤怒，鼓动儿女们起来反抗。

小儿子克罗诺斯挺身而出，做了反叛的首领。他用母亲给的弯刀，割掉了乌拉诺斯的生殖器，并把割掉的玩意儿从天上扔了下来。

乌拉诺斯诅咒儿子克罗诺斯，说他不孝敬自己的父王，等着吧，将来也必定会为自己的儿子所推翻。

乌拉诺斯的血滴到大海里，海水立即发出泡沫，从泡沫中生出一个洁白而美丽无比的姑娘，她的名字叫维纳斯。

乌拉诺斯还有几滴血落在地上，自血中生出复仇女神欧墨尼得斯。

克罗诺斯代替父亲成了天上的王。但是，克罗诺斯终于又走他父亲的老路了，又把他的兄弟姐妹们扔进地狱，只留下妹妹瑞亚为妻。

乌拉诺斯被推翻时曾诅咒儿子将来也必为其儿子所推翻，这个诅咒应验了。克罗诺斯害怕父亲的诅咒应验，便把和瑞亚生的孩子一个个都吞进肚子里。

瑞亚见心爱的孩子一个个被丈夫吃掉，痛心至极。当她怀第六个孩子时，便偷偷地躲到克里特岛上，在狄克忒里的山洞里生下了儿子。

瑞亚把一块石头包在襁褓里，当作婴儿给克罗诺斯吞下，救下了这个儿子。这个被侥幸救下来的儿子，叫宙斯。

宙斯在山洞里平安地长大，周身充满了力量，决心把被克罗诺斯吞进去的哥哥姐姐们救出来。宙斯开始收拾父亲，在智慧女神墨提斯的帮助下，给克罗诺斯吃了呕吐药，迫使他把吞下的孩子一个个吐出来。

最后，宙斯联合哥哥姐姐们，在众神的帮助之下，终于打倒了克罗诺斯。宙斯代替父亲成了众神之王，他的哥哥姐姐们瓜分了父亲的天下。

宙斯一手握着权杖，一手擎着雷霆，威力无比，统治神和人的世界。宙斯让哥哥波塞冬管理海洋，姐姐得墨忒尔为新地母，姐姐赫拉是婚姻和家庭的保护神，也是宙斯的妻子。

以后，宙斯又先后生了战神阿瑞斯、智慧女神雅典娜、太阳神阿波罗、月亮和狩猎神狄安娜、火神伏尔甘等。

宙斯率领众神，住在高高的连接着天和地的奥林匹斯山上。

织云说："听起来你们的神都很奇怪，倒是一代一代地不那么凶恶了。"

绣雨说："那个维纳斯可爱，从大海的泡沫里生出来，洁白又美丽。"

维纳斯纯洁如玉，轻柔似水，湛蓝的眼睛柔和而迷人。她往沙滩高处走去，身后的脚印里立刻长满了芳香的鲜花。

时光女神微笑着迎接维纳斯，给她戴上金色头饰和金花耳环，脖子上围上一条银色的项链。

四季女神给维纳斯送来一辆鸽子驾的天车，载着维纳斯，向奥林匹斯山上飞去。维纳斯的美丽使得原本就很华美的奥林匹斯山更加绚丽夺目。

然而，维纳斯的美丽，也引起天后赫拉和智慧女神雅典娜的嫉妒。终于在一个宴会上，她们发生了争执。

那个宴会，是英雄佩琉斯与海神忒提斯的婚宴。婚事是由天神宙斯直接撮合的，邀请了一批级别较高的神祇赴宴。

管辖纠纷的女神厄里斯未被邀请，心中不快，派人送了一个硕大华丽的黄金苹果，上面刻着一行字：献给最美丽的女神。

在场神级最高、最为美艳的三位女神卷入了金苹果所引起的纠纷，她们是天后赫拉、智慧女神雅典娜和美丽女神维纳斯。

赫拉说自己是最美丽的女神，应该得到金苹果。雅典娜听了很不高兴，她说这苹果该属于自己。维纳斯也加入争吵之中，说自己是最美丽的。

没办法，最后只好让宙斯评判谁可以获得金苹果。宙斯认为，神界的事情应当跨界寻求裁决，凡间有一个潇洒俊朗、一表人才的牧羊人，叫帕里斯。帕里斯是个光棍汉，更适合成为这道难题的评判。帕里斯具体在什么地方呢，他当时正在特洛伊城附近的艾达山上牧羊，你们去吧。

69

天后赫拉、智慧女神雅典娜与美神维纳斯在神使赫耳墨斯的引导下，前往艾达山，请帕里斯做仲裁。

谁是最美的女神呢？帕里斯拿着金苹果，左右为难，三位女神都美丽无比，他实在无法裁定。

最后决定，让女神们穿着泳装，依次从帕里斯眼前走过，让帕里斯从中挑出最美的一个。

她们一个个从帕里斯前面走过，都非常自信，力图将自己最美的姿态和神情展现出来。维纳斯最后走过，她通过神力，向帕里斯许诺，如果选她做最美的女神，她将把人间最美丽的女人海伦作为礼物送给帕里斯做妻子。

爱情的承诺最有力量。

维纳斯的这个允诺，让光棍汉帕里斯无比激动，他把金苹果判给了维纳斯。赫拉和雅典娜虽然不服气，但也没办法。维纳斯成了奥林匹斯山上最美丽的女神。

金苹果事件成就了维纳斯。维纳斯成了情人的保护神。受她保护的情人，可以尽情享受爱情带来的甜蜜与幸福。

维纳斯的魅力无处不在。她出现在大海上，海面上的惊涛骇浪就会消失而恢复平静；她出现在大地上，大地就会欣欣向荣。维纳斯最喜欢的植物是玫瑰，人们就拿玫瑰来表达爱意。

不过，维纳斯自己的爱情却不如意。她美貌无比，众天神都追求她，宙斯却把她嫁给了既丑陋又瘸腿且找不到妻子的火神伏尔甘。

维纳斯有着最完美的身段和容貌，又怀着无限的爱情，是女性美的最高象征，丑陋的丈夫怎么能满足呢？因此在丈夫之外，她多次与别人相好。

她与赫耳墨斯、安喀塞斯都生有儿子，与阿瑞斯私通，生下五个子女，其中最小的儿子叫丘比特。

相传，丘比特有一头非常美丽的金发，有着雪白娇嫩的脸蛋，还有一对可爱的小翅膀，自由自在地在空中飞来飞去。他和他母亲一起主管神、人的爱情和婚姻。

丘比特有一张金弓、一支金箭和一支铅箭。被他的金箭射中，便会产生爱情，即使是冤家也会成佳偶，而且爱情一定甜蜜、快乐；相反，被他的铅箭射中，便会拒绝爱情，即使佳偶也会变成冤家，恋爱变成痛苦。

织云以十三公主和昆塔藏身的方向示意绣雨："看，中了金箭了。"

绣雨说："被金箭射到了，一定甜蜜、快乐。"

迈克尔说："丘比特射箭的时候是蒙着眼的，可是小爱神的箭无论神和人都抵挡不住。"

有一天，维纳斯和儿子丘比特玩耍的时候，胸部被丘比特的弓箭所伤。伤口比维纳斯想象的要深。在伤口治疗时，维纳斯遇到了美少年阿都奈斯，并一见钟情。

维纳斯爱上阿都奈斯后，对其他任何事物都不感兴趣。她离开了奥林匹斯山的住所，来到树林中。维纳斯装扮成一个女猎手，让美少年阿都奈斯整日陪伴左右，他们一起游遍了山林、河谷。

维纳斯跟着猎狗，追赶那些无害的小动物，欢呼雀跃，跟阿都奈斯共度美好的时光。

维纳斯奉劝阿都奈斯不要捕杀像狮子和狼这样的大野兽，美少年只是嘲笑她过于善良的想法。

有一天，维纳斯奉劝阿都奈斯之后，坐上马车去奥林匹斯山。维纳斯走后，阿都奈斯的猎狗发现了一头野猪，阿都奈斯热血沸腾，一箭射中了野猪，但是野猪没死，掉过头向他冲击，长牙深深地扎进阿都奈斯的要害部位，将他杀死了。

维纳斯回来之后，发现她的恋人尸骨已寒，不由大哭起来。

当然无法将年轻的恋人从地府再拉回阳间，维纳斯便在阿都奈斯的血上洒上葡萄酒。说也奇怪，葡萄酒洒到美少年的血上，就变成了鲜艳的牡丹。

织云说："是吗，牡丹？"

绣雨说："洛阳有牡丹啊。"

普拉斯说："这个我知道的，洛阳，牡丹。"

迈克尔道："是维纳斯花吗？"

织云说："维纳斯花，它是汉家朝廷的花。汉家先帝当年争夺天下的时候，曾为牡丹所救，故而封牡丹为神花。"

70

燕赵之地有个北郝村。北郝村里有处院落，院落里有些牡丹，七八尺高，迎风摇曳，开出如盘大的艳丽花朵。

汉家先帝身穿战袍，策马扬鞭，风尘仆仆，向北郝村而来。兵荒马乱，早已让百姓恐惧透了，他们都不敢多事，家家关门闭户。

先帝下马敲门，央求给碗水喝，找个地方躲避一下，哪怕有个破屋也好。

有人隔着门缝对他说："这村没有避身之处，你快往村外跑吧。"

先帝无奈，长叹一声，正待上马，村外烽烟滚滚，战马嘶鸣，追兵已至。他深知处境危险，急忙策马扬鞭，向前跑去，见一断墙院落，遂下马跳了进去。

院落历经战乱已经破败，但院中牡丹，生机盎然。

从墙上跳下来，先帝昏倒在牡丹花下。说也奇怪，牡丹唰的一下疏枝展叶，把个先帝遮盖得严严实实。

追兵赶来，东寻西找，不见先帝人影，只见先帝的坐骑奔跑向远处，便紧追而去。

过了个把时辰，摔得昏迷了的先帝被阵阵花香催醒，睁眼一看，自己原来醉卧在花丛之中，身子周围有十几株牡丹。牡丹株高数尺，花大如盘，竞相开放，红如朝霞，白似冰雪，随风摇曳，婆娑晃动，清风徐来，芳香扑鼻。

先帝起得身来，顿觉心旷神怡，精神抖擞，饥饿疲劳顿失。

先帝很是激动，想起人们都说牡丹是百花之王，国色天香，国之将兴必有祥瑞。莫非真的是神花保佑我中兴汉室？果如是，我当在此题诗留念，以谢花神。

于是先帝挥剑于断壁上题诗一首，方才离去。

众村民见兵马远去，三三两两地来看个究竟。没有人，只有诗：避乱过荒庄，情景甚凄凉。唯有牡丹花，美好不虚妄。

后来先帝坐了天下，民众尊牡丹为汉家花、帝王花，盛名愈传愈远。

当时，跟着先帝闯世界、夺天下的将军们都劝他做皇帝，他不答应，老觉得时机不成熟，说："贼众未平，为什么非要急欲称尊呢？"

众将军说："我们大家背井离乡，远弃亲戚，归附大王，甘冒矢石，为什么？就是想攀龙鳞、附凤翼、做大官嘛。今功业既定，大王违背众意，不肯正位称尊，那俺们各自走散算了。臣等恐怕人心一散，难以复合。大王何苦如此推脱，自失众心呢！"

先帝沉思良久，说："虽言辞激烈，然道理不浅，可以考虑。"

先帝难以决断时机是否真正成熟，想啊想的，这夜做了个梦。

先帝梦中觉得自己进了牡丹花丛，众花簇拥，托举，送他上了天庭。低首俯视，只见下面一片水，波涛翻滚，心中骇然不安，惊醒后，征召近臣议事。

先帝说："我夜中做梦，被红牡丹托上天庭，却看见下面一片水，现在尚觉心悸。"

近臣说："牡丹乃神花，托举大王乃是天命所归；大王醒后心悸，是为事慎重，这些都是治理天下的征兆。"

这时候，先帝以前的同窗，一个图谶学家求见，献上两句话给先帝：四夷云集龙斗野，四七之际火为主。并解释其义道，汉，尚火德。乱世之际，火德复兴，非大王莫属。愿大王勿疑，早定帝位是也。

先帝想起了梦中的汉牡丹，确实如火一样热烈呢。

先帝此时带领兵马驻扎在鄗城，即命部下在鄗城南郊的千秋亭前，五萩陌间，修建拜坛，高约丈许，择黄道日，登基即位。

六月吉日，天清气爽，风和日丽。鄗城拜坛周围旌旗飘飘，人声鼎沸。高坛顶上竖着红色大纛，上绣斗大的金黄色大字“汉”。

黄门鼓吹手奏起了庄严的乐曲，金钲、大鼓、排箫、编钟、笳、笛、竽、琴，各种乐器，交响轰鸣。

燔柴被点燃，滚滚浓烟像蘑菇云，冲上苍天，向上天报告新主的消息。

羽林军分列两边，斧钺仪仗引导，先帝戴着帝冕，穿着龙袍，缓步登上坛顶，于红色大纛之下，庄严隆重地焚香叩头，祭祀水、火、雷、风、山、泽。之后，礼宾官大声宣读祝文，以达皇天后土。

祭祀完毕，先帝就座，南面称尊，接受诸将朝贺。

奇特的是，六月夏日，千秋亭附近的牡丹忽然开放了，姹紫嫣红，硕大美丽。人们载歌载舞，连日欢呼不止。

织云说：“牡丹，就是这样一种有灵性的花，也是最美的花，无愧于你们罗马的花。”

绣雨说：“汉家牡丹枝粗如椽，花大如盘，每株开花百朵，红白相间，有单有双，千姿百态，花瓣异样，各不相同。花开之时，香味浓郁，让人飘然欲仙。”

普拉斯和迈克尔说：“太美了，维纳斯花，汉家牡丹！”

第二十章　隐秘的爱情最销魂

我们太胆大呀！远程和亲，却违背朝廷的旨意，作践家人的期望。尤其是我刘十三刘小丝，抛弃公主的地位，抛弃王后的地位，私奔罗马，做一商贾之妻，还有何脸面奉寄书帛，问候高堂？

71

深草柔软的枝叶在微风中摇晃……

树枝上的小动物探头探脑，窥视和观赏草丛中的动静。

在草丛窸窣地晃动和吟唱中，幸福的小丝公主和昆塔男爵走出石林和草丛，走向织云、绣雨、普拉斯和迈克尔。

织云、绣雨、普拉斯和迈克尔已采了不少的花。他们仍然在热烈地交谈。普拉斯和迈克尔在炫耀奥维德的爱情宝典。

普拉斯说："假如你要保持你和你情人的爱，你得做出一种样子，使她相信你是在赏识她的美。

"假如她穿着重裘，你便称赞那件裘衣。假如她穿着一件单衫，你便高呼起来：你使我眼睛都看花了！同时低微地请求她当心，不要冻坏了身子。

"假如她的发丝艺术地分开在额前，你便称赞这种梳法。假如她的头发是用热铁棒卷过的，你便说：好美丽的卷发！

"在她跳舞的时候，赞叹她的舞姿。当她停息了的时候，你便自怨自艾地说结束得太快了。

"待她允许你和她一起上床同睡，你便可以崇拜那使你幸福的东西了，你便可以用一种快乐得战栗的声音表示出你的狂欢来。

"是的，即使她比可怕的美杜莎还凶，她也会为她的情郎变成温柔而容易服侍的女人。

"你尤其应当善于矫饰，使她不能察觉，你的脸上千万不能露出你的心思来。"

织云叫道："普拉斯，你的狐狸尾巴已经露出来了！"

绣雨道："你们的诗人竟然研究这种东西，骗人术。"

"不是。"迈克尔说，"奥维德在教导年轻人如何爱一个人，如何获得对方的回馈。在我们西欧，葡萄成熟的季节是一年中最好的时候。葡萄累累地垂着，天气寒暖不定，人不但容易疲劳，还难免感染微恙。

"愿你的情人在那时很健康！可是有些微恙让她病倒在床上，假如她受天气的影响而生病，那便是你显示出你的爱情和你的忠心的时候了，那便是播种以求一个丰收的时候了。

"你要不怕烦琐地去侍候她的病，你的手需要去做一切她所需要的事情。要让她看见你哭泣，不要不和她去亲嘴，要让她干枯的嘴唇滋润着你的眼泪。

"为她的健康许愿，要大声，要高声。禁止她吃零食和请她吃苦药之类的事情，你是不应当去做的，这些事情让你的敌人去做。

"还要，时常预备一些满含吉兆的梦去对她讲。可是当心，太讨好是要惹起病人的讨厌的，你的多情须有一个分寸。"

"好讨厌啊，这个奥维德，他怎么那么懂得女子的心？"织云说。

绣雨接道："汉家是男女授受不亲。"话刚落音，看到小丝他们走近了，转口说："不，我们汉家有《上邪》：上邪！我欲与君相知，长命无绝衰。山无陵，江水为竭；冬雷震震，夏雨雪。天地合，乃敢与君绝！"

"《上邪》？"昆塔问小丝，"我与君，君与我？"

小丝悄悄地对他说："这是汉家民间情歌，一位痴情女子在呼天为誓，对所爱的人表白和发愿：上天啊，我要和你相亲相爱，生死不渝。山崩了，江水干了，冬天响起炸雷，夏天下起大雪，天地相交聚合，才敢跟你分手。"

昆塔说："我知道了，心中燃烧着爱火的两个人，爱永远没有尽头。那些根本不可能发生的事情，一并发生了，才会干扰到他们。《上邪》，我爱！"

72

迈克尔说："奥维德还给我们讲了一个有趣的故事，那是全奥林匹斯都知道的，伏尔甘用计当场拿获维纳斯和她的情人的故事。"

小战神玛尔斯狂热地爱上了维纳斯，凶猛的战士变成了一个柔顺的情人。

维纳斯当然也爱玛尔斯，因为她的心比任何女神都温柔。

有人说，热恋中的维纳斯忘乎所以地嘲笑她丈夫的跛行和他的被火或是被工作所弄硬的手。维纳斯还在玛尔斯的面前学起伏尔甘的样子来，使她显得娇媚极了。

起初，玛尔斯和维纳斯的爱是偷偷摸摸的，他们的爱情是掩藏着的，而且是害羞的。太阳向伏尔甘透露了他妻子的行为。没有人能逃过太阳的眼睛。

于是，伏尔甘在床的四周和上下两边布置了罗网，这个罗网是凡眼看不到的。

普拉斯笑道："遇上迈克尔的故事，神的眼睛也变成凡眼了，哈哈！"

"就是啊！"迈克尔也笑了，"太阳，你不如反过来向维纳斯去请赏吧，维纳斯总是爱赠送礼物的，会给一些什么做代价的。"

一般的眼睛看不见的罗网，就是这样。伏尔甘布置好了罗网，假装动身到外地去。

这天夜里，维纳斯和小战神玛尔斯这一对情人迫不及待地幽会了，于是双双赤条条地被捕在网中了。

伏尔甘召请诸神，将这一对捉住的情人拴了铁链，给他们看。

这两个情人既不能遮他们的脸，又不能用手护住他们那不可见人的地方。

那时有一个神祇笑着说，诸神中最勇敢的玛尔斯，假如铁链弄得你不舒服，把它们让给我吧。

后来大家请求伏尔甘宽容，他才放了这两个爱情的囚犯。

玛尔斯和维纳斯逃走了，他们还在幽会。对于伏尔甘而言，这有什么好处呢？不久之前，维纳斯和玛尔斯还掩藏着他们的爱情，现在却公开了，因为他们已经打破一切的羞耻了。

维纳斯尤其禁止别人揭穿她的秘密，任何多言的人都不准走近她的祭坛去。就是维纳斯自己，当她卸了衣裳的时候，她也用手把她的秘密的销魂之处轻轻地遮住。

爱情是私密的，所以多情的人在山洞里、树林里和草丛里偷尝爱情的美味。

不知不觉，天已日落，敦煌郡城的谯楼上传来钟声。

昆塔说："迈克尔，你的汉话如果比普拉斯还好，我真不知道要如何收拾你了！"

迈克尔和普拉斯都快乐地笑起来。

"女人啊，老天对于你们是多么肯出力帮忙啊，你们有千种的方法来补救时间的损害。我们男子呢，我们简直没有方法去掩盖，我们年岁长大了，头发凋落了。女人呢，只要肯用心修饰打扮，就变得可爱了。"

"关于衣饰，她们没有必要把全部的财产背在身上，仅仅是会挑选，就成了。你看这颜色，我说些什么呢？"

迈克尔指着织云的衣服的颜色，说："像被南风吹散了雨云的晴天一样。"继而，他指着绣雨的衣服，说："这正是公羊的颜色。"

绣雨说："去你的吧，公羊的颜色。"

迈克尔说："是的啊，美丽的公羊的颜色，光耀得像骏马那样的公羊。"转手指着刘小丝的衣服说："番石榴籽的颜色，紫红宝石的颜色，红蔷薇的颜色，红鹦的羽毛的颜色……"

在城门口，他们相互辞别，分手走回各自的驻扎处。

织云说："这些远来的男人，玩起来好有意思的，说话有趣，想法和汉家男人一点都不一样。"

绣雨说："他们毫不掩饰自己的好恶，喜欢了就说爱，着实新鲜。"

刘小丝道："他们太远啊，从中土洛阳到西域瞿萨旦那，这一程够远吧。要到他们的罗马，还有无数倍的路程，怎不让人发愁？"

绣雨问道："瞿萨旦那国是不是快要到了？"

织云回答说："快了，那个祖赫热不是说要不了多久了吗？"

绣雨说："听说往后是最难走的路程了。进了沙漠，没有人烟，若遇上了人，除了兵士，就是强盗。"

织云说："是。出了阳关，到瞿萨旦那国，还要经过好几个国家，他们都跟北匈奴是一伙的，奉车将军窦都尉正在跟他们打仗，为我们开路。"

刘小丝说："窦将军的假司马班超英雄虎胆，收复了鄯善国。鄯善王愿意归服大汉，并送质子到洛阳以明志。父皇特意擢升班超为行军司马，命班超继续西征，廓开西域，我们不应为行路恐惧。倒是越近瞿萨旦那国，我越是担忧，那个小小的国家，生活到底如何，值不值得托付终身？"

织云和绣雨相互示意，两人都斜眼看了一下十三公主，又快速藏身公主身后，用手中的鲜花遮住脸庞，相互吐了一下舌头。

73

回到敦煌郡府邸，留守的两个侍女赶忙说："你们可回来了，方才两个小中官来问公主晚餐想吃什么。跟往日不同，还跟着一个官长，还有一个似乎是敦煌本地的小吏。官长非要问公主在哪里，我们一遍又一遍告诉他，公主在休息，睡着了，睡前交代过的，不让打扰，才打发走他们。"

两个留守的小侍女汇报着情况，接过同伴带回来的花，插在几上的罐子里，又赶紧打水让公主洗用。

不一会儿，晚餐送来了，清蒸羊肉、香糖油糕、馄饨等，食物种类多，量又足。

女孩们欢呼雀跃，说敦煌就是不一样。出了长安，一路上感觉苦哈哈的，敦煌忽然好起来了。

刘小丝说："好好享用吧，出了阳关，或许吃的喝的再也不一样了。"

开饭。刘小丝有点郁郁不乐。织云和绣雨像劝导亲妹妹似的，为小丝选菜，盛汤，哄她吃喝。

织云说："公主最聪明了，方才还说出了阳关或许吃的喝的再也不一样了，所以要多吃点。"

绣雨说："公主平素饭量小，今天不一样，今天出去观赏塞外风光，走累了，饥饿了，饭菜又新颖，真的要多吃点。"

织云凑近了公主，悄声地进一步劝慰说："其他事情先放一边，纵然心里乱，也没有吃喝重要，不要影响了身子。有了好身子，才有爱呀。"

绣雨也凑得近，听得织云的话，接着劝慰道："有什么心思，咱们夜里再想。夜长着呢，多吃点吧。"

有个小侍女道："馄饨，洛阳有啊。饺子啊，这里包的馅儿好，羊肉好。"

"清蒸羊肉、香糖油糕，洛阳胡人开的饭店里也有呢，没有这个好，这个应该是正宗的。胡杨碱面，洛阳没有，长安也没有呢。"另一个小侍女说。

晚饭过去，夜幕渐渐降临。

两个小侍女在门口的席子上睡了，织云和绣雨在近榻的席子上休息。榻上，刘小丝睡不着觉。

离开中土洛阳，远嫁西域小国，一天一天地行路，一日一日地颠簸，她没有如此难受过。现在，用她自己的话说，万万没想到，竟深深地陷落了，落进如此的愁思，如此的折磨。

作为一个公主，父皇收养有年的女儿，作为一个皇室未河王的女儿，父皇的决定是绝对正确的。

父皇的声音犹在耳际。

出了洛阳，沿着驿路西行，小丝感激父皇大任，誓不负父皇深情厚望。总是在想，女儿身在远方，心在朝廷，会时时向着东方，为父皇请安，愿父皇多多珍重，以使社稷福分绵长，恩德永享。总是在想，母亲的叮咛，小丝铭记在心，今后身在西域，心系母亲，日月流水，永不改易。

瞿萨旦那国祖赫热请求桑籽、蚕种，喜爱丝绸这种美好物品的母亲安排知心人办好，母亲是多么宠爱女儿啊！

刘家崇尚简约。素色的丝绸是母亲的最爱。

母亲说，陶瓷，浑厚、沉着，甚至笨拙，满身都是艺术的美质。丝绸呢，光洁、顺滑，软细如水，又有珍珠样的光洁，月光般的清丽。陶瓷是男人，丝绸是女人。

母亲相信女儿远去西域，必能做好一个聪明贤惠的内助，恩遇一方，造福一方。

母亲感叹，生在王侯之家，肩挑社稷重任，母亲难以像百姓家的母亲一样家常，女儿也难以像平民家的女儿一样自由。

池畔花畦中，珍贵的汉牡丹仿佛察知了人意，在春风中含苞欲放。那也不正是女儿小丝的笑脸和心怀吗？天下之忧，女儿最知道母亲的心。

西域偏远之地，万里之遥，天地不同，习俗有异。母亲为女儿担当大任而感到自豪，可在心怀深处，难免疼痛不已。

难忘在黄河岸边谒灵，难忘父皇向先帝的禀告。

小丝难忘自己当场的发愿，不会辜负先帝和父皇，牢记拳拳嘱托和谆谆教诲，将大汉责任深藏内心，为西域福祉躬身亲行。

现今已经身在西域，悲风长啸，尘沙横飞，路途也将愈加难行。洛阳宫中那钟、磬、鼓、笛等乐器联合演奏的宏大雅乐，恍然似若隔世。小丝作为和亲公主，在父皇、皇后和母亲的莹莹泪光中跨上"东城贩营"大队的乘车，马蹄踏响了，车轮转动了……越回顾越像一个远去的故事。

万万没有想到，和亲队伍尚在路途，你们的女儿，心思被一个遥远的西罗马男子俘虏了。

74

刘小丝闭上眼睛，一幕一幕鲜活的画面闪现出来。

草丛中，昆塔掀开丝绸，小丝看到了精心包裹在黄绸中的那枝花。她自己也把红色的丝绸打开，给昆塔看到了他刀雕了约会字迹的瓦片。

刘小丝痛苦地闭上眼睛，不看驿馆房舍中的夜色。

离开草地和树林，她就清醒了。自己肩头挑着的，是大汉皇家的和亲使命。父皇、母后、亲生母亲，都在期望她远在西域，做好一个聪明贤惠的内助，恩遇一方，造福一方。可是自己，怎么竟然和一个同路的罗马人……不，不能玩忽职守……

汉家为天下苍生，历来不惜自我。过去二百七十年间，十五度和亲，刘家大汉公主、宗女、远嫁匈奴、乌孙番邦，担承和亲大命者，已有十五人之多。

她们为社稷，为西域平安，为百姓福祉，立下了不朽的功勋。

自己肩挑重任，和亲西域，促使瞿萨旦那成为汉家属国，通行汉话，阅读汉典，聆听汉乐，推广汉舞，报效父皇，立功社稷，尚未到达，岂敢忘怀，岂敢忘怀……

是什么在半道上引领我走上歧路，飞上那柔美的白云，是昆塔，还是鬼魅？

不是昆塔，昆塔这么君子，这么绅士，不是昆塔，是鬼魅。

你是什么鬼魅啊，送给我如此惊天动地的感觉？我求求你，让我就在这柔美的白云上稳住身子，让我放肆地迎接和承受你给我的一切，不，不能……

让我理智吧，让我稳住自己吧，我小丝担负着大汉王朝和亲的使命，我岂能如此自顾享乐……

是的，我是大汉皇家的女儿，奉父皇之命到瞿萨旦那国和亲的。

是的，是去做瞿萨旦那国夫人的。

安德鲁真好笑，竟然说"就算到罗马去和亲好了"，你这是开的什么玩笑啊？

你让小丝卸掉肩头的重要使命，跟你逃到罗马去？那不是让全天下都知道大汉朝廷在开玩笑了吗？一旦瞿萨旦那联合北匈奴带着兵马去大汉洛阳要人，父皇、皇后、母亲，他们怎么办？麻烦大了……

75

十三公主在睡榻上翻来覆去，覆去翻来。

榻下席子上的织云和绣雨也睡不着，机灵地关注着榻上的动静。

刘小丝俯身榻边，轻声地唤道："两位姐姐，小丝睡不着，你们上来说说话吧！"

织云和绣雨上了榻，一边一人，将小丝护在中间。

"公主有什么心思，不妨说出来，我们一起想办法。"

刘小丝问："你们觉得罗马那个地方有意思吗？"

织云说："有意思，他们的男人都很有趣。"

绣雨说："维纳斯那样的美人，那么多跟人欢爱的故事，他们那里的人好像也不怪罪。"

织云叹气说："反正我们也是汉家泼出来的水了……"

绣雨也叹道："瞿萨旦那国很小，罗马应该很大……"

小丝幽幽地说："在外面的时候，我好像把和亲的事告诉昆塔了，恍恍惚惚的，好像没说，但是，又好像告诉他了。"

"若是这个，无须担忧。"织云和绣雨说，"他们又不是坏人，他们是皇上接见过的异域商人，远方大秦的友好使者，没关系的。"

"有关系的。"小丝说，"他说让我到罗马去和亲，就是说，跟他走。反正我恍恍惚惚，他是这么说的，说给我听的。"

"这就变成大事了。"织云和绣雨说，"要说罗马是个好地方，罗马人也很有意思，一生能跟他们去也值了。但是我们女流之辈，走得了吗？"

"我就问他，假若上了他的车，他的车队能飞快地跑走，让汉家兵马追不上吗？他说他有那么大一个商队，车上装载了那么多的丝绸，还有吃的用的，而且是正正经经做生意的，虽说有随队武装人员，但是，跑？怎么可以想象啊？"

"公主，你把我们当姐姐，我们更是把你当好妹妹、亲妹妹。你心里，是不是真有想跟他走的意思？"

"在他怀里，恍恍惚惚的那个时候，是有，有。"

"你若想走，我们两个陪你走。关键是怎么有个万全之计，能走得了，走得好，走得干脆利落，没有痕迹。"

"走得了，走得好，还得干脆利落，没有痕迹？郑将军，抗侍郎，杀头之罪，株连九族，我们自然也都没命了……天哪，无法想象。"小丝说。

织云指指门口席子上睡着的两个侍女，说："她们两个，年岁跟公主相当，选一个合适的，扮成公主……"

绣雨接口道："瞿萨旦那国和亲使团的人，他们并没有见过公主的容貌，不是问题。其他人，没见过公主，谁敢轻易怀疑公主已经被偷换了呢？我看，此计可行。"

织云说："哎呀，我想起来了，在平凉郡听郑将军讲经，公主和我们都去了，郑将军和抗侍郎会不会还记得公主的容貌呢？"

"是啊。"刘小丝说，"那次我们都到场了的。不过我们是扮作女官，而且遮着细纱的，我也没怎么正面看他们，他们不会认得很清的。"

"这样吧，为防万一，到瞿萨旦那国的前一天再换人，凤冠霞帔，加上浓妆，他们认不出的。但要提前把事情办妥，把新公主定下来，把该交代的话交代好。"

旋即，刘小丝轻轻地问："选一个假扮公主，让她假扮，她会听从吗？"

织云说："要怎么干，还不是公主说了算？她俩也不是不听话的人……"

绣雨说："况且……对她们的人生命运来说……不是坏事，是大好事呢，公主把荣华富贵全都让给了她们，她们感恩戴德还来不及呢！"

"那……"刘小丝沉吟，"要让她们听话和保密，唯有假冒皇上之命。"

织云和绣雨赞赏刘小丝的智慧："对，皇上圣旨，谁敢不听！"

刘小丝叹了一口气："我们太胆大呀！远程和亲，却违背朝廷的旨意，作践家人的期望。尤其是我刘十三刘小丝，抛弃公主的地位，抛弃王后的地位，私奔罗马，做一商贾之妻，还有何脸面奉寄书帛，问候高堂？"

织云说："甘蔗没有两头甜，要遵从自己的内心，顾不得其他。"

绣雨说："此种事情，时日一久，即使长辈知晓，也不会追究和声张。"

刘小丝道："我们要三个人一起走掉。等到了瞿萨旦那国，举办了婚礼，郑将军和抗侍郎交了差，瞿萨旦那国尚不熟悉我们情况的时候，连夜逃走。"

织云说："对，告诉昆塔，让他在瞿萨旦那国接应我们，确保万无一失。"

绣雨说："普拉斯和迈克尔也会跟我们一心的，随后就跟他们联络。"

第二十一章　偷天换日的阳关计谋

"姐姐若方便，也会跟妹妹音书相通的……"刘小丝说，"还有一句最最重要的话。由于这一切，全是皇上密旨指定，和亲公主易人之事，连郑将军和抗侍郎都不知道。妹儿妹妹换装之后，他们丝毫不知内情，便是最好。一旦他们察觉变化，询问于你，你须按照皇上旨意，认定自家就是十三公主刘小丝。而且，从进入瞿萨旦那国前一日着了公主装的时候起，你就是刘小丝了，以后永远都是。"

76

德默号和爱福号越野车的车身上，彩色丝绸装饰的地名喀布尔和杜尚别周围签上了许多人名。

博努瓦说："白沙瓦的位置，是个咽喉。我们没有走白沙瓦，而走杜尚别，走塔吉克斯坦，是考虑到经过白沙瓦之后，通往中国喀什的公路难走。"

卡米尔说："卡拉昆仑，卡拉昆仑，你听，听起来就怕怕的。"

白沙瓦位于巴基斯坦西北部喀布尔河支流巴拉河西岸，开伯尔山口东，自古以来，是欧亚贸易通道的关键集镇，商队集散地。

罗伯特说："白沙瓦，古梵文的意思是百花之城，可见其古时候的美艳。"

李由道："中国的佛教高僧法显、玄奘都到过白沙瓦，那时候白沙瓦叫布路沙布逻。玄奘在《大唐西域记》中称它是花果繁茂的天府之国。今天的白沙瓦仍然肩负着贸易通道的使命，只不过是中亚和南亚之间的往来居多了。"

西欧重走万里丝绸之路团队的几个年轻人在路边的交通服务点休息。

他们已经走过和即将走过此行最为艰险的路段，正在离开塔吉克斯坦的杜尚别，一路向东，下一个目标是喀什——中国西部商贸重镇之一。

卡米尔对李由说："请把电脑给我，我得梳理一下故事了。"

李由把电脑递给了卡米尔。卡米尔打开了电脑上的视频文件：广袤的沙漠，叮咚的驼铃，缓慢的商队，远来的黄风……

卡米尔问罗伯特："昆塔男爵的西罗马商队，就是在这一段遭遇了一连串灾难性的打击吗？"

罗伯特说："是。在中国西域的那些林立小国的间隙中行进，本来是充满险阻的，但因为大汉王朝的和亲行动，行军司马班超的勇猛开拓，人为的灾难幸运地避免了，气候灾难却无法绕过。"

阳关以西，沙漠，大风，缺水，干渴，失掉方向，都在等待着他们。

默契地配合，疯狂地偷情，越陷越深的情感旋涡，七彩梦幻般的命运期盼，秘而不宣的宏大阴谋，铤而走险的连环设计……

这一切的一切，绑架了公元73年夏季的昆塔、普拉斯、迈克尔、刘小丝、织云、绣雨……

"东城贩营"商队，差不多一半车辆换成了骆驼，由驼夫驱使着，沿路撒下叮咚叮咚的驼铃声。

骆驼的背上，是商队的给养和大汉皇家给女儿的陪嫁品。

车辆仍然由马匹牵引，它比较轻，只是用于人的乘坐。但是，有一半车辆换成了骆驼驾驭，商队的长度没有减少，因为一匹骆驼身体所占的长度跟一辆车差不多。

刘小丝主动地释放标志给外面的情人，昆塔联络起来更方便。但是，相应地，车辆的数目变少，汉家随队兵士监督起来也比以前方便了。刘小丝的车是重点保护对象，昆塔想瞒过监督兵士的眼睛随意靠近，并不像以前容易。

西罗马商队的车辆，也都经过了调整，较重的载量分解开，也匀给了几十匹骆驼。

昆塔他们几个商队高级管理人员仍然骑着马。

在偶尔走过的烽火台的影子中，在驼铃不紧不慢的叮咚声中，在马匹嗒嗒的脚步声中，在汉家十三公主刘小丝的乘车之内，一个重大的计谋开始了实施。

77

"姝儿！妍儿！"刘小丝轻唤在车后厢里的两个小侍女，"出来说说话。"

两个小侍女爬了出来，越过织云和绣雨，低头站在了小丝公主面前。由于行进中车的颠簸，她俩相互挽着胳膊，保持平衡。

"难为你俩了，总是猫在后厢里，伸不开的。"刘小丝说，"不过，为了前程，为了享福，吃点小苦也是值得的，是不是？"

"禀报公主，是。"姝儿和妍儿乖巧地回应。

"你们离开洛阳，这么远到西域来，是不是为了前程，为了享福？"

"禀报公主，是。"姝儿和妍儿略有疑惑，但还是很快回答了。

"现在问你们，设若到了瞿萨旦那国，你们可能没有前程，可能享不到福，那怎么办？"

姝儿说："跟着公主，只要公主不抛弃我们，不嫌弃我们，无怨无悔。"

妍儿说："吃苦受难，只要能一直服侍公主，这一辈子，也是认了。"

刘小丝说："现今情况已经变化，重大变化。接到皇上密诏：着小丝、织云、绣雨三人离开瞿萨旦那国，命姝儿、妍儿中一人赐姓为刘，充任十三公主小丝，一人充任贴身近侍。新公主进入瞿萨旦那国前一日换装应命，完成和亲大业，不得有所玩忽。此事由十三公主操办，其余人等不得参知。钦此。"

姝儿和妍儿受宠若惊，不知说什么好。

织云说："好运气来了，你俩一辈子享不尽的荣华富贵，须记得公主今日大恩大德。"

绣雨说："瞿萨旦那国虽然不大，但第一夫人毕竟是第一夫人，春秋年节须按时有锦书送达洛阳，问候皇上皇后。"

刘小丝黯然道："也请致书以女儿名义问候我的母亲，因为我也不知道我会被派到哪里去。这个，我回头再来细说。"

姝儿和妍儿说："可是，我们两个人，谁做公主，谁做侍女？"

织云和绣雨说："就是，皇上的诏书里没有说啊，要不，咱抓阄？"

刘小丝说："对，抓阄。你们四人都转过身去，趴到后靠背上，我来做两个红绸包，一抓就定了。"

四个女子听话地并排俯身到座位后靠上。刘小丝用两方红绸包了两个包，说："转过来吧，一个里面是红花，一个里面是绿叶。抓到红花的是公主，抓到绿叶的是侍女。谁先抓？"

姝儿和妍儿说："我们压手指，大压小，大的先抓。"

刘小丝说："好。"

话音一落，姝儿和妍儿就压手指，结果是妍儿得先。她先抓了红绸包，姝儿随后抓了。打开来，先抓的是绿叶，后抓的是红花。

刘小丝说："姝儿，你姓刘了，是公主了。妍儿，你是侍女。姝儿穿上凤冠霞帔试试，给我们看看，免得到瞿萨旦那国前一日仓促穿戴，出乖露丑。妍儿，服侍新公主穿戴起来。"

妍儿捧过凤冠霞帔，服侍姝儿穿戴了。

织云说："皇上圣明，新公主还真有气象。"

绣雨说："十三公主大恩大德，姝儿永远不要忘啊。"

姝儿乖巧地对刘小丝说："姝儿心里知道，姐姐恩重如山，请受小妹一拜。"

刘小丝指着姝儿头上的凤冠说："我交代你，凤冠之内，藏着母亲大人费心准备的桑籽和蚕种。

"到了瞿萨旦那国，让那国王开一片园子，植桑养蚕，让瞿萨旦那跟大汉中原一样，春风吹拂，桑叶起舞，蚕茧丰收，织染发达，让你的子子孙孙，穿不尽的丝绸；让瞿萨旦那百姓，享用根在中原的锦绣。"

"妹妹，我的好妹妹，你可记下了？"刘小丝问。

姝儿真情地答说："好姐姐，妹妹牢记在心的最深处了。姝儿在此发誓，奉行母亲大人的嘱咐，完成母亲大人的宏愿，像她老人家的亲女儿一样，做好该做好的一切。"

"姐姐若方便，也会跟妹妹音书相通的……"刘小丝说，"还有一句最最重要的话。由于这一切，全是皇上密旨指定，和亲公主易人之事，连郑将军和抗侍郎都不知道。姝儿妹妹换装之后，他们丝毫不知内情，便是最好。一旦他们察觉变化，询问于你，你须按照皇上旨意，认定自家就是十三公主刘小丝。而且，从进入瞿萨旦那国前一日着了公主装的时候起，你就是刘小丝了，以后永远都是。"

姝儿说："姝儿记下了，姐姐交代的一切，姝儿会完全照做的。"

刘小丝说："妍儿，你都听着的，你都知情的，从进入瞿萨旦那国前一日姝儿着了公主装的时候起，她就是十三公主刘小丝了，你是她的侍女。"

妍儿说："妍儿也都记下了，妍儿会绝对听话的。"

这时候，听车外兵士传令的声音："阳关到了，逐人检查！阳关到了，逐人检查！阳关到了，逐人检查……"

刘小丝说："姝儿妹妹凤冠霞帔不要脱了，通过关塞，逐人检查，边关兵士没有人认得你，先扮一次公主过关，长长胆量。"

十三公主指着姝儿头上的帽子，说："注意，桑籽、蚕种都是汉家严禁携带出境的东西，他们胆敢检查，须予严词拒绝。把架势做起来！你是公主呢。父皇、母后这些称谓，必要时刻讲出来。"

78

阳关，系大汉王朝防御北匈奴和其他蛮人入侵的重要关隘，也是西行商路上的重要门户。

这里，一边是大流沙古董滩，一边是荒戈壁无人区，唯有阳关所在的中间地带，有渥洼池和西土沟两大水源，一条狭窄的绿洲通道。凭水为隘，据川当险，一夫当关，万人莫开。

自西汉，到东汉，都把这里作为军事重地派兵把守。多少将士在这里戍守征战，多少商贾、使臣曾在这里受检出关，又有多少文人骚客面对阳关，感慨万千。

假若有人想绕过阳关，侥幸通行，阳关附近亦有十几座烽燧，烽燧上的岗哨会将你看得清清楚楚，很快将会通报兵士将你抓获。

古董滩北侧的墩墩山顶上，竖立着最为巨大的烽燧：阳关耳目。

阳关耳目，居高望远，茫茫流沙，道道沙梁，处处沙丘，座座墩台，错落起伏，远近百里，尽收眼底。

阳关，上面关楼巍峨，站着戎装守卒。两边关墙高宽，垛口厚实。由于周围缺乏绿色，本来就十二分地苍凉，极远之处，有羌笛声传来，犹如远古先民悠长的吼叫。

关前有军士和牧人销售水囊和烤饼。

水囊是一些用厚皮制作的大大小小的盛水器具，去往关西的行路人都要购买，车队更不例外，不但买，还买大的，买得多。

"东城贩营"大队买了很多水囊。西罗马商队也买了不少。

烤饼是青稞面做成的面饼，经火烤熟了，没有水分，耐储藏，吃起来又顶事。

"东城贩营"大队买了大量的烤饼。西罗马商队也买了很多。

从销售和购买水囊及烤饼可以想见，漫长的行军决战开始了。

阳关中间的关洞，是四方形。进入关洞，两边是执剑荷戟的将军武士，他们气势雄壮地站作两排。过关的人，须一个个单人缓慢通行，接受关塞兵卒的细致检查。

刘小丝她们看到，郑众将军和抗桂侍郎也在关洞中站着。

刘小丝心想，现在是关键时刻，看姝儿的了。若姝儿这样的淡妆，郑将军和抗侍郎一点也不察觉，那到了瞿萨旦那国，让姝儿替代自己就不用担忧了。

该姝儿过关了。

刘小丝忍不住指着她的头说："把凤冠戴紧了。"

刘小丝难免紧张，难免心慌。她甚至忽然想到，一旦此刻露馅儿，就说是大家玩耍的！

姝儿凤冠霞帔地走去，刘小丝为她捏着一把汗。

汉家公主过阳关，百载难求，关将和关卒见都没见过，哪里敢检查和盘问。郑将军和抗侍郎好像也没有猜疑，姝儿轻轻松松地过去了，刘小丝放下心来。

接着，侍女们一个个经过了阳关。

过了阳关之后，"东城贩营"大队的丁夫们都在饮马、饮骆驼，或者往水囊里装水。他们把在关前购买的水囊洗净了，个个都装得满满的，挂在骆驼身上，或者挂在车上。

随后，西罗马商队也过关了，也是饮马、饮驼、装水。

由西向东的行旅、商客，也同样在一个一个、一组一组、一批一批地通过阳关。

"东城贩营"的首领郑众将军派人将禀报朝廷的书帛交给阳关守关将领，嘱咐及时交给驿使送往洛阳。之后，他们分别再次乘上车辆，向西出发。

姝儿把凤冠霞帔卸下来，说："第一遭走在人前，心里害怕，好在姐姐的衣装不凡，就是让人长精神。"

妍儿也长胆儿了，说："皇上赐的嘛，当然能压住阵了。"

"好了。"刘小丝说，"姝儿和妍儿，先爬到后面去休息吧。我和织云、绣雨，我们养养神儿。"

姝儿和妍儿乖巧地爬过座位的后背，到那里歇息。织云和绣雨坐在刘小丝两边，大家都长出一口气，感到与前大不相同了。

刘小丝说："撩开窗帘，把红绸挂出去。"

织云拿出红绸，绣雨接过，挂到了车帘外面："这里的绿洲好窄啊，一抬眼就看过去，进沙漠了。"

刘小丝说："不知道瞿萨旦那国到底怎么样。这样走过去，怕是草也少，树也少，沙子多，石头也多。说有玉石，玉石顶什么用啊！"

绣雨说："不说它了，我们要远走高飞，就操心怎么走得利落，飞得顺畅。"

织云说："是啊，普拉斯这家伙也不来，快来合计啊！"

驼铃叮当，车轮滚动。狭窄的绿洲，越走越窄小。委实是到了荒凉的塞外啊，春风都不愿来。越走，绿色越是少得让人心疼，不忍细看，怕看一眼少一眼。

倒是两边绵延的沙丘，越来越多，远远地，远远地，伸到天际。

已经行进到了正午时分，"东城贩营"加上西罗马的人、车和骆驼，漫长的商队就地宿营午餐。干燥的空气早就让人口渴了，有人直接取出水囊。

篝火燃起。负责伙食的兵夫和人丁忙碌起来。

第二十二章　出类拔萃的西域美人

在宴会上，绛宾演奏了一组自己谱的曲子，然后请弟史弹琵琶助兴。弟史轻盈地奏起琵琶，悠扬动人的旋律让在场的所有人无不连连喝彩。曲子演奏完毕，绛宾又邀请弟史跳舞。

弟史庄重高雅的风韵和婀娜优美的舞姿令绛宾陶醉，他惊叹世上竟然有如此美妙的女子，对弟史动了爱慕之情。

79

卡米尔问博努瓦：“《蚕种西传》的木板画记载了十三公主过关西行的历史事实？”

“是的。”博努瓦说，说着把《蚕种西传》木板画的影印件拿了出来，“这幅作品，虽说是西域人创作的，但上面的人物是东方人模样。公元1901年早春，英国考古学家斯坦因在中国新疆的一座寺庙遗址中发现了它。”

横式的木板画《蚕种西传》，中间一女性，戴顶大头冠，头冠上满缀珠宝，身份似乎非同一般。左边一女子，以高举的手臂指着身份显贵的女子头上的宝冠，似乎在指出其中的秘密。

博努瓦说：“我和罗伯特都认为，中间的女子，是历史事实中的姝儿，左边这位大大咧咧无所畏惧的女子，即是真正的十三公主刘小丝。刘小丝指着姝儿头上的凤冠，交代她戴紧了。”

卡米尔说：“凤冠的夹层里是藏着秘密的，桑籽和蚕种。李由的‘洛阳回忆’已经告诉了我这些史实。”

罗伯特说：“全都对上号了。”

“我再看看。是的，还确实是你们所说的那样。右边是手执纺织工具的女子、四只手臂的男子，他们都是画家的创作。”

“男子的手掌平伸出来，所执器物，你看吧，像剪刀、锥子和纺锤，都跟纺织密切相关。”罗伯特道，“这说明了什么？说明在中国西域的历史传说中，桑树种植、桑蚕养殖和丝绸纺织，起源于一位身份显赫的女子。”

中国唐朝僧人撰著的《大唐西域记》中详细记载的公主西域和亲、丝绸工艺在西域生根开花的民间故事，也起源于此。

可能是某个了解内情的人，或者是公主和她的侍女，时间久了，把当时过关的秘密泄露了，讲述了出来，流传了下来。

李由道："这个时期，奉车都尉窦固坐镇西向，班超将军开拓镇抚，十三公主和亲的大手笔举措，西罗马昆塔商队的示范效应，这一切，使东汉中土和西域诸国的外交、商贸再度丰满起来。但是历史上的记载确实很少。"

罗伯特说："李由先生邀请我研究公元初年欧亚丝绸之路历史的时候，我非常茫然，可是后来，我们的研究越来越有体系了，有血有肉了。博努瓦先生的考古发现和参与，使我们如虎添翼。"

卡米尔说："班超左右冲突地在前边开路，才有后面'东城贩营'和西罗马商队动人的故事和爱情，他不愧为孤胆尖兵、外交英雄。"

李由说："班超已经被东汉皇帝提升官职了，成了行军司马，在'东城贩营'商队前方开拓向西的通道。其实，他所率领的人马，称不上军队，只有三十六人，还是在鄯善——楼兰立了战功的那三十六名勇士。"

李由接着介绍："公元1世纪，具体地说，班超廓通西域通道的那个时期，西域有所谓三十六国。他和郭恂的尖刀排，平均下来，要一人对付一个国家。"

再一次出发前，在奉车都尉窦固的军帐，窦将军和耿从事皆担心班超三十六个人军力太弱，班超却说够了。遇上大国，带几百人也显示不出厉害。如有什么不测之事发生，人多反而成为累赘。

西域小国之间，外交关系错综复杂。勇毅智谋之士，四两拨千斤，以少胜多，完全可能。若胆怯如鼠，环顾踌躇，再多的兵马也会丢光，遑论建业立功！

前次班超果断出击，征服鄯善，并非一介莽汉所为。

罗布淖尔以其多条河流注入，成为西域最大的水泊。罗布淖尔周围及附近，分布着数十个国家，假如靠打仗征服它们，莫说三十六、三百六、三千六，纵是三万六、三十六万之众，来往征战，敌情不明，也难真正获得大胜。

班超身着大汉军装，为大汉皇上所重，为奉车将军所遣，不应逞勇斗狠，而应该是多方运筹，开拓西域，重点在外交，不在战斗力。

窦固十分赞赏班超的高见卓识，激动地说："班司马有如此洞见，不愧为朝廷器重。"

都尉窦固、从事耿忠置酒为班超壮行，送他再度出征。

窦固道：“我军多批先遣兵马在前方修筑工事，将会愈行愈西。司马若需补给，可至各处取用。”

班超和郭恂带着三十六勇士，七十二匹良驹，于风中驰去，扬起一路征尘。

80

班超的队伍，每人两匹战马，这是学习匈奴人。

每人骑坐一匹，另有一匹驮载个人和战马所需给养，每个人既是战士，也是战马管理员，省了后勤专用兵士，还可以轮番换乘，调剂战马的脚力。

西行路上，不断看到有奉车都尉窦固将军所遣兵士在修建营盘、烽火台，提前准备东汉大军的有序推进。

班超说：“窦将军早有部署了，亲眼见到先遣队伍所筑沿途军事工程，足见大汉皇家对西域的震慑了。”

郭恂并辔前进，接话道：“司马所言极是。如此兵马气势，确实为我等增添底气。”

班超道：“往前走，有十数个小国，我等只需镇抚其间稍微大一点的，那些蕞尔小国谈不上军事力量，自然归服，最后开拓到于阗、疏勒，就是胜利。

“于阗之西，便是瞿萨旦那国，它在主动跟大汉交好。此次随在我大军之后的‘东城贩营’商队，实乃大汉皇家的和亲使团，他们的目的地便是瞿萨旦那国。

“我等奋勇开拓，把罗布淖尔一带的北匈奴全部打趴下，大道即告畅通，‘东城贩营’使团顺利完成与瞿萨旦那国的外交使命。瞿萨旦那和疏勒往西是大宛国，大宛国再往西就不是北匈奴势力可及的地方了。”

郭恂说：“原来如此。这样看来，瞿萨旦那国往后即成为大汉在西域的坚实堡垒。奉车都尉将罗布淖尔一带全部收复之后，大汉与瞿萨旦那国也有了坚实的关系，大汉在西域的镇抚就牢固了。”

班超说：“瞿萨旦那国强大了，向西的外交影响力，可以经过贵霜国抵达帕提亚，这样，东汉与遥远的大秦就连起来了。"

郭恂说："据博学的人讲，大秦罗马，毛皮、香料成堆，大秦夜明珠尤为稀世珍宝，但是他们没有丝绸，喜欢我东国丝绸已经到了发疯的地步。"

班超道："那是当然。毛皮既不柔软，又过于发热。你看那些匈奴牧人，不穿毛皮，他冷；穿上毛皮，他热。露出一只膀子，半穿半裸，看上去便替他难受，哪比我汉家服饰，厚薄适度，冷暖相宜。"

郭恂说："现今跟随在'东城贩营'使团后面的，便是一个罗马商队，运载着大量的汉家丝绸。"

班超说："那帮人有眼力，跟着'东城贩营'，安全得很啊。"

郭恂说："皇上接见过他们。他们也是聪明，到了洛阳，便先行前往宫中觐见皇上，皇上高兴，提笔赏赐给他们一幅御宝'使通万里'。这幅御宝成了通行证，食宿驿馆也好，采办丝绸也好，时时处处，大得方便。"

班超说："那是，他们得了机遇。论起我等，立功西域，也是得了机遇。假若放在先帝时期，对西域无为而治，我等纵是立功心切，终是无用。"

在楼兰之西的罗布淖尔，面积巨大，和其西的塔克拉玛干沙漠合起来，构成椭圆形的塔里木盆地，众多小国家都分布在罗布淖尔这个大水洊和塔克拉玛干沙漠南北两侧的绿地上。

位于罗布淖尔和塔克拉玛干沙漠以北的国家，较大的有焉耆、龟兹、姑墨、乌孙、疏勒等。

位于罗布淖尔和塔克拉玛干沙漠以南的国家，较大的有且末、精绝、若羌、于阗、莎车等。

疏勒和莎车西边，则是瞿萨旦那国、大夏、大宛之所在。

班超的队伍，风沙跋涉，夜宿晓行，到了焉耆。

焉耆先前属于大月氏的一个部落，称作乌夷，汉人把它叫作乌鸡，乌鸡国，一共包含九座城池。焉耆曾经被强大的北匈奴以武力所征服，做了匈奴的属国。西汉王朝发展壮大后，通了西域，焉耆随着西域诸国归服了汉朝。

汉朝在焉耆西边设立西域都护府，在多地驻扎军队，监视、保护生产和贸易。

西域都护府无疑是北匈奴的眼中钉。它想拔掉西域都护府这根钉子，首先要除掉驻扎在焉耆乌垒城的汉军，乌垒城在焉耆的西南部。

北匈奴把夺回焉耆的希望寄托在邻国莎车身上，不断向莎车国提供武器装备，提供各种支持，意欲借刀杀人，赶跑汉朝的西域都护府，让西域重新回到自己的掌控中。

但是，西汉强盛，匈奴根本不是对手，莎车也比较明智。

北匈奴不断怂恿莎车向焉耆发动进攻，莎车都以各种理由婉拒了，埋头苦干、韬光养晦。

西汉末年，中原衰落。逐渐强大起来的莎车在未经匈奴授意的情况下突然进攻焉耆，将驻扎在乌垒城等处的汉军全部歼灭，一举占领了焉耆。

北匈奴不满莎车独吞焉耆这块肥肉，要求莎车分赃，因为北匈奴长期给莎车各种支持，莎车受了匈奴的恩惠，才有力量一举歼灭汉军。

莎车断然拒绝了匈奴的要求。

在遭到不知天高地厚的莎车国的拒绝后，北匈奴举起了手中的大刀和长矛，战争爆发了。

北匈奴有三大优势：善于骑马射箭，打仗异常残忍，行动迅速敏捷。莎车人比不上。所以，在强大的北匈奴军队冲击下，驻扎在焉耆的莎车军队眨眼溃败，血流成河。

打败莎车，占领焉耆，北匈奴人就把焉耆当成了摇钱树，不仅仅对过往的丝绸商队征取高额税款，而且巧立名目，对周围国家横征暴敛。

商贾为了避免北匈奴的财富榨取，干脆退出了西域贸易。

汉朝和西域之间的贸易通道中断，东土的丝绸、陶瓷等不能销往西域，汉朝王宫的贵族们，也不能像过去那样享用西域物品了。

东汉建立，光武帝刘秀养精蓄锐，很快恢复了实力。明帝继位后，派遣四路大军决战北匈奴。

奉车都尉窦固立足罗布淖尔东缘，稳步向西——向塔克拉玛干推进。

81

焉耆王元孟接待了班超一行，说："将军都善一战，打出了大汉朝的威风，打掉了北匈奴的霸气。焉耆向英雄致敬。"

班超说："大汉领辖西域，宽怀恩柔为上，为诸国福祉，不到万不得已不会刀兵相向。北匈奴多年横行，全不把诸国王室臣民放在眼里，逞勇斗强，无有宁日。今大汉朝廷派遣我等镇抚西域，顺之者，将获得大汉赏赐；逆之者，必将受到严惩！"

焉耆王说："焉耆素来以善为德，迎送汉朝使者、商贾，尽心尽力，今后尤要奉汉为尊，决无彷徨。大汉使者、商贾所需补给，也必公平交易。"

班超说："大汉向西通道，重在商贸交流，造福万姓，沿途诸国，齐心协力保障畅通，自然从中受益。"

焉耆王高规格安排了班超等的食宿。班超一行次日即离开焉耆，继续开进。

出了焉耆城，郭恂问："去哪里？"

班超说："焉耆的西邻，是龟兹，自然要朝龟兹方向前进。龟兹的家底，你给我翻一翻。"

"龟兹，古名叫库车。"郭恂说，"自古以来，盛产铁器。"

这个龟兹，在北匈奴和大汉之间也是风吹两边倒。

北匈奴，作为长时间强盛于漠北的草原大国，与西汉王朝持续战争数百年，也统治龟兹长达七十六年。

汉朝和北匈奴西边的乌孙有着亲密的联姻，对北匈奴不利。北匈奴就寻找机会离间汉朝和乌孙的关系。匈奴人发现，乌孙和汉朝往来便捷的通道，是经过天山东部然后直下河西走廊，于是，派兵占领了位于天山东部的车师。

这样一来，乌孙通往中原的道路就不得不经过天山以南的龟兹了。

强盛的西汉朝廷不能容忍北匈奴断绝财路，接连发动三次战争，重创匈奴。北匈奴于是掉转方向，占领了龟兹。

为了控制龟兹，匈奴人在龟兹设立了都尉府，连东边的焉耆也管了起来。并设置监国和常驻使团，督察动静，控制军政。另命龟兹王室，派遣人质到北匈奴。立税定赋，敛财于民。

龟兹人不甘于被匈奴人奴役，韬光养晦，增强实力。随着国力渐强，龟兹相继兼并了周围的轮台、尉犁、乌垒等小国，尤其是在打败其西南的扜弥国后，还把扜弥国的太子赖丹抓来做人质。

恰在此时，汉朝用张骞的计策，"断匈奴右臂"。龟兹乃系北匈奴属国，质押了扜弥太子，故而汉朝欲帮助扜弥解救太子赖丹。

汉将军李广下令说："将士们，听从皇上的旨意，我们要去把太子赖丹解救出来。"

有个将领请命说，只要十万兵马即可解救。另有将领说，一万足够。第三个将领说，我一个兵马也不需带，难道大汉的威信和李大将军的旗号还不足以镇抚小小的龟兹，解救太子赖丹吗？

李广极是高兴，马上命令第三个将领作为使者前往龟兹解救太子赖丹。

使者单枪匹马出发了。先前请战的几个将领哈哈大笑，说道："等着我们去给你收尸吧！"

使者到龟兹国王面前只说了一句话，龟兹国王就服软了。

使者说："西域诸国皆臣服大汉，你们龟兹凭什么拿扜弥国的太子赖丹当人质？扜弥是汉朝的附属，你质押赖丹等于质押我们汉人，欺负汉人会是什么下场，你想想吧。"

大汉王朝名声在外，加上使者不可一世的霸气，增添了汉朝的神奇和龟兹人对汉朝的畏惧。龟兹国王即答应了汉朝使者的要求。

李广把太子赖丹从龟兹救出来以后，直接把他带到京师，让他学习汉朝礼仪。

没过几年，汉朝任命赖丹为西域校尉。"赖丹已经成了汉朝官吏"的消息传到龟兹，引发龟兹王室一片慌乱，尤其是那些亲匈奴的贵族，更是恐惧。

那时候，龟兹贵族姑翼，向龟兹王进言说："赖丹本来是我国的臣民，如今佩着汉朝的印绶，来伤害我们的权益，如果不除掉他，将来必是我大匈奴的祸害。"

龟兹王本来就愤恨赖丹投奔汉朝，如今姑翼又来从中挑拨，龟兹王更加咽不下这口气了，调集大量兵马，袭击驻扎在轮台屯田的汉军，并将赖丹杀害了。

匈奴和汉朝的关系顿然恶化。汉宣帝下达密令：联合乌孙，攻打龟兹。

汉家将军常惠带着丰厚的礼品送给乌孙，联合乌孙、疏勒、莎车诸国，兴师五万，问龟兹王杀赖丹之罪。

那个时候的龟兹王，是新继位的绛宾，绛宾丢卒保帅："先王所以杀掉赖丹，完全是听了姑翼的谗言，而我无罪，我愿意杀了姑翼来替先王谢罪。"

绛宾令人将姑翼捆绑起来，交给常惠处置。常惠想都没想，砍了姑翼的头。

班超说："龟兹王绛宾，在洛阳就听说过，是个西域名人，他为什么能青史留名呢？"

郭恂说："大汉通西域，西域人知道了大汉是天朝上国，强大繁华，心向往之。绛宾的龟兹，是个蛮夷小国，想跟汉朝攀上关系，很难。绛宾有心，有心就有报答。"

82

乌孙是汉朝的盟友。大汉为了表示对乌孙的器重，将宗室之女解忧公主嫁给了乌孙王岑陬。

谁知道，岑陬老迈，没多久就去世了。解忧公主于是遵从乌孙习俗，嫁给了新乌孙王——岑陬的堂弟翁归靡。

解忧公主生下了一个女孩儿，取名弟史。

弟史和她的汉人母亲一样，仪容端庄，举止优雅，从小跟母亲学习诗书礼仪和音乐，琵琶弹得很好。

解忧公主有个侍女，名叫冯嫽。冯嫽精明干练，长于外交。她嫁给了乌孙的右将军，常常出访西域邻国。出访的时候，冯嫽常把弟史带在身边。

冯嫽喜欢弟史的聪明美丽、勤奋好学，想让弟史见世面，开眼界，长知识，学礼仪，把她培养成将来能佐理王政的贤德女子。

弟史渐渐成了一位出类拔萃的美女加才女。

冯嫽访问龟兹，当然也带着豆蔻年华的弟史。龟兹王绛宾对乌孙王的女儿自然不会怠慢，特地在王宫中举办了一场宴会。

在宴会上，绛宾演奏了一组自己谱的曲子，然后请弟史弹琵琶助兴。弟史轻盈地奏起琵琶，悠扬动人的旋律让在场的所有人无不连连喝彩。曲子演奏完毕之后，绛宾又邀请弟史跳舞。

弟史庄重高雅的风韵和婀娜优美的舞姿令绛宾陶醉，他惊叹世上竟然有如此美妙的女子，对弟史动了爱慕之情。

绛宾想，弟史是乌孙王和解忧王后的亲女儿，又是汉天子的亲戚，如果能与弟史结为夫妇，不仅抱得美人，还可以同时和汉朝、乌孙结为盟友，这不是一举三得的好事吗？除了弟史，再到哪里找这样的美人？再到哪里找这样的好机会呢？

冯嫽和弟史走后，绛宾派使者向乌孙王求亲。求亲使者回来，却告诉绛宾一个令他沮丧的消息："弟史已经被送到汉朝学习去了，归期不知。"

愿望化为泡影，绛宾只能仰天长叹。

两年后，一个机会降临了。

有一个乌孙使团，又是冯嫽率领的，自长安出发经过龟兹。绛宾依照惯例，安排礼节性的接待，这次却惊呆了，因为他看到使团中就有花枝招展的弟史。原来，弟史学成回西域了。

绛宾不知该如何向弟史表白自己的爱意，更重要的是，他不知如果向弟史表达爱意，遭到拒绝该怎么办。

绛宾虽然贵为龟兹国王，但龟兹太小，他这个国王在西域大国眼里比普通臣民的地位高不了多少，所以，他向西域大国的公主求亲，遭拒的可能性非常大。

为了达到一求即成、不被拒绝的目的，绛宾苦思冥想，始终没能找到一个稳妥的办法。

乌孙使团就要离开龟兹回国了。怎么办？弟史年貌正好，很有可能回国后就名花有主了。

冯嫽已经牵着马匹，准备带团回国。情急之下，绛宾贸然决定扣留乌孙使团，同时紧急派出特使到乌孙国告知：龟兹到乌孙的路途上，近日强盗出没，待容清剿之后即便送还贵国使团。

扣留使团之后，绛宾大胆地直接向弟史姑娘表达了自己对她的爱慕，并在野外强行了洞房之礼。

后来解忧王后被绛宾的真诚所感动，答应把宝贝女儿弟史嫁给绛宾。

龟兹举国欢欣，为国王和王后举行了隆重的婚礼仪式。

班超说："翁归靡不傻，龟兹夹在汉朝和乌孙之间，有了龟兹这个亲戚，他们今后往来汉朝也更加方便。而且，一旦东边的匈奴人欺负起乌孙人来，至少还有龟兹的国王女婿可以先帮自己抵挡一下。"

郭恂说："弟史嫁给绛宾后，非常满意，两人朝夕相处，相濡以沫，非常恩爱。后来，绛宾陪同弟史，带着许多龟兹乐器去觐见汉朝皇上，汉天子偏爱解忧和弟史，宣帝封弟史为汉家公主，留他们在长安住了一年。绛宾和弟史离开长安的时候，宣帝赐给他们车马旗鼓，并赠一个数十人的歌舞队，及很多中原乐舞和乐器。"

班超说："绛宾高明。朝觐之举，意味着龟兹向汉朝俯首称臣。"

绛宾归国后，仿照中原样式，修建新的宫殿，让龟兹人穿起汉式服装，实行汉家礼仪。

绛宾交好汉家，其子继位后，亦继续与汉朝通好。

再后来，形势就发生了变化。东汉初年，百废待举，十分赢弱。北匈奴派兵进攻龟兹，霸占龟兹，逼迫龟兹打仗，为它扩大地盘，扩张势力。

北匈奴与龟兹的战争打了十多年。邻居们看到龟兹疯狂，打打杀杀，对龟兹人憎恨无比。北匈奴现今正在唆使龟兹王建进攻疏勒。

疏勒，有东汉王朝派遣的屯田官员王成驻扎，但兵力有限，很快战败。王成被杀。龟兹占领了疏勒，杀死了疏勒王，接受匈奴的赐封，以龟兹左侯兜题为疏勒王。

郭恂说："现在到了一个岔路口，我等何去何从？"

班超说："疏勒刚刚经过战事，极不稳定，以偏道奔袭，直取疏勒，拿获兜题！"

于是，班超鼓励大家快马加鞭，奔袭疏勒。在疏勒主城外九十里处扎营，派遣属下田虑去劝兜题投降。

班超交代田虑说："兜题不是疏勒人，疏勒人一定不听他的。若他不立即投降，果断将他捕获便是。"

田虑率领十余勇士到了疏勒，见了兜题。兜题见田虑一行势单力薄，没有投降之意。田虑乘其不备，招呼手下，三下五去二捆绑了兜题。兜题的随从一见场面反转，都逃跑了。

田虑派员驰马报告班超。

班超和郭恂率众进入疏勒城，召集疏勒全体官员，数落北匈奴的罪行，立疏勒王哥哥的儿子忠为新的疏勒王。

新的疏勒王感恩戴德，表示归顺大汉，决无二心："往后大汉的使者、商贾，经过疏勒的，疏勒必定殷勤服务，迎来送往。"

郭恂问："如何处置兜题？"

众人表示，应当杀死。

班超哈哈大笑道："疏勒被占，兜题被捉，龟兹危在旦夕。匈奴正要趁奉车将军和我等进兵龟兹的时候趁火打劫，取我汉朝主力。班超是谁？不能识破匈奴的阴谋，枉为司马！"

班超说："我等要把兜题安全地护送回龟兹。"

班超护送兜题到龟兹，自己驻扎在小城盘橐，将兜题送还给龟兹王建，果然受到龟兹王建的礼貌接待。

班超说："大汉王朝，胸怀仁义，与西域诸国友好至上。匈奴残暴，大汉有节，若敬酒不吃吃罚酒，汉朝就对它不客气了！"

龟兹王说："龟兹地域原因，前所作为，实属无奈。从今往后，听命大汉，毫不犹豫。"

龟兹王将班超、郭恂等安置，住入龟兹最为豪华的驿站，再三交代礼宾官员，提供全方位优等服务。

在驿馆，班超口授，郭恂向窦固修书汇报开拓西域大通道的进展。

"奉车将军：班超等奉命经略，自鄯善以西，已镇抚罗布淖尔和塔克拉玛干北侧一线焉耆、龟兹、疏勒、姑墨等望风归服……"

第二十三章　你是世上最柔的丝

小丝说："风暴玩乐沙丘，烈火燃烧草垛。沙丘粉碎了，草垛烧成灰烬了。一切都融化了，又汇合起来。我变得那么软，那么轻，披着七彩丝绸，软绵绵的，轻飘飘的，由你带着飞翔，忽而跟你朝天的高处上升，忽而又非常沉重，我得紧紧地抓住你。安德鲁，真的，我一心追随你的翅膀的节奏，安德鲁，我怕自己掉下去……"

昆塔说："赛尔，是的，我们一起飞，一起飞，从洛阳，飞，飞，飞，飞到罗马；从黄河上，飞，飞，飞，飞到波河上。"

83

天色向晚，金乌西坠。大漠长风过处，沙粒飞动如烟。

"东城贩营"使团和西罗马商队在一带狭长的绿洲边缘驻足休息，预备宿营过夜事宜。

刘小丝又让姝儿穿戴了豪华的公主服装，说："你们俩先下去走走吧，我们三个收拾几样东西，我想跟瞿萨旦那国的使者见个面。"

姝儿和妍儿下了车。

织云和绣雨帮刘小丝收拾东西，将一小葫芦水、两个馕饼包在一起。

刘小丝想了想，又拿过一块巨大的丝绸，包进去，扎好，提在手里，说："下去吧。"与织云、绣雨下了车。

坐车颠簸累了的人们在车辆附近转悠、聊天。

那些向导、车夫，实在辛苦。他们照顾骆驼和马吃喝，为它们检查蹄脚、梳理背毛，也有的在检查、整固车轮、绳索。

身着侍女服饰的刘小丝对织云、绣雨说："你们四个不要走远了。待会儿吃的送来了，你们吃就是了。不要在车外面待久了，早早回到车上。若郑将军和抗侍郎派人查问，就照常回答'平安无事'。"

织云和绣雨说："好的，你多用心，要早归，莫让我等担忧。"

刘小丝离开她们，佯装去找瞿萨旦那国的使者，朝车队前面走，走了一阵，隐入路边的灌木，反身向车队的后面走。

从树木的间隙中，隐隐看到走过了她的乘车的位置，走过了在乘车附近玩耍的织云、绣雨、姝儿和妍儿。她们自顾玩耍，她看了一眼她们，便加快步子，自林中向商队尾部跑去。

"东城贩营"使团的尾部和西罗马商队的头部相衔接。昆塔也已离开自己的商队，向前走来。

昆塔背着个大背包，精神头十足，脚步铿锵有力地踩踏在草地上。

刘小丝看见了昆塔，昆塔看见了刘小丝。他们不约而同地远离车队，在车队看不到的疏林间、草丛里，两人快速地跑到一起。

刘小丝扑进昆塔的怀里，竟然哭起来了。

昆塔拿过刘小丝手中的布包，塞进自己的大背包，抱起娇小的小丝，抚抚，拍拍，止不住小丝的哭泣。

小丝好像怀有满腹的辛酸和委屈，一副很难发泄得尽的样子，让昆塔困惑而失措。昆塔唯有抚慰，过一会儿拍拍她的背，过一会儿抱得紧一些。

随着时间缓慢流逝，小丝渐渐止住了哭泣，仰起泪花花的脸问："在敦煌郡，在草丛里，我恍恍惚惚，是不是告诉你了我是汉家公主？"

昆塔点头说："嗯，你告诉了我。我想不到，我猜不到。我很惊讶，出乎我的意料，但是我很幸运，大汉的公主。"

"你是不是抱着我对我说，你更爱我，你不会让我疼痛的？"

"是啊，我很惊讶，很幸运，你是东方天使，你是神送给我的，你是最贵重的。你是大汉的公主，你是奥林匹斯山上的第一。我那天发誓，我更加爱你。是的，我还说，我不会让你疼痛的。"

"可我为什么这么疼痛，安德鲁？"刘小丝娇弱地问。

"疼痛？"昆塔问，"是那时候疼痛，这时候疼痛？请告诉我。"

"这时候，现在，安德鲁，这时候疼痛，我现在疼痛。这里，疼痛。"刘小丝指着自己的心口，哭道。

壮实的昆塔猛然将娇小的大汉朝十三公主抱了起来。他热烈地亲吻着她，说："赛尔，我爱你，不痛，不要痛。"

昆塔抱着小丝快步向远处走，小丝在他的怀里，以胳膊攀住他的脖子。

昆塔大步走着，时而又猛地亲吻小丝一口，说："赛尔，赛尔！"

刘小丝朝昆塔的怀抱深处钻，仿佛想钻得更深一些，柔声地说："安德鲁，安德鲁！"

昆塔说："赛尔，赛尔丝，你是这世界上最美的丝，你织成的网，把我网住，把我网起来，把我网进去，把我网得紧紧的，把我网得昏昏的。"

刘小丝喃喃地说："我也是。安德鲁，我在车上，睡不好，吃不香，你把我的心掳走了，掳走了，所以，我痛，我，痛啊……"

昆塔说："赛尔，不痛，我和你在一起，永远在一起。心，人，要心，要人。"

昆塔的汉话表述不是很清楚明白，但恋爱中的人儿靠的是机敏的感觉，刘小丝说："是的，人跟着心，我的人，要跟着我的心，心和人要一起，和你在一起。"

昆塔说："在一起，在一起。什么也没有在一起好，什么也没我们在一起好。赛尔，是这样吗？"

"是这样，安德鲁。"小丝幸福地说，"你累了，让我下来，下来和你一起走。"

昆塔耸耸胳膊，将小丝抛了一下，复又快速地紧紧抱住，热烈地亲吻她。小丝贪婪地迎接昆塔的热吻，被昆塔吻得几乎颤抖起来。

昆塔热烈地亲吻了，才轻轻地放小丝站在草地上。

刘小丝似乎站立不住，软软地，再次扑进昆塔的怀里。

昆塔将大背包和佩剑扔了，又抱起刘小丝来，在林中草地上旋转了两圈，一屁股坐下，让刘小丝自然落在自己的身体上。

84

刘小丝趴在昆塔宽厚的胸膛上，说："安德鲁，你为什么不问我？你上次不问我，你现在也不问我？"

"问你？我问你？"昆塔疑惑地说，"问你什么？问爱不爱？我们，爱啊！不需要问啊。"

刘小丝说："你为什么不问我，一个公主，为什么走这么远？到哪里去？去做什么？"

"哦。"昆塔说，"我不能随便问。我爱你，你是东方天使，你觉得应该说，你会说给我的。我等待你，赛尔。"

刘小丝欲言又止，缓慢地眯上眼睛，轻声道："哦。应该说，就会说的。该说的时候，就会说的。"她忽然又睁大了眼睛，"我如果跟着你去了罗马，到了罗马，你的家人，欢迎我吗？"

"欢迎，当然欢迎了。我的宝贝，东方天使，欢迎啊。赛尔，我已经发誓了，我要为你建设一座城堡，东方天使城。请你住进去，做我的天使，做天使城的主人。东方天使城，将来，就在我的故乡，波河岸边。"

"安德鲁！"刘小丝亲吻昆塔，昆塔紧紧地抱住她。

刘小丝问："波河，像黄河一样美吗？普拉斯说，波河跟黄河一样。"

"一样。出了大山之后，两岸地势平坦。黄河最长，波河也最长。黄河有很多沙子，波河也有很多沙子。黄河水比地面高，波河水也比地面高……"

刘小丝惊喜地说："呀，是吗？波河，跟黄河一样？"

昆塔说："波河是为赛尔准备的，是为赛尔这个美丽的黄河女儿准备的。波河在那里盼望，它说：'东方的天使，安德鲁·昆塔的小天使，来吧！'"

刘小丝扳着昆塔的肩膀晃动，娇柔地说："来了，来了。跟着安德鲁，来了……"

落日在遥远的西方俯视地平线，有些云在它周边，它把云变成了斑斓的彩霞。

昆塔打开大背包，拿出一顶帐篷，说："这是我们从罗马来的时候，走到帕提亚，在帕提亚买的，牧人们用的，方便，实用。"

他将帐篷的几条角绳分别拴在树上，一个居屋做成了。打开垫子，铺在帐篷内。

"赛尔，请！"他说。

刘小丝滚进帐篷里，高兴地叫道："真好，安德鲁，真好，你也快来！"

昆塔也坐进了帐篷。

刘小丝担心地问："他们会不会有人……有人来到这里，附近？"

昆塔说："不会，赛尔，我安排了我的人，他们在道路那边，做岗哨，流动的岗哨。"

刘小丝放心了，靠近昆塔的怀里，把昆塔的手拉起来，围住自己，轻轻地眯上了美丽的眼睛。

幽幽的羌笛声，起于微末，渐渐生长，飘来，飘走……

小丝说："我带来一块大的丝绸，铺在底下。"说着，从昆塔的大背包里找出自己的小包，取出大的黄色的丝绸，跟昆塔一起扯着，铺在了垫子上，将四角和四边压在垫子之下。

"太美了！"昆塔说，"赛尔丝，赛尔，丝绸，罗马，洛阳，爱情，我们的爱情，在丝绸里，由丝绸做证……"

"这个季节真好，不冷，不热。"小丝说，"在中原，洛阳一带，桑叶长大了，蚕宝宝出生了，姑娘们去桑园里采摘桑叶，小伙子们在桑园外面转悠。"

"请告诉我，小伙子们为什么在桑园外面转悠呢？"昆塔歪着头问。

"你知道他们想干什么，故意问我。"小丝娇嗔地说，"你故意问我。"

"我不知道。"昆塔抱住小丝，滚在铺上，说，"我不知道，赛尔告诉我。"

刘小丝趴在昆塔的耳朵上，轻声地告诉他："他们找机会到桑园里去，把采桑的姑娘……像你这样，把赛尔压在身子下面……"小丝说着，羞涩地忍不住捂住了自己的大眼睛。长长的睫毛却在指缝间忽闪，黑亮的眼珠在偷看着昆塔的动静。

"啊呀，"昆塔说，"怪不得丝绸……女人喜爱，男人也喜爱……男人喜爱女人的身体和丝绸一样，丝绸和女人的身体一样……安德鲁说不清楚，安德鲁心里明白，它们是一样的，最初，就是爱出来的。"

"安德鲁，你说得清楚，你说明白了；赛尔听得清楚，听得明白。丝绸，是由爱情产生的，所以，丝绸永远衬托着爱情。有丝绸衬托的爱情，最美好，最幸福……"

"我的意思就是这样，赛尔。我说一半，我的赛尔就知道了全部。"

两人紧紧地拥抱，深深地亲吻。在忘情的拥抱和亲吻中，昆塔为小丝解去了外衣，小丝也为昆塔除却了外衣。

昆塔说："这是我见过的最柔美的身体。"

小丝道："这是我见过的最结实的身体。啊不，这是我见过的唯一的男性的身体。"

昆塔哈哈笑起来："小机灵鬼。"

小丝说："我看到你带的水，大葫芦的水。我也带了水，小的葫芦装的水。我们等一会儿喝我带的水，现在用大葫芦的水做清洁，好吗？"

"好。"昆塔说，拿起大的水葫芦，牵着小丝，走到附近的深草丛中，相互浇水，洗手……

他们跑回来，跑进帐篷中，昆塔将大葫芦扔在了帐篷口。

大葫芦晃悠，晃悠，最后斜着稳在了那里，像在侧耳倾听，倾听帐篷里的爱情……

85

小丝说："织云说，普拉斯喜欢她；绣雨说，迈克尔喜欢她。"

昆塔说："普拉斯和迈克尔都是我的好朋友，都很好的。"

小丝说："她们两个女子，羡慕你和我的爱情，睡不着觉。我睡不着觉，是满心的慌乱，满心的疼痛。她俩睡不着觉，是想跟我一样，去你们西方。她们不愿意留在沙漠。恰好普拉斯和迈克尔喜欢她们，为什么如此巧合呢？"

昆塔说："就是啊，难道是神的安排？维纳斯的安排？我更愿意相信，是天使的爱情，感动他们，召唤他们……"

天色在黑下来，帐篷之外的草丛里，斜蹲着的大葫芦依然在侧耳倾听，倾听帐篷里的爱情……

昆塔说："你柔软得像丝绸，赛尔，你是柔软的丝绸。"

小丝说："柔软得在飘动……上次我就恍恍惚惚，世界在飘动……我什么也不知道，告诉了你什么，自己也不知道……"

"嗯，我喜欢你忘掉一切的样子，你忘掉了一切，只有怀里的男人，安德鲁。"

"安德鲁你是狮子，我是小羊。狮子要吃掉小羊，它追逐小羊，扑倒了小羊，俘获了小羊。小羊害怕，小羊惊慌，小羊逃不掉。小羊的世界疯狂地旋转、颠倒。小羊想哭，小羊想让狮子快点吃掉自己算了，可是狮子它不吃，它在和小羊一起翻滚，翻滚，翻滚，它在逗弄小羊，它是一头坏狮子，坏狮子。”

"赛尔，你形容得太神了，你是天使，天使就是小羊。"

"你是狮子吗，安德鲁？你在吃掉我吗，安德鲁？"

昆塔说："赛尔，亲爱的，我的天使，我不是狮子。我是风暴，赛尔是柔软的沙丘。我是烈火，赛尔是柔软的草垛……"

小丝说："风暴玩乐沙丘，烈火燃烧草垛。沙丘粉碎了，草垛烧成灰烬了。一切都融化了，又汇合起来。我变得那么软，那么轻，披着七彩丝绸，软绵绵的，轻飘飘的，由你带着飞翔，忽而跟你朝天的高处上升，忽而又非常沉重，我得紧紧地抓住你。安德鲁，真的，我一心追随你的翅膀的节奏，安德鲁，我怕自己掉下去……"

昆塔说："赛尔，是的，我们一起飞，一起飞，从洛阳，飞，飞，飞，飞到罗马；从黄河上，飞，飞，飞，飞到波河上。"

小丝说："想飞的，是心，可是身子呢，却想让你压住，想让你用力地压住，仿佛又怕它飞走……"

昆塔说："是这样啊。是这样吗？是这样吗？上次我不大敢用力，怕我的美丽的丝绸撕裂了或者打褶了，现在可以了，得到允许，得到接纳，得到期望了。我的赛尔丝，我的维纳斯！"

他们根本没看，身子下面铺的丝绸早已打皱了团，小丝的娇喘越来越无法控制，昆塔却像个大英雄，与敌人奋勇作战。导火索燃烧着，发着光，直到……直到……直到最后一个引爆，炸毁一切。

终于在一番较量之后，狮子和小羊讲和了。颤动的世界渐渐平息，林中草丛间的帐篷恢复了宁静。渐渐地，他们看见起风了。帐篷外，树木摇动枝梢，野草俯仰不休。

沉默许久之后，小丝问道："天黑了，你饿了吗？"

昆塔说："饿了，狮子要吃小羊。"说着用力地吻小丝，把东方天使吻得鲜花盛开，天真活泼地笑闹起来。

刘小丝起身，送上一个烤饼给昆塔，又把小葫芦的水也递给他："安德鲁，你辛苦了，你能吃几个烤饼？"

昆塔拿起另一个烤饼给刘小丝，说："赛尔也吃，我也带的有烤饼呢。"

刘小丝吃着烤饼，说："真没想到，西行路途上能遇到你，安德鲁，你这头狮子抓获了赛尔的心和赛尔的人。"

昆塔说："谁不惊喜呢，赛尔，东方天使，可爱的小羊，让狮子失败了，驯服了，甘愿为她……甘愿为她……什么都甘愿！这趟遥远的贸易，我得到了大汉的丝绸，得到了东方的天使，赛尔，回到罗马，我相信，惊喜的人将会很多，很多……"

帐篷外隐隐传来野兽的叫声。小丝赶紧钻进昆塔的怀里，害怕地说："这是狼叫吗？野狼在叫吗？安德鲁，我怕它。"

昆塔一手抱起刘小丝，一手握拳，晃晃膀子，说："狮子在这里，不怕！"

刘小丝穿起了衣服。昆塔也穿起了衣服。小丝收拾昆塔的大背包和佩剑，昆塔把帐篷和垫子折叠起来，塞进了背包里。

昆塔背着包，拥着刘小丝，走出了树林，走到了驿道上。

大漠高空，苍白的月亮洒下清冷的辉光。车队周围，人影绰约，那是守卫车队的兵卒在走动。因为是野营，兵卒比以往多了，以至于昆塔和刘小丝竟无机会走近小丝的乘车。

站在路外的树丛中，小丝轻轻地说："兵卒这么多，怎么回到车上啊？你去远处学狼叫，能引开他们吗？"

昆塔说："你傻呀，狼越叫，他们越不会离开，让我来想一想怎么办。"

就在他们一筹莫展的时候，车队另一侧出现了大动静，猛然间人声嘈杂，喊声连连："强盗劫车了，强盗劫车了！毛贼哪里逃！毛贼哪里逃……"

车侧的兵卒闻声向那边跑去。昆塔急急说道："赛尔快上车！"

刘小丝不是一只小羊了，她像一只机灵的猫，迅疾而无声地跑到自己的乘车前，快速上了车。

在对面的喊杀声中，昆塔机警地巡视身侧，他担心强盗声东击西，从另一边冒出来，抢劫他的罗马商队。

第二十四章　于阗玉女塔什古丽

为开拓商道，确保十三公主的和亲路途平安，汉明帝部署四路大军，分别从酒泉塞、居延塞、高阙塞、平城塞出击，讨伐北匈奴。军事行动浩大，没有秘密可言，北匈奴知悉动静，早就溜走。

四路大军，除奉车都尉窦固一路小有斩获外，其余三路皆无可观战果，陆续撤出战斗。窦固部稳扎稳打，逐步推进，战果甚好。

86

塔吉克斯坦，杜尚别。向东，向东。

德默号和爱福号越野车，车身上，从一侧开始，经过车前盖，到另一侧结束的那道彩色的飘逸灵动的丝绸之路，依然靓丽。

车头位置上，丝绸缩成的硕大的牡丹花，格局相同，色彩有异，显得般配而又丰富。现在，它们依然鲜艳。

他们的车身一侧，地名上和地名周围，签满了各种颜色、各种语言的人名，另一侧，喀布尔和杜尚别周围也同样，签上了许多人名。

漫长的路途已经被他们甩在了身后。此时此刻，卡米尔、李由、罗伯特和博努瓦站在路旁的制高点上，拍摄照片，指点山河。

博努瓦说："帕提亚，是罗马向东扩张的对手，远古时期曾经生活在这一带的大月氏，是北匈奴人向西扩张的对手。"

李由说："班超经略西域的时候，大月氏中重要的一部贵霜帝国，势力非常强大。我们已经知道，大月氏人起初在中国的河西走廊西部生活，张掖、敦煌，都是他们的游牧区，他们后来被迫迁徙，离开了故土。"

罗伯特说："是北匈奴逼的。他们也是北匈奴的劲敌。"

其实，北匈奴跟大月氏为敌，也是大月氏人做出来的结果。

大月氏击破了敦煌附近的游牧部落乌孙，乌孙人才联络北匈奴人反攻大月氏。

大月氏失败，部分逃到祁连山间，融入羌族，史称小月氏；更多的人逃向西方，定居于阿姆河北岸，随后吃掉阿姆河南岸的大夏国，他们的政权史称大月氏。

大月氏分五个部族，其中的贵霜最为强大，建立了贵霜帝国。

汉武帝，远交近攻，派遣张骞出使西域大月氏。张骞走过北匈奴地盘的时候，为北匈奴所活捉。

卡米尔说："我记得了，北匈奴扣留张骞十年，最后张骞还是逃了出来。他逃出来仍然不忘使命，还是向西，奔大月氏。"

张骞先到了大宛国。大宛国王听说了张骞的遭遇和中原的丰美富庶，非常高兴，想和汉朝通好，就派向导把张骞领到康居，再转程到大月氏。

谁知道大月氏国已经臣服于大夏国，无意向匈奴报仇了。而且，大月氏觉得汉朝离他们太远，难以帮助他们。

大月氏国当时的女王说张骞："你在我国，旅游观光一番无妨。"

张骞觉得没意思，很没意思，就离开大月氏，回东土了。

87

大汉行军司马班超，带着尖刀兵马，在前方向西进行外交开拓。

奉车都尉窦固进行军事部署，修筑烽火台、瞭望塔，建立官府、军事管理机构。

"东城贩营"商队向西行进。

在楼兰之西，班超打通了焉耆、龟兹和疏勒一线国家，它们皆表示归服汉朝，现在去往瞿萨旦那国的路上，障碍只剩下于阗和莎车了。

卡米尔说："我来看一看，于阗，它是今天的什么地区？"

李由说："于阗，大致上是今天的中国新疆和田。"

"哦，和田，出产美玉的那个地方？"卡米尔说，"李由在车上告诉过我，有一个神话传说。"

传说古代于阗国有一条玉河，玉河畔，居住着技艺绝伦的老石匠和他的徒弟。

在老石匠六十岁生日那天，他去玉河边散步，捡到一块很大的羊脂玉。老石匠和徒弟一起，把这块玉精心琢成了一个玉美人。看着自己雕出来的玉美人，老石匠情不自禁地说，我要是有这样一个孩子该多好啊！话刚说完，玉美人竟然真的变成了一个活泼可爱的姑娘，认老石匠做父亲。

老石匠非常高兴，给这个女儿取名塔什古丽。

后来，老石匠去世了，漂亮的塔什古丽与老石匠的徒弟——小石匠相依为命，渐渐产生了爱情。

可是，当地有一个恶霸，看上了美貌的塔什古丽，趁小石匠外出，抢走了她，逼迫成亲。塔什古丽坚决不从。恶霸强占不成，恼羞成怒，用刀砍杀塔什古丽。一刀下去，塔什古丽身上迸出耀眼的火花，点燃了恶霸的家。

恶霸和他的帮凶在大火中被烧死了。塔什古丽自己化成一股白烟，飞往昆仑山，据说那里是她的老家。在飞往昆仑山的一路上，塔什古丽撒下了许多小石子，化为后人找玉的矿苗。

当然，这只是传说。那么，真实情况是怎样的呢？

于阗玉，古称昆山之玉、塞山之玉或钟山之玉，它的出产地是号称群玉之山、万山之尊的昆仑山。

早在七千多年前的新石器时代之前，昆仑山下的原始人就发现了于阗玉，将其制成生产用具及装饰物品。

于阗玉被用来向中原的朝廷进贡，从殷商时期就有了。

在殷墟的妇好墓中，曾出土了近九百件玉饰随葬品，其中大多数出自于阗。

此后漫长的中国封建时期，于阗玉成了帝王之玉。王宫的玉器多是于阗玉制成，特别是象征皇权的玉玺，多用上等的玉制作，绝大多数是于阗玉。

史料记载说，于阗境内有一条玉河，流至牛头山后，分成白玉河、绿玉河、乌玉河三条支流。虽然发源于同一条河流，但是各条支流中出产的宝玉颜色却与支流的名字一样。

每年五六月份，河水暴涨，玉石就从昆仑山顺流而下。每年出产玉石的多少，就由这时水势的大小决定。到了七八月份，各条玉河水势减缓，人们就可以到河里采玉了。因为河里玉石多，当地人把采玉叫作捞玉。

当时，于阗国的国法规定，玉石要由官府首先采集。如果官府没有去采玉，任何人都不许到河边去。

由于玉石资源丰富，于阗人的大小器物以及衣服上的扣子和配饰都常常是用玉做的。

大约在公元 70 年，克什米尔的高僧毗罗折到于阗国传教。于阗王还下旨立佛教为国教。后来，于阗王国每年春天的四月初一举行以礼佛为中心的狂欢大游行。街道洒扫一新，城门高悬帷幕，张灯结彩，举国狂欢，万人空巷。国王偕王后也出来参加巡礼，受尊崇的佛教造像车，走在游行队伍最前列。造像车高三丈左右，庄严神圣，如同行宫，以僧幡盖顶，悬挂七宝，佛像立其中，金碧辉煌。

佛教造像车距城门百步时，于阗国王要摘下王冠，赤着双足，手持华香，走出城门迎接佛像，焚香散花。佛像入城时，王后与宫女要在城楼抛撒五彩缤纷的花瓣。

"行像"完毕后，国王与王后才起驾回宫。

于阗国，有玉，有佛，但是军事实力软弱。北匈奴虎视眈眈，意欲吞并它，还没赶到呢，于阗的邻居莎车先下手为强，占领了于阗国。

莎车王，名叫贤，占领于阗后，把许多于阗贵族弄到了莎车做人质，他派了个大将军管理于阗。

于阗是个佛国，佛会帮助于阗。怎么帮助呢？于阗的贵族名叫都末的出去打猎，张弓搭箭瞄上了一头野猪，刚要射杀，野猪扭回头来说，只要你不杀我，留我一条猪命，我可以帮助你们杀死于阗大将君得。

都末收起了弓箭，跟自己的兄弟们一商量，还真就干掉了君得。

都末率领兄弟们干掉君得，却成了别人的垫脚石。于阗贵族休莫霸与汉人韩融结盟，袭杀了都末兄弟，自立为于阗王。

88

于阗脱离莎车，不再是莎车的附庸了。莎车疯狂地反击，攻打于阗。两场大战，莎车皆败。

第一战，莎车王贤派太子和国相领兵两万攻击于阗，结果丢掉一万人。第二战，贤亲自领兵数万出战，结果损失大半，自己仓皇逃回。

贤终于明白了将在谋不在勇，兵在精不在多，休莫霸有汉人谋士，就是厉害。

休莫霸得胜后，挥军直取莎车，犯了冒进错误。莎车的强弩射杀了休莫霸。

贤没有追杀于阗败军，因为这个时候，另一侧的北匈奴人出现了。北匈奴人无意中送给于阗人一个难得的喘息机会。

贤曾经送给北匈奴一个儿子做人质，这个儿子叫不居征。不居征在匈奴娶妻生子，已完全匈奴化。匈奴人这次来，就是想劝说贤"让贤"——让位给不居征。

贤呢，当仁不让，与匈奴人展开了酣战。

匈奴人不善攻城，莎车王困守无援。休莫霸死后于阗崛起的主角——休莫霸的侄子广德正好坐山观虎斗。

贤占领于阗时，掳掠了许多于阗贵族到莎车软禁，其中有个宝贝，是新于阗王广德之父。

匈奴人暂时退却后，贤派出使者，向于阗王广德提出结盟方案：释放广德之父回于阗，同时贤把女儿嫁给广德，双方和亲，结成牢固友谊。

贤的和解条件，广德照单全收，接回了父亲，娶回了媳妇。至于结成同盟嘛，看情形而定吧。

翌年，广德率兵一路攻杀，来到莎车城外。

"汝父已归还，吾女亦嫁你，为何又来战我？"城头上，贤质问女婿。

广德这个带刀的女婿回话道："久不相见，思念岳父，想聚一聚嘛。要不，你我各带两个人，在城下聚一聚，再次结一结盟？"

贤却真的想结束战争。踌躇的贤拿不定主意，问自己的相国且运怎么办。且运主张出城去。理由很扎实，对方是亲戚，女婿，又是以前结过的盟友，还有什么不可信任的？若不去，两国友谊即告结束。况且一人带两个随从，以贤的神武，广德又能如何？

狐疑、焦虑的贤，带着两个贴身侍卫，出城与女婿相会。

谁也不知道，贤的相国且运早已是广德的内线了。贤一出城门，虎落平阳，龙游浅滩，眨眼间被广德所擒，成了广德的俘虏。

莎车国成了于阗国的附庸。

贤不久遭到杀害。

北匈奴的军队却到了于阗国的城下。

这回轮到广德发愁了。仗，打也得打，不打也得打。广德坐在军帐之中，前思后想，不得要领，昏昏沉沉，堕入梦乡。

大部队开始行动了——不是广德的士兵，而是一群大老鼠。大老鼠成了广德的帮手。

其中有一个大老鼠拱手向广德道："我等住在于阗附近，沙碛之中，是于阗的臣民。今见大王发愁，特地前来报告，明朝大王只管发兵攻击匈奴人，我等会出手相助，保证取胜。"

广德说："鼠老哥们，你们说的若是真的，那就谢谢你们啦。"

第二天，广德领兵出击。

来到匈奴人的营外一看，没人。大着胆子走进营房一看，没人。定定心，用刀挑开匈奴人的帐篷一看，好笑，匈奴人都乖乖躺在被窝里呢。

怎的啦？所有绳子和类似绳子的东西，都被老鼠咬断了。罩袍、束带、系甲、揽裙，全都用不上了，只好躺在被窝里束手就擒。

实际上，这是广德做的一个美梦。

实际上，次日，匈奴军队大胜，广德大败，投降了匈奴。

投降的广德向匈奴送出质子，表示臣服，承诺以后年年进贡，岁岁来朝。匈奴人又立了贤的质子不居征为莎车王。然后，带着于阗的太子返回大漠去了。

南匈奴接受东汉的怀柔，不安定因素就只剩下北匈奴了。

恰好瞿萨旦那国向东汉求亲，明帝允准。

为开拓商道，确保十三公主的和亲路途平安，汉明帝部署四路大军，分别从酒泉塞、居延塞、高阙塞、平城塞出击，讨伐北匈奴。军事行动浩大，没有秘密可言，北匈奴知悉动静，早就溜走。

四路大军，除奉车都尉窦固一路小有斩获外，其余三路皆无可观战果，陆续撤出战斗。窦固部稳扎稳打，逐步推进，战果甚好。

给事中郑众和黄门官抗桂率领的"东城贩营"和亲使团一路随后，沿途无虞。

窦固部将班超，智勇兼用，降伏鄯善之后，连续作战，焉耆、龟兹、疏勒等国次第归服，现在，他和他的尖刀队快速刺向了西域霸主于阗。

于阗王广德召开御前会议，分析形势，研究对策。

匈奴人扶立莎车王贤的儿子不居征之后北撤，广德即攻杀了不居征，立不居征的弟弟为莎车王。匈奴人只好默认，但还是加强了对于阗的管理，派出常驻使者专门监护于阗。

班超在鄯善、在疏勒的英武故事传遍西域，在于阗更是传得沸沸扬扬、神乎其神，广德不得不考虑今后的路怎么走了。

89

于阗王广德思忖，称霸一方的日子是不错，但是，在汉、匈两强哪一个面前都不能充大头。

臣服匈奴是没有办法的选择，要钱得给钱，要粮得给粮，代价一直很大。如今汉朝的势力回归西域，于阗自然知道怎么选择。汉朝不仅不要钱，没准皇帝高兴了还有令人惊喜的赏赐。

但是，汉朝的诚意如何，决心多大，在西域的实力有多强，都还不清楚。而且，汉朝派来的人行不行啊？据说是三十多个英雄。在鄯善，三十多人砍了匈奴一百六十多个，听着邪乎，实际情形谁知道啊！

班超的使团到了。

广德虽说佩服班超，但还是在外交上刻意表现出自己的傲慢，不让汉朝人看低，以便获取更多的筹码。

班超一行人被简简单单地送进了馆舍。

第二天，于阗国的礼宾吏员来到馆驿，求见班超，带来了于阗王的不情之请。

于阗国的礼宾吏员说："为了于阗国的未来，为了西域人的福祉，昨天晚上，大王做了个法事。请来主持法事的大师说，大神发了怒，指名要吃班将军的坐骑。希望班将军看在天下苍生的面子上，忍痛割爱。"

听了于阗人的怪话，班超还没啥反应，他的部下眼珠子瞪起来了，眉毛立起来了。于阗鬼子，你们这不是找碴儿打仗吗？不是公然挑衅吗？

班超微微一笑，神秘地贴在来人的耳边说："没问题。不过我这匹马比较倔，没有法术的人降不住。你们于阗，也只有大师有本事降伏它，能不能让大师亲自来？"

于阗官吏说："容某回去禀报大王。"

广德得到礼宾吏员的回报，吃了一惊，班超居然答应了？

广德有点意外，不由自主地瞅了一眼坐在身边的大师。大师微微把头一晃，冷冷一笑道："大王且放宽心，待老夫走一趟。"

大师出去一阵工夫，广德醒悟了，坏了，大师的小命可能要完了。

广德快速传出命令，派遣军队前往汉人驿馆，为大师保驾，必要时包围驿馆，把大师救出来再说。

广德的于阗禁卫军飞马前往，尚未赶到，班超一干人已骑马驰出驿馆。

广德在忐忑不安地等待消息，但听外面"噔噔噔"的脚步声响，门帘一挑，班超正提着大师血淋淋的人头站在门外。

班超把人头抛到地上，正颜厉色道："大王，归服大汉、共拒匈奴的事情还在考虑吗？还需要再考虑考虑吗？"

"啊、啊，是啊，考虑、考虑，不用考虑了，不用考虑了。"广德不知怎么有点结巴了，舌头转起弯来了。

"那就请大王发兵，先把于阗境内的匈奴人解决掉！"班超两眼盯着广德，斩钉截铁地要求道。

广德说："班将军放心，本王即速发兵，清除他们。"

广德这时不再犹豫，派禁卫军闪电出击，干掉了于阗监护府和于阗城内所有的匈奴人。完事之后，摆开酒宴，宾主落座。

班超命人抬上大量礼物，说："西边的瞿萨旦那国已是大汉的朋友，现今于阗也成了大汉的朋友，西域大道终告畅达。西域与汉朝断绝六十五年之后，再次连通，可庆可贺。这是大汉皇上对于阗的赏赐，从大王到上上下下诸位官员人人有份。"

广德心里热乎乎的，接受了赏赐，说："某愿意遣子入汉为人质，同时决定在于阗最好的绿洲为班将军筑造城堡，修建府邸，请班将军在于阗安家，请班将军和所有的汉家英雄长居于阗。现在，请我的乐舞队出场助兴。"

月琴、胡琴、马头琴、冬不拉……在各种乐器的伴奏下，美丽的西域舞女旋转如风……

宫外大漠中，暮色如烟，羌笛如啸，高亢而悲凉，近而遥远……

第二十五章　热烈忘我的演绎

　　"我本来要安心地嫁到瞿萨旦那国，跟那个小国的国王过日子的。我想象他英俊能干，想象他的宫廷宁静无争，想象他的国家安全和平。谁知道我遇到了你，安德鲁，我开始冒险……不，不是，我不想冒险，可是，我的身体不听我的话……

　　"安德鲁……我难受，这样我难受，难受使我产生期望，期望你带着我脱离尘世，飞升上去，慢慢地，到云端……"

90

羌笛声划破远古丝绸之路上傍晚的天空，划破伸展向无穷无际的大漠，划破云，划破风，划破绿洲中间的水面……

"东城贩营"使团和西罗马商队又一次野外宿营。

有人在饮马，饮骆驼，为它们梳毛，有人在修鞍、整车，有人在取水。他们拿来空的水囊，以水瓢灌满，背走。

远处好几个地方升起炊烟。风将烟吹得倾斜着，仿佛地下的火堆在迎风奔腾。

更远的地方，有其他商旅在宿营，能看到隐隐约约的炊烟，正在扎起来的帐篷。

落日离西方地平线越来越近。乌云在落日周围缓慢地滚动。太阳一次一次地努力把头从乌云间探出来。

在一处大的台地上，拼起来的数张大席子，成为一片巨型的场地，郑众将军、抗桂侍郎、瞿萨旦那国的使臣和昆塔及普拉斯等，聚会饮酒。

郑众擎着酒觥，说："某领皇上大命，与诸位一路行来，几千里地，不敢有一丝疏忽，半点弛懈。所幸陇上崎岖难行，我等齐心协力，顺利通过。来，为此干一大觥！"

大家干了觥中酒。

"请用菜。"抗桂说，"请用菜。"

郑众道："瞿萨旦那国是大汉的友好盟邦，他们的使臣千里修好，辛苦有功。来，为瞿萨旦那与大汉的百世友好，干了第二觥！"

大家又干了一觥酒。

郑众接着说："大秦国的商贸使者昆塔男爵，是我大汉的远方的贵客，他们受到皇上的亲切接见。他们来自万里之遥的大秦罗马，历尽千辛万苦，为的是把大汉的丝绸运到大秦去，把大汉的恩德带回大秦去，大汉感谢他们，我等感谢他们。为他们，干一觥！"

大家举起酒觥，干了，相互点头致意。

在距离他们不算太远的地方，几辆车围出来的一方空地上，是十三公主和几个侍女在用晚餐。

在另一个方向，同样是几辆车围起来的空地上，是瞿萨旦那国的祖赫热、阿依慕和艾米拉等女性使者。

在浩大的车马队伍的后方，距离前边饮酒的人们较远的地方，是菲利普、迈克尔他们罗马商队的宿营地。他们也在饮酒，还有人在旁边烤肉。

日光又一度从云隙间漫射过来。

羌笛飘忽如丝，落日燃烧如火。郑众说："我等也是幸运，此时此刻，欢聚大漠，共赏羌笛飞声，落日辉光，此等因缘，千载难逢。"

昆塔说："感谢大汉皇上，感谢郑将军，感谢抗大人。我们从故乡罗马出发，到得今日已经将近一年的时间，全是在行路。这几个月，最好，因为和大汉朝廷'东城贩营'一起行进，非常安全，非常愉快。"

普拉斯说："昆塔男爵一路上不忘赞美大汉洛阳。在洛阳的时候，无论是收购丝绸，还是到处游玩，都非常美好，非常愉快。我们觐见大汉皇上，幸运的是得到皇上题词。返程至今，这一路上，平安顺利。这趟商务，终生难忘。"

昆塔说："我们回到罗马，要告诉罗马人，大汉的发达，大汉的友好。"

普拉斯说："我们有个计议，回去把丝绸销售完毕，力争明年秋季再次出发，后年春天再次来到东土大汉。并且，把大汉介绍给罗马人知道，让更多的罗马人到大汉来经商，收购丝绸，收购陶瓷，也把罗马的明珠、香料、皮毛运到大汉东土。"

郑众道："如此大好！把东方和西方的商道越走越宽敞，越走越扎实。"

抗桂说："皇上派遣多路大军出击北匈奴，开拓西域道路，已经取得绝对胜利。奉车将军窦都尉的大军在蒲类海和鄯善安营扎寨，镇抚西域之后，长期屯田，经略商道，大汉和大秦，必然畅通无阻。"

郑众说："预计明日我等将到达焉耆，好好休整几日，补充足够给养……"

91

夕阳在亲吻遥远的地平线。

西域落日，没有北方的冰凉透心，也没有南方的温润，这里更多的是悲凉、壮阔。远远望去，西边的旷野，似乎是无穷的虚空。

在傍晚的商队宿营地，这里那里，篝火熊熊。

昆塔和普拉斯离开酒席，走向绿洲之外。树木渐渐变少。他们走到了林外的一处房屋。

房屋周围的地面为风搬来的沙尘掩盖了，但还可以看出有人开垦过的痕迹。

房屋，泥土的墙壁，泥土的地面布满沙土。屋顶是先用树枝密集地遮盖，然后在上面糊了泥巴的。背风的一面墙壁上开着门和大窗子，窗棂是整齐排列的胳膊粗的木棍。迎风的一面有一排像瞭望孔一样的小方窗。

仔细观察，发现距离屋顶约一尺的高度，架设有很多光溜溜的横杆。

昆塔指指那些横杆说："我猜出来了，这里是有人做的晾房，晾瓜果、晾葡萄的晾房，这些杆子是晾杆。"

普拉斯说："猜得对，你看那些小方孔，是进风的，门和大窗子是出风的。"

昆塔站在大窗子前。由于房屋的位置较高，傍晚的绿洲在稍微低一些的地方。篝火在那里闪亮。

房屋的地面，铺着柔软的沙土，也许是建房屋的人铺的，也许是风铺的，总之，很柔软。

"美妙的地方！"昆塔坐在地上，说，"很柔软，很有诗意。"

普拉斯也坐下，说："万里长途，绿洲小屋，好啊，太好了。"

夜幕在幽静地降落，一处一处的篝火都渐渐变亮了。篝火周围，树木矗立，草影翻跹，火光透到绿洲之外，渐渐淡去。

夜空高远，月亮弯弯。在茫茫大漠的映衬下，月下的绿洲狭窄而又渺小。漠风自遥远处吹来，燥热被替换为清凉。

昆塔和普拉斯走回车队。暮色中，走过十三公主的车边。织云和绣雨在车影里站着。看到昆塔和普拉斯，织云跨出来一步，轻声叫道："普拉斯！"

普拉斯说："你好，我们约一个。后半夜，夜莺叫。啾啾啾啾啾，啾啾啾啾啾。就这样。男爵，你也叫一声。"

昆塔也叫了一声："啾啾啾啾啾……美丽的夜莺。请告诉赛尔，今天晚上夜莺要叫了。"

织云轻轻地说："好的。"

绣雨也走出来一步。普拉斯对绣雨说："夜莺叫，迈克尔也会。"然后，他对织云和绣雨："保护好赛尔，美丽的姑娘们！"

织云和绣雨说："是的，朋友，我们会的。"

昆塔和普拉斯告辞织云、绣雨，走回他们自己的驼队和车阵。

在"东城贩营"驼队后阵的宿营点，驼夫们围着篝火弹奏冬不拉和马头琴等，又是一番情景。

远处是罗马商团的驼队，跟"东城贩营"的驼队宿营娱乐的风格基本一样。

罗马商团的车辆围成一个很大的方阵，背风的方阵出口，恰好是一顶厚实的帐篷。

车阵的两侧，也各有一顶厚实的大帐篷。这两侧的帐篷，跟大的帐篷方阵做成掎角之势，是防御的需要。

昆塔问菲利普："你们都吃好喝好了吗？"

菲利普说："吃好喝好了。马匹和骆驼也都吃好喝好了，还给它们梳了毛。"

"干得好！"昆塔拥抱了菲利普，然后问迈克尔，"全体人员都没有问题吧？"

"有伤的，脚掌打泡的，都治疗了，保养了。他们吃好喝好早早休息了。"迈克尔说，"轮班放哨的也安排好了。"

昆塔说："一路骑马辛苦，我们也休息一下。菲利普最辛苦，请睡到车上。"

大家说："好，菲利普请上车休息。"

菲利普上了一辆乘车，说："我睡了，后半夜还得起来查哨呢。"

这是在漫长的行程中商队主要人员轮流乘坐的商车。这辆乘车上的座椅、铺位，皆由打成捆的丝绸构成。

昆塔说："感谢迈克尔的智慧。我们乘用的车，拆除原有的座椅、铺位，换作丝绸货物，充分发掘和利用了运力，还便于改造成睡铺。"

昆塔、普拉斯和迈克尔进了依靠车子搭成的帐篷，靠在抵着车的篷壁上。帐篷向着月亮的一面开着人字形的口，迎进月光，他们因而隐隐约约看得见夜里的天色。

昆塔说："月亮很好。这里已经是焉耆的地面了。这个赛尔，小天使，我是当真了。丝绸，赛尔。你们跟那两个姑娘敢当真吗？是不是当真？"

迈克尔说："我当真，普拉斯你呢？"

"当然，我当然是真的。"普拉斯说，"东国女儿，温柔，说话的时候看着你，微微地笑，谁不喜欢呢。出一趟远门，带一个回去，谁不高兴呢。"

"赛尔，敢于放弃她的身份，跟着我走，她就是天使。"昆塔说，"我没有想到，大汉丝绸公主竟这样勇敢，我被感动了，我必须对她好，我发誓。"

普拉斯说："爱情至上，因此将她们列入奥林匹斯山众神的队列，也不逊色。以前听众神的故事，讲众神的故事，只是听听、讲讲而已。如今，几位东国女儿，让我看到了神，我不知道怎么说才好了。迈克尔，你呢？"

"我也不知道怎么说才好了。她们很美丽，我闭上眼睛，她们就来了。她们说她们三个人不分开，去罗马就都去罗马。绣雨对我说，跟着我们走，没有问题。"

普拉斯说："我们三个男人，罗马和希腊来的；她们三个姑娘，东国宫中来的，在路上相遇了，相爱了，怎么这样巧呢？"

"是啊，为什么是三个？"迈克尔说，"我也发问，这是怎样的安排啊？是谁在安排啊？是天神的安排吗？"

"但愿是。"昆塔说，"瞿萨旦那国，本来是她们要去的地方，可是要变成我们带她们离开的地方。带她们离开，风险不可预测，你们知道吗？"

迈克尔说："进入瞿萨旦那国之前，多雇用一些人，兵卒更好，带她们走。如果要打，必须打赢。"

昆塔说："我无法肯定，要打，还是不要打。"

普拉斯说："上等的计策是靠智慧带走她们，下等的计策才是使用武力。"

迈克尔说："先让商队走。商队走远后，我们行动。预备一辆车给她们三人乘坐。我们包括我们雇用的兵卒，假设雇用了的话，骑马，断后，有人追赶，就打败他。"

昆塔说："英雄劫美人，壮烈。好在还有些日子才能走到瞿萨旦那国，好好设计，看我们怎么做最好。"

92

大漠的月亮，挂在清冷的夜空。

气温已经下降，在忽闪的篝火周围，当地向导和受雇的驼夫们靠着大树睡着了。

偶尔有一声两声鸟叫，那是守候在绿洲的夜莺。

月亮走到了中天。

昆塔说："嘿，伙计们，夜莺叫了。"

普拉斯和迈克尔每人背一个背包，跟着昆塔悄悄走出帐篷，绕道树林之外，走了一阵，在渐渐靠近十三公主乘车的地方，站住了。

昆塔小心翼翼地走向驿道宿营区，站在大树后面，与远处的夜莺比起叫声来。

"啾啾啾啾啾，啾啾啾啾啾……"

他的叫声在寂静中分外清晰。

很不巧，有游动哨兵在刘小丝她们的乘车附近游荡。昆塔不再叫了。几个人轻手轻脚地藏身在树林里，等待着哨兵转到远一点的地方去。

乘车里边的刘小丝她们几个女孩子一直在竖着耳朵听呢，听到清脆的夜莺叫声，相互压低话音道："他们来接我们了。"

越是想让游动哨过去，游动哨好像故意作对似的，走过去一点点，又慢悠悠地返回来。或者是上峰给那几个哨兵有命令，务必看好那几辆乘车，不得有半点闪失。

好难挨的光阴啊。终于，两个游动哨都走得远了。时间和空间都是空当。

昆塔说：“迈克尔，叫。”

迈克尔叫起来：“啾啾啾啾啾……”

刘小丝在织云和绣雨的陪伴下，蹑手蹑脚下了车，像几只机灵的小猫飞跑过来，路边的树林遮掩了她们。

有个游动哨兵恰好回身，似乎听到了异常。他快步向树林走了一走，观察一番，可能觉得树林比较幽深，又离开，朝车队旁边走过去。

昆塔一把将刘小丝抱了起来。

织云和绣雨跟着昆塔没走多远，看到普拉斯和迈克尔，他们四个人也迫不及待地会合了。

织云轻声唤道：“普拉斯，普拉斯！”

绣雨也唤道：“迈克尔……”

眨眼间四个人已各有所属，形成了两个爱情小组。

昆塔抱着刘小丝在前，普拉斯、迈克尔、织云、绣雨在后，一行人快速走进绿洲小屋。这个不知道谁人建造的神奇处所迎接了他们，容纳了他们。

迈克尔说：“多么美丽的小屋啊，安静的月光，柔软的沙铺。”

普拉斯说：“在罗马或者希腊，照这个小屋的样子建造一个酒馆肯定受欢迎！朋友们带着各自最亲爱的人来到酒吧，放纵心情，追寻快乐，以宙斯的名义！”

迈克尔说：“来吧，英雄们，天使们！让我们抛弃一切忌讳，跟着宙斯，迎接欲望的神祇吧。”

昆塔说：“迈克尔，你抬头，看到上面的横杆了吗？我要帐篷，把帐篷挂在横杆上，垂下来。赛尔不一样，赛尔需要隐蔽，请把帐篷给我。”

迈克尔把背包里的帐篷给昆塔，昆塔把帐篷吊挂在横杆上。

昆塔说：“现在要垫子，普拉斯请把垫子分配一下。”

普拉斯把背包里的垫子给昆塔和迈克尔各一张，也留一张给自己，说：“来吧，亲爱的。”

迈克尔把两张巨大的绸布挂在横杆上，做成了几个隔断，说：“我们不是在罗马，也不是在希腊，我们是在东国的西域，和东国的美人儿共度美好的时光，得有丝绸啊！"

普拉斯说："月亮是银色的灯光，丝绸是美丽的帐幕。"

昆塔卸除佩剑，热烈地拥抱刘小丝，进入帐篷。

昆塔说："赛尔，刚才我恨不得去你们的车上把你给抢出来。"

小丝轻声地说："我也想你。"说着仰头迎接昆塔的亲吻，"我感觉到你的胡子了，安德鲁，我感觉到你的胡子了。我爱你，爱你。这件事情让我很惊奇。

"我本来要安心地嫁到瞿萨旦那国，跟那个小国的国王过日子的。我想象他英俊能干，想象他的宫廷宁静无争，想象他的国家安全和平。谁知道我遇到了你，安德鲁，我开始冒险……不，不是，我不想冒险，可是，我的身体不听我的话……

"安德鲁……我难受，这样我难受，难受使我产生期望，期望你带着我脱离尘世，飞升上去，慢慢地，到云端……"

昆塔将刘小丝的衣物放到了一边，把她光洁的人放在自己宽厚的胸脯上。小丝快乐地扭动着自己，把昆塔的衣物扒开，扯去。

丝绸帷幕之外，旁边，有爱情的声音接连不断地传进来。

刘小丝趴在昆塔的身上，侧着耳朵听听外面的声音，忽然热烈主动地亲吻起昆塔来。"赛尔，赛尔！"昆塔坐起身，把赛尔紧紧地搂进怀中。

后半夜的西域绿洲，在清冷的月光下，沉入无边的寂静。

这里那里，篝火在安静地燃烧，围着篝火的向导们和驼夫们也进入了睡眠。宿营车队旁边，偶尔有两人一组的游动兵卒走过，人影恍惚，如在梦中。

高天之上，月亮缓慢地向西方运行。

绿洲一侧的小屋，东汉和西罗马，地理距离上最远的国度的三个女性和三个男性，由商贸为媒，以沙漠为席，以丝绸为幕，热烈忘我地演绎爱情之后，在静悄悄的回味中。

刘小丝轻轻地说："辛苦了，安德鲁。"

昆塔："赛尔也辛苦了。多美的小屋，真不愿意起床，可现在得送你回去，送你们回去。"

刘小丝说："为了我们长远的相爱，让我们暂时分开，在相互思念中继续朝前走。走过沙漠，走过瞿萨旦那国，你的赛尔还要跟着你，一直走到你的国家，走到罗马，走到波河岸边，走到罗马的黄河边。"

昆塔说："我的赛尔，我发誓带着你走回我的国家，走回罗马，走回波河故乡。我要在波河边为你修建一座城堡，东方天使城堡，请你住进城堡。

"城堡周围，是我们的树林、草地、葡萄园、橄榄园……哦，亲爱的赛尔，当然必须有你喜爱的桑园，嫩绿的桑叶上，爬满了肥滚滚的蚕虫，蚕虫们在歌唱，唱的是遥远的东国中原的爱情，唱的是黄河和波河的婚姻，唱的是大汉和罗马合璧的幸福日子……"

刘小丝深情地亲吻昆塔，说："安德鲁，我期待这样的生活。我不再犹豫了，我期望你把我带走，也期望普拉斯把织云带走，迈克尔把绣雨带走。"

"你会常常跟织云和绣雨在一起游玩，当然也有我安德鲁，有迈克尔和普拉斯。听你们回忆东国中原，回忆桑园的春风，回忆洛阳宫廷的岁月，回忆这次万里长途，回忆我们漫漫长途中的热烈的爱。

"若干年后，将这些美好的回忆，送给我们的儿女。他们会惊喜这些传奇，问我们：'你们真的经历了那些吗？'"

刘小丝说："我们的儿子要像你，安德鲁，雄壮、能干。"

昆塔说："我们要生很多女儿，个个像我的赛尔，美丽、温柔，让小伙子们喜欢得奋不顾身。"

"他们听到了我们的计划，安德鲁。"刘小丝说。

"你听，他们也在计划呢，怎么生，生多少，哈哈。你听，一边计划，一边还在行动，不比我们逊色。"昆塔说，随后对帐篷外面道，"嘿，哥们儿打扫战场，准备撤退了，不可贪恋片刻，误了大事，快把她们送回去。"

三个男人收拾垫子和丝绸帐幕，三个女子帮忙，很快完毕，轻快地走出来。

昆塔说："普拉斯，你背两个背包走吧，我和迈克尔送姑娘们回去。"

普拉斯接过迈克尔的背包，没有忘记跟织云紧紧地拥抱和亲吻作别。

迈克尔在前边领路，三个姑娘紧随其后。

昆塔提醒说："注意哨兵。月亮落下去了，上天也在帮助我们。"

迈克尔站在树后观察一番，说："哨兵也疲劳了，瞌睡了。你看，走也不想走的样子。好，他们转过去了，转过去了，快走！"

织云和绣雨护着十三公主轻巧、快速地跑过去，上了车。

昆塔和迈克尔疾速退回林木丛中，停留片时，见没有招惹哨兵注意，绕道稍远的林木之后，回到罗马商队的宿营地。

东方的地平线上，荡漾出雾一样的白色，白色缓慢地变化。浑厚的浑浊的白色膨胀扩散，从中诞生出玉石的亮白色。玉石的亮白色升华，散开，从中透出晶莹的琉璃色……

丝路密码

下

任见 著

河南文艺出版社

·郑州·

作者
简介

|

任见，作家，学者。著有《封建西欧》（2卷）、《刘禹锡传》、《白居易传》、《刘秀传》、《曹操传》、《帝都传奇》（10卷）等，河南文艺出版社出版的长篇历史小说《一个很有本事的人：曹操》，由台湾晶冠出版社推出其繁体版《曹操：三国一个很有本事的人》。

戈壁雅丹

精绝国的记忆

沙漠商旅

商队在露营

尼雅古城遗址

丝绸之路关西故道

西上帕米尔

焉耆古道

帕米尔的谷地

帕米尔之路

《帕提亚之战》木版画

丝绸之路上的古驿站故地（土耳其）

波河平原

古罗马商队经过中东

古希腊歌剧院遗址

伊斯坦布尔一角

波河古堡遗址

古罗马城遗址

母狼乳婴铜像

古罗马竞技场遗迹

目 录

第二十六章　两条山带打成的结

　　贵霜王国曾经觊觎帕米尔以东的地盘，一是历史上的老家所在，二是打下来几个小国，建立管理机构，可以享有商贸利润。贵霜王伊感率兵五万北下，当时经略西域的汉家将军正是班超。

　　班超和广德计议御敌之策，坚守为上。贵霜军队远来征战，后勤补给难以长久，只要固守城池，假以时日，伊感军疲敝，再奋勇出击便可获胜。

93

"如果地球是一头公牛，那么这里就是地球的角。"卡米尔说，"所以如此难行。"

罗伯特问她："为什么是公牛？"

"公牛有角啊。"卡米尔说完忽然笑了，"哦，母牛好像也有角。"

"西班牙小母牛。"罗伯特绷着嘴巴，故意调笑卡米尔一句，然后问李由："中国人怎么说的，我记得是'好像大葱一样的高山'。"

李由说："字面上大概是这样。中文叫'葱岭'，这是个很古老的称谓。更古老的时候，它还有个名字，叫'不周山'。"

卡米尔说："我来给罗伯特解释一下这个名字：不圆的山，或者，不完整的山。"

李由道："卡米尔很聪明，说对了，古人正是认为它不圆，不完整。"

卡米尔说："坐李由的车，不知不觉把中文学了。"

"为什么叫不周山呢？有个大力士把它撞了。"

"大力士？像奥林匹斯山上的赫拉克勒斯那样，完成了不可能完成的丰功伟绩，死后灵魂升入天界，成了星座？"

李由说"撞坏了不周山的中国大力士叫共工，是个水神。共工一向与火神祝融不合，他率领水中的虾兵蟹将，向火神发动进攻……

"水神共工的先锋大将相柳和浮游，猛扑火神祝融氏居住的光明宫，把光明宫四周长年不熄的神火弄灭了，大地顿时一片漆黑。

"火神祝融驾着遍身冒着浓烟的火龙出来迎战。所到之处，云雾廓清，雨水退却，阴暗悄悄退去，大地重现光明。

"水神共工恼羞成怒，命令相柳和浮游将三江五海的水吸上来，往祝融他们那里喷去。霎时间，长空中浊浪飞泻，黑涛翻腾，白云被淹没，神火又被浇熄了。

"可是，相柳和浮游稍一松劲，祝融的神火又烧起来，加上祝融请来风神帮忙，风助火威，火乘风势，烈焰直扑共工。

"共工他们想留住大水来御火，可是水泻千里，哪里留得住。

"烈焰长舌般卷动，共工他们被烧得焦头烂额，东倒西歪。大火疯狂追赶，共工率领水军且战且退，逃回大海。他满以为祝融遇到大水会知难而退，因此潜在水宫，自鸣得意。不料祝融下了必胜决心，全速追击。

"火龙所到之处，海水滚滚向两旁翻转，让开了一条大路。祝融直逼水宫，共工他们只好硬着头皮出来迎战。终究无法抵挡，相柳逃之夭夭，浮游活活战死。共工无法再战，狼狈逃向天边。

"天边高耸的大山，正是不周山。共工回头一看，追兵已近，无法逃走，加上又羞又愤，一头向山腰撞去。轰隆隆一声巨响，大山竟被共工撞折了。

"不周山一倒，大灾难降临了。原来不周山是根撑天的巨柱，巨柱一断，半边天空坍塌下来，露出一个大窟窿，顿时天河倾泻，洪水泛滥。

"中国古代表示事物的冲突、矛盾，有水火不相容的典故，它的出处就是水神共工和火神祝融的这场鏖战。"

罗伯特说："水火不容。这场惊天动地的大战，没有什么所谓正义，只有大自然的力量在搏击。"

李由说："中国文化把这种现象叫相克。"

卡米尔说："水神和火神比试，火还是比水有优势的，所以它能胜出。"

博努瓦说："中国古代神话非常有意思。就水神、火神这个来讲，它就是一个隐喻。明看是宇宙间的一场战争，暗藏的是大自然的变迁。共工怒撞不周山，自然被毁坏了。后来人们续上了女娲补天的神话，是大自然的恢复。"

卡米尔问李由："女娲把巨大的柱子再次竖立起来，她是一个大力士？"

李由笑道："据说四根柱子都倒了，大地向东南倾斜，海水向陆地上倒灌。平原上的人多数都被淹死了，幸存者只好逃往山上。但是，山林是兽类的领地，它们受到侵扰后十分愤怒，向人类发起疯狂的攻击，许多人被野兽咬死、吃掉。人类在空前的灾难之下，幸存者已经很少。女娲便以黄土和黄泥，捏出了许多人——当然这就是传说中黄色人种的起源了。

"女娲选用各种各样的五色石子，架起火，将它们熔化成浆，用这种石浆将残缺的天修好了。天修好后，就斩下一只大龟的四只脚，当作四根柱子，把倒塌的天又撑了起来。可怜那匹大海龟，脚剩得很短了！大自然可怜龟，就封它为长寿王。

"女娲补好了天，但她没有把天弄平，东高西低。因此，太阳、月亮和众星辰都很自然地滚向西方。"

94

博努瓦说："从实证学的角度来看，女娲的时代可能有小行星撞击地球。而所谓五色石补天，从中能看到用瓦盖屋的影子。最初以泥土烧制瓦片，火候难以掌握，颜色各种各样。故事被一次又一次地添枝加叶，烧瓦演变为炼五色石，盖屋演变为补天了。"

李由说："我赞同这样的推理。"

博努瓦说："考古学已有明确的证据。女娲神话遗迹的地理分布位置，在中国山西、河北、内蒙古及辽宁一带，其核心是白洋淀地区。在新石器时代晚期，中国的河北这一带留下了一个古文化的空缺区，原因就是这里发生了巨大的天外撞击灾害。"

李由说："是的，博努瓦先生提出冀中平原的远古无文化现象，非常珍贵，值得深入研究。"

卡米尔问："不周山改名葱岭，是它像大葱一样高吗？罗伯特说它像大葱一样高，才叫葱岭。"

李由说："葱岭的名字，汉朝才出现。汉朝人到这一带来，看见山崖葱翠，很像'葱'。爬上去，发现真的有许多野葱，就叫葱岭了。'岭'的意思是'大'，并不是单纯的高。实际上它是个高原，还有点平。"

罗伯特说："帕米尔高原，中国这样翻译：世界屋脊。"

帕米尔高原是地球上两条巨大山带打成的一个山结。两条巨大山带，一条是阿尔卑斯—喜马拉雅山带，一条是帕米尔—楚科奇山带。它也是亚洲喜马拉雅山脉、喀喇昆仑山脉、昆仑山脉、天山山脉、兴都库什山脉的会集处。

帕米尔最高，群山起伏，连绵逶迤，雪峰耸立，耸入云天。

由于空气稀薄，所以能见度甚好。瞧，我们能看见远处冰雪的山峰，一座一座。

帕米尔高原是古代亚欧丝绸之路上最为艰险和神秘的一段。

当地民谣曰："一二三雪封山，四五六雨淋头。七八九正好走，十冬腊月别开头。"

十月、冬月和腊月，寒冷开始了；一月、二月和三月，大雪封山；四月、五月和六月，常常下雨；七月、八月和九月，是帕米尔高原上正好行走的日子。

由于地势高寒，行旅艰险，因此沿途那些帮助行旅解决住宿和给养的驿站就显得格外重要。

博努瓦说："帕米尔高原上有多处驿站遗址，一般都是石头城、石头屋。当时的驿舍，多数由卵石砌筑，方形，尖屋顶或拱屋顶，炉灶也是卵石砌就的。"

罗伯特说："一般驿站附近，都有河滩草场，牧草肥美，可供来往商旅放牧驼、马。"

95

贵霜王国曾经觊觎帕米尔以东的地盘，一是历史上的老家所在，二是打下来几个小国，建立管理机构，可以享有商贸利润。贵霜王伊感率兵五万北下，当时经略西域的汉家将军正是班超。

班超在于阗，刚刚镇抚了于阗王广德。

班超和广德计议御敌之策，坚守为上。贵霜军队远来征战，后勤补给难以长久，只要固守城池，假以时日，伊感军疲敝，再奋勇出击便可获胜。

贵霜的粮草越来越少，伊感的军队四处搜掠又无所得。班超推断，伊感会收买东边的龟兹，合击于阗，以夺取最后胜利。

班超请广德派兵，跟自己的三十多位汉朝勇士一起埋伏在要道上。果然未出班超所料，伊感的一队求援兵卒出现了。

班超指挥军队包围了他们，放归一个，其余全部杀掉。

伊感从逃归士兵口中得知军情，自知已无出路，便派使者向班超请罪，要求修好。班超同意，贵霜撤军，自此保持和平友好关系。

汉朝国力强盛，向外通商，商人沿丝绸之路连通欧洲地中海各国，像昆塔他们的商队，是必须穿越帕米尔高原的。

此地海拔很高，而且气温很低，寒冷异常，点不起火来。行人感觉到的热力也不如其他地方感觉到的明显，烧烤或煮制食物不容易熟。

帕米尔高原是欧亚交通的必经之地，丝绸之路进入塔里木盆地以后，分为南北两道向西延伸，到了帕米尔高原则又交会起来。

第二十七章　猫在一张榻上吧

　　数月的搭伴而行，相互照应，险恶的路途环境，荒漠寂寥，这一切，似乎让两个商队尤其是"东城贩营"使团的守卫士兵松懈了戒备。而且，罗马商队受到过皇上接见和题字的事，大家都知道了，西方人、罗马人活泼开朗的性情也不怎么招人讨厌。罗马客商发现车上有漂亮女宾，走来道句"安好"也是无所谓的。因而，昆塔他们在车边走，"东城贩营"的守队士兵并不驱离他们，也不匆忙走近。

96

在漫漫沙漠征程上，"东城贩营"和昆塔商队迤逦西进。

路边出现了汉家士兵正在筑建的塔楼，有的规模巨大，高处人影绰约，夯声悠远。

除了"东城贩营"和昆塔商队，路边的木车和骆驼也多起来，花草树木也多起来了。

前方有声音传来：焉耆到了。

听到声音，有骑兵向一辆车内报告："禀报将军，焉耆到了。"

又有骑兵向另一辆车内报告："禀报大人，焉耆到了。"

前边的车内是给事中郑众。后面的车内是监事使抗桂。他们的车慢慢停下来，郑众和抗桂下车换乘了马匹，走到了队伍前面。

远远看到焉耆城门和城头彩旗飘舞。走向城门的道路两边，老远就分列着靓丽的彩绸帷帐。焉耆王元孟和他的官员们在城门外迎接。

郑众和抗桂率领"东城贩营"走近，元孟在马上施礼，说："二位将军率领商队路过，敝国焉耆不胜荣幸。"

郑众还礼道："奉大汉皇上之命西行，有所打扰，还请大王见谅。"

元孟恭请将军进城，说："先接到奉车将军窦都尉命令，为'东城贩营'商队预备了驻扎支应事宜。房屋洒扫一新，食宿安置无虞。骆驼马匹的饮水和粮草，车辆修理和加油，各有专人管理。未来的给养，只等二位将军吩咐，便即准备妥当。"

郑众说："焉耆如此忠诚友善，某等回京后必定报知朝廷，嘉奖赏赐，往后世代修好，造福西域百姓。"

进城后，在走往驿馆的路上，抗桂问："听说在西域诸国中，唯有焉耆近海，水多，鱼多？"

元孟说：“是这样，有鱼，有蒲草，有芦苇，还出产咸盐。这次为大汉商队预备的给养中，咸盐是足够的。”

“焉耆马也是很好的。”抗桂说。

元孟说：“马匹也准备的有，供将军和商队替换。焉耆骆驼也不错，需要替换的全部供应。”

郑众说：“焉耆对‘东城贩营’的供应，一体结算，由商队给付。大汉朝廷有令，沿途诸国，主动支应者，务必优等给付，日后另有赏赐。”

到了驿馆门口，元孟交代部下按照预先的部署去安置“东城贩营”商队的食宿，然后，请郑众和抗桂及他们的从人进入驿馆。

郑众说：“随队有特殊女官、女宾，必须单独安置住处，确保万全。”

元孟说：“先前窦都尉派来的使者已经再三强调此事。随队尊贵女官、女宾，安置在将军馆舍之侧。所有接待服务，由王室负责。”

郑众说：“如此甚好。”

抗桂说：“‘东城贩营’有专人查验女官和女宾的食宿安排，他们会随时禀报的。”

焉耆驿馆的接待客房果然高贵，铺展着崭新的蒲席，柔软舒适。

元孟领抗桂到内室门口说：“榻也全是新的，焉耆苇榻，希望将军满意。”

宾主在蒲席上坐了，使者端上饮水和果脯。

元孟请郑众和抗桂享用，说：“请用水。请品尝焉耆的果脯。尽管已经数月，瓜果鲜味犹在。有些是焉耆独有的。”

郑众问：“此地西去龟兹，路途多少？”

元孟说：“西去龟兹，合九百里，沙碛甚多，极是难行。”

郑众沉吟一阵，问：“乌孙在焉耆正北方？”

“是的。”元孟说，“乌孙与大汉累世交好。二位将军西去，直到龟兹，系我焉耆和北方乌孙地面，交通方面料无什么阻碍。只是风沙灾异，瞬息万变，必欲提防。”

“北匈奴已经不再南下骚扰？”

“窦固将军在西域诸国城中设置汉尉官邸，城外筑烽火塔台。班超将军智勇双全，经略镇抚，通途再开。北匈奴缩回远方，不敢作乱了。"

<h1 style="text-align:center">97</h1>

遥想当年，西汉拓边。元朔年间，大司马骠骑将军霍去病出陇西，将万骑，过焉耆，长途奔袭，大破匈奴，俘获匈奴祭天金人，直取祁连山。在漠北之战中，霍去病封狼居胥，大捷而归。从此，匈奴远遁，漠南无王庭。

可叹，汉家历经战乱，暂时衰微，西域诸国再度离心。

元孟说："王莽篡汉，焉耆叛莽，匈奴卷土重来，西域纷乱，焉耆盼望大汉复兴，至今方遂大愿。"

郑众道："南匈奴审度大势，及时归服汉朝，安居乐业。北匈奴横行掳掠，导致西域大部地区无有宁日。大汉派遣四路大军，讨伐无道。再由窦都尉陈兵塔里木，重兴教化，开通商贸，西域诸国如焉耆者，必将从中受益。"

"将军所言，皆系实情。"元孟说，"大汉富饶，向西输送丝绸等物。商贾经过焉耆，食宿停留，饮酒歌舞，焉耆各种服务，皆有收入。而且，焉耆所长，皆得发挥；焉耆所短，皆得弥补。以前只在焉耆九城之间做点买卖的小商小贩，已经预备东往洛阳长途经商了。"

郑众道："你为焉耆之王，理应支持本国商人前往中原，东去销售焉耆果脯，西来装载大汉丝绸。本国穿用也好，继续西行销售也好，相互借补，共同富裕，国安民顺，物阜财丰。"

元孟说："已经鼓励商贾前往洛阳。凡全年赴中原一趟，运输丝绸货物至少一车者，免除全家次年全部赋役。"

"鼓励商贸，此举甚好。"郑众道，"宜在西域诸国推广。某今晚草拟向朝廷禀报路程行踪的帛书，亦将禀报焉耆交好大汉、真心东向之情形。"

元孟说："非常感谢将军。"

这时，元孟安排的丰盛午餐由侍女们端了进来，各种饮食器具摆满几案。焉耆葡萄酒也端了进来。

元孟说："女官、女宾，商队所有人等已经着人招待，请二位将军放心。"

元孟打开酒瓮，将酒倒进盏中，挥手命乐手和舞女上场佐酒，说："这是宫中专酿的葡萄酒，浓郁醇厚，请二位将军品尝。"

郑众和抗桂饮酒，颔首称好。

元孟陪同宴饮。在手鼓、古筝、月琴、马头琴等乐器的伴奏下，身姿妖娆的焉耆美女舞蹈助兴……

罗马昆塔商队也进入焉耆主城，找了几家好的酒馆驿站，食宿和休整。

焉耆城中的建筑多为泥巴砌就。泥巴墙，泥巴顶，泥巴窗上木窗棂。此地终年无雨，因而泥巴长久也不见什么变化。

酒肆歌场，述说着沙漠绿洲的特殊风情。

昆塔和他的商队的五六个成员到一家酒馆用餐。焉耆好妇抱出一瓮葡萄酒待客，朝硕大的酒钵中斟酒。

迈克尔说："离家越来越近了，酒味让人想起罗马的狂欢。久违了，罗马葡萄酒、蜂蜜、松脂、石膏粉、胡椒粉，还有香水。"

普拉斯说："豪华的座位，雕花酒杯，大量的菜肴，男男女女，朗诵、演唱、乐器表演、舞蹈、杂技……"

昆塔说："我们这次回去就不一样了。东方天使，文静，内敛，她们把热烈藏在晚上，献给心上的人。"

"来，干杯！"菲利普说，"放开喝吧，但不要醉，下午得换马，换骆驼，修车，加油。"

昆塔说："补充给养要足，从焉耆到龟兹，一共九百里，沙碛遍地，绿洲极少。"

98

焉耆国宾馆邸，郑众和抗桂居所一侧，是十三公主她们的住处，另一侧是瞿萨旦那国使团的住处。

刘小丝用完了餐，焉耆的使者将餐具撤下。

刘小丝和织云、绣雨住一间房，姝儿和妍儿住一间房。刘小丝走到姝儿和妍儿的房门口，说："休息吧。"说完对她们点点头。

刘小丝回到另一间房屋，说："走到焉耆这里，方才感到跟中原大不相同，真的是西域了。敦煌、阳关那里，还不曾如此不同。我觉得，我们走过瞿萨旦那国，到遥远的波河边去，是对的。因为波河，它像黄河。"

织云说："我们一起去，有说悄悄话的伴儿。否则公主一个人，周围都是罗马人，说话听不懂，做事很别扭，受到欺负也没个人商量对策，岂可想象？"

"我们带点桑籽和蚕种到罗马去，种一片桑园，养一些桑蚕。"绣雨忧郁地说，"假若真的听不懂他们的话，就在桑园里过日子。"

刘小丝说："这就不对了。带点桑籽和蚕种到罗马去，种一片桑园，养一些桑蚕，固然很好，但我们是为了快乐才植桑育蚕的，不是为了躲避。"

织云说："对，公主比我俩有学识，就是这么个意思。"

绣雨说："波河跟黄河一样，多泥多沙，水面高出地面，想象那里的气候也跟黄河边、跟洛阳城差不多，比西域好，比瞿萨旦那好。"

织云关上门说："我们也休息。"

绣雨关闭上窗子上的苇席遮栅。

"难得焉耆还有这么好的客房，几张睡榻也大。我们猫在一张榻上说话吧。"刘小丝说。

三人遂一起上了靠内的一张大榻。

绣雨说："这么大的榻，我猜应当是专门用来招待汉家将军、汉家使臣或者中原富商的。"

"这样的榻跟我们宫中的那种有点像，为男女之事预备的。"

"这几日，老想起小屋的那个月夜。"

"可惜今日良辰，大好床榻，无有玉人相伴。"

"看看窗子背后是否有荒草野树？晚风吹起，月影过处，也有夜莺唧啾？如何让他们知道我们住在此处？"

"旁边就是郑将军和抗大人。再往那边，是瞿萨旦那国的使团。千万莫为贪图一时之欢，坏了大事。一旦败露，可是脑袋搬家的罪过啊！"

"西方男人的热烈，最是难忘。但愿年年岁岁，岁岁年年，情不变，爱不变。"

"据说西人见异思迁，若日后遭抛弃了……"

"别，千万莫说这些不吉利的话！"

"他们这会儿不知在做什么，难为他们，那么大一个商队，马匹、骆驼、人员、车辆、货物，还有给养……"

"他们这会儿在做什么？"

在焉耆的车马交易场，昆塔、菲利普、迈克尔和普拉斯在挑选马匹、骆驼和车工、驼夫，预备开启新的旅程。

"东城贩营"大队，则有焉耆军队帮助以上事宜，人言纷纷，马嘶声声。

天色渐渐暗下来，月亮渐渐升起来，夜风渐渐大起来，焉耆城渐渐进入梦乡。

99

翌晨，太阳出现在东方地平线，"东城贩营"和罗马商队再度出发。

元孟和他的臣子们送行到西去的城门外，依依惜别。

为了便于行动，"东城贩营"和罗马商队都接受焉耆向导的建议，尽可能地减少马匹和车辆。这样，"东城贩营"原来的马匹都留在了焉耆，换了十五匹焉耆马。罗马商队也卖掉原先的六匹马，换购了四匹焉耆马。车呢，"东城贩营"剩下了六辆，罗马商队剩下了三辆。驾车的马匹全都换作了骆驼。原先一辆车装载的货物至少需要两匹骆驼来分担，故而骆驼增加不少。

骆驼多了，队伍整体上也变长了很多。

离开焉耆，越走越远，绿洲变小，变少；沙碛变大，变多；风声变长，变厉。

空旷的征程，叮当的驼铃。

偶尔看到小型的商队。他们人员和骆驼较少，避让到一边，顺便休息，让

"东城贩营"和罗马商队经过。路侧的空地上，常常有搭过帐篷的痕迹，架火的几块石头，烧过一半的木柴，遗留的驼粪。

"东城贩营"的乘车上充足的焉耆果脯和饮水，给十三公主和侍女们不少乐趣，她们欢喜地品尝果脯。

撩开车帘，向远方眺望。遥远，空旷，单调，没有变化，只有风，不断地携着沙尘刮过。只要看见远处有风头滚来，飞沙如烟雾一般，赶紧放下车帘，即便如此，也难免有沙尘钻进车里。

姝儿和妍儿护着食物。织云和绣雨放下车帘，她俩就把果脯包起来。阵风过后，车帘再次打开，果脯也每人分食一片。

"这一程，是过了阳关之后最远的一程了。"

"可不嘛，从洛阳到长安也无非八百里地，这一程九百里。"

世界只剩下了天空、大地、沙碛和恼人的长风。

昆塔、普拉斯和迈克尔骑着新换的焉耆马，驰至"东城贩营"商队前方，向同样骑在马上的郑众和抗桂问好。

郑众道："这是离开焉耆的第一程，我们得走得远一点。向导说，午时过后再走一个时辰，将会到达一片小绿洲。到了那里再扎营休息，今天就不再走了。"

抗桂说："我们计划五天走到轮台，每天不能走得少了。"

昆塔说："遵从将军和大人的安排。将军和大人需要我们商队做什么事情，尽管吩咐，保证服从。"

郑众道："皇上为贵商队题字'使通万里'，亦是对我等中土使者的鞭策鼓励。同行漫漫长途，实乃大好之缘，但有需要，自当联络。"

昆塔他们勒马慢行，走在了"东城贩营"大队的六辆乘车旁边。

数月的搭伴而行，相互照应，险恶的路途环境，荒漠寂寥，这一切，似乎让两个商队尤其是"东城贩营"使团的守卫士兵松懈了戒备。而且，罗马商队受到过皇上接见和题字的事，大家都知道了，西方人、罗马人活泼开朗的性情也不怎么招人讨厌。罗马客商发现车上乘坐的有漂亮女宾，走来道句"安好"也是无所谓的。因而，昆塔他们在车边走，"东城贩营"的守队士兵并不驱离他们，也不匆忙走近。

昆塔说："姑娘们，乘车没有骑马舒服啊。"

刘小丝趴在窗口，对昆塔笑笑。

昆塔说："郑将军说午间不宿营了，再走几个时辰到一个小绿洲宿营，今天就不再走了。大家在车上可以放心休息，晚上听夜莺叫。"

刘小丝缩回去。

织云和绣雨分别出现在窗口，朝外摇摇手。

昆塔勒马停步，让车辆走上前去。在马嘶声中，在驼铃声中，他和普拉斯及迈克尔回到自己队伍中。后面，有其他的商队，一匹一匹的骆驼在跟上来。

第二十八章　是我们的衣服在跑吗

昆塔一看，在风沙苍茫的夜色中，确实是衣服被刮跑了。除了他和刘小丝身下压着的两件衣服，其余的穿戴全被刮跑了。纷乱地在风中向远处滚动的，正是他们的衣服。

刘小丝赶紧将刚才压在他们身下的衣服抓起来，免得再被刮跑。

脚下是松软的沙土。几件衣服像风轮一般滚动，怕昆塔抓到，滚动着滚动着还拉开了距离。昆塔是远程商队的队长，几件衣服略微来了点分散战术，还真让他一时犯傻，追之不及。

100

果然是个小小的绿洲，小得几十步就可以走到头。

这里有口大石头砌着井口的水井，供来往客商汲水使用。附近高丘上一个烽火哨台，驻守士兵的日常用水也取自这个袖珍的绿洲。

这个所谓的绿洲，没有茂密的野草，也没有茂密的树林。这个下午的天空也没有半点像样的云彩。放眼远眺，大漠，古道，无边寂寥。

"东城贩营"和罗马商队驻足宿营。

织云和绣雨，姝儿和妍儿，她们到井边洗涤巾帕。她们洗过走了，瞿萨旦那国的女性来用井水，然后是抗桂的女侍来了。

女性们用过，男性们来饮水、洗涤。

向导带着马夫、驼工，牵着马匹和骆驼，杂沓地来到井边的石头池，让牲口们适当饮水。

向导说："远途行走的马匹和骆驼不能立刻多喝水，少喝一点，供给它们草料，吃好了再饮水。"

刚刚打上来的井水，也不能让马匹和骆驼喝。石头池中的水是前面走过的旅人从井中打上来的。后来的马匹和骆驼饮用了，要再打水倾倒进池中，让再后来者的马匹和骆驼饮用。

负责炊事的人员，垒石，架火，烧菜，做饭。

在燠热的阳光下，铺开席子，排列开烹煮和烧烤的食物，分发烤饼和饮水。人们经过了漫长的行军，饥饿难耐，专心地吃喝起来。

吃喝完毕，各自到帐篷或车内适当歇息。

"东城贩营"的六辆车组成了一个堡垒阵。依照近来宿营的惯例，依靠车辆扎起的帐篷，是十三公主的。

过午的太阳缓慢地向西滑行。依照大总管郑众的命令，士兵们在水源一侧略微偏下的灌木丛间圈起帷帐，作为洗浴场地。

在织云、绣雨、姝儿、妍儿的服侍下，十三公主刘小丝先行洗浴。

刘小丝说："大家一起洗吧，节省工夫。"

公主和侍女们浴毕，是瞿萨旦那国的女宾们。

郑众让部下请罗马商队使用帷帐洗浴，昆塔他们礼貌地接过打水工具，请打水的兵卒洗浴，然后他们自己打水，整个商队人员轮流洗浴。

沙漠上温差大，白天的燠热，渐渐地被傍晚的清凉所取代。浴后的旅人心情愉快。焉耆的向导和驼夫拉起胡琴，奏起笛子，独特的西域乐声在营地上空缭绕，缭绕，被漠风携走。

人们三三两两走出绿洲，观赏大漠落日风景。

兵卒们大声传告："将军大人有令，所有人等听清，不得远离营地，以免迷路失踪……将军大人有令，所有人等听清，不得远离营地，以免迷路失踪……"

三三两两的人们放慢了脚步，回首看看绿洲和营地，仰头看看四外的起伏伸展，不像会迷路失踪的样子啊。

刘小丝、织云、绣雨，三人聪明，有意朝罗马商队的外侧远处晃悠。渐渐地，离大本营远了，加上天晚光线减弱，没有人看清她们。

昆塔他们看得清。三个男子适时走出来。

看到昆塔走近，刘小丝离开织云和绣雨，和昆塔走在一起。普拉斯自然约了织云，绣雨接受了迈克尔。

刘小丝说："我们走得慢一点，不要走得很远。反正天快黑了，没有人看得见了，走得远，迷路就坏了。"

昆塔说："好的，我的天使，我的女神，当然不能迷路。赛尔，赛尔。"

"一路走，一路想，想念，想念你。"刘小丝说。

"赛尔，我也一样。"昆塔说，"来，坐下。这里，就在这里坐下。这里低一些，他们看不见。让我欣赏欣赏我的赛尔。"

他们坐在一片洼地，昆塔将刘小丝斜着揽进怀中。刘小丝微笑着，仰着脸儿，接受昆塔的爱抚。

"我被丘比特的金箭射中了，像维纳斯一样。"刘小丝幽幽地说。

"从大海的泡沫里生出来，洁白又美丽的维纳斯，就是赛尔，纯净如玉，轻柔似水，眼睛柔和迷人。时光女神给她围上项链，戴上头饰和耳环。四季女神给她送来天车，载着她飞向奥林匹斯山。

"哦，不，她要飞去的地方，是波河，波河岸边，那里，将会有一座东方天使城。"

"安德鲁，我好幸运。"刘小丝说，"赛尔拥有你，比当国王更幸运。"

101

维纳斯的美丽使得奥林匹斯山更加绚丽，赛尔的美丽将使波河更加夺目。

爱情的承诺最有力量。维纳斯承诺了爱情，帕里斯给了她金苹果。维纳斯是情人们的保护神。受她保护的情人，可以尽情享受爱情带来的甜蜜与幸福。

维纳斯美貌无比，自己的爱情却不如意。幸亏她的小儿子丘比特有金弓和爱情的金箭，在玩耍的时候，金箭射伤了维纳斯的胸部。中了金箭的维纳斯，内心深处的爱情挡不住，对美少年阿都奈斯一见钟情。

"安德鲁，你就是阿都奈斯，阿都奈斯。"刘小丝喃喃地说，"维纳斯爱上阿都奈斯，对其他任何事物都不感兴趣，只想让阿都奈斯整日陪伴左右。"

昆塔紧紧地抱起刘小丝，说："会的，会的，到了罗马，我们再也不分离，游遍山林、河谷，共度美好时光。

"到那时，我们像维纳斯和阿都奈斯一样在山林里玩耍，爱，无拘无束，不像现在，老是担惊受怕。没有什么好担惊受怕的，若让他们发觉了，我们就早早地公开恋情。"

"天哪，安德鲁，你太简单了。我老想起牡丹花——阿都奈斯的血加上维纳斯的葡萄酒，变成的维纳斯花，洛阳花。我不敢想象，我非常害怕。"

"赛尔，你想得过于复杂了。美好的旅程，美好的晚风，不要想那么多，不要想得那么悲哀。"

"安德鲁，我不认识你的时候，什么也没有想，真的。认识了你，我忍不住要想，想得很多，越想越怕……"

"轻松一些，让心情轻松一些。亲爱的，我给你讲讲丘比特的故事，你就知道，美好的事情往往是曲折的，就不那么担忧了。"

在古代，有一个国王，国王有三个女儿，都十分美貌，尤以小女儿蒲赛珂的容颜最为出众。而且，蒲赛珂的心地也十分善良。

人们都认为，蒲赛珂的品貌超越爱神维纳斯，所以把她当作神一般崇拜。维纳斯的庙堂里，拜祭的人反而越来越少。

维纳斯十分生气，愚蠢而无知的人们，去拜一个黄毛小丫头，害得我的神堂长时间布满灰尘。我要惩罚那个讨厌的蒲赛珂。

爱神维纳斯被嫉妒之心冲昏头脑，叫来小儿子爱神丘比特，说："你去，把蒲赛珂嫁给这个世界上最丑陋凶恶的怪物，以消我心头之恨。"

蒲赛珂的父母也正为蒲赛珂的婚事犯愁呢。大女儿、二女儿均已出嫁，只有蒲赛珂可能生得太美，竟没有王子敢来求亲。

蒲赛珂的父母去问神，神说："你们的小女儿蒲赛珂将嫁给这个世界上法力最高强的怪物。让她坐在山顶吧，她的丈夫自会派人来接她。"

无奈之下，蒲赛珂的父母哭着把蒲赛珂送到了山顶，就走了。

可怜的蒲赛珂伤心得落泪，她很害怕。到了傍晚，风神飞了过来，对蒲赛珂说："公主，我现在就接你去新的宫殿吧！"

就这样，蒲赛珂公主就被一阵风接走了。风神把蒲赛珂接到了一座宫殿。宫殿极为华丽，其内物品一应俱全，且奢侈高雅。到了晚餐时间，有人在桌上放置了丰盛的食物。

有个声音对蒲赛珂说："亲爱的公主，这里设施完善，您需要什么只要叫一声，我们就会来做了。不过却看不到人影。"

蒲赛珂吃了饭，夜晚渐渐来临，她的心里惴惴不安起来，不知道她的丈夫是个什么样的怪物。想着想着，蒲赛珂就睡着了。

晚上，她的丈夫来了，但不能见到他的长相，于是他们做爱了。待到天将亮时，蒲赛珂没睡醒，他就走了。

就这样过了好几天，蒲赛珂觉得自己很幸福。美中不足的是，见不到她丈夫的面，而且白天也很寂寞。一天晚上，她对自己神秘的丈夫说："我白天一个人在家，总觉得很孤独。"

她丈夫听了就说："那不如让你姐姐来看看你，我可以让风去接她们。"

蒲赛珂同意了。

第二天，蒲赛珂的两个姐姐被风神接来了。看到妹妹的高贵生活，她们心中很是嫉妒，就怂恿蒲赛珂："他为什么不让你看他的长相呢？只能说明他是一个丑陋又可怕的怪物。"

"你准备一把刀，等他晚上睡着的时候看清楚他的长相。如果真的感到害怕，就一不做二不休把他杀了，你就可以回到我们身边了。"

这天晚上，蒲赛珂真的准备好了一把刀。丈夫是个怪物，多可怕啊。可他也常说要她信任他，而且他对她一直都不错的啊！

到了晚上，她丈夫一如既往地来了。待丈夫熟睡后，蒲赛珂拿了灯来看他的脸。

灯光下映照出来的是什么呢？竟然是伟大的天神丘比特。在灯光的映照下，丘比特英俊的面容越发神采奕奕。

蒲赛珂看着开心极了，一不留神将灯芯的热油滴落在了她丈夫的翅膀上。

丘比特被翅膀上的烫痛惊醒了，他看着一脸惊慌失措的妻子说："蒲赛珂，我对你说了多少次了，别胡思乱想的，只要我们天天能恩爱地在一起就可以了。我母亲本是要我把你嫁给这个世界上最丑陋不堪的怪物的，可我自己却爱上了你，即使违背了母亲的命令，也一定要和你在一起。可是蒲赛珂，你硬是要胡思乱想，还听信你的姐姐，怀疑自己的丈夫。既然信任已经失去，我只好走了。"

说完，丘比特竟然拍动翅膀，飞走了。

蒲赛珂连忙追出去。可丘比特根本不管她，径自飞走，未再回头。

为了求得丘比特的原谅，蒲赛珂只身步行来到维纳斯的神殿，请求维纳斯的谅解，并希望能见丈夫丘比特一面。

维纳斯对她说："这一切都是你的错。你可知道，他违背了我的命令，现在也被关在房里受罚。你想见他也可以，得先受过我的惩罚，证明你对他的爱，你们两个才能见面。"

蒲赛珂含着眼泪说："只要您能让我和丘比特见上一面，怎样的惩罚我都可以接受。"

因此，维纳斯对蒲赛珂进行惩罚了。

第一个惩罚，是要蒲赛珂去整理放在一个仓库里的五六种谷物。它们全都被混杂在了一起。结果，地上的蚂蚁们帮助她完成了。

第二个惩罚，是要蒲赛珂过河去采集金羊毛。那些羊在白天会很烦躁，生人根本无法接近。河神告诉蒲赛珂，只要在日落之后，去荆棘上采集就好了。蒲赛珂顺利地采到了金羊毛。

第三个惩罚，是维纳斯给了蒲赛珂一个盒子，让她去装一些丰收女神的女儿贝瑟芬妮的美貌，并且要带回来，蒲赛珂同意了。

可是贝瑟芬妮是地府的王后，去地府的路该如何走呢？蒲赛珂想也许只有死吧。在她准备死的时候，风神出现了，告诉她到达地府的正确途径。

蒲赛珂顺利地到达了地府，见到了贝瑟芬妮。贝瑟芬妮对她和丘比特的遭遇表示了同情，给了她一些美貌，让她装在了盒子里。

这个时候，维纳斯告诉翅膀还在疼痛的丘比特说："你妻子来找你了，我让她去地府取贝瑟芬妮的美貌来惩罚她了。"

丘比特一听蒲赛珂为他所遭受的苦难，哪里还顾得了自己的疼痛，就飞出房间去救自己的爱妻。

蒲赛珂拿着那个装着贝瑟芬妮美貌的盒子一路走着，心想，我这几天一直劳累，肯定很憔悴，只怕现在丘比特看到我，也未必再喜欢我了吧！不如让我擦一点这盒子里的东西，也许对我的容颜是有好处的。再说，我也想知道神后们的美貌是什么样的。

蒲赛珂打开了盒子。原来盒子里装的正是睡眠——睡眠可以改善女人的容颜。所以，当她一打开盒子，睡眠就飞了出来，她顿时倒在地上睡着了。

丘比特飞来，找到了蒲赛珂。

蒲赛珂醒了，她还以为自己在做梦呢！

蒲赛珂最怕的，还是维纳斯不能接受她和丘比特两个在一起的事情。

丘比特笑着对蒲赛珂说："亲爱的，不用忧虑这件事情，我自有办法。"

丘比特去找天神宙斯和天后赫拉求情。宙斯和赫拉听了丘比特的详情陈述以后，觉得他很有道理。恰好维纳斯也来诉说儿子不服从于她的事情。

宙斯与赫拉好言相劝维纳斯："你就别再执着了，让蒲赛珂和丘比特在一起，凡人们看不到她，也就慢慢地忘记她了。这样，你就还是他们心目中最美的爱情女神，岂不是好事吗？"

维纳斯被这么一劝，想想也有道理，就答应了。

就这样，丘比特和蒲赛珂的婚姻得到了各方的认可，宙斯与赫拉还给蒲赛珂喝了圣水，蒲赛珂成了和丘比特一样的神。

刘小丝热烈地抱住昆塔的脖子，说："我知道了，丘比特，从此以后，他们就幸福地生活在一起了。"

"是啊。"昆塔抱起刘小丝，说，"蒲赛珂，从此以后，幸福没有尽头，没有尽头……"

102

刘小丝说："我刚才洗得好舒适，好干净。你摸一摸。"

昆塔说："哦，真的，我的赛尔，天的虫子，光滑无比！我也洗得很愉快。"

"我嗅到了，我最喜欢嗅到你的这种气味。天要黑了，月亮比前几天升起得要晚一些。"

"我们到那些小沙丘后面好吗？谁也看不到我们。"

太阳没入了遥远的地平线，茫茫戈壁慢慢沉浸在一片霞光中。在朦胧的天际霞光与大漠暮色的交融中，他们走出洼地，相互搂着腰，向不远处的一片小沙丘走去。

沙丘确实不远，但要越过它并非易事。

刘小丝没有爬过这样的沙丘。沙子柔软得就像棉花，走起来十分费劲。好在沙丘并不高大，好在昆塔劲头十足，几乎是拖着抱着他的赛尔走到了沙丘顶上。

到了沙丘顶上，方才发现沙丘背后并不像前边一样低，而且沙丘不是一个，是蔓延向远方的沙的波浪。

他们走下沙丘。

昆塔说："不能走太快，越快腿脚越累。"

沙丘下面非常安静。昆塔把剑插在沙土里。他们把外衣脱下来铺在一起。

刘小丝嘻嘻笑道："只有天知道、地知道。"

昆塔说："天做证，地做证。"

"安德鲁，你好雄壮。"

"我喜欢探险，练出来的体格。喜欢雄壮吗？"

"喜欢。你喜欢我的什么？"

"喜欢赛尔的美丽、聪明，敢于跟喜爱探险的人一起探险。"

"你说得真对，我喜爱你是个英雄。虽说你是经商的，但这么遥远，从罗马到洛阳，再到罗马，千辛万苦，千难万险，跟外出打仗一样。"

"赛尔这么体谅所爱的男人，是最可爱的天使、女神。"

"赛尔就是要做你的天使、女神。安德鲁，我要你以后总是带着我，带着我远走，带着我高飞，远走到没有别的人烟，只有你和我的地方，高飞到蓝天上、白云上。"

"但是，赛尔，我要为你建一座东方天使城，建在波河边，请你住进去。在东方天使城周边，是我们的农庄和果园，还有桑园……"

"傻将军，城堡，桑园，我喜欢。你做的，我都喜欢。远走，高飞，不是那个，是这个……我们的感觉……"

"哦，赛尔！我做的，是的，我们的，我知道了，蓝天，白云，现在是夜了，是星星，是月亮……"

"安德鲁，星星在摇晃，月亮也在摇晃，它们太快乐了。"

"天，和地，和沙漠，都为我们欢呼呢，赛尔，赛尔，赛尔……"

"它们在呜呜地叫，它们的叫声好大啊，安德鲁，快，快飞，带着我飞，别让大风追上我们……"

"风真的好大。"昆塔喘息着，"要把我们刮走……啊，不，这么多沙子，赛尔，快起来，沙子要把我们埋了！"

"天啊！"刘小丝叫起来，"我们的衣服被刮走了！那里，那里，是我们的衣服在跑吗？安德鲁，快……"

昆塔一看，在风沙苍茫的夜色中，确实是衣服被刮跑了。除了他和刘小丝身下压着的两件衣服，其余的穿戴全被刮跑了。纷乱地在风中向远处滚动的，正是他们的衣服。

刘小丝赶紧将刚才压在他们身下的衣服抓起来，免得再被刮跑。

脚下是松软的沙土。几件衣服像风轮一般滚动，怕昆塔抓到，滚动着滚动着还拉开了距离。昆塔是远程商队的队长，几件衣服略微来了点分散战术，还真让他一时犯傻，追之不及。

他大声对艰难地跟着他的刘小丝说："我看近处那件是你的，我先追回来。"

昆塔认准的那件衣服软一些，滚动得也慢一些，应该是刘小丝的。于是，他向着目标，奋力前进。

这时候，或许是被沙子压住了一点边角，那件衣服只在招展而不移动了，诱惑着昆塔去抓取它。

昆塔是个壮汉，壮汉也禁不住沙漠的消耗，越接近衣服，腿越酸，脚越困，走得越慢。漠风反而幸灾乐祸，将那衣服又吹起来，挪走了许多。

刘小丝跟着昆塔，累得不行。

昆塔不由得停留一下步子，大声说："赛尔，别怕，别惊慌，我快抓住它了。"

眨眼间，昆塔便不得不承认沙漠的风是狡猾的。他扑上去，要抓住刘小丝的衣服了，一股风却忽地将衣服旋转起来，缓慢地旋转着，远去了。

刘小丝说："安德鲁，先穿上衣服吧，我们先穿了这两件，再说……"

"好的。"昆塔说，"不，它停了，它又停了。先抓住它，我要先抓住它。"

昆塔追上去，衣服却向一个沙丘滚上去。几件衣服几乎滚在一起了，在昏黄的月色下，在呜呜叫的漠风中，向沙丘上滚去。

"赛尔，它们上山了，它们上上停停，上不快的，我们快要抓住它们了。"

也许是刚刚形成的沙丘，又松又软，历尽磨难的昆塔每向上走一步，都几乎要双膝跪地，连走带爬。人还不停地向下滑，刚刚感觉攀高了不少，松软的沙子又把人滑下来许多。

那些衣服停下不动了，昆塔也累得不行。

昆塔卧下休息，等待刘小丝，才感到口渴得不行。沙漠的风太干燥了，本来他和刘小丝已经消耗了不少体力，这一阵猛追衣服，水分消耗更多。

等了好久，昆塔甚至又返下来一段，才接到了他的赛尔。

娇弱的刘小丝更加劳累，大口喘息，绵软地倒在昆塔的怀里，有气无力地说："安德鲁，你口渴吧？我口渴，我们，忘记，带水了。"

"是的，赛尔，我们忘记带水了。"昆塔说，"坚持一会儿，我们就回去。"

"来，穿上衣服，每人只有一件了。"刘小丝说着，把昆塔的衣服给他。他们分别穿上了。刘小丝只有一件上衣，昆塔只有一条裤子。

103

昆塔恢复了体力，牵着刘小丝向上爬。

眼看要抓住那些逃跑的衣服了，捉弄人的风又忽然变大，将衣服送上了沙丘顶上。好在不长时间之后，他们被风推着爬上了丘顶。

到了顶上一看，衣服打着团在朝下滚。不容迟疑啊，昆塔一屁股坐下，朝下滑动，还没忘指导他的赛尔："坐下，赛尔，朝下滑。"

刘小丝照着昆塔的指导做了。

两人朝下滑行时，漠风忽然再度发狂，将大量的沙子运上丘顶，泼洒下来，加上他们两个人滑动中推动的沙子，看着看着将那团衣服掩埋了。

昆塔滑到衣服被掩埋的地方，用手挖起来。

明明看到掩埋的地点，挖下去却不见衣服的踪影。挖呀，挖呀，因为丘顶的沙子像瀑布似的向下涌流，奇怪的是，两人不知不觉，已经自动滑到了沙丘底部。

他们太累了，自然而然地抱在一起休息。可是，大自然不允许。没有多大一会儿，昆塔惊叫道："赛尔，快起来，沙子要掩埋我们。"

刘小丝哭起来："安德鲁，怎么办？安德鲁，怎么办？我满口都是沙子，我眼睛也痛……"

"赛尔，我也是。"昆塔说，"我们必须返回去，必须！"

昆塔拖着刘小丝，反身朝沙山上爬。下来的时候是沙丘，爬上去的时候是沙山。倒也不是它变大了，变高了，主要是人的感觉，返回去，越过它，太艰难了。

这个背风的沙面，是那样的陡峭，稍有不慎，或者一脚踩滑，甚至稍微重心不稳，就要再度滑落下去。

爬着爬着，有几次刘小丝就要放弃了，说："安德鲁，我们是不是可以走另外的方向啊？"

昆塔说："不，不能，赛尔，跟着我，绝不放弃，我们才能回去。走另外的方向会迷路的，那就完了。"

不知过了多久，他们终于爬上了沙丘的顶部。衣服少得可怜，刘小丝不住地哭泣，说眼睛痛，口中也是吐不完的沙子，口太干了，也在痛。

昆塔安慰她闭上眼睛，闭上嘴巴。他将剑挂在脖子上，背起她，顶着风，朝下走。

下面也已变成了柔软的沙滩，走起来非常劳累，非常艰难。

刘小丝说："安德鲁，我们歇息一阵吧，太累了。"

昆塔坐在了沙上，让刘小丝团在自己的怀里，两个沙土人，一粗一细地喘息。

"安德鲁，我们不是做梦，不是做梦吧，安德鲁？这么冷，一直没感觉到冷，坐下来，怎么这么冷啊？"

昆塔紧紧地抱住刘小丝，希望用自己的体温让她暖起来："我们一会儿就回去了，赛尔，一会儿就回去了。"

风渐渐小了下来，月亮也露出了面容。昆塔和刘小丝又起身走路了，他们要赶快回到营地。

他们最终还是迷失了方向。他们不知道朝哪里走才能回去。

"没有沙丘的地方应该是我们的宿营地。"昆塔说，"现在怎么走？我们只有这样判断，按照我们的判断，走回去。"

迷失了方向是可怕的，昆塔和刘小丝越走，离大本营越远。

"我感觉不对，方向有问题。赛尔，我们要改变方向，你说，哪个方向是正确的？"

"我不知道啊，安德鲁。我好害怕，我们能一起飞走就好了。"

此时此刻，在"东城贩营"的大帐篷里，郑众听到报告：十三公主出去散心，到现在还没有回来。他忽地坐起身，命令道："快，组织兵卒，外出寻找。"

抗桂小心地说："外出寻找，不能呼叫十三公主吧？"

郑众说："哦，是，不能呼叫十三公主。传我的命令，只许呼叫小丝，不许呼叫公主。"

很快，多路兵卒结伴向各个方向进发寻找。

"小丝——小丝——小丝——"他们按照命令，发出悠长的呼叫。

团在昆塔怀里的刘小丝似乎睡着了，似乎真的做梦了。她忽然醒来，对昆塔说："我梦到他们在找我，在找我呢，他们在喊：小丝……"

"是吗？"昆塔说，"他们找你来了。"

他仔细倾听，果然有呼叫声远远地传来："小丝——"

"坏了。"刘小丝说，"他们会看到我和你在一起，还没穿衣服，坏了。安德鲁，你快藏起来，藏起来。"

昆塔说："怎么藏啊，我我……跑……跑吗？跑得远吗？这样，挖个沙坑藏身好了。"

刘小丝说："好，快，别让他们看到你。"

昆塔奋力扒沙、挖沙，不一会儿还真挖出了一个沙坑。一个沙人钻进去，月光下，稍微远一点果然看不出迹象。

"他们找来了。"昆塔说刘小丝，"你快答应他们，跟他们走。"

"可是你……安德鲁，你跟着我们，在后面走回去好吗？"

"不要管我，普拉斯、迈克尔他们会找我的。你应答他们，让他们接到你，别让他们走了。"

刘小丝拼力回应道："哦——我在这里……"

三个兵卒听见了刘小丝的应答，朝这边走过来。刘小丝紧紧抱住昆塔，说："安德鲁，我去了，你跟上来，远远地跟着。你跟上来啊，远远地跟着啊。你一定跟上来啊，你一定远远地跟着啊。"

刘小丝走去，跟几个寻来的兵卒会合。有个兵卒给了她一葫芦饮水。她说："你们稍等一下，我……我……回去有个私事，你们转过去。"

说完，刘小丝飞速跑回昆塔的沙坑，把水葫芦塞给昆塔，说："安德鲁，给你水。跟着，回啊！你千万跟上来啊，远远地跟着我们回去。"

刘小丝跟着兵卒回到了大本营，飞快地钻进她们的帐篷，惹得帐篷里一阵爆炸般的骚动……

风停止了，薄白的月亮，粘贴在大漠清冷的高空。

果然，普拉斯和迈克尔来寻找昆塔，找到了昆塔。三个人卧在一个沙坑里，昆塔说："该死的风沙，灾难的风沙，魔鬼的风沙！"

第二十九章　西方与东方同心

卡米尔说：“看到这个场景，很自然想起了古老的丝绸之路。在古代，路边恐怕也是荒凉的营地，扔掉的物品，废弃的马车，人或者走了，或者遇到灾难了。”

罗伯特说：“古代丝绸之路帕米尔高原一段，确实是充满灾难的，没有人记录这些，当时当地都没有记录历史的意识。”

104

班超开拓西域，进入了第二阶段。

班超认为，要从根本上让北匈奴死了南犯之心，必须向遥远的西方开拓，向贵霜以西开拓，甚至向大秦开拓，交好罗马，让这条西域大通道真正活起来，让中原的丝绸等物资源源不断地向西流通起来，让沿途的国家都从中获益。于是，他决定派遣使者西行。

班超在自己的队伍中挑来拣去，选出了一个名叫甘英的人，委以重任。

班超说："昔有博望侯奉命通西域，足迹至于大宛及大月氏，史上誉为'凿空'，探路之功，不可磨灭。但是，毕竟未能开拓大道，之后北匈奴及西域诸国各自为王，西域之道再度消失。

"今有我等，奉皇上之命，投笔从戎，冒死转战，廓开大道已达贵霜，功业初成。然而贵霜以西直至大秦，尚在未可知之数。虽有大秦罗马客商零星东来，然向西宣示大汉皇恩，我等片时不可淡忘。

"现欲派你率三五人出使葱岭以西，经过贵霜以至大秦，完成大命，你意如何？"

甘英说："此番跟随将军转战，镇抚鄯善、龟兹、疏勒、于阗，深知将军宏图大略。领命出使，绝不推辞。"

于是，班超为甘英安排了八个从属，一共九人，择日向西出发。

甘英一行，出于阗，经疏勒，过葱岭，艰难地抵达贵霜。与班超交过手的贵霜王伊感接待了甘英一行，为他们补充了给养，送他们继续西行。

甘英他们到了帕提亚。帕提亚地域广大。走过帕提亚的大部国土，甘英他们已是疲惫极了。

他们到了帕提亚最南边的西海。帕提亚时期叫西海的水域，就是今天的波斯湾。

甘英他们的行走方向有问题，歪斜了，太偏南了。若再往北一点，不会遇上西海。一直往西走，经过今天的伊拉克、叙利亚、土耳其，过了伊斯坦布尔就是欧洲了。

当地人欺骗甘英说："往西去唯有水路，旱路是没有的。"

甘英只好找来船工，商量渡海的事情。

船工说："这个海太大了，走过它，顺风顺水也得三个月。若遇到歪风、斜风、逆风或者没有风，那得一两个年头。所以你们要买船西渡，必须准备好三年的粮食、衣物和药品等。"

可恶的帕提亚人把波斯湾形容成这样，甘英心虚了。

更可怕的是，帕提亚人说，这个海上有妖精。

海妖们住在大海中的一个小岛上，样子像鸟，却有女人一般的妩媚和风韵。她们的歌声特别美妙动听。每当有船只经过，海妖们就会展示自己美丽的身材和动人的歌喉，令船员着迷。

着迷的船员们会不由自主地下船上岛，听海妖们唱歌。听着听着，船员们就会像喝多了酒一样，迷醉而死。

有个名叫奥德修斯的英雄，要经过这个神秘的海岛，为了阻止手下士兵受到海妖歌声的诱惑，他把每个士兵的耳朵都用熔化了的蜡堵上。他自己又对海妖的歌声充满了好奇，怎么办？只能命令士兵用绳子把他捆绑在船的桅杆上。

船队经过海妖居住的小岛时，果然传来了美妙诱人的歌声。奥德修斯为歌声所迷惑，大喊着让手下人给他松绑，送他到岛上听歌。士兵们耳朵塞着，根本听不到他在说什么，只顾一个劲地往前划船，终于走过了这个神秘可怕的海岛。

甘英说："一种海鸟，岂能如此迷惑船员？"

当地船工说："确实有许多船只入了海，永远没有回来，它们就是被那些海妖迷走了。我们是出于善心好意，告诉你们这些事实。你们若执意要入海，我们也不加阻拦。需要雇用我们，我们也只好相陪了。"

甘英听罢，跟从人商议，觉得这个大海想要渡过去太困难了。

有的从人更胆小，说："我们远离故土，已经多年，宣示皇恩，已经远远超出皇上的期许。假使盲目入海，尸骨无还，连向皇上回禀的机会也没有了。"

甘英说："海水咸苦不可食，海风神怪不可测，三年之给养，亦无力筹措，就此止步，也怪不得我等。"

甘英放弃了探险，放弃了继续西行的念头，用六十天时间退出帕提亚，然后，这个胆小鬼"东还"了。

105

博努瓦说："甘英西行，是古代中国人最远的一次西行探险，是东方文明主动寻求西方文明的尝试。然而，甘英一行到达波斯湾，未能继续前进，望洋兴叹，失望而归，东西方的政治外交也就随着这一声叹息中断了。"

罗伯特道："甘英对海上航行知之甚少，才相信了帕提亚船工对航海危险的夸张描述，停止了西行的脚步。"

博努瓦说："幸好我们发现了西罗马跟东汉洛阳的商业贸易、丝绸贸易，昆塔商队与甘英在同一个时期。"

李由道："甘英是农耕文明熏陶出来的人，他对大海有着本能的恐惧。而昆塔和他的随员，包括希腊人普拉斯，受海洋文明的浸染，具有冒险精神。"

卡米尔说："海妖的传说太离谱了，我想那些海妖就是塞壬，河神埃克罗厄斯的女儿，从埃克罗厄斯的血液中诞生的那个美丽的妖精。"

塞壬长着鹰的羽翼，有着美丽女子的面孔，唱着优美的歌声，引诱过往的船只。

每当深夜和落雨的清晨，塞壬的歌声会格外婉转清澈，似天籁划破长空，曼妙在海水中、空气里。

凡是听到塞壬歌声的水手，都会掉转航向，循着她的歌声驶去，最后在那片暗礁密布的大海中触礁而亡。

罗伯特说：海妖的传说阻止了甘英西行的脚步，本身也可能只是个传说。"

帕提亚位于东西方重要的中转点，汉朝与大秦的丝织品交易，帕提亚从中获取的是垄断暴利。

中国和罗马是古代丝绸之路的起点和终点。罗马皇帝把丝绸当成珍品，把用丝绸做的衣服称为天衣。罗马贵族阶层也竞相穿着中国丝绸做成的衣服，认为这是高贵和时髦。

东汉初年，洛阳的丝每斤价格相当于一石一斗粟或三十二斤猪肉的价格，而在罗马，一磅丝竟高达一磅黄金。

在中国和罗马之间，帕提亚商人垄断了丝绸贸易，靠转手丝绸买卖获取暴利。史书上明确记载，罗马为了向帕提亚购买中国丝绸，曾一度造成贸易上的巨额亏空。

西方和东方的商人，都想摆脱帕提亚商人的垄断，直接进行丝绸和珍宝的交换贸易。

甘英出使西行，势必会损害帕提亚的垄断利益。于是，帕提亚人强调海路的唯一性，不向甘英提供陆路交通信息——经过叙利亚西行的陆路比航海还要直接。并且，他们编出动人而吓人的谎话，夸大渡海的艰难，渲染海上航行的恐怖，来欺骗甘英一行。

李由说："不过，甘英是史书所载第一个到达波斯湾的中国人。他的这一行程，丰富了当时汉朝对中亚的认识，是中西文明交流史中具有重要意义的一页。"

罗伯特说："班超英武果断，当时已经成为西域诸多小国的精神依靠。班超没有亲自继续西行，而是派遣甘英万里迢迢西使罗马。甘英成了一个有争议的外交人物。

"有的学者说，甘英缺乏探险精神，畏难东还，情有可原。他是北方人，不习水性，从陆路到海边，面对茫茫大海无可奈何，加上船工的吓唬，放弃了西进的打算。

"有的学者认为，甘英胆小怕死，缺乏探险家的气质，辜负班超凿空之盛意，以至于使东西文明相通延迟数千年，东西商贸交易延迟数千年，有辱使命。

"甘英的脚步被波斯湾的海浪阻止了，昆塔等西罗马商人满载着汉朝丝绸的车辆却从洛阳出发，历经长安、河西、过塔里木……"

卡米尔说："感谢李由先生和罗伯特先生的历史考证，感谢博努瓦先生的考古发现，让世人看到了'东城贩营'使团和西罗马丝绸商队的生动故事，看到了流芳数万里长途、流传数千载时光的东西方的爱情传奇……"

106

德默号和爱福号越野车，风尘仆仆，一路向东。车身上喷绘出来的彩色丝绸之路，披拂着帕米尔高原的长风，来到了塔吉克斯坦的努拉。

努拉，是塔吉克斯坦东部边境的一个村庄，是努拉河的发源地。努拉河是一条不大的河流，向西流，之后慢慢消失。

努拉河流出了一块并不宽敞的绿色。公路两边，是连绵不断的红色山岩，像是经火烧过。山下，能看到一个工地，废铜烂铁一堆一堆的。还有大型车辆，个别的似乎可以开走，很多像是弃之已久的废物。

卡米尔说："看到这个场景，很自然想起了古老的丝绸之路。在古代，路边恐怕也是荒凉的营地，扔掉的物品，废弃的马车，人或者走了，或者遇到灾难了。"

罗伯特说："古代丝绸之路帕米尔高原一段，确实是充满灾难的，没有人记录这些，当时当地都没有记录历史的意识。"

通过蛛丝马迹的考证，昆塔丝绸商队的惊险历程，就在离开瞿萨旦那国之后不久的帕米尔高原。

我们不忍心让已经走过数万里长途的罗马昆塔商队遇到惊险。

昆塔在罗马集中了不少人的资金，他们在盼望着昆塔回到罗马，销售丝绸，获得利益。很多有钱的罗马贵族期待着从东土运回丝绸，购买给他们心爱的女人。中国汉朝皇帝接见过昆塔一行，所题"使通万里"四字，寄托着中国大汉廓开西域、货通大秦的希望。

然而，福祸相连，数万里丝绸之路上，人为的、自然的阻力无处不在，很多节点，充满暴力和血腥。

博努瓦叹了口气，说："有时候在考古中，发现……譬如说墓葬吧，特别豪华，极度奢侈，我就会闭上眼睛，想象得很广很深。背后，是另一些人的另一种极端的生活。假若墓中有殉葬，就更让人难受了。"

人亡入葬，本来是简单的事，如何葬法，却各有不同的主张。

李由说："在中国的历史上，就曾出现过主张厚葬和主张薄葬的两大派。厚葬的倡导者以孔子为代表，薄葬的倡导者以墨翟为代表。不但有厚薄之分，而且有贵贱之分。"

孔子主张，其有丧者，棺椁必重，葬埋必厚，衣衾必多，文绣必繁，丘陇必巨。

孔子本人并不是一个王公大臣，仅仅是一个乡下教师，他也不想想，各个阶层的，包括从事劳作的贫苦人，也要那样厚葬，岂不是倾家荡产也做不到？

孔子还主张久丧久服，家里死了人，活着的人要长期守孝，食宿于墓前，至少三年，越久越好。

墨翟质问孔子，要求农民这样做，他还怎样早出晚归，耕种栽植？要求工匠这样做，谁来修造车船烧制碗碟？若妇女也这样做，她还能起早贪黑，为一家子纺线织布缝衣吗？

孔、墨主张的对立，与其所站的立场有关，也跟他们的世界观分不开。孔子希望死去的王公大人因厚葬能在另一世界里也舒服度日；墨翟不大迷信，认为形存神在，形谢神灭，注重厚养薄殓，反对厚葬靡财。

李由说："在中国，古代的厚葬风俗也引起了民间盗墓。他们是为了获得厚葬者当初埋进墓坑里的值钱物件。"

罗伯特说："自古及今，统治者、权贵们荒淫、荒唐得令人难以理解。古罗马如此，古中国如此，背后的血腥罄竹难书。博努瓦有缘看到具体的证据，自然感触强烈了。"

卡米尔说："其实，大自然也是人类的宿敌。你们看帕米尔高原，这么缺氧，缺植物，缺人类行动和生存的必要条件，不是吗？"

博努瓦说："数千年的人类生存史，也是与自然之利与自然之害难舍难分的历史。昆塔丝绸商队一行在帕米尔高原的遭遇，十多人无法防备。在维苏威火山的爆发中，庞贝古城的数万人也难以预料。"

卡米尔问："哦，庞贝，是哪一年呢？"

罗伯特说："公元 79 年。我们的商业英雄昆塔去洛阳经商，购买丝绸，历经千难万险回到罗马的第六年，维苏威火山喷发出来的熔岩吞噬了庞贝。"

庞贝坐落在意大利那不勒斯东南二十三公里处，维苏威火山的南面。

早在公元前 8 世纪，依托于地中海天然良港的小渔村庞贝，逐渐发展为城市。公元前 89 年被罗马人占领后，庞贝成为仅次于古罗马的第二大城。

庞贝城内那神奇的太阳神庙、巨大的斗兽场、恢宏的大剧院、灵验的巫师堂以及新奇的蒸气浴室和众多的商铺以及娱乐场馆，吸引了地中海周围城邦无数富商和贵族。

罗马占领庞贝后，约百年时间，庞贝城已经成为富人的乐园，贵族富商纷纷营建豪华别墅，尽情寻欢作乐。庞贝城人口稠密，商贾云集，成为闻名遐迩的酒色之都。

重要建筑围绕市政广场，有朱庇特神庙、阿波罗神庙、大会堂、浴场、商场等，还有剧场、体育馆、斗兽场、引水道等必备市政设施。

作坊店铺众多，按行业分街坊设置，居民住宅更多。富裕之家均有花园，花园中有古典柱廊和大理石雕像，厅堂廊庑多施壁画，都有较高水平。

流向那不勒斯湾的萨尔诺河绕庞贝而过，连接起古罗马帝国与世界各地的贸易往来，商贾之影与交易之音终日出现于庞贝城中。

庞贝土壤肥沃，气候宜人，物产丰饶。在遍布山野的柠檬林和橘子林中，在成排的葡萄架和油橄榄间，庞贝人栽种着绿油油的谷物、蔬菜，还有无花果和迷迭香。

直到灾难发生的那一刻，庞贝人都不知道，他们脚下的沃土及地热温泉其实是不远处那座火山的馈赠。庞贝人也不知道，那座已经聚集了几百年力量的火山一旦爆发，他们所拥有的一切将在瞬间被摧毁，面目全非。

博努瓦说："维苏威火山是一座典型的活火山，数千年来它一直在不断喷发，庞贝城即建筑在远古时期维苏威火山一次爆发后变硬的熔岩之上。"

可是，当年，著名地理学家斯特拉波以专家的身份断定它是一座死火山，当时的人们完全相信他的这一论断，对火山满不在乎。

总之，庞贝曾经是古罗马乃至世界上最美丽和繁华的城市之一，生活在其中的人民，拥有坚固的战车和民主的政治和富裕的生活，内无忧，外无患，乐享天伦。

庞贝的劫数是天定的。庞贝的灭顶之灾真的来临了。

人们在正常地生活着，三天内不断发生的小地震，并没有让他们过分担忧，但没想到，灾难在第四天降临。

公元 79 年 8 月的一天，中午，烈日当空，闷热异常。连日小地震的维苏威火山憋不住了，一块奇形怪状的云彩从山顶升起，如同一棵平顶巨松分出了无数旁枝，向天际蔓延，遮住了阳光。

接着，一声巨响，震耳欲聋，火山口揭开盖子，岩浆喷高数千米，蒸气云腾空万米，将天地遮蔽得漆黑一团，不时有闪电似的火焰照亮大地，火山灰、浮石、碎岩如倾盆大雨飞泻而下。

浓厚的黑烟，夹杂着滚烫的火山灰，铺天盖地降落到庞贝。

维苏威火山大爆发三十分钟后，十多米厚的火热的灰粉覆盖了庞贝城，炽热的硫黄气体充斥于尚未被掩埋的所有空间。

四五个小时后，覆盖物太重了，房屋顶盖纷纷坍塌。

从中午到第二天早上，庞贝遭遇四次熔岩流和四次灰尘暴袭击，被彻底湮没。

罗伯特说，这场人类历史上最著名的灾难得以记载，要归功于当时年仅十七岁的小普林尼。火山爆发时，他正和母亲在米塞纳拜访舅父兼养父的老普林尼。小普林尼隔岸观火，目睹了火山喷发的全过程。

米塞纳位于庞贝城对岸。

107

老普林尼，就是对中国丝绸的来历进行了奇妙诠释的那位生物学家。他的

《博物志》里说，丝绸这种妙物来自遥远的东方的一个国度，姑且叫东国吧，但更应该叫赛尔丝，丝绸的国度。

老普林尼说："过去，马其顿王亚历山大征服了遥远的东方，在亚历山大新领地的东方，几乎是边缘的地方，再向东走，走到世界的尽头，西方任何人都未曾亲身走到的地方，就是赛尔丝。"

赛尔丝人红头发、蓝眼睛、嗓门粗，没有语言，靠打手势相互交流。他们住在森林里。他们的森林里盛产细丝，叫白绒丝。

赛尔丝的男人们从树叶上揪下白绒丝，运回去，在水里浸泡。浸泡，浸泡，再浸泡。然后，由妇女们从水里捞出来，络丝，织造。

赛尔丝的织物生产技术和生产工艺复杂，织品琳琅满目、绚丽多彩，以其出乎意料的柔软和细腻让人震惊。罗马贵妇们才有运气穿着近乎透明的赛尔丝丝绸，在社交场合抛头露面，把她们的性感身材惟妙惟肖地显示给男士们。

赛尔丝丝绸的珍贵，在于生产的艰难，也在于赛尔丝人的天生异禀。

卡米尔说："从庞贝古城可以看出，古罗马有着怎样高度发达的文明。他们狂热地喜爱丝绸，就想直接走到东方去，到赛尔丝采购丝绸。——我们的商业英雄，古罗马青年安德鲁·昆塔，就是这样想并且这样做的。"

"好吧。"卡米尔问罗伯特，"你说，小普林尼跟着母亲拜访老普林尼，看到维苏威火山是如何掩埋庞贝城的？"

罗伯特说："是这样。六年后，小普林尼应罗马历史学家塔西佗的请求，写了两封信，一封记录了舅父兼养父老普林尼参与救援庞贝城献出宝贵生命的过程，另一封则描述了火山喷发的情形。"

一大片雪松形状的乌云突然出现在地平线上，巨大的火焰熊熊地燃烧起来。由于天空变得一片黑暗，火焰显得格外耀眼。地震频频不断，我和母亲害怕极了，因为那燃烧着的火山碎石正像冰雹那样从天上猛砸下来……

塔西佗将小普林尼的信写进了自己的著述之中，使深埋于地下的庞贝古城在史籍中留下了一丝线索。

塔西佗记载说，在大祸降临后，罗马帝国舰队派出船只救援，但倾盆而下的火山灰、碎石，熊熊升腾的烈火浓烟，以及熔岩喷发时散发出来的有毒气体，数日不能消退，救援工作无法展开。不少救援者不幸身亡。

卡米尔问："埋在地下沉睡千年的庞贝古城是怎样被发现的呢？"

罗伯特说："人类是健忘的。岁月悠悠，日转星移，一晃一千六百多年过去了，人们似乎已经忘却了维苏威火山喷发给罗马人带来的巨大灾难，同时也忘却了深埋于地下的庞贝古城。18世纪初，历史学家在翻阅史料时，意外发现维苏威火山附近曾有几座被湮没的城市。"

博努瓦说："1707年，有人在维苏威山脚下的一座花园里打井的时候，挖掘出三尊衣饰华丽的女性雕像。当时没有人意识到，一座古代城市完整地密封在他们脚下。"

之后，直到1763年，人们在这一地区不断发现珍贵雕像、钱币等，还有刻有"庞贝"字样的石块。重要的发现是被火山灰包裹着的人体遗骸，这才引起人们的重视。考古学家一层一层地挖开火山岩屑，渐渐看到了深埋在地下的庞贝城。

由于较长时间缺乏统一的管理，庞贝城遗址被挖宝者破坏得千疮百孔。

1789年，拿破仑将庞贝纳入法国领地，将挖掘工作交给那不勒斯一对皇族夫妇弗朗斯·穆拉元帅与其妻子卡洛莉娜负责。卡洛莉娜是拿破仑的妹妹，庞贝的发掘才得到了支持。

卡洛莉娜自己出钱，雇用了五百人进行挖掘。她对挖掘的过程十分关注，经常从那不勒斯的王室事务中抽出身来，到遗址各处查看，向负责人询问他们的工作情况。

1860年，吉赛普·菲奥勒利负责庞贝的挖掘工作，历经磨难的庞贝古城迎来了它生命中的春天。

博努瓦说："菲奥勒利探明古城的城墙后，绘制了一张工程地图，上面标出了每个街区，并给每座建筑编了序号。"

菲奥勒利对每件新出土的文物都有准确的描述，不只就其外表和性质，而且包括其出土的位置以及与其他物品的关系。

菲奥勒利是一位真正的考古学专家，他要求将发现的文物尽可能地保留在原处，而不是被移走装船运至博物馆或收藏室，因此他被评为现代考古学先驱。

卡米尔问李由："是不是中国人直到今天还把全国各地发现的文物运走？"

李由笑答道："一般情况是这样，贵重的运到北京，半贵重的运到省城，次一级的运到县里。历来如此，见惯不怪。"

由于当年裹住尸体的火山灰凝固成硬壳，人的肉体腐烂后，便形成了人形的火山灰壳。菲奥勒利发明了石膏铸形法，把熟石膏注入壳中，凝固起来后，清除包裹在外面的火山灰，就现出了一具栩栩如生的人的躯壳。

栩栩如生的石膏人，再现了受难者临终前的各种悲惨景况。有的两手抱头，蜷缩成团，痛苦地坐着。有一位奴隶被主人用铁链锁着，灾难降临时无法挣脱，只得坐以待毙。最令人钦佩的是一位普通士兵，他一直固守在城门旁，直到岩浆和大火将其吞噬。

博努瓦感叹说："经过一百多年的挖掘，沉睡了近两千年的庞贝古城终于再现人间。突发的灾难使庞贝的生命倏然终止，它在被毁灭的那一刻也同时被永远地凝固了，它被掩埋封存在渐渐冷却、凝固、变硬的火山灰中，最终竟躲过了漫长岁月的侵蚀。庞贝因此得以成为我们今天还能领略到的最伟大的古代文明遗址，这处遗址的最动人心魄之处在于它真实地保留着灾难来临前庞贝人的样子。市场的角落里有成堆的鱼鳞。庞贝人和罗马人一样，总是将鱼清洗干净再出售。

"酒吧的墙壁上，字迹依然清晰：店主，你要为你的鬼把戏付出代价，你卖给我们水喝，却把好酒留下。

"街道边的小酒馆里，墙上画的酒神浑身挂满葡萄，每一颗果实都饱满得仿佛就要胀破。

"羊毛作坊、商店、印染店、客栈的墙壁上，到处都留有庞贝人的印记。尤其是一家丝绸商店，还正在进行模特儿表演……"

第三十章　那才是有趣的生活

织云说："他说要去大秦。你不想去吗？说实话。哦，想起来了，我告诉你，他是希腊人。"

绣雨说："自然想了，汉家男人有汉家男人的特点，大秦人和希腊人体格结实，性情快活，就是不一样。"

"说得是嘛。女人这一辈子呀，嫁到哪里也是一个嫁。嫁到黄河边的农家，跟庄稼打交道，没完没了；嫁给宫中当差的下人，伺候那个伺候人的人，没有意思。随着公主到瞿萨旦那，说不准是好命还是苦命。干脆一路奔到大秦，宣示皇恩去。"

"十三公主宣示皇恩，我们嘛，做自己的神。"

　　李由说："在维苏威火山掩埋庞贝之前六年，外交家班超经略中国西域的时候，西罗马昆塔商队经过中国西域的时候，大漠西域的人们在挖掘石头——玉。"

　　罗伯特说："是的，在中国西域，公元前60年，汉朝就设置了西域都护府，管辖包括喀什在内的大片地方。"

　　博努瓦说："喀什，这个咽喉门户，万里丝绸之路上的重要节点，它的别名叫喀什噶尔，意思就是玉石之地。"

　　新疆自古以来就有金玉之邦的美誉，喀什则是美玉这种世间尤物的摇篮。喀什位于今天中国新疆的西南边缘，塔里木盆地西部，东临塔克拉玛干沙漠，南依喀喇昆仑山，西靠帕米尔高原。在班超时期，喀什是疏勒的属镇。

　　卡米尔问："最早什么时候，人们发现和开采这里的玉石呢？"

　　"应该是六千多年前。"博努瓦说，"那时候的古人就在莎车和叶城一带发现了密尔岱玉石矿。两千多年前，塔什库尔干帕米尔高原的玉矿也被发现和开采。"

　　李由说："中国汉朝的时候，密尔岱山的玉石已经被朝廷所知，为朝廷所用了。"

　　密尔岱，古时候叫辟勒，或米尔台塔班，距离叶尔羌二百三十里。遍山皆玉，玉色不同。或石夹玉，或玉夹石。

　　密尔岱满山都是玉石，然而玉和石混杂不分。想得到洁净无瑕的纯美之玉，甚至千万斤重的，要攀登到高峰，以锤子和凿子破劈，让它自己滚落下去，用牦牛驮回去。

　　清朝皇帝，爱玉如命。乾隆下令将密尔岱玉石矿定为官矿，禁止民间开采，官家在山口要道设卡把守，派遣官员组织监督玉石的开采和运输。

1905 年，慈禧太后七十岁寿辰，全国各地都要上贡祝寿。

慈禧在收到了众多贵重的和田玉器、翡翠精品与红蓝宝石之后，又下懿旨说，要用美玉为她制作一具精美的凤榻。

这一次，她选中了新疆密尔岱青玉大料，并下达懿旨给新疆巡抚。

新疆地方官员领旨后，组织采玉的工匠、民工及监护的绿营兵等千人，从塔克拉玛干大沙漠西缘的叶城县集结，沿着叶尔羌河，向支流棋盘河上游进发，略做准备，便溯源而上，攀登群峰中冰封雪覆的密尔岱山。

当时，在密尔岱劈石采玉，完全依靠铁锤、钢钎等简单工具，在寒冷中经年累月地劳作。

他们历经千辛万苦，采出了一块浅绿色的巨大青白玉料。这块大料，长约九尺，宽六尺，厚四尺，估计重达四万斤。

采得大玉料不容易，把大玉料运下高山也不容易，要把巨大玉料运到京城更不容易。

为了向京城运送这块大玉，运工们煞费苦心。

工匠们在山上将这块巨大玉料六面凿平，底面磨光，利用高山低温保存在山坡上的积雪，将大玉料精心巧妙地滑至谷底。

河水结冰时，把玉放在冰面上，用几十匹马拉着走，将大玉运出山口。

数百名运玉人，将大玉的光滑面朝下，或用圆木垫底，几十匹马拉，上百人推、棍撬，轮番移动圆木往前垫，驱动大玉料缓慢向前移动。

冬季是运大玉的最佳时间，运玉人可以在路上泼水，制造光滑的冰面，利于大玉料的移动。

沙漠北缘，找水不易，那就只有轮番垫圆木，马拉人推，艰难地驱动这个庞然大物。

塔克拉玛干大沙漠边缘的小块绿洲之间，数百公里荒无人烟，几百人的粮食和上百匹马的草料耗费甚大，常有断绝的危险。

运玉队伍日复一日、年复一年地缓缓行进。从密尔岱走到库车，近两千里路程，用了三年时间，途中累死、病死的运工竟达三百多人。

运到库车的时间是 1908 年，慈禧太后等不及，就驾崩了。

运玉工的万般痛苦和他们的忍耐也到了极限，得到消息后，积压在心头的愤怒终于爆发了。运玉工在狂怒之下，把所有的怨恨都倾泻在这块大玉料上。他们狂怒地砸碎了这块大玉料，中块和小块玉料被扛走了，有的被扔进了库车河里，剩下两块搬不动的玉料留在了库车。

博努瓦说："1965年夏天，这两块玉石被北京和乌鲁木齐的人知道了，说它们饱含着新疆各族人民的血泪呀，要弄走。"

于是，这两块苦命的玉料，被装车运走。

小件玉料被用汽车运到了乌鲁木齐；大件玉料上了火车，分段运输，最终到了北京。

109

李由说："班超这个人，不愧为一个胸怀奇志的外交家，一个不为西域美玉所动的东汉将军。班超在于阗驻守之后移师喀什，驻守长达十七年，没有玩玉丧志，而像帕米尔鹰一样，雄视西东，片时不怠。"

得益于班超的开拓，"东城贩营"和亲队伍自洛阳西行，一路上没有遭遇安全问题，同行的罗马昆塔商队也跟着沾了光。

只是，十三公主病了。傍晚出去散心，跟着昆塔走进沙海，迷路时的担惊受怕、风沙的肆虐危害、跋涉的辛苦疲劳，这些搅和在一起，让公主病了。

公主睡在车上，体温增高，浑身疼痛，不愿吃喝。郑众和抗桂多次到车边慰问。瞿萨旦那国的使团领队和祖赫热等也来慰问。昆塔更是忧心，但没有办法。

郑众派遣了四名士兵，守在刘小丝的车辆两侧，随时禀报情况。抗桂安插了两个小太监，分站在刘小丝的车辆两边，用于各方照应。

昆塔万分悔恨，他想把刘小丝抱在怀中，祈祷上天让她痊愈，寻找医生将她治愈。若不是自己贪图玩乐，领着赛尔闯入沙海，为追衣服越走越远，何至于让她生病，遭此痛苦？

该死的风沙，灾难的风沙，魔鬼的风沙！

可爱可怜的赛尔，在兵卒们救她出去的时候，她一再说，安德鲁，你跟着我们，在后面走回去好吗？我去了，你跟上来啊，远远地跟着啊。

赛尔得到了一葫芦饮水。她在极度的干渴中又奔跑着返回来，返回沙坑，把水葫芦塞给他昆塔。跟着，回啊！安德鲁，她一再呼唤，跟着我们回来啊！

赛尔，赛尔，最可爱的小精灵，东方天使，我怎么才能为你做点什么，让你早日痊愈呢？

赛尔的车辆周围增添了兵卒，还有两个点头哈腰的小太监，让其他人不得靠近。不知道他们如何给赛尔治疗，也不知道织云和绣雨如何在服侍赛尔。

前方报说：乌垒到了，乌垒到了。

这里有正在复建的西域都护府，奉车都尉窦固派遣的军士在修建，建筑的轮廓已经显现。

汉明帝最近颁旨，以班超为西域都护。班超本人在疏勒、于阗，乌垒是班超的后方，兵卒屯田尚未收获，接待"东城贩营"大队人马确有困难。

好在，乌垒绿洲有一百一十户土著居民，一千二百人口。在他们之中，郑众找到了治病的医生。

医生的治法很独特，红花、羚羊角粉加酥油，吃起来挺香，吃完了爱喝水。干热疾病，越喝水痊愈得越快。这样治疗了三天，十三公主身体有所好转。

公主本来身体娇贵，数月长途颠簸，饮食失序，跟昆塔在风沙中劳累，触发病机，综合叠加，自然痛苦不堪。

两个小太监自称比织云、绣雨她们懂得护理的学问，早晚设法围着小丝转，转得织云和绣雨眼睛直发黑。小丝也心烦，只好指使他们回抗桂那里去，说："你们每天过来三次，有话传话，有事做事，就行了。"

终于，公主玉体有所好转，"东城贩营"继续赶路。郑众和抗桂商议后，决定赶到龟兹国，找更好的大夫为公主治疗。

昆塔打探不到有关赛尔的消息，心中十分忧虑，看到"东城贩营"又动身前行，松了口气——想必赛尔没有什么大碍，说："我们，跟随前进。"

复行二日，到达龟兹。龟兹王建出城老远迎接大汉商队。

建说，他的使者刚刚从乌孙回来，乌孙和龟兹正在商议合力支持大汉在西域的镇抚。乌孙已向窦固将军送去军马九百匹，龟兹和乌孙拟接受大汉的屯田士兵，将把最好的绿洲送给屯田军人。

郑众说："你做得对，大汉军队在西域屯垦，安心戍边，龟兹和乌孙自然得到安全保障。"

建说："龟兹欲修筑更多的驿站、客馆。龟兹历来与大汉交好，自从班将军奉窦将军之命巡行龟兹之后，龟兹愈加坚定信心，誓为安定西域效力。"

郑众说："西域安定，乃是诸国百姓的福祉。东西大商道畅通无阻，驼马络绎，商贾云集，何愁诸国不能富裕！"

龟兹，古名库车，前国王绛宾就是汉朝的朋友。他娶了有一半汉人血统的弟史做王后，并带着弟史到汉朝留学。绛宾之后，龟兹仍然与汉朝交好。

建说："汉朝自王莽之后，自顾不暇，与西域的外交关系不再紧密，北匈奴乘虚而入，派兵进占龟兹，逼迫龟兹成为其附庸多年。龟兹由于地缘关系，长久无法自主。幸亏班将军剪除邪恶，扶持正义，龟兹得以再度与大汉交好。愿意听命大汉，永远和睦。"

郑众说："北匈奴残暴，尽人皆知。大汉宽怀仁义，举世公认。龟兹的外交抉择，顺天应人。某将禀报朝廷，请求皇上嘉奖。"

随后，郑众让建提供龟兹最好的医生："使团中最为尊贵的汉家女官，路途辛苦，玉体染恙，经过诊治，有所好转，希望在龟兹能够完全康复。"

建说："理当效劳，请将军放心。"

龟兹王将"东城贩营"全部人等安置于龟兹王家驿站，交代礼宾人员务必优等支应，提供全方位满足，并给十三公主安排了有名的大夫。

由于龟兹给予"东城贩营"的安全保障过于周全，在龟兹数日，昆塔更加找不到机会靠近刘小丝。

110

刘小丝呢，接受龟兹大夫的治疗，按照嘱咐，少行动，多休息。

病痛困人，心理郁结，刘小丝也难过得不行，想让织云和绣雨把红绸布包着的一个盒子送给昆塔。

织云和绣雨也着急，两人头挤在一起想办法，如何才能见得各自的情郎一面，解了自家相思之苦，也帮了公主的大忙。

织云说："以前也爱过小男人，怎的就没有这般揪心扯肺？"

"你是真的想去大秦了。"绣雨说。

织云说："他说要去大秦。你不想去吗？说实话。哦，想起来了，我告诉你，他是希腊人。"

绣雨说："自然想了，汉家男人有汉家男人的特点，大秦人和希腊人体格结实，性情快活，就是不一样。"

"说得是嘛。女人这一辈子呀，嫁到哪里也是一个嫁。嫁到黄河边的农家，跟庄稼打交道，没完没了；嫁给宫中当差的下人，伺候那个伺候人的人，没有意思。随着公主到瞿萨旦那，说不准是好命还是苦命。干脆一路奔到大秦，宣示皇恩去。"

"十三公主宣示皇恩，我们嘛，做自己的神。"

"你说得真好，做自己的神。"

"呵呵，迈克尔说的。听他讲奥林匹斯山上那些女人的故事，觉得那才是有趣的生活。他说，我要让你做一个女神，是你自己，不听任何人。"

这时候，给十三公主医治的大夫师徒又来了，她们送来一些药，说有一种叫肉苁蓉的，要出去采撷一点来配药。

织云问："仙家，那是什么样的药，我们一路上有没有见到过？"

大夫说："应该有的，不在路边，在离路甚远的地方。有红柳的地方，才有它。它全身开满了淡黄色的花，入药的是它的根。"

绣雨说："我爷爷和父亲都是郎中，我对肉苁蓉这种药知道一二，只是未见过新鲜的。甘而性温，咸而质润，补中暖身，素称沙漠人参，历来是西域诸国上贡朝廷的珍品。"

织云立即道："嘿，那我们何不跟随龟兹仙家出去采挖呢！识得了它的模样，以后也好常常去采挖来献给国王、王后和公主王子啊。"

绣雨说："就是啊，我们跟着去，给你们做伴，也帮你们下力。肉苁蓉很难挖，根钻得很深的。"

龟兹大夫说："好。"

于是，几个人高兴地做准备。

织云把十三公主托付的盒子揣进怀中，悄声对公主道："让姝儿和妍儿在家服侍你，我和绣雨去把这个送到。"然后大声交代，"姝儿，妍儿，好好地服侍主人，我们去去就回。"

刘小丝说："去吧。"

姝儿和妍儿道："好嘞，放心去吧，姐姐们。"

驿邸门口，守卫的军士，一个是龟兹的，一个是"东城贩营"的。织云向他们施个礼，道声辛苦，说："将军们受累，我们清闲着过意不去，这是要跟着郎中出去采药。"

军士微微点头，放她们出了门。

织云问大夫："这次跟着我们商队的，还有一个大秦的商队，他们住在哪里，你知道吗？"

"知道。"大夫说，"住在那边的驿站，我家附近。他们的车有问题，我家邻居帮他们修了。"

"太好了，我们一路结伴，从洛阳走到龟兹，他们人很好。去他们住的驿站绕一下，他们最愿意帮助我们了，让他们出两个男子汉，帮我们挖肉苁蓉。"

龟兹大夫师徒觉得甚好，带领织云和绣雨到了西罗马昆塔商队所住的驿馆。

昆塔他们几个高兴极了。看到织云和绣雨来到，昆塔赶紧打听刘小丝的情况。

织云说："都怪你把赛尔弄病了，还在治疗呢。我们现在就是要去挖药材，你派两个男子汉跟我们去挖吧。"

"派两个人，肯定是普拉斯和迈克尔了。"迈克尔没在场，昆塔派人去喊。

昆塔说："我们有一匹骆驼，有点老，想加点钱换一匹年轻的。我得等人来谈判，否则我一定要跟你们去了。告诉我，赛尔，她身体到底怎么样？"

绣雨说："我仔细观察，问她感觉如何，她应该在慢慢地恢复健康。"

昆塔从自己脖子上取下一个佩饰，说："这是我的护身符，也是罗马的护城符，烦请带给赛尔，保佑她早日康复。"

那是一个带着链子的黄金佩饰，一匹有着四对奶子的母狼，腹下是两个小人儿，一个蹲着，一个坐着。

绣雨郑重地接过，说："谢谢你，一定带回去给赛尔，转达你深厚的心意。"

织云将包有红绸的盒子交给昆塔，说："这是赛尔让我们带给你的。"

"哦，赛尔！"昆塔连忙站直了身子，然后弯腰鞠躬，仿佛面对着亲爱的赛尔一样，恭恭敬敬地接过红绸包着的盒子。

"哦，赛尔！"昆塔把盒子送到鼻尖之下，深深地亲吻，"赛尔，你会早日康复的，你会早日好起来的，会的，一定会的！"

听说汉家姑娘来找，迈克尔飞也似的跑回来："绣雨，绣雨，我来了！"

"瞧，你还跑呢，普拉斯根本就不跑，好运照样到。"昆塔开玩笑说，"奋勇表现的机会来啦，你和普拉斯去吧，帮她们挖药材去。"

"太好了！普拉斯，走啊。有工具吗？去拿？好啊，走吧！"

普拉斯和迈克尔跟着织云和绣雨走了。昆塔小心翼翼地打开红色的丝绸，看到的是一个精致的长方形小盒子。打开来，里面放着一个小小的乳白的雕塑物——象牙的织梭。这枚象牙织梭显然不是应用之物，因为它相当小，比拇指大不了多少。昆塔判定它对赛尔是有意义的，赛尔赠给他当然更有意义。象牙织梭一侧光滑的外壁上，雕刻有树枝——粗而长的一枝上生发出较小的一枝，较小的一枝上，又生发出更小的一枝。

昆塔自言自语："这是桑树枝吗？这个小小的象牙织梭，是织丝绸的吗？丝绸来自蚕茧，蚕的食物是桑叶，桑叶长在桑树上，桑树就是这样子的吗？"

赛尔是东方大汉朝的天使，是丝绸之国的公主，是丝绸的精灵，这是精灵赏赐给我的信物。信物，爱情的信物。昆塔把织梭原样装好，用丝绸包起来，贴在自己胸前——原先佩戴母狼饰品的地方。

赛尔，我一定要把你请回去，为你建一座城堡，为你开一处桑园……

第三十一章　织梭上奇特的树枝

博努瓦说："树枝，这枚象牙织梭上的奇特的雕画，树枝，我和罗伯特都不确定是什么意思。"

象牙织梭一侧光滑的外壁上，雕刻有树枝——粗而长的一枝上生发出较小的一枝，较小的一枝上，又生发出更小的一枝。

罗伯特说："昆塔猜测，这是桑树的枝。他认为，这个小小的象牙织梭，是丝绸艺术的象征，丝绸来自蚕茧，蚕的食物是桑叶，桑叶长在桑树上，桑树就是这个样子。"

111

卡米尔说："博努瓦先生，让我看看你的宝贝，是时候打开你的魔盒了。"

卡米尔所说的魔盒，就是在李由的巴黎寓所看到的而博努瓦未做展示的那个古董收藏盒。

当时李由的寓所里最引人注意的是张大图片，内容是一座古老的庄园，古代罗马风格的巨大建筑群落。那就是博努瓦的考古发现，东方天使城遗址复原图。

博努瓦当时就坐在大图片下，一个古董收藏盒前面。盒子里是三件出土的物品：两枚纺轮和一枚织梭。

之前博努瓦和卡米尔并不相识，罗伯特相互介绍了他们，一个考古专家，一个媒体记者。

卡米尔那时刚刚从新上司那里领到这一趟"西欧青年重走欧亚丝绸之路团队"的采访任务，她很高兴加入这样一个团队，跟着他们解开一连串沉埋千载的历史谜题。看到博努瓦在打理文物收藏盒，她即猜测盒子里的宝贝来自波河岸边的东方天使城。

罗伯特简单地告诉她，那里边是纺轮和织梭，远古时期的手工业纺织工具。不过它们到了古罗马，到了波河平原的东方天使城，价值和作用就远远地超越工具了，它们是被敬奉起来的信物，或者可以称之为圣物。

卡米尔说："李由让我观赏他的研究成果，看到一幕幕的丝路活剧。今天我知道了，纺轮和织梭，当年的收藏者是把它们装在紧贴胸口的内衣袋子里带回罗马的。"

在巴黎的时候，卡米尔跟博努瓦不熟悉，不便提出一饱眼福的要求。

"博努瓦先生，我相信你那个古董收藏箱里的织梭，正是十三公主刘小丝委托织云和绣雨带给昆塔的那枚象牙织梭。它不是骨质的，是象牙的。李由先生和罗伯特先生告诉我们，它是象牙质地的。"

这时，博努瓦在案子上铺开一片深红色的丝绒布，然后戴上雪白的手套，小心地打开了他的魔盒，拿出雕有树枝的象牙织梭，工巧精美的爱情信物。

卡米尔像是被惊到了，"多么精美啊，太精美了。百闻不如一见。难道它不是实用的物件，仅仅只是信物，用来铭记爱情的……信物？"

博努瓦说："我认为是这样，因为它过于小巧，用来织布的话，不好把握。"

卡米尔道："这你就不一定说得对了吧？请教李由先生，在中国古代，女孩子很小就开始操持家务吗？她们年龄小，手掌就小，小手掌岂能把握大织梭，小织梭正好让她们用起来顺手。"

李由笑道："有很小就操持家务的说法，穷人的孩子早当家。不过，这么小的织梭，操作起来不容易滑脱吗，卡米尔？"

博努瓦说："树枝，这枚象牙织梭上的奇特的雕画，树枝，我和罗伯特都不确定是什么意思。"

象牙织梭一侧光滑的外壁上，雕刻有树枝——粗而长的一枝上生发出较小的一枝，较小的一枝上，又生发出更小的一枝。

罗伯特说："昆塔猜测，这是桑树的枝。他认为，这个小小的象牙织梭，是丝绸艺术的象征，丝绸来自蚕茧，蚕的食物是桑叶，桑叶长在桑树上，桑树就是这个样子。"

卡米尔说："其实昆塔也不确定。赛尔是丝绸的精灵，丝绸之国的公主，东方大汉朝的天使，那么，除了桑树枝还会是什么树枝呢？"

因此昆塔发誓一定要把赛尔公主请到罗马，为她建一座城堡，为她开一处桑园……

112

卡米尔、李由、博努瓦、罗伯特，他们休息的地方，叫吉根——中国新疆的吉根，具体地点在吉根的克孜勒苏桥头。

吉根，隶属乌恰县，是乌恰最西边的一个乡村。吉根，在当地语言中是聚会的意思。大概，这个地方，在古时候是牧民们定期聚会的地方。

吉根只有两千人口，几乎全是柯尔克孜族，他们以游牧为生。

克孜勒苏河穿境而过。这条红色的河流是喀什河上游的一条支流。水呈红色，是它的上游流经第三纪红泥岩石区，河水中夹杂有大量红色泥沙，史上曾称之为赤水。

克孜勒苏绿洲狭窄，两边高处，触目可见红色砂岩。

这个地方已经是帕米尔高原东部了，气候比卡米尔、李由、博努瓦、罗伯特他们走过的塔吉克斯坦东部要温和一些了，但是，山还是很多的。

简单拍摄，上车，继续东行。德默号和爱福号迎着山风前行，车身上喷绘的彩色丝绸之路，他们已经走过了大半，签过许多人名的节点早已绕过两个车头。

巴黎，慕尼黑，格拉茨，马里博尔，萨格勒布，萨拉热窝，贝拉内，普里什蒂纳，内戈蒂诺，塞萨洛尼基，伊斯坦布尔，阿达纳，大不里士，帕提亚故地，德黑兰，喀布尔，杜尚别，都已经记录在他们的欧亚行程中。

车队经过了乌鲁恰提。

乌鲁恰提这个地方曾经简称老乌恰。乌鲁恰提也是柯尔克孜话，意思是大山峡。克孜勒苏河在这里接纳了卓尤干河。

又行数小时，到了新乌恰。新乌恰是坤昆山和天山的交会处。到了乌恰就有高速公路了，加油，维修，奔驰。

喀什是中国西域重镇，是李由他们重走欧亚丝路活动中的必停之处。

喀什当地的车迎接他们，然后带着德默号和爱福号驶向喀什城。

喀什的一位宣传部副部长和两位科长及三位科员隆重接待了他们。

罗伯特说："欧洲考古学家在意大利伦巴第平原的考古中发现了一块巨大的石头，上面刻有古意大利文和中文的'东方天使城'五个字。"

博努瓦说："继续发掘，发现了一处古堡遗址。在遗址中，出土了两枚纺轮和一枚织梭。它们是中国古代的东西。据罗伯特先生、李由先生和我联合考证，认为它们来自中国最古老的城市洛阳。

"我们在对出土文物进行解读的同时，广泛收集历史资料，进行比照研究，很吃惊地发现了一个掩埋在历史深处的东西方爱情传奇。这个传奇非常动人。

　　"对织梭和纺轮，我们有自己的判断，但我们不能完全肯定。

　　"纺轮的底部有些人为的斑点，李由先生判断，认为是黄河和洛河赐给古代人的数字组合图案，叫'河图'和'洛书'。织梭上有树枝图案，我们还难以准确断定。

　　"因此，我们决定走一趟古代的丝绸之路。到中国，到洛阳，解读这些文物和它们的文化内涵。卡米尔是一名独立记者，她记录我们的行踪。"

　　副部长命他的几个部下帮助"西欧重走丝绸之路团队"架设摄录机，然后说："东西方爱情传奇？这个发现，它实在是空前的！"

　　罗伯特说："公元73年，有一个西罗马商队到中国来了，队长是男爵安德鲁·昆塔。他们千难万险地到了东汉首都洛阳，收购了大量丝绸，还受到了汉朝皇上的接见。皇上为他们题了四个字'使通万里'。请李由先生介绍一下当时西域的情况。"

　　李由说："好的。当时，北匈奴控制着中国西域，成为东汉的大患。东汉决定廓开西域，派了四路大军征讨北匈奴，其中，最南边的一路，将军是窦固、耿忠、班超等人。"

　　奉车都尉窦固在蒲类海站稳脚跟，建兵站，筑堡垒，向西推进。

　　窦固派班超往西镇抚西域三十六国。班超干得很好，镇抚了鄯善、焉耆、龟兹、于阗、疏勒以及贵霜。

　　当时的于阗南面，有个瞿萨旦那国。这一年，瞿萨旦那国秘密派遣使者到洛阳，请求和亲。东汉明帝允准了，选派自己的养女十三公主刘小丝西嫁瞿萨旦那国，建立战略外交关系。

　　出于安全考虑，和亲的队伍被皇家伪装成了商队，叫作"东城贩营"。西罗马昆塔男爵的商队是真正的商队，有幸随在"东城贩营"后面，得以安全地西行。

　　在西行的路途上，昆塔男爵和十三公主因缘巧合，产生了爱情。他们走了一路，秘密地爱了一路。疏勒这一带，是他们古老传奇爱情的见证之地。

英国探险家斯坦因公元1901年在新疆塔克拉玛干沙漠深处丹丹乌里克的一处佛寺遗址发掘出一块木板画,叫作《蚕种西传》。画作记载的,就是这个传奇的爱情故事。木板画是个实物证据。

木板画上最左边的女子是真正的公主,她举臂指着化了妆的假公主的帽子,让她在经过阳关关卡的时候,保护好头上的帽子。因为那顶帽子里边,藏着朝廷严禁出境的桑籽和蚕种。

这个故事,唐僧玄奘所著《大唐西域记》中也比较完善地记载了。

罗伯特说:"有木板画为证,有《大唐西域记》为证,仍然解决不了意大利波河岸边出土的东方天使城石匾的渊源,解释不了古代中国纺轮和织梭何以到了伦巴第的东方天使城,这需要我们实地踏勘,细心求证。"

副部长说:"太传奇了!我代表喀什宣传部门,支持你们!喀什是古代丝绸之路的关键节点,古代罗马人和东汉公主如果在喀什谈恋爱了,那么喀什就更有名声了。"

接下来,在宽敞大方的会客室中,副部长热情地讲解喀什的历史文化,进行宣传教育。

副部长说:"特别感谢李由先生,从遥远的西欧,给我们带来卡米尔、博努瓦、罗伯特这些历史文化界的国际朋友,古代欧亚丝绸之路的研究专家!"

113

朋友们和专家们重视喀什,是喀什的荣幸。

喀什位于新疆西南部,它北倚天山,西枕帕米尔高原,南抵喀喇昆仑山脉,东临塔克拉玛干沙漠,周边与吉尔吉斯斯坦、塔吉克斯坦、阿富汗、巴基斯坦、印度等八国接壤或相邻。

喀什是古丝绸之路南北两道的交会点。喀什拥有"五口通八国,一路连欧亚"的独特地缘优势,是丝绸之路从中亚、南亚进入中国的第一大城市,也是中国中原通往西亚和欧洲的陆路通道。

喀什，有文字记载的历史，已经有两千一百多年，是新疆第一座国家级历史名城。千百年来，喀什一直是天山以南著名的政治、经济、文化、交通中心。

公元前 2 世纪，中国人民的友好使者张骞正式开辟了西行之路，后来这条路逐步成为贯通欧亚大陆的东西方交通要道。

丝绸之路东起中原，经长安、陕西、甘肃河西走廊、新疆塔里木盆地，跨越葱岭，经中亚、阿富汗、伊朗、伊拉克、叙利亚而达地中海东岸，全长九千多公里，仅在中国境内，丝绸之路就长达四千多公里。

新疆是丝绸之路中段，喀什是丝绸之路上的重镇，中外商人云集的国际商埠。

喀什，汉朝时称疏勒。张骞出使西域曾经到达这里。东汉都护班超经营西域，这里是大本营。喀什是唐朝时安西四镇之一，清朝时喀什噶尔参赞大臣的驻地。

喀什的历史，是世界文化活力的晴雨表：亚历山大大帝时期，这里文化的主流是希腊文化；印度崛起的时代，则是印度文化；中国的汉唐时期，则是中原文化。

副部长一口气把喀什说了个遍，似乎没有什么可以再说的了。副部长让一科长继续向客人介绍。

这位科长照着样子说："喀什历史悠久，古称疏勒，堪称新疆历史的活化石。"

在两千多年的漫长岁月中，这里既是中西方交通的咽喉枢纽、文化交流的荟萃之地，又是我国西疆最早的国际市场和门户之地，商业繁荣。

早在张骞出使西域之前，喀什就已经成为中外交流的一扇窗口。

喀什西面的帕米尔高原，连接着著名的瓦罕走廊，是华夏文明与印度文明交流的重要通道。东西方的文化，通过瓦罕走廊，在喀什这里相汇、融合。

晋朝僧人法显西行求佛，唐朝高僧玄奘赴天竺取经，都曾沿着这条道路走过。

喀什曾为东西方文明的交流做出过重大的贡献。

公元前 60 年，汉朝在新疆设西域都护府，喀什作为西域的一部分，从此正式列入中国版图。

在《汉书·西域传》中，整个天山南北有西域三十六国，只有疏勒国有市场。这说明，疏勒是欧亚大商道上重要的贸易枢纽。

两千一百多年前的疏勒城，在整个天山南北，为什么能独有市列，而且又能生意兴隆通四海呢？正是因为那个时期，闻名四海的丝绸之路通商活跃。

古代丝绸之路贯穿东西，尤其开拓了欧亚北部的商路，这条路向西运输了数不清的货物，其中以丝绸制品的影响最大。

在两千年前的条件下，任何商队想在丝绸之路走个来回，都是非常艰难的，但是，各国的商品仍然还是成年累月、浩浩荡荡地涌入欧洲和中国市场。其中的奥妙就在于丝绸之路的途中有着许多商品集散、中转站。

在中国境外，印度、大宛、大月氏、帕提亚等国，都自觉地充当着这种商业流通中介的角色，而在中国境内，最理想的商品集散、中转地，就是当时的疏勒，今天的喀什。

沿着丝路北道，疏勒城四通八达，成为丝路这条要道上当其要冲的关口。

在地势上，疏勒城西倚葱岭，东对大漠。西去各国商队，在饱尝戈壁沙漠之苦到达这里后，前面将有海拔四五千米的葱岭等着他们攀越；东往的各地贾客，刚从嵯峨险峻的葱岭之间活着下来，又要跨越茫茫沙漠，在这里稍定惊魂，也是大有必要。

对于艰难跋涉丝绸之路的商旅、使节来说，疏勒城田地肥沃，草木丰饶，是他们集结休整的理想之地。

各路商贾在这里休整、交流，各国商队为了便利，就在这里将携带的货物倒手集散，各取所需。于是，疏勒城的市场就自然而然地出现了。

蓬勃兴盛的丝路贸易，极大地促进了古疏勒物质文明的发达。疏勒本地雄厚的经济实力，又反过来参与和促进了丝绸之路的贸易经济。

我们可以想见，那个时候的疏勒，城里城外，车水马龙，行商坐贾，比比皆是。杂货纷呈，琳琅满目，市场上是绚丽多姿的各类服饰，嘈杂如潮的各国语言……一副多么繁华热闹的场景！

当时疏勒市场上的畅销货物，首推帛、锦、绮、缎之类的中原丝织品，其次多有月氏细毡、大秦琉璃、安息香料、大宛骏马、于阗玉石与龟兹铁器，还有疏勒本地自产的手工业品和农产品。

那时的疏勒，不但有优越的地理交通条件，而且经济、政治、军事实力也很雄厚。

丝绸之路造就了疏勒城的辉煌，疏勒城也为丝绸之路的繁荣增添了光彩。

114

在数千年的历史中，疏勒在中国西域佛教史上的地位也是很突出的。疏勒曾经跟于阗、龟兹、高昌并列为西域四大佛教文化中心，有过灿烂多彩的佛教古文化，至今还有不少古代的佛教遗迹。

公元 6 世纪初，整个西域都崇奉佛教，疏勒则是佛教最早传入中国的地方之一，与之相对的喀什三仙洞，是国内现存最早的东汉时期的佛窟。

唐朝末年，回鹘汗国解体以后，随着伊斯兰教的扩张，佛教文化慢慢退出了西域。在今天的新疆，除了少数蒙古族聚居区信奉藏传佛教之外，已经很难看到佛寺的踪影。

在这个民族大融合、宗教文化大变迁的复杂过程中，喀什起到了关键的枢纽作用。

经过岁月变迁，进入 21 世纪，贸易和投资在古丝绸之路上再度活跃。在这种情况下，喀什的特殊地位愈发凸显出来。

喀什周边与塔吉克斯坦、阿富汗、巴基斯坦等接壤，战略地位十分重要。

2010 年，喀什设立了经济特区。

国家提出共同建设丝绸之路经济带的宏大构想，这是一项造福沿途各国人民的大事业。作为经济特区，喀什成了向西出口加工基地和商品中转集散基地，进口能源和稀缺矿产资源的国际大通道，成了新丝绸之路上的一座桥梁。

今天的喀什，作为塔里木盆地西缘最古老的绿洲之一，也作为新疆的一座国家级历史文化名城，已经成为新疆的缩影。

今日喀什，市场繁盛，物品丰富，无奇不有，并享有歌舞之乡、瓜果之乡的美称。

在南疆最大的贸易市场——东门大巴扎，精致的花帽、美观别致的英吉沙小刀、民族风格的陶器……各种商品琳琅满目，甜瓜、石榴、桃、葡萄等各色瓜果，飘香诱人。

现在的喀什，是一个充满神秘和诱惑的地方，没有封建王公贵族留下的红墙绿瓦，没有天府之国一望无垠的富庶平原，没有江南小镇婉转的溪流，也没有见证了金戈铁马王朝兴衰的万里长城，却有独特的个性，令人沉醉其间。

走在喀什的大街小巷，会有古今交错的感觉。喀什的一砖一瓦、一草一木，都和这里的人一样，古老，庄重，平和，自足。

喀什，就是这样一个古今交错的城市。她有着繁荣的过去和现在，有着幸福和安详的生活，有着厚重的历史底蕴。

遇见喀什，就像翻开了一本厚厚的文化交流史；走进喀什，便如走进了一个延续千年的美丽梦境。

副部长说，希望尊贵的西欧客人，在喀什吃好、住好、游好、购好，把丝绸之路宣传好。需要配合的，我们全力配合；需要支持的，我们全力支持！

几个科员带头鼓掌，于是几个来自西欧的年轻人也热烈鼓掌。

罗伯特说："非常感谢，我们对喀什有所了解，我们将到重要的地点去看一看，到街头征求签名，签在我们的车上。若需要帮助，我们会主动联系。"

李由说："我们知道了喀什悠久的丝绸之路历史，观光喀什丝绸之路遗迹，有的放矢，更有意义。"

德默号和爱福号越野车停在喀什市中心的人民路上，人们围着车辆，热闹地签名、拍照，问这问那……

第三十二章　赛尔就是要做你的人

"哦！"昆塔说，"亲爱的赛尔，当然必须有你喜爱的桑园，嫩绿的桑叶上，爬满了肥滚滚的蚕虫，蚕虫们在歌唱，唱的是遥远的东土中原的爱情，唱的是黄河和波河的婚姻，唱的是大汉和罗马合璧的幸福日子……

"你会常常跟织云和绣雨在一起游玩，当然也有我安德鲁，有迈克尔和普拉斯，听你们回忆中原，回忆桑园的春风，回忆洛阳宫廷的岁月，回忆这次万里长途，回忆我们漫漫长途中的热烈的爱。

"若干年后，将这些美好的回忆，送给我们的儿女。他们会惊喜这些传奇，问我们，你们真的经历了那些吗？"

115

"东城贩营"使团，在龟兹休整后，再度出发西行。

龟兹王提前送信给前面的姑墨，要姑墨务必尽心尽力关照大汉朝廷的"东城贩营"。姑墨是龟兹的属国，听龟兹的，自然没有问题。

姑墨和龟兹一送一接，中间只有一天的行程没有当地护卫，所以自龟兹到姑墨这段路程是进入西域以来走得最轻松愉快的。

西罗马昆塔商队也跟着沾光。美中不足的，是昆塔男爵没有机会接近十三公主。

刘小丝服用了含有肉苁蓉的药，很快地恢复了健康。走过姑墨后，不停地在车上把玩昆塔赠送的母狼挂件，经常撩开车帘观望，看看昆塔在不在车外行走。

进入西域三十六国一带，很多路段对骑马并不有利。离开焉耆，快到轮台的时候，虽然刘小丝和昆塔有外出恋爱遇险沙漠的可怕经历，但那时候没远离绿洲一线，骑马还是可以的。过了姑墨之后，很多路段陷于黄沙，漫漶不清，马匹没有骆驼得力。

风也多了起来，以至于车帘不得不总是放下来，扎起来。

在呜呜呜叫的风声中，连绵不绝的沙丘，仿佛在做着永远不醒的梦。一切都是黯淡的。

走在如此黯淡的沙漠中，刘小丝越发觉得自己离开瞿萨旦那跟着昆塔前往大秦的抉择是正确的。波河既然跟黄河一样，大秦就跟洛阳差不多，日月清朗，田园牧歌。

织云和绣雨的想法，跟十三公主没有太大差别。她们还夸赞刘小丝让姝儿扮作公主的聪明。姝儿又乖巧愿意，妍儿配合默契，既不负大汉朝廷和瞿萨旦那和亲的美意，又为她们三人抽身准备得天衣无缝，只待良机降临，远走高飞。

假使远望，或者鸟瞰，会看到漫长的商队像毛毛虫在沙漠上缓慢地爬行。它的前边和后边，有些结伴的行旅，也在艰难地或相对或相向地移动。

斑斑点点的绿洲，一侧可以看到一些坍塌的土垒、墩台，它们也许曾经是汉朝的置郡，也许曾经是匈奴的城池。

沉静肃穆而又粗野荒凉的土垒、墩台，不死不倒而又不腐不朽的胡杨，依然那么高傲，仰首看着暮色苍茫，俯首看着四野黄沙。

漫漫沙路两旁，沙丘密集。常常看见被时光荡涤尽棱角的遗物——石块、瓷片、零星的箭镞和隐隐的白骨，夹杂着简牍、瓷片和烟火的痕迹，还有一片半掩在黄沙下的土地，应该是一片曾经的农田。

它们述说着一个一个有血有肉的故事，述说着在遥远的时候，这里曾是如何姿色丰满、人声喧闹的绿洲。那时，天空该不会如此时的空旷，长风该不会有如此刻的落寞吧。

游牧，农耕，和平，战争，骏马，铁骑，庄稼，噩梦，烽火狼烟，黄沙荒城，黄土的台墩，悲怆的漠风。

失败者、胜利者的身份如何转换？如何来，如何去？精彩大戏如何仓皇落幕？没有回答，一切都在风沙中沉默不语。

然而，漫天黄沙又藏不住秘密，把那些兵刃、骸骨，掀开又遮盖，掩盖又掀开……

刘小丝不由得诅咒起沙漠长途来，好像永远也走不完，永远也走不尽，感觉已经走得太久太久了，前边却还有太远太远。

织云和绣雨的情绪，看起来也是同样的忧郁、愁苦。

在洛阳的大汉后宫，安静的水边亭下，母亲曾经安慰女儿，生在王侯之家，肩挑社稷重任，母亲难以像百姓家的母亲一样家常，女儿也难以像平民家的女儿一样自由啊。话说回来，平民百姓之家的女儿，也没有这个荣耀。

和亲之路竟是如此遥远，料定今生再也难见母亲一面。

父皇啊，母亲啊，不是女儿不孝，而是女儿要遵从自己的内心，遵从自己的真情。和亲之事，女儿让人冒名顶替，神鬼不知，也应不算违逆。

116

大汉刘家，崇尚简约。先帝无论生前的日子，还是逝后的葬仪，无不俭朴。

母亲的内心，女儿最知道。素色的丝绸是母亲的最爱。做女儿的她，爱母亲之所爱，想母亲之所想，常常一边读书，一边用心。

刘十三尤其感谢母亲费心，冒着风险，为女儿预备了桑籽和蚕种。女儿会嘱托妹儿，在瞿萨旦那栽植、饲养。女儿也会分出一小部分桑籽和蚕种，带往大秦，精心侍弄，不为生产丝绸，只为母女之爱的延续。

沉着、浑厚，甚至笨拙的陶瓷，满身都是艺术的美质。光洁、顺滑、软细如水的丝绸，有着珍珠样的光洁，月光般的清丽。如果说陶瓷是男人的话，丝绸便是女人。这是母亲教导女儿的。

陶瓷样的男人是优秀的男人，丝绸样的女人是美好的女人。

昆塔是个经商的人，是个说不清楚汉话的大秦人，但他有陶瓷的那些优秀。倒是女儿赶不上丝绸，但丝绸是女儿今生今世的追随和向往。

西行走过第一处关隘汉函谷关时，看到的那只蝴蝶好像还在眼前飞舞。非常感谢那只神灵的蝴蝶，车内是她小丝，车外是昆塔，中间是蝴蝶，蝴蝶把他们牵了起来。

蝴蝶逗引她不停地转动手中的彩色丝帕。昆塔毕竟是个男人，他骑在马上，根本没有在意蝴蝶，只看到了旋转的彩帕。他急促摘下帽子，回应地转动。

蝴蝶肯定觉得好笑。蝴蝶在笑小丝呢，小丝赶紧吐下舌头，缩回车内。然而，她自己也没有防备，一颗心已经被诱惑了。

还需要感谢的是那枝应时开放的细碎的野花。她一边胡乱地行走，一边瞭望和寻觅，一边采撷了那一把枝叶，调皮地分给了昆塔一枝。

昆塔真的被召唤来了。是那一枝绿叶正中的两朵小红花把昆塔召唤来了。给昆塔的那一枝，她是随手分取的，没有挑选，可它正开着两朵小花呢，这不是神灵的帮助吗？

在平凉，她主动要求听郑将军讲经，收到昆塔急中生智以瓦片雕写的约书。而在后来的行程中，若不是那块瓦片帮助他们，昆塔怎能认出她的乘车呢？瓦片也是神灵送给他们的。

在敦煌郡城外的草野中，昆塔请教"三月""三秋""三岁"的意思。她告诉昆塔，有个女孩，在怀念上次看到的一个男孩。一天不见他，好像过了三个月；一天不见他，好像过了三个季节；一天不见他，好像过了三个年头啊。

昆塔说："他们的感情越来越深。可是，你们汉家的歌是夸奖男孩的，我们罗马的歌是夸奖女孩的。女孩比茴香还要优雅，比大雁还要纯洁，比浅色的藤萝还要美艳，公牛喜欢母牛，一点也不害羞，你若喜欢他，就不要迟延……"

"赛尔，我让你看一样东西。"昆塔拿出长长的三角状的黄色丝绸包，慢慢打开来。是她给他的第一束花，第一个礼物。那一束花，曾经换得昆塔一大抱的花。

刘小丝拿出红色丝绸的小包，缓缓打开，让昆塔看见了那块刻了字的瓦片。"后半天，郊外见"。这个"情书"不仅在听课那天有了约会，更在后来的联络中，挂在车窗外面，使他们的爱情获得了奇迹般的延续、生长。

"安德鲁，亲爱的安德鲁，你看，白云，蓝天上悠闲的白云，多么让人向往。你看那朵白云，平平的、高高的、柔软的、洁净的，适宜生活的，适宜爱情的，我们如果就在它的上面，该多好啊！"

"是啊，亲爱的赛尔，真愿我们就在那朵白云上面。我们会上去的，我们为什么不可以上去呢……"

"我的故乡在波河岸边，波河岸边就像你们汉家的中原一样，安居乐业，田园牧歌。我要在波河岸边的故乡，购买田园，建设城堡，让你，让我可爱的东方天使，唱着歌过日子。

"我从西到东跑了数万里，才有幸获得上天赐给我的这位可爱的人儿，我为自己骄傲，自然要带你回去……"

"两位姐姐，小丝睡不着，你们上来说说话吧！你们觉得罗马那个地方有意思吗？"

"有意思，他们的男人都很有趣。维纳斯那样的美人，那么多跟人欢爱的故事……"

"反正我们也是汉家泼出来的水了。瞿萨旦那国很小，罗马应该很大……"

"我们太胆大呀，远程和亲，却违背朝廷的旨意，违背家人的期望，尤其是我抛弃公主的身份，抛弃王后的地位，私奔罗马，做一商贾之妻，还有何脸面奉寄书帛，问候高堂？"

"甘蔗没有两头甜，要遵从自己的内心，顾不得其他。此种事情，时日一久，即使长辈知晓，也不会追究和声张。"

天色向晚，绿洲狭长，金乌西坠，晚风渐生。

"在敦煌郡，在草丛里，我恍恍惚惚，是不是告诉你了我是汉家公主？"

"嗯，你告诉了我，我很惊讶，我很幸运。你是大汉的公主，我是罗马的商人。你是东方天使，我是一般的罗马人，所以你是神送给我的。"

"可我为什么这么疼痛，安德鲁？这里，疼痛。心里，疼痛。我在车上，睡不好，吃不香，你把我的心掳走了，掳走了，所以，我痛，我，痛……"

"赛尔，赛尔丝，你是这世界上最美的丝，你织成的网，把我网住，把我网起来，把我网进去，把我网得紧紧的，把我网得昏昏的。我知道，你是最贵重的，我不会让你疼痛的。"

117

"波河，像黄河一样美吗？"

"听普拉斯说，波河跟黄河一样，出了大山之后，两岸地势平坦。黄河最长，波河也最长。黄河有很多沙子，波河也有很多沙子。黄河水比地面高，波河水也比地面高……"

"是吗？波河，跟黄河一样？"

"波河跟黄河一样。波河是为赛尔准备的，是为赛尔这个美丽的黄河女儿准备的。波河在那里说，天使，东方的天使，安德鲁·昆塔的小天使，来吧，来吧！"

"季节真好，不冷，不热。姑娘们在桑园里采摘桑叶，小伙子们在桑园外面转悠。"

"他们为什么在桑园外面转悠呢？赛尔，请告诉我。"

"他们找机会到桑园里去，把采桑的姑娘……像你这样把赛尔压在……身体的下面……施加爱和接纳爱……"

"怪不得女人喜爱丝绸，男人也喜爱……男人喜爱女人的身体和丝绸一样，丝绸和女人的身体一样……昆塔说不清楚，昆塔心里明白，它们一样，最初，就是爱出来的。"

"丝绸，是由爱情产生的，所以，丝绸永远衬托着爱情，有丝绸衬托的爱情，最美好，最幸福……"

"赛尔是天的虫子，柔软得像丝绸，柔软得让安德鲁无穷无尽地喜欢……"
大秦的气候跟洛阳一样，波河岸边的情景跟黄河岸边一样。

辽阔的平原上，是昆塔修建的城堡，东方天使城堡。城堡周围，是树林、草地、葡萄园、橄榄园……

"哦！"昆塔说，"亲爱的赛尔，当然必须有你喜爱的桑园，嫩绿的桑叶上，爬满了肥滚滚的蚕虫，蚕虫们在歌唱，唱的是遥远的东土中原的爱情，唱的是黄河和波河的婚姻，唱的是大汉和罗马合璧的幸福日子……

"你会常常跟织云和绣雨在一起游玩，当然也有我安德鲁，有迈克尔和普拉斯，听你们回忆中原，回忆桑园的春风，回忆洛阳宫廷的岁月，回忆这次万里长途，回忆我们漫漫长途中的热烈的爱。

"若干年后，将这些美好的回忆，送给我们的儿女。他们会惊喜这些传奇，问我们，你们真的经历了那些吗？"

东方天使城是一个美好的所在，站在东方天使城的角楼上，看到大片大片的桑园，朦胧，幽深，那拔节而上的桑叶，升腾着盎然的绿意。

那是她、是她和织云、绣雨劳动的成果。

春来了，棵棵桑树枝上的芽头，犹如点缀的绿珠，裹着金黄的心，扎着两片青翼，青翼上的露珠还不曾滑落，晶莹的，似乎在眨着眼睛。

桑园里的桑枝一垄垄、一簇簇地排列着，一样的高矮，一样的细瘦，犹如士兵，接受将军的检阅。

母亲曾经给小丝讲过中原的桑林故事，黄河岸边的桑林故事。母亲的桑园早已远去，成了母亲心里的珍藏。她小丝的桑园却是真实的存在，只不过，生长在西土，生长在波河岸边。

桑林像绿色的烟雾，飘浮在阔大的平原上，采桑的女性刚刚换下臃肿的冬衣，穿上轻快的丝绸春装，脚步轻快，心儿放飞。

每天，刘小丝都得格外早，约着织云和绣雨，背着背篓，迎着清凉的晨风，迎着春天的太阳，走去她的桑林。

罗马的女人们也来了，她们向东国女儿学习采桑，高挑的身姿、修长的手指，由笨拙到灵巧……

她们欢快地采桑，以长长的竹竿拉下桑树的枝条，然后用手摘下桑叶。

嫩绿的桑叶，装满了背篓。

刚从卵里孵出来的小蚕是那么纤小和柔弱，要用最细的女儿心来对待，把它们放在小筛子里，用最嫩的小桑叶饲喂。换桑叶的时候，刘小丝她们还自己制作了毛刷，用毛刷来移动小蚕。

大秦的人将毛刷认作汉人写字的毛笔，说，赛尔丝真是文化的国度啊，养蚕和写字用一样的工具。

刘小丝她们快乐地大笑。

118

经过万里长途的蚕种太宝贵了，千万、千万不可在换桑叶时把小蚕留在要丢弃的桑叶上。

蚕儿成长了，天之虫柔软得像在飘动……

它们吃桑叶，如风拂，如雨洒。

安德鲁说："多美的音乐，动人的音乐，这是赛尔专有的音乐。"

安德鲁拥抱赛尔："赛尔，罗马感谢你，东国的天使！"

春蚕欢快地吃掉桑叶，变成肥滚滚的夏蚕。

在桑林里，桑葚也成熟了。紫红，硕大，酸溜溜，甜滋滋，大的如枣粒，小的也赛花生。她和昆塔在桑枝丛中采摘桑葚，吃得满嘴满手都是紫的、红的。

恍恍惚惚，整个桑园都在飘动。昆塔带着她在桑园里翻滚，翻滚，翻滚……

"赛尔，你是桑葚，你是为罗马带来快乐的桑葚。桑葚是桑树的种子，是七彩丝绸的起源。"

缫丝，是又脏又累的活计，但她刘小丝、织云和绣雨不怕，带着罗马的女子，在腾腾蒸汽中操作……

纺织，尤其艰难，在洛阳，在中原，她们偶尔见过，却实在难解其中的重重奥妙，以至于最初织出来的所谓丝绸实在不敢恭维。

昆塔喜欢，他把丝绸铺在那里，拥抱着他的赛尔躺倒在丝绸上，说："这是东西合璧的最好的丝绸……"

"安德鲁，你在吃掉我吗，安德鲁？"

"赛尔，亲爱的，我的天使，是的……"

还有织云，还有绣雨，还有普拉斯，还有迈克尔。东方天使城，新织出的丝绸，放纵的心怀，神奇的爱欲……

"我们的儿子要像你，安德鲁，雄壮、能干。"

"我们要生很多女儿，个个像我的赛尔，美丽、温柔，让小伙子们喜欢得奋不顾身。"

"我被丘比特的金箭射中了，像维纳斯一样。我感谢你，安德鲁，你真的为我建了这么一座东方天使城。在天使城周边，还有这么多农庄和果园，还有桑园，让你的赛尔喜欢……"

"是的，赛尔，我的女神，你值得我这么做。"

城堡，我喜欢。桑园，我喜欢。傻将军，安德鲁，我喜欢。

"安德鲁，你好雄壮。"

天使城在摇晃，天和地，在翻腾，什么东西在呜呜地叫。

"安德鲁，我口渴，我好口渴……"

"公主！公主！公主！"

哦，是织云、绣雨。

织云说："公主是不是做梦了，你想喝水是不是？"

绣雨把水葫芦捧过来。刘小丝这才真正醒来，眨巴眨巴眼睛，笑道："还真是在做梦呢，这会儿走到什么地方了？"

车辆在晃动着前进。撩开窗帘，满目所见，依然是大漠长风。

织云说："反正离开龟兹和姑墨已经老远老远，想来应该是疏勒辖下的地方了，瞿萨旦那应该快要到了。"

绣雨道："他们说不经过疏勒城，也不去莎车城了。离疏勒城还有一天路程、离莎车还有半天路程的地方，就要向南拐弯了。"

织云说："越走，离塔里木河越近，绿洲变多，也变大了。说不定瞿萨旦那没有那么多风沙了呢。"

绣雨叹气道："真远啊！去瞿萨旦那的那个路口，听说叫色勒艾日克。到了色勒艾日克，也就要跟罗马人分手了。我们真的要跟他们走吗？"

刘小丝忽地坐起了身子："当然走啊！你们两个木脑袋，还不赶快联络他们，商议我们怎么走，怎么跟他们走。"

第三十三章　丝路爱情的见证

"往后的路程，我们大大方方地在一起，还有什么枯燥和着急呢。织云和绣雨，也和我一样，盼着走过瞿萨旦那国，盼着跟你的商队到你们的家乡去，到波河边去，每天晚上都听到夜莺的叫声。"

昆塔说："今晚只好委屈他们了。夜莺叫过了，汉家士兵烧起了篝火，普拉斯和迈克尔无法走过来，织云和绣雨也无法走过去。"

119

德默号和爱福号越野车在立交桥头一个安全的位置停了下来。

罗伯特说："以后不能随意走下高速公路了，上下很麻烦，委屈委屈我们的卡米尔吧。"

李由说："站在立交桥上，反而比下去还好，放眼各个方向，没有什么遮拦。视野开阔，有大的拍摄纵深，我们的资料更大气。"

卡米尔看一看动态卫星定位图，说："这个地方，塔里木河变宽了。"

罗伯特说："我们不下去了。就在这个立交桥上，就在这个临时的停车处，体会一下东汉时期的色勒艾日克好了，它应该就在这个立交桥附近。"

博努瓦说："附近较大的地名是巴楚。请李由说一下，色勒艾日克，东汉时期隶属巴楚吗？"

李由说："东汉时期，色勒艾日克隶属巴楚。巴楚是个小国，叫尉头，尉头有时候臣服于龟兹，有时候臣服于疏勒。

"根据历史资料尤其是历史地理资料推断，汉代的色勒艾日克，在东南不远处的塔里木河边，绿洲状况较好，长满了胡杨树。"

博努瓦说："两汉时期的丝绸之路，在中国西域，好像没有固定的路线。"

李由说："是的，没有固定路线，主要是当时这一带的地理因素决定的。"

塔里木盆地，由罗布泊洼地和塔克拉玛干大沙漠构成。东部罗布泊，古代叫罗布淖尔，有水，因而有植被，有人烟，行商走贾，包括军队，行动没有太大问题。西部大沙漠，就艰难了。

到了色勒艾日克，基本上算是走出塔克拉玛干大沙漠了。西去的商队将经过疏勒，走上葱岭。

西汉时期，汉朝就在这一带建有西域都护府，后来荒废了。

到东汉时期，公元73年，随着汉家奉车都尉窦固和行军司马班超对西域军事镇抚的实现，随着龟兹和疏勒等西域国家对东汉的归服，尉头自然也归服了。

公元 73 年，色勒艾日克绿洲，住着许多人家。汉朝行军司马班超派遣的疏勒军队正在修建汉家哨楼、军邸和兵站。

卡米尔排列一些照片，收起相机，问："当年，'东城贩营'使团和西罗马昆塔商队从遥远的中原洛阳走来，是在色勒艾日克分手的，'东城贩营'向南走，西罗马商队继续西行，是这样吗？"

罗伯特说："理论上是这样。但是，昆塔男爵他不愿意仓促走开啊，他要带走大汉十三公主刘小丝。普拉斯想带走织云，迈克尔想带走绣雨。他们没有把心上人藏到车上，不愿意就此走开啊。"

名为"东城贩营"的大队人马走到了色勒艾日克，随行的大秦昆塔丝绸商队也走到了色勒艾日克。

半下午时分，郑众将军命令宿营。

车马陆续停下来，驼架都被卸了下来。马夫照顾自己的牲口，乘车的人下车走动，活动腰肢。

郑众和抗桂下车，看看四周的情形，问向导说："这里就是色勒艾日克，向南去瞿萨旦那，向西上葱岭吗？"

向导说："是的。"

郑众总算松下一口气来。"哦，"他说，"皇上重托在身，旦夕不敢恍惚，长路崎岖，沙碛连绵，而今终于走出塔克拉玛干，也算轻松不少。"

他同抗桂商议后，一边命随队厨师准备酒食，一边找人邀请大秦商队、瞿萨旦那使团、色勒艾日克当地军队校尉和头领赴宴。

120

夏日的胡杨林，绿得沁人心脾。粗壮的胡杨树上有很多死去的枝条，像毛发一样密集，在绿如云团的树冠中，参差出灰黄来。

有的胡杨树形巨大，但已成了树桩，擎着一两根粗枝，爆裂着树皮。在其身旁，可能是被风折断的粗枝，倒扎在那里，时日太久，已跟干燥的树干没有区别。

胡杨林旁边是静静的流水，清浅如镜，映照出胡杨的形影。

胡杨与流水之间，胡杨林间的空地上，一团一团的灌木，红柳或是骆驼刺，有许多正在开花，仿佛绯红的轻云从绿叶堆中翻腾出来。

一个时辰之后，胡杨林间的空地上，铺开席子。肉食酒菜在席子上一组一组地摆开，诱人的香味缭绕起来。

所有的人都入席了。

抗桂说："诸位好！大汉'东城贩营'，历经千万里行程，终于到达贵地。今日天气晴好，设酒款待大家，也算一次集议，请大司农给事中、西行大功臣郑众将军赐教。"

郑众拱手道："色勒艾日克，是我等西行路途之上重要驻地。我等肩负朝廷重任，从中原洛阳出发，经长安、平凉、武威、张掖、酒泉、敦煌，出阳关，过鄯善、焉耆、龟兹、姑墨，至于疏勒之地，千里辛苦、万里劳顿。我和抗大人感谢大家。

"今日，坚守此地的色勒艾日克都尉和乡民，万分辛苦筑城建邸的士兵们，热情迎接'东城贩营'，为我们送来酒食。我等千里辛苦、万里劳顿不算什么，比不上他们日日夜夜之所付出，非常感谢他们。

"来，大家举起酒盏，为走过的千万里长途，为色勒艾日克的美好未来，干！"

干了，抗桂请大家吃肉吃菜。

郑众继续说道："瞿萨旦那国是大汉的盟邦，长久以来，向好向善。大汉皇上圣明，多次朝会昭示众臣，支持瞿萨旦那。此次瞿萨旦那国友好使团朝谒洛阳，是为东西邦交良好开端，今后大汉与瞿萨旦那必将世代友好，造福两地。来，请大家再次举起酒盏，为瞿萨旦那，干！"

瞿萨旦那的使者借机向众人致意。

郑众道："你们看到了，跟'东城贩营'一起西来的，还有昆塔男爵的大秦商队。大秦之遥远，非我等可以想象。对东土而言，大秦犹如梦境一般。然而，昆塔男爵率领商队，不仅走到了洛阳，采办了丝绸，还受到皇上恩遇。皇上为其题写御宝'使通万里'。

"此次，昆塔男爵了解了洛阳，了解了汉朝。大汉皇上寄予厚望，昆塔男爵也立志做好大汉与大秦之间的友好使者，将东土丝绸运至罗马，也使大汉皇恩润泽千万里长途，直至其国。

"自洛阳出发，'东城贩营'即与昆塔商队同行。幸喜皇上提前派遣多路大军，廓开西域道路，又命奉车都尉窦固将军驻守塔里木盆地东缘，命行军司马班超将军镇抚西域诸国，一路之行，尚属太平。

"色勒艾日克，人谓三岔口。我们将要就此别过。明日，'东城贩营'向南方行走，前往瞿萨旦那国；昆塔男爵的商队将继续前进，越过葱岭，一路向西，远归大秦。

"大秦遥远，其如幻梦。我们曾经一路同行，栉风沐沙，自是缘分深厚。即将分道扬镳，不再同行，我等一如既往，祝福跋山涉水的大秦商业豪杰，祝福朋友，平安！

"来，大家举起酒盏，为大汉大秦的友谊，干！"

色勒艾日克的军事都尉，实际上是工兵头领，只管修建烽火台和相关设施，不会花言巧语，端起酒盏，说："郑将军、抗大人来视察，我等弟兄很是荣幸。为大汉边防出力，再苦再累，也是认了。我等弟兄敬郑将军，敬抗大人，敬所有官长、朋友，请！"

色勒艾日克的乡民代表是塔吉克人，不太会讲汉话，说："感谢，将军，大人，大家，请喝。"

昆塔为了做生意，学说汉话本已下了不少功夫，一路上因为爱情驱使，愈加刻苦地练习使用，汉话早已比较顺溜，举起酒盏说："我等，爱大汉，爱大汉的皇上，爱大汉的臣民。在洛阳，皇上恩赐，接见我等，御笔题写'使通万里'。请看——"

昆塔起身，展开丝帛，向大家展示汉明帝的墨宝。

郑众、抗桂赶紧起身，复又伏身敬拜皇上的大字。其余随人也学着下拜。

十三公主刘小丝自是恭恭敬敬地敬拜父皇手迹，想起父皇和母亲的厚重嘱托，想起自己一路上的违逆，想起自己在精心预谋的背叛，久久不能抬起头来。

织云、绣雨、姝儿和妍儿，陪着刘小丝，一个个低眉俯首。

昆塔说："大汉的丝绸，是罗马人的最爱。台伯河畔的人们，波河边的人们，为大汉的丝绸疯狂，认为只有众神才有资格穿戴锦帛。

"我等经年累月，跋山涉水，走过数万里艰难的路程，来到大汉，采购丝绸，为的是让罗马人见识大汉的纺织，体会大汉的皇恩。

"我等采购丝绸之后，离开洛阳，一路西行，受到郑将军和抗大人的照顾，受到大汉'东城贩营'使团所有朋友的照顾，我等深藏心中，不会忘记。

"今日在此，借美酒表达深厚的谢意，我，安德鲁·昆塔，我的随从，普拉斯，菲利普，迈克尔，感谢，干了！"

相互敬酒之后，进入随意把盏祝福的环节。

在纷乱之中，昆塔端着酒盏，择机走到刘小丝跟前，说："今天晚上，夜莺要叫。"

121

酒宴之后，已是傍晚，昆塔他们回到自己的营地。

昆塔把普拉斯和迈克尔叫到一处，皱眉道："时刻到了，分手的时刻说到就到了，我们和她们根本没有商量好。"

迈克尔说："劫持了她们三人，今天晚上就走，天亮他们就找不到了。"

普拉斯说："你开玩笑，一晚上能走多远？他们本身是皇家的使团，随团士兵那么多。夜路，我们根本走不快，要不了多久就会追上你。整个疏勒区域，全是他们的兵力。后边是窦固，中间是郑众，前边是班超，三个大将军和他们的军队，疏勒兵也听汉家将军招呼，我们偷跑，你想想，跑得了吗？"

昆塔说："劫持了她们，连夜走开，这个办法不好，很不好。"

迈克尔问昆塔："你约了她今晚见面吗？"

"约了。"昆塔说，"跟以前相比，月亮出来很晚了，要到后半夜才出来，趁着天黑，夜莺去叫。"

"想神不知鬼不觉地带她们走开，最好的时机是大汉把她们交给瞿萨旦那国了，瞿萨旦那国还没有熟悉她们，那个时候。"普拉斯说。

昆塔说："你正确，我就是这么想的，也倾向于这么做。"

迈克尔说："我很着急啊，天色已经黑了，我跟你去抓夜莺。普拉斯你守在后方吧，队伍大了容易暴露。"

"你怎么摆布的啊,迈克尔！"普拉斯说,"我也是好多天没有见到那个……那个织布的云彩了，我为什么要守在后方呢？我也去。人多计谋高，也多个照应嘛。"

"好了，佩好宝剑，背上背包，走吧。跟在我后面，保持距离。到了她们那里，尤其要保持距离。"昆塔说，"我观察过了，赛尔她们的帐篷，挨着她们的车。车外边，有一片红柳，比别的红柳高，红柳后面是胡杨。"

"胡杨林里有夜莺。"迈克尔说，"我们走胡杨林背后，走远处。"

普拉斯说："记住，跟上次一样，一旦到了万不得已的时候，就说我们是抓夜莺的。"

"对。"昆塔道，"我一组，你们一组。你们先停在胡杨林里。夜莺一叫，赛尔会出来的，我在前边接应。三个人都出来，我就把她们带过来，然后我们朝远处走，走到那个沙山背后。"

"该不会有野狼吧？"迈克尔说,"这几天夜里宿营，老听到野狼的哭声。"

"野狼也苦啊,生活在这样的地方,吃不好睡不好,还得天天跟风沙作战。"

普拉斯说："野狼只要不是大群的就不可怕，你拼上去，它会退走。前年我和希腊商队来东土，路过帕米尔山间，宿营，几个人去搞柴草，跟几匹野狼遭遇了。那会儿天还没黑呢，好一番周旋。最后，人胜了狼。"

"就在这个地方，不要走出林子。我到红柳那里接她们。迈克尔，夜莺可以叫了。"

昆塔走到红柳丛里，又往前走，隐身于一片红柳中。

靠近胡杨林的红柳，又多又密，形成了一条灌木林带。昆塔隐身的这片红柳，离刘小丝的宿营车较近。它是单独生长的，长势奇好，莫说藏身一个昆塔，纵是掩护一对情人也绰绰有余。

十几步开外，是"东城贩营"的乘车，是刘小丝她们的。更远的上游河岸，还有两辆，那是郑众和抗桂的。下游远处，也有两辆。再远处还有，那就是昆塔他们的了。

车辆组群之间，依地借势，停着的，是骆驼、马匹和帐篷。

红柳林里，夜莺清脆地叫起来。"啾啾啾啾啾，格啦啦啦啦啦，啾啾啾啾啾，格啦啦啦啦啦，啾啾啾啾啾，格啦啦啦啦啦……"

122

夜莺的叫声，召唤刘小丝下了车。

刘小丝朝胡杨林里张望，然后回身，好像探身车厢去取东西。倒是没有看到织云和绣雨服侍她，难道织云和绣雨在帐篷里？

昆塔快速瞭望各个方向，快步走到车前，压低声音唤道："赛尔，我来接你。"

正在这个时刻，上游方向突然走来士兵，刀枪叮当，脚步杂沓。他们看到车旁的人影，大声喝问："谁？干什么？"

刘小丝赶紧让昆塔贴近车轮和车厢，回道："没有谁，莫乱问。"

士兵们不问了，走向那蓬独立的红柳。站住，挥剑砍削。

刘小丝说昆塔："先上车，快。"

昆塔上了车，她自己也随后上了车。看看那些士兵，不但砍削了红柳，还把干燥的胡杨树枝堆在那里，燃起了篝火。看样子是将军让他们在那里设哨的。

篝火燃起，有人已开始收拾铺席躺坐的地方。

士兵们设立这处篝火哨位不要紧，彻底隔断了宿营车跟胡杨林的联系，夜莺也不敢再叫了。

织云和绣雨爬出帐篷，到刘小丝车边询问："公主，方才树林里夜莺叫得好欢呢。"

刘小丝按住昆塔的肩膀，让他坐了，对窗外说："是叫了，但又不叫了。你们先歇息吧，我也歇息，其他事情另想办法。"

织云和绣雨不作声了，回到帐篷去了。刘小丝回头扑进昆塔的怀里，压低声音说："她们也想情郎呢，也睡不着觉呢。"

昆塔也压低声音说："普拉斯和迈克尔来了，在胡杨那里着急呢。我们是来接你们三个人出去的。怎么有人来这里烧火啊？怎么突然安置哨位在这里啊？"

"就是啊，我也没想到。幸亏你走过来了，若是没走过来，这会儿还不一样在胡杨树下着急？你不来，我也去不了。这下倒好，你先来车上，他们后来烧火。嗯，你摸到它了，你的小母狼——我一直挂它在胸前呢。"

"你送给我的象牙织梭，我也珍藏得最牢靠。织梭把安德鲁和赛尔的爱织起来，织在一起，永不分离，永不褪色。我要永远保存它，收藏它。"

刘小丝紧紧地依偎进昆塔的怀里，喃喃地说："织成最美丽的丝绸。"

昆塔说："丝绸太美妙了，和皮肤一样光滑柔软，让人想到很多东西，让人感到很多东西。丝绸像赛尔的皮肤，赛尔的皮肤像丝绸。"

小丝说："一路上好枯燥，好着急。幸亏有你。和你一起，再远的路也不怕。"

"往后还有很长的路。"昆塔说，"算到罗马，还有好几倍的旅程。"

"往后的路程，我们大大方方地在一起，还有什么枯燥和着急呢。织云和绣雨，也和我一样，盼着走过瞿萨旦那国，盼着跟你的商队到你们的家乡去，到波河边去，每天晚上都听到夜莺的叫声。"

昆塔说："今晚只好委屈他们了。夜莺叫过了，汉家士兵烧起了篝火，普拉斯和迈克尔无法走过来，织云和绣雨也无法走过去。"

昆塔帮刘小丝除掉衣服，只剩下母狼在刘小丝的胸前晃荡。抚养了罗马的母狼充任大漠丝路爱情的见证者。小丝也以纤纤素手帮昆塔除去身上的衣服。高大结实的男子汉，似乎让车厢变小了，变得狭窄了。

后半夜了，月亮升起来。巡夜的士兵似乎发现公主乘车的异样晃动，走过来敲车厢，当当当，当当当，"请问有什么情况吗？"

刘小丝急忙平静自己的声音，对车外道："没有情况，你们走开吧。"

车侧的帐篷里，姝儿和妍儿熟睡了。织云和绣雨却没有一丝困倦，在深夜月光微弱的反射中，睁着四只大眼，望着帐篷和车辆连接的一面，竖着耳朵，谛听车上若有若无的动静。

织云轻声道："夜莺不叫了。讨人厌的士兵，早不来晚不来，夜莺叫了，他们来烧起一堆火。"

绣雨道："确实让人恼。他们两人好运气，士兵烧火之前相会了，甜蜜，温暖。车上人没瞌睡，车下人睡不着。"

织云说："到瞿萨旦那国就可以走了，那时谁也管不了我们。今天酒席上，普拉斯悄悄告诉我，他们会跟着到瞿萨旦那，设法让我们走。"

绣雨问："迈克尔也发誓，一定要让我们走。明天走不走得到瞿萨旦那呀？"

"也就一天的路程了。"织云道，"听说从这里到于阗，得走两天，去瞿萨旦那，路程不到一半。"

胡杨林背后的夜莺确实不再叫了。迈克尔伸着长腿躺在沙地上，普拉斯靠着两个背包，打发无聊的夜的时光。

他们背后，传来篝火噼里噼啪的燃烧声和士兵叽里呱啦的说话声。远处，隐隐传来野狼的吟唱，似乎有呼唤，有回应，悠长，恐怖。

"回去。"普拉斯说，"不在这里听了。"

迈克尔应声起身，两人背起背包，稍微绕了个远，走回自己的宿营处。

次日早上，昆塔专门前往"东城贩营"大帐，拜访给事中郑众和监事使抗桂。

昆塔说："我们想跟着大汉商队到瞿萨旦那国。一是再同一程，以报长途照应之恩，二是也见识见识瞿萨旦那，顺便做点生意。听说瞿萨旦那国出白玉，是玉石中的上品。"

郑众和抗桂说："这个可以的。就此西行，还是到了瞿萨旦那国做了生意再走，由你们自己决断。"

于是，早饭后开拔，西罗马商队继续跟在"东城贩营"大队的后面，向着瞿萨旦那前进。

第三十四章　神秘精绝的尼雅

　　精绝国的男人们日渐减少，被掳掠到女儿国的男性奴隶受到女儿国的悍女们接连不断的压榨，艰难困苦的生活使男人们累倒了，又招致女儿国女人们的嘲笑，"精绝之国"的名字遂出现了。

　　这当然是历史演义，苏毗和精绝说的不是汉话，用的也不是汉字，"精绝"两字无非音译而已。

　　在《汉书》里，精绝国突然出现又突然消失，像一个谜团摆在人们的眼前。

123

西欧重行丝绸之路团队李由、博努瓦、罗伯特和卡米尔一行，在立交桥上观光体验、拍摄资料之后，驱车南行，当晚，投宿和田。

事先联络好的莎车宣传部门的友人接到他们，卡米尔就迫不及待地咨询瞿萨旦那国遗址何在。

当地友人介绍说，古代的瞿萨旦那国很大，文献记载说方圆有四千多里。虽然到处是沙碛，可供耕作的土地很少，但适宜种植，出产水果多种多样。

瞿萨旦那国还出产美丽的白玉、精细的毛毯。当地人喜欢学习，知书达理，农牧之余，载歌载舞，还崇尚佛法，是个佛国。

卡米尔探究瞿萨旦那国的国都在什么地方，对方说："这个还真不好讲，那是一个古代的绿洲，跟今天不好相对呢。"

《大唐西域记》记载的瞿萨旦那国，研究家说在今天的和田。和田地区很大，古代的瞿萨旦那国也很大，大概就是这一片吧。

李由说："莎车，跟瞿萨旦那在读音上最相像。莎车所在位置，我们据历史考察起来，大致应当是瞿萨旦那国的故址。"

莎车县位于塔里木盆地西缘，是古丝绸之路南道要冲，东西方陆路交通枢纽，西域三十六国中富庶地区之一。

经过西汉和东汉的努力，清除了匈奴在这里的残余势力，确立了汉朝西域地区的统治。

瞿萨旦那国主动派遣使者于公元 73 年到东汉首都洛阳请求和亲，汉明帝允准并遣"东城贩营"使团前来和亲，此事和窦固、班超的军事征服成为东汉王朝对西域地区的文武并治，对稳固西域意义极大。

西欧青年丝绸之路考察团队已休息，但他们却难以入眠。

他们已经站在古瞿萨旦那的土地上，曾经照耀过大汉公主刘小丝和西罗马商人昆塔男爵的月亮，此时此刻，就照耀着他们，怎么能入眠呢？

假若视线可以超越历史，那么，看到的，便是那些早已远去的为黄沙所层层覆盖的繁荣——除了大名鼎鼎的瞿萨旦那国，还有精绝国、弥国和货国……

公元1900年，匈牙利裔英国人奥莱尔·斯坦因被西方探险热潮推到了中国。

公元1901年初春，斯坦因到了新疆于阗。他获悉尼雅河流域以北的大沙漠里有古代遗址的信息，遂找到进入过尼雅遗址的维吾尔族人，从他们手中购买了几件从尼雅遗址中带出来的佉卢文木简。

接着，斯坦因雇请了一批发掘工人和骆驼运输队，沿尼雅河的干涸河床跋涉数天，找到了传说中的遗址。

斯坦因将这处遗址正式命名为NIYA SITE——尼雅遗址。

在尼雅遗址的考古发掘令人惊叹，斯坦因的雇工陆续挖掘出被黄沙封存千年的各种珍贵文物十二箱之多。

当斯坦因把尼雅文物运到英国时，西方学者大为震惊，他们称尼雅文物为东方庞贝城的出土文物。

卡米尔问："尼雅，是西域三十六国中的一个吗？假若是，它是哪一个呢？"

"精绝。"李由道，"精绝国。据《汉书·西域传》记载，精绝国，位于昆仑山下，塔克拉玛干大沙漠南缘，接受汉王朝西域都护府统辖。国王属下，有将军、都尉、驿长等。"

对于精绝国的地理状况，历史记载，尼雅河畔，泽地湿热，难以履涉，芦苇茂密，无复途径。

从文字寥寥的记载中，可以看出当时的精绝国是怎样的一片绿洲。草太多太茂密了，连路都没有。

精绝国虽是小国，但它位于丝绸之路塔克拉玛干南缘的咽喉要地，地理位置十分重要。

"东城贩营"使团和西罗马昆塔商队，走的是塔克拉玛干沙漠北缘，没有经过精绝国。这不意味着精绝不是丝绸之路上的重要节点，因为有不少商队走沙漠南缘，是要经过精绝的。

卡米尔很好奇："尼雅河畔的精绝国消失了，斯坦因又使它惊现于世。中间的空白到底怎么回事？"

它原来是璀璨的绿洲，被废弃，被埋没于沙海之中，变成死亡的废墟，原因何在？没有记载吗？

是不是尼雅人大肆砍伐树木，破坏生态环境，致使水源枯竭，风沙肆虐，绿洲消失，最终被淹没于茫茫沙海之下？

李由说："你的疑问，也正是人类的千年疑问。千百年来，精绝国确实像一个被死死封住的魔瓶，直到斯坦因打开它。"

124

伴随着大航海时代的出现，欧洲人的探险精神被空前激发了。

那年早春，斯坦因率领探险队来到新疆于阗，考察一个叫尼雅巴扎的地方。尼雅巴扎，意思非常简单，就是尼雅河边的集市。

有个名叫伊普拉欣的当地人引起了斯坦因的注意。伊普拉欣在销售两块写有字迹的木板。木板其实就是通常所说的木简。斯坦因惊奇地发现，它们竟然是用早已消失了的古代文字——佉卢文书写的。

佉卢文起源于古代犍陀罗，是公元前 3 世纪印度孔雀王朝的阿育王时期的文字。佉卢文最早流行在印度西北部和今天的巴基斯坦及阿富汗一带，后来在中亚地区传播使用。

公元 4 世纪中叶，贵霜王朝灭亡，佉卢文也随之消失，再也没人认识了。

李由说："关于佉卢文的情况，博努瓦先生比我更能解释清楚。"

博努瓦说："试试吧，我们一起来。"

公元 1837 年，英国学者普林谢普发现了佉卢文的踪迹，并进行了部分解读。斯坦因当然是关注古文字信息的。认出是佉卢文之后，他怀疑佉卢文在沙漠中的出现不是偶然的，很可能是沙漠中一个不为人知的王国曾经存在的证据。

斯坦因想，如果猜测成立，这又是个什么样的王国呢？

斯坦因请当地人做向导，到达了伊普拉欣发现文物的地方。当晚，他们搭帐篷住下。次日清晨，斯坦因走出寒冷的帐篷，缓步来到一个小小台地的斜坡上时，立刻就捡到三块木板文书。

继续寻找，仅在这第一天里，斯坦因就获得了几百片木板文书，超过了以前人们所知的这类文书的总和，简直是天大的收获，远远超出他的期待。

斯坦因在考古日记里记录了令人惊喜的发掘过程：

土块刚挪开，就见探险队成员鲁斯塔姆的双手挖进了光秃的地面。还没等我发问，他的手已从挖了不到六英寸深的洞中拽出一枚完整的矩形木简，封泥无损，函盖仍由原来的线绳捆扎，十分完好。

鲁斯塔姆的手指好像突然灌注了寻宝大侠的力量，不断地挖开洞口。洞口扩大了，很快我就看到，靠近墙的地方及墙柱基座下，堆满了层层摞起的同样大小的木板。

斯坦因喜出望外，兴奋得像个小孩子一般在沙土地上狂欢起来。

斯坦因对文物的狂热超乎常人。木板佉卢文是欧洲人梦寐以求的东西，能够在短短一天的时间里就得到这么多举世罕见的宝贝，简直是天大的收获，更加激励了斯坦因探寻的决心。

当天晚上，斯坦因抱着佉卢文木板，兴奋得无法入睡。凭他所受过的语言学训练，大致晓得这些木板文书多是一些官府公文。

如果尼雅遗址仅仅出土那种世界上只有几个人能读懂的木板佉卢文天书，不会引起更多人的兴趣。实际情况是，尼雅遗址出土的文物远不止这些。

斯坦因一步步打开了尼雅古城遗址，丰富的出土文物令他眼花缭乱。

用梵文书写的佛经、汉文木简、陶器、铜镜、铜戒指、铜印、铜镞、金耳饰、铁器、玻璃、贝器、水晶珠饰、带扣、木器、漆器残片和各类织物，还有欧洲人从未见过的捕鼠夹、靴熨斗、弓箭、木盾、红柳木笔、六弦琴、餐具等。

眼前的一切，匪夷所思。斯坦因简直不敢相信他的发掘成果是真的。

而且，封埋在沙层之下千百年的官署、佛寺、民居、畜厩、窑址、炼炉、果园、桑林、古桥、田畦、渠道、蓄水池、墓地等遗迹，也出乎意料地依次展现在斯坦因眼前……

"注意！"李由说，"斯坦因在这个大漠遗址发现了桑树，巨大的桑树的遗存。我和罗伯特的研究成果是：它们是公元 73 年的汉家公主带来的桑籽繁衍出来的。"

斯坦因把他发现的遗址命名为尼雅，把精美的陶器、绚丽的织物、罕见的木雕和大量带各种文字的木板文书带回欧洲。在探险家聚会上，斯坦因详细地描述了他在东方沙漠中的惊奇发现。

尼雅遗址轰动了欧洲，学者们把它称为东方庞贝城。

我们知道，庞贝，意大利南部那不勒斯附近那个历史悠久的古城，维苏威火山西南脚下十公里的那个古城，背山面海，风光绮丽，公元 79 年毁于维苏威火山大爆发。

庞贝在当时属于中小城镇，由于被火山灰掩埋，街道房屋保存比较完整。从公元 1748 年起，开始考古发掘，为了解古罗马社会生活和文化艺术提供了重要资料。

毫无疑问，尼雅古城遗址告诉人们，它毫不逊色于庞贝，在这个东方荒漠之中，曾经有过辉煌灿烂的文化。

斯坦因发现了尼雅遗址，而法国探险家戈纳正企图在尼雅河流域的尽头寻找古代叫精绝国的西域古国，没有找到。听说斯坦因发现了尼雅遗址，戈纳大脑中灵光一闪，大胆地认为尼雅遗址就是自己苦苦寻找的精绝国遗址。

那么，尼雅遗址真的是神秘消失的精绝古国吗？

出于考古学家的慎重，也由于斯坦因和戈纳对中国西域历史的茫然，他们不可能得出结论。

就在这时，中国学者看到戈纳公开发表的发掘自尼雅河流域的古文书图片，一枚简牍上有"泰始五年"的字样。

泰始五年，公元 269 年，"泰始"是中国西晋王朝武帝的年号。参照中国历史记载中的蛛丝马迹，测定尼雅遗址与古今西域诸国的距离，经过认真梳理后，学者断定尼雅遗址就是古代西域三十六国之一的精绝国所在。

125

罗伯特说："中国小说《西游记》里面有个女儿国，女人当家。女儿国的女王爱上了唐僧，想留唐僧做丈夫，这个女儿国与精绝国之间还有故事呢。"

女儿国在历史上有一个非常好听的名字，叫苏毗。苏毗国是一个母权社会，最高统治者为女王。

苏毗女王每五日一听朝，处理军国大事，另外还有一位小女王协助女王管理国家。

苏毗是个终身制女王国家，男人全是奴隶，女人对男人可以呼来唤去。一妻多夫，女人随时可以休掉丈夫。

女儿国的女王曾经发动了人类历史上极为特殊的战争，就是为俘获其他部落和国家的男人而动兵。

唐玄奘在《大唐西域记》中记载这个奇特的国家说，在女儿国，不仅是贵族女子，就算是最没钱没权的女子，也是家中的家长，有多个丈夫。女人生了孩子，都随母亲的姓氏。再尊贵的男性，也不能有妻子之外的女人。

苏毗国人的生活有很浓厚的原始风情，平时喜欢在脸上涂抹颜料，头发也不论男女一律披散着。

由此可见，苏毗国俨然是一个母系氏族公社。

这个原始母系国度，以畜牧和种植业为主。在女人的统治下，多个男人侍奉一个妻子，他们之间自然就形成了一种竞争机制。谁干活多、挣得多，妻子就和谁睡觉，让谁拥有特权。男人们为了争宠，自然就会拼命地干活。长此以往，女儿国变得非常富裕。

从精绝国出土的木简中，发现记载其长期受到西南强大部落的威胁，甚至伤害到精绝国的统治，精绝国王非常担忧。

在精绝国的人们看来，威胁自己的西南部落简直不是人，而是一群像魔鬼一样野蛮、凶猛、可怕的强敌。因而有人推测，精绝国的灭亡与它西南那个部落有非常大的关系。

有的历史人士说，精绝国西南的部落就是女儿国苏毗。

生活原始的苏毗部落，在一段时间里侵犯相对先进的精绝国，每次打了胜仗，她们一定要从精绝国俘获大量的男性奴隶回来，分配给本国女人当丈夫。

精绝国的男人们日渐减少，被掳掠到女儿国的男性奴隶受到女儿国的悍女们接连不断的压榨，艰难困苦的生活使男人们累倒了，又招致女儿国女人们的嘲笑，"精绝之国"的名字遂出现了。

这当然是历史演义，苏毗和精绝说的不是汉话，用的也不是汉字，"精绝"两字无非音译而已。

在《汉书》里，精绝国突然出现又突然消失，像一个谜团摆在人们的眼前。

历史没有记载，我们只能根据资料推断。精绝本身非常弱小，兵力大概只有五百人。可以想象，在那个弱肉强食的年代，如此袖珍的国家，生存处境有多么艰难。

那时，楼兰国已经更名为鄯善，鄯善国得到中原汉朝的扶植，曾经盛极一时。

强大起来的鄯善国兼并了包括精绝在内的一些绿洲小国，尼雅河流域被纳入鄯善王国的版图，精绝国改名为精绝州。

卡米尔说："哦，原来是鄯善吞并了精绝。那么，在后来的历史中，精绝州为什么没有踪影了呢？"

李由说："卡米尔，很抱歉，至今还没有证据说明精绝国消失的具体原因。据推测，气候应该是罪魁祸首之一。有史以来，气候对人类文明的摧残是十分严重的。"

"李由曾经揣测，是生态恶化导致的精绝国消失。"

在出土的佉卢文木简中也发现了禁止伐木的条款：砍伐活树，罚一匹马，砍伐树杈，罚母牛一头。

精绝国开始用法律手段保护树木，可见树的重要性越来越高了。这是不是暗示着尼雅绿洲的生态已经开始恶化，精绝人不得不采用重罚的形式保护生态呢？

精绝国的废弃会不会与自然条件的逐渐恶化有关？在沙漠地区，也就是与水源的逐渐干涸有关？若是一个逐渐的过程，不至于没有任何历史信息啊。

博努瓦说："我注意到《汉书·西域传》中的记载，说精绝其国，泽地湿热，难以履涉，芦苇茂密，无复途径。这样的环境，其实已经非常恶劣，很难生活。它的问题不是干旱，而是水湿。"

罗伯特说："水湿转为干旱，在沙漠上并不困难。尼雅河如果改道，情况会很快走向反面。"

不过，在尼雅遗址里，不少住宅周围都有巨树环绕，树干粗大至一人不能合抱，果园中林木整齐。

桑园中，有不少为数十年之巨桑——东国公主的西传树种。想象当年这一带也应该出产蚕和丝了。

在尼雅遗址里，尼雅人的住处附近，堆积有淤泥，那是清挖水塘的痕迹。

有这样好的生态环境，很难证明尼雅河会突然断流，导致精绝王国覆灭。

博努瓦说："考古学家在尼雅遗址的一所房子废墟中发现一只狗的遗骸。它的脖子上拴着绳子，绳子的另一端拴在柱子上。显然，主人离去时忘了解开绳子，这只狗活活饿死了。究竟发生了什么事，让主人匆匆离开，连爱犬的绳子都忘了解开？或许，他以为一会儿就能回来，才没有考虑爱犬的生存问题，但他为何又一去不返？如果说精绝的居民真的集体迁徙了，他们究竟迁到了哪里？"

罗伯特说："我们迷惑不解，既然不是自然的力量毁灭了精绝，又不是战乱摧毁了它，那么精绝人为何迁走，他们去了哪里呢？"

来历是谜，去向是谜。精绝国在历史的天空中如流星般划过，没有留下太多的影子。真相到底在哪里，我们究竟能不能找到答案？

卡米尔说："桑树长在精绝国，是大汉东国公主刘小丝的功劳，但'东城贩营'使团和西罗马昆塔商队当初没有经过精绝国，若他们经过，如今发掘他们的故事，精绝的来龙去脉也会被发现的吧？"

第三十五章　每个人都有个女神

"大汉不远万里，送来数十车陪嫁之物，侍女数人，不让公主生活稍有陌生疏离之感。瞿萨旦那亦必尽心服侍公主起居，以使公主早日适应绿洲生活。公主若有任何不快，尽请致知大汉朝廷，大汉与瞿萨旦那必定重视之、改善之。"

妹儿起身为郑众行礼，乖巧地说："万分感谢郑将军和抗监事，感谢一路上受到的多方照应，誓不辜负父皇、皇后的谆谆教诲，发扬大汉妇道美德，为绿洲福祉尽心尽力。"

126

罗伯特打开李由的电脑，给卡米尔看公元 73 年的瞿萨旦那国。

相传，瞿萨旦那国是印度无忧王子所建立的国家，到了公元 73 年，已是于阗的属国了。

瞿萨旦那国，佉卢语的意思是奶牛场，或者牛圈、牛栏。

瞿萨旦那国位于浩瀚的沙漠上，说是奶牛场，其实面积很大，周四千余里，沙碛大半，壤土隘狭 。

瞿萨旦那国所统辖的面积不小，却大半是沙漠，可供垦殖的土壤很少。宜谷稼，多众果 。可供垦殖的土地，皆在绿洲之中，宜于谷物的生长，也出产很多种水果。

"气序和畅，飘风飞埃"。这样的历史记载难以理解。季节和气候比较和畅，却又终年大风，沙尘飞扬。

瞿萨旦那国，地广人少。"工纺织，出细毯，又产白玉。"纺织技术过关，他们精细加工的毛毯很受兄弟国家欢迎。还出产白色的玉石。

白玉，是玉石中的上品。怪不得昆塔向郑众和抗桂请示的时候说，想到瞿萨旦那国做玉石生意。

瞿萨旦那国的人，很少穿颜色灰暗的衣服，爱穿白色的服装。他们的性格比较温和，喜欢学习各种技术。民俗中通行礼貌和各种友好的仪式，大多数人拥有各种各样的手艺。讲究社交礼节和各种规矩。百姓都很富裕，大家安居乐业。这个国家崇尚音乐，喜欢唱歌和舞蹈。

这个国家的文字和各种规章，学着印度的样子来做，即使有改变，也是细微的。就是说，瞿萨旦那这个小国家，遵从的几乎是其祖宗从老家印度带过来的一切，说话跟西域其他国家不一样，大概也是印度的吐火罗语之属吧。

天黑的时候，"东城贩营"使团到了瞿萨旦那都城附近。瞿萨旦那国年轻的国王森格尔率领文武大臣出城十里迎接。

入城后，"东城贩营"使团全体人员被安置在瞿萨旦那高级驿舍晚餐和休息。西罗马昆塔商队也找到旅馆安歇了。

次日五更，天空繁星闪烁，万籁俱寂，从城中央传来"咚……咚……咚咚……咚咚咚"的鼓声，如雷鸣一般，震撼人的神经。

鼓声穿越朦胧夜色，在空气中振荡、消散，逐渐减弱，神秘的大漠又回到沉睡之中。

片刻的宁静之后，鼓点再度敲响。这一轮更加密集，由慢到快，从弱到强，越来越激烈。

当一声高过一声的鼓点逐渐趋于消失之际，一串威严摄人心魄的号声响起来。

大鼓与号角的混杂声在黎明之前的夜空起伏、飘散……

随后，声音渐渐歇息。到太阳升起的时候，大鼓再次敲响，号角的声音也随之而起。人们纷纷聚在国王的殿前，等候森格尔的出现。

这天已被森格尔定为大婚喜庆之日。大臣们在有条不紊地进行典礼前的各项筹备工作。

女官祖赫热带领很多女性从人，到驿馆为汉家公主化妆。

已经成了公主的姝儿稳稳地坐在胡床上，面孔被描画得非常艳丽。

十三公主刘小丝凝眉蹙额，心情极度矛盾。织云和绣雨，服侍在刘小丝的两侧，不言不语。良久，刘小丝抱着从洛阳带来的丝绸嫁衣，走到姝儿面前，说："请公主穿衣。"交给妍儿，让她服侍姝儿一件件穿上。

昆塔、普拉斯和迈克尔混在瞿萨旦那看热闹的人群里，在汉家使团所住驿馆门外，焦急地等待。

127

半个时辰后，阳光灿烂起来。森格尔走出大殿门口，引领司礼官员和乐队去往"东城贩营"的住所。到了门口，郑众和抗桂等迎接了他，请他进入驿馆之中。

过了一会儿，当森格尔大王挽着丝绸盛装的汉家公主姝儿的手臂走出来的时候，大鼓和号角的声音轰然响起，人们一片惊呼，弥漫起欢腾的氛围。

靓丽的姝儿被雪白的绸纱从头部遮盖下来。

雪白的新王后霎时间成为所有人注目的焦点。尤其是瞿萨旦那国的女人们，一轮一轮地欢呼。她们的欢呼作为一种发自内心的圣洁的表达，如歌唱一般，旋律简单，却不断重复。众人颂唱不停，产生出一种非常宏大的效果。

森格尔引领着姝儿在前，大汉王朝给事中郑众和监事使抗桂随后，其余的和亲官员跟着，再后是大汉的侍女和瞿萨旦那国的侍女……

昆塔他们看到了侍女群中的刘小丝和织云、绣雨，忍不住激动得雀跃起来。

瞿萨旦那人争相靠近森格尔王和新娶的汉家王后，为他们欢呼。在热烈的气氛中，僧人们把手中的丝绸献给国王和新王后。

王宫之前，人们先是用蒿草和红柳燃起了堆堆烽烟，然后用一双一双的手臂擎起长长的杏黄色的丝绸，立在道路两边。森格尔王偕同姝儿王后在众人的簇拥下，通过杏黄色的丝绸长廊，走回宫殿。

大鼓的咚咚声和号角的哇哇声更加热烈。在一浪高过一浪的欢呼中，森格尔王、姝儿王后和送亲、迎亲的队伍走进了大殿。

昆塔、普拉斯和迈克尔到了王宫门口。他们是可以跟着欢庆的人群走进去的，但觉得走进去没有什么意思，就拐了弯，停在了宫门之外。

昆塔说："赛尔，女神，天使，太伟大了，她放弃了王后的地位，要跟我们到罗马去了。还有织云、绣雨，她们都下了决心了。"

普拉斯说："伟大的女神，赛尔，织云，绣雨。"

迈克尔说："我为她们感动，我爱她们，三位东方女神，东方的天使。"

昆塔说："整修好我们的车马，需要买新车换新马，就买新车换新马，把骆驼全部卖掉。我们将高唱凯歌离开瞿萨旦那，经过疏勒，走上帕米尔高原。我们将无所畏惧，因为我们有天使相伴，有三位天使相伴。"

普拉斯和迈克尔跟着昆塔，自豪地晃动肩膀，踌躇满志。

昆塔说："我们以前只知道奥林匹斯山上的美丽女神。远行东土中原这一趟，销售明珠、香料，购买丝绸、陶瓷，结识了汉家女神，她们比奥林匹斯山上的女神更美丽、更可爱！"

瞿萨旦那王宫里传出来轰隆隆的鼓响和哇哇哇的号鸣，忽而又戛然而止，想是举行成婚仪式了。这个森格尔大王，桃花大运撞头的男人。

不过，只有他们罗马和希腊的弟兄们知道，森格尔得到的汉家公主是冒牌的——当然那个名叫姝儿的女孩也很好。真正的公主刘小丝略施小计，就将金蝉脱壳，远走罗马了。

普拉斯说："昆塔男爵，你必须为赛尔建造东方天使城，不能以任何理由推卸这个誓言。若资金不足，我普拉斯会助你一臂之力。这是人生与人格的保证，是我们今生共同的幸运。"

迈克尔说："是的，必须，我们要赞助你资金，建成东方天使城。然后，让赛尔、织云和绣雨她们常常在一起，指导植桑养蚕。让我们也在经商之余，体验一番东土中原风情，不枉了今生行走万里的经历，不枉了我们经商途中结识她们、爱上她们的天赐奇迹。"

瞿萨旦那国的人，都跑进宫殿里看国王的大婚庆典，少数人来得晚，望着昆塔他们三人，觉得奇怪，打手势请他们进去，他们谢绝了。

他们决定回到驿站，更新车马，以便需要起身时带着他们的东方天使快速离开这里。

路过一处沙场，见很多当地人在宰杀牛羊，看起来森格尔是要大摆酒宴庆祝喜事了。

他们回到驿站，菲利普已在指挥众人修车喂马。

昆塔说："我们的好管家菲利普先生，我们的大功臣菲利普先生，该怎么感谢你呢！"

菲利普说："普拉斯和迈克尔一路上替我做了很多事情，总是设法让我上车多休息一会儿，好在他们出去撒野的时候由我多值一会儿班，所以，你们看热闹，我来做事情，很好，很好。"

普拉斯和迈克尔大笑起来："菲利普，好样的！"

没过多大工夫，"东城贩营"使团和瞿萨旦那国邀请赴宴的使者来了，说瞿萨旦那将派遣十名士兵来协助守卫。昆塔高兴地说："瞿萨旦那国王年轻，倒是细致周到，菲利普一定得去出席宴会，我们都做菲利普先生的随从。"

"走吧，到国王森格尔那里吃喜酒去。"

128

森格尔的王宫不算很大，门洞却又高又尖。宫内的广场空地上，铺开了无数张座席，葡萄酒和酥油奶茶已经摆上，炖得酥烂的牛羊肉一钵一钵地端上来。

人们陆续席地而坐，相互问候。

鼓声响起来，号角响起来。鼓乐过后，森格尔举起酒盏说："瞿萨旦那有幸得到东方汉家公主，森格尔感激大汉皇上，感激大汉皇后。

"大汉是东方先进的乐土，大汉是我们诸多绿洲国家的榜样和未来。于阗国，是瞿萨旦那的坚强依靠，莎车国、精绝国，都是瞿萨旦那的友好盟邦，他们都派来了祝贺使团。

"瞿萨旦那从今往后，携手诸国，友好大汉，推进和平，无怨无悔。

"本国与大汉结交，将带头听命大汉，遏制贪得无厌的匈奴向东、向南扩张，造福百姓万民，造福后世子孙！

"现在，我和美丽的汉家王后为大家敬酒，祝大汉与我们所有绿洲国家的友谊地久天长，干！"

名义上的汉家公主姝儿幸福地依偎着森格尔，与森格尔一同举起了葡萄酒。

大家干了酒，森格尔请东汉使臣郑众讲话。

郑众讲道："大汉给事中、西行和亲使郑众，大汉黄门郎、西行和亲监事使抗桂，衷心祝福大汉公主和瞿萨旦那王喜结良缘，恩爱百年，幸福和谐，早生贵子!

"瞿萨旦那国是个主张和平并身体力行的绿洲国家，国王英明，民众勤劳，目今已与大汉结为姻亲之好。某已修书禀报我朝皇上，我等不日归回大汉朝廷，将如实详加禀报，皇上嘉许，必将重赏贵国，多方支持。

"大汉不远万里，送来数十车陪嫁之物，侍女数人，不让公主生活稍有陌生疏离之感。瞿萨旦那亦必尽心服侍公主起居，以使公主早日适应绿洲生活。公主若有任何不快，尽请致知大汉朝廷，大汉与瞿萨旦那必定重视之、改善之。"

姝儿起身为郑众行礼，乖巧地说："万分感谢郑将军和抗监事，感谢一路上受到的多方照应，誓不辜负父皇、皇后的谆谆教诲，发扬大汉妇道美德，为绿洲福祉尽心尽力。"

坐在一边席子上的真正的十三公主刘小丝缓缓地低下了头。

为表安慰和支持，坐在刘小丝两边的织云和绣雨同时向她靠近一些。

郑众接着道："于阗国、瞿萨旦那国、莎车国、精绝国，位于大漠南缘和西缘，曾经强烈谴责北匈奴在大漠北部造成的祸乱。今天，诸国交好大汉，和平的力量空前壮大，为此，让我们共同庆贺，干！"

于阗国、莎车国前来庆贺的使臣都讲了话。精绝国最远，来的使者却最多。他们共同举酒祝福，提议为瞿萨旦那王与大汉公主的婚姻，为绿洲国的团结合作，为大汉朝廷对大漠绿洲的支持，干！

然后，精绝国邀请大汉使团回程中访问精绝。

森格尔说："在座都是真心实意的朋友，征得大汉使团郑将军和抗监事的同意，我也不妨公布一下大汉使团的路程：大汉使团来到西域，走的是北道，东归洛阳，将走南道。

"汉家使团荣耀地来到我国，送来美丽的公主。完成使命后，将访问我们友好的精绝国、且末国，经鄯善国、窦大将军行军府、阳关，回到大汉中原。

"本王也在此宣布，为迎接大汉公主，瞿萨旦那已经和精绝在尼雅河畔选择、开辟了一片新绿洲，本王将邀请新王后到新绿洲去指导种植树木。

"树木是我们绿洲国家的灵魂，我们爱现有的树木，还要种植新的树木。

"数日后，本王和新王后，将和精绝国使团一起陪同大汉使团东行，一为盛情的欢送，二为到尼雅河畔的新绿洲培育树苗。

"今天我们还荣幸地邀请到了另外一些朋友，他们是来自东土的和来自西方的经商的朋友，最远的是来自罗马的昆塔男爵和他的伙伴们。

"昆塔男爵在东土洛阳，有幸受到大汉皇上的接见，皇上为他们题字'使通万里'。这是最高的荣誉，也是珍贵的嘉奖。

"瞿萨旦那是东西万里商道上的驿站，于阗、莎车、疏勒、精绝，都是东西万里商道上的驿站，我们欢迎东土和西方的商客到绿洲来，不断地到绿洲来，购买产品，销售货物，我们会尽力提供条件，让客商们来得愉快，购得实惠，销得顺畅，走得满意。"

昆塔说："我代表万里商道上的行商，对森格尔大王表示衷心的祝福。祝福新婚美满吉祥，也表示衷心的感谢，我们以后会到瞿萨旦那来，会多到瞿萨旦那来。"

森格尔和姝儿请大家喝酒、吃肉。

昆塔他们在酒宴上没有机会接触刘小丝、织云、绣雨，期望酒宴之后有机会跟她们见面，商议逃走之事。谁料想，宴会刚刚结束，姝儿、妍儿、刘小丝、织云、绣雨，被一股脑儿送进了后宫。瞿萨旦那女官祖赫热、阿依慕和艾米拉也随着她们进了后宫。

普拉斯瞅着昆塔耸肩甩手，迈克尔后悔不迭地猛拍大腿。

不明就里的菲利普一脸疑惑地看看这个望望那个，昆塔双手握拳，大喝一声，用罗马语道："嘿！为什么到头来这么被动？不，要行动，我们要行动！"

瞿萨旦那后宫内，刘小丝和织云、绣雨也无法找借口再出去与昆塔相会了。

从洛阳到西域来，一路上虽说提心吊胆，还是找到了不少机会，相见，相悦，相爱，到了瞿萨旦那，满心希望可以自由的地方，却连走出王宫也不能随意了。

跟昆塔他们联络是必需的。在汉朝使团离开之际，跟昆塔他们走，是最好的时机。在此之前，得全力以赴，寻觅机会，或者创造机会，商议好有关事宜。

不想请祖赫热帮忙出去，怕引起祖赫热的注意。到脱身的时候，不声不响，藏身罗马商队的车上，走出瞿萨旦那界，一切都好了。

第三十六章　瞿萨旦那的美梦

林中的小路上，长满了柔软的小草，抬脚动步感到吃力。昆塔牵着十三公主，普拉斯伴着织云，绣雨跟着迈克尔，在树林里穿行。

昆塔想到奥林匹斯山。奥林匹斯山上的女神，跟着男性私奔的情形大概也是如此，香汗淋漓，娇喘吁吁吧。他们却是快乐的，内心深处激动无比，因为他们是在飞往爱情的领地。

沉重算什么，迟缓算什么，赛尔她们已经成功逃脱。时机抓得太好了，瞿萨旦那不知道，"东城贩营"不知道，等他们发现的时候，会查询：当初人上车了吗？上车后怎么没有人了呢？中途丢失了吗？在沙漠中走丢了吗？

129

在瞿萨旦那王宫，刘小丝、织云、绣雨作为汉家侍女，受到热情而悉心的照顾，反而没有自由了。

祖赫热是王宫中所有女性的管家，刘小丝和织云、绣雨不容易见到她。略微有点认识的，是到过洛阳的阿依慕和艾米拉，只好求她们帮忙。

刘小丝说："两位姐姐请告知祖赫热妈妈，我们想出去走一走，散散心。"

阿依慕和艾米拉去请示了祖赫热，回话说："你们是我们种植桑树、建设桑园的专家，是重点保护对象，不宜出去。若是想走出王宫，到野外散心，大王已经决定，明天就启程到新绿洲去了，一路上，直到目的地，足可看尽大漠和绿洲风光。"

郑众和抗桂明天率领和亲使团离开瞿萨旦那，森格尔已经安排送行，并与精绝国使者顺道前往新规划的绿洲。

刘十三思来想去，觉得只有姝儿可以帮忙了。

日已过午，事不宜迟，刘十三让织云和绣雨找来妍儿，说："你去给姝儿说一下，大秦商队在洛阳受到父皇接见，父皇题字嘱托其经商顺利，把大汉皇恩宣至大秦。大秦商队一路上送花讨我等开心，为万里长途驱除寂寥，现今即将分离，再会无期，心想今晚安排一次宴会，为他们饯行，祝他们顺利。"

妍儿去跟姝儿说了，姝儿告知了森格尔，没多长时间就安排下来。

宫中有关人员一边铺排晚宴，一边找人去邀请西罗马商人。

昆塔、普拉斯和迈克尔正在一筹莫展，听得邀请，几个人一跃而起："感谢天使们！机会来啦，振作起来，把我们的天使带走！"

他们赶紧检查车马。车全都检修了，又购买了数辆新车。所有的骆驼都出卖了，换成了大漠特有的力马。

这些力马将拉着他们的车走到疏勒，到了疏勒再进行评定，有本领翻越帕米尔高原的马，继续留用，经不起考验的马，在疏勒换掉。

昆塔说："菲利普守大营，我们走吧，去王宫参加晚宴。主要任务是跟她们商议如何一起走。这是最后的机会了，事情只许做好，不许做坏。"

他们跟着瞿萨旦那王宫的引导官，经过宫门的戌卫哨，走进了晚宴的地方。

可能瞿萨旦那宫知道来的是几个西方的大男人，到处都加强了警戒，晚宴堂外面尤其森严。瞿萨旦那人又不愿影响大汉女侍者的活动，军人都待在一定的距离之外。有较多的瞿萨旦那女侍者为晚宴服务。

姝儿没有来，妍儿也没有来。仆女告知刘十三说："大王和王后有要事，不能前来相陪。"

刘十三告诉昆塔："森格尔和郑将军已经决定明日卯时启程，为大汉使团送行，也同时前往新的绿洲。我们明天也要前往新绿洲了。"

昆塔问："如今并不是植树的好季节，瞿萨旦那人不知道吗？"

"要先育苗的。"织云说，"他们当地人知道什么时候能够育苗，育苗是可以的。"

"瞿萨旦那人把我们三人当种桑专家。"绣雨说，"他们不会。"

昆塔说："我认为瞿萨旦那这样的绿洲国家，只要有树的种子，他们自己种植毫无问题。从洛阳走过来，几千里路程，相亲相爱，我们的命运已经紧密地联系在一起。罗马商队也已做好起程准备，邀请你们三人明日天亮前离开这个王宫，我们一起走。"

普拉斯说："这个办法我们不是已经否定了吗？瞿萨旦那国一旦发现她们三个人没有了，必定兴师动众进行搜寻。"

迈克尔说："大汉使团还没有走，为了洗清嫌疑，必定协助瞿萨旦那进行搜寻。我们商队刚刚起程，他们派军队追，很容易追上的。"

昆塔问："能不能告诉新王后，我们想带你们走，你们想跟我们走，让她帮忙放你们出去？"

刘十三说："请她帮助，她会尽力。问题是时间紧迫，没法商量。她又是个新身份，无法做主，请示森格尔反而会出破绽。"

昆塔说："那么，最好的办法是不让他们知道。等他们知道的时候，已经走出几天路程了。他们会嫌远放弃搜寻，或者真正追上我们商队时，再想办法将你们隐藏，也不为迟。"

"明天早上出发之际，你们三人假装上了他们的车，而实际上悄悄逃了，逃到宫殿后面的树林里，我们在那里接应。我已让菲利普预备了一辆专门的乘车，外观看起来像货车，内部可以舒适乘坐，没有问题，就看你们如何逃开他们的队伍。"

刘十三说："事已至此，也只有这样了。假装上车，快速从另一侧下车，趁乱走开。我们三人的行装，今天晚上先让你们带走，明天空人，既轻松又不受怀疑，到王宫后面的树林会合。"

130

刘小丝、织云和绣雨各人拿出了一个包袱。

昆塔接过刘小丝的包袱。刘小丝帮他打开，看到了一个精美的锦缎盒子，打开盒子，是一对像小馒头似的玉雕物件。

刘十三说："母亲没有什么东西送给女儿，将她自己上辈留传的宝贝给了女儿，让它们跟着女儿，陪伴女儿，保佑女儿。上次给了你的，是那把象牙织梭，这一对是玉石的纺轮。其余这些，是我的衣服。"

昆塔激动得将一对纺轮捧在胸前，并抱起刘十三，说："织梭和纺轮是赛尔的最爱，也必是我的最爱，它们比我昆塔的生命还要贵重。

"将来我要将象牙织梭和玉石纺轮供奉在专门建造的东方天使城，因为这些信物记载着我们的爱情，记载着洛阳和罗马的联系。

"赛尔的衣服，我会好好携带。赛尔上了我们的车之后，让赛尔把东土大汉的服装穿到罗马，穿到伦巴第平原，穿到波河岸边。你们的衣服，织云的衣服，绣雨的衣服，普拉斯和迈克尔，也必定会善加保管，等你们上车后好换穿。

"这几天，我一直想，西方，有维纳斯，东方，有刘小丝……"

昆塔和刘十三缠绵难舍，普拉斯和织云，迈克尔和绣雨，也不甘空闲，相互倾心诉说，情话喁喁，惹得门外的瞿萨旦那女使者讶然无语，愣怔之后，不得不向领头的报告。

刘十三赶紧清醒过来，说："我们赶快把明天接应的事情说定，也好吃下点肉，喝下点酒。还有什么不周的没有？"

昆塔说："我观察了，这个王宫大门两边的树林延伸到王宫后面。王宫后面的大路，虽说没有王宫大门前面的宽阔，但是行人较少，通行顺畅。我们的商队卯时以前从驿馆出来，走到王宫后面稍作停留，等待你们。你们三人从树林里过来，上车就走。"

刘十三问织云和绣雨听清楚没有，两人说："明白了。"

于是六人放心地吃肉饮酒，嬉闹逗乐起来。

瞿萨旦那的女使者把看到的情形报告给阿依慕和艾米拉，阿依慕和艾米拉也没有想到大汉的几个随嫁侍女会跟高鼻深目的大秦商人勾搭在一起，问道："难道……竟然……是你们看见的那样吗？"

"是的，每个男人怀里都有一个女人，没错，六个人，三对。"

有几个男人来燃灯，巨大的牛油灯燃起来。

昆塔说："就这样吧，祝你们今天晚上好梦！我们回去了，带走你们的衣物包裹。希望大汉皇上理解我们，希望郑将军理解我们，希望瞿萨旦那理解我们，希望森格尔和新王后理解我们，希望所有的人理解我们……"

刘十三说："我本来想修书给洛阳，给皇上，给母亲，但是，任何事情都无法说清楚，只好托付姝儿代为施行忠孝，四时拜问……希望所有的人理解我们……"

昆塔他们告辞走出瞿萨旦那王宫。

出门时，守卫查验他们手中的物品。

刘十三说："是我们送的。"

戍卫官方才放行。

罗马商队住在王宫东边的驿馆。真是命运的安排，他们是要往西走的，明日五更路过王宫后面的树林顺理成章。

大汉女人包裹中服饰的香味，让几个男人睡不着觉。昆塔将两个精美的盒子——装着两枚玉石纺轮和一枚象牙织梭的盒子珍重地收藏起来，说："睡吧，早睡早起，明天一早就开始全新的历程了。"

还真睡不着。等昆塔入睡的时候，估计离天亮不远，没睡多大一会儿，发现已经迟了。昆塔赶紧喊普拉斯和迈克尔起床，飞奔到王宫附近接应。

瞿萨旦那王宫门前，排出了长长的车队。宫中人等，鱼贯出来乘车，乱纷纷的，人喊马嘶。刘十三、织云、绣雨，都上了车。

过了一会儿，车队要开拔了，刘十三她们三人像影子似的从车上跳了下来，又像影子似的潜入旁边的树林中。

啊，她们飞快地跑过来，扑进昆塔他们的怀里。

顾不上亲热，因为这不是时候，赶快回到他们的罗马车队，请赛尔、织云和绣雨上车，快速走开，离开瞿萨旦那。

瞿萨旦那王宫周围的树林非常茂密，很快淹没了他们的身影。

林子外面，大汉使团和瞿萨旦那车队起步的声音，渐渐远去，远去……

林中的小路上，长满了柔软的小草，抬脚动步感到吃力。昆塔牵着十三公主，普拉斯伴着织云，绣雨跟着迈克尔，在树林里穿行。

昆塔想到奥林匹斯山。奥林匹斯山上的女神，跟着男性私奔的情形大概也是如此，香汗淋漓，娇喘吁吁吧。他们却是快乐的，内心深处激动无比，因为他们是在飞往爱情的领地。

沉重算什么，迟缓算什么，赛尔她们已经成功逃脱。时机抓得太好了，瞿萨旦那不知道，"东城贩营"不知道，等他们发现的时候，会查询：当初人上车了吗？上车后怎么没有人了呢？中途丢失了吗？在沙漠中走丢了吗？

他们查询不到，人儿已经远走高飞了，跟着大秦商队走上帕米尔高原了。那时候他们就不会追踪寻找了……

菲利普确实靠得住，早已把车马摆布得停停当当。等赛尔、织云、绣雨三位天使一到，就给安排到了车上，飞快地出发了。

昆塔不想骑马，也想上车体验一下，遂登上了赛尔的马车。赛尔正在期待他，一把就抱住了他。他们嬉闹着倒在宽敞的铺位上。

"赛尔！"他叫道，"这些天未见，你觉得过了多少个秋天？"

"一日三秋。"赛尔说,"一天是三个秋天,三天是九个秋天……你说呢,你说是多少个秋天?"

赛尔故意在他怀里捣乱,一不小心竟将柔软的丝衣扯到了脖子上,昆塔顺手帮她拿掉了。赛尔叫道:"不行不行,我也得把你的拿掉,拿掉!"

昆塔老实地让她拿掉,忽地把她搂过来:"从今往后我们什么也不怕了,从这里到罗马,从罗马一直到永远,都是我们自己做主了。赛尔,你将成为罗马的特殊贵客……不,伦巴第……伦巴第平原的……波河……波河岸边的……东方天使城的主人……美丽的女神……东方的天使……"

赛尔说:"你,安德鲁……啊……我要的就是这样,今生今世所要的……就是这样……"

"我要的也是这样,赛尔!我今生今世所要的就是……赛尔……这样……赛尔,赛尔……"

"昆塔!昆塔!昆塔!"普拉斯和迈克尔喊叫,"天快亮了,你在做梦吗?"

昆塔被喊醒了。

"啊,哦!"昆塔说,"我在做梦,真的在做梦呢,梦到我们已经安排好了,哪知道天还没亮。天要亮了吗?赶快起床,快!"

131

昆塔、普拉斯和迈克尔迅速起床。

昆塔对普拉斯和迈克尔说:"梦中我们去接应她们三人,她们逃离了车队,我们在树林里接到了他们,一起回来,赶紧开拔,一切都是按照我们预想发展的,每个人都有了一个女神,哈哈!"

普拉斯和迈克尔说:"太好了,太好了。这是好梦,一会儿就会应验的。"

用过早餐,驱车赶马。天刚亮,昆塔、普拉斯和迈克尔立即到宫门一侧的树林里守候。

天亮之际,瞿萨旦那王宫之内所有人等也用完了早餐。

让刘十三她们没有想到的是，有很多人拉进了许多高大的骆驼，骆驼的背上早已扎好了坐笼。

驯服的骆驼依次趴在广场上，请刘十三她们坐进它们背上的坐笼。坐进之后，骆驼站起了身。

天啊，好高啊。这么高，别说很多瞿萨旦那人跟随着，纵使没有人看到，让她们跳下驼背上的坐笼也不敢啊。怎么逃走啊！

只有两辆乘车是森格尔、姝儿和重要大臣乘坐的，驾车的也是威武的骆驼。

刘十三她们失去了主意，瞿萨旦那人却心有主意，牵着头驼，唱着号子，开步走了。

骆驼拉的车在前面。所有的骆驼，载人的，载物的，都在车的后面。再后面，是行人和士兵。

驼队走出高而尖的王宫大门，朝南走不远即折身向东，会合了"东城贩营"的队伍。"东城贩营"使团也已经换乘了骆驼。

瞿萨旦那驼车在前，然后是森格尔的车，大臣的车。"东城贩营"的驼车随后，然后是郑将军的车，抗监事的车，"东城贩营"的驼队、瞿萨旦那的驼队、纯粹载物的驼队，然后是士兵们。

昆塔、普拉斯和迈克尔忍不住从树林里跑出来，跟好多瞿萨旦那人一道奔走在队伍后面，向越走越远的东方天使们高举双手，无可奈何。

刘十三、织云和绣雨也无可奈何，她们坐在高高的骆驼背上，招手也不是，摇手也不是。

猝然之间，双方大失所措。看上去，骆驼忽悠悠的步履是缓慢的，却分明是离别啊，无法阻止的离别，是撕裂，无法阻止的撕裂，想想瞿萨旦那到罗马的万里长途，简直不知道怎么走回去了啊。

女子们无法跳下来，她们被困在骆驼的背上，晃悠着，越晃悠越远了。

罗马人终于明白，大局就这样定了：诀别，生离死别！

头脑发热的昆塔什么也不顾了，疯狂地绕到一边奔跑，追着骆驼喊道："我们明年来，明年来……明年……来……来……来……"

罗马疯子。大秦疯子。瞿萨旦那的人，"东城贩营"的人，无不投来疑惑的目光。

首次乘坐骆驼的刘十三，摇摇晃晃地在驼背上站起身，织云和绣雨连忙扶住她，焦急而无奈地说："危险危险，危险危险……"

驼队迎着太阳，向东走去，走去。

刘十三、织云和绣雨，在驼背上晃悠，越来越远。

在众多疑惑的眼睛观望之下，昆塔、普拉斯和迈克尔渐渐缓下脚步，像几只失败的公鸡，站在沙土路边。

"唉——嘿！"昆塔愤怒地发声，拳头捶在自己的大腿上。

"真没想到，她们会骑骆驼。"普拉斯说，"而且这样快就走了。该死的沙漠，该死的骆驼。"

迈克尔说："干脆不走了我们，跟着走到那个什么绿洲，把她们解救出来。"

昆塔说："被动了。瞿萨旦那已经怀疑我们，森格尔可能也怀疑了，他会不会询问详情，不好说。我们若再跟到新的绿洲去，等于把一切都晾在了光天化日之下。

"瞿萨旦那是下定决心要种桑、养蚕、纺织丝绸的，他们跟精绝国合作，正是为了发展得快，发展得好。几个东国侍女懂得怎么种桑，怎么养蚕，怎么纺织，是他们求之不得的宝贝，他们岂能掉以轻心，让我们搞走？

"再说，我们罗马、希腊的行商走贾，黄头发，白皮肤，模样大异于当地人，本身就惹人注意，跟到新绿洲去，岂不是飞蛾投火。"

"可是，就这样认输吗？"

"不，不是认输，绝不是认输！"

"回到罗马，销售丝绸，建造东方天使城，为我们的天使准备好应该准备的一切。明年，至迟在明年后半年，再来一次东征，再走一次数万里长途，再做一次丝绸贩运，再从容地设法接走我们的东国天使。"

"相信，再来的我们，已经是赚了钱的大商人。"

普拉斯说："明年，美好的明年，我想，能激励我们做得更好吧？"

"肯定，我相信！"迈克尔说，"明年，天使们也已经将她们种桑养蚕、丝绸纺织的知识贡献给了瞿萨旦那，无论如何也是瞿萨旦那的功臣了，我们再跟瞿萨旦那做些生意，即使公开向森格尔提出要求，他也是会同意的。"

"我们通过经商，在东土大汉、中土瞿萨旦那和西土罗马之间架设一座绵长而美好的友谊桥梁。我们在这座桥梁上建立的感情是绵长而美好的，终究会受到支持。"昆塔坚定地说。

天，会支持；地，会支持；人，会支持……

第三十七章　罗衫飞天的记忆

　　古老的丝绸之路，纵横万里，是商贸路线，也是文化、政治、经济交流的重要通道。阿克苏位于天山南麓、塔里木盆地北缘，因阿克苏河蜿蜒流过而得名。阿克苏河形成的沙漠绿洲，成为古丝绸之路上商队停留、交易的重镇，也是文化中心之一。

　　多少骆驼商队穿越漫天风沙和炙人热浪，历经种种苦难，走过这条淘金之路，将中国的丝绸、陶瓷、茶叶等运到西方各地，换回几乎等重的黄金和宝石，也向东贩运汗血马、葡萄，也带来了印度的佛教、西亚的音乐、欧洲的天文学……

132

翌日，在莎车兜了几个圈子，德默号和爱福号的车身上"莎车"两个字周围签满了当地朋友的名字，李由他们离开了莎车。

兜圈子，与其说是考察，毋宁说是对刘小丝、对昆塔、对织云和绣雨、对普拉斯和迈克尔的哀叹。

千里之约，败于一朝。谁想得到呢？谁会想得到呢？谁能想得到呢？

卡米尔问："李由，罗伯特，森格尔要带着新王后妹儿去种树了，那个种树的绿洲，在汉家公主未到的时候，就规划好了吗？"

李由说："按照现有的历史资料推断，那个绿洲位于瞿萨旦那东边，精绝国的西边，是瞿萨旦那和精绝国共同开发的林木基地。"

罗伯特说："1901年，斯坦因在尼雅河畔发现了巨大的桑树的遗存。"

这一天，西欧重走丝绸之路的青年们没有心情聊天，他们为东汉公主、汉家女儿和西罗马男爵、西土商人的爱情唏嘘不已。

当晚投宿阿克苏，次日在阿克苏一带寻访古丝绸之路的踪迹。

卡米尔询问阿克苏在古丝绸之路上的地位。

李由说："阿克苏大致是古时候的龟兹和姑墨一带，连接中亚、西亚和中原的古丝绸之路上的重要驿站，曾经归汉西域都护府管辖。"

古老的丝绸之路，纵横万里，是商贸路线，也是文化、政治、经济交流的重要通道。阿克苏位于天山南麓、塔里木盆地北缘，因阿克苏河蜿蜒流过而得名。阿克苏河形成的沙漠绿洲，成为古丝绸之路上商队停留、交易的重镇，也是文化中心之一。

多少骆驼商队穿越漫天风沙和炙人热浪，历经种种苦难，走过这条淘金之路，将中国的丝绸、陶瓷、茶叶等运到西方各地，换回几乎等重的黄金和宝石，也向东贩运汗血马、葡萄，也带来了印度的佛教、西亚的音乐、欧洲的天文学……

阿克苏在塔里木盆地中北部,这里有中国最大的沙漠、世界第二大沙漠——塔克拉玛干沙漠。

塔克拉玛干沙漠,还是世界上最大的流动性沙漠,东西长度大概一千公里,南北宽度超过四百公里,全年没有降水,蒸发量却极高。

夏天,塔克拉玛干赤日炎炎,银沙刺眼。沙面温度有时高达七十摄氏度到八十摄氏度。大量的蒸发使地表景物飘忽不定,沙漠旅人常常会看到远方出现朦朦胧胧的海市蜃楼。

沙漠上有两座红白分明的高大沙丘,分别由红砂岩和白石膏组成,人们为它们起名红白山或圣墓山。圣墓山上的风蚀蘑菇,奇特壮观,高约五米的巨大顶盖下,可容纳十多个人。

在塔克拉玛干,金字塔形的沙丘,一座座屹立在平原上。常常发作的狂风,将沙尘吹起,高过沙丘三倍。因此,在狂风肆虐之下,沙丘时常移动,人常常迷路。

塔克拉玛干沙漠流动沙丘的面积很大,类型复杂多样,复合型沙山和沙垄,宛若憩息在大地上的条条巨龙,塔形沙丘群,呈各种蜂窝状、羽毛状、鱼鳞状,变幻莫测。

风沙活动十分频繁而剧烈,流动沙丘占八成以上。沙丘每年可移动二三十米。近一千年来,整个沙漠向南延伸了大约一百公里。

绵延的沙丘间,有内流河,因而有少量的植物,稀疏的柽柳、硝石灌丛和芦苇,这些植物的根系异常发达,超过地上部分的几十倍乃至上百倍,以便汲取地下的水分。厚厚的流沙层阻碍了植被的扩散。植被在沙漠边缘——沙丘与河谷及三角洲相会的地区,地下水相对接近地表的地区——较为丰富。

在河谷中,除了柽柳等植物外,尚可见一些河谷特有的品种,胡杨、胡颓子、骆驼刺、蒺藜及猪毛菜之类。

沙漠的边缘,生长着密集的胡杨林带和柽柳灌木,形成一个个沙海绿岛。沿着河岸,芦苇、胡杨以及多种沙生野草,构成大漠中的绿色走廊。

绿洲林带中住着野兔、小鸟等动物。开阔地带,可见成群的羚羊。在河谷灌木丛中,有野猪、猞猁、塔里木兔、野马、野骆驼、天鹅、啄木鸟,有食肉动物狼、狐狸，还有沙蟒。

有的动物非常奇特，为了抵抗烈火一样的干旱，养成了夏眠的习惯。

驱车行进在塔克拉玛干大漠公路上，犹如荡小舟于大洋。眺望远方，浩瀚无边，天穹苍茫，地域缥缈，油然而生的奇异力量震慑人心，令每一个人都感慨人生得失的微不足道。

东汉时期的塔克拉玛干，沙漠周边的连绵绿洲中有着辉煌的历史文化。西欧重走丝绸之路团队即将到达的拜城和库车，就是当年"东城贩营"和西罗马昆塔商队留下故事的地方。

汉魏之后，佛教在西域愈发兴盛，龟兹的克孜尔千佛洞、库木吐拉千佛洞等石窟群开始雕凿，它们是佛教文化的产物。

133

李由他们将克孜尔尕哈烽燧收进了镜头。

克孜尔尕哈，古代突厥语的意思是红嘴老鸹或红色哨卡。在库车西侧，坐落于却勒塔格山南麓盐水沟沟口的冲击台地上。

卡米尔请教关于中国古代烽燧的知识。罗伯特和李由便给她讲解，烽燧是古代军情报警的一种设施，又叫烽火台、烽台、燎台、烟墩、烟楼。一般十里左右一座，相互靠烟火联络。

守台士兵发现敌人来犯时，立即于台上燃烧掺有粪便的柴草，释放浓烟。若是夜里，则燃烧加有硫黄和硝石的干柴，火光通明。邻台的士兵见到后依样点燃，这样，敌情便可迅速传递到军事中枢部门，继而发布命令，出兵作战。

烽燧往往建在荒凉的边地，缺少柴草，士兵们捡拾狼粪晒干烧用，烧出来的烟，人称狼烟。在烽燧管理制度中，规定不同的暗号，表示进犯敌人的多少，如举一道烽火或燧烟，示意来敌五百人，五百人以上举二道烽火或燧烟。

日常管理烽火台的官吏叫燧长，带领一班人马，日夜守候其中，随时受命发出或接收信息，以可见的烟气和光亮向各方与上级报警。

克孜尔尕哈烽燧，是目前古丝绸之路北道上时代最早、保存最完好的烽燧遗址。它的基底平面是个矩形，东西长约六米，南北宽约四米，夯土构造，越高越收缩，成为梯形，现存遗址高约十六米。

烽燧顶部夯层中夹有木骨，顶部为木坯垒砌，并建有瞭望塔楼。现在仅存木栅残留。烽体受自然侵蚀，长期风化，顶部呈凹陷状，南侧中上部也已形成一大凹槽，这使它看上去很像一对并肩仰天的企鹅。

烽燧北侧，尚有坍塌的废墟，系当时建筑物的遗迹，原本可由此登临烽燧之顶。

克孜尔尕哈这处烽燧，是窦固镇抚西域的时候，也就是"东城贩营"使团和西罗马昆塔商队经过的时候筑建的。

从构造上看，烽燧身上有树枝，有木楔。年深月久，今天依然可以看见当时的士兵们筑造得何等认真。

今天，它已经老了，雄姿犹存，巍然耸立在这里。它这样多好，谁也别想再掌握它，站在它的上面。人类掌握它的时代已经过去了。

克孜尔千佛洞，又叫克孜尔石窟，位于明屋塔格山的悬崖上，南面是木扎特河河谷。

克孜尔石窟雕凿于"东城贩营"商队走过之后约二百年，是龟兹国的文化遗存，有四个石窟区，正式编号的石窟有二百三十六个，大部分雕像都已被毁。

四个石窟区，按自然区域分为谷东区、谷西区、谷内区、后山区，绵延约三公里。

古龟兹国存在了一千多年，是西域三十六国中的大国之一，它的国土包括了今天的库车盆地绿洲、赛里木绿洲、拜城绿洲、阿克苏绿洲、新和绿洲、沙雅绿洲和轮台绿洲。

佛教是在公元之初，即中国汉朝的明帝时期——"东城贩营"使团西行之前三十年左右传入龟兹的，经过大约三百年，走进兴盛期——修建了很多装饰富丽、规模宏大的寺庙，建造了气势恢宏的克孜尔千佛洞。

佛教传入龟兹六七百年的时候，龟兹王国的王宫都装饰得同寺庙一般，对克孜尔千佛洞石窟群的进一步雕凿一直没有停止。

克孜尔千佛洞，洞窟层层叠叠井然有序，包括供养佛像做礼拜用的支提窟，僧尼静修或讲学用的精舍毗呵罗窟，僧尼起居的寮房，埋葬骨灰的罗汉窟等，一应俱全，世所罕见。

节日期间，龟兹国各佛寺都用丝绸把佛像装饰起来，载到彩车上，在城内街道上缓缓游行。

上自国王、王后、贵胄、大臣，下至庶民百姓、牧工农商，都脱掉帽子，穿上新衣，赤着双脚，手拿鲜花，迎接佛像。佛像驾临时，人人顶礼膜拜，个个焚香撒花。

据考证，有名的高僧鸠摩罗什就出生在这里。

鸠摩罗什的母亲是龟兹王白纯的妹妹，拥有印度婆罗门血统。鸠摩罗什七岁出家，九岁跟随母亲到北天竺学习佛经，十二岁时同母亲一起返回龟兹。龟兹王听说他回来，亲自远迎，并专门为他造了金狮子座，铺以大秦锦褥——豪华的罗马垫子，请他升座说法。西域各国国王都在他的两侧听讲。

东土听说他是巨匠级人物，重金聘请。由于他轻易不允，三个王朝活捉了他两次。前秦王苻坚为了请到他，竟遣兵数万攻打龟兹。

公元401年，鸠摩罗什到了长安，后秦王款待他以国师之礼。从此，他在长安国立译场逍遥园从事佛经的翻译，与真谛、玄奘并称为中国佛教三大翻译家。

克孜尔石窟的洞窟形制有两种：一种为僧房，是供僧徒居住和坐禅的场所，多为居室加通道结构，室内有灶炕和简单的生活设施；另一种为佛殿，是供佛徒礼拜和讲经说法的地方。

佛殿又分为窟室高大、窟门洞开、正壁塑有立佛的大佛窟和主室作长方形、内设塔柱的中心柱窟，还有部分是窟室较为规则的方形窟。

不同形制的洞窟用途不同。这些不同形制和不同用途的洞窟有规则地修建在一起，组合成一个单元。从配列的情况来看，每个单元可能就是一座佛寺。

中心柱式石窟是最有特点的克孜尔石窟建筑，它分为主室和后室。

走进石窟，先看到主室正壁上的主尊释迦牟尼，两侧壁上和券顶则绘有释迦牟尼的事迹，如本生故事。看完主室后，按顺时针方向进入后室，看到的是佛的涅槃像。然后，再回到主室，抬头正好可以观看石窟入口上方的弥勒菩萨说法图。

最能体现克孜尔千佛洞特点的是壁画。

克孜尔石窟中的许多洞窟都有壁画。

这些古龟兹国画师们的宏幅巨作，记录着当时历史、现实生活的图景，政治、经济、文化、军事、民族、民俗皆有，以及中西经济、文化交流信息。

克孜尔千佛洞的壁画特点，是菱形格的构成。每个菱形格就是一个佛教故事、因缘故事或供养故事。以故事中的主要人物或动物为构图中心，四周辅以其他必要的人物、动物和背景，从中可以看到佛教从西向东传播的过程。

洞室中姿态飘逸的飞天，其手中的琵琶，是从波斯传入的，后传到唐朝都城长安，后又传到日本，目前，其实物在日本被当作国宝。

壁画中，佛像线条圆润，表情生动。

克孜尔石窟悠久的历史和厚重的文化背景，令人驻足沉思，浮想联翩。但是，石窟处处满目疮痍，却实在惨不忍睹，令人心痛。

供养释迦佛的拱形佛龛里，空空如也。壁画上所有佛像左半边的袈裟均被剥走，因为它是金箔制成的。甚至整壁整壁的壁画被揭走，只在洞壁上留下斑斑点点的斧凿痕迹……

克孜尔千佛洞中第三十八窟被称为音乐窟。

三十八窟的壁画，描绘了龟兹乐队演奏的场景。左右两壁上，有二十个乐师，每人演奏一件乐器。从手势和乐器的音位来看，居然都停止在一个节拍上。

龟兹琵琶，阮咸，排箫，手铃，钹，长笛……璎珞飘拂。

还有舞者，手持璎珞。舞者多是体态轻盈的少女，穿紧身薄罗衫，上身半露。她们或立，或蹲，或腾空而起如御风而行，或脚尖着地如陀螺转动，舞姿优美，柔若无骨。

还有准备上场的舞者，刚化好妆，拿着璎珞回头照铜镜，照一照妆容化得如何，回眸一瞥，神态毕肖，栩栩如生。

这些壁画告诉人们，当时位于丝绸之路上的这一古国文化繁荣的景象。

134

第二天，李由他们考察、拍摄了库木吐拉千佛洞。

库木吐拉千佛洞比克孜尔石窟开凿时间稍晚，是仅次于克孜尔千佛洞的古龟兹较大的石窟群。

库木吐拉是维吾尔语，意思是沙漠中的烽火台，可以想见，它与当时当地烽燧之间的密切关系。

库木吐拉千佛洞开凿在木札提河东岸的山崖上。山崖由砾石和沙土沉积而成，结构松散。现存洞窟一百一十二个，分为南区、北区、丁谷山峡谷区三部分，有壁画数千平方米。

它又被称为汉人洞，汉唐风格甚浓，是中原和龟兹传统友好关系史的一个缩影。它开凿于龟兹地区佛教的鼎盛时期，当时，正是中原的唐朝时期。在位置上，它正处于丝绸之路北道要冲，是多地多种文化的交汇点。

库木吐拉石窟早期洞窟，形制与克孜尔千佛洞大致相同，主要是中心柱窟与方形窟两种。

中心柱窟佛堂，平面呈长方形，主室窟顶多为纵券形。正壁中央凿一大龛，左右侧为券形通道口，经行道通入后室或后行道。有的方柱体各壁凿一龛。

壁画题材，多雷同于克孜尔石窟，即主室券顶中脊绘天象图，券顶侧壁绘菱形山峦为背景的佛本生故事或因缘故事。主室两侧壁主要绘因缘佛传，行道后绘以涅槃为中心的佛教内容。

方形窟佛堂平面呈正方形或长方形，有的在后部中央设佛坛，顶为穹窿形。壁画题材，侧壁多为佛传故事，穹窿顶绘条幅状的佛与菩萨相隔的立像。

中期洞窟的形制，与早期大同小异。

中期，除沿用早期洞窟的题材外，还出现了与中原地区的唐窟相似的题材，明显地出现了与龟兹风格迥异、具有鲜明中原地区佛教艺术特征的汉式装饰纹样、汉画风格及当时中原流行的密宗题材。

晚期洞窟出现了回鹘人供养人像，但从中可以明显看出所受中原地区汉文化的影响。

考察库木吐拉千佛洞之后，西欧重走丝绸之路团队勘察了龟兹故城遗迹。

库车大致位于塔里木盆地北缘中部，地处丝路要冲，是龟兹国都和唐朝的安西都护府所在地。在库车河与渭干河及其支流，分布着皮朗古城、明田阿达古城、大黑汰沁古城等遗迹。

库车的龟兹遗迹，有鲜明的龟兹文化特点，并可见西方和中原文化的一定影响。

卡米尔说："博努瓦先生，现在该请你来给我上课了。"

博努瓦道："好的。二十世纪之初，日本人渡边哲信、法国人伯希和、英国人斯坦因、德国人格林韦德尔和勒科克等人先后探险和发掘，也发表过一些报告和出版过一些论著。在他们的发现中，古龟兹遗址中的皮朗古城和明田阿达古城比较重要。"

皮朗古城，位于库车县城西约两公里的皮朗村。古城略呈正方形，周长近八公里。城墙是沙土夯筑的，现在可以看到的城墙残高，有的地方有两米，有的地方达七八米。除东、南、北三面城墙尚有残余外，西墙已荡然无存。另外，每隔四十米左右有城楼基址一个。

城内已经没有东西了，什么都没有了，基本就是一片土堆了，仅残存有六个高大的夯土台基。

博努瓦说："1985 年，中国考古学家在台基附近进行过挖掘，收获是少量子母砖、莲花纹瓦当、筒瓦、陶罐、陶盆、铜件、铁器残件、汉五铢钱、龟兹小钱，也发现有唐代的开元通宝、建中通宝。"

这里是龟兹国王居地，是公元 73 年"东城贩营"使团和西罗马昆塔商队驻留的地方，俗称龟兹古城。

它曾经是万里丝绸之路上的一个重镇，人来人往，骆驼马匹交错而行。西域商人，内地前往西域的僧人，包括后来的唐僧玄奘西天取经也是经过此地的。

因为龟兹古城基本都是土坯建造的，经过多年的风吹日晒，残存确实可怜。夕阳西下，几个年轻人对着龟兹古城遗址凭吊，情调不无苍凉。

卡米尔说："'东城贩营'使团和西罗马商队好像没有经过龟兹之外的其他城堡，我指的是在龟兹境内。"

博努瓦说："他们经过的时候，有的城堡还没有呢，譬如明田阿达古城，就是几百年后才有的。"

明田阿达古城在库车东北约七公里处，位于乌恰河与伊苏巴什河之间，一处名为"明田阿达"的戈壁高地上。

明田阿达古城现存主要遗迹的时代相当于唐代，延续至回鹘时期。古城有内外两重，但是不大，城墙是沙土夯筑的。

内城残存两个夯土台基，其中一个好像是佛塔的基址，台基旁有房屋遗址。

在内城的西城墙和南城墙之外，散布着十七个夯土台基，是塔或寺的基址。外城仅残存北墙和东墙，是土坯垒砌的。北城墙中间还有城门遗迹。

明田阿达古城内曾经出土的遗物，主要有汉文佛经残纸，汉文纸文书，正面写汉文、背面写回鹘文的残纸，印制佛坐像和佛塑像残件，以及子母砖、残陶器、残木器，中原文化的渗透已经很明显了。

沿着外城墙内侧的北墙和东墙，分布有一些较大的土坯建筑。

从这些建筑的形制及内外城之间的广阔空地来看，该城可能是中原部队的驻守之地，用以保卫安西都护府和龟兹地方。

罗伯特说："龟兹这一带，寺院遗迹是不少的。龟兹素有塔庙千所之誉，现存以苏巴什佛寺和阿奢理贰伽蓝遗址最为著名。"

苏巴什佛寺，又称昭怙厘大寺、雀离大清净寺，现存主要遗迹的时代相当于中国唐代，延续至回鹘时期。寺院建于一座小山岗上，有几座方形土坯塔，塔旁有寺庙遗迹和石窟，残存一些佛殿和僧房等建筑遗迹。

寺内遗物，主要有塑像、壁画，龟兹文、汉文和回鹘文文书，以及唐朝铜币。

法国人伯希和与日本人渡边哲信曾经在此处遗址挖出并各拿走一个圆形舍利盒，盒盖上绘有乐舞人画，美丽而生动。

阿奢理贰伽蓝遗址，平面略呈不规则方形。寺门在东壁中间偏北，寺内有两座小院，两座小院之间，有道路相通。其一小院，四周分置佛殿、书库、高塔和僧房。其二小院，亦配置有佛殿、高塔等设施。

阿奢理贰伽蓝盛期约在唐代，主要遗物有塑像、浮雕佛像、木雕小佛像、壁画残件、汉文佛经残纸以及唐朝钱币。

第三十八章　戈壁原是一部史

到东汉光武帝时期，公元 25 年，车师前国全部吞并了吐鲁番境内诸国，交河城成为吐鲁番第一个政治、经济、文化中心。

公元 73 年，"东城贩营"使团和罗马昆塔商队经过西域鄯善的时候，车师是汉朝和北匈奴争夺的一个空当。而鄯善，由于窦固大将军的驻扎，是个安全的地方。

135

吐鲁番，是古代丝绸之路上的一个重镇。

李由介绍说："公元73年，'东城贩营'使团和西罗马昆塔商队没有经过吐鲁番，他们走敦煌，过阳关，经楼兰古国鄯善向西走了。"

那时候的鄯善城，比今天的鄯善偏南得多，是奉车都尉窦固将军驻扎军队镇抚西域三十六国的兵团大本营，班超就是窦都尉派遣到罗布淖尔和塔克拉玛干大漠的。

"东城贩营"使团和西罗马昆塔商队没有走吐鲁番，却有很多其他的使者、商贾走吐鲁番。

古代吐鲁番人以狩猎、采集为生，进入奴隶社会后，生产模式农业化，人也定居下来。

西汉时期，北匈奴控制西域大部，不断侵扰汉朝。汉朝武帝派张骞出使西域，意欲联合大月氏，对抗北匈奴。吐鲁番是西域的要塞之一，此后多年，西汉王朝与匈奴在吐鲁番一带展开了长期的争夺和拉锯。

公元前108年，汉朝将军赵破奴和王恢率兵数万，收复吐鲁番一带，命名为车师，臣属于西汉王朝。不久后，匈奴又控制了车师。

公元前99年，汉军联合楼兰国军队试图再度收复车师，又失败了。

十年后，汉朝又派匈奴降将成娩率楼兰等六国联军围剿车师，车师王投降了汉朝。公元前74年，北匈奴重新占领了车师，并派了四千骑兵在此地屯田。

公元前71年，汉朝与盟国乌孙联合夹击匈奴，在车师屯田的匈奴兵惊惧逃走。车师又属了汉。之后，车师王与匈奴联姻，汉朝又失掉了车师。

公元前68年，汉朝侍郎郑吉率兵攻占车师交河城，派驻士兵三百人屯田车师。匈奴派兵不停地争夺，汉朝又放弃了车师。

东汉初年，匈奴发生了内乱，匈奴日逐王率众降汉，车师之地随之归属汉朝。

李由说："这五次重大的车师之争，史称五争车师。"

汉朝于公元前60年在西域设立都护府，郑吉为首任都护。从此，西域归入汉朝版图。车师归汉后，汉朝把车师人的领地分成了八个国家，其中车师前国就在今天的吐鲁番境内，即今天的吐鲁番市交河故城。

到东汉光武帝时期，公元25年，车师前国全部吞并了吐鲁番境内诸国，交河城成为吐鲁番第一个政治、经济、文化中心。

公元73年，"东城贩营"使团和罗马昆塔商队经过西域鄯善的时候，车师是汉朝和北匈奴争夺的一个空当。而鄯善，由于窦固大将军的驻扎，是个安全的地方。

汉朝之后，这一带地方由高昌郡变成西凉的高昌国。

高昌是被唐朝灭掉的。唐灭高昌的时候，高昌国已经相当大了，有三个郡，十四个县，七座重城。

唐朝在原高昌设立西州都督府。之后没有多少年，吐蕃军队在这一带又与唐朝开始了无休止的地域争夺。

唐朝洛阳偃师僧人玄奘是未获唐太宗批准，私往天竺求取佛法的。

唐僧玄奘经兰州到凉州，昼伏夜行，至瓜州，经玉门关，越五烽，渡流沙，备尝艰苦，抵达伊吾（即今天的哈密），经过被称作火焰山的地方，至高昌国。

玄奘在高昌国，受到高昌王麹文泰的礼遇。

离开高昌，唐僧经库车、碎叶、迦毕试国、赤建国——今天的乌兹别克斯坦塔什干，翻越葱岭，到达今天的阿富汗东部和巴基斯坦白沙瓦、克什米尔一带的古迦湿弥罗等国，学到了佛法，驮回了佛经若干。

卡米尔说："唐僧，伟大的求佛人、旅行者。那么，哈密，我们刚刚经过的哈密，在古代丝绸之路上的地位呢？"

李由说："哈密，在中国有名气。有一种瓜，甘甜如蜜，以哈密为名。瓜以地名，地以瓜闻。"

哈密在古代叫西漠，是戎人的故乡。汉朝的时候，称伊吾或伊吾卢；明代以后，哈密的名字才固定下来。

伊吾卢在两汉时期受西域都护府管辖。

公元 73 年，即东汉永平十六年，窦固代表汉朝在伊吾设置宜禾都尉府，执行事务。公元 131 年，汉朝将宜禾都尉改为伊吾司马，主持军事和屯垦。

公元 73 年，"东城贩营"使团和罗马昆塔商队走敦煌、过阳关之后，朝窦固将军营地鄯善去了。

"右前方是敦煌——古代丝绸之路上的明珠。"卡米尔说，"博努瓦先生和罗伯特先生，请告诉我，你们作为专家，眼睛里的敦煌。在你们向我讲解之前，应该先听李由先生的。"

李由笑道："敦煌历史悠久，文化灿烂。早在原始社会末期，中原战乱，被逼迁徙到河西的三苗人就在这里繁衍生息。他们先以狩猎为主，后来逐渐掌握了原始的农业生产技术。"

136

夏、商、周三代时期，敦煌隶属古瓜州，有三苗的后裔，又有羌戎族的人在此地游牧或者定居。

罗伯特说："西汉初年，整个河西走廊为北匈奴所占领。汉朝在与北匈奴作战的同时，派遣张骞，出使西域，联络被匈奴驱赶到锡尔河和阿姆河流域的大月氏人夹击匈奴。"

汉朝与乌孙联合，重创北匈奴之后，通往西域的丝绸之路渐渐打开。

汉代丝绸之路，经过敦煌，继出玉门关和阳关，沿昆仑山北麓和天山南麓，分为南北两条道路。

南线从敦煌出发，经过楼兰，后来叫鄯善，越过葱岭（帕米尔高原），而到安息（帕提亚），西至大秦（罗马）。北线由敦煌经高昌、龟兹、越葱岭而至大宛。

汉唐之际，天山北麓又出现一条新路，由敦煌经哈密、巴里坤湖、越伊犁河，而至拂林——东罗马帝国。

在古代丝绸之路上，各国使臣、将士、商贾、僧侣络绎不绝，而敦煌据丝绸之路之要冲，成为咽喉锁钥——中西方贸易的中心和中转站。

西域胡商与中原汉族客商在敦煌云集，从事中原丝绸和陶瓷、西域珍宝、北方驼马与当地粮食的交易。

李由说："西汉曾在河西设置酒泉郡和武威郡。公元前111年，将酒泉、武威二郡分别拆置敦煌、张掖两郡，又从令居——今天的永登，经敦煌直至盐泽——今天的罗布泊，修筑了长城和烽燧，设置了阳关、玉门关，保证了丝绸之路的畅通。"

当时的敦煌统管六县，西至龙勒阳关，东到渊泉，北达伊吾，南连西羌——今天的青海柴达木。

魏晋时期，河西地区先后建立了前凉、后凉、南凉、西凉、北凉等地方政权。

前凉时期，曾改敦煌为沙州。西凉时期，曾以敦煌为国都。

十六国时期，群雄逐鹿中原，河西反而成为相对稳定的地区。中原硕学宿儒和百姓黎民逃往河西避难，带来了先进的文化和生产技术。

汉魏时期传入的佛教，此时，在敦煌空前兴盛起来。

罗伯特说："敦煌是河西地区的佛教中心，也是佛教东传的通道和门户。法显、鸠摩罗什等佛学家，无论东进还是西去，都在敦煌留下了他们的足迹。"

公元366年，乐尊和尚在三危山下的大泉河谷开石窟，供佛像，莫高窟从此诞生了。

北魏灭了北凉，统一了北方，占据了河西。这个时期，敦煌局势安定，百姓乐业，佛教盛行，莫高窟继续开凿，北魏开出了十三个洞窟。

博努瓦说："从敦煌莫高窟壁画遗存，可以看到，中原文化、佛教文化、西亚和中亚文化不断传播到敦煌，中西不同的文化在这里汇聚、碰撞、交融，使得敦煌成为人文荟萃之地。"

李由说："隋朝建立后，将大批南朝贵族连同其部族远徙至敦煌，叫充边，汉文化在敦煌融为一体，敦煌的地方文化更加富有明显特色了。"

隋文帝杨坚崇信佛教，曾数次下诏各州，建造舍利塔，诏命远至敦煌。在皇帝的提倡下，隋代存在的三十七年，在莫高窟开凿佛窟七十七个。

博努瓦说："隋朝在莫高窟开凿的佛教窟龛，规模宏大，壁画和彩塑技艺精湛，同时并存着南北两种截然不同的艺术风格。"

到了唐代，经济文化繁荣，佛教高度兴盛。唐代在莫高窟开窟数量一千多个，保存至今的有二百三十二个。唐代窟龛的塑像和壁画都达到了异常高的艺术水平。

莫高窟的唐代洞窟中，保存了大量吐蕃时期的壁画艺术。藏经洞内，也保存了大量的吐蕃文经卷。

唐王朝后期，国势由盛转衰，吐蕃乘虚占领河西，统治长达七十多年。

到了宋、西夏时期，莫高窟开凿洞窟一百个。

博努瓦说："至今，莫高窟保存着大量丰富而独特的西夏佛教艺术，有的资料被封藏于莫高窟内的密室，得以保存下来。"

蒙古大军灭了西夏，河西地区归元朝所有。

元朝远征西方，必经敦煌，敦煌一度呈现出经济文化的繁荣，和西域的贸易更加频繁。据说，意大利旅行家马可·波罗就是这一时期途经敦煌漫游中原的。

明朝初年，修筑了嘉峪关、明长城，在敦煌设立了沙州卫。后期，吐蕃占领敦煌，明王朝下令闭锁嘉峪关，将关西平民迁徙关内，废弃了瓜、沙二州。此后二百年，敦煌再无建制，田园渐荒芜，人口流离，城舍衰败，风播杨柳，月照流沙，成为大漠荒地。

清王朝渐渐收复嘉峪关外的广大地区，在敦煌建立沙州卫，从甘肃各地移民两千四百户到敦煌定居、垦荒，又迁吐鲁番、罗布泊大批兵民于沙州一带，慢慢建成了戈壁绿洲。

清朝后期，改沙州卫为敦煌县，隶属安西州。

今天的敦煌是个小城市，辖七个镇、两个乡。德默号和爱福号越野车开进敦煌市区，敦煌人和游客们围上来，好奇地欣赏车身上的喷绘。

从一侧开始，经过车前盖，到另一侧结束的飘逸灵动的彩色丝绸——丝绸之路，上面的城市名称从巴黎开始，一个又一个。

绕过车头，绕过车头位置上丝绸绾成的硕大的鲜艳的牡丹花，看到另一边车身上的"敦煌"字样，不用招呼，大家兴奋地接过李由送过来的彩笔，龙飞凤舞地签上自己的名字。

第三十九章　要为你建一座城堡

她们都说有意思，说大秦的男人都很有趣。她们也经过东土的男人，她们说西土的男人值得嫁。大秦还有维纳斯那样的美人，那么多无拘无束、跟人欢爱的故事……她们说，反正我们也是汉家泼出来的水了。瞿萨旦那国很小，罗马应该很大……

尊贵的母亲啊，小丝不敢禀告你。因为小丝太胆大了，远程和亲，却胆敢违背朝廷的旨意，违背家人的期望，抛弃公主的地位，抛弃王后的地位，私奔罗马，去做一商贾之妻。这样的女儿，还有何脸面奉寄书帛，问候高堂？

137

瞿萨旦那国和精绝国合作开发的小绿洲，位于尼雅河的上游，距离瞿萨旦那较远，距离精绝国更远。因此，这处尼雅小绿洲几乎是一片位于世外的处女地。精绝国的贺喜使团回去了，不久后他们将派遣开垦士兵来参与小绿洲的事务，归于瞿萨旦那王森格尔管辖。

先期建筑的新城，在尼雅小绿洲北缘的稀疏林地中。王宫不大，坐北向南，建筑精致。东边有很多住房，是士兵们住的。西边也有不少住房，是女人们住的。

祖赫热、阿依慕和艾米拉就住在西边。刘小丝、织云和绣雨也住在这里。新王后姝儿带着贴身侍女妍儿常常过来，毕竟刘十三在她心目中还是跟别人不一样的。

在新王宫南边的绿洲间，规划了一片桑树育苗的园圃。

幸好织云和绣雨原先都是下等人家的女儿，懂得桑园之事。刘十三的母亲喜爱桑园，常向刘十三灌输桑中之趣，否则瞿萨旦那人即使获得了桑籽，也不懂如何育苗，如何栽植。

织云说："这里格局真小，像个小户人家。"

绣雨道："说起来是个国家，地面也许不小，人太少。"

刘小丝说："听安德鲁介绍，大秦很大气，跟大汉有一比。不在这儿，去大秦罗马，应该是对的。"

织云说："幸亏我们没走得了，否则瞿萨旦那和精绝的桑籽是有了，不知靠谁来种。姝儿和妍儿，可不见得有咱们三人能干。"

绣雨说："真没想到十三公主小小年龄知识这么丰富，能力也不亚于俺们这些粗人。就是吃苦了，受累了。"

小丝道："命里要和姐姐们一起育桑，说什么苦和累。没走得了，是上天让我们帮森格尔。假若跟着安德鲁他们逃走了，森格尔的桑园梦、蚕茧梦、丝绸梦就会难做一些了。"

大漠之中，风沙甚多，没有风沙的时候很少。尼雅小绿洲，面积小，也没有很多防风、抗风的树木，大风起时，苦不堪言。小风长吹，也就算好日子了。刘小丝她们不想待在房舍内，走到园圃，劳作一阵，坐在休息房的檐下，向远处眺望，放纵各自的想象。

来到瞿萨旦那，停在瞿萨旦那，抛弃了公主身份，未能跟心上人走，在洛阳时的一幕幕却不住地呈现在刘十三的眼前。

听说皇上欲遣自己和亲西域，小丝先是惊慌，后是胡思乱想，再后是让自己认了，尽量接受母亲的建议，把自己的路朝好处走吧。

记得那天晚上，她刚把心思理顺了，在预备进入梦乡的时候，宦官把祖赫热领到了她的屏风外。

祖赫热虽是个女流之辈，不愧为外交使者，在屏风外面循循说道，夸他们的国王。尊敬的公主，我们未来的王后，您将要离开洛阳，成为瞿萨旦那的第一夫人，请不要惆怅，我们的国王年青又英俊，不但骁勇异常，而且敬重佛法。然后她进一步许诺，"阔大而富有"的瞿萨旦那国会为未来的王后创造条件，国王承许"让您的衣食住行完全遵从中原的生活方式，没有任何问题"。

祖赫热这样说，等于给了她一颗定心丸。

原本对远嫁还不甚踏实的刘十三一听祖赫热这番话，心情真的好起来，让贴身侍女传话说："感谢你，感谢你告诉的一切。"

祖赫热不失时机地提出了大胆的要求："唯一的遗憾，瞿萨旦那国不能出产丝绸，恐怕百年之后，公主的子孙没有美丽的锦绣可穿。我们想购买桑籽和蚕种，但难以通过大汉边关的严格检查。为公主的未来着想，特冒昧恳请聪明的公主设法携带桑籽和蚕种，也实现瞿萨旦那国王和全国百姓的美好心愿，大恩大德，永远流芳。"

138

牡丹在春风中含苞欲放。在深深的大汉洛阳后宫，在安静的院落里，在水边花亭下的木榻上，刘小丝把瞿萨旦那的要求告诉了生身母亲。

"听起来瞿萨旦那王也是个颇有作为的君主，女儿请母亲宽怀。只是她们提出秘密携带桑籽和蚕种回去，怕女儿将来没有丝绸穿，他们想栽桑养蚕，缫丝纺织。"

母亲听到这些违背大汉关防的要求，沉吟了许久，最后表示支持："关乎爱女的未来，必会安排知心人办好。"

母亲告诉女儿，古来及今，有两种宝贝：陶瓷和丝绸，为外夷番邦所仰视，所以他们不远万里，奔赴中原，运输这两种宝贝，历尽艰难险阻，到他们的居地，卖大价钱。

陶瓷和丝绸是两座无形的高山，也都是生活中不可或缺的实用之物。

陶瓷、浑厚、沉着，甚至笨拙、粗鲁，一般的眼睛看不出好，但母亲和小丝能看出来，陶瓷满身都是男人的美质。丝绸呢，光洁、顺滑，软细如水，又有珍珠样的光洁，月光般的清丽，全是优秀女人的特征。

陶瓷是男人，丝绸是女人。陶瓷是好男人，丝绸是好女人。

母亲常常夸赞小丝，未枉我的好女儿这么多年春秋苦读，学识一点儿也不弱于须眉男儿。

在水边花侧那一时刻，母亲激动地拥起女儿，说："相信女儿远去西域，必能做好一个聪明贤惠的内助，恩遇一方，造福一方。"

小丝对母亲说："听说西域之地，非常干旱，但也有不少河湖，涵养水分，形成绿洲，人们世代安居。女儿到达其地，将教国人植桑养蚕，缫丝织绸，弘扬中原美好风习，也不枉了父皇和慈母的期望。"

唉！我可怜的母亲，心里期望女儿做个好王后，谁知道如今，女儿非但没做瞿萨旦那的王后，而且实打实地是流落民间，粗服乱发，往后的命运，还在不可知之数。

安德鲁他们，还来不来东土？纵然他们心里还想来，能不能成行？什么时候能再度走到瞿萨旦那？

"泱泱大汉，慈悲皇上，女儿勿要担忧。西域偏远之地，万里之遥，天地不同，习俗有异，母亲自豪女儿担当大任，可这心怀深处，难免疼痛不已啊。"

母亲的心，女儿最懂："生在王侯之家，肩挑社稷重任，母亲难以像百姓家的母亲一样家常，女儿也难以像平民家的女儿一样自由啊。话说回来，平民百姓之家的女儿，也没有这个荣耀。"

当时小丝承诺母亲，听从汉家和长辈的指派，去做好安抚西域的使者。母亲似乎想到美好的远景，拥起她，夸赞她："好女儿，好女儿！望女儿常有锦书来，让母亲放心、高兴。"

母亲啊，女儿不肖，如今真的是平民了，是别人的侍女了，连一丝半点的自由也没有了，不堪想象的落差，都是由于女儿自己抛弃了所有的荣耀啊，母亲！

如今的平民女儿，愈加舍不得母亲。女儿不能回来看望母亲，请母亲万万保重。

刘十三不是大汉皇上的亲生女儿，但皇上是把她当亲生女儿加以和亲重任，许嫁远方的。刘十三愈加感到对朝廷和父皇的愧疚。

前往孟津谒灵的时候，父皇一再向她讲述大汉王朝的来之不易。她从史官的记载里也知晓那些惊天动地的先皇往事。

王莽的新朝，政令朝出暮改，致使百姓不得安居，生活无着。饥肠辘辘的民众被逼之下，揭竿造反，在绿林、赤眉各路义军遥相呼应之际，先帝乘势从军，志在出乎乱世，匡复汉室江山。

先帝于昆阳之役以少胜多，初显雄武大略，后来，杀王莽，灭新朝，攻邯郸，诛王郎，波澜壮阔。高邑登基，延揽英雄，削平天下，定都洛阳，偃武崇文，以柔道治国，终使社稷安宁，百姓乐业。

先帝轻徭薄赋治天下，黎民安居乐业，百事繁荣兴旺。

先帝的寿陵选择黄河一侧清静之地，不与历代帝王争邙山，也是他一生宽厚容让的写照。

父皇在祀坛前施大礼，许宏愿，历历如在眼前。可是由于自己遵从内心之爱，抛却公主、王后之尊，一切都成了过眼云烟，未来，也惶然无着。

139

当初离开洛阳的时候，在钟、磬、鼓、箫等乐器联合演奏的宏大雅乐声中，她十三公主再拜父皇、皇后和母亲，在侍女们的搀扶中，泪水涟涟，一步三回头地上了车马。

她真应该大哭，她做错了事情，从根本上辜负了先帝和父皇，辜负了皇后和母亲，她宁愿自己受到更多更重的惩罚……

父皇啊，母亲啊，不是女儿不孝，而是女儿的心不听自己啊！

女儿一次一次地想，即使前往大秦罗马，也是要宣示大汉的恩德。

女儿已经嘱托姝儿，姝儿也从心里听从。女儿分出一小部分桑籽和蚕种，带往大秦，精心侍弄。织云和绣雨愿意跟随女儿前往大秦……

安德鲁是个商人，他的故乡在波河岸边。波河岸边就像我们汉家的中原一样，安居乐业，田园牧歌。他说，要在波河岸边的故乡，购买田园，建设城堡，让小丝，让他可爱的东方天使，唱着歌过日子。

安德鲁说，他从西到东，跑了数万里，才有幸获得上天赐给我的这位可爱的人儿，所以他为自己骄傲，自然要带小丝回到大秦去……

小丝曾经问两位姐姐织云和绣雨："你们觉得罗马那个地方有意思吗？"

她们都说有意思，说大秦的男人都很有趣。她们也经过东土的男人，她们说西土的男人值得嫁。大秦还有维纳斯那样的美人，那么多无拘无束、跟人欢爱的故事……她们说，反正我们也是汉家泼出来的水了。瞿萨旦那国很小，罗马应该很大……

尊贵的母亲啊，小丝不敢禀告你。因为小丝太胆大了，远程和亲，却胆敢违背朝廷的旨意，违背家人的期望，抛弃公主的地位，抛弃王后的地位，私奔罗马，去做一商贾之妻。这样的女儿，还有何脸面奉寄书帛，问候高堂？甘蔗没有两头甜。既然一个人遵从自己的内心，须顾不得其他。织云和绣雨说，此种事情，时日一久，即使长辈知晓，也不会追究和声张。

我们六个人，我、织云和绣雨，安德鲁、普拉斯和迈克尔，密谋得万无一失，谁知道眼睁睁地看着他们，生生地分离……

这难道是皇天后土对我的惩罚？是不是，谁能破解含义，谁能告诉我答案？

听到刘小丝又在喃喃自语，织云和绣雨赶紧过来安慰她："公主莫伤怀，我们也一样。三姐妹一个心思，相互照应，日子总是好熬一些。他们说明年要来的，那就一定会来。咬牙相等待，一年也很快……"

刘十三道："唉，他们此刻也不知走到哪里了？"

"我等不是男人，算不出路程，总也要走到疏勒了吧！"

"或者，走过疏勒了。他们要在疏勒卖掉骆驼，重新换车换马，这样，过了疏勒之后走得就顺当了。"

西边的太阳就要落山了，尼雅河小绿洲静悄悄。今天没有风沙，难得的没有风沙。

刘小丝道："希望他们走道顺利，吃饭香甜，睡觉安稳，跨越葱岭，如履平地……"

昆塔呢，带着他的大秦商队，带着普拉斯和迈克尔，撕心裂肺地离开瞿萨旦那，不得不愁苦地走上继续西行的漫漫长途。

他们走到了疏勒，安排了驿馆。

疏勒是东汉王朝新近镇抚的西域诸国中最为居西的一个国家。由于班超将军常年在这一带驻扎、巡守，因而疏勒对汉家比较友好，对来自东土洛阳的大秦客商比较礼遇。

昆塔和菲利普在驿馆老板的帮助下，很快找到了几个当地向导。这几个向导，多次往返葱岭，有高原行走的经验。虽说昆塔他们去年东来经过葱岭，但葱岭的险恶不是走一次就能对付的。

另外，整修车辆是必需的，更换马匹是必需的。

普拉斯和迈克尔将织云和绣雨的衣物包裹拿出来，抱在怀里，叹息。

昆塔也陪着叹息道："她们两个也是满怀希望那天一早就随着我们走的，

你们连信物也没有交换，现在就把衣物做信物吧。明年一定跟着我，再来经商，再来购买丝绸，把她们接到西土去。"

普拉斯说："我本来怕已经不能再跑几万里的长途了，有她在等待着，有昆塔的激励，明年就再来一次又何妨！"

迈克尔说："我绝对要来，要来接她，我们相互起了誓的。"

昆塔把玉石纺轮的盒子和象牙织梭的盒子用丝绸包在一起，以细绳细致认真地捆扎起来。他说："信物，这是我和赛尔的信物，宁可丢了命，我也不要丢了这些无价的珍宝。"

普拉斯和迈克尔说："别说不吉利的话，我们明年还要来呢。回去后，好好地销售丝绸……哦，我们还要在伦巴第平原建造东方天使城呢。建好了，来接她们去住，去生活，给她们惊喜。"

"对！"昆塔说，"就是这样。这批丝绸足以让我们有实力，有了金币，什么样的城堡都能建成！暂时遗留在瞿萨旦那国的天使们，是我们的惦记，纵然还有千难万险，都不算什么，不算什么。"

第四十章　晚霞余晖楼关暗

卡米尔说："李由，你是功臣。你组建了我们这个西欧青年专家重走欧亚丝绸之路团队。你、博努瓦先生、罗伯特先生，当然也有我，我们挖掘出了公元73年欧亚丝绸之路的轮廓，挖掘出了大汉'东城贩营'使团和罗马昆塔商队结伴西行的历史，挖掘出了汉家公主刘十三和罗马昆塔男爵相恋相爱的千古传奇，把东汉洛阳、西域瞿萨旦那、中土帕提亚和大秦西罗马的历史真正连接了起来，让几千年前数万里长的古代丝绸之路，活了起来！"

140

悬泉置。

悬泉置就是悬泉驿。李由和罗伯特分别调整两辆车顶上的摄录设备，卡米尔下车拍照。

戈壁荒漠中的悬泉置遗址，位于火焰山的余脉之下，是当年"东城贩营"使团和西罗马昆塔商队走过的地方。

悬泉置紧靠山口。顺着山沟逆行而上，走一会儿就看到山间有泉水流出来。泉水从高台上流下，经过一段悬空跌落，注入潭中，因而号悬泉。悬泉的水是可供食用的。

当年的悬泉置虽然很小，却是敦煌与瓜州之间往来人员和邮件的一大接待、中转驿站。

"悬泉置遗址，千百载掩埋于黄沙之下。"博努瓦说，"请注意，它是1987年被发现的。"博努瓦故意追问李由，"李由，1987，是这个年份吗？"

李由笑道："是的。"

博努瓦说："前后共挖掘了两次，揭露遗址面积两千四百平方米，发掘出汉代简牍三万五千多枚，各类实物一万七千多件，可谓洋洋大观。"

李由说："'东城贩营'使团和西罗马昆塔商队走过后的东汉中叶，悬泉置扩建成了一座小的要塞。那时候的悬泉要塞，是个方形小城堡，门朝东，四周为高大的坞墙，边长五十米，西南角设有突出坞体的角楼。悬泉小城的坞墙，是用土坯垒砌成的。坞内，靠着西壁和北壁，建有不同时期的土坯墙体平房三组，十二间，是住宿区。东、北侧是办公区房舍。西南角和北部，有马厩。坞外的西南部，也建有一组马厩，长约五十米。坞外西部为废物堆积区。马厩很多，说明当时的交通接待非常繁忙。"

卡米尔拍摄了照片。然后，他们对遗址进行踏勘、考察。

遗址南部，叠压着魏晋时期的烽燧遗址，保存尚属完好。

卡米尔问博努瓦："你刚才说，挖掘过两次，出土了大量文物？"

博努瓦说："是。悬泉置遗址发掘出土大量遗物，其中内涵丰富的简牍最多。其他遗物，有铜、铁、漆、木、陶、麻、皮毛、丝绸、纸张、粮食、兽骨等。具体地说，有箭镞、五铢钱、铁木工具、农具、带钩、陶罐、陶碗、漆木耳杯、石砚、画板、草、苇、竹席、梳篦、皮鞋、麻鞋、玩具以及大麦、小麦、青稞、谷子、糜子、豌豆、扁豆、黑豆、大蒜、杏核、苜蓿、桃核、马骨和大量毛色鲜艳保存完整的马头、马腿等。"

李由说："有意思的是，这个遗址出土了一幅墙壁题记，《使者和中所督察诏书四时月令五十条》，是一部环境保护法规，而且是迄今为止中国发现最早的一部环境保护法规，内容很细致。"

经研究考证得知，《使者和中所督察诏书四时月令五十条》是汉平帝时期的一份诏书，发布者是当时的太皇太后，是由安汉公王莽逐级下达的一份文书。

人们简称《使者和中所督察诏书四时月令五十条》为"月令五十条"，它的主体部分，规定了四季的不同禁忌和注意事项，如春季禁止伐木、禁止猎杀幼小的动物、禁止捕射鸟类、禁止大兴土木等，夏季禁止焚烧山林等，秋季禁止开采金石银矿等，冬季禁止掘地三尺做土活等。

李由说："《后汉书》记载，公元 100 年，也就是'东城贩营'使团和西罗马昆塔商队走过二十七年之后，西域蒙奇、兜勒二国派遣使者归附内地，皇上赐给他们国王金印和紫绶，接纳它们归属东汉。"

这个历史事件，是有切实记载的，于洛阳宫廷举行庄重仪式。《后汉书》记载的远方客人，据考证是马其顿人梅斯带领的东罗马商队。

卡米尔又拍摄了一些资料照片，德默号和爱福号继续前行，到了锁阳城遗址。

141

锁阳城原名叫苦峪城，主城略呈方形，南北长约一里，东西宽约一里。除主城外，锁阳城有四个瓮城。城的四周，筑有若干用以加固城郭的马面墙。

马面墙是突出于主城墙之外的连接墙，又称为墙台、墩台或敌台，凸出墙体外表两三丈远，外观狭长如马面，因而得名。

马面台有长方形和半圆形两种。攻防战发生的时候，守城一方在城头上和马面墙上部署兵力，消除视野死角，自上而下，能够从三面攻击敌人。

卡米尔好奇地拍摄了至今犹存的锁阳城城垣遗址。它是黄土夯筑成的，相当坚固。

城内，有条南北走向的土墙，把全城分成了东西两部分。东城较小，分析是当年驻军将领及其家属的住地。西城较大，判断是驻扎士兵的地方。

锁阳城周围，建有关厢，即城外居住区。关厢前面地带宽阔，是驯马、练兵的场所。

锁阳城外的西北角，有两个小土堡。卡米尔请教那两个小土堡是做什么用的。

罗伯特说："据我看，很可能是关押战俘和处罚士卒关禁闭的地方。"

"这个锁阳城，是什么年代筑建的？"卡米尔问。

李由说："它的具体筑城年代，仅凭现有资料无从考证。从发掘出的唐代文物来看，始筑年代，当不晚于盛唐。更多的佐证，有待以后发现。"

锁阳城的名字源于中国清代民间，因城周围有许多甘甜味美的植物锁阳，人们就叫它锁阳城了。

锁阳城是丝绸之路咽喉上的一大古城，在河西古代政治、经济、文化及军事诸方面曾起过非常重要的作用。

博努瓦说："锁阳城发掘出的有唐代开元通宝、唐碑、唐三彩等唐代器物。有人考证认为，锁阳城是唐代瓜州的治所，后世的晋昌县城。"

锁阳城周边，分布有很多古人的墓葬。整个墓葬区，东西绵延数十公里。已经查明的汉唐以后的多代古墓葬，有四千多座，是河西地区规模最大、最为集中、最为丰富的古墓葬区之一。

唐墓大多遭过盗掘。被盗掘后的唐墓，仍然出土不少三彩马、驼、俑、镇墓兽及墓室画像砖、地砖等，制作工艺精美绝伦，河西地区少见。

锁阳城外不远处，有一个十多亩大的凹坑，坑内坟头累累，很可能是古代死亡将士的墓地。

眼下的锁阳城遗址内，布满沙丘、积炭堆、瓦砾和断墙残壁，长着红柳和沙生植物。

李由说："这里可以观察一下，多拍摄一些资料，画面很有视觉冲击力，艺术价值也非同一般。史料记载说，锁阳城具有中国保存最为完好的古代军事防御系统、古代农田水利灌溉系统。"

锁阳城周围，依稀可辨的古渠道，分南、北、中三条，总长度达百余公里，支渠、毛渠、斗渠及大片古农垦区交错相连。

博努瓦说："锁阳城的沧桑变化，令人吃惊，差不多是古代沙漠化演进过程的一个标本。"

李由说："博努瓦讲得对。正因为锁阳城是沙漠扩张的标本，它成了一个旅游景点，中国西部古文化遗存和独特自然景观相结合的范例。"

在沙漠化以前，古代锁阳城附近，有一大片非常开阔的绿洲，是酒泉郡与西域联系的纽带。锁阳绿洲的周围，有几十处古城、古墓、石窟、寺庙，规模尤以锁阳城为最。

放眼巡视，地处大漠深处的锁阳城，周围天阔地广，苍茫幽远。

南面荒漠一片，远处祁连山峰洁白明净。北边，田野中大大小小的湖泊水面闪闪发光，西面广阔的草原，绿草如茵。

登城远眺，于塞外风光之中，似乎听到旌旗猎猎、战马嘶鸣，似乎看到朝代更迭的一串串印记、风云际会的一幕幕壮烈活剧。

卡米尔激动得拍摄不停。

瓜州，是唐朝设立的治所。"安史之乱"后，吐蕃侵占了河西一带，瓜州陷落。到了宋代，瓜州为西夏所占领。西夏亡后，明代对瓜州城有一些重修，并更名瓜州为苦峪城，将哈密卫移于此地。明朝末年，锁阳城废掉了。

锁阳城东北，有一座大型寺院塔尔寺，系西夏的建筑，是少数民族祭祖的祠庙。

今天，塔尔寺的屋宇都没有了，只有一座土坯砌的大塔和五座小塔。历史记载说，大塔曾经有十五米高，千座小塔簇拥在附近。塔原为白色，如今石灰剥落，面目全非。

《大唐西域记》说，唐僧玄奘西域取经归来，曾在瓜州举办佛理讲座，他讲经说法的地方应当就是这个塔尔寺。

"看起来，自汉朝之后，丝绸之路是越来越热闹了。"卡米尔道。

李由说："是的，因为有唐朝的玄奘取经故事，有唐朝丝绸之路的空前繁华，有中原出土的大量唐代三彩骆驼、三彩胡人雕像，人们大多认为古代丝绸之路上的商业活动是唐代的事情。在汉代，只不过是张骞和班超的军事、外交活动而已，其实在东汉时期的欧亚丝绸之路上，是有商业贸易的。"

卡米尔说："李由，你是功臣。你组建了我们这个西欧青年专家重走欧亚丝绸之路团队。你、博努瓦先生、罗伯特先生，当然也有我，我们挖掘出了公元 73 年欧亚丝绸之路的轮廓，挖掘出了大汉'东城贩营'使团和罗马昆塔商队结伴西行的历史，挖掘出了汉家公主刘十三和罗马昆塔男爵相恋相爱的千古传奇，把东汉洛阳、西域瞿萨旦那、中土帕提亚和大秦西罗马的历史真正连接了起来，让几千年前数万里长的古代丝绸之路，活了起来！"

这时候，在晚霞余晖之下，茫茫戈壁滩上，一座古城楼的剪影隆起在天际线上，越来越近。

李由说："拍下来，那就是嘉峪关。嘉峪关，中国万里长城西段最著名的关口之一。前方五公里，是嘉峪关市。"

嘉峪关位于狭窄的山谷中。不远处，有李由他们所行的 G30 公路，有兰新铁路。如今，每周有好几趟亚欧班列，从这里呼啸而过，一路向西疾驰，或由西而来，飞向东方。卡米尔对多个方向拍了照。

李由说："卡米尔，必须向你说清楚，张骞出使西域的时候，没有嘉峪关。公元 73 年，大汉'东城贩营'使团和西罗马昆塔商队走过这里的时候，也没有嘉峪关。甚至，唐朝僧人玄奘西去取经的时候，这里也没有关隘。嘉峪关，出现得并不很早。"

142

嘉峪关始建于公元 1372 年，很晚了，是明朝建的。嘉峪关是明代万里长城的西端起点。

早期的嘉峪关是纯泥土修筑的，不算坚固。因为有前前后后一百六十八年时间，在不断地修筑，修建时间很长，也不断升级，成了一个最为壮观的关城。

历史记载说："初有水而后置关，有关而后建楼，有楼而后筑长城，长城筑而后可守也。"

嘉峪关，依山傍水，扼守在南北宽约十五公里的峡谷地带，是一处真正的要塞。

嘉峪关的关城，有三重城郭，多道防线。城内有城，城外有壕，形成众城并守之势。关城由内城、瓮城、罗城、城壕及三座三层高台建筑和长城烽台等组成。内城是关城的主体和中心。

内城东西二门，外有瓮城回护。瓮城门均向南开。西瓮城西面，筑有罗城。罗城城墙正中，面西设有关门，门楣上题写"嘉峪关"三字。

罗城是基本相连的城外之城，而且比较大。

嘉峪关附近，烽燧、墩台纵横交错，关城东、西、南、北、东北各路，共有烽火墩台六十六座。

嘉峪关地势天成，攻防兼备，与附近的长城、城台、城壕、烽燧等设施构成了严密的军事防御体系。

罗伯特说："古代中国人修筑边墙，可算是下了大功夫。"

罗马帝国，喜爱修筑大路。它修筑了以罗马为中心，通向四面八方的邻国的石质或硬面大道，总长度超过八万公里，有力地促进了对外的商业贸易和文化交流。

华夏族，世世代代连续不断地修筑边墙。从周王朝算起，到明清王朝，除唐朝、东汉与北宋外，两千多年修筑了两万余公里，其中著名的有周时期的边墙、秦朝边墙、西汉边墙、隋朝边墙、金朝边墙、明朝边墙等，有力地阻挡了对外的商业贸易和文化交流。

李由说："墙在其他古代国家也是受重视的。但是，墙在古代的中国，是一种极为重要的历史证物，它证明了几千年的中国人在意志和力量上的状态。"

中国墙在历史上起过积极的作用，消极作用却也是不容置疑的。

墙是关门的需要，闭锁的需要，绝交的需要，一个民族把墙筑在地面上是一回事，如果筑上心头，甚至牢牢地筑上心头，就是问题。

譬如，由于俄罗斯商人的努力，由于山西商人的配合，历史上的包头府和恰克图成了中外贸易的热闹通道。商品经济的萌芽眼看要茁壮成长了，可傲慢的大清王朝愣是死抱着大墙意识不放，稍不如意，就要使出闭市的撒手锏。一次次地锁关，一次次地闭市，断绝外务。

其中，康熙一次锁关闭市竟然长达四年，把个青年彼得大帝整得差点闭过气去。

桎梏思想、束缚灵魂的自闭心理、内向心态、保守精神、惧外情结，大墙意识功不可没。

中国墙，反映了统治者一劳永逸的苟安思想。

为了世世代代安安稳稳地坐江山，不顾黎民死活，动辄修建大墙，进行物质上的消极防御，而不是从精神上培养斗志，随时进行积极自卫。

动用巨大的人力物力，建造规模宏大的城墙，尽管在军事上也许能起到一时的作用，但对当时的生产发展无疑是有阻碍或抑制的。

中国墙，适应了统治者一袭千载的家传需要——民可使由之，不可使知之。统治者实行愚民政策，愈是封闭，愈是杀掉横向联系，老百姓的消息愈是闭塞，便愈是安分守己，不接受外来的危险思想，便不会串联造反。

封闭的环境造成封闭的心理，封闭的心理有利于养成被统治者对于统治者的驯服，有利于形成轻易而稳固的统治。

中国墙，造成国民心理唯我独尊的自我封闭性——世世代代被无数的墙层层围住，眼界越来越狭小，与世界上其他优秀民族往来很少。

中国墙，造成国民心理内敛自固的单纯防守性——汉族历来是世界上人数最多的民族群体之一，照理应是人数比汉族少的异族筑墙来防御，怎么变成相反了呢?

古代中国几乎历朝历代都在筑墙，一直都在防、防、防，实际上，到头来还是防不胜防。

当然，中国墙见证了中华民族的和平爱好：它安于已成存在，而非企望开拓进攻，它不爱走出去敛取外财，也不想侵略别的国家……

随着历史的前进，随着冷兵器时代的过去，漫长的边墙、雄壮的关楼都成了观赏、凭吊的对象，成了游人拍照、录像的背景……

第四十一章　请把我网得昏昏的

　　他告诉赛尔，波河跟黄河一样。黄河长，波河也长。出了大山之后，两岸地势平坦，水突然不知所措了。黄河有很多沙子，波河也有很多沙子。出了大山之后，黄河水把沙子丢在原野上，波河也是那样。黄河的下游，水比地面高；波河的下游，水也比地面高。波河是为赛尔准备的，是为赛尔这个美丽的黄河女儿准备的。故乡的感觉，是为让天使安心。

143

葱岭，帕米尔高原，世界屋脊，堆积在西亚的一个巨大的艰难险阻。

西罗马昆塔商队经过的贸易道路——葱岭，即是经过今天的部分中国领土、塔吉克斯坦和阿富汗斯坦领土，横跨多个主要山脉的高地集中区。

群山起伏，连绵逶迤，雪峰耸立，耸入云天。

西罗马昆塔商队和另外两个商队结伴，走在东帕米尔高原的河谷之间。

另外两个商队，一个是龟兹向西经商的，一个是帕提亚商人到疏勒交换货物后返程的。

他们离开疏勒，已经是第四天了，艰难地跋涉了四天。

这一带地形比较开阔，两边是山脉，山体浑圆，中间是河谷湖盆，相对宽些浅些。

河谷里没有乔木植被，仅在谷底、盆地及干燥的山坡上生长着矮小灌木和一些垫状植物，在较湿润的谷底生长有蒿草。河谷里也有少量的草场，适宜放牧。水源较好的土地上，也有农作物，譬如春夏有青稞。其余目光可及之处，全是冰碛和荒漠。

向导说："葱岭山地，一二三雪封山，四五六雨淋头，七八九正好走，十冬腊月别开头。现在是七月，正是翻山过岭的时候，你们有运气。"

然而，帕米尔毕竟地势高寒，山峻谷深。昆塔商队东来的时候尽管有一些高原行走经验，仍然感到是离开大汉中原洛阳以来最为艰险难行的地段。

自洛阳西上，路途漫长。经过罗布淖尔，经过塔克拉玛干大沙漠，也是一条愈来愈艰险的行旅，但是，一有"东城贩营"使团的士兵跟随戍卫，二有各地的优等接待，包括西域诸国，经过窦固将军和班超将军的镇抚，都很友好，三有刘小丝等几位汉家女儿，没有觉得路程过分艰难，很多时候还在尽情享受爱的幸福。

在刘小丝、织云和绣雨三位汉家女儿被高大的骆驼载走的那一刻，他们三人实在难以离开瞿萨旦那。

大汉给事中、大汉监事使，几千里路上都没有能够阻挡他们的爱情，小小的瞿萨旦那国，小小的森格尔，却给他们设置了一个翻不过的障碍。

唉！也是他们的失误，只在马车上打转转，丝毫没有想到，瞿萨旦那是个真正的沙漠小国，他们不考虑马车，擅长驾驭的只是骆驼。骆驼，唉！

144

张掖市委宣传部宣传科接待了西欧重走丝绸之路青年团队。

"张掖，得名于'张国臂掖，以通西域'的区位优势。"接待人员说。张掖古称甘州，位于河西走廊中段。

张掖辖甘州、临泽、高台、山丹、民乐等六个县区，有汉、回、藏、裕固等三十八个民族。

张掖是古丝绸之路重镇，历史文化名城，新亚欧大陆桥的要道。

张掖有着悠久的历史、灿烂的文化、优美的自然风光和独特的人文景观，自古有金张掖和塞上江南的美誉。

1954 年，张掖山丹县城南发现四坝滩遗址，经专家考证，距今四千多年，属新石器时代末期的马家窑文化类型。

当时还发现了约千年前张掖驻军首领的青铜像，背部有篆体字"扬扬张掖"。

1956 年，在张掖西北十多公里处发现黑水国遗址及汉代墓葬群。黑水国遗址南北长十五公里，东西宽十公里，相当不小。

黑水国得名于此地的黑河。据考证，黑水国遗址曾经是个很大的湖泊，后来逐渐干涸，形成了一块川地。小月氏国就在此地，后来匈奴人移居到这里，统治了月氏人。

黑水国早已湮灭，只留下残垣和神秘的传说。

月氏人经过艰辛的努力，国力强大起来。在河西走廊的诸多民族中，月氏人占有绝对的优势。为了缓和军事和外交关系，匈奴不得不将太子冒顿送给月氏为人质。

大概在中原刘邦、项羽相争的时候，冒顿逃回匈奴，随后采取一系列措施，争霸草原。

公元前 205 年到前 202 年之间，冒顿率领匈奴人击破月氏人，后来杀了月氏王，将他的头盖骨作为装酒的器皿。

匈奴终于独霸河西走廊地区，张掖黑水国遗址一带为匈奴浑邪王的驻扎地。

此一期间，匈奴人的势力空前强盛。西汉王朝推行扩张政策，武帝派遣霍去病率万骑出陇西，征讨匈奴。

在公元前 121 年的汉匈战争中，匈奴人大败，浑邪王等人向汉王朝请降，河西走廊地区归属汉朝管辖。

西汉解除了匈奴对北方的威胁后，修筑长城，移民，设立河西四郡：武威、张掖、酒泉、敦煌，治理地方。黑水城又成了当年的张掖郡所在地，成了汉王朝在河西走廊中部的政治、军事、文化中心。

随后，汉朝移民对黑水绿洲进行空前浩大的开发，最后远远超出了生态资源的承受能力，这一带环境终被毁坏，越来越频繁地受到沙浪的袭击，逐渐沦为荒漠区和墓葬区，第二次被遗弃。

从东汉初年开始，这片地方成为荒地，此后再也没有恢复。

西欧重走丝绸之路青年团队驱车十多公里，实地踏勘沙漠和绿洲交界的黑河边黑水国遗址。

卡米尔说：" '东城贩营'使团和西罗马昆塔商队经过此地的时候，此地已经没有人烟，也没有绿洲了。"

罗伯特说："按照张掖人的说法，是这样。"

卡米尔："古代的欧亚丝绸之路，我不仅感到了它的漫长，还感到了它的幽深。我们前几天走过一些地方，是'东城贩营'和昆塔商队走过多年之后才有人烟的，而张掖这个地方，却在'东城贩营'和昆塔商队走过之前不知多少年就荒芜了，繁华已成过往。"

李由道："不清楚'东城贩营'使团和西罗马昆塔商队公元 73 年是否凭吊

了黑水国这个以水的名义命名的故国，虽然它已经遭到废弃，没有人烟了。"

卡米尔叹惋说："岁月的黄沙早已掩蔽了它的容颜，历史的尘埃早已剥夺了它的繁荣，它却苍老斑驳得如此经典，让我忍不住想起大汉公主刘十三她们的那个绿洲，尼雅河上的那个绿洲，瞿萨旦那国和精绝国曾经联合开发的那个绿洲。"

罗伯特说："我宁愿相信1901年英国探险家斯坦因和法国探险家戈纳所发现并定性的尼雅绿洲就是大汉公主刘十三生活过的绿洲。"

"那处尼雅小绿洲有桑树，巨大的桑树。从年轮看，桑树有数十年之久。"博努瓦说。

李由感喟道："中国西域的这些藏在岁月深处的绿洲，掩盖了多少流淌不息的记忆啊。"

卡米尔说："我仿佛感觉到，在河流的缓缓流动中，古老的岁月在里面居住，绿树掩映的田园深处，那就是刘小丝她们的疲惫和期盼……"

博努瓦细致认真地考察和拍摄了周围的历史遗存情形，说："这里不是一座城，是一组，或者说，是一些城堡的组合。"

张掖的朋友说："这个地方是小南城，是个兵城，那个村子叫下崖。城池是唐代筑的，黄土的，部分墙体是土坯的，被风沙湮没得差不多了，流沙堆积得已经跟北墙等高了。"

有一座貌似烽燧的古代建筑遗址引人瞩目，曾经在1978年文物普查时列为西城驿烽燧。文物界认为，它位于一座古寺院遗址中，其实是个佛塔的存留。

寺院有可能是唐代建的，也有可能在元代修建或重建了佛塔，或者重建了寺院。

从地表遗物——遍地的宋代琉璃、猫头、脊兽瓦残片断定，这是一组高规格的建筑物。从汉代到元明时期的官窑瓷片随处可见，普通的寺院是不会有这些的，也是不会使用这些高档次的陶瓷的。

除佛塔外的建筑，已经荡然无存。从地表仍能看出寺院建筑的轮廓，寺门向东，是个三进院落，东西长约八十米，南北宽约二十米，佛塔位于寺院的西端正中。

这是一座覆钵佛塔，由夯筑的基座和土坯砌筑而成塔身，基座边宽六米，高两米。塔身残高六七米，大致为圆柱形，直径约为五米，东南侧已经塌毁。

张掖朋友介绍说："在塔体中曾出土有宋代钱币和八块铁容器口沿残块，其中一块上有古蒙文。"

可以断定，在西夏占据河西的时候，这座寺院已经兴盛，有豪华的建筑殿堂，有众多的僧侣和信徒。它是一座非同寻常的寺院，在丝绸之路上占有一席之地。

它在历史上，无疑承载过东西文化交流的重任。它的繁荣，也说明这里附近居民甚多，他们从事屯耕或商业活动，经济繁荣，大局稳定，建造寺院是他们精神生活的需要。

考察遗址、拍摄资料之后，李由他们驱车回到张掖市区，接受张掖各界朋友的签名。

德默号和爱福号越野车上，飘逸灵动的彩色丝绸之路上，中国的区域，继喀什、和田、敦煌之后，"张掖"也被签满了名字。

起程离开张掖，卡米尔又感叹地说："一个城邦国家，也是非常脆弱的。生生灭灭，建了毁，毁了建。后人过来凭吊，看到季节河流在脚下，却不知远古的风是如何吹过的，远去的征战号角和田园牧歌是怎样飘过的……"

李由说："有生有灭，有毁有建，历史的盘桓演进，原本就是这样。当然，有些生态灾难，人是无能为力的，大自然要摧毁一个城邦，人是挡不住的。当然，有些毁坏，是人为的，是人在自掘坟墓，比如，破坏环境、污染水源等。想一想，难免感慨，难免忧伤。"

第四十二章 迈克尔，我的好兄弟

他紧紧地抱起赛尔，说："小天使，你是我的东土维纳斯！到了罗马，我们再也不分离，我们像维纳斯和阿都奈斯一样，无拘无束，无恐无惧。"

赛尔说，她在梦中老是看到牡丹花——阿都奈斯的血加上维纳斯的葡萄酒，变成的维纳斯花，洛阳花。她不敢想象更多，她非常害怕。

他安慰赛尔说："美好的旅程，美好的晚风，不要想那么多，不要想得那么悲哀。维纳斯花，牡丹花，洛阳花，是给你送吉祥的，吉祥。这些梦是美好的啊！"

145

公元 73 年夏天，走在帕米尔高原河谷的昆塔联合商队又一次宿营了。

走上葱岭已是第五日了，离开瞿萨旦那国，离开刘十三、织云和绣雨，昆塔、普拉斯和迈克尔怀揣着巨大的不甘和遗憾，步步沉重、步步艰难地向西挪动。

他们今晚住宿的是一个驿站。驿站太小了，是几块庞大的石块砌起来的一个简陋的石屋。石屋建在多条道路交叉口一侧的台地上。

驿站主人是一帮打猎的塔吉克汉子，据说平素他们人多，最近有些伙伴出去销售皮货，仅仅剩下三个人在驻守值班。

此地人烟稀少，雪豹、灰狼等高原猛兽让路人恐惧。驿站主人是武艺高强的猎人，所以，在他们的驿站扎营有安全感。

说是驿站，它没有可供行客住宿的房舍。好在此地尚位于帕米尔东部，雨水较少，天气干燥。经过的商队呢，全属长途、超长途贩运，车辆、帐篷总是自备的，只要能够御寒，歇宿没有问题。

今日扎营时间较早。因为再走，到了天黑或许觅不到合适的宿营地，那就麻烦了。用过晚餐，天还不黑，昆塔、菲利普、普拉斯、迈克尔和其他同伴及向导在周围交叉路口察看了一阵，天黑前回到帐篷，擦澡泡脚，开始歇息。

车队围成了一个圆环。菲利普到车队一侧的帐篷去了，昆塔等一会儿要到另一侧的车上睡觉，先在车队外侧的帐篷里找到普拉斯、迈克尔。

"我说过，娶那个赛尔，小天使，我是当真了。"昆塔说，"时至今日，你们跟那两个姑娘依旧当真吗？还要不要当真了？"

"我当真，我发誓！"迈克尔说，"明年来接她们。生活这样才有意思。"

"是啊，有个心愿，也有动力。"普拉斯说，"东国女儿，温柔可爱，我是真的，当然。"

昆塔叹息道："赛尔年龄小，却最勇敢。大汉丝绸公主，和亲之后，她就是王后了。她是放弃最多的，付出最大的。她们几个女性，相互支持，非常难得。可是，我们失误了。"

他们都闭上了眼睛，不再说话了，为在瞿萨旦那国的失误默然自责。

良久，昆塔说："睡吧，好好恢复体力，明天好赶路。"说完，走出帐篷，回到自己歇息的车上。

这辆车是给赛尔预备的，宽敞舒适。赛尔没有来，便装载了一些丝绸，紧紧地扎着，固定在木质车厢的两边。行进中，中间放帐篷和宿营用品。宿营时，中间的帐篷和物品被拿下去，睡铺就出来了。

昆塔歪在铺上。他清楚地记得，以前，他们三个男人为三个东国女儿所感动，曾经有过同类内容的交谈。这个话题，说也说不完。

普拉斯说："她们列入奥林匹斯山众神的队列，也不逊色。听众神的故事，讲众神的故事，只是听听、讲讲而已。几位东国女儿，让我看到了神，我不知道怎么说才好了。迈克尔，你呢？"

"我也不知道怎么说才好了。她们很美丽，我闭上眼睛，她们就来了。她们说她们三个人不分开，去罗马就都去罗马。绣雨对我说，跟着我们走，没有问题。"

普拉斯说："我想，我们三个男人，罗马和希腊来的，她们三个姑娘，东国宫中来的，在路上相遇了，相爱了，怎么这样巧呢？"

"是啊，为什么是三个？恰好是三个？"迈克尔说，"我也发问，这是怎样的安排啊？是谁在安排啊？是天神的安排吗？"

昆塔躺在丝绸之间，听到了夜莺的叫声，看到了美丽的小屋，还有安静的月光，柔软的沙铺。

普拉斯说："在罗马或者希腊，照沙漠小屋的样子，建造一个酒馆必定受欢迎。朋友们带着各自最亲爱的人来到酒馆，放纵心情，追寻快乐，以宙斯的名义，多好啊。"

迈克尔说："来吧，英雄们和天使们，让我们抛弃一切忌讳，跟着宙斯，迎接欲望的神祇吧。"

146

在离开洛阳的长途上，尤其是到了沙漠，在无穷无尽的奔波中，安德鲁·昆塔有多次恨不得去"东城贩营"的车上把赛尔抢出来。

赛尔说，她每天也在想。一遍又一遍地想他们的相遇、相识、相知、相思和相爱。瞒着别人，一次又一次地放纵情感，相互给予。赛尔说，爱上一个西罗马的青年行商让自己很惊奇，想起来就心跳不止，更别说肌肤相亲了。

赛尔本来要嫁到瞿萨旦那国，跟那个小国的国王过日子。她本来想象那个小国的国王英俊能干，想象他的宫廷宁静无争，想象他的国家安全和平，想象她承担着大汉王朝的使命，有功于大汉与西域的交好。

赛尔说："谁知道我遇到了你，安德鲁，我开始冒险……不，不是，我不想冒险，可是，我的身体不听我的话……"

赛尔说，她非常难受，难受使她产生期望，期望他带着她脱离尘世飞升，慢慢地到云端去。

树林，草地，沙坑，车上，一个个相亲相爱的圣地，真不愿意离开。可是，得送赛尔回去，或者他自己得赶紧走掉。

越是深沉的爱，越是必须分开。

车与车之间，只有几百步的距离，他们必须忍受阻隔之苦，在相互期盼、相互思念中朝前走，朝前走，走过遍布的沙碛，走进瞿萨旦那国。做了个万全的设计，收获了一个失败。

赛尔想跟着他一直走到罗马，走到波河岸边。他也发誓带着赛尔走回罗马，走回波河故乡。

在波河边，是他为赛尔修建的城堡，东方天使城堡。城堡周围，是树林、草地、葡萄园、橄榄园和桑园。嫩绿的桑叶上，爬满了肥滚滚的蚕虫，天的虫子。天的虫子们在歌唱，唱的是遥远的中原的爱情，唱的是黄河和波河的婚姻，唱的是大汉和罗马合璧的幸福日子。

大秦的朋友，迈克尔，普拉斯，陪着东国天使，还有织云、绣雨，回忆中原，回忆桑园的春风，回忆洛阳宫廷的岁月，回忆万里长途，回忆漫漫长途中的爱和情。

若干年后，人们都知道了这些美好的传奇，他们会惊喜地问我们，你们真的经历了那些吗？

赛尔说："儿子要像你，安德鲁，雄壮、能干。"

他说："我们要生很多女儿，个个像我的赛尔，美丽、温柔，让小伙子们喜欢得奋不顾身。"

清晰地记得，在阳关之西，在千里大漠中，傍晚洗浴之后，焉耆的向导和驼夫拉起胡琴，奏起笛子，西域乐声在营地上空缭绕、缭绕。他和赛尔坐在一片隐秘的洼地，他将她斜着揽进怀中。她微笑着，仰着脸儿。

赛尔说，她被丘比特的金箭射中了。

他对赛尔说："那你就像维纳斯一样。不，赛尔你就是维纳斯啊。"

赛尔就是从大海的泡沫里生出来的洁白又美丽的维纳斯，或者说，赛尔是寄养在嫩绿的桑园里的上天的虫子。

安德鲁一次次地把洁净凉爽的赛尔抱进火热的胸怀，抚摸着她纯净如丝绸的皮肤，轻柔似水波的头发。赛尔的眼睛柔和迷人，像维纳斯一样，她在无形中接受时光女神给她围上的项链，给她戴上的头饰和耳环，还有四季女神给她送来的天车，载着她飞向奥林匹斯山……

哦，不对，她要飞去的地方是波河，伦巴第平原的波河岸边，一起飞的，是他安德鲁。

赛尔说，她拥有了大秦的他，比拥有沙漠小国的国王更幸运。

安德鲁他何尝不是格外感到人生的幸运呢！维纳斯的美丽使得奥林匹斯山更加绚丽，赛尔的美丽将使波河更加夺目。

赛尔说："维纳斯只想让阿都奈斯整日陪伴左右，形影不离。安德鲁你就是阿都奈斯。"

他紧紧地抱起赛尔，说："小天使，你是我的东土维纳斯！到了罗马，我们再也不分离，我们像维纳斯和阿都奈斯一样，无拘无束，无恐无惧。"

赛尔说，她在梦中老是看到牡丹花——阿都奈斯的血加上维纳斯的葡萄酒，变成的维纳斯花，洛阳花。她不敢想象更多，她非常害怕。

他安慰赛尔说："美好的旅程，美好的晚风，不要想那么多，不要想得那么悲哀。维纳斯花，牡丹花，洛阳花，是给你送吉祥的，吉祥。这些梦是美好的啊！"

赛尔说："安德鲁，我以前什么也没有想。认识了你，我忍不住要想，想得很多，越想越怕。"

"轻松一些，赛尔。"他说，"让心情轻松一些，亲爱的。好的事情往往是曲折的，不要担忧，翻过艰难险阻的高山之后，幸福没有尽头，没有尽头。"

如今，赛尔羁留在了中土瞿萨旦那国，他昆塔正在翻越艰难险阻的高山，莫非那天晚上的沙漠对话在一步步地应验？

真的是应验就好了，我一个人翻越艰难险阻的高山，省得让赛尔也翻越，是好事呢……

他嗅到了赛尔的香味。天在黑下来，茫茫戈壁在缓慢地沉落，沙丘在缓缓地移动，沙子柔软得就像棉花，他把剑插在沙土里，他们把外衣脱下来铺在一起。

赛尔温柔地笑道："赛尔喜爱你的英雄性格。虽说你是经商的，但这么遥远，从罗马到洛阳，再到罗马，千辛万苦，千难万险，跟外出打仗一样。"

赛尔身上是东方的美德，她体谅所爱的男人。

东方天使城已经成了他们共同的期待，伦巴第，波河边，农庄和果园，最美的还是桑园。

赛尔说，她喜欢桑园，喜欢他为她所做的一切。

天，地，沙漠，都在呜呜地叫，它们的叫声好大啊。

赛尔说："安德鲁快飞吧，带着我飞吧，别让大风追上我们……"

天啊，我们的衣服竟然在跑，深夜的风沙抢走了我们的衣服。在风沙中，它们像风轮一般滚动，怕他抓到。

沙漠的风狡猾极了，将他们的衣服旋转起来，缓慢地旋转着，逗引他去追赶，却又追赶不上。

沙丘又松又软，每向上一步，都几乎要双膝跪地，连走带爬。

147

娇弱的赛尔大口喘息，绵软地倒在他的怀里，有气无力地说："安德鲁，你口渴吧，我口渴，我们忘记带水了。"

"是的，赛尔，我们忘记带水了。坚持一会儿，我们就能走回去。"

每人只有一件衣服了。赛尔一件上衣，他一条裤子。他们艰难地翻越了大沙丘，衣服却被沙土掩埋了。

明明看到掩埋的地点，挖下去却不见衣服的踪影。丘顶的沙子像瀑布似的向下涌流，他们不知不觉被冲到了沙丘底部。

他们太累了，自然而然地抱在一起休息。可是，大自然不允许。没有多大一会儿，沙子就要掩埋他们。

赛尔哭起来。"安德鲁，怎么办？安德鲁，怎么办？我满口都是沙子，我眼睛痛……"

他是赛尔的依靠，他必须鼓励她战胜风沙，走回营地。他牵着、拖着娇弱的赛尔，反身朝沙山上爬。下来的时候是沙丘，爬上去的时候是沙山，顶着风沙越过它，更加艰难了。

不知过了多久，他们终于爬上沙丘顶部的时候，赛尔不住地哭泣，她冷，她眼睛痛，口中也是吐不完的沙子，口太干了，也痛。

他安慰赛尔，闭上眼睛，闭上嘴巴，他将剑挂在脖子上，背起她，顶着风，朝下走……

夜的大漠已经完全改变了模样，狰狞无比。赛尔太累了，她想休息。他坐在沙上，让她团在自己的怀里。

两个沙土之人一粗一细地喘息。

"安德鲁，我们不是做梦，不是做梦吧，安德鲁？怎么这么冷啊？"

他紧紧地抱住她，希望用自己的体温让她暖起来。

"我们一会儿就回去了，赛尔，一会儿就回去了。"这么说，可他实际上迷失了方向，不知道朝哪里走才能回去。

赛尔真是一个机灵的天使，忽然醒转来，说："我梦到他们在找我，在找我呢，他们在喊，小丝……"

干渴的他们饮到了美酒。在疏勒和瞿萨旦那的岔路口，为大汉和大秦的友谊痛快地畅饮。

酒后的胡杨林里，夜莺又叫了。夜莺召唤赛尔下了车，安德鲁快速走上车前，去接赛尔，上游方向突然走来士兵，刀枪叮当，脚步杂沓。

那些士兵不走了，在车辆与红柳林之间燃起篝火，设立哨位，隔断了宿营车跟夜莺的联系……

赛尔扑进他的怀里。他摸到了她胸前精致的小母狼。

赛尔说："我一直挂它在这里呢。你再来摸一摸。"

赛尔送给他的象牙织梭，他也珍藏得最牢靠。织梭把他和赛尔的爱织起来，织在一起，永不分离，永不褪色。"我要永远保存它，收藏它。"

赛尔紧紧地依偎进他的怀里，喃喃地说："织成最美丽的丝绸。"

丝绸太美妙了，和皮肤一样光滑柔软，让人想到很多东西，让人感到很多东西。丝绸像赛尔的皮肤，赛尔的皮肤像丝绸。

赛尔说："一路上好枯燥，好着急，幸亏有你。安德鲁，和你在一起，再远的路，赛尔也不怕。"

"往后还有很长的路，就算到罗马，还有好几倍的旅程。"

"那我们大大方方地在一起，还有什么枯燥和着急呢？织云和绣雨也和我一样，盼着走过瞿萨旦那国，盼着跟你的商队到你们的家乡去，到波河边去，每天晚上都听到夜莺的叫声。"

罗马的小母狼在赛尔光滑的胸前晃荡，成了大漠丝路爱情的见证……

"普拉斯和迈克尔没有福气。我没有把你们三个人接过去。士兵挡住了路，普拉斯和迈克尔只好在那边树林后面无奈了。"他叹气说。

"织云和绣雨也是。"赛尔惋惜地说，"她俩心中期盼跟情郎相会，却落空了。"

巡夜的士兵借着后半夜的月亮发现他们的乘车异常晃动，走过来敲车厢，当当当，当当当，"请问有什么情况吗？"

聪明的赛尔急忙平静自己的声音，对车外道："没有情况，你们走开吧。"

士兵们走开了，车内复又燃起爱情的火焰……

士兵们确实走开了，为何车外响起了刀剑的撞击声？士兵们确实走开了，为何车外响起了喊杀声？

啊？盗贼？盗贼！纷乱中，是普拉斯还是迈克尔在喊："盗贼哪里逃！放下财物，饶你小命！"商队的其他人员、其他商队的人员也在叫喊、拼杀……

昆塔猛然惊醒，仗剑跳下车来，只见不远处刀光剑影。真的是遇到不测的情况了。

后半夜，驿站石屋和宿营车马之间的篝火忽忽闪闪，不太明亮，车马遮挡了火光。另一侧，基本上是一片黑光区，盗贼正在黑光区。

昆塔冲过去，盗贼已经逃走。菲利普、迈克尔等人英勇地追赶。驿站的戍守也参与追赶，并在用他们听不懂的话高声呵斥。

普拉斯急促地说："偷走的有货物，但是没几个盗贼。快，大家追上去夺回来！"

所有人等步伐杂沓，都向盗贼逃走的方向追击。正是无月的黑夜，什么也看不见。盗贼当是常在此地出没的，似乎熟道熟路，轻松逃走了，越跑越远。

追！追上去了！谁料想，盗贼不是一拨，前拨跑了，后拨从另一个方向杀来。也许是盗贼们预先谋划好的，一拨撬开车厢后佯装退走，诱惑追赶，更大的一拨好来肆意偷窃。

盗贼清楚地势，熟悉路径，作案熟练，摸黑配合，你抢我背，呼啸而来，眨眼间偷盗过了，呼啸而去。

昆塔和普拉斯在追赶中听得身后动静，快速追回来，大拨盗贼已经从来路逃窜。

两拨盗贼——实际应是一拨，虚实相应，分工合作——全部逃去了。查验货物，有两辆车的车厢被破坏，丝绸被盗走。损失惨重啊！

装载丝绸之后，从洛阳出发，到疏勒国和瞿萨旦那国，有大汉和亲使团的大量便衣士兵保驾，一路上无惊无险，他们心理上似乎有些大意。走上帕米尔高原几天来，也相对安静，警惕丧失……唉，麻木，教训惨痛啊！

可是，菲利普和迈克尔呢？啊！他们没有回来？怎么没有回来啊！

昆塔他们举着火把，向第一拨盗贼逃跑的方向寻找。寻找，寻找，上个坡，下个坡，转个弯，看到菲利普靠在路边，受伤的左肩膀在流血，血流在前胸、后背和小臂上。

昆塔赶紧用衣服把菲利普的伤扎起来。同伴们抬走菲利普的时候，他吃力地说："前边，快去，找迈克尔，快去……"

他们赶忙向前路上去找迈克尔。找到了，可是，好兄弟，同甘共苦的好兄弟迈克尔，已经倒在血泊里。

昆塔只觉得天旋地转，不顾一切地抱起迈克尔，疯了似的叫："迈克尔！迈克尔！迈克尔……我的好朋友，迈克尔……迈克尔……迈克尔……"

第四十三章　莫要误了吉日良辰

刘小丝说："他们还在葱岭上，还是走过葱岭了？据说，葱岭跟咱们走过的沙碛地带一样大，走过它要好多天，真为他们担忧。"

织云说："从洛阳走过来，花了那么多天的时间，翻过葱岭也要很多很多时间。过了葱岭之后，他们还有更远更远的路，才能走回大秦。天圆地方的，这地面也太大了。"

绣雨茫然地问："过了葱岭之后，那边不知难走否，也未及细问他们。"

148

武威，你听这个名字就振奋。

李由告诉卡米尔："确实，武威是为彰显武功军威而起的名字。它是河西走廊的门户，一度是西北的军事政治中心之一。"

古代的凉州，或者雍州，指的就是武威，地处汉、羌边界，民风剽悍，出过军阀、强贼，自古以陇右精骑横行天下。

武威自古以来居于丝绸之路要冲，桑柘稠密，地方富饶，车马交错，歌吹竞日，堪称商埠重镇。

武威曾经是月氏的临时放牧之地，为匈奴占领后，匈奴命名此地为盖臧，即姑臧。

公元前121年，西汉骠骑将军霍去病率军出陇右击匈奴，将整个河西走廊纳入西汉版图。汉朝设置河西四郡，武威、酒泉、张掖、敦煌，其中武威郡辖十个县。

依照预先的联系，武威一个历史文化学会的朋友王先生为西欧重走丝绸之路团队做了一次历史导游。

在卡米尔和罗伯特的镜头前，王先生说："论起武威的历史，五凉时期是一个高峰期。"

那是中原西晋之后，史上叫十六国时期，河陇一带先后建立了五个地方政权，史上称作"五凉"。姑臧城是其中前凉、后凉、南凉、北凉的国都所在。

前凉存在了七十六年，对姑臧城进行过多次大规模的修建，工程浩大，建筑成果也不少。

在当时的地理条件下，出现了很多城台建筑。姑臧城处于平旷低湿地带，无险可守，筑起高台和高楼，具有象征政治威势和军事堡垒的双重作用。

后凉、南凉、北凉，也先后以姑臧为都。前秦、后秦，分别居姑臧而统辖河西。它们继续使用前凉的主要建筑物，甚至连名称也未改变。

前秦、后凉、后秦、南凉、北凉，对个别建筑物进行过一些维修、改建或扩建，多少不等地增添过一些新建筑物，但对前凉所筑的城垣未做任何变动。

北魏占领凉州时，鲜卑人曾经十分叹服姑臧城修筑的豪华精巧。所以说，前凉是武威都市景观最辉煌的时期，显示了鼎盛的国力，规制和风格也有艺术性。

前凉的姑臧城别具特色，布局与中原地区的古都布局模式大不相同。

《晋书》记载，那时候的姑臧，四座小城，每座边长各千步，加上旧城是为五城，共同构成一座大城。

计算一下，可以得出结论，当时姑臧城的城郭规模，与西晋都城洛阳不相上下。

姑臧五城中的北城、中城与南城，连成一条中轴线，两翼则为东、西城，恰似一只飞鸟。

中城里边又有四时宫，是宫城。宫城居中，四城环绕。各城又互相独立，自成一体，颇能适应当时战乱的形势。

东城、北城等处，不仅种植果木花草，且修建有宫殿观阁，要比西城、南城显得重要。

姑臧五城共有城门二十二座，城与城之间，有城门和街道相通。

在姑臧中城的两翼，筑有东苑和西苑。东苑和西苑不是花园，是兵户和军营。到后凉时候，两苑居民更多，一部分是少数民族，一部分是王公贵族。

南凉和北凉，东西两苑依然做兵户和军营。

前凉姑臧城及其宫廷建筑，规模宏伟，多仿照当年的长安和洛阳。所谓"彩绮装饰，拟中夏也"。规划布局，建筑特点，均可找到西汉长安城或东汉洛阳城的影子。

武威作为古代丝绸之路上的贸易枢纽，自然分量很重。

魏晋以后，灾荒、战乱频繁，自然经济重现，很多地方以丝绸代替货币进行交换。为了交易，贫穷的人们常将一匹丝绸截为长短不同的数段。截断了的纺织物，"不敷衣用"，不利于做衣使用，其一块的数量，连做一件衣服都不够用。前凉政权大胆地下令铸造五铢钱，立制准布用钱，"钱遂大兴，人赖其利"。人们从货币经济中获得了好处，生活改善了。

货币经济的发达，无疑是以商业生活为前提的。丝绸之路西段畅通后，西域诸多小国与前凉做生意，姑臧成为各国商人云集的地方。

西域更西，安息、大秦等地商人带到姑臧大量的奇珍异宝，珍珠帘、白玉樽、赤玉箫、紫玉笛、珊瑚鞭、玛瑙钟，不可胜计。这些宝物，后来在前凉王朝墓葬中多有发现。

十六国时期，由于北方陷入长期割据战争，西来的商旅、使者，往往以姑臧为终点，姑臧独特的地理位置，使五凉政权得以控制丝绸之路的贸易。

北魏立都平城——今天的山西大同——之后，几经努力，打通了经鄂尔多斯沙漠南缘至姑臧的道路，把北魏国都与东西丝绸之路联结了起来。

北魏曾一直想吞并北凉，但没有找到借口和时机。

公元439年，北魏觉得时机成熟，决定出兵北凉，公布了北凉王的十二大罪状，其中一条便与商业有关："知朝廷志在怀远，固违圣略，切税商胡，以断行旅，罪四也。"

北魏所称北凉王的罪状之四，正反映在丝绸贸易和关税方面。可见姑臧在东西贸易中，是大发其财的。

北魏灭了北凉，获得的珍宝果然数不胜数。

北魏还在姑臧城内俘获了一大批粟特国商人。

历史记载，粟特国的位置，在葱岭之西，为中亚细亚一带的古国之一，即今天的乌兹别克斯坦。

粟特商人尚且驻足姑臧贩货，离河西较近的西域诸国商人当有更多，当地政权从中搜刮的收入，可想而知。

随着丝路贸易的发展，中原的货币大量流入河西，西域以及其他小国的铸币也在凉州一带流通。

事实上，不仅在南北朝期间，早在五凉时期，西域各国的金银货币就能在河西走廊流通。

1984年，在武威东关出土的铜钱中，有一枚汉龟二体五铢，是西域龟兹国的货币。1989 年，在武威城北发现一枚大夏真兴钱币，为公元 5 世纪初赫连勃勃建都统万城后所铸。

这些钱币的发现，证明姑臧在丝路贸易上确实起着中转站的作用。

五凉时期，也是武威文化生活空前的发展阶段。

149

西晋"永嘉之乱"后，北方各少数民族和地方势力纷纷割据，政局混乱，经济动荡。当时的凉州是北中国唯一的政治安定、经济繁荣的地方，史称："天下方乱，避难之国唯凉土耳。"

中原士子大量涌入河西，对传播中原传统文化并进而推动凉州文化，都产生了深远影响。

凉州地方，为了荐拔贤才，励精图治，锐意兴办教育事业，有效地保存了中原地区的文化和生产技术，培养并造就了一大批人才。

南凉政权，由于兴办教育，国力增强。北凉更加重视教育。

姑臧不仅继承、保存了中原的文物典章，而且充分借鉴、吸收了西域外来文化。在这方面，西来佛教的影响尤为显著。

前秦的苻坚派军出征西域，目的之一就是迎请龟兹的高僧鸠摩罗什。

后来鸠摩罗什真的滞留姑臧十六年之久。再后来，鸠摩罗什被迎至长安，翻译了很多佛经。

北凉笃信佛教，佛经传译兴盛，姑臧城内辟有专门的译场。

由于统治者的信奉与推崇，中原与西域的僧人，大都在姑臧驻足。北魏灭北凉的时候，大量姑臧居民被押解到平城，其中仅僧徒就有三千人。

由于佛教的广为流行，石窟寺的建造也大为兴盛。武威城南约四十公里的天梯山石窟，是早期佛窟艺术的代表，堪与敦煌莫高窟相媲美。北魏在平城开凿云冈石窟的时候，所用的能工巧匠，即是从姑臧迁去的。云冈石窟是由姑臧僧人主持开凿的。

如果说丝绸之路是一条文化运河，姑臧——武威就是运河上的一座灿烂的大港。

隋唐时期，安定的社会环境和活跃的中西经济、文化交流，为河西走廊城市的发展创造了条件，武威开始复兴了。

三百多年时间，凉州的农业经济繁荣发展。由于和好吐蕃，出现了汉人耕耘、蕃人畜牧的安居乐业局面。武威郡所属一些地方，还能植桑养蚕，《唐书·地理志》就有武威郡土贡白绫的记载。

唐时的中原丝绸、陶瓷等物与西域物产多在凉州交易，不少西域商人客居武威，从事转手贸易。

宋朝在武威设立了西凉府，但未加管理。元朝至明清，武威城走向了衰落……

博努瓦想知道武威出土的丝绸之路文物的大概状况。

王先生说："武威出土的文物，著名的是已经成为国家旅游标志的铜奔马，即原先人们所说的马踏飞燕，那个飞燕，后来说是龙雀。"

飞燕是实际存在的禽鸟，龙雀却是传说中的物种。"龙"和"雀"的结合？有人说，龙雀是凤凰的一种，但不像凤凰的羽色那样绚烂，是凤凰中最为凶猛的。

龙雀幼年时模样像普通的水鸟，成年后展开铺天盖地的黑色羽翼，日月星辰都被它遮蔽了。它又是孤独的，一旦起飞再不落下，没有鸟跟它做伴。

李由说："东汉资料中有'龙雀蟠蜿，天马半汉'的句子。据此分析，龙雀是皇宫内的铜制陈列品之一，对应其他走兽，摆在那里。更早一些，在秦汉时期神话传说当中，龙雀是风神，学名叫'飞廉'。"

王先生说："龙雀真正的形象很难说，或许那只鸟就是燕子。"

李由道："燕子古代又叫'玄鸟'嘛，'玄'是黑色，黑色的鸟。至于为什么又把'马踏飞燕'改称'马掠龙雀'，可能是后者更有神话色彩吧。"

马掠龙雀是东汉时期的青铜器，1969年出土于武威雷台汉墓。

马掠龙雀出土以来，一直被视为中国古代高超的金属铸造业的象征，古代青铜艺术的奇葩。

铜奔马微微地偏向一侧的头高昂着，前面头顶的鬃毛和后面的马尾一致向后方飘飞，浑圆的躯体呈流线形，四肢动感强烈，三蹄腾空，右后蹄踏一展翅奋飞、回首惊视的风神之鸟龙雀。

从力学上分析，马掠龙雀，为飞鸟找到了重心落点，构成稳定性。这种浪漫主义手法烘托了骏马矫健的英姿和风驰电掣的神情，给人以丰富的想象力和感染力。文物既有力的感觉，又有动的节奏。

马掠龙雀是东汉艺术家的经典之作，在中国雕塑史上代表了东汉时期的最高艺术成就。

铸造工艺不必说了，令人折服的还有其创作构思的绝妙。

人所共知，塑造一匹健美的好马形象并不太难，然而要表现出它的动感和神速，殊为不易。

铸马的艺术家，匠心独运，大胆夸张地进行巧妙构思，让马的右后蹄踏上一只凌空飞翔的鸟雀，在闪电般的刹那，将一只凌云飞驰、骁勇矫健的天马表现得淋漓尽致，以雀衬马，让飞雀与奔马的速度媲美，使奔马的动势得到了充分的展现。

奔马全身的着力点，都集中在飞行的龙雀背上，形成了一种极富感染力的腾飞之势，不仅构思奇特、造型优美，而且符合力学平衡原理，完美地塑造了运动速度与整体平衡相统一的行空天马与飞雀。

马掠龙雀大胆的构思、浪漫的手法，给人以惊心动魄之感，令人叫绝。

150

第二天早上，冷风呼号着吹过帕米尔高原上凄凉的河谷。

迈克尔为丝绸贸易献出宝贵生命的地方，是一处半月形台地。昆塔他们在这里靠壁挖出了一个墓穴，安葬迈克尔。

昆塔商队和结伴同行的友好商队为迈克尔举行简单的葬礼。他们肃立于简陋的墓前，默默地致哀。

他们不想离开。他们整个上午和下午都在找石头，不停地找，不停地搬，不停地砌，为迈克尔砌出了一个半圆形的墓堆。

普拉斯从远处找了一块巨大的石头，运过来，竖立在最上面。

昆塔低头对迈克尔说："迈克尔，尊敬的迈克尔先生，无法凿刻文字，我们会记在心里，永远把你记在心里。明年再来，为你献上祭奠。"

普拉斯说："迈克尔，我们还在半路上，你就这样匆匆地、匆匆地走了，让我们的心流泪、滴血。我们有约，回到西土，销售了货物，再到东土来，迎接我们的女神。可是，你……你却匆匆地走了。"

昆塔沉痛地说："迈克尔，西来，东回，数万里长途，我们一起吃苦，一起受累，你总是那么乐观，你鼓励了我们商队的士气，尤其是，你做了很多对商队有益的事情，让我们回忆不完，回忆不够……

"去年，在罗马，我邀请你前往东土经商，购买丝绸到罗马销售，你是那样年轻，我怕你胆怯而不能答应我。因为我多么需要你这样的年轻人啊。你答应了我，痛快地答应了我。我非常高兴。

"迈克尔，我们难得你这样的好朋友，我们需要你，你却不幸牺牲了。迈克尔，我们爱你！

"迈克尔，你前不久还在说要资助我修建东方天使城，你没有考虑你自己，你总是想着朋友。

"你的朋友心里还在想，一定要为你做点什么，你却突然牺牲了。迈克尔，我们爱你！"

普拉斯悲哀地说："迈克尔，我们的好朋友，将来，面对汉家女儿绣雨，我们不知道该怎么对她说，我们心里疼痛，为她而疼痛……"

这天，商队的营地一直弥漫着悲哀的气氛。

在瞿萨旦那国和精绝国共同开发的尼雅河新绿洲，刘小丝、织云和绣雨劳作了一天，洗浴之后，回到住房休息。用过晚餐，三个人无聊，坐在各自的睡席上说话。

刘小丝说："他们还在葱岭上，还是走过葱岭了？据说，葱岭跟咱们走过的沙碛地带一样大，走过它要好多天，真为他们担忧。"

织云说："从洛阳走过来，花了那么多天的时间，翻过葱岭也要很多很多时间。过了葱岭之后，他们还有更远更远的路，才能走回大秦。天圆地方的，这地面也太大了。"

绣雨茫然地问："过了葱岭之后，那边不知难走否，也未及细问他们。"

刘小丝说："总是越走越好走的，因为波河跟黄河一样，在平地上流。河边树木多，草多，庄稼多，四季冷热也跟洛阳相仿佛。"

织云说："普拉斯讲，他们那一带离海近，雨水足，气候该热的时候热，该冷的时候冷，养牛多，种葡萄多，还有橄榄，很好吃的一种东西。"

"这里的气候真不好，天天刮风，嘴唇干裂，皮肤干裂，老不下雨。听他们说，全年都不会下雨的。唉，不知道我们什么时候才会熬出头呢？"绣雨说。

刘小丝说："他们说明年来，明年就会来的。"

织云说："希望他们安全回到大秦，把丝绸卖掉，来接我们。他们这次进货不少，赚了钱，在波河岸边建桑园，种桑树，养蚕。我们在那里过着跟汉家人一样的生活，再教他们大秦人缫丝、织绸……"

三人说一会儿话，躺下。躺下睡不着觉，再说话。

刘小丝吟咏道："摽有梅，其实七兮。求我庶士，迨其吉兮！"

梅子，抗不过岁月，总要纷纷落地。眼看着，树上只剩七成了。有心求我的小伙子，请不要耽误了吉日良辰哦。

织云接道："摽有梅，其实三兮。求我庶士，迨其今兮！"

梅子哦，抗不过岁月，总要纷纷落地。再迟疑，树上就剩三成了。有心求我的小伙子，迎娶我最好就选在今天啦。

绣雨叹道："摽有梅，顷筐塈之。求我庶士，迨其谓之！"

梅子哦，抗不过岁月，总要纷纷落地。到最后，收拾要用簸箕了。有心求我的小伙子，快开口快动作莫再迟疑啦。

"桃之夭夭，灼灼其华。之子于归，宜其室家。桃之夭夭，有蕡其实。之子于归，宜其室家。桃之夭夭，其叶蓁蓁。之子于归，宜其家人。"

人生如桃花绽放得最旺盛的时候，满树上色彩鲜艳，灼灼似火。长大的姑娘就得出嫁，喜气洋洋，去到夫家。

人生如桃花绽放得最饱满的时候，预示着果实累累，又大又多。长大的姑娘就得出嫁，早生贵子，后嗣连绵。

人生如桃花绽放得最丰盈的时候，满园子万绿千红，永不萎谢。长大的姑娘就得出嫁，齐心携手，全家和睦。

"唉！人也奇妙，有记忆，有念想，有梦。"刘十三说，"睡吧，劳累一天了，睡下做个梦。"

她们睡了。尼雅河边的小绿洲睡了。

没有月亮的后半夜。刘小丝和织云忽然听到绣雨在哭，先是悲切的哭泣，后是痛切的哭号，赶紧问她怎么了，绣雨说："做梦了，不敢说……"

两人安慰她，说："不怕，我们都在你身边呢。"

绣雨哽哽咽咽、断断续续地说："梦到他们在葱岭上走路，起了大风沙，昏天黑地的，把大山都刮塌了。好久好久，风沙过后，不见迈克尔了，不见他了，不见了……

"后来，后来，在大山谷，好可怕的大山谷，他们在埋葬他，把他埋葬了。他们围拢在坟墓面前，我们也围拢在坟墓面前。我趴在那里哭，哭……哭泣……哭号……"

刘小丝说："梦是反的。再说葱岭上，即使有风，也不会有沙。明年以后，我们去到波河边，生活会一年更比一年好，不要担忧。"

织云说："他们都是有本领的人，什么大风沙，昏天黑地的大风沙，他们都不会害怕，放心吧，放心好了。"

第四十四章　乐官抚琴，美姬献舞

　　博士秦景，既是一名朝廷外交官，又有才学，略通梵语。休养期间，秦景在平凉译经文，传教义，一个月后，方率众离开平凉，回归洛阳。

　　在洛阳，白马驮经有功，城西门外的新建寺院被命名为白马寺。

　　而在平凉，当地将驻过驮经马队的店改为佛殿，起名"歇马殿"——白马歇脚的殿堂，以为纪念。

151

德默号和爱福号越野车，自西北，向东南，过武威，经兰州，一路驰骋，到了平凉。

公元73年，"东城贩营"使团经过平凉的时候，安定郡地方曾经请郑众将军讲学，汉家十三公主刘小丝和侍女织云、绣雨扮作一般姐妹出席了。

罗伯特将李由的手提电脑打开，说："在'东城贩营'使团经过平凉之前八年，公元65年，汉明帝刘庄也坐了八年朝廷了。明帝春困，在寝殿小寐，梦见一位金人，头上发着白光，在大殿内飘游。他醒过来，讲给群臣听，命他们释解。"

朝臣禀奏说："西方天竺有得道的神，谓之佛，能够飞身于虚幻中，全身放射金光。陛下所梦金人，当应是佛的幻影吧！"

汉明帝觉得自己梦到金佛是不凡的机缘，甚是欣喜，拨出专款，派遣郎中蔡愔和博士秦景，带着博士弟子王遵等十三人，西往天竺，访求佛法。

东汉王朝的访佛使团，浩浩荡荡，越过旷无人烟、寸草不生的八百里流沙，攀上寒风驱雁、飞雪千里的茫茫葱岭，继续前行，到了大月氏国。

在大月氏，遇到正在那里宣教的印度高僧摄摩腾和竺法兰，汉朝访佛代表团看到了佛经和释迦牟尼像。蔡愔和秦景喜出望外，于是虔诚地求请佛经。

东汉访佛团用八匹白马驮着求到的经卷，并邀请摄摩腾和竺法兰一起，跋山涉水，要回到中原洛阳。

公元67年，蔡愔、秦景和梵僧走到平凉，人困马乏，加上阴雨连绵，行进困难，于是在路旁一处宽敞的店坊里歇脚。

天气稍微好转，他们商量决定由蔡郎中陪着摄摩腾、竺法兰，先行一步回洛阳去，秦景和部分病伤人员、部分佛经暂时留在平凉驻地，继续休整。

博士秦景，既是一名朝廷外交官，又有才学，略通梵语。休养期间，秦景在平凉译经文，传教义，一个月后，方率众离开平凉，回归洛阳。

在洛阳，白马驮经有功，城西门外的新建寺院被命名为白马寺。

而在平凉，当地将驻过驮经马队的店改为佛殿，起名"歇马殿"——白马歇脚的殿堂，以为纪念。

魏晋以后，佛法日隆。平凉歇马殿每代都有扩建，殿宇廊庑自成院落，僧房配殿错落有致，松柏花木郁郁苍苍，成了远近闻名的古刹禅寺。

到了唐代，李家王朝崇拜道教，歇马殿，先是佛道共尊，后是佛息道兴，逐步变成了道教宫观，供奉道教神尊。

唐朝以降，歇马殿数兴数毁，目前史料中仅有明朝建筑的零星记载。

宋元以后，歇马殿一度变成驿站，但规模较大。清朝至民国，平凉地方在歇马殿兴土木，建殿堂，也很热闹。

遗憾的是，西欧重走丝绸之路团队找不到当年郑众讲学的郡守府邸了。

152

离开平凉，李由他们一行到了西安。

当年东汉十三公主居住的未央宫早已成了遗址，"东城贩营"使团领事郑众、抗桂借住过的六王邸，瞿萨旦那国客人居住过的京兆府舍也都找不到了，西罗马昆塔商队曾经居住过的旅馆更找不到了。

西安，古称长安，位于渭河流域中部的关中盆地，北临渭河和黄土高原，南邻秦岭，东有零河和灞源山地，西有太白山地及黄土塬。

历史上，有周、秦、汉、隋、唐等在内的重要朝代在关中一带建都，因而西安曾经作为中国首都合计长达一千余年。

远古时代，蓝田猿人在这里繁衍生息。新石器时期，半坡先民在这里建立部落。

在半坡人的经济生活中，农业生产占有很重要的地位，他们焚毁树木，开垦农田，种植粟等旱地作物。

博努瓦说："当时人们从事生产活动所使用的工具是石头、兽骨、鹿角和陶片等制造的。除粮食生产外，半坡人也已开始种植蔬菜。"

罗伯特说："家畜饲养业当时也出现了，他们养的牲畜有猪和狗两种，以猪为主。打猎、捕鱼也是当时一项重要的生产活动。"

李由说："西周时期，西安称为丰镐。丰镐，是周文王和周武王分别修建的丰京和镐京的合称。"

周人的祖居地是岐山周原，周文王姬昌营建丰京后，将臣民从岐山周原迁了来。姬昌的儿子周武王姬发灭掉商朝，在沣水东岸营建了镐京。

丰京是宗教、文化中心，镐京是军事、政治中心。

西周初期，中国奴隶制社会进入鼎盛时期。

那时候，居住在城邦之内的人叫国人，居住在城邦之外的人叫野人或者鄙人。周王规定，山林水泽皆为国有，不准百姓采撷食物，还不准提意见，违者杀戮，引起了国人的反抗和暴动。

周王姬胡，庙堂牌位上的字号叫厉王，他的专制和自私导致民不堪命。高压政策又使国人不敢议论朝政，人们在路上碰到熟人，也不敢交谈招呼，只用眼色示意一下，然后匆匆地走开，叫"道路以目"。

周厉王得知这样的国家现状，十分满意，认为自己有能力制止人们说话。

有人规劝周厉王说，大王用强制的手段来堵住民众的嘴，就像堵住了一条河。河一旦决口，要造成灭顶之灾。治水要采用疏导的办法，治民要让天下人畅所欲言。周厉王置若罔闻。

公元前841年，国人集结起来，手持棍棒、农具，围攻王宫，要杀死周厉王。

周厉王带领亲信仓皇逃离镐京，沿着渭水河岸，一直逃到彘地——今天的山西霍州，再也没敢返回。

国人找不到周厉王，转而找太子姬静。

召公将姬静藏了起来。国人围住召公的家，要他交出太子。召公"乃以其子代王太子，国人执召公之子杀之"。

后来，召公联络周公一起代理政事，重要政务事由，他俩召集老干部们开会，史称"共和行政"。

国人暴动使西周政权伤筋动骨，元气大失，日趋衰微，逐步分崩离析，最终为犬戎所灭。

卡米尔说："国人暴动，平民反抗强权，而且取胜了，很有意思。"

秦朝建立了另一个强权统治，都城在咸阳，离西安不算太远。

西安市临潼区城东五公里处的骊山北麓，有秦始皇嬴政的陵墓。陵墓前面一两公里的地下，埋藏着大量的陶质兵马俑。

兵马俑是古代墓葬雕塑中的一个类别。古代秦地奴隶主崇尚人殉，周朝时期的秦穆公死时，几乎全部的官吏都殉葬了，政府机关都没有上班的活人了。

奴隶是奴隶主生前的附属品。奴隶主死后，奴隶要作为殉葬品给奴隶主陪葬。兵马俑即是活体殉葬方式消失后以陶土焙烧制成的兵马行伍形状的殉葬品。

秦皇墓前的兵马俑坑，即陪葬坑，坐西向东，三个坑，呈"品"字形排列。

最早发现的是一号俑坑，长方形，坑里有八千多个兵马俑，四面有斜坡门道。一号俑坑左右两侧，各有一个兵马俑坑，称二号坑和三号坑。

兵马俑坑是地下坑道式的土木结构建筑。建造的时候，从地面挖一个深约五米的大坑，在坑的中间筑起一条条平行的土隔墙。若是地下的土质硬度比较好，就预留隔墙。隔墙的两边，排列木质立柱，柱上置横木，横木和土隔墙上密集地搭盖棚木。棚木上面，铺一层苇席，再覆盖黄土，从而构成坑顶。

历史学家认为，最初的兵马俑坑覆盖后高出当时的地表约两米。

俑坑的底部，铺着青砖。坑顶至坑底内部的空间高度为三米。陶俑、陶马放进俑坑后，用立木封堵四周的门道。门道内用夯土填实，形成一座封闭式的地下建筑。

一号兵马俑坑是1974年春天农民打井发现的，经官方考古发掘队的挖掘，范围不断扩大，数年后发现二号坑和三号坑。

秦墓前的三个俑坑，总面积超过两万平方米，其中埋有大量的武士俑，车俑、马俑也不少。

俑坑中的武士俑，平均身高一米八左右，马俑高一米七，身长两米。

秦俑大部分手执青铜兵器，有弓、弩、箭镞、铍、矛、戈、殳、剑、弯刀和钺，身穿甲片细密的铠甲，胸前有彩线缩成的结穗。军吏则头戴长冠，数量比武将多。

秦俑的脸形、身材以及表情等都有不同之处。

兵马俑的制作工匠是处于秦帝国社会下层的陶工。这些陶工，有的来自宫廷的制陶作坊，有的来自地方的制陶作坊。从陶俑身上发现的陶工名字有近百个，他们都是当时的陶艺高手。

153

公元前 202 年，刘邦于山东定陶的汜水南岸筑起高台，在众将的簇拥中登上了皇帝宝座。

就位次日，刘邦即率领人马西行，浩浩荡荡地开到了洛阳，准备在洛阳建都，开始他的统治。

刘邦原系一个小小的泗水亭长，参与项羽推翻暴秦的军事行动，最后又打败项羽，变成了"老一"。

皇帝高位来之不易，普天之下将都要受着自己的呼喝，何其威武！到达洛阳城的刘邦兴奋啊，在洛阳南宫大办酒宴，与诸将领举行庆功大会。

酒宴非常热闹，乐官抚琴，美姬献舞。

刘邦高擎酒爵，对群臣说道："我们要减轻税负，安抚百姓，让逃避战争藏居山泽之民，返归故里，恢复生产。我们还要让洛阳成为有史以来最大最美的首都。请大家就洛阳建设踊跃献言，积极建策！"

在南宫酒宴上，众臣响应刘邦的号召，提出了不少建设洛阳的好主意。

最后，刘邦决定，整饬城区，大修宫殿，在洛阳开始万世基业。

当时，有个叫娄敬的路过洛阳，在洛阳城停留了数日，听说刘邦要在洛阳建都，想刷一下存在感，去拜见刘邦。

娄敬说："听说大王要立都了，选择洛阳，鄙人觉得，洛阳不如关中。关中是个保险箱，四周环山，地势险要，都城设在那里，天下无论发生什么重大的变故，哪怕打成一锅粥、一锅酱，关中还是关中。"

姓娄的这叫什么道理啊！听姓娄的把他的"躲藏说"一铺排，刘邦犹豫不定了，就迁都与否，再次跟群臣商议。

崤山以东地区的大臣们纷纷反对迁都关中，并向刘邦分析洛阳的地理形势。

洛阳位居天下之中，背依黄河，面向伊、洛，东有虎牢，西有崤山，作为国都，十分理想，防御是没有问题的。周朝建都在洛阳，称王天下几百年，秦朝建都在关中，满打满算十四年，只到二世就灭亡了。

刘邦越听越没主意，就征求大臣张良的意见。

张良说："洛阳已经做过数朝之都，地理位置确实十分理想。不过，洛阳确实存在多方受敌的可能。

"陛下召集三千士卒起事，席卷蜀、汉，平定三秦，与项羽在荥阳交战，争夺成皋之险，大战七十次，小战四十余，使天下百姓血流大地，父子枯骨暴露于荒郊，横尸遍野不可胜数，悲惨哭声不绝于耳，造成的敌对情绪不可忽视。

"关中虽然偏僻，但只需考虑东方一面的防务就可以了，两者相比，还是关中稍好一点。"

张良的高论促成了刘邦移都关中，以洛阳为陪都。

当然，刘邦一伙人以后还经常在洛阳处理重大国事，比如他们就在洛阳处理掉了为汉朝立下汗马功劳的大英雄韩信。

韩信本是项羽的人，后跟随刘邦，历任大将军、左丞相、相国，被封为齐王、楚王、淮阴侯等。

韩信熟谙兵法，自言"韩信将兵，多多益善"，为后世留下了大量的战术典故，如：明修栈道，暗度陈仓；临晋设疑；夏阳偷渡；木罂渡军；背水为营；拔帜易帜；传檄而定；沉沙决水；半渡而击；四面楚歌；十面埋伏，等等。

韩信是中国军事思想谋战派代表人物，被后人奉为兵仙、战神。刘邦战胜主要对手项羽后，对韩信这样的大功臣心存疑虑，便把他软禁在洛阳。

刘邦的婆娘吕雉看透了刘邦的心思，采用诡计诱捕了韩信。据说，韩信在狱中打算写一本兵书传给后人，吕雉不准。

韩信死前，叹道："狡兔死，走狗烹；飞鸟尽，良弓藏；敌国破，谋臣亡。天下已定，吾固当烹。"没用了，就该死，还说什么呢。

吕雉以先斩后奏的方式杀了韩信并夷其三族。

事后，刘邦到洛阳，见信死，"且喜且怜之"。历史记载的这五个字，活画出了一个小人大帝的形象。

刘邦建都长安后，长安城渐渐成了全国的政治、经济和文化中心，也是中国历史上第一座规模庞大、居民众多的城市。

汉代长安是在秦咸阳遗址基础上建立起来的。

汉代长安城的未央宫遗址，位于汉长安城遗址西南部的西安门里。汉未央宫是唐朝末年毁弃的。

未央宫又称西宫，是西汉王朝的宫廷正殿、政令中心。西汉以后，仍是多个朝代的理政之地。隋唐时，未央宫也被划为禁苑的一部分。未央宫存世逾千年，是中国历史上使用朝代最多、存在时间最长的皇宫之一。

未央宫遗址总体布局呈长方形，四面筑有围墙。

宫城之内的干路有三条，两条平行的东西向干路，贯通宫城，宫城中部，有一条南北向干路，纵贯其间。两条东西干路将未央宫分为南、中、北三个区域。

未央宫宫内的主要建筑物有四十多座，为前殿、宣室殿、温室殿、清凉殿、麒麟殿、金华殿、承明殿、高门殿、白虎殿、玉堂殿、宣德殿、椒房殿、昭阳殿、柏梁台、天禄阁、石渠阁等。

前殿是未央宫的主体建筑，居于全宫的正中，其他建筑围绕它的四周布局。

历史记载，未央宫的四面各有一个司马门，东面和北面门外有阙，称东阙和北阙。当时的诸侯来朝，入东阙；士民上书，则入北阙。

西汉末年的公元9年，大司马王莽称帝，有改名癖的王莽曾改长安为常安。

光武帝刘秀起于草木之间，建立了东汉王朝后，立都洛阳，偃旗息兵，与民休息，无意向西拓展土地，也不再认真修葺长安破败毁弃的宫室了。因而，当年"东城贩营"使团经过长安的时候，找不到高档次的住处，只好分别住在旧宫殿、旧王府、旧官邸里边了。

隋朝，在汉长安城东南建了座新都——大兴城。

第四十五章　悲歌远去，灞水长流

当年再三打报告，得不到朝廷批准。在下太想西去求佛了，只好偷渡。罪过不小，非常惭愧，也非常恐惧，请朝廷治罪吧。

唐太宗说："原来是这样。法师出家后，不与世俗计较，所以能委命求法，惠利苍生，应当表彰。"

玄奘奉唐太宗之命，从长安奔到洛阳，受到接见。听了这简单潦草的几句话，其他事情没有了。回偃师缑氏乡下老家走了一趟，玄奘又从洛阳折回长安。

154

唐朝定都长安后，改隋大兴城为长安城，并进行了增修和扩建。之后又不断修建城墙、城楼等建筑，历时七十年，城市面积达到八十平方公里。

唐长安城，规划布局整齐，东西严格对称，分宫城、皇城和外郭城三大部分。

唐大明宫，位于现在的西安市太华南路，地处长安城北部的龙首原上，宏伟壮丽，是唐朝的象征，也是当时世界上面积最大的宫殿建筑群，面积三平方公里。建于唐初，毁于唐末。

唐代建筑大雁塔、小雁塔，前者又名慈恩寺塔，后者又叫荐福寺塔，均系官方主持修建的，目的是存放僧人玄奘从天竺带回来的佛教经籍。

玄奘是洛州缑氏人，俗家姓陈，玄奘是他的法名，与鸠摩罗什、真谛并称为中国佛教三大翻译家，被尊称为"三藏法师"，后世俗称"唐僧"。

玄奘的曾祖父名叫陈钦，担任过后魏的上党郡太守。玄奘的祖父陈康在北齐做官，最高职务是国子博士。玄奘的父亲陈惠，身高体壮，平时潜心学问，为士人所景仰，隋朝时曾在江陵做官。隋朝亡后，陈惠托病归乡，隐居家中。

陈惠有四个儿子，玄奘是他家的老四，出生于公元 602 年。

玄奘幼年跟父亲识字、念书，"备通经典"，"爱古尚贤"，常常受到乡里的夸赞。

陈惠去世后，陈家老二陈素在洛阳净土寺出家，后来成了该寺的法师——长捷法师。玄奘十一岁那年，入净土寺生活，学习佛经。

玄奘十三岁的时候，正式在净土寺出家。出家后，继续深造，学习佛经六年。

玄奘出家期间，统治政权由隋朝变成了唐朝。统治变换，天下战乱，玄奘跟着他二哥陈素离开洛阳，走赴四川，"挂单"于成都的寺院，继续学习佛经。

玄奘居蜀有四五年，其间拜师研习大小乘经论以及南北地论学派、摄论学派等各家学说，水平大长，渐渐地比较出名了。

公元 618 年，玄奘又随其兄游走到了汉川，随后又到了益州。

玄奘是公元 622 年受戒的，之后，遍历各地，参访名师，讲经说法，颇受钦慕。

玄奘对"大小乘经论""南北地论""摄论学说"等均有甚深的见地，闻名蜀中。他并没有满足，公元 624 年，又云游到了当时摄论学的中心相州——今天河南安阳一带。之后，到过赵州——在今天河北赵县境内。再返回长安，玄奘向侨居中土的印度僧人请教佛法。

早在南北朝时期，佛教界就开始了理论争执。到玄奘的这个时候，北方流行的佛教理论以《涅槃经》为主，南方流行的佛教理论以《摄论》为主。尽管南北之间的佛教理论没有根本的分歧，但玄奘通过深入学习之后，深感佛经的汉文译著质量较低，义理含混，理解不一，注疏杂乱，难以融通。于是，产生了前往印度求师之意。

公元 626 年，有几位天竺僧人到了长安。玄奘前往听讲"三乘"，但是仍然觉得难得要领，于是发愿西行求法，直探原典，重新翻译，统一中国佛学思想的分歧。

公元 627 年，玄奘打报告请求官方批准他"西行求法"，但未能如愿。

玄奘决心已定，决意偷渡出境，遂"冒越宪章，私往天竺"。

在走到姑臧——今天的武威之前，玄奘一直"昼伏夜行"，过了瓜州，渡过流沙，备尝艰苦，经由伊吾——今天的哈密，抵达高昌国——今天的新疆吐鲁番市境内，受到高昌王麹文泰的礼遇，才得以补足给养，继续前行。

155

玄奘后来经过库车、碎叶、塔什干、撒马尔罕、帕米尔，到达霍罗国——今天的帕米尔西部一带，转为南下，经阿富汗的巴尔赫、加兹、大雪山、巴米扬、白沙瓦、乌伏那——今天的巴基斯坦斯瓦特一带，到达迦湿弥罗国——今天的克什米尔，行程一万三千多里。

在迦湿弥罗国，玄奘进入各个寺院，学习梵文经典。一年里亲历四国，所到之处，均以努力求学为主。

玄奘边学边行，进入印度后，学习佛教经论的同时，巡礼佛教遗迹，先后游历翠禄勒那、袜底补罗、揭若鞠阇等十多个佛教国家，最后落脚在那烂陀寺。

玄奘在那烂陀寺，历时五年，备受优遇，他连婆罗门教的书籍都阅读了，被选为通晓三藏的十德之一。

玄奘离开那烂陀寺的时间是公元 637 年。离开后，他先后到萨罗、安达罗、达罗毗荼、狼揭罗、钵伐多等小国家，访师参学。

玄奘在钵伐多国停留两年，然后重返那烂陀寺，切磋质疑，探讨佛理。

此时，那烂陀寺住持戒贤请他为该寺僧众开讲摄论、唯识抉择论，有机会参与了多轮佛教座谈会。

公元 641 年，玄奘有缘受到印度戒日王的接见，并得到优渥礼遇。

戒日王是一位文武双全的国王，跟玄奘会晤之后非常认可玄奘，遂在其当时的首都曲女城召开佛学辩论大会，邀请了十八个国王、三千多大小乘佛教学者和一般人士两千多人，以玄奘为论主。

当时，玄奘讲论，任人问难，但无一人能予诘难。一时之间，玄奘名震五印，被大乘尊为"大乘天"，被小乘尊为"解脱天"，均系最高的尊称。

戒日王又坚请玄奘参加五年一度、历时七十五天的无遮大会——广结善缘，不分贵贱、僧俗、智愚、善恶都一律平等对待的大斋会。

公元 643 年，玄奘载誉启程回归中土，随身携带佛经六百五十七部，走了一年多，于公元 645 年正月返回长安。

玄奘已经不是当初的偷渡国门者了。当时，唐太宗李世民为了辽东战役，已经在洛阳办公。得知玄奘回国，唐太宗立即诏令在洛阳接见他。

玄奘奉诏，匆忙东行，用了九天时间走到洛阳。在洛阳宫仪鸾殿，李世民接见了玄奘，与其并坐，问道："法师当年西去取经，为什么不报朝廷得知呢？"

玄奘如实报说："玄奘当去之时，已再三表奏。但诚愿微浅，朝廷不蒙允许。无任慕道之至，乃辄私行。专擅之罪，唯深惭惧。"

当年再三上奏，得不到朝廷批准。在下太想西去求佛了，只好偷渡。罪过不小，非常惭愧，也非常恐惧，请朝廷治罪吧。

唐太宗说："原来是这样。法师出家后，不与世俗计较，所以能委命求法，惠利苍生，应当表彰。"

玄奘奉唐太宗之命，从长安奔到洛阳，受到接见。听了这简单潦草的几句话，其他事情没有了。回偃师缑氏乡下老家走了一趟，玄奘又从洛阳折回长安。

玄奘西游，历时十七载，从印度及中亚地区带回国的佛典六百多部，对佛教原典文献在中土传播有很大的帮助。

公元 645 年，玄奘在长安组织佛经翻译团队，成立了一个"译经院"，参与译经的优秀学员来自全国以及东亚诸地。

译经讲法之余，玄奘口授，由其弟子辩机执笔，完成了著名的《大唐西域记》一书。《大唐西域记》十二卷，记述玄奘西游亲身经历的一百一十个国家及传闻的二十八个国家的山川、地邑、物产、习俗。

公元 648 年夏天，玄奘将译好的《瑜伽师地论》呈给唐太宗，并请太宗作序。

唐太宗的秘书班子花一个多月时间通览这部长达百卷的佛教经典，然后，弄成了一篇七百多字的序文《大唐三藏圣教序》，对玄奘评价甚高。

公元 652 年，长安佛教界在长安城内慈恩寺的西院筑起了一座五层塔，用以贮藏玄奘自天竺携来的经像。这座塔即今天的大雁塔。

随后玄奘又花了十几年时间，在铜川的玉华宫内，将一千三百多卷天竺佛经译成了汉语。

公元 657 年之后，玄奘住在洛阳，排除琐事困扰，致力佛经翻译。

到公元 663 年，玄奘译出了六百卷的《大般若经》。门徒嫌卷帙浩繁，文字啰唆，"请予删节"，玄奘则"颇为谨严，不删一字"。

在玄奘的《大唐西域记》中，就有汉朝与瞿萨旦那的和亲以及西域出现桑树的记载。

第四十六章　聪慧可怜的小母牛

伊娥吃着苦草和树叶，睡在坚硬冰凉的地上，饮着污浊的池水，因为她是一头小母牛。

伊娥常常忘记她现在的身份，想伸出可怜的双手，乞求阿耳戈斯的怜悯和同情，可是又突然发现自己已经没有手臂了。

伊娥想以感人的语言哀求阿耳戈斯，但她一张口，只能发出哞哞的吼叫，连她自己都吓了一跳。

156

昆塔商队走到帕米尔高原西部，行进难度逐渐减弱。

西帕米尔上的山脉，大多东西向并行，气候的垂直变化大，来自大西洋的湿润气息，遇到山脉的阻挡，沿坡上升而冷却，凝成浓雾，并形成大量降水，因而有很多广阔的牧场。

在河谷呢，生长有柳树、杨树、桦树和沙棘灌丛。有灌溉条件的地方，能看到葡萄、苹果和杏树。

昆塔他们再也不敢粗心大意，每晚早早地找驿站歇息，宁愿少赶一些路程，也要保障安全。同时，只要有条件好的驿站，就不住差的。

这样，花费也大，昆塔不得不销售掉了一些丝绸。

三个月后，走到帕提亚，他们才松下一口气来，所有的人都苦累不堪。

从帕米尔高原上走下来，菲利普因为有伤，一直睡在车上，吃苦反而少一些，身体没怎么受损。他们在帕提亚休整将近一个月，菲利普臂上的刀伤也基本痊愈。大家的心情都基本恢复正常了。

掌管驿所的当地人哈比布拉陪着昆塔他们出去散心。

昆塔说："我们前往东土经过这里的时候，心情急促，未便多停，只是购买了帐篷、刀剑和一些生活必需品就走了。如今经历了万苦千辛，付出了血的代价，驱马故地，感慨良多。"

普拉斯说："我们的好朋友迈克尔，现在应该和我们一起驰骋。他是个性格活泼的人。可是，我们的好伙伴迈克尔，永远地睡眠在了帕米尔高原，他的身体和帕米尔高原变成了一体，只有他的灵魂和我们在一起了。"

哈比布拉说："超远距离行动，很多事情出乎意料。你们走到东土中原洛阳，并受到汉家皇帝的接见，已是奇迹了。我们帕提亚的很多东行商队，也是历尽艰险，付出了生命的代价，有的仅仅到了疏勒，就无法继续前行，只好胡乱购买点丝绸之类货物，便折返了。"

大家叹息一番，感慨一番。

哈比布拉说："当年贵西土大将军克拉苏就开拓到了这里。"

昆塔说："一百多年前，西罗马派出七路大军向东开拓，开拓到了这里。前不久，东汉朝廷派出四路大军向西开拓，开拓到了帕米尔高原脚下的疏勒。两家如果打通了，我们经商做生意的，该多么高兴啊！"

菲利普和普拉斯附和道："就是，罗马和东汉通畅起来，那才是商队的福音啊。"

昆塔问哈比布拉："你们当地人怎么看待马库斯·克拉苏和苏莱那斯的战争？"

哈比布拉说："苏莱那斯是个英雄，富有谋略，年纪又轻，可惜受到猜忌，丢了性命。苏莱那斯，他挡住了疯狂的老克拉苏。"

老克拉苏的征东大军是公元前54年在罗马执政官苏拉的支持下进攻帕提亚的，时间是11月，也是这个季节。

七个军团，合计四万人。老克拉苏雄心勃勃，但他的兵员素质不高，许多来自罗马占领不久的欧洲区域，如卢卡尼亚、阿普利亚等地，当地几十年前还高举着反对罗马的战旗呢。

求胜心切的克拉苏冬季渡海，抵达希腊，而后自赫勒斯滂进入小亚细亚，抵达叙利亚行省。老克拉苏是罗马叙利亚行省的总督。

老克拉苏将主力驻扎在叙利亚行省，带小部队去帕提亚骚扰了一圈，占领了一两个小城市，留下了八千人的守备部队，其余军队返回了叙利亚。

返回叙利亚的罗马军队疯狂地庆祝凯旋，全军上下，忘乎所以，似乎打了天大的胜仗。

老克拉苏的儿子小克拉苏年轻而勇猛，率领一千精锐骑兵追随父亲。

克拉苏征讨帕提亚，内心深处有个动力，就是发财，聚敛财富。当时的罗马，崇尚放肆享乐，人人都在醉生梦死，手中握有权力的尤其如此。因此，克拉苏在叙利亚休整期间，一如既往地聚敛金银财宝。

天气回暖，帕提亚人逐渐休养过来，开始反击。克拉苏留在美索不达米亚的守军频频遭受打击，派情报人员冒死突围，向克拉苏禀报。

情报人员说："帕提亚骑兵追击、射箭、迂回、逃窜，神出鬼没，无人可挡。"

克拉苏厉声训斥道："夸大之词，长敌人威风，灭自家志气，小心我处置你们！"

亚美尼亚当时跟帕提亚不和，亚美尼亚国王阿尔塔瓦兹德二世拜见马库斯·克拉苏，带来六千人马送给克拉苏，支持克拉苏东进，还愿意再出一万铁甲骑兵和三万步兵随后来参与作战。

阿尔塔瓦兹德二世说，帕提亚的骑兵非常厉害，建议克拉苏率领大军取道亚美尼亚境内的山地。克拉苏不听，说大军走山路太麻烦，直接打过去省事。

帕提亚皇帝奥罗德斯二世要去进攻亚美尼亚，命年轻的军事统帅苏莱那斯留守当地。他留给苏莱那斯的军队不足两万，只要拖住克拉苏即可。他回头来再正式作战。

三十岁的苏莱那斯是个骑兵英雄，他决定以自己的精锐骑兵干掉克拉苏。苏莱那斯的战略是佯装后退，引诱罗马军团追击，锁进口袋，干掉。

老克拉苏的大军在盛夏之际渡过幼发拉底河，冲入一望无垠的荒漠。他们受不了高温干燥的气候，迅速将随身携带的水源消耗一空。

帕提亚骑兵，让克拉苏吃了不少小败仗，兵员也快速减少了。亚美尼亚由于帕提亚国王的进攻，承诺派遣的一万铁甲骑兵和三万步兵不来了。

哈比布拉说："在巴利索斯河谷，就是这一带地方，罗马军团遭到帕提亚军队的围猎。小克拉苏英勇战死，老克拉苏失败后退进卡尔雷城。"

苏莱那斯将卡尔雷城围得水泄不通，缺水少粮的罗马人不得不强行突围，老克拉苏在突围中被俘。

帕提亚人说，老克拉苏喜爱财宝，就彻底满足他——用熔化的黄金灌入他的口中，令其惨死。

罗马七个军团和数千骑兵，大部死伤，逃走约一万人。据说一部分逃往东部，后来成为东部大月氏和大月氏一带小国的雇佣军，一部分逃回叙利亚，最后回到罗马。

昆塔说："当年的帕提亚战旗，原料就是来自东国的丝绸。轻伤员捡到了许多彩色丝绸旗帜，撕开来包扎伤口。丝绸这种神奇的织物，像女性皮肤般光滑，像清水、像月光一样透亮，像彩虹似的艳丽夺目。丝绸随着罗马伤员到了罗马，罗马人第一次见到了丝绸。"

丝绸，这种魅力无比的东方织物轰动了罗马。

后来，帕提亚与罗马放弃争战，发展外交。一百多年后，昆塔他们的商队，西来东归，都经过帕提亚，方与当地人一起游走战争故地，回顾当年风云，并且休整、补给，重上路途。

157

西罗马昆塔商队在帕提亚整修车辆，更换马匹，继续西归。

多日后，昆塔的丝绸商队终于走到了博斯布鲁斯海峡。

博斯布鲁斯海峡位于黑海海峡的北段，是沟通黑海和马尔马拉海的一条狭窄水道，与达达尼尔海峡和马尔马拉海一起组成黑海海峡。

博斯布鲁斯海峡中央，有一股由黑海流向马尔马拉海的急流。水面底下，又有一股逆流把含盐的海水从马尔马拉海带到黑海。因而这里鱼很多，打鱼的人也很多。

海峡两岸，树木葱郁。

博斯普鲁斯海峡是沟通欧亚两洲的交通要道。昆塔他们买舟驶过海峡，就是从亚洲走到欧洲，也就是走到罗马了。

博斯普鲁斯是希腊语"牛的渡口"的意思。

为什么是牛的渡口呢？

这里最初的居民是彼拉斯齐人，彼拉斯齐人的国王是伊那科斯。伊那科斯有一个如花似玉的女儿，名叫伊娥。

伊娥在勒那草地上为她的父亲牧羊，到处游荡的天神宙斯一眼看到了她，顿时产生了爱慕之意。

爱情之火在宙斯心中烧得越来越炽热，他扮作一个凡间男人，来到草地上，用甜美的语言引诱、挑逗伊娥。

"哦，年轻的姑娘，能够拥有你的人是多么幸福啊！可是世界上任何凡人都配不上你，你只适宜做万神之王的妻子。

"告诉你吧，我就是宙斯，你不用害怕！中午时分酷热难当，你为什么在中午的烈日下折磨自己呢？快跟我到那边的树荫下去休息吧。

"你走进阴凉的树林，不用害怕，我愿意保护你。我是执着天国权杖的神，可以把闪电直接送到地面。"

伊娥非常害怕，为了逃避宙斯的诱惑，她飞快地奔跑起来。

宙斯让整个地区陷入一片黑暗。伊娥被包裹在浓重的云雾里边，她看不清，担心撞在岩石上或者失足落水而放慢了脚步，因此，落入宙斯的手中。

宙斯的妻子、天后赫拉早已熟知丈夫的不忠实——宙斯常常背弃妻子，对别的女神或女神的女儿、人间的美女滥施爱情。在与日俱增的猜疑下，她密切地监视着丈夫的一切寻欢作乐的行为。

赫拉突然惊奇地发现，有一块地方在晴天也云雾迷蒙。那不是自然形成的。赫拉顿时起了疑心，便四处寻找她那不忠实的丈夫。

赫拉寻遍了奥林匹斯山，找不到宙斯。她恼怒地自言自语："如果我没有弄错的话，他一定在做伤害我感情的事！"

于是，赫拉驾云降到地上，命令包裹着引诱者和他的猎物的浓雾赶快散开。

宙斯预料妻子来了，为了让心爱的姑娘逃脱妻子的惩罚，他把伊娥变成了一头雪白的小母牛。

即使成了小母牛，俊秀的伊娥仍然很美丽，是一头美丽的小母牛。

赫拉识破了宙斯的诡计，假意称赞这头美丽的动物，并询问这是谁家的小母牛，是什么品种。

宙斯在窘困中，不得不撒谎说："这头母牛确实是纯种的，很不错，但也不过是地上的动物而已。"

赫拉假装很满意宙斯的回答，但要求丈夫把这头美丽的动物作为礼物送给自己。

宙斯该怎么办呢？他左右为难。

假如答应赫拉的要求，他就失去了可爱的姑娘；假如拒绝赫拉的要求，势必引起她的猜疑和嫉妒，结果这位不幸的姑娘会遭到恶毒的报复。

想来想去，宙斯决定暂时放弃伊娥，把这头光艳照人的小母牛赠给妻子。

赫拉装作心满意足的样子，用一条带子系在小母牛的脖子上，得意扬扬地牵着这位遭劫的姑娘走了。

赫拉把伊娥姑娘骗到手，心里却仍然不放心，因为找不到一块可以安置她的情敌的可靠地方。

赫拉找到生有一百只眼睛的阿耳戈斯。阿耳戈斯在睡眠时只闭上一双眼睛，其余的都睁着，如同星星一样发着光，明亮有神。这个怪物好像特别适合于看守的差使。

赫拉雇了阿耳戈斯看守可怜的伊娥，让宙斯无法劫走他的落难的情人。

158

伊娥在阿耳戈斯一百只眼睛的严密看守下，整天在长满丰盛青草的草地上吃草，无法远走。

阿耳戈斯始终站在伊娥的附近，瞪着一百只眼睛，盯住她不放，忠实地履行看守的职务。有时候，阿耳戈斯转过身去，背对着伊娥，可他还是能够看到姑娘，因为他的额前脑后到处都是眼睛。

太阳下山的时候，阿耳戈斯用锁链锁住伊娥的脖子。

伊娥吃着苦草和树叶，睡在坚硬冰凉的地上，饮着污浊的池水，因为她是一头小母牛。

伊娥常常忘记她现在的身份，想伸出可怜的双手，乞求阿耳戈斯的怜悯和同情，可是又突然发现自己已经没有手臂了。

伊娥想以感人的语言哀求阿耳戈斯，但她一张口，只能发出哞哞的吼叫，连她自己都吓了一跳。

赫拉吩咐阿耳戈斯，不要总在一个固定的牧场看守伊娥，要不断地变换伊娥的居处，让宙斯难以找到她。

阿耳戈斯牵着伊娥在各地放牧。

伊娥忽然发现来到了自己的故乡，来到她孩提时代常常嬉耍的一条河的岸上。

伊娥从清澈的河水中看到了自己的样子——当水中出现一个有角的兽头时，她惊吓得不由自主地往后退了几步，不敢再看下去。

怀着对父亲伊那科斯和姐妹们的依恋之情，她设法来到他们身边，可是他们都不认识她。

伊那科斯抚摸着她美丽的身体，从小树上捋了一把树叶喂她。

伊娥感激地舐着父亲的手，用泪水和亲吻爱抚着父亲的手时，老人却一无所知，他不知道自己抚摸的是谁，也不知道是谁在向他感恩。

终于，伊娥想出了一个拯救自己的主意。虽然她变成了一头小母牛，可是她的思想却没有受损，这时她开始用脚在地上画出一行字，这个举动引起了父亲的注意。

伊那科斯很快从地面上的文字中知道站在面前的原来是自己的亲生女儿。

"天哪，我是一个不幸的人！"老人惊叫一声，伸出双臂，紧紧地抱住落难的女儿的脖颈，"女儿啊，我到处找你，想不到你成了这个样子！唉，见到了你，比不见你更悲哀！你为什么不说话呢？可怜啊，你不能给我说一句温暖的话，只能用一声牛叫回答我！我以前真傻啊，一心想给你挑选一个般配的夫婿，想着给你置办新娘的嫁妆，赶办未来的婚事。现在，你却变成了一头牛……"

伊那科斯的话还没有讲完，阿耳戈斯这个残暴的看守，就从伊那科斯的手里抢走了伊娥，牵着她走开了。

阿耳戈斯爬上一座高山，用他的一百只眼睛看守着伊娥，警惕地注视着四周。

宙斯不能忍受伊娥姑娘长期横遭折磨的处境,他把儿子赫耳墨斯召到跟前,命令他运用机谋，诱使阿耳戈斯闭上所有的眼睛，然后救出伊娥。

赫尔墨斯带上一根催人昏睡的荆木棍，离开了父亲的宫殿，降落到人间。

赫尔墨斯丢下帽子和翅膀，只提着木棍，看上去像个牧人。他呼唤一群羊跟着他，来到草地上。这儿是伊娥啃着嫩草、阿耳戈斯看守她的地方。

赫耳墨斯抽出一支牧笛。牧笛古色古香，优雅别致。他吹起了乐曲，比人间牧人吹奏得不知美妙多少倍，阿耳戈斯很喜欢这迷人的笛音。

阿耳戈斯从高处坐着的石头上站起来，向下呼喊："吹笛子的朋友，不管你是谁，我都热烈地欢迎你。来吧，坐到我身旁的岩石上，休息一会儿！别的地方的青草都没有这里的更茂盛更鲜嫩。瞧，这儿的树荫下多舒服！"

赫耳墨斯说了声"谢谢"，便爬上山坡，坐在阿耳戈斯身边。

两个人攀谈起来。他们越说越投机，不知不觉白天快过去了。

阿耳戈斯打了几个哈欠，一百只眼睛睡意蒙眬。

赫耳墨斯又吹起牧笛，想把阿耳戈斯催入梦乡。

阿耳戈斯怕他的女主人动怒，不敢松懈自己的职责。尽管他的眼皮都快支撑不住了，他还是拼命同瞌睡做斗争，让一部分眼睛先睡，而让另一部分眼睛睁着，紧紧盯住小母牛，提防它趁机逃走。

阿耳戈斯虽说有一百只眼睛，但从来没有见过赫耳墨斯的牧笛。他感到好奇，打听这支牧笛的来历。

"我愿意告诉你。"赫耳墨斯说，"如果你不嫌天色已晚，并且还有耐心听的话，我乐意告诉你。"

159

从前，在阿耳卡狄亚的雪山上住着一个著名的山林女神，她名叫绪任克斯。

森林神和农神萨图恩都迷恋绪任克斯的美貌，热烈追求她。绪任克斯总是巧妙地摆脱他们的追逐，因为她害怕结婚。

如同束着腰带的狩猎女神阿耳忒弥斯一样，绪任克斯要始终保持独身，过处女生活。最后，当强大的山林畜牧之神潘在森林里漫游时，看到了这个女神，便走近她，凭着自己显赫的地位急切地向她求爱。

绪任克斯拒绝了潘，夺路而逃，不一会儿就消失在茫茫的草原上。

绪任克斯一直逃到拉同河边。河水缓缓地流着，可是河面很宽，她无法蹚过去。她很是焦急，只得哀求她的守护女神阿耳忒弥斯同情她，在山神还没追来之前，帮她改变模样。

这时候，山神潘奔到了绪任克斯面前。潘张开双臂，一把抱住站在河岸边的美丽姑娘。让他吃惊的是，他发现抱住的不是绪任克斯，而是一根芦苇。

潘忧郁地悲叹一声，声音经过芦苇管时变得又粗又响。这奇妙的声音总算使失望的潘得到了一丝安慰。

他在痛苦中又突然高兴地喊叫起来："好吧，变形的情人啊，即使如此，我们也要结合在一起！"

说完，潘把芦苇切成长短不同的小秆，用蜡把芦苇秆接起来，并以姑娘绪任克斯的名字命名他的芦笛。

从此，我们就叫这种牧笛为绪任克斯……

赫耳墨斯一面讲故事，一面目不转睛地看着阿耳戈斯。故事还没有讲完，阿耳戈斯的眼睛一只只地依次闭上。最后，他的一百只眼睛全闭上了，沉沉昏睡过去。

赫耳墨斯停止了牧笛的吹奏，用他的神杖轻触阿耳戈斯的一百只神眼，使它们睡得更深沉。

阿耳戈斯终于抑制不住地呼呼大睡。赫耳墨斯迅速抽出藏在上衣口袋里的一把利剑，齐脖子砍下了他的头颅。

伊娥获得了自由，但她仍然保持着小母牛的模样，只是除掉了颈上的绳索。她高兴地在草地上来回奔跑，无拘无束。

当然，下界发生的这一切事情，都逃不脱赫拉的目光。

赫拉又想出了一种新的折磨方法来对付自己的情敌。碰巧她抓到一只牛虻，就让牛虻叮咬可爱的小母牛，咬得小母牛忍受不住，几乎发狂。

伊娥被牛虻追来逐去，惊恐万分地逃遍了世界各地。逃到高加索，逃到斯库提亚，逃到亚马孙部落，逃到阿瑟夫海，逃到博斯普鲁斯海峡。她从博斯普鲁斯海峡游了过去，到了亚洲。

小母牛游过的这处海峡，得了名字：牛的渡口。

那么，小母牛游过博斯普鲁斯海峡到哪里去了？

伊娥游过博斯普鲁斯海峡后，经过长途跋涉，到了埃及。在尼罗河的岸边，伊娥疲惫万分，她前脚跪下，昂起头，隔着地中海，仰望着奥林匹斯圣山，眼睛里流露出哀求的目光。

宙斯看到了伊娥，深深感动了，他即刻找到赫拉，拥抱赫拉，请赫拉对可怜的姑娘发发慈悲。

宙斯说："伊娥没有诱惑我，伊娥是清白无辜的。"

宙斯向妻子发誓，以后他将放弃对伊娥姑娘的爱情，不再追求她了。

这时，赫拉也听到小母牛朝着奥林匹斯山发出求救的哀鸣声。这位神祇之母终于心软了，允许宙斯恢复伊娥的原形。

宙斯急忙来到尼罗河边，伸手抚摸着小母牛的背。

奇迹出现了。小母牛身上蓬乱的牛毛消失了，牛角也缩了进去，牛眼变小，牛嘴变成小巧的人的双唇，肩膀和两只手出现了，牛蹄突然消失，小母牛身上，除了美丽的白色以外，全都消失了。

伊娥从地上慢慢地站起来。她重新恢复了楚楚动人的美丽形象，格外令人怜爱。

就在尼罗河的河岸上，伊娥作为女君主统治那地方很长时间。伊娥为宙斯生下了一个儿子厄帕福斯，他后来当了埃及国王。

当地人十分爱戴这位神奇的女人，把她尊为女神。

不过，伊娥始终没有得到赫拉的彻底宽恕。赫拉唆使野蛮的库埃特人抢走了伊娥年轻的儿子厄帕福斯。

伊娥不得不再次到处漂泊，寻找她的儿子。后来，宙斯指引她，在埃塞俄比亚的边境找到了儿子。

伊娥带着儿子一起回到埃及，让儿子辅佐她治理国家。

伊娥和厄帕福斯在埃及受到人们的尊敬和爱戴。他们死后，为纪念他们，埃及人为他们建立庙宇，把他们当作神。伊娥是伊西斯，厄帕福斯是阿庇斯。

经过博斯普鲁斯海峡牛的渡口之后，昆塔商队开始以较高的价格出售丝绸和部分货物。

尽管美丽的爱情被迫留在了瞿萨旦那国，他们毕竟回到欧洲了。他们以当地出产的葡萄酒庆祝这一趟数万里的商业行程。

去年自罗马城出发的情形历历在目。今年从东土洛阳迤逦走回来，千辛万苦，难以置信。

昆塔的商队走到普拉斯的故乡希腊，又停留了半个月。

普拉斯是从父辈起就移居台伯河边的，他们是生意人，做生意，向希腊富人销售丝绸。

到了希腊就算真正走到西土了。昆塔、菲利普、普拉斯他们开始赚钱。来自东土洛阳的丝绸轰动了希腊，但昆塔他们严格控制销量，因为故乡罗马城在翘首盼望呢。

第四十七章　罗马在翘首期待

罗马人似乎没有强奸倒霉的萨宾姑娘，整个事情变得光辉而美妙，罗马和萨宾因为女性而共同创造文明。

有的画作，身着古装的罗马男子和法兰德斯风格打扮的萨宾女性，沐浴在明亮的暖色调中，粗犷的线条和渲染的笔法，让画面展现出的是男性慷慨激昂的力量和女性从恐慌到暧昧的神采，粗暴惨烈变成了阴阳相偕，你情我愿。

雕塑作品也有表现"罗马抢亲"的，同样离题千里。

160

公元 74 年早春，昆塔商队快要回到罗马了。此时的罗马，执政首领是骑士家族出身的韦帕芗。

说起骑士，常常让人想起马匹、盔甲、长矛或者剑。古罗马的骑士阶级跟那些东西无关，仅仅是低于元老阶层的一个阶层。

在大秦时代的罗马，元老院是个相当宏大的政治决策机构。元老，起初叫长老，年龄因素更鲜明，后来成为元老，资格、威信和社会地位的要求比长老多。

在部落时期，长老就是具有权威的部落长者，即这个部落由更加年轻的人执政，有丰富经验的长者还是会被咨询的。部落相互融合、变大，长老人数也多了，"咨询会议"产生了。在定期的咨询会议上，氏族族长向众多的长老进行政治咨询。

老百姓把"咨询会议"叫"元老院"，元老院后来发展成为公民会议和执政官身后的政治决策机构。

公元前 753 年到公元前 509 年，罗马通常被史学界称为"王政时代"。王政时代的罗马共有大约三百个氏族，这大约三百个氏族，构成三十个部落。

这三十个部落联盟，其外部生存环境不是很好。譬如说，他们居住的台伯河对岸，就是伊达拉利亚人。伊达拉利亚人比罗马人强大，他们不但在台伯河边的浅滩上交换农产品，罗马人还得间断性地向伊达拉利亚人上贡，以换取安宁。

罗马人和伊达拉利亚人的南面，有希腊人建立的若干殖民城邦，北面是高卢的凯尔特人居住地。希腊人的文明程度高，让罗马人仰慕不已，而落后的凯尔特人向南的侵扰又让他们苦恼。

罗马人为了团结起来谋发展，各个氏族联盟推举他们具有权威的部落长者组成"咨询会议"，这是罗马元老院产生的渊源。

王政时代的国王，由元老院推举，国家重大事项，由元老院表决批准后实施。

在人类社会的"童年"，"人"是最宝贵的资源。罗马常常觉得人丁不足，当然努力生育是个好办法。他们为了传宗接代，民族繁衍，曾经向东部的萨宾人开战，抢掠大量的萨宾女性做妻子。

有不少艺术作品表现了这类内容，却严重"跑题"。

色欲和暴力、欺骗，有的画家将罗马人的暴行变成了狂欢的夜晚。罗马人攻入萨宾城后挑选的全是生得最美的萨宾女性，借口是"借助萨宾女性来为罗马人、罗马城繁衍后代"，这真和笑话没什么两样。所以画家指出，别装，罗马男人！繁衍后代确实在谋划之中，及时行乐却是最重要最诱人的附加值。

萨宾男人无比愤怒，拿起武器向罗马人发起反攻。离奇的是，被"抢掠"的萨宾女性无法忍受双方的流血死亡，苦劝他们停止厮杀。

结局皆大欢喜。

罗马人似乎没有强奸倒霉的萨宾姑娘，整个事情变得光辉而美妙，罗马和萨宾因为女性而共同创造文明。

有的画作，身着古装的罗马男子和法兰德斯风格打扮的萨宾女性，沐浴在明亮的暖色调中，粗犷的线条和渲染的笔法，让画面展现出的是男性慷慨激昂的力量和女性从恐慌到暧昧的神采，粗暴惨烈变成了阴阳相偕，你情我愿。

雕塑作品也有表现"罗马抢亲"的，同样离题千里。

抢掠妇女，增加人丁，也很缓慢啊，于是，罗马人鼓励"移民"。

移民政策奏效较快。罗马人的七丘之城易守难攻，在弱肉强食的时代，力量薄弱的小氏族为了不被强大的城邦掠为奴隶，自愿加入罗马以求安身立命。有的部落，连罗马都打不赢，以后若面对更厉害的伊达拉利亚人或希腊人，就更没有好果子吃了，难逃被掠为奴隶的命运，于是，干脆降了罗马，好歹有点人身自由，因为罗马有相对丰富的手工业和商业市场。

当平民总好过当奴隶。受了罗马的保护，自然要为罗马出力。天下没有免费的午餐，罗马人发动战争，向外掠夺资产和人丁奴隶的时候，低等平民要服兵役，在战场上抓到的俘虏，带回罗马，从事罗马人的家务劳动。

当然，养兵是件很花钱的事，仅仅供应人马的吃喝，就是不小的开销，武器装备还得不断更新，跟玩昂贵的奢侈品差不多。钱从哪里来，羊毛当然要从羊的身上拔取。这样，对平民的剥削就是持续的。

有的贵族，很富，可以出钱养兵。军队股份制产生了，谁出钱多，谁是老大。

如此发展了一百多年，罗马平民的数量远远超出了最初三百个氏族后代的总数。

三百家坐地老户的变化，也非常之大。有的人丁兴旺，繁衍出若干家族；有的不思进取，绝户了。老户的后代也贤愚不一。平民中也不乏猛人、牛人，这些"猛牛"强烈要求调整内部利益结构。

161

罗马王政时代的第六个大王塞尔维乌斯·图利乌斯，依靠平民的支持，进行国家改革。

塞尔维乌斯·图利乌斯的改革，是将全部的人，不论贵族平民，一律按财产多少分为五个等级，财产低于第五等级的为贫民，被称为无产者。

为什么划分这个等级？不是要分出贵贱尊卑，而是要依据财产的多寡，出钱办事：养兵。

要筹建一百九十五个"百人团"，总兵力接近两万人，人马吃喝，武器装备，自然是个大事。

第一等级的人最有钱，负责八十个"重装步兵团"和十八个最昂贵的"骑兵百人团"的武器装备和后勤供应。

第二等级的人负担二十二个重装步兵团。

第三等级的人负担二十二个团。

第四等级人最多，他们共同负担二十二个团。

第五等级就很穷了，但人数多，那就负担三十个"轻装步兵团"吧。轻装步兵没有盔甲，甚至可能连盾牌都没有，武器也就是简陋的长矛、投枪之类，花不了太多钱。

至于无产者，实在太穷，一点钱不出也不合适，大家就共同负担一个"轻装步兵百人团"好了，装备非常简陋，有一根木棍也就差不多算是武装起来了。

少出钱的，要多出力，到别的等级出资装备的百人团当兵吧。

估计低等级的，更情愿到高等级那帮人组建的重装步兵团服役，而不愿在自己等级的轻装步兵团。

可是，塞尔维乌斯·图利乌斯，你这样不公平，凭什么钱多的就要多出啊？

别忙，还有第二项规定，那就是创设"百人团会议"，取代过去三百家老户公民的理事会，每个"百人团"有一票表决权，过半即通过。第一等级的富人占有九十八票多数，因此拥有国家大事的决定权，"平民"们从此也成了"公民"。

塞尔维乌斯·图利乌斯的改革还有第三项内容，就是以地域组织管理替代原先的血缘关系管理，将整个罗马按地区划分为四个城市和十六个乡村。

塞尔维乌斯·图利乌斯调整了国家利益结构，传统贵族由于占有种种先天优势，在决策层中占有优势，平民中的牛人，得以通过和平的方式进入国家决策层。

改革虽然向平民做出了让步，但仍然照顾了贵族利益。"百人团会议"设立了，贵族组成的元老院也保留了下来。百人团会议做出的决议，还得要元老院通过，才能付诸实施。

今天，我们仍然可以从英国议会的上、下两院和美国国会的参、众两院的体制上，看到古罗马的影子。

塞尔维乌斯·图利乌斯的改革很快见到了效果。强有力的军事力量诞生了，罗马很快成为台伯河畔的霸主，还拉起了一个小小的拉丁同盟，自任盟主。连台伯河对岸的伊达拉利亚人也不敢随便龇牙了。至于意大利半岛南部的希腊殖民诸邦，更南面的迦太基，也不敢来招惹了。北边的凯尔特人，想结盟呢。

罗马王政时代的最后一个王叫塔克文。塔克文这家伙脑子里有水，硬要摆国王的威风，相当专横，据说还很残暴，于是罗马的牛人们一起暴动，把他赶跑了。

没有了国王，罗马变成了真正的"共和体制"。

"执政官"由"百人团会议"选出，元老院审查通过，共有两名，任期一年。

早先的罗马官职，没有薪饷，吃的是自己家的饭，喝的是自己家的水。

执政官负责国家日常事务。发号施令当然需要权威，于是，罗马人给每位执政官配备了十二个人的侍从卫队，队员每人手里拿一把柴棒，中间插一把斧子，用来惩处那些敢于冒犯执政官的人。

罗马有两个执政官，他们级别相等，权力相等，常常互相牵制，无法决断，于是，百人团会议和元老院商量，又设立了一个临时职务——独裁官。

独裁官并非又找了一个人，而是由元老院从两个执政官中选出，执掌大权，任期只有半年。实际上，不就是两个执政官一正一副了嘛，只不过谁任正职，期限只有半年。

罗马民主改革，奏效一时，渐渐地又出了新问题。

早期，各个阶层分别出钱，铸剑制盾，买马备鞍，保家卫国，没什么问题。出钱多的掌权拿主意，也没啥说的。后来，攻城略地，抢来的奴隶、财富、土地，掌权的人也毫不客气地多拿多占，甚至就在少数牛人中间私分了。底层平民，执矛抢刀，以命搏杀，到头来一无所获，何况当初他们也多多少少出了些钱的。贵族利用权力，变得越来越富；作为军队主体的平民，不满情绪日益高涨，对抗的办法是，攻城作战不出力，后期干脆闹罢工。

每当罗马与邻近部落发生战争时，平民们便带着贵族们给他们配备的盔甲、盾牌、长矛、短剑和投枪，全副武装离开罗马，开往郊外的圣山休息，还扬言要另立新城，这就是所谓的"撤离运动"。

每逢强敌逼近罗马，军人们就携带武器，集体撤离，完全没有一点大局意识。

贵族们慌了手脚，只好向这些没有觉悟、乘人之危的家伙妥协，同意按平民的要求，选出两位"保民官"以保护平民利益。

从此之后，当元老院通过有损平民的议案时，保民官只要不赞成，这个议案就被否决。

经过反复博弈，古罗马的民主体制基本上确立了，他们在原先"习惯法"的基础上，制定了"成文法"，将相对完善的成文法典刻在十二块铜板上，史称十二铜表法。

十二铜表法对当权者可能的"滥权"做了限制,对后世欧美的立法思想产生了极为深刻的影响。

罗马的力量增强了,河对岸的伊达拉利亚人,与罗马人的位置颠倒了过来,开始备受老邻居的欺负。再后来,罗马人统一了台伯河流域,伊达拉利亚人的城池维爱伊城被罗马人攻占,百年老邻居的户籍被罗马人强行注销了。

这一次,罗马元老院首先考虑到了平民,每个平民都分到了新征服的维爱伊地区的土地,大概合二十二亩,真不算少呢,关键是平均。

高卢人眼红了,打了过来。罗马人抵挡不住,放弃城池,退守圣山。

高卢人攀山夜袭,圣殿中的鹅听到动静,赶紧喊罗马人起床御敌,侥幸击退了高卢人。

最后,罗马人向高卢人求和,高卢人要价一千磅黄金。

在称量黄金的时候,高卢统帅把佩剑丢在天平的砝码一端。你算算罗马人得为此多支付多少黄金吧。而且,被焚烧、被洗劫的罗马城的损失,也没有人赔偿。

罗马人经此一劫,陷入了贫困,认识到了内部团结的重要性。

为了休养生息,罗马保民官经过内部协调,得到了结果:任何人占有的土地不得超过五百犹格;免除平民的债务;两个执政官中的一名应由平民担任;平民会议的决议不必经元老院批准,即对全体罗马公民具有法律效力。

罗马共和模式至此终于构建完成。罗马共和国开始走上迅猛发展之路。南部希腊城邦不战而降,罗马人统一了阿纳河以南的意大利半岛。迦太基、西西里岛、科西嘉岛、撒丁岛,也接连落入罗马人手中。

迦太基有个杰出的军事天才汉尼拔,但个人卓越才能抵不过先进政治模式的巨大优势,罗马在与迦太基的争霸战中大获全胜。迦太基被迫求和,放弃所有海外领地。罗马人成了西地中海的霸主。

罗马又向地中海东部扩张,先后三次发动对希腊马其顿的战争,曾让罗马人仰慕不已的希腊诸邦成了罗马共和国的行省。

罗马人继续东进,夺占塞琉古王国的色雷斯以及小亚细亚中、西部领土。

到公元前2世纪后期,罗马已拥有西西里、撒丁、科西嘉、山南高卢、西班牙、阿非利加、伊里利亚、马其顿、亚细亚等九个行省，地中海快成罗马的内湖了。

大汉帝国的统治中心洛阳、长安，都在东亚大陆腹地，是典型的大陆帝国。古罗马的统治中心是地中海，罗马城所在的半岛从欧洲大陆伸向地中海，半岛南端大致在地中海中心位置，客观条件决定了东西两大帝国的发展走向必定不同。

罗马人建立了当时当地最先进的国家结构，很快爆发出惊人的能量。

当然，没有一种模式是永远先进的，一切都因时因地而变化。随着罗马领土扩大，原有模式的内外条件变化了，罗马共和国要变为罗马帝国，已是历史的必然。

公元前88年至公元前31年，在古罗马奴隶制国家内部，为争夺政权和建立军事独裁，发生了一系列战争，称作罗马内战。

罗马内战最终获胜的屋大维取得了权力，罗马共和国解体，罗马帝制正式出现。

162

在罗马内战中，韦帕芗的父亲担任过军官百夫长，作战失败，逃回家中，后来获得赦免与退伍，从事商业活动。

在罗马，极少数骑士可以通过被选为长官而上升到元老阶级。元老阶级是纯粹的官僚，不允许经商，而骑士阶级却可以。

公元9年，韦帕芗出生于撒宾地区的列阿特城。不久之后，他的父亲过世，韦帕芗由祖母抚养长大。

成年后，韦帕芗跟随兄长的脚步参与公职生活。

韦帕芗从军职事务做起，公元36年成了军团司令官，后来以财务官的身份被派任到昔兰尼和克里特行省。

公元38年，韦帕芗参与竞选营造官，以最后一名勉强选上。后来，韦帕芗不断努力，当上了大法官。

在皇帝克劳狄乌斯执政期间，韦帕芗担任了日耳曼统帅普劳提乌斯军团的副将，在当地与敌人进行了三十次战斗，征服了二十多个城镇，占领了维克提斯岛——今天的怀特岛，因战功卓著受到嘉奖。

公元 51 年，韦帕芗被选为候补执政官。

公元 54 年至 68 年的罗马皇帝是平庸而残暴的尼禄。尼禄的母亲阿格里皮娜是个阴险多谋、贪权好势的女人，毒死了她的第二个丈夫，出于虚荣和野心，嫁给了她的舅父、罗马皇帝克劳狄乌斯。

阿格里皮娜成为皇后之后，一步步巩固其问政并专权的地位，将其亲信阿佛拉尼乌斯·布鲁斯委任为近卫军长官，怂恿他杀掉其政敌与情敌，并从公元 48 年开始，不断地施展各种阴谋诡计，给尼禄以权力。

最后，阿格里皮娜迫使克劳狄乌斯放弃让他亲生之子作为继承者，而给她的儿子尼禄以继承者的恩宠。

公元 51 年，克劳狄乌斯将他与前妻麦萨林娜所生之女奥克塔维娅嫁给尼禄。

公元 54 年，克劳狄乌斯被毒死了。对于克劳狄乌斯之死，尽管有不同的猜测，但出于阿格里皮娜毒手的可能性最大。

克劳狄乌斯死后，阿格里皮娜继续施展权术，一面指使布鲁斯统率的近卫军控制罗马局势，杀死她在军事方面的反对派，使军事集团屈从于她的势力之下，一面迫使早已无多大实权的元老院，俯首听命地把一切权力交给她十七岁的儿子尼禄。

就这样，尼禄登上皇帝的宝座，成为罗马政治舞台的中心人物。

尼禄既没有赫赫战功，又无治国之才，之所以能够成为罗马皇帝，是宫廷政变的结果。

尼禄的爱好是举办大型歌舞晚会，并自己登台演唱。相传在尼禄本人大肆歌唱的音乐会上，韦帕芗竟然打瞌睡。于是，韦帕芗受到皇帝的驱逐。韦帕芗生怕自己遭受更糟糕的命运，便退隐到偏僻小镇生活。

罗马派驻于犹太行省的长官为了征收当地积欠的行省税，派人进入耶路撒冷的犹太神殿，将神殿内的财物抵充税款。

犹太人认为，罗马长官的干法是亵渎行为，不可接受，爆发了起义。

公元66年，罗马的叙利亚军团，协同犹太王国的阿古利巴二世前来平乱，却受挫失败了。犹太民族的激进派士气大振，使得居住在埃及的亚历山大城、叙利亚的大马士革的犹太社群，也出现骚乱的现象，犹太战争全面爆发。

公元67年，尼禄决定慎重处理犹太人的起义，他起用了韦帕芗担任军团统帅。

为什么起用韦帕芗呢？尼禄猜忌拥有军政大权的将领，而韦帕芗出身较低，背景简单。

罗马增派了三个军团，由韦帕芗率领，开赴犹太地区。

韦帕芗提拔自己的长子提图斯为副将。父子兵非常厉害，于公元68年平定了犹太北方，犹太起义军领袖之一约瑟普斯投降。

罗马军准备围攻耶路撒冷。可是公元68年年底，罗马首都发生动乱，尼禄自杀，加尔巴成为新的皇帝。正在进行犹太战役的韦帕芗，暂时停止了军事行动。

公元69年初，加尔巴被奥托所杀，奥托成为皇帝。

日耳曼军团不服奥托，自行拥立维特里乌斯为帝。维特里乌斯进军罗马，与奥托展开争雄会战。

此时的韦帕芗则是静观局势变化，并未表态支持任何一方。

公元69年4月，维特里乌斯派战胜，奥托自杀，维特里乌斯被元老院承认为罗马皇帝。

失败者潘诺尼亚军团不服维特里乌斯，他们联合了未及参与前次夺权战争的莫埃西亚军团，以及东方的叙利亚军团，共同拥立犹太军团的韦帕芗为皇帝。

不久之后，埃及行省长官提比略·亚历山大也表态，公开支持韦帕芗。

公元69年7月1日，韦帕芗称帝，进入埃及的亚历山大城。随后，东方军团进入意大利，与拥护维特里乌斯的军队作战，连连告捷，并在12月进入罗马城，杀死了维特里乌斯。至此，韦帕芗成了罗马皇帝。

公元71年，发行的罗马钱币上的人像就是皇帝韦帕芗。

因内战而延宕的犹太战役再度开启，由皇帝韦帕芗的长子提图斯率领的罗马军团攻入耶路撒冷，犹太战役遂告终结。罗马和平再度降临。

罗马青年商人昆塔男爵就是公元 72 年罗马政治经济形势最好的时期筹措资金组织商队离开罗马前往东土洛阳贩运丝绸的。

第四十八章　奇迹东方天使城

　　东方天使城内部的最北边，有座像东土四合院中的堂屋一样的建筑，建筑背后用雕花的巨石筑砌了一座楼阁，昆塔叫它藏宝阁。

　　藏宝阁是最先完全建成的房屋。阁中，清洁的高台上，昆塔将两个精美的盒子放了上去，里边是东方天使城的镇城之宝——东国汉家十三公主刘小丝给予他的定情信物：玉石纺轮和象牙织梭。

163

公元 74 年早春，经过千辛万苦的昆塔商队终于回到罗马。

曾经，伟大的希腊商人马埃斯·蒂蒂亚诺斯，组织考察团队，历时七个月，从地中海到赛尔丝进行了一次商路考察和少量贸易，运回中国的丝绸，震动了罗马。

罗马人得到马埃斯·蒂蒂亚诺斯直接从东国购买的丝绸，轻柔细软，华丽多彩，其优良质地远远超过了罗马人的棉毛纺织品。

罗马大帝恺撒在隆重的庆典仪式上向罗马臣民展示了他得到的东国丝绸，之后，还穿着丝绸长袍到罗马剧场观看表演，华丽的丝绸让在场的贵族和贵妇们不胜艳羡。

东国丝绸在罗马卷起服装界的流行风，丝绸的价格扶摇直上。

从波河边到罗马，闯世界做生意的青年商人安德鲁·昆塔男爵，与朋友菲利普和迈克尔决定效法希腊人马埃斯·蒂蒂亚诺斯，到出产丝绸的东方购买丝绸，回到罗马销售。

年轻聪明又懂赛尔丝语言的希腊人普拉斯，受邀加入了他们的团队。

昆塔组织了罗马到东国的商业远征。公元 74 年早春，他率领的丝绸商队回到罗马城，引起巨大的轰动。

人们一传十，十传百，争相来购买昆塔的丝绸。为昆塔做了商业投资的人有资格优先选购，或者在销售中不失时机地按照约定比例收回自己的投资。他们，她们，都赚了，都大赚了。

新的丝绸商品，让醉生梦死的罗马，找到了花钱的最好方式。

先是，昆塔、菲利普和普拉斯在昆塔的商店里销售丝绸。不行，前来购买的人太多，店里被挤得水泄不通，店外街道上人太多，也阻断了交通。

次日，昆塔租赁了一家豪华酒馆的前堂，并雇了一些临时人员。

酒馆豪华，前来酒馆消费的人更是豪华。罗马的权要、显贵，偕着他们的女人来到酒馆，越是鲜艳和价高的丝绸，他们越是喜欢，根本不管要花多少金币。

自下午开始，酒馆里的人已经挤不动了，买过丝绸的人去后面喝酒。喝着酒，看到别人购买了另外一种颜色的丝绸，忍不住又出来购买。

在酒馆售卖了几日，由罗马服饰业行会牵线帮助，安德鲁·昆塔在更大的剧场开售来自东土的最新的丝绸。

164

当时，罗马人多穿麻毛纺织产品，这些产品多来自小亚细亚和叙利亚地区，商店和集市都有各色衣料和衣服售卖。

昆塔拿着罗马的明月珠、夜光璧、珊瑚、琥珀和金币交换回来的东土中原的丝绸，较之麻毛纺织产品，明显高出很多等级。

罗马城常住人口超过百万，富人不可胜数。有人说，罗马仅仅是为了一些人的享乐而造出来的。

因此，昆塔男爵从东土洛阳贩运回来的高级丝绸，在罗马散发出耀眼的光辉，比以往任何时候都让罗马轰动，销售利润惊人。

尽管有入境税、进市税需要交纳，但昆塔他们不断地涨价，仍然供不应求，财源滚滚而来。

年轻的昆塔男爵快速成为罗马名人，皇帝韦帕芗召见了昆塔团队，给予昆塔的商业活动以极高的评价。

罗马皇帝韦帕芗身上流淌着商人的血液。他的父亲曾经是个商人。韦帕芗成了罗马皇帝后，以一连串大刀阔斧的动作治理罗马，在推动罗马商业发展的同时，恢复拍卖税，增加行省税负，增加各种项目服务的收费等，敛取商业财富，以供政治所用。

韦帕芗召见昆塔和他的团队，说："你们很不简单！"

昆塔说："禀报陛下，我们到了东国赛尔丝的首都洛阳，前去拜见了汉朝的皇上明帝，向汉明帝转达了陛下您对东国的问候，汉明帝为我们题写了一幅字'使通万里'。"

韦帕芗道："罗马与洛阳，相隔千山万水，欲以交好，先靠通商，是正确的选择。你们拜见汉朝皇帝，主动做好了外交使团才能做好的外交事务，罗马感谢你们。"

韦帕芗说："特命财政奖励，请你们收下。并请你们向商业界传授超远途经商的经验，促进罗马商业的进一步繁荣。"

最后，韦帕芗向迈克尔表示诚挚的哀悼之情，称其为商业英雄，命帝国财政为他发放奖金，为他的家庭发放抚恤金。

温馨的春日，曾经为昆塔提供风险投资的贵妇人邀请昆塔在花园里游玩。

贵妇人挽着昆塔的胳膊，说："我是当初第一个给你投资的，安德鲁，我好欢喜我做对了，昆塔先生！"

昆塔说："我也很高兴，为你带来了投资回报。"

贵妇人千娇百媚，从昆塔身体的一侧跳到另一侧："你的功劳太大了，以后你无论什么时候都可以到这里来，这里永远对你开放。"

"谢谢夫人。"昆塔说。

"你还有商业计划吗？"

"有啊。"昆塔说，"明年下半年还要开始一次远东商务旅行。"

贵妇人道："我还要投资，我的朋友们都要为你投资。"

"欢迎，欢迎！"昆塔说，转而又黯然神伤地道，"夫人，我的最好的朋友、伙伴，迈克尔，为了这批丝绸，长眠在万里路途上了，长眠在凶险的帕米尔高原上了。皇帝陛下给了迈克尔奖励和抚恤，但我还要从盈利中拿出钱来慰问迈克尔的父母和家人。"

贵妇人道："安德鲁，我为你的友善感动，应该而且必须这么做，我同意，我相信所有的投资人都会同意的。"

东国丝绸销售之后，安德鲁·昆塔商队，所有的罗马投资人都换来了空前的收益。

在另一家豪华的庄园里，打扮妖娆动人的贵族小姐举着酒杯，向收获了空前成功的商业大亨安德鲁·昆塔频送秋波。昆塔不为所动。

小姐道："昆塔先生，我爱你。"

昆塔退让道："对不起，尊敬的小姐，我不能接受你的爱。"

"为什么？我不够美丽和温柔吗？"

"你很美丽，也很温柔。"昆塔说，"但是，我心里已经有女神啦。在我的心里，藏着女神呢。她叫赛尔，她是赛尔。赛尔也很美丽，也很温柔。"

"哦，那我祝福你，祝福你们！"

昆塔和菲利普、普拉斯等去慰问了迈克尔的父母和家人。然后，昆塔携带金钱，回到伦巴第平原，回到波河岸边的故乡，建设东方天使城。

"赛尔！"昆塔自言自语地说，"本来这个时候应该是带着你回到这里的，现在是我一个人先回来了。我说过，我要在伦巴第平原，在波河岸边，为你建造一座东方天使城。无论你和我一起回来，还是我一个人先行回来，这个誓言不会动摇，我要实现它。"

165

昆塔在距离自己的原籍不远的地方购买了一大片土地，于正中间划出一片圆形。

东方天使城紧锣密鼓地开始了施工。

昆塔不惜花费，运送石料的车队络绎不绝在几条大道上。

为了垫高中间的圆形地面，在周围取土，挖出了一条圆环形的深沟。

昆塔请设计师做出了城堡的总体设计。设计了一对高高的角楼，分别位于城堡的前边一角和后边一角。昆塔见过洛阳的特色建筑，为赛尔着想，特别要求将两个角楼做成飞檐翘角的顶子。

建筑工匠们夯实了巨大的圆形地基，于其上铺砌大石块，建设城堡。

城堡坐北朝南，不像波河平原上其他城堡那样高，但总的占地面积大。昆塔要设计师和建筑师将这座城堡做出东土特色，廊庑勾连，曲径通幽。

菲利普和普拉斯来访问昆塔，探看东方天使城的建设进展。昆塔说："普拉斯，你来得正好，给我写出'东方天使城'的大字来。我要汉家的大字。"

菲利普说："让赛尔看到了，惊喜。"

"是的，要让赛尔看到了，惊喜。当然，还有织云。普拉斯，还有织云，织云也要住在这里呀。哦，绣雨也同样。可怜的绣雨，我不知道怎么把迈克尔的情况告诉她。"

普拉斯认真地写出了五个汉字"东方天使城"。

普拉斯毕竟是希腊人，汉字书写水平有限。他把"东方天使城"中的"东"字底下写成了三个点。

昆塔说："菲利普，你也得写啊！迈克尔没有了，他本应该也写的。你写，菲利普！"

菲利普说："我写，不过我写的不是汉家的字，我写不来汉家的字。"

菲利普写的是意大利地方的文字，意思是：东方女神的城堡。

昆塔让工匠将普拉斯和菲利普所写的文字刻在了城堡大门的门楣石上。

博努瓦和他的考古小组在伦巴第平原考古，在波河岸边发掘，得到了东方天使城的石质匾额，上面正是普拉斯和菲利普的手迹。

东方天使城内部的最北边，有座像东土四合院中的堂屋一样的建筑，建筑背后用雕花的巨石筑砌了一座楼阁，昆塔叫它藏宝阁。

藏宝阁是最先完全建成的房屋。阁中，清洁的高台上，昆塔将两个精美的盒子放了上去，里边是东方天使城的镇城之宝——东国汉家十三公主刘小丝给予他的定情信物：玉石纺轮和象牙织梭。

两枚玉石纺轮，一枚象牙织梭。

这些欧亚万里丝绸之路上的证物，洛阳和罗马奇特爱情的信物，也被考古学家博努瓦和他的考古小组发掘了出来。

李由、博努瓦、罗伯特和卡米尔他们西欧重走丝绸之路团队，带着纺轮和织梭，正在走近这些证物、这些信物原本的故地、中国洛阳。

公元 74 年，冬季来临的时候，安德鲁·昆塔安排好东方天使城的建设，约请菲利普、普拉斯，再度出发，前往东国。

菲利普放弃了新一度的商业冒险，说自己年龄较大，身体不大好："这次就不去了。"

昆塔和普拉斯另找了几位年轻的朋友，组成了新的东行商队。

昆塔和普拉斯暗地商议，至少，要走到瞿萨旦那国……他们的心中梦想，是迎回他们的女神。

"赛尔，织云，绣雨，你们生活得怎么样呢，你们生活得怎么样啊？"

"我们出发了，我们又出发了，我们又向着东方出发了。只要几个月时间，几个月之后，就在春天，我们就会相见啦！"

昆塔、普拉斯的新商队，踏上了东行的长途。这次，驱动着他们的，不再是财富的诱惑，而是爱情的魔力！

不巧的是，走到普拉斯祖辈的故乡希腊，进入严冬季节，普拉斯病了。

昆塔不得不陪着普拉斯休养了半个月。

半个月后，普拉斯没有好转。他忧伤地说："织云在等着我，她们在盼着我们前往，可是我的病怎么不痊愈呢？"

最后，接受医生的建议，安德鲁·昆塔只好把无奈的普拉斯留在了他的故乡希腊。

新的安德鲁·昆塔商队，只剩昆塔一个老队员了，其余的全是新人。

昆塔怀着满腹遗憾和满腹期望，率领他的商队，继续向东前进。

第四十九章 朦胧中远去的背影

　　母亲相信女儿远去西域，必能做好一个聪明贤惠的内助，恩遇一方，造福一方。

　　母亲盼望女儿常有锦书，可是，女儿让别人做了王后，自己什么都没有了。

　　绣雨叹息道："要怪罪，就怪罪我们不意间结识了大秦男儿。"

166

刘小丝和织云、绣雨，走遍了她们所在的尼雅小绿洲。

这地方确实是个很小的范围，至多花费一个时辰就能溜达一圈。

出了绿洲，顺着河再往下走，应该还有绿洲。瞿萨旦那的盟友精绝国便是下游的大绿洲，但顺着蜿蜿蜒蜒的流水，不知要走多久。她们观望一番，猜测一番，也就罢了。

小绿洲的森格尔行宫，建在最北边的台地上。刘小丝她们去年住在行宫之内的偏院。今年开春后，森格尔为了种好桑树，命工匠在绿洲最上游的高处建造了一些房屋，刘小丝她们住在其中的一座楼上。

森格尔是把这里当作寄宿地，他驻扎此地的时间并不多，常常是在瞿萨旦那国处理军务政务的。森格尔每次来到这里，都带着他的汉家王后姝儿和姝儿的贴身侍女妍儿。

刘小丝心中藏着昆塔，怕森格尔把她和织云、绣雨当作陪嫁的嫔妃，纳入寝宫。织云和绣雨心中有人，也怕，所以在侍弄土地的时候特别投入，每天把身上弄得脏兮兮的，像是真正的下人。

留守小绿洲的军人和丁夫，尽职尽责。他们是森格尔的真正亲信，执行任务和日常管理都十分严格，让刘小丝她们觉得比较踏实。

踏实是踏实，情感安全却不一定。

森格尔的亲信官看上了织云。

织云跟普拉斯有约，她是下定了决心等待普拉斯，要跟着普拉斯到西土去生活的。她岂能拗过森格尔的亲信官。出嫁前夕，织云欲以死明志，但一介弱女，苟且在人家的国度，求死不能。

刘小丝和绣雨也无法帮助织云排解纷乱的愁思，因为谁能说定，昆塔、普拉斯和迈克尔真的会如约前来呢！

即便他们三人有心接应她们前往大秦，大秦到瞿萨旦那，比瞿萨旦那到洛阳还远好几倍呢，还有险恶的葱岭挡着路，他们来得了吗？

作为女儿，该嫁人的岁月也是短暂的，难道三人就这样守着西人的留言无限期地等待下去吗？

森格尔的亲信官认为自己爱织云，不允许织云游移不定。

去年秋天，在森格尔和姝儿的张罗下，织云嫁给了那位官员。此后，官员应森格尔之命外出戍边，把织云带走了。

尼雅小绿洲，只剩下刘小丝和绣雨。

刘小丝毕竟是姝儿的恩人，姝儿得机会就让妍儿找刘小丝和绣雨到行宫中叙话。有时候方便，她也带着妍儿到绿洲西边来，在田间嬉乐，到刘小丝和绣雨的阁楼上聚会。

公元74年，森格尔带着姝儿来绿洲的日子少了。

公元74年冬天，姝儿为森格尔生了个小王子，森格尔和姝儿就不再来了。

公元75年，开春后，气候渐渐暖起来，森格尔带着姝儿和小王子以及妍儿来过绿洲一次，他们是游春的，停留三五日便离开了。

估计国中事务繁忙，森格尔没有再光顾这个小绿洲。

刘小丝感激母亲，母亲为她预备的桑树籽从洛阳携带到西域，前年冬季种下去，去年春天长绿芽，随着绿洲的气候变化，长得越来越茁壮。

当年的桑树不能采叶养蚕，森格尔派人专程外出购买桑叶，保证了蚕种的延续。

沙质土地，非常疏松。真正需要出力浇灌的时候，有士兵和丁夫。刘小丝和绣雨作为技术人员，指导他们，并不劳累。

西域气候温热，绿洲水源充足，桑树长得很快。今年，桑树的生长比去年更为旺盛，叶子可以采来养蚕了。

白天，看见桑树繁茂，看见蚕儿生长，刘小丝她们心中不无欢喜；夜晚，回到宿屋，心中烦恼，入眠不能。

刘小丝说："桑树终会茂密成林，蚕儿终会大肆繁衍。我们若是走了，缫丝、纺织，看他们自己的造化吧，看瞿萨旦那的造化吧。"

167

刘小丝问："昆塔他们说还要到东土来。若他们冬末动身，赶在天气变热的时候过葱岭，现在会不会就在路上啊？"

绣雨说："他们说来，就要来的。西土的人，性格有趣，但又最实在，说到做到。他们说来，就要来的。"

刘小丝说："我又做梦他们来了，盼望他们从天而降，以解我们的忧愁。"

绣雨说："我们要分出一些桑籽和蚕种带到大秦去。"

刘小丝说："那当然。我们在瞿萨旦那这里尽心尽力，做到最好，对得起他们，带一些桑籽和蚕种走了，心里也安然。"

绣雨叹息道："大秦气候好，快让我们到那里去吧！"

刘小丝说："我们走后，过不了几年，西域这里就有大桑树，有桑林了，西域绿洲有桑园，越来越像东土呢。倒是我刘十三，对不起父皇，也对不起母后啊。"

遥望洛阳，离别情景，总如昨日，一遍一遍，忆想不尽。

"母亲曾经说，西域偏远之地，万里之遥，天地不同，习俗有异。母亲自豪女儿担当大任，可这心怀深处，难免疼痛不已啊。"

绣雨说："听来心里极是感念，世上母亲，总是爱女儿啊。想起我自己的母亲，也是心疼。"

刘小丝陪着绣雨叹息。

母亲相信女儿远去西域，必能做好一个聪明贤惠的内助，恩遇一方，造福一方。

母亲盼望女儿常有锦书，可是，女儿让别人做了王后，自己什么都没有了。

绣雨叹息道："要怪罪，就怪罪我们结识了大秦男儿。"

刘小丝陷入矛盾中，仿佛自言自语地说："实在没想到，走到函谷关一带，闷得慌，打开车帘，有只蝴蝶，随着车飞。我拿过丝帕旋转着逗那蝴蝶，蝴蝶那边是骑着马的昆塔，他看到我的丝帕，赶紧摘下自己的帽子旋转，跟我打招呼。

"后来他送花给我。哦，不对，我心里觉得恍惚，宿营了出去跑，摘了一束绿叶和红花，一抬头看到了他，顺手分给他一枝，恰好有一对小红花在枝头。

"后来，在行进中，安德鲁，他送到我车里一大抱花。"

绣雨说："投之一枝，报之一抱，这是命运。"

"唉，只恨我十三公主落到今日地步，连修书给父皇、给母亲也不能了。

"唉，不知我们遵从本心，欲私奔遥远，是不是好？如今，命运让我等逗留于瞿萨旦那国，是不是警诫呢？"

绣雨无法接话，沉入难堪的静默之中。

良久，刘小丝转过心思，幽幽地说："大秦罗马的人，他们也爱丝绸。"

168

这个夜晚，昆塔带着他的新商队，走到了帕米尔高原上的石头驿站。

石头驿站，外貌照旧。只是，驿站中人跟去年不一样了。

昆塔接受去年经过此地的血的教训，特别强化宿营治安。车辆排布紧密，人员警戒充足。然后，自己上车，却睡不着觉。

翌晨，昆塔带着全体队员，去祭奠好朋友迈克尔。

"好朋友迈克尔，我现在来看你了。我们曾经亲如兄弟，一起走过了欧洲到亚洲数万里长途，你为我们的丝绸献出了生命，罗马皇帝表彰并奖励了你。我们也去看望了你的亲人，送上了你应得的分成，并另外资助了你的家人。

"迈克尔，我的好朋友，你在如此苦寒的地方，冷，寂寞，无人说话，朋友们都惦记着你呢，我这不就来了嘛。

"我们会不断地去看望你的父母、家人。绣雨，那个东国女儿，终究也会知道你的情况的，祝愿她坚强。

"我这就要到瞿萨旦那国去，接赛尔、织云和绣雨她们。

"普拉斯也没能来，他病了，在治疗、休养。

"我身体结实。我们几个人，应该至少有一个身体结实的，完成大家的心愿。

"我们，我和新的朋友们，要继续前进了，向东方，向帕米尔高原的那一边前进。赛尔、织云和绣雨，她们就在那里，她们在盼望着呢！"

昆塔带着新的商队，翻越帕米尔高原，于春末时节到了瞿萨旦那国。

昆塔说："再往东，前面是无边的大沙漠，数千里，无路无水，极是难行。这里也有丝绸，当然也是来自东土中原的丝绸。我们就在此地收购，看能不能收够。若收够，就不再朝大沙漠里去了。"

商队成员都同意了。

昆塔即安排他们分头在疏勒、莎车和瞿萨旦那收购丝绸。吩咐副手，按时召集大家在瞿萨旦那等候。昆塔自己，寻找着路径，前往瞿萨旦那国和精绝国联合开发的小绿洲……

半个月后，昆塔找到了尼雅小绿洲，找到了他日思夜想的赛尔。

时值傍晚，刘小丝和绣雨在桑田里忙碌。刘小丝像往常一样，抬起头来向西方眺望，看到树林里走出来一个肩挎水囊、腰佩宝剑的长发男人……

刘小丝一眼就认出了那是昆塔，是她的安德鲁。她丢下农具，飞奔过来，哭着一头扑进安德鲁的怀里！

绣雨也跑了过来。

昆塔抚着刘小丝的背，说："赛尔，不要伤心，我来了。赛尔，不要伤心，我来了。"

半天，刘小丝抽泣着问："普拉斯呢？迈克尔呢？"

绣雨也问："他们呢，迈克尔呢？"

昆塔缓缓地说："他们……他们……在瞿萨旦那国等着呢，一起来怕目标太大，让我来接你们。"

刘小丝说："快到我们的住屋去，我们就住在桑园那边。"

昆塔说："好。"跟着她们绕过一片灌木林地，走到上面新盖的房屋里。

刘小丝和绣雨簇拥昆塔走上她们居住的楼房。

夜幕降临了，刘小丝说："安德鲁，你累吗？你累不累？你说我们什么时候走？若要快一点，今天晚上就走！"

绣雨也说："恰好森格尔这几天不在这里，我们今天晚上走。等他们知道消息，我们早已走出瞿萨旦那国地面了。"

刘小丝说昆塔："好好吃饱饭，洗洗澡，你再歇两个时辰，说走就可以走。或者，在这里住几天，我们藏着你？"

刘小丝拿出一个包袱，打开来给昆塔看："这是我们现今所有的财物。最珍贵的，就数桑籽和蚕种了。跟你们到大秦去，用来做东土梦，做中原梦。"

别后经年，物是人非，相互诉说情形，询问故旧，自是唏嘘不已。

织云，命运迫使她与别人结婚了。迈克尔，鲜活的生命不幸陨落了。

"绣雨！"昆塔沉痛地说，"我不得不告诉你，希望你坚强：我的好伙伴迈克尔，他到天堂去了。我们离开瞿萨旦那，走上了帕米尔高原。几天后，我们快要走下高原的一天夜里，可恶的强盗抢劫我们的商队。我的好伙伴迈克尔，失去了生命……"

楼阁上静得可怕。

噩耗砸得绣雨忘记了反应，她像木头人似的歪倒，昆塔赶忙扶住。

绣雨痛哭起来。

刘小丝也陪着痛哭起来。

昆塔说："绣雨，我本来不想现在告诉你，但是我又想，不告诉你是不对的。我应该告诉你，然后请你自己抉择，你是留在瞿萨旦那这里，还是跟着我们到罗马去。"

绣雨说："我要去，我说过我要去的，我要去看看迈克尔，我要去看看迈克尔长眠的地方。我要陪着小丝，不让她寂寞……迈克尔，我要去看你，要去看你，去看你，看你……"

刘小丝忍不住扑过来抱住了绣雨，三个人紧紧地抱在一起。

昆塔沉着地说："我会让你们幸福的，大秦罗马会让你们幸福的。"

公元75年的这一天，是个吉日。半夜良辰，月朦胧，树朦胧，绿洲朦胧，沙漠朦胧，一切都在梦一般的朦胧中。

佩剑将军安德鲁·昆塔偕着刘小丝和绣雨，背着她们的包袱，走出房屋，走出桑园，走出尼雅小绿洲，缓缓走向大漠中……

第五十章　先生，您让我茅塞顿开

牡丹不仅是中国人喜欢的花卉，也受到世界各国人民的珍爱。我们知道，维纳斯花就是牡丹。

牡丹性灵神奇无比，花形花色千改万变，出神入化，天地之间，无可比拟。

在中国传统文化中，牡丹是美的化身，纯洁与爱情的象征。

169

德默号和爱福号越野车，车头位置上丝绸绾成的硕大的鲜艳的牡丹花迎着东风，驶向洛阳。

卡米尔说："李由，我们早春从巴黎出发，暮春时节到达洛阳，牡丹还在等待我们吗？"

李由说："是啊，牡丹在等待我们。牡丹是殿春的花，雍容和尊贵正在一个'殿'字。牡丹谦让所有的花，让它们先开。"

牡丹是洛阳的市花，秀韵多姿，艳冠群芳，被誉为国色天香，花中之王。牡丹花开时节，各色各样，繁花似锦，朵大如盘，姹紫嫣红，富丽灿烂。

牡丹不仅是中国人喜欢的花卉，也受到世界各国人民的珍爱。我们知道，维纳斯花就是牡丹。

牡丹性灵神奇无比，花形花色千改万变，出神入化，天地之间，无可比拟。

在中国传统文化中，牡丹是美的化身，纯洁与爱情的象征。

曾经的大唐盛世，全国上下无不为之倾倒，牡丹花季成了狂欢佳期。唐宋以降，牡丹成为吉祥幸福、繁荣昌盛的象征，并得以世代延续下来。

牡丹花，从气质上给人以富贵之感。在历代文学艺术及各种工艺美术作品中，牡丹作为富贵的象征，与花鸟、山石的不同组合，表现出与富贵相连的不同的寓意。

作为富贵花的牡丹，并不娇嫩脆弱。她原来生长在茫茫群山中，甚至生长在悬崖峭壁上，后来进入华都，进入园囿，变得绚丽丰满，但骨子里的气质不改。

德默号和爱福号越野车进入洛阳，果然见街头路侧，到处都是盛开的牡丹。红、黄、蓝、紫、黑、绿，单朵双色的，千层重楼的，应有尽有。

中国其他地方，世界上其他国家，不能说不爱牡丹，不能说没有种植牡丹，但都没有洛阳牡丹好。洛阳地脉花最宜，牡丹尤为天下奇。此言不虚。

洛阳是李由的家乡，李由领着卡米尔、博努瓦和罗伯特四处游赏、拍照、摄录。

德默号和爱福号越野车，"洛阳"的地名周围，早已签满了人们的名字。

李由带领西欧的朋友们去了白马寺。

白马寺，其名是古代沿袭下来的。白马寺是佛教传入中国后兴建的第一座寺院，有中国佛教的祖庭和释源之称。如今的白马寺，不是东汉明帝刘庄时期修建的白马寺，而是元、明、清时期的遗留。

公元64年，汉明帝刘庄梦到金人入殿，之后派遣大臣蔡愔、秦景等十余人出使西域，拜求佛经和佛法。他们从大月氏国请来摄摩腾、竺法兰，以白马驮回经卷，汉朝建了白马寺来安置。

白马寺是公元68年建的，位于洛阳城西雍门外御道之北。摄摩腾和竺法兰在白马寺译出了佛教《四十二章经》——佛的四十二段语录。

由于白马寺的原址是外交礼宾事务官署鸿胪寺，"寺"字被借用过来，渐渐成了中国寺院的一种泛称。

在摄摩腾和竺法兰之后，又有多位西方高僧来到白马寺译经。

公元250年，曹魏时期，佛教也从深宫走进了市井民间。印度僧人昙柯迦罗、安息国僧人昙谛，也来到白马寺译经。

佛教在中国扎根、传播最初的二百年，整个过程都与白马寺息息相关。

东汉时期的洛阳城，史家叫汉魏故城，是公元1世纪到6世纪中国东汉、曹魏、西晋、北魏四个王朝的都城。

汉魏故城北依邙山，南逾洛水，东据虎牢关，西控函谷关。城市规模，在北魏时达到最大，分为宫城、内城和外郭城三重城圈。外郭城长、宽约十公里，面积约一百平方公里。

东汉于公元25年在洛阳立都，使用的依然是前朝的都城。

汉魏洛阳故城前后延续使用近一千六百年。

170

公元 73 年，汉明帝在洛阳接见了瞿萨旦那国的和亲使者，接见了西罗马昆塔商队，派遣了窦固等四路大军出击北匈奴。窦固又派遣班超镇抚西域三十六国。

也在这年，汉明帝派遣了"东城贩营"使团送十三公主刘小丝前往西域和亲……

公元 190 年，东汉王朝瓦解，董卓胁迫汉献帝西迁，焚毁洛阳，繁华的洛阳城，遭到了彻底的破坏。

公元 220 年，曹丕称帝建魏，定都洛阳，由此开始了对东汉洛阳的重建、扩建与新建。

魏文帝曹丕时，修复了洛阳北宫的部分建筑物。魏明帝曹叡大兴土木，在东汉南宫崇德殿的旧基上建太极、昭阳诸殿，又增饰了芳林园等。

曹魏政权重点修复北宫，起太极殿，采取了单一宫制，即宫城位于全城中轴线北端，居中建极。曹魏改变了中国历史上两宫并置的模式，树立了中央集权的绝对单一威信。

公元 495 年，洛阳城为北魏的国都。

北魏孝文帝由平城——今天的山西大同迁都洛阳后，即开始了大规模的营建，宫城、内城、外郭组成的都城，使洛阳城达到辉煌的顶峰。

从汉魏洛阳城遗迹可以看出，随着城市范围的扩大，布局所发生的根本性变化。

东汉至晋代，宫殿区相对分散，曹魏及西晋时，宫城集中于一。

北魏时城区扩大，包裹了汉晋洛阳城，出现宫城、内城、郭城三重城垣布局。

汉魏洛阳城如同在烈火中涅槃的凤凰，随着城头变幻大王旗的朝代更迭，历经修建、焚毁、重建、焚毁、再重建，形成了古代都城的基本格局，对隋唐时代及以后的都城产生着深远的影响。

北魏王朝到洛阳后，开始在龙门山的伊阙开凿佛教造像石窟——龙门石窟。

龙门石窟开凿于北魏孝文帝年间，之后历经东魏、西魏、北齐、隋、唐、五代、宋等朝代，连续大规模营造达四百年之久。石窟南北长一公里，今存有窟龛两千三百四十五个，造像超过十万尊，碑刻题记两千八百余品。

龙门石窟的建造，延续时间长，跨越朝代多，以大量的实物形象和文字资料，从不同侧面，反映了中国古代政治、经济、宗教、文化等许多领域的发展变化。

龙门石窟规模最大的窟龛是奉先寺，当初是寺院奉先寺的后窟龛。奉先寺后来塌毁不存，窟龛袭用了它的名字。

奉先寺开凿于公元 650 年，唐高宗李治登位之初，是李治为其父皇发愿建造的，后来成了烂尾工程。到了公元 673 年，皇后武则天带头赞助两万贯钱，带动官僚们积极赞助，于公元 675 年终告完工。

中间的坐像卢舍那，通高十七米多，头顶为波状形的发纹，双眉弯如新月，高附着一双秀目，微微凝视着下方，双耳长且略向下垂，下颌圆而略向前突。身着通肩袈裟，衣纹简朴无华，一圈圈同心圆式的衣纹，烘托头像。

奉先寺中的卢舍那佛像，明显体现了唐代佛像艺术特点，面形丰肥，两耳下垂，形态圆满，安详温存，亲切动人。

两边是次级和次次级佛像，分别为老成持重的大弟子摩诃迦叶，温顺聪慧的小弟子阿难，表情矜持、雍容华贵的菩萨。门口两边，是英武雄健的天王、咄咄逼人的力士。

在佛教的起源地尼泊尔及印度，早期的寺院都是圆的，中间是座塔，信徒们居住在周围，绕着修行。

佛教进入东土，高贵啊，要住高档居所。中国什么居所高档？四合院。

中国的寺院都是四合院样式的，多进样式的。四合院在本质上是集权和等级的产物。

上房是老太爷居住的，居高临下，其他房屋一概匍匐于下。对于外人的戒备，对于等级的尊崇，便是"院中人"的特征。"院中人"常常小心眼而缺乏大气，对围墙之外的一切，警惧，拒绝，不信任。

四合院中，没有平等，缺乏流动，生活空间的狭小使人的视野受到限制，终年生活在等级之中，因循守旧，人情社会，也就是自然而然的了。

四合院中的人，不想"走出去"敛取外财，只想在里面享受等级大福。

在佛教思想中，世界变幻莫测，人生缥缈无定，无论是乞丐还是国王，是贩夫还是走卒，一律是苦海无边，回头是岸。这就是平等。四合院里有平等吗？没有。

佛"东渡"后，住进四合院一样的寺庙，实际上是被按进封建寝臼了。在集权本质和等级内涵之下，佛教平等、普度的宗旨已被抛弃了。

洛阳龙门奉先寺内的造像，计一佛、二弟子、二菩萨、二天王、二力士、二供养人。主佛最大，坐高十七米多，其余弟子迦叶、阿难，文殊、普贤，多闻、增长，金刚力士，虽为立姿，高度却依次递减，到了两边的供养人，仅有六米高了。一龛之内，人物群体主次分明、等级森严。

主尊有头光、身光层层扩散，胸前的衣纹也是对称的半圆以烘托面部——中心的中心。两旁依次下列的人物，其神情、动作也无不对本尊卢舍那做出各种各样的呼应，尤其是文殊、普贤这对菩萨，面部略显呆板，身姿也略显僵硬，均是为了突出主尊卢舍那的高等与统治。

等级，在佛经中是找不到根据的。等级森严、主次分明、尊卑有序、高下有别的"奉先寺格局"，注脚在哪里？不在别处，就在中国的封建性上。

"奉先寺格局"与宗法专制下的封建社会处处相契合，是中国封建制度的一个绝妙的缩影。

奉先寺浓厚的世俗家庭气息、封建王朝色彩与佛教"出家""绝世"的精义、要旨是水火不容、相逆相悖的。

当年的石窟设计者、开凿者或许并非主动为之，因为等级法则在一千多年前已经溶在人们的血液中了。

171

李由带博努瓦、罗伯特和卡米尔见到了后山先生。

后山先生热情地接待了他们，说："由儿有功，欧洲的朋友们不简单。"

后山先生曾著有历史文化书籍《帝都传奇》和《牡丹传奇》。《帝都传奇》十卷，合计三百三十万字，《牡丹传奇》十卷，合计三百五十万字。另有大量思想评论等各种书籍。

博努瓦、罗伯特、卡米尔和李由他们立好三脚架，调好拍摄器械，向后山先生汇报了一路上的情况，汇报了意大利伦巴第平原波河岸边的考古发现，汇报了他们考证研究的"东城贩营"和西罗马昆塔商队的丝绸之路故事。

随后，博努瓦慎重地拿出文物盒子，请先生对玉石纺轮和象牙织梭发表看法。

先生观察了纺轮和织梭，说："由儿曾经在电话里跟我说，他认为，纺轮下面的斑点是'河图'和'洛书'，是正确的。这些斑点，是两组数列，或者叫两个简单的矩阵，是古代洛阳的标志物之一。"

"河图"，传说产生于伏羲。

在远古时期，黄河与洛河中游一带，亦即洛阳一带，气候温热，水源充足，草木繁盛，野果丰硕，鱼虾肥美。伏羲领着人们在这儿住下了。

伏羲膂力强劲，还比大家有脑子。他培训人们，用细藤条结成网捞鱼滤虾，把捕到而吃不完的小兽蓄养起来。

远古时期，环境恶劣，常常突现的各种灾难，令人猝不及防。因而，伏羲氏把很多功夫下在测和卜上。出去摸鳖捞鱼，采撷瓜果，伏击野兽，时刻留心一切征象，以此对事物进行预测。

洛阳北部一带，黄河刚刚出山，水面浩大，岸滩平缓，人们抠鳖摸蚌，嬉闹期间，忽然发现水中有大的动物出没。

这种水生动物是马面鳄，鳄的一种。

马面鳄身长九尺五寸，脸好似野马，却生有两只肉翅膀，头顶虬须，背负龙鳞，凌波踏水，如履平地。

远古先民从未见过马面鳄。这是神物，还是鬼怪啊？人们跑得上气不接下气，火速禀知伏羲。

马面鳄离开黄河中流，左一晃，右一晃，溜达到南岸的河汊里，继续逆水向上。这条黄河支流后来干了，它在洛阳市正北，孟津的白鹤镇东边。

伏羲匆匆赶来。他沿着溪岸，一边走一边观察这头巨大的马面鳄。人们前呼后拥瞧新鲜，瞧热闹。伏羲不得不一次次屏退他们，怕人多，惹怒了神物。

马面鳄游到浅水处，背脊暴露出来。伏羲看到它的鳞甲有不同的颜色，组成均匀的斑点，就按照那些斑点的相对位置在岸边沙滩上画出来。

很多人不做思辨，以"鳄"传"马"，人云亦云，口口相因，说那个动物是马。后山先生批阅考证，以大量的远古气象学、地理学等做支撑，考证其为马面鳄，已获北京多位教授的赞赏。

马面鳄背上的图案，和伏羲复制在岸边沙滩上的图案，便是上天责成黄河赐给人类的神秘"河图"。

伏羲是个有责任心和爱动脑筋的人。责任心，他时刻不忘为他的氏族的生活进行占卜。动脑筋，他埋头在河图这个斑斑点点的数字组合里边，挖掘、探索，搞出了个玄而妙之的学术成果——八卦。

从学术的角度来看，伏羲因河图作八卦，灵感是否来自黄河里的动物，无法考究，但是，先民们在河滩上捡到有天生斑点的石头，可能性相当大。

美丽的带有斑点的石头捡了回来，狂风暴雨出不了门的日子，在山洞里翻弄，可能性也相当大。

172

"洛书"呢，据传产生于中国古代第一个奴隶主夏禹。

世界上许多民族史中，都有洪水传说，基督教圣经的《创世记》和亚伯拉罕诸教中有，伊斯兰教的《古兰经》里也有，可见上古时期水患是个大问题。

在中国古代神话中，问题同样严重：洪水灾患连绵，百姓愁苦不堪。

夏部落生活在山中，传说是洛阳南边或者西边的山里，会筑坝，因此其部落长夏鲧被当时部落联盟的盟主虞舜命为治水负责人。

山里，水流狭窄，土石方开挖方便，夏部落的挡水试验全是成功的。可一到平原，不行了。

平原的水，遍地横流，筑堤垒堰，严防死守，根本无效。

条件恶劣，工具落后。水情温和时，尚可凑合着堆起来三四尺小堤，暴雨山洪连天而至，眨眼就完了。常常是，眨眼间，费劲筑成的土坝和挽臂死守的人墙荡然无存，连个漩涡也没留下。

如此，跟水较劲九个春秋，泽国还是泽国，汪洋还是汪洋。

虞舜很生气，拿掉了鲧，还要治罪，因为鲧浪费了各部落献出的大量吃食，还把各部落派出的奴隶民工都淹死了。

有关人员进一步调查，发现夏鲧在水势过大的时候不思进取，反而消极怠工。鲧连夜逃窜，躲藏到羽山去了。

夏禹是鲧的儿子，他向虞舜要求主管水务，说："家父没有治得了大水，是家族的耻辱，小的愿意继续奋斗，完成治水大业，以赎父亲之罪。"

虞舜同意了，命夏禹为治水总指挥。

夏禹分析了其老子失败的原因，在治水中变堵为疏。他不再修筑堤坝了，指挥奴隶们，顺着黄河、洛河、伊河等水域的流向，到处扒口子、开通道。

在持续数年的系列工程中，夏禹还常常亲执耒锹，身先士卒，奴隶们备受鼓舞，成效显著。

八年后，天公作美，不像以前那样下雨了，让夏禹这一代人渐渐治服了水患。

夏禹在治水中运用权力，尝到甜头，即有了把持国柄的谋算。由是，他不断处心积虑，多方准备。

洛河的水面慢慢回落。大禹带着心腹，来到洛水边视察。鱼鳖虾蟹都在浅水里嬉戏。尤其那些鳖，见到久违的太阳，纷纷挤上水中丘台晒背。

夏禹说他看到了那匹花背巨龟驮着字。

他的手下人等，都说认不得字。夏禹说："正顶上两个字是皇极，皇极就是中央。四周那些字，也都有讲究。"

夏禹的跟班们察言观色，你一言我一语道："大人治水有功，大德布于天下，故而洛龟贡书，出示皇极，这是上天赐给人间的祥瑞，您老人家即天子位，才是行万世大道啊。"

夏禹哈哈笑道："拥立我做天子，你们好做我的爱卿啊！要说，你们跟着我，风里雨里，也都是有功的，应该获得特权，享享大福。"

回到住处，大禹画在地上一些字，说是洛水神龟背上的那些，他背了出来。

按照后世史家的所谓研究，夏禹画出了皇极，围绕着皇极，画的是三德、五行、五事、五纪、五福、六极、庶征、稽疑等，共有九组。

上天赐给夏禹以治世玄机，不是看上了他，让他即位和长治的吗？

夏禹不客气，便宣布自己是新一届部落联盟的盟主。后来，夏禹把权力交给了自己的儿子夏启，一代代世袭起来。

173

那么，神妙不凡的河图洛书到底是什么？昭示着什么？很多人懵懂不知。

实际上，伏羲获河图，夏禹受洛书，其中，鳄龙和神龟的影子下面，都是黄河与洛河水边的石头。

石头大小不一，形态各异。若石头身上再斑斓一些，先民就由喜爱而至敬畏了，从中不断有所发现。

发现。是的，河图洛书之于古都洛阳，其重要价值正在于发现。世世代代的后人，装扮和丰富河图洛书，但最初，对河图洛书的发现是简单的。

后山先生道："简单，是成年人对童年人的评价。童年人的也许简单的发现，正是他心性的开启、智慧的萌动、创造力的发端。"

在这两个玉石纺轮底部所见，正如你们所看到的，河图洛书以黑点或白点为基本要素，以一定方式构成若干不同组合，并在整体上排列成矩阵的两幅图式。

河图，以两个数字为一组，分成五组，以五和十居中，其余四组，六和一、七和二、八和三、九和四，均匀分布在四周。

洛书，以数字五居中，其余八个数均匀分布在八个方位。

细加分析，会发现，河图洛书中包括纵、横、斜各组数字之间的等和、等差等算术关系和数理关系。

用纯数学的方法推导，还能发现河图洛书的同源性，与中国古代数学中的九宫格的相似性。

河图洛书本质上的数学思想，成了中国文化的重要部分。

博努瓦和罗伯特听了后山先生的讲解，连连称好，说："中国文化，非常奇妙。感谢先生，让我们明白了这两枚玉石纺轮的内涵。那么，这枚象牙织梭上的图案，我们初步认为是树枝，桑树的枝，请先生指教。"

后山先生仔细观察了精巧的象牙织梭，道："不是树枝，这个图案是河流，是黄河、洛河和伊河以及它们的位置关系。上面有两个重要的标志，两个圆圆的点，一个在黄河附近，一个在洛河附近。它们都不是瑕疵，是标志，是汉光武帝陵墓的位置和当时洛阳城的位置。"

"啊！"博努瓦叫起来，"后山先生，您让我茅塞顿开，茅塞顿开啊！"

博努瓦说："一直观察分析这幅图案，怎么看都像树枝，终究不敢断言。聆听先生一席话，方觉得清楚明白，敢于下结论了：不是树枝，而是河流，是黄河、洛河和伊河。"

罗伯特说："太感谢后山先生了！这枚牙梭，是东汉宫廷里的物件，汉明帝时期的制品，把纪念先皇帝的内容和洛阳地理位置蕴含在里边，顺理成章，切实可信。"

博努瓦说："不虚此行，不虚此行！太值得了，太值得了，太值得了！"

后山先生说："由儿在电话里，多次向我报告你们这次重走丝绸之路的活动。你们是当今唯一真正从西欧走到洛阳的团队，可以媲美公元 73 年的西罗马昆塔商队了。

"千载万里丝绸之路，在你们的行动中复活。

"千载万里丝绸之路上的神奇爱情，在你们的发掘研究中复活。

"陪同你们考察洛阳之后，我将为你们购买返回欧洲的机票，并提议洛阳优价购买你们的德默号和爱福号越野车。

"博努瓦，罗伯特，卡米尔，由儿，你们辛苦了，丝绸之路的历史发现，你们是功臣。"

尾声 揭开盖板的人性传奇

　　两枚纺轮的底部是斑斑点点的神秘图案，后山先生告诉我们，那是河图洛书的图式。

　　织梭上雕着的，不是树枝，后山先生告诉我们，那是黄河、洛河和伊河以及洛阳城与汉光武帝陵的位置关系。

174

《大唐西域记》第十二卷记述了瞿萨旦那国的一个故事。

王城东南五六里有麻射僧伽蓝。此国先王妃所立也。昔者此国未知桑蚕，闻东国有也，命使以求。时东国君秘而不赐，严敕关防，无令桑蚕种出也。瞿萨旦那王乃卑辞下礼，求婚东国。国君有怀远之志，遂允其请。

藏文的经注典籍《丹珠尔》也记载了类似的故事。

二十世纪初年真实的考古发现，证实了这个故事的存在。

公元 1900 至 1901 年，公元 1906 至 1908 年，公元 1913 至 1916 年，公元 1930 至 1931 年，世界著名考古学家、地理学家和探险家奥莱尔·斯坦因进行了著名的四次中亚考察，有了一系列伟大的发现。

在塔克拉玛干沙漠深处，当地人称作丹丹乌里克的地方，斯坦因发现了一大片古代民居的遗址。

其中最引人注意的，是斯坦因和他的考古团队发掘出的古老的木板画《蚕种西传》。

木板画《蚕种西传》出自一处佛寺遗址，画面上有四位人物，三位是女子，一位看起来像男子。

左数第二位女子在画面上最为显著。她戴一顶大头冠，头冠上满缀珠宝，身份似乎非同一般。

左边第一位女子，手臂高举，指着身份显贵的第二位女子头上的宝冠，似乎在说：宝冠，秘密。

画的右边一位女子，手执纺织工具。在她与头戴宝冠的女子之间，则坐着一位男子模样的人，头有光环。奇特的是，男子四只手臂。他踟趺而坐，四只手中，一只手平置，三只手各执一件器物，看起来像剪刀、纺锤和锥子。

斯坦因判断画的内容，讲的就是东国公主与蚕种西传的故事。

木板画的出土，以实物证明《大唐西域记》中所讲确实是当年一个广泛流传的故事，而且肯定早于中国的唐朝。

在另外一处古庙遗址，斯坦因还发现过一幅与《蚕种西传》中的那位四臂男子类似的壁画，画面上也是一位四臂男子，手中所执的器物也有锥子和剪刀。

斯坦因认为，这个男子是西域神话中的纺织之神。

在玛亚克里克附近的佛殿遗址回廊的墙面上，斯坦因又发现了一块壁画，画面上是一个站立的四臂女像，她右手里拿着的东西，从形状上看，可能是蚕，几片绿叶出现在她的右肩上……显然是西域人为感谢这位公主引进桑蚕业和丝绸业的恩德而供奉的造像。

20世纪，斯坦因的考古发现令世界震惊。

21世纪的今天，中国洛阳青年李由、意大利考古学专家博努瓦、法国历史学家罗伯特和西班牙姑娘卡米尔为我们还原了一个令人激动的丝路传奇。

意大利波河平原发现了古罗马时期的遗址，在发掘中出土的牌匾上，是古意大利文和古中文的"东方天使城"字样。

专家们认为，古老的东方天使城是一座巨大的城堡——古代西罗马风格的建筑群落。

东方天使城最重要的出土文物是三件无价之宝：两枚纺轮和一枚织梭。

两枚纺轮的底部是斑斑点点的神秘图案，后山先生告诉我们，那是河图洛书的图式。

织梭上雕着的，不是树枝，后山先生告诉我们，那是黄河、洛河和伊河以及洛阳城与汉光武帝陵的位置关系。

奥莱尔·斯坦因的考古成果，木板画上所载，是一个故事的点滴和表象。

博努瓦、罗伯特、李由和卡米尔，则以他们的发掘研究和实际行动，复活了一个千古沉埋的人性传奇，演绎了一部东西方丝路爱情大戏。

历史的背后，是东国天使与西罗马行商的非凡情缘。